赵声将军

王桂宏 ——作品

中国出版集团　现代出版社

图书在版编目（CIP）数据

赵声将军 / 王桂宏著 . -- 北京：现代出版社，2022.3

ISBN 978-7-5143-9405-4

Ⅰ . ①赵… Ⅱ . ①王… Ⅲ . ①赵声（1881-1911）—传记 Ⅳ . ① K827=52

中国版本图书馆 CIP 数据核字（2021）第 176733 号

赵声将军

作　　者：王桂宏
责任编辑：张　霆
出版发行：现代出版社
通信地址：北京市安定门外安华里 504 号
邮政编码：100011
电　　话：010-64267325　64245264（传真）
网　　址：www.1980xd.com
电子信箱：xiandai@vip.sina.com
印　　刷：三河市国英印务有限公司

开　　本：710mm×1000mm　1/16
印　　张：32.75　　　　　　　字　　数：585 千字
版　　次：2022 年 3 月第 1 版　印　　次：2022 年 12 月第 2 次印刷
书　　号：ISBN 978-7-5143-9405-4
定　　价：78.00 元

本书入选江苏省作家协会 2021 年度"重大题材文学作品创作工程"项目。

1881 年 3 月 10 日（农历二月十一），赵声出生于江苏镇江新区大港镇。

赵声与同乡赵绍甫（大画家赵无极的祖父）一起考取江南水师学堂时的纪念全景。
此照经赵俊欣、赵无瑕（赵绍甫孙女）辨认右为赵声，左为赵绍甫。

赵声之父赵蓉曾，号镜芙，为廪生，是镇江名儒，在自家的天香阁开馆教学。尝以"当仁不让""临难不苟""有杀身以成仁，无求生以害仁"及"富贵不能淫"诸说教育弟子。赵声自幼随父就读于天香阁私塾。父亲传道授业，母亲葛氏孝慈温惠，她"待人宽厚，自奉甚薄"。赵声激进人格之养成受家教影响甚深。

1903 年 2 月赵声与友人摄于日本东京，左起：陈独秀、周筠轩、葛温仲、赵声、潘璇华。

大家共举赵声为长江流域同盟会盟主。赵声大力在新军发展会员，组织革命机关，并设支部于江宁。

大江上下，夙多豪杰之士，十稔以还，烈士奋起，或潜谋狙击，或合举义旗，取义成仁，项背相望，如赵君声，吴君樾，熊君成基，倪君映典，尤其卓然著称也（摘自中华书局一九八二年七月版《孙中山全集》第二卷，文章《江皖烈士追悼会启》）。

孙中山

一九一二年春

目录 / Contents

楔　子

赵声的故乡在大港。

大港，位于距江苏省镇江市东乡约六十里路程的扬子江畔，圌山西麓。宋设镇，清末为丹徒县大港集镇。大港集镇依江而兴，因渡而旺，沿江东西向与扬子江平行。从西街至东街长约数里，中有大港河也称鸿溪河将大港集镇一分为二，河东为东街，河西为西街。赵声于清末 1881 年 3 月 10 日出生于东街上书香人家天香阁。

赵声一生，虽然只度过短暂的三十个春秋，英年早逝。但赵声的早逝震动了海内外，人们惊闻噩耗，痛不欲生。

中华民国临时政府追赠赵声上将军。

赵声的英年早逝引起了海内外各界的关注，一百多年过去了，各界人士对赵声上将军的赞誉依然响彻中华大地。

孙中山在《江皖烈士追悼会启》文中写道："大江上下，凤多豪杰之士，十稔以还，烈士奋起，或潜谋狙击，或合举义旗，取义成仁，项背相望，如赵君声，吴君樾，熊君成基，倪君映典，尤其卓然著称也。"

镇江在云台山建伯先公园永久纪念赵声上将军。中华人民共和国副主席宋庆龄亲笔题写"伯先公园"。

2007 年 3 月 28 日，赵声故居竣工对外开放。在故居西侧新建的广场上仁立了一座五米高的赵声大理石塑像。底座上刻的"上将军赵声"五个字为时任全国人大常委会副委员长、民革中央主席何鲁丽题写。

1958 年 4 月 3 日，叶剑英元帅来镇江登上云台山，谒伯先祠，眺望大江南北，亲笔题写赵伯先诗："百年已过四分一，事业茫茫未可知。差幸头颅犹我戴，聊持肝胆与君期。欲存天职宁辞苦，梦想人权亦太痴。再以十年事天下，得归当卧大江湄。"

柳亚子在 1922 年《追怀亡友赵伯先先烈》诗中写道："黄歇江头共酒杯，

尉佗城畔有书回。如何黄犊义公曲，竟殒白鱼姬发才！化碧苌弘原抱恨，渡河宗泽漫相猜。抚膺独为中原痛，已坏长城万里来。血花洗净汉家天，愧我沉沦爨下烟。慷慨未酬子敬困，艰危终累阮孚钱。延陵许剑生余恨，有道题碑死徇缘。同是鲁公门下客，西台恸哭不成妍。"

赵声的革命事迹代代传颂。2011年春，中央电视台10集大型电视文献纪录片《百年辛亥》摄制组专程来大港故居拍摄，同年10月与海峡两岸的观众见面，又掀起了缅怀赵声上将军的热潮，赵声始终活在人们心中。让我们沿着赵声走过的短暂而曲折的道路，去经受一次惊心动魄、可歌可泣的战斗洗礼吧！

一、天香阁主码头急回

清朝末年。

早春时节的扬子江，带着寒气的滔滔江水绕过南京的燕子矶，沿着宁镇山脉的江岸一路奔腾往东流去。势不可当的波涛拍打着宁镇山脉的江岸，弯弯曲曲的江滩边留下一片哗哗啦啦的浪涛声，漂向山村，漂向蜿蜒连绵的山岗，漂向层峦起伏的密密树林。

京杭大运河由北往南一路悠悠地流淌过来，到了镇江与从西往东奔腾的扬子江呈十字交汇。长江与运河在镇江亲密地交汇后继续沿着弧形的青龙山脉往谏壁、大港、大路，一路往东气势磅礴地奔向大海。混浊而肥沃的江水滋润着南岸山脚下芦草茂密的江滩。

江南岸边的山岗上长满了绿油油的山草和荆条。山岗的绿坡上不时会见到一两棵高大的古槐或榆树，虽然造型不那么优美，但枝丫挺拔，昂然向上。山岗与山岗的坡地间，点缀着一小片一小片荒凉的村庄。民宅建在不成规则的山道边，因地制宜形成了一个一个规模不一的江边小山村。虽然，这些小山村的古宅经历了多年的风雨，显得那么破旧，但滔滔奔腾的江水和村庄里那袅袅缭绕的炊烟，透出一股勃勃生机。

江滩在江水的滋润下，形成了一片一片的湿地。湿地上长着生命力极强的蒲草和芦苇。绿得发亮的蒲叶和节节挺拔的芦苇秆在江风的吹拂下，像宽阔江面上涌动的波浪，一波一波地伴着江水涌向江滩。江滩的蒲草和芦苇丛中不时飞出一群群水鸟，叽叽喳喳地鸣叫着飞向江边山村周边的一簇簇茂密的小树林。

江浪涌动着一路往东，流过青龙山脉那美丽的江滩湿地来到一处江湾。江湾是一处风水宝地，处在青龙山脉和圌山山脉的中间地带。江水流过青龙山脉的脚下，顺势往东绕了一个大大的弧圈，来到高高的圌山山脉的脚下。圌山山脉呈弧形往东北延伸过去，最顶端的山头像一只巨大的乌龟伸入滔滔的江水中。这里是有名的龟山头。从这里往东看长江，江面宽阔，一望无垠。当地人说这里是聚宝盆。湍急的江水奔腾到江湾后，流速减缓，从上游被江水带来的宝贝都沉淀下来。于是在江湾处居住的人开始多起来。渐渐地江湾的岸边就形成了一座远近闻名的古镇，它的名字叫大港。

江湾处的古镇取名大港，绝对名副其实。这里的江岸地基稳固，江阔水深，水流缓慢。最适合建港口码头。镇江县城沿江东60里江畔，山明水秀，历史悠久。镇江境内西南高，东北低，南延茅山余脉，中部起伏宁镇丘陵，东、北及沿江圩区低平，三块沙洲由西向东横亘江中。3000多年前这里为西周宜侯封地。春秋时属吴国，名朱方。吴亡属越，越亡属楚，更名谷阳。秦始皇时正式设县，当时称为丹徒，中间曾经改名武进，唐代又复名为丹徒。清末丹徒县有18个市乡，只有两个市，大港市是其中之一。大港在宋朝时设镇，居于圌山西麓，临江而建。大港虽称"港"，但没有码头，只是在大港镇北边鸿溪河的入江口的江滩上有一个简易的渡口。

一百多年前，大港的渡口只能停靠几吨级的木船或舟舨。穿越集镇的大港（鸿溪）河入江口两边是一大片高高低低的丘陵坡地。沿着坡地的江边是江滩湿地，长满了绿茵茵的厚密的蒲草和芦苇。从鸿溪河入江口的北侧一条土堤伸向茫茫的芦苇丛。土堤傍水处堆砌着不规则的石块，江水长年累月地冲刷，形成一块块大大小小的鹅卵石。土堤两边栽种了不少垂杨柳，树干虽然被江浪冲得横来竖去，但很挺壮。每到春天，泛绿的柳条晃悠悠地垂到了江滩的芦苇丛里，分不清芦苇还是柳枝，一片绿色随着涌动的江浪起伏晃动。渡口虽简陋，但江水浩荡，堤柳成行，再加上蒲草芦苇茂密成片，像起伏的绿色海洋，不失为大港的一道独特的风景线。

渡口不仅是一道风景线，更是大港人出行、办事的一条重要通道。别看渡口场地不足三百平方米，来这里接船的、乘班船出行的大港人可不少。在熙攘的旅客和接船的人群中，有一位三十开外的年轻人不时翘首朝江面张望。太阳已经升起丈把高了，从厚厚的云层里露出脸来，洒下一片金色的阳光。初春时节的江风带着微微寒气一阵一阵吹过来，江面上泛起金色的波浪。不少篷船乘着江风悠悠地从江面上漂过去。在来来往往的白色篷帆船中，不时会驶来一艘蒸汽大轮船，低沉的汽笛声从江上传来，飘向很远的地方。同治十二年（1873年），大港镇公营轮船招商局镇江分局成立，开辟了长江区间航运，开始有小轮船往返于镇江和姚桥、镇江和口岸，中途停靠大港。为了方便小轮船上下旅客和装卸货物，大港的渡口改成了码头。其实渡口改成码头，并没有多大的变化。只是对通往江中的土堤进行了加固，并将渡口场地四周填石填土，加砌了防止江浪冲刷的护堤坡。渡口场地一下扩大了一倍，近六百平方米。在小山岗下建了两间砖瓦小平房。小平房后面的山岗上有一棵大槐树，树冠像一把撑开的巨伞。不下雨，旅客们一般在槐树下聊天候船，下雨刮风才到小平房里避雨。大港人称码头上有两大候船室，一是露天的，敞亮通风；二是在两间小平房内，避风雨但憋闷。每次轮船快到大港江面时，旅客们就会沿着江堤走向江滩，来到渡口小广场。堤坡那边拴着几条小舟舨。轮船因江堤边水浅，靠不上，只能用舟舨接送上下旅客。当轮船快到大港时，先将要乘船的旅客用木跳板接上舟舨或小木船，缓缓地划向轮船。轮船在靠近大港集镇的江面上减速，与木船靠上，让轮船上欲下旅客先下，并将携带的货物卸到木船上，再让木船或舟舨上的旅客依次上轮船。上完旅客及货物后，木船离开轮船，返回江堤延伸至江滩边的码头。船工伸出跳板，架到堤岸上，让下船的旅客扶着竹篙从软晃软晃的跳板上登岸。卸下的货物由码头上的船工运到江堤。

此时站在江堤上翘首张望的年轻人姓赵，是大港镇上"天香阁"的主人赵蓉曾。赵蓉曾，大港镇上有头有脸的人物，人们习惯称呼他"镜芙先生"。大港一带赵姓的人特别多，喜欢舞棒抡刀的人不少，这与赵氏的祖先在宋金战火中南迁有很大关系。大港至大路这一带的赵姓大多都是皇室后裔。北宋太祖之子燕王德昭五世孙赵子褫，是南宋高宗赵构的叔父。12世纪初，金兵南侵灭了北宋，大批皇室宗族纷纷南逃，一路渡黄河，过长江。靖康（1126—1127年）末赵子褫携带全家老少，过长江后，来到现在的镇江城里居住。那时镇江叫京口。赵子褫一家在京口居住二年后，于建炎己酉年（1129年）也就是金兵由完颜宗弼（儿术）统领大举南下的那一年，从京口城迁到山岗起伏、密林丛丛，相对闭塞一些的东乡大港居住。当年南宋高宗封他为朝散大夫，并拨赐良田百顷给赵子褫一家，赵子褫死后就葬在大港镇离江岸不到二里的一座不高的山岗上。山岗上建有一石坊，石坊上刻有四个大字"赵氏佳城"。大港赵子褫这支宋代的皇室后裔，香火传承一直很旺，一代一代延续下来，到了赵蓉曾这一代，应该为赵子褫第二十三世孙。

赵蓉曾天性聪明，博学强记，精通古文。但赵蓉曾有着朴素的奉献思想，求学更注重实际。他读书是为了长知识，是为大家做有益的事，这是他心里常常想的，也是他的座右铭。他没有把精力用在死读书应付乡试上，也没有刻意去追求功名，因此，多次参加乡试未中。他也不气馁，在家里一座叫"天香阁"的老楼里设立私塾馆专门教育大港镇上的孩子们。穷乡僻壤里家居教书，收入很低，只能维持生计。赵蓉曾家境并不富裕，祖上传下来的一些老底子经不住他乐善好施。对于到天香阁学馆来读书的贫困农户的学生，他总是减收或免收学费。山村里穷人家的孩子无钱到学馆来读书，赵蓉曾还会不辞劳苦到山村农户家去动员，有时甚至免费给穷苦人家的孩子提供食宿。

赵蓉曾这样做，还因为家里有一个为人善良、勤俭持家的夫人。夫人姓葛，孝谨和厚，与赵蓉曾结婚后，劳心家计，喜欢帮助别人。虽然设馆天香阁施教收入很微薄，但发现学生家有困难，她总会心生怜悯，伸手帮一把。为了贴补家用，葛氏把自己陪嫁的簪钗首饰典当殆尽，还尽心尽力地协助丈夫安排学馆学生们的食宿，学生们都亲切地叫她"师娘"。

由于夫唱妇随，天香阁学馆在大港地区办得很有名气。赵蓉曾平日精打细算，学生们学习用的笔墨纸张，他总是拜托镇江的一个远房亲戚采购。镇江的这位远房亲戚很是负责任，按照赵蓉曾开具的学习用品采购清单，每月照单采购，再通过班轮上当船员的亲戚带到大港码头。月底，赵蓉曾总是亲自到码头上取货，并把下月的采购清单和费用交到亲戚手里。

今天又是接货的日子。从镇江开往口岸的班轮大约10点经过大港。赵蓉曾把正在待产的夫人安顿好，9点不到就赶到码头上。此刻正全神贯注地向江面上来来往往的轮船和帆篷船张望。

"呜——"西边宽阔的江面上传来一声低沉的汽笛声。码头上的旅客开始骚动起来。大家一听到这低闷的汽笛声，就知道，镇江口岸的江轮已经来到大港镇的江面上。停靠在堤岸边的码头专用的两条小木船上的船工开始忙起来。他们把缆绳从杨树根上解下来，并把跳板从船头伸到堤岸上，招呼搭乘客轮的旅客上船。

赵蓉曾走到一条木船的跳板上，并没有上船。他从口袋里掏出了一包燕舞牌香烟，递给船工，并将一个信封和一小袋铜板交到船工手里。赵蓉曾跟码头上的船工都很熟。他不用上木船到江中去接镇江带来的货品，只需在堤岸上等着。

旅客们踏着晃晃悠悠的木跳板，一个接一个上了木船。船工熟练地用竹篙一点堤岸，木船悠悠地离开柳条袅袅摆动的堤岸。赵蓉曾目送着小木船缓缓地往江中驶去。

从镇江驶来的客轮上的大烟囱里冒出一团团黑色的烟雾。烟雾随着江风不断地扩散。赵蓉曾望着渐渐驶近大港江面的客轮，焦急的心情稍微平静了些。暗想，再过半小时，拿到从客轮上带来的笔墨纸张就可以返回天香阁了。他惦记着妻子葛氏。临出门时，躺在床上的妻子正处于临产的关键时刻。葛氏不停地痛苦呻吟，脸上显露出痛苦和喜悦交替变换的复杂神情。赵蓉曾向家里的女佣杨妈交代了几句，就匆匆离家往码头来了。他想，生孩子不是说生就生的事儿。有些女人临产了，三四天都听不到婴儿的哭声。赵蓉曾决定先抽个空去大港码头把笔墨纸张拿回来，保证天香阁学馆的正常运转。

赵蓉曾望着不远处冒着黑烟的客轮，再望望身边不停摆动的杨柳枝条，又抬头望望天空。空中不知从哪里飘来了一大片一大片厚厚的云朵。云朵越积越多，颜色也渐渐地从乳白色变成了深褐色，早晨的太阳早已不知躲到哪里去了。江面上，高远的天空渐渐地低沉下来，天色也慢慢地暗下来。江风似乎越刮越大，波浪一浪一浪地涌到江堤边，传来一阵阵"哗哗啦啦"沉闷的响声。

赵蓉曾有些纳闷。现在是初春，又不是初夏的梅雨时节，天气怎么说变就变呢？看到江轮与木船紧紧地靠在一起，随着波浪不停地摇晃，他的心中紧张起来。眼前浮现出正在家中待产的妻子。一个新的生命就要诞生了，他就要当爸爸了，紧张焦急中充满了期盼的喜悦。他希望这江风小一些，好让过驳的木船从江中早些返回堤岸边来。

突然，随着飘来的江风隐隐约约地传来"镜芙先生"的喊声。他扭头往岸边一看。老槐树下一个人向堤岸飞跑过来，边跑边扯着嗓门喊："镜芙先生！镜芙先生！"

江风一阵紧似一阵地刮过来，堤岸边的杨柳荡起了大幅度的"秋千"。江浪翻涌，撞击出一簇簇的浪花，发出一阵高似一阵的响声。赵蓉曾定下神来，抬手拉了拉头上的黑绒瓜皮帽，把目光转向码头山岗上的老槐树。来人已从老槐树下三步并作两步奔向堤岸，直朝他跑来。他定睛一看，这不是家里学馆的杂工小刘嘛！赵蓉曾赶紧迎上去，满面疑惑，急切地问："这么急赶过来，啥事呀？"

杂工小刘脚步没有站稳，气喘吁吁地说："先生，不好了！夫人肚子疼得很厉害，躺在床上直叫唤！"

"别急！慢慢说！"赵蓉曾拉住小刘的胳膊让他站稳后，目光朝江面上冒着黑烟的轮船瞅了一眼，转身沿着堤岸往老槐树方向几乎是小跑起来，边跑边自言自语，"可能快生了！千万不能出啥事！"

杂工小刘紧跟在赵蓉曾身后，两人一路小跑往大港东街天香阁家中而去。

二、春雷声中添新人

　　大港地处圌山西麓，沿江而建。大港集镇沿东西方向在江边一字排开，几乎是与长江岸线平行。整个集镇呈长条状。最鼎盛时期，大港镇从东街至西街长约五里。中间有一条由北直通大江的鸿溪河将大港集镇一分为二。大港人也称之为大港河。河东为东街，河西为西街，河西还有一条与西街成丁字形的南街；河东也有一条与东街成丁字形的北街。河上用青石板架设的桥，把东街、西街连接起来。街道长两百多米，宽三米左右。街道上铺着麻石，沿街开了不少店铺。天升东茶食店制作的酥糖、云片糕闻名遐迩；中和园、天乐园、龙园、福禄林、民国春、得月楼经营的大港特色茶香飘镇外。长鱼汤、烂面饼、长江三鲜，这些大港特色菜肴，不仅在大港有名气，在镇江府里也颇有名气。清朝皇帝南巡到镇江，府里的官员总要把皇帝带到大港一带吃地方特色菜。著名的长鱼汤就是因为当年乾隆皇帝吃了赞不绝口而名扬全国。著名的鲥鱼、刀鱼、河豚江鲜都产自大港附近的江中。大港人很有口福。由于大港是水上通往东乡南乡的重要渡口，集镇也颇为繁荣。宋朝的时候，这里就"村村家家有酒沽"。几百年繁华时光过去，到了清末，大港东街西街的条石路面已经被赶市的人们的脚掌磨得极为光滑，赶上下毛毛雨的天气，人们走路脚下稍不留意就会滑倒。

　　赵蓉曾的家就在大港东街上。这里离码头最多不过二里地。赵蓉曾和杂工小刘沿着芦苇丛中的堤岸一路小跑，一会儿就到了码头的两间简陋的候船室门口。俩人没有停留，绕过老槐树，沿坡往东街走去，远远就看到天香阁的屋顶。赵蓉曾祖上还算殷实，在大港也算是书香门第。尤其是赵蓉曾的夫人葛氏嫁到赵家时，带来了不少陪嫁，赵家也就成了小康之家。赵蓉曾和葛氏开办学馆，乐善好施，家里的老底子就慢慢地薄了。但家宅的气派还在。赵宅建于清道光年间，是赵蓉曾祖父建起来的，当年在大港镇上很气派。赵宅占地一亩有余，坐北朝南，前后共四进。住宅硬山式，青砖墙，下实砌两米，上均为空斗子墙，工艺规范工整，古朴美观庄重。住宅前进三开间七架梁，右为门堂，置有大门；左为堂屋，与厢楼毗连，楼呈钩曲形，下有天井，与外间隔，院落幽静别致，可谓别有洞天。第二进自成院落，为住宅的主体建筑，三开间七架梁，厅堂宽敞，用料硕大，宏伟庄重。厅门朝南，门两边有白石雕花门抱鼓一对，饰有"三狮盘球"浮雕。第三进是三开间两层楼房，中堂中梁雕有龙腾图案，中堂正上方悬挂着"天香阁"金字匾额。第四进左边两间平房，右边是一个小花园。院子中间有一口古井。井水十分清澈。赵宅门前的鸿溪河吞吐着长江水一路往东街流淌。第三进二层楼房的一楼是学馆，楼上分东西房间，东侧房间父母居住，西侧房间赵蓉曾夫妇居住。毕竟是皇室后裔，又是书香门第，此楼有一个在大港街闻名的雅号——"天香阁"。天香阁虽然不大，但名声很响。这全因赵蓉曾在这里办了个天香阁学馆，从学馆里走出了不少名人，这是后话。当然天香阁也因周边环境和中梁雕龙的神秘而远近闻名。

赵宅前后四进，坐北朝南。东边是朝向东街的一片空地，空地上长有三棵水桶般粗的银杏树，枝繁叶茂。最感神秘的是三棵银杏树上都有一个箩筐似的喜鹊窝。每到清晨，喜鹊登上枝头，叽叽喳喳的叫声不绝于耳。民间有传说，喜鹊叫，喜事到。当年，不少参加乡试的考生参考前会来到赵家东边银杏树下的空地上席地而坐，专门听喜鹊的叫声，说是沾沾喜气。空地的东北角靠江滩处有一片山岗，当地人称拾钵山。山不高，但故事不少。相传很久很久以前，这里没有山岗，也是一片江滩。后来从五台山来了一个云游和尚，一路讲佛来到大港地界。和尚有两件宝：一是袈裟，二是钵。这位云游和尚在大港地界讲佛做了不少好事。有一天，他雨夜赶路，不小心摔了个跟头，把钵丢了。这位和尚视钵如命，终日寻钵，但一直未能寻到丢失的钵。他一急之下，竟然跳进长江里去了。后来，在赵家东北江滩上渐渐长出了一座像钵一样的小山岗。当地人为了纪念这位云游和尚的诚心，把这座小山岗叫作拾钵山。把赵家门前鸿溪河上的一座条石桥叫作洗钵桥。据说当年云游和尚经常在赵家门前的鸿溪河边洗钵。拾钵山、洗钵桥、银杏、喜鹊窝环绕着天香阁，充满了神秘感。

此刻，天香阁楼上西侧房间里，葛氏躺在铺着柔软垫褥的床上，已经临盆了。这是葛氏怀的头一个孩子。一阵一阵的剧烈疼痛，浑身神经绷得紧紧的，葛氏的脸憋得通红，额头上渗出了密密匝匝的汗珠。杨妈在一旁不停地用热毛巾给她擦汗，边擦边安慰她、鼓励她。杨妈是过来人，她知道女人生孩子是道生死大关，疼痛是难免的，毕竟是生头胎，痛就别憋着，大声地喊出来。听了杨妈的话，葛氏不停地呻吟，时不时由低沉的呻吟变成大声喊叫。撕人心肺的喊声把杨妈这位过来人也吓得六神无主，浑身紧张起来。因为老爷不在家，她心里不踏实。杨妈赶紧让杂工小刘去码头喊老爷回家。

赵蓉曾和小刘很快来到东街上。赵蓉曾心里很紧张，他担心夫人生孩子不顺利。这个孩子是头胎。头胎往往容易难产。想到这里，赵蓉曾赶紧让小刘去西街上请郎中，自己沿着东街发亮的条石板直奔天香阁家中。

早晨的太阳早已不见踪影，天空云层压得很低，到处阴沉沉的。三月，本是气候温和的季节。但今天不知怎么了。天竟然像孩子的脸，说变就变。早晨，河堤上，杨柳袅袅，江风微微，小鸟儿在柳枝条间跳来蹦去，江面上微波荡漾。明亮的阳光照在江面上，反射出无数条金灿灿的光泽。但到了九点十点钟的时候。江轮刚刚来到大港，江风就大了起来，江浪也一波一波往前涌动。太阳躲进了云层。厚厚的云层让天空变得低沉起来，像一块巨大的锅底往下压。鸿溪河边的杨柳树剧烈地摆动，一群群燕子叽叽喳喳的，在柳条间穿梭。

到了天香阁的大门口。江风更大了。银杏树被江风刮得摇晃不停，一片片焦黄的叶子从树杈上吹落下来，随风旋转。鸿溪河的波浪声哗啦哗啦地传过来。赵蓉曾心里一阵紧张，他感到有些不可思议。现在正是春光明媚的时节，怎么有点像闷热的黄梅天。这是什么兆头呢？好兆头，还是坏兆头？夫人要生孩子了，这本是赵家的头等喜事，可这突变的天气外加小刘慌慌张张来喊他回家，看来不是好兆头。赵蓉曾心中更加紧张，额头上已经布满了密密匝匝的汗珠。他在大门口站定后，抬手咚咚咚地在门上敲了几下。沉重的敲门声消失在呼呼的风声中。

直等了两分钟，一个小学童才跑来开了门。赵蓉曾匆忙推开门，急急穿过院子，直往天香阁楼上奔去。

赵蓉曾踏上楼梯，心里紧张得能够听见自己"咚咚咚"的心跳。因为太急，他下脚比较重，脚步响声往楼上传去。他突然想起了什么似的，放慢放轻了脚步。原来，他担心这噔噔的响声把正在待产的夫人吵烦了，他一步一步蹑手蹑脚地顺着木楼梯缓缓往上走，边走边竖起耳朵听动静。

耳旁，除了院外传来呼呼啦啦的风声，楼上静悄悄的，并没有听见夫人痛苦的呻吟。赵蓉曾感到有些奇怪和纳闷，杨妈急急忙忙让小刘到码头把我喊回来，一定是夫人临盆难受得受不了。怎么听不到夫人痛苦的呻吟呢？想到这里，赵蓉曾虽然脚下还是特别小心，但明显加快了步伐。走到二楼楼梯口，赵蓉曾停住了步子，驻足往西侧房间张望，但里面一点动静也没有。

就在赵蓉曾纳闷的当口儿，房间里传来了轻轻的脚步声。接着，照看夫人的杨妈出现在房门口。杨妈见到赵蓉曾，脸上紧张的神情霎时间松缓下来。有老爷在，她心里踏实多了。杨妈一边打手势示意赵蓉曾安静，一边快步走到赵蓉曾面前，长长地叹了口气："老爷，你可回来了！"

"怎么啦？"

"刚才夫人一阵剧烈的疼痛，吓死人了。"杨妈满脸的紧张，但声调很轻，"刚才估计夫人是临盆前的阵痛，疼得浑身是汗，几乎是放开喉咙喊叫，我以为孩子快生了。但夫人大叫大喊一阵后，疼痛又舒缓了。老爷，夫人是生第一个孩子，一般头生子痛感特别强烈，而且是一阵一阵的。我看到夫人实在疼得厉害，心里没有底，再说老爷您不在家，我心里也不踏实。于是，赶紧让小刘去码头把您叫回来。"

"现在怎么不叫唤了？"赵蓉曾着急地问。

杨妈挺神秘地说："小刘去叫你这当儿，我赶紧打了一盆热水，帮夫人把脸上和下身都用热毛巾仔细地擦了一遍。你说神奇不神奇，我一边擦，夫人的呻吟声渐渐地低了。等我把夫人身上擦好，她竟然迷迷糊糊地睡着了，而且睡得还很安稳。"

"不对吧！临盆怎么说不疼就不疼呢？孩子没有生出来，反而睡着了？！"赵蓉曾三步并作两步走到房门口，朝床铺上一望。只见夫人正眯缝着眼睛，静静地躺在床上，均匀的呼吸声有节奏地传出房间。脸上红扑扑的，看起来一点儿也不疲惫和苍白。估计此时的夫人正做着即将为人母的梦呢！那红扑扑的脸颊上竟透出一丝丝甜甜的笑容。赵蓉曾放心了。他轻手轻脚地走到床边，目光紧紧地盯着睡梦中的夫人，嘴里自言自语：不可思议！不可思议！

"老爷，您人善，老天爷保佑呗！"杨妈说着，示意赵蓉曾到房间外边去歇一会儿。赵蓉曾心里明白，夫人此刻最需要的是安静。安静才能恢复体力，有力气了，才能迎接新的阵痛。老天爷再保佑，生孩子这痛苦总会要挨一下。

赵蓉曾走出卧室，来到客厅，在一张太师椅上坐下来。窗外的天越来越暗，仿佛到了傍晚似的。窗外的风越刮越紧，院子里一棵老榆树高高的枝丫在风中摆过来晃过去。

赵蓉曾把杨妈叫到跟前，吩咐她在房间里等候，一步不能离开。小刘已请郎中去了。郎中来了，大家会更放心些。赵蓉曾安慰杨妈不要紧张，其实，他自己心里更紧张。他总感到夫人头胎跟别人不一样。怎么剧烈疼痛之后，又不疼了？不疼也就罢了，竟然还能进入梦乡。

杨妈其实也感到特别奇怪。这种情况别说没见过，就是十乡八里也从未听说过。眼前，夫人临盆了，竟然还能睡得这么安稳，睡得这么轻松。怎么说，杨妈的心里也不踏实。杨妈担心夫人睡着了，老爷还要去码头取货，赶紧对老爷说："第一胎，谁都说不准顺不顺产。老爷您不能老把心思花在学生身上，夫人生孩子这可是关键时刻，您不能再去码头！您得在家里，我们都踏实些。"

"放心！杨妈！我哪儿都不去！就守在这里等着当爸爸！"赵蓉曾说着，脸上露出了即将为人父的喜悦。

"这就对了！"杨妈转过身往夫人的西侧房间走过去。刚走到房门口，又掉过头来，"老爷，您起早去码头接货累了，去休息一下吧。放心，有动静时马上叫醒您。"

"嗯！"赵蓉曾点了一下头，眼睛在客厅里扫来扫去。突然，他的目光落到中梁上。客厅的中梁是一根杉木，足有乡下的面盆粗。中梁上雕刻着一条活灵活现的龙。龙身缠绕在中梁上，栩栩如生。其角似鹿、头似驼、眼似兔、项似蛇、腹似蜃、鳞似鱼、爪似鹰、掌似虎、耳似牛，口旁有须髯，颌下有明珠，喉下有逆鳞。赵蓉曾盯着中梁上雕刻的龙的图案，眼珠一动不动。不知道是看久了，还是其他什么原因，龙的四周仿佛腾起一团团乳白色的雾气。浓浓的雾气围绕着中梁上的龙头龙身龙尾悠悠地飘动。缓缓飘动的雾气中的龙似乎活了。活灵活现的气势把赵蓉曾看呆了。平时，这中梁上的龙雕也就是件艺术品，或者是件装饰品。但今天这龙雕怎么活了呢？这乳白色的雾气哪儿来的呢？

外面风仍在刮。

在呼呼呼的风声中，赵蓉曾坐在椅子上迷迷糊糊地睡着了。

赵蓉曾做了一个梦。他梦见中梁上的龙飞了下来，在小小的客厅里随着袅袅缭绕的雾霭在盘旋。窗外，乌云滚滚，伸手不见五指，压得人喘不过气来。突然，一道闪电从窗外乌黑的天空中划过，紧跟着就是轰隆一声。赵蓉曾被惊醒了，一下从太师椅上坐起身来。就在此时，从西侧房间传来一声婴儿清脆的哭声。杨妈急匆匆地从房间里跑出来，来到赵蓉曾面前，语气有些结巴："老爷，老爷，太太生了个小少爷！"

原来，赵蓉曾在太师椅上打盹儿做梦时，杂工小刘带着郎中回来了。见老爷睡得正香甜，就没有打搅他，带着郎中直接进了西侧房间。这时，外面的天空黑洞洞的，像夜里似的。小刘赶紧将房间梳妆台上的罩灯点亮。就在灯亮的一刹那，夫人醒了。夫人见外面黑漆漆的，耳边风声一阵紧似一阵，反而轻松起来。似乎没了疼痛感，很是自然地坐起身，头往床头上一靠，挥了挥手，示意小刘出去，房间只留下杨妈和刚请来的郎中。小刘走出西侧房间，边走边纳闷：夫人生孩子真是有点怪。疼起来要老命似的，哭天喊地，害得我火急火燎地赶到码头把老爷喊了回来，郎中也请到了天香阁，夫人不但不痛了，反倒像没事儿人似的。这孩子也不知道什么时候能生出来，一惊一乍的，谁能说得清楚。

突然，窗外电闪雷鸣，一声婴儿的啼哭响彻赵府。这小少爷的出生真是神奇，像乡下爆爆米花似的，火候到了，嘭的一声，说出来就出来了，真有些不可思议。

闪电划过，雷声一响，大雨倾盆而下。哗啦啦的雨声伴着呼呼的风声一阵一阵传到天香阁。窗外的天空随着倾盆大雨渐渐地亮起来。

赵蓉曾几乎没有思想准备就接受了这份大礼。他当父亲了，而且是个小少爷。他随着杨妈乐呵呵地三步并作两步跨进了西侧房间。

窗外一道道闪电划过渐明的天空，狂风卷起大雨洒向大地。哗啦啦的雨声中不时响起一声声的春雷。赵蓉曾的夫人安静地躺在床上，刚生完孩子的倦怠还留在脸上，神态中却洋溢着初为人母的喜悦。杨妈和郎中连连向赵蓉曾贺喜："恭喜老爷！喜得贵子！"

赵蓉曾也喜滋滋地拱手还礼。

杨妈和郎中几乎是异口同声："一场虚惊！"

杨妈朝躺在床上的葛氏夫人瞅了一眼，兴奋之情溢于言表："想不到，真的想不到。别人家头生子都是把心吊到嗓子眼。夫人生头胎却这么顺利，春雷一声震动天香阁，小少爷说出来就出来啦。"说到这里，杨妈抱起躺在葛氏夫人身边的小少爷，凑到赵蓉曾面前。

清脆响亮的哇哇的啼哭声，宣告了一个新的生命来到这个世界上。赵家有儿子了。

赵蓉曾夫妇心中高兴不已。

赵蓉曾一边示意杨妈把孩子放进被窝，一边朝躺着的葛氏夫人憨厚地笑笑："辛苦了！你快临产了，我还去码头为学生们拿东西。好在老天爷保佑，生头胎这么顺利！"

"镇江送来的笔墨纸张拿到了吗？"葛氏夫人跟赵蓉曾心里想的一样，学生们的事就是家里最大的事。

赵蓉曾有些激动地说："夫人放心！我已托码头上的船工下午送过来，绝不会耽搁学馆的正常教学。"

"这就好啦！"葛氏夫人放心地闭上眼睛，脸上露出浅浅的笑容。

窗外的天慢慢地亮起来。雨小了，风也渐渐地停了。

赵蓉曾吹灭了梳妆台上的玻璃罩灯，从抽屉里取出一块大洋，递到郎中手里说："添麻烦了，谢谢！"

郎中连忙推开赵蓉曾递过来的银圆，深有感触地说："我接生过不少孩子，还没有见过生头胎这么顺利的！今天开眼界了！我啥事也没有做，这银圆不能要！"郎中推开赵蓉曾的手，嘴里不停地啧啧称奇，"没见过，炸雷一声，小少爷就出来了！"

赵蓉曾硬是把银圆塞到郎中手中说："这是喜钱，一定要拿着！"

郎中连连拱手："恭喜老爷！恭喜老爷！"说着，见窗外雨停了，转身要回去。走到天香阁的楼梯口，转过身来提醒赵蓉曾："老爷！这小少爷不一般，得请人取个好名字！"

"好嘞！"赵蓉曾让小刘把郎中送到大门外。

天上的云彩变淡了。太阳不知何时从白莲花般的云朵里露出了脸，洒下了金色的光芒。赵蓉曾满心喜悦，跟杨妈、小刘作了一番交代，两只手不停地搓来搓去："郎中说得对，儿子出生得很奇异，取个什么名字好呢？"

三、赵声，字伯先

午后，雨过天晴。

赵蓉曾的父母去东乡姚家桥走亲戚。傍晚时分，回到大港。刚跨进天井，就听到儿子赵蓉曾那急促的脚步声伴随着脆亮的喊声："爸、妈，你们回来啦！"

赵老太爷和赵老夫人穿过天井，来到天香阁的楼下，听到儿子喜气洋洋的声音，一愣，迎着儿子走上去。

赵蓉曾走到父母跟前，脸上笑开了一朵花："恭喜爸妈，你们添孙子了！"

赵蓉曾的话刚说完，楼上传来了清脆的婴儿啼哭声。老太爷、老夫人恍然大悟，喜不自禁。这两天出去走了一趟亲戚，回家已大喜临门，竟然抱上孙子了。上午下了一场雷阵雨，两位老人在亲戚家惦记着家中待产的媳妇，雨停下后，就雇了一辆马车往回赶。马车走到华山村，穿过龙脊街时，慢了下来。太阳已经出来，春天的阳光特别明媚，暖意融融。两位老人坐在马车上，听到街铺里传来脆生生的泥叫叫声。华山太平泥叫叫，世代以民间手工技艺制作，采用本地山泥手塑，经炼泥、捏塑、刻画、刺吹孔、上色等多道工序而成，能吹出各种动听的哨声。东乡一带的小孩很喜欢吹泥叫叫玩。俗话说，三百六十行，行行出状元，这华山村的太平泥叫叫不仅在东乡有名气，还远销到镇江、丹阳、常州一带的城里。听到店铺里的哨声，两位老人都想到了一块。家里的媳妇葛氏这些日子要生了，何不顺路买几个太平泥叫叫回去。两位老人几乎是同时招呼车夫停下来。下了车，直奔泥叫叫店铺。赵老太爷选了一盒精致包装的泥叫叫，满心欢喜地付了钱。两位老人重又上了车，沐浴着春天午后的阳光，迎着从不远处江上吹来的有些暖意的风儿，听着路边高大白果树上喜鹊叽叽喳喳的叫声，心情愉悦地往大港家中赶去。

想不到喜事来得这么快。真是喜鹊叫，喜事到。还未看到媳妇，孙子的啼哭声已经传到二老的耳朵里。二位老人听到儿子赵蓉曾报喜的话，激动万分。大户人家，抱孙子是件大事，更是一件喜事。儿子恭喜二老抱孙子，两位老人也笑得合不拢嘴，连连向儿子贺喜。屋梁上几只燕子飞来飞去，留下一片欢快的喃喃鸣叫声。

赵老夫人手里拎着刚从华山村龙脊街店铺里购买的泥叫叫，满心欢喜地递到儿子手上，声音有些激动："儿啊，这是刚从龙脊街上买的泥叫叫，男孩儿喜欢吹泥叫叫，想不到刚进家门就用上了。"

赵蓉曾接过母亲递到他手里的精美礼盒，仔细地打量了一下，连声叫好。

赵蓉曾拎着泥叫叫盒子，引着父母踏上天香阁的楼梯，一边往上走，一边侧过头说："爸、妈，这是您俩的大孙子，名字您二老取！"

"你儿子的名字还是你自己取！"赵老太爷左手扶着楼梯，边走边爽朗地说。

赵老夫人也踏梯而上，插了一句："你爸说得对，你的儿子你取名！"

"不管谁取名，总得取个响当当的名字！"赵蓉曾想到父母一直都是忠厚待人，对子女尤其宽厚、仁爱，心中涌起了一股甜滋滋的暖流。他知道自己的父母虽然没有大学问，但很明事理，十分开明。当年，能在天香阁开学馆，没有父母的大力支持，是办不起来的。这刻提到起名字，父母这么放手，赵蓉曾的心里充满了对父母亲的敬意。

走到天香阁客厅，赵老太爷停下步子，意味深长地对赵蓉曾说："蓉曾，取个好名字很重要，前贤们甚至认为赐子千金，不如教子一艺，教子一艺，不如赐子一名。一个好的名字将使他终身受益，一个不好的名字将使他终生遗憾！"

母亲赵老夫人在旁鼓励道："蓉曾是学馆的老师，取个好名字还不是小事。"

听到父母的话，赵蓉曾感到给儿子取名字不是一件小事，虽然父母让自己做主，但自己得帮儿子把名字取好。取名还得慎重。赵蓉曾脑子一转，提议道："洗三宴请乡邻亲朋，学馆放假一天。到时洗三的酒宴上听听大家的意见。"

父母一听，连连点头。

三人来到西房间门口，杨妈听到客厅里传来的说话声和脚步声，知道老太爷、老夫人走亲戚回来了，赶紧迎了出来。

四个人走进西房间。婴儿正不停地啼哭，一声比一声响亮。但在赵蓉曾和父母的耳朵里，这脆脆的啼哭像天籁之音。赵蓉曾大步走到夫人床头，低声唤道："夫人，爸妈看你来了！"

躺在床上的葛氏夫人此时刚从迷迷糊糊的睡梦中醒来。微微地睁开眼睛，见房间里站满了亲人。她朝丈夫示意，想请蓉曾扶她一把，让她坐起来给爸妈请安。赵蓉曾赶紧走到床头。母亲亲切地帮媳妇掖了掖被角说："躺着！躺着！千万别着凉！"

杨妈在一旁不失时机地插了一句："生完孩子要注意保暖，千万不能坐月子落下病根子。"

赵蓉曾也用手温柔地按了按夫人的膀子。

葛氏夫人微微地抬起头，亲热地叫道："爸，妈！"

赵蓉曾、杨妈几乎是异口同声地催促两位老人："快！抱抱孙子！"

赵老夫人低声向媳妇叮嘱了一些坐月子需要注意的地方，轻轻地拉开被头，慈祥的目光注视着躺在媳妇左胳膊边的孙子。

孙子似乎特别懂事，先前的啼哭也突然停了下来。肉嘟嘟的嘴唇不停地嚅动着，好像有千言万语要对爷爷奶奶说似的，小嘴还发出轻微的嘟嘟嘟的响声。

赵老夫人见到孙子这般神情，感到有些不可思议。这孙子生下来还不到一天，眼睛又没有光，什么也看不清。他怎么知道他爷爷奶奶来看他了呢？似乎还有什么话说。

大家的目光都落到上午刚刚呱呱坠地的赵家大孙子那肉乎乎的脸上，都感到这孩子刚生下来就这么有活力，不可思议。

奶奶见到孙子，那股高兴劲儿就别提了。尤其是眼前的这个小孙子非同寻常，不但目光不停地闪动，而且小嘴不停地嚅动，似乎有什么话要说。做奶奶的当然就抑制不住心中的喜悦了。她轻轻地拉开被子，从床角边取了一条雪白的大毛巾，把小孙子一裹，手轻柔地往孩子屁股下一插，缓缓地抱起小孙子，另一只手做着轻轻拍打的手势，嘴里喃喃自语："乖！乖！我的小孙子真乖！"

全家人欢快的目光追随着赵老夫人，一起与奶奶分享抱孙子的喜悦。

突然，这位刚生下不到十个小时的赵家小少爷，小藕段似的膀子一舞，哇的一声又大哭起来，边哭还不停地摆动臂膀，整个小水瓜似的身体都扭动起来。当奶奶的想不到这小孙子生下来这么有劲，赶紧抱紧，嘴里嗔怪地说："小乖乖！别乱动，听话！"

奶奶感到抱着的小孙子浑身是力气，赶紧轻轻地放到床上，抽掉大毛巾，把被子一盖，让小孙子回到了媳妇的身边。

说来也怪，小孙子好像心有灵犀，一回到妈妈的身边，啼哭声就戛然而止。

在一旁的杨妈向赵老夫人打趣道："老夫人，小孙子已给足您老面子啦！当然，这小家伙还是更喜欢母亲！这不，一回到母亲身边又安静了。"

大家都忍不住哈哈大笑起来。媳妇、婆婆相视一笑，目光又全落到安静地躺在葛氏夫人身边的小少爷身上。

天香阁有了小主人的消息，传遍了整个大港镇。大家都把赵家小主人的出世跟春天下的那场大雷雨联系起来，越传越玄乎。说是天香阁学馆的葛氏夫人临盆跟普通产妇不一样。先是疼痛难忍，大喊大叫，但阵痛之后，胎中的婴儿又安静下来，产妇的阵痛感竟然消失了。葛氏夫人呻吟一阵后竟然慢慢地安静了，孩子没有生下来，产妇倒迷迷糊糊地睡着了。

上午，春光明媚，太阳暖乎乎地透过白色的云朵照在大港的山水大地上。可10点过后，太阳被厚厚的棉被似的云层遮住了，而且越遮越严实，一丝阳光也不见了。天空渐渐地暗下来，到了11点钟，本应是亮堂堂的天空，整个大港却好像夜幕降临似的。江上的风越刮越大，江风吹得宽阔的江面翻起了波浪。波浪一浪涌过一浪，发出"哗哗啦啦"的浪涛声。

就在大港镇的天昏昏暗暗的时候，天香阁的葛氏夫人越睡越深。葛氏夫人一点也不像将要生孩子的样子。外面的天空夜晚似的，葛氏夫人也当是夜里了，睡得很深很沉。守在房间里照料的杨妈绘声绘色地向左邻右舍说起天香阁葛氏夫人生孩子的奇事，大家都感到很神奇和不可思议。都是杨妈亲历的，一点儿也没有添油加醋。

赵蓉曾从码头被喊回天香阁时，夫人已经迷迷糊糊睡着了。赵蓉曾当时也感到不可思议。只能坐在天香阁厅堂的太师椅上急切地等。等着等着，夫人还是没有动静，赵蓉曾竟然也迷迷糊糊进入了梦乡。

外面的天空越来越暗。

江风一阵紧似一阵地吹过来。呼啸的风声从窗隙传进天香阁。突然一道闪电划过，接着是一声炸雷。杨妈怎么也没有想到，随着这声震耳欲聋的雷声，葛氏夫人竟然醒了，几声呻吟之后，还没等守在房里的郎中和杨妈反应过来，小少爷已经探出头来了。

郎中和杨妈一阵手脚忙乱，小少爷顺利生了下来。一阵清脆的啼哭声，让杨妈、郎中喜出望外，连连说："神了！真神了！这小少爷跟天上掉下来似的。"

洗三宴，这是大港一带的风俗习惯。谁家生了孩子，特别是生了男孩，不但送红喜蛋，也就是送红蛋，在孩子生下来的第三天还得办一个小宴会，把左邻右舍、亲朋好友请过来，好好地摆上几桌甚至十几桌酒席，让大家一块高兴。赵家第一个小少爷出生了，赵蓉曾这个当爸爸的正好三十岁，喜上加喜，洗三当然要大摆酒宴。由于小少爷的出生比较神奇，经郎中和杨妈之口，这三天在大港镇一传，全镇甚至东乡一带几个乡镇的村民们都知道了，赵蓉曾家的小少爷是一声春雷来到人间，不一般！有些略沾点亲的也不请自到，赶来喝小少爷的洗三酒，图个喜气。

赵蓉曾儿子的洗三宴摆了近二十桌。天香阁楼上楼下，甚至天井里都摆上了八仙桌。洗三这天，天气特别晴朗。和煦的春风带着桃花的清香一阵一阵地吹进赵家的院子，吹到天香阁的角角落落。

乡下摆酒宴不讲究排场，也没有特别的规矩。有空地就摆上八仙桌，七八个人坐满后倒酒就喝。

一阵鞭炮响过，赵家前后三进人声鼎沸，猜酒声、说话声响成一片。炮仗刺鼻的火药味和浓浓的酒气掺和在一起。整个赵家大院里一阵一阵的欢声笑语不绝于耳。

酒过三巡，是小少爷亮相的时刻。杨妈挽扶着葛氏夫人，赵老太爷、赵老夫人还有赵蓉曾这个当爸爸的兴高采烈地从天香阁楼上走下来，来到天井里，抱着小少爷拜见亲朋乡邻，全家人不停地给大家打招呼，顺便拜托乡邻好友给小少爷取名字。小少爷一点也不吃嫩，不停地摇晃着肉嘟嘟的藕段似的臂膀，一声不哭，倒像阅兵似的。众人都连声称奇，嚷着不可思议。葛氏夫人刚生完孩子身体有些虚弱，在杨妈的挽扶下，带着小少爷转了一圈后早早地回到天香阁的西房间休息。

赵蓉曾端着酒杯，满脸笑容地向亲朋乡邻们敬酒。他这洗三宴还夹了个小九九，来的亲朋好友中有不少有头有脸的人物。他自己又是开学馆的，也算个文化人。小少爷是头胎，取个响当当的名字很重要。学馆主人家的小少爷取不出个好名字，岂不让亲朋乡邻们笑话？赵蓉曾早就打起了小算盘。他要借儿子的洗三宴让亲朋乡邻们出出点子。赵蓉曾特别用心地给大家敬酒。他一征求意见，一些个爱表现的，或有些墨水的人，也不忌取的名是不是合主人意，心中怎么想就怎么说出来。

先是赵蓉曾请来接生的郎中端起酒杯。他恭恭敬敬地敬了赵蓉曾父母、赵蓉曾各一杯酒，然后又将酒杯斟满，举得高高的，招呼大家都把酒杯斟满说："我提个建议，小少爷取名……"说到这里，郎中有意顿了顿，"我取的名字，大家赞成就一起把酒干了。不赞成我把酒干了！"

"好！"天井里的客人们异口同声，声音特别响。几只衔泥做窝的春燕刚飞进天井的屋檐，被这震天动地的"好"声一惊，又一阵风似的飞出天井，飞向高远的蓝蓝的天空。

郎中举着手中的酒杯说："小少爷出生时我在场，其实我一点忙也没有帮上。我从来没有见过生孩子这么顺利的。春雷一声响过之后，不到一分钟，小少爷就平安来到这个世界上，带着清脆、响亮的"哇哇"啼哭声。我提议，小少爷是随着雷声来到天香阁的，叫赵声怎么样？"

"好！"

"赵声！响亮！"

"随着雷声来到这个世界上，叫赵声有寓意！"

"叫赵声名字响亮！"

"叫赵声，让小少爷的名字像春雷一样响彻中国大地！"

大家你一言我一语地附和着。郎中的目光投向赵蓉曾和他的父母，老太爷、老夫人以及赵蓉曾也连声称好。这时，郎中大着嗓门说："既然大家都赞成！我先把酒干了！大家也把杯中酒干了！"

"干！"酒宴上的欢声笑语一阵高过一阵，赵声的名字回响在天香阁赵宅的洗三酒宴上。

赵蓉曾心里对这个名字很满意。他敬了父母一杯酒，借机征求意见。父母把酒喝了，连连点头不已。

取名是大事，虽然赵蓉曾对这个名字很满意，但他是教书匠出生，喜欢咬文嚼字，追求完美。他端起酒杯借敬酒继续征求意见。

大港是镇江东乡一带的政治经济文化中心，人才济济。几个追求完美且有文化的人见赵蓉曾这么真诚，又提了不少好主意供赵蓉曾正式取名做参考。

镇上有一个经常在东岳庙里练武功的青年人，跟赵蓉曾年纪相仿。他先是给赵蓉曾敬了一杯酒，然后谦虚地说："我会武功，很崇尚武力。我感到你家小少爷不一般。出生很神奇。这个社会现在是到处不公平，雷声把小少爷送到这个世界上，这是天意啊！我感到叫赵声还不够有力量，叫赵劈！不是有句俗话，霹雳一声震天响！摆平人间不平事，这是大家都向往的呀！叫赵劈怎么样？"

赵蓉曾听了这位大港镇上练武功的朋友的提议，连连点头。这位会武功的青年人，原来是大港东街最东头的东岳庙里的小和尚。在东岳庙里练就了一身的好功夫。后来被镇上一大户人家请去看家护院，还取了一个俗名，叫赵平。这个赵平虽然在大户人家当帮手，但一身正气，从来不干欺侮百姓的事。赵平文化不高，也就空闲时间，在天香阁学馆跟着识了一些字。赵蓉曾听赵平给小少爷取名赵劈，心里也觉得挺有新意。于是，亲自提起桌上的酒壶，帮赵平斟满一杯酒，敬了赵平一杯说："好创意！路见不平就要劈！"

赵平笑笑："你家小少爷才出生三天，你看他那小臂膀肉嘟嘟的，有力气呀！"

"将来拜你为师，学武！"赵蓉曾把酒杯里的酒一口喝了，嘿嘿地笑了起来。

"还是学文有出息！将来一定会成为社会的人才！"赵平又自干了一杯。

镇长是头面人物，跟赵蓉曾家也很熟识。他提了一个建议。他说："叫赵声也好！叫赵劈也罢！意思差不多，我都赞成！我给他起个字。你家小少爷出生在农历二月十一日。农历二月十二日为百花生日。这一天，人们都要在花树、花盆中扎上小红旗，祝贺百花生日。而小少爷出生在百花生日的前一天，字百（伯）先。怎么样？供参考！"

镇长是个开明人士，说完，自斟一杯酒，敬了赵蓉曾，连连说："恭喜！恭喜！"赵蓉曾赶紧陪酒一杯！

洗三宴结束，赵蓉曾心里已经有了底。他打算晚上和父母一起商量一下，再把儿子的名字定下来。赵府的第一个大孙子，取名是头等大事。

他打心底里希望儿子因为这个好名字而顺利成长。

三、赵声，字伯先

四、记忆超凡

晚风悠悠地吹拂着天井里老榆树那嫩绿的枝叶，发出沙沙沙的声响。天香阁窗外的天幕上，一轮圆盘似的明月高高地挂在东街的天空上。窗外，洗钵桥、拾钵山还有东街北边广场上三棵高大的银杏树全沐浴在亮汪汪的月色中。

吃过晚饭后，赵蓉曾就请了父母一起来到西厢房。窗外的月光映亮了西厢房。玻璃罩灯点亮了。火舌忽上忽下，红色的光亮在月光的衬托下，把房间也映红了，洋溢着一种喜洋洋的气氛。

赵蓉曾刚说出小少爷取名的事，赵老太爷就抢过话茬，一锤定音："中午的洗三宴上大家都说了。就叫赵声。当然，也可以叫赵劈，但劈字有点不低调。另外，字伯先。"

父亲一说，母亲附和，葛氏夫人也点了头。赵蓉曾赞许道："赵声，字伯先。至于赵平的提议，赵劈，叫叫也无妨。"

赵蓉曾的第一个儿子，名赵声，字伯先。按照民国二年（1913年）赵蓉曾纂修的《大港赵氏六修文翕分谱十卷》记载，以宋朝赵氏论，赵声赵伯先为赵匡胤第三十世孙；以南迁大港论，赵声赵伯先为赵子褫第二十四世孙。

只愁生，不愁长。

赵声的出生，给赵家带来了无尽的欢乐。赵蓉曾夫妻俩对小赵声十分疼爱。赵声长得十分讨人喜欢，未满周岁已见其性聪颖。

赵蓉曾是大港街上有名的绅士，是宋代皇族后裔赵子褫第二十三世孙。赵蓉曾博学强记，精通古文。他无意功名，虽然参加过不少次乡试，但他不把乡试放在心上，只是遵父母之意应付而已，因而几试未中。他心里装着孩子们，认为社会的进步关键在孩子们。孩子们是赵蓉曾心目中的森林。他热衷于孩子们的教育，想通过教育改变中国贫穷落后的面貌。赵蓉曾征得父母同意，在天香阁老楼办起了私塾学馆，家居教书，大港镇上无论富人还是穷人的孩子都乐意到天香阁读书。

赵蓉曾三十岁得子赵声，满心欢喜。赵蓉曾身高一米七五左右，不胖不瘦，身材很匀称。圆圆的脸庞，一双大眼睛炯炯有神。两弯拱形但很浓黑的眉毛，像两座微型拱桥架在眼窝上，透出无限的精明强干。赵蓉曾留着胡须，戴着瓜皮帽。这是他最讲究的服饰，瓜皮帽是真丝制作，纯黑色。阳光一照，闪亮闪亮的。天香阁的学子只要见到反光就知道赵蓉曾老师来了，于是天香阁里瞬间会书声琅琅。赵蓉曾平常喜欢穿灰色或藏青色的长袍大褂。他有一个习惯，讲学的时候，右手总是自觉不自觉地捧起大褂的右下摆，有滋有味地让大家跟着朗读古文古诗。

赵声出生后，赵蓉曾夫妇又多了一大乐趣。除了学馆里的大孩子们，还有赵声这可爱的小孩子。教学之余，赵蓉曾总不忘陪着小赵声玩。赵声这孩子也特别惹人喜爱。

赵声出生的这一年夏天特别热，快立秋了，大港镇上还是热浪滚滚。立秋过后，秋老虎发威了，三十五六摄氏度的高温持续不断。快六个月的赵声不会走路，只会呀呀乱叫，肉嘟嘟的小手和圆嫩嫩的小嘴特别招人喜爱。别看赵声年纪这么小，但挺会逗大人乐。他逗大人乐的动作就是破坏，然后咯咯咯地笑个不停。

天气炎热。农村里到四五点钟时分，太阳已经落到大港镇江边山坡的后面去了。江上吹来一阵阵的微风，天气凉了些。这里人家的习惯是从屋里把长桌搬出来放到天井里。熬上一大锅粥，然后盛进大瓦盆里。条件好的人家会煮上一盆地瓜，炒上一些盐水渍过的黄豆。每当这时，大香阁放学了，赵蓉曾先生有空暇时间了，他第一件事是从夫人手里接过赵声，先是抱着小赵声在天井转圈子。他一边用手拍着赵声的屁股，一边嘴里喃喃自语，似乎在跟赵声对话。小赵声也似听懂了，不停地嚷嚷，小手臂也乱舞一通。夫人在天香阁担心地大着嗓门提醒丈夫把小赵声抱紧些，别不小心跌到地上。

夫人一提醒，赵蓉曾还真有些紧张。因为好动的赵声喜欢乱踢乱蹬，自己毕竟不是带孩子的料。于是赶紧抱着赵声来到乘凉的桌旁，轻轻地把他放到桌子上，赵声半趴着，嘴里不停地嘟囔着。赵蓉曾见赵声这副憨态，心里乐呵呵的。他见桌子另一角放着一盆子盐水炒黄豆，顺手捏了两粒放到赵声眼前，小赵声看着黄豆，十分兴奋。只见他仰起头，小手使劲地往黄豆粒上够，身体移动了一点，手也够到黄豆粒了，突然，他小手一撸，把两粒黄豆撸到了地上，见黄豆在地上骨碌碌地滚动，小赵声发出一阵咯咯咯的笑声。这个小小的举动，让蹲在桌边上的赵蓉曾吃了一惊。这小家伙破坏力真强，不知道他心里怎么想的，难道他以破坏为乐？想到这里，赵蓉曾心里有些紧张，从小一看，到老一半，怎么能以破坏为乐呢？但转念一想，看问题也不能片面。得看破坏的是什么东西。难道腐朽的东西不该破坏吗？想到这里，赵蓉曾又笑出了声。他为儿子有创新闯劲的萌芽而由衷地高兴。

他又从盒子里拿出一块地瓜放到赵声的手边。小赵声喜气洋洋地伸出小手，使劲一撸。赵声虽然还不到六个月，但手劲不小，地瓜被撸到了桌下。赵蓉曾赶紧从地上捡起地瓜，吹吹沾上去的土，放回盒子里。

小赵声咯咯咯地笑个不停。

赵蓉曾也跟着笑了。

倚在天香阁栏杆边看丈夫逗孩子的葛氏夫人也忍不住哈哈大笑。

赵声生下来就跟别的孩子不一样，天生的调皮、聪明。用杨妈的话说，这孩子不好哄，葛氏夫人有时也哄不住。但有一点挺奇怪，只要听到学馆学子们念书的声音，小赵声就会安静下来。

天香阁学馆里天天朗诵古文古诗。不是《三字经》，就是《百家姓》，再就是古诗古词。这些诗词枯燥无味。大人听起来都头脑发涨。这小赵声却像中了邪，一听到天香阁传出的琅琅的读书声，就会安静下来。

有一天上午，正是学馆里讲学的时候，镜芙先生正大声给学子们朗读《三字经》。

楼上，才六个多月大的赵声吃过奶，母亲葛氏抱着他，想哄着他睡觉。但小赵声不停地拍打着小手，嘴里嚷嚷不停，很是兴奋。葛氏夫人用手掌轻轻地拍打着赵声的后背。不知是手掌用劲大了，还是什么原因，赵声哇地大哭起来。夫人连声哄着："不哭！不哭！乖孩子，听话！"

但母亲的抚慰一点也不起作用，赵声的哭声越来越响。

天香阁楼下学馆里，镜芙先生的朗读声很响。

"人之初，性本善。

性相近，习相远。

苟不教，性乃迁。

教之道，贵以专。

昔孟母，择邻处。

…………"

夫人见赵声啼哭不止，很是心疼。她搂紧赵声，不停地轻拍小屁股。但怀里的赵声仍不停地扭动着身体，哭声越来越响。无奈，夫人只得抱着赵声走出房间，在学馆外面的走廊上来回踱步。镜芙先生读《三字经》的声音洪亮，一句一句清晰地传过来：

"子不学，断机杼。

窦燕山，有义方。

教五子，名俱扬。

养不教，父之过。

教不严，师之惰。

子不学，非所宜。

……………"

奇迹发生了。赵声一双亮晶晶的小眼睛忽闪忽闪的，哭声渐渐地小了。葛氏夫人见状，索性把赵声抱到学馆门口。这一招还真灵，赵声完全安静下来了。葛氏夫人以为赵声睡着了，扭身要回房间去。突然，赵声哇的一声又哭了出来。葛氏夫人心里很是纳闷：这小家伙咋对《三字经》上瘾呢？她赶紧抱着赵声站在学馆外面。镜芙先生朗读的《三字经》好像催眠曲，赵声在《三字经》的朗读声中渐渐地进入了梦乡。

葛氏夫人转身往房间走去，一边走还一边轻轻地背着《三字经》：

"幼不学，老何为。

玉不琢，不成器；

人不学，不知义。

……………"

《三字经》真是催眠曲。到了西房间，葛氏夫人把赵声轻轻地放到床上，肚子上盖一条小花毛巾。赵声睡得十分香甜，均匀的呼吸声轻轻地在房间里回荡。

晚上，葛氏夫人把这件事跟丈夫一说，赵蓉曾说什么也不相信。一个才六个月的孩子，懂什么呀！也可能是摔了个跟头拾了个元宝——歪打正着。赵蓉曾并没有把这件事放在心里。

秋天到了，天气凉了，一群大雁往南飞。一天傍晚，夫人去娘家还未回来。赵蓉曾从杨妈手里接过赵声，在西房间里哄赵声睡觉。不知什么原因，赵声手不停地乱舞，哇哇哇地哭个不停。赵蓉曾赶紧把赵声抱到天井里。秋高气爽，秋风一阵一阵地吹过来，赵蓉曾心旷神怡。但赵声的哭声一声高过一声，惹得他心里有些烦。赵蓉曾不停地哄，但小赵声还是不停地哭。赵蓉曾抬起手指着天空中排着人字形飞过去的雁群，想引起赵声的注意，但赵声仍然哭个不停。赵蓉曾急得手足无措。突然，他想起了夫人说过的《三字经》。赵蓉曾把赵声扛到肩上，不停地晃动。一边晃动，一边喃喃地念起了《三字经》：

"人之初，性本善。

性相近，习相远。

苟不教，性乃迁。

教之道，贵以专。

昔孟母，择邻处。

子不学，断机杼。"

念到第六句时，奇迹出现了。扛在肩上的赵声哭声渐渐地低了下来，安静了不少。赵蓉曾感到有些不可思议，趁热打铁继续念：

"窦燕山，有义方。

教五子，名俱扬。

养不教，父之过。

…………"

赵声在父亲肩上安静地睡着了。赵蓉曾找不出什么理由来解释，只感到特别惊奇。他自我解嘲，会不会听多了学馆《三字经》《百家姓》的朗读声，当成催眠曲了。只有这个解释还能说得过去。

赵声确实聪明。三岁不到能数数，从一数到一百，让天香阁学童和左邻右舍的乡亲们都惊诧不已。四岁吹起了太平泥叫叫，不少左邻右舍的乡亲有事没事往天香阁跑，没有其他目的，就是来赵家逗着小赵声表演凑热闹。

四五岁时，学馆里考试。有一个学生正在背《三字经》，站在学馆门口看热闹的赵声聚精会神地听着。

当那位学子一口气背了十几句后，突然卡壳了。嘴里不停地重复"香九龄"这三个字，脸上显出紧张神态。站在门口的赵声随口背下去：

"香九龄，能温席。

孝于亲，所当执。

融四岁，能让梨。

弟于长，宜先知。

首孝悌，次见闻。

知某数，……"

主考的赵蓉曾见儿子背得很顺，没有打断他。谁知赵声竟然一口气完整地背了下来。

围观的人都佩服不已，纷纷伸出大拇指。谁知，赵声只是冲大家做了一个调皮的鬼脸，一溜烟跑出天香阁，到鸿溪河边的洗钵桥上玩耍去了。

一晃赵声五岁了，在大港镇上有了"神童"的小绰号。

一次，大港镇上的私塾举办《百家姓》背诵比赛。只是要求背诵，年龄不超过八岁。当时，小赵声还没有上过学，只是学馆的旁听生。吃过晚饭，赵蓉曾有意考一考儿子。他把赵声叫到身边说："《百家姓》知道吗？"

"知道！"赵声回答得很干脆。

"会背吗？"赵蓉曾问。

"会背。"赵声答。

"背给我听听可以吗？"赵蓉曾将信将疑。他知道儿子聪颖，想让赵声去参加大港镇上《百家姓》背诵比赛。

"赵钱孙李，周吴郑王。

冯陈褚卫，蒋沈韩杨。

朱秦尤许，何吕施张。

孔曹严华，金魏陶姜。

戚谢邹喻，柏水窦章。"

没等赵蓉曾说开始，赵声已经背上了。

"云苏潘葛，奚范彭郎，

鲁韦昌马，苗凤花方。

俞任袁柳，酆鲍史唐。

…………"

赵蓉曾望着赵声稚气的圆脸，听着儿子一点不磕巴地把《百家姓》背完，长长地松了口气。

赵蓉曾拍拍赵声的小肩膀，诧异地问："什么时候学的呀？"

"天天听大家读，早就会了。"赵声说完，还加了一句，"我还会背古诗古词呢！"

赵蓉曾望着赵声，满心欢喜地笑了。接着，赵蓉曾用征询的口气对赵声说："大港镇上要比赛背诵《百家姓》，你敢参加比赛吗？"

"敢呀！"赵声不假思索。

"好！我替你报名去。"赵蓉曾心里涌起了一股无法形容的自豪。他对学子取得的每一点成就都打心底里开心，何况眼前是自己的儿子呢！再说，马上也快有第二个孩子了。有小赵声做样子，这赵家一定会兴旺起来。

赵蓉曾跟夫人商量后，去大港镇上替赵声报了名。

背诵《百家姓》比赛，全镇共有一百名学生参加。年龄最小的是赵声，没有上过私塾的是赵声，得背诵一等奖的却也是赵声。

赵声是神童，这消息在大港镇上传遍了。

五、崇拜岳飞

赵声出身书香门第，父亲是大港天香阁私塾学馆的先生。他生活在这得天独厚的浓郁学习氛围中，耳濡目染，再加上天生聪颖，智力过人，记忆力超群，四岁就能背诵《三字经》，五岁能背诵《百家姓》，大港镇上全知道天香阁里出了个小才子。

赵声由于天天生活在天香阁学馆里，与学馆的同学们也混得很熟。虽然与学馆的同学们年龄有些差距，但赵声智力超群，与同学们相处得很融洽。时不时地还切磋学问，特别是对对子。学馆教了不少对对子的知识，他在外面旁听，也学到了不少基本知识，掌握了不少对对子的技巧。

对对子是私塾学馆提高学生们学习兴趣的一种好形式。对对子能让学生们开动脑筋，创新思维，也让天香阁学馆的学习风气变得更加浓厚。赵声经常与学馆的同学们对对子。开始，同学们不把赵声放在眼里。虽然赵声是天香阁学馆教书先生赵蓉曾的儿子，但他毕竟是四五岁的小孩儿。大家只是看在赵蓉曾教书先生的面子上，才跟他一块玩对对子。有时还争得面红耳赤，谁也不服谁。但有一次，在洗钵桥畔对对子，同学们对赵声这小小毛孩儿的聪明天赋打心眼里服了。

赵声家东南有三棵大银杏树，银杏树的旁边有一座黄墙金瓦的小庙宇。庙宇前后两进，里面供奉着文殊、岳飞塑像。一文一武，文武庙由此得名。文武庙前是有名的通江河——鸿溪河。正对着赵声家天香阁的鸿溪河上有一座拱形桥，石头砌造。相传这座小桥初建于宋代，后几次被洪水冲塌。到了清朝初期，大港人又筹资建成了现在这座拱桥，并根据五台山的和尚在此洗钵的传说，取名洗钵桥。和尚都是信佛的，朴素的大港人为纪念那位洗钵的和尚，取了洗钵桥的名字，希望佛祖保佑大港人平平安安。

鸿溪河西岸是人工挖成的堤坡。堤坡上长满了荆条和巴根草。靠河水的岸边上码着大大小小的山石。江水涨潮时，不至于把堤坡的泥土冲刷掉，堤坡有效地保护了堤岸。堤岸两边栽种了好几排杨柳。杨柳树容易成活，容易生长。春天时节，杨柳绿了，千千万万长长的杨柳枝条垂挂到水面上。从江上吹来的春风使杨柳枝条轻柔地摆动起来，鸿溪河两岸像拉上了两道巨大的绿油油的帘子，这里是大港街上的一道亮丽风景线。不少大港集镇上有文化的人称这里为大港的绿色挂面厂。

洗钵桥横跨在鸿溪河上，在两岸茂密的柳枝簇拥下，在春天阳光的映照下，成为鸿溪河上一景。洗钵桥东边是一块一块已经耕种的农田。再往东，就是大港有名的东岳庙。东岳庙也有两棵高大的银杏树。站在洗钵桥畔，银杏树那巨大的树冠黑沉沉的一片。不时从庙里传来浑厚的钟声。钟声悠扬，在鸿溪河畔，在大港镇的上空飘荡。

洗钵桥畔是天香阁和私塾学馆同学们赏景的好去处。每当天香阁的手摇下课铃一响，同学们就会呼啦啦地冲出天香阁，穿过天井，迫不及待地来到洗钵桥上，或在鸿溪河畔的杨柳枝条中玩捉迷藏对对子。不管同学们愿意不愿意，四五岁的赵声总是跟在同学们后面玩耍。他们对对子，小小年纪的赵声会不失时机地插上一句。赵声冷不丁地冒出的话，同学们都听得一愣一愣的。天香阁的同学们对赵声对对子的天赋刮目相看，慢慢地大家接受了赵声这位小伙伴。

赵声五岁那年的初夏。天气刚刚变暖，鸿溪河上一片春色。青绿绿的河水映照着两岸悠悠摆动的垂柳，三五只鸭子悠闲地浮在水面上，缓缓地漂浮着往前移动。平静的水面上不时蹿起一两条小鱼，落进水里又消失得无影无踪，水面上荡起一圈一圈图画般的涟漪。上午的课刚上完。在学馆旁听的赵声见同学们纷纷离开学馆朝鸿溪河边跑去。赵声紧紧地跟在后面。

天高气清，江风吹在身上特别凉爽。赵声知道同学们肯定会去赵宅旁边的洗钵桥畔。赵声脑子转得快，抄近路往洗钵桥边跑。他匆匆忙忙地来到洗钵桥畔，停下步子，侧耳一听，听不到同学们的脚步声和嚷嚷声，一愣：这些同学到哪儿去了。赵声今天旁听，知道爸爸在课堂上给同学们讲了不少对对子的技巧。赵声虽然听得似懂非懂，但心里却痒痒的。他对对子很有兴致，跃跃欲试。他急匆匆地来到洗钵桥边，也就是想和同学们对对子，试一试自己的身手。赵声虽是小小的年纪，但生活在书香之家，听到了不少历史、现实的事情，思想开阔。在这些比自己大好几岁的天香阁的学生中，他一点也不胆怯。到了洗钵桥畔，不见同学们的踪影，很失望。但他转念一想，这伙同学们会去哪里呢？这附近除了洗钵桥，还有文武庙，再者就是拾钵山了。会不会去文武庙拜岳飞去了？

文武庙靠得近。文武庙里的岳飞塑像十分威武。岳飞是一个大英雄，父亲在学馆里常常给同学们讲岳飞的故事。想到这里，赵声扭头朝文武庙方向走去。

赵声对天香阁旁边银杏树旁的文武庙再熟悉不过了。他学走路时母亲就常带他去文武庙游玩。母亲也是知书达理的人，家道富足，小时候也接受了不少英雄主义的知识教育。她经常给小赵声讲岳飞的故事。有时候，母亲会指着岳飞的塑像让赵声叩头。小赵声知道，眼前的这个人是好人。是好人就应该敬重他。每次，只要母亲让赵声向岳飞塑像叩头。赵声总是跪在蒲草垫子上，两只小手握成双拳，恭恭敬敬地叩上三个响头。母亲见小赵声那憨态可掬的虔诚样子，心中涌起了一股说不出的兴奋，嘴里自言自语：这小孩从小一看，长大一半。从小心里就有一杆秤，知道好人坏人。

赵声五岁了。他来文武庙的次数多了，对文武庙印象很深。庙虽不大，只有两进，但黄色的墙，金色的瓦很醒目。尤其是庙里供奉的岳飞塑像在小赵声的心灵里留下了深深的印记。岳飞的形象经常出现在他的眼前。岳飞塑像英姿威武，面大而方，广额疏眉，两颊甚丰，目圆鼻尖，自口以下，重颐甚长，无髭须。塑像双眼正视前方，左手按玉剑，右手紧握下垂，一身团龙紫袍，头顶高挂"还我河山"的牌额。塑像的两边各有一副对联。靠近身边一副对联是：青山有幸埋忠骨，白铁无辜铸佞臣。供奉塑像的厅堂里有两个大楠木圆柱子。柱子上也挂着一副对联，右边的柱子上是"三十功名尘与土"，左边的柱子上是"八千里路云和月"。

赵声几乎是一路小跑往文武庙过来。他沿着鸿溪河边的小路一边跑，一边不时用手拨开挡在路上的浓密的柳树枝条。鸿溪河上一群鸭子嘎嘎地叫着，悠闲地在水里游戏。

赵声无意赏景。他要找到大香阁的同学们，他要跟他们对对子。他来到文武庙的大门，还是不见同学们的身影，但文武庙内，传来了同学们戏耍的声音。

他走进庙门，来到供奉岳飞塑像的大厅里。七八个比较活泼的同学都在里面。同学们正兴高采烈地指手画脚，七嘴八舌说着什么。赵声来到大家的中间。学生们都很惊奇。有一个个子高些的同学拉着赵声的手说："我们今天在这里做作业，你又不是学生，来凑什么热闹？"

"到文武庙做作业？"赵声听了似懂非懂。

"对呀！"一个个子不高但长得有些胖的同学随声附和。

赵声很纳闷。天香阁的同学们做作业不在天香阁，跑到庙里来干什么？还不是找借口来文武庙玩耍。怕我告诉我爸？小心眼。我才不会做小人呢！赵声想到这里，咳嗽了一声问："做什么作业？"

"对对子呀！"高个子说。

"怎么不在天香阁？"赵声仍然有些不理解。

"今天的作业是以民族英雄岳飞为题，大家用学过的知识，在岳飞塑像前对对子。看谁知识多，看谁对得好！"高个子耐心地对赵声解释。

"噢！"赵声似乎听懂了高个子说的意思，"我还是旁听好吗？"

"好呀！"大家兴致勃勃，朝小赵声笑。

在岳飞塑像的大厅里，七八个同学开始对对子。

高个子首先出上联："青山有幸埋忠骨。"

个子不高但长得稍胖的同学眼角瞅了一下，随口对道："白铁无辜铸佞臣。"

一个同学带头连声鼓掌，同学们也都鼓起掌来，响亮的掌声在供奉岳飞塑像的大厅里响起来。

赵声皱起眉头，他感到疑惑，没有跟着同学们鼓掌，目光却在大厅里扫来扫去。

一个长得敦敦实实的同学目光瞅来瞅去，突然亮开了嗓门："我出上联，三十功名尘与土。"

"我对下联。"一个同学狡黠地笑了笑，"下联是八千里路云和月。"

供奉大厅又响起了掌声。赵声仍然没有鼓掌。他觉得这两副对联特别耳熟。如果没有猜错的话，这不就是供奉岳飞塑像的大厅里悬挂着的两副对联吗？赵声虽然不识字，但母亲经常带他在文武庙玩，时常把庙里的对联念给他听。

大家都使劲地鼓掌，只有赵声愣愣地站在那里，两只小手垂着，目光盯着岳飞塑像，高个子有些纳闷，忍不住问赵声："赵声，你怎么不鼓掌？"

赵声有些不好意思。但他心直口快，心里藏不住话。他朝大家憨厚地笑笑，用手指了指圆柱上挂着的对联说："照着柱子读对联，这不算本事。"

"你认识这上面的字？"高个子同学有些纳闷。

"我不认识这柱子上的字，但我母亲带我到庙里参拜时，我常听她讲这些对联。我还能背出来，信不信？"赵声目光朝大家扫视着。

"你背给我们听。"同学们看了看柱子上的对联，心里明白。这赵声已经看出刚才对对子的破绽。知道这不是对对子，是读对联。但眼前的这位小赵声不识字呀！他怎么知道这上面的字呢？

"三十功名尘与土，八千里路云和月。"

大家都把惊奇的目光落到赵声稚嫩的脸颊上。赵声倒挺老练。他小手朝岳飞塑像两边一指，把刚才同学们对的另一副对联也背诵出来：

"青山有幸埋忠骨，白铁无辜铸佞臣。"

供奉岳飞塑像的大厅里又响起了一阵热烈的掌声。大家都对赵声超凡的记忆力感到无比惊奇。这时的赵声对大家的赞赏并没有表现出极大的满足感，反而竖起小小的食指，往嘴唇上一挡，示意大家肃静。同学们刹那间明白过来，这里是庙宇重地，需要安静。大家的目光唰地聚焦到小赵声的脸上，对小赵声的成熟憨厚敬佩不已。

高个子提议道："以岳飞为主题的对子就对到此。我们去洗钵桥边继续对对子。现在正是初夏时节。春天刚刚过去，春天的景色还留在记忆里。下面以春为主题，到洗钵桥畔对对子去！"

大家齐声喊好，纷纷走出文武庙，沿着鸿溪河边往洗钵桥而来。赵声一脸的兴奋，紧紧地跟在同学们后面。其实，此时的赵声脑海里还有两副关于岳飞的对联。这两副对联是前些日子，父亲带他参拜岳飞像时说给他听的。他崇拜岳飞，关于岳飞的对联记得很清楚。

"千秋冤案莫须有，百战忠魂归去来。"

"正邪自古同冰炭，毁誉于今判伪真。"

赵声知道岳飞是大好人。关于岳飞的对联虽然不理解，但能背出来。这跟背《三字经》《百家姓》一样。

赵声的步子迈得很快，一步不落地跟在同学们屁股后面。

洗钵桥边有一小块空地。大家兴致勃勃地来到空地上。高个子同学还走上了洗钵桥，大着嗓门喊道："静一静！谁先来？"

高个子忽地一下又从洗钵桥上跑到同学们中间，拉了拉赵声的小手说："镜芙先生经常教育我们，冬天虽然寒冷，但冬天过去，春天就到来了。现在春天虽然也过去了，初夏的天气还未让人感受到夏天的炎热。春的气息还很浓。春天是美好的！值得记忆。今天以春天为主题对对子，小赵声继续旁听。"

小赵声兴致勃勃，憨厚地朝大家笑个不停。

"谁先来？"高个子就是因为个子高，大家自觉地把他当领头的。他一招呼，同学们都兴奋起来，一个个嘴里自言自语地哼起来。

"鸡鸣万户晓。"一个胖胖的同学先来一句上联。

"燕舞四时春。"胖胖的同学话音刚落下来，一个矮个子同学随口对了下联。

洗钵桥畔响起了一阵热烈的掌声。掌声惊得栖息在鸿溪河边杨柳树梢上的一群燕子忽地飞了起来，飞向洗钵桥东边一片旷野里。

大家的目光都注视着东边的旷野。洗钵桥东边是田家村。田家村的四周是低矮的山坡和成片的秧田。田家村的东北方向是东岳庙。东岳庙里的银杏树高大挺拔，郁郁葱葱。正是初夏时节，麦子刚刚登场，田家村上的农民正在田里栽秧。有些田块还未栽上。栽秧前要先浸田，很多土鸡都从水田里蹦出来，边蹦边叫。

土鸡就是田鸡，学名青蛙。初夏，田鸡的叫声响成一片，从东岳庙方向田家村的田野里传过来，脆生生的叫声响成了一片，同学们听了心旷神怡。大家都被东岳庙方向田野里田鸡的叫声吸引住了。调皮的赵声跑到洗钵桥顶上，循着田鸡的叫声向东边眺望。

洗钵桥畔，同学们围绕着春的主题继续争先恐后地对对子。

"金鸡日独立。"

"紫燕春双飞。"

"好对联！"同学们又是一阵欢呼雀跃。

"庭前春晓雄鸡舞。"

"世上风清燕子飞！"

"户外鸡生催晓日。"

"屏前人影醉春风。"

"雄鸡歌曙色。"

"妙手绣春光。"

一条条咏春的对联听起来特别对仗、工整。同学们齐声夸赞的同时，都很明白。这些对联其实是天香阁学馆镜芙先生经常讲给大家听的。再说，春节拜年，大港街上走一趟，写春的对联一条比一条精彩，读起来会让人赞不绝口。今天与其说是对对子，还不如复习春联，再次勾起对春的美好记忆。

站在洗钵桥顶上的赵声年纪虽小，但他清楚，这些对联他在天香阁学馆经常听父亲讲。有些对联赵声深深地记在脑子里，虽然说不出出处，但会脱口而出。刚才在文武庙同学们的对联，赵声一听就知道那是大厅里柱子上挂的。

赵声望望桥畔兴致勃勃对对子的同学，目光朝东岳庙方向的田家村一扫，田鸡的叫声在耳畔响成了一片。他灵机一动，小手一挥说："我出个上联大家对对怎么样？"赵声明白，死背的对联不叫对联，那叫复习对对子。

大家抬头朝桥顶上的小赵声望去，个个脸上露出了惊奇的神色。

有些同学一副瞧不起的神态，心里想，你小赵声大字不识几个，也就是记忆力强。记几首对联还对付，出对联，恐怕有些不自量力吧。他们催赵声说上联。

赵声面对东方，声音很脆亮：

"东岳庙东，田家田里田鸡叫。"

话音刚落，同学们全愣住了。高个子同学似乎没听清楚，示意桥顶上的赵声再说一遍。

赵声在桥顶上放开嗓门：

"东岳庙东，田家田里田鸡叫。"

洗钵桥畔的同学们听了第二遍后，一个个用直愣愣的目光盯着赵声。这一盯，倒把桥顶上的赵声盯得不好意思。其实这时的赵声就是灵机一动，随口一说。至于下联，赵声一点儿也没有考虑，他只是触景生情。

同学们沉默了。

鸿溪河面上的浮着水悠悠漂动的鸭子嘎嘎地叫个不停，似乎也在凑热闹。几对轻盈飞舞的燕子留下一堆喃喃燕语，似乎也想出个风头，但谁也听不懂。

所有的同学嘴里都啧啧不停，喃喃自语。

没有一个同学能对出下联。倒是高个子同学找了个台阶："赵声这上联绝，回去请赵声爸对去。"

初夏中午的阳光很明亮，把鸿溪河水照得泛起了无数的金光。

同学们簇拥着赵声往天香阁学馆而去。

镜芙先生对了几天，也没有下联。镜芙先生是个迂腐的文人。儿子出的对联，老子对不出来，他心里不服气。他常到洗钵桥畔走来走去，从桥头走到桥尾，如此反复。田家村里的田鸡一直叫个不停，但是，炎热的夏天过去了，下联还是没有对出来。

赵蓉曾打心里对儿子赵声的聪颖感到兴奋和惊奇。

六、踏青登圌山

赵声的聪颖，让赵蓉曾夫妻十分欢喜，也给赵家带来了欢乐。四五岁已经能跟着父亲背《三字经》《百家姓》，跟着妈妈拜岳飞塑像，唱"圌山关，圌山关，九曲十八弯，个个弯里有机关……"的大港歌谣。五六岁时，他竟然即景生情，出了个无人能对的上联"东岳庙东，田家田里田鸡叫"。时隔七八年后，当年和赵声一齐玩耍的一个同学已经当了县太爷。有一次，他到旧时属燕国的一个地方去考察，随身带了文房四宝和不少随从人员。在一家大户人家看到院子里有不少燕子在飞翔，这位当了县太爷的赵蓉曾的学生灵感突至，对随从人员说道："有了，快把文房四宝拿来。"

随从人员莫名其妙问老爷："什么有了？"

县太爷解释说："七八年前，镜芙先生的公子赵声在洗钵桥畔对对子。他小小年纪，竟然出了个上联，没有人对得出下联。镜芙先生也没对出来。现在，我有了下联。"

随从见县太爷兴致正高，请他说出下联。

这位当了县太爷的同学朝院子里飞翔的燕子一指，说："北京城北，燕国燕院燕子飞。"县太爷当场把下联写了出来，寄给了大港天香阁的老师镜芙先生。

赵蓉曾把下联说给已经成年的赵声听。赵声很是惊讶，赞叹不已："东岳庙东，田家田里田鸡叫。上联是'田鸡叫'，下联是'燕子飞'；一个'东'，一个'北'，前后对应，上下整齐，真是绝配。"

父子齐赞下联对得绝。其实，此时的赵蓉曾对自己的儿子更是欣赏。他知道赵声从小聪明，他记忆最深的还是黄明日子登圌山之事。虽然只七八岁的年纪，但赵声已经从古诗词中悟出了不少正义的道理。

圌山下的大港有庙会，日子定在清明节后一天。大港称黄明日子。这个庙会有一项必不可少的活动：爬圌山，春光明媚之际，踏青远足，登山赏春，畅游圌山，凭吊古战场，饱览新气象。圌山的这一民间习俗盛况空前，大港、大路、姚桥及四乡八镇，远至丹阳、扬中、句容和长江北边的邗江、江都、泰州都要前来圌山赶集。赶集的人群把圌山几乎覆盖了似的，足有七八万人。

每年这个日子，天香阁学馆的赵蓉曾都会带着学生们登圌山。

这天一早，赵蓉曾就收拾东西，更换鞋子，准备带学馆的学生们登圌山。不满七周岁的赵声一见，拽住父亲的衣襟，嚷嚷着要跟父亲一起上山。

赵蓉曾看赵声年纪小，担心赵声爬不动，于是试探地说："跟我上山，有个条件。"

赵声迫不及待地问："什么条件？"

赵蓉曾有些疼爱地说："你能爬到圌山顶上去？"

赵声挺了挺腰，声音很响亮："爬得动！"

赵蓉曾心疼赵声这个小子，想吓唬他一下，让他放弃登圌山的想法。于是指了指东边方向说："圌山高几百米！你要是爬不动，我可不抱！"

谁知赵声对圌山早已向往已久，大着嗓门回答："绝不要爸爸抱！"说完，还用两只手掌拍拍胸脯："我劲大着呢！有的是力气！爸，你就放心吧。"

赵蓉曾点了点头。

离了家门，赵蓉曾带着学子们和赵声一行沿着大港东街向大路方向走过去。过了东岳庙，便是一片片的农田和起伏的岗坡。再向东望去，那巍峨挺拔、连绵蜿蜒的圌山便出现在眼前。

赵声跟父亲一路往圌山进发，脑子里不时浮现出在学馆听父亲说过的圌山的传说。他很好奇，想想马上就要亲自爬上圌山看个究竟了，心里特别激动，步子迈得特别有力。他紧紧地跟着父亲带的一帮学子们一步也不落。

圌山怎么来的，传说很神秘，也很神奇。

圌山又名"仙鹤山"，山上有三十六个悬崖，七十二个山洞，景色秀丽，山形如同仙鹤。传说这座山是小秦王用神鞭，将聚集在西北的高山，赶往东海的途中留下来的。小秦王的神鞭如何而来，得从秦始皇筑长城说起。修筑万里长城，开山运石，手提肩挑，特别苦累，不少人累死在修筑长城的工地上。观世音菩萨看到人间百姓受苦受难，很是同情。于是变成老太太下凡，给挑担的人每人发了两根头发，叫民工在扁担两头各系一根，又给开山的人每人发一根神针。说来也怪，这么一来，百十斤的担子，民工挑起来轻飘飘的，像挑棉花似的。用神针撬石，不管多硬的石头只要轻轻一扎，石头就分开了。后来，这个秘密被小秦王知道了。小秦王把头发、神针统统收去做成了神鞭。小秦王鞭子一挥，山就动了，再挥，山走如飞。观世音菩萨想，小秦王真坏。

于是就叫东海龙王想个法子，把神鞭收回来。正在这时，被小秦王用神鞭赶入东海的圌山，恰巧落在东海龙宫的后院，将后宫门阻塞。这下惊动了东海龙王，随即召来文武百官商议对策。经过一番商讨后，想出了一个妙法，要将小秦王的神鞭没收。龙王派宫中三公主来到海门，施法术造了座客店等候小秦王。

有一天黄昏时分，小秦王赶山到了海门境内，见前面不远处有一座气派的旅店。旅店豪华清静，于是在店中住了下来。旅店的主人就是三公主。她见小秦王来到店里，赶紧殷勤地招待，酒菜十分丰盛。小秦王一行吃得舒服，喝得痛快，一盅接一盅过后，个个醉得瘫倒在地上。三公主见时机已到，就将小秦王的神鞭换了下来。第二天不管小秦王怎么吆喝，鞭子甩得"叭叭"直响，山就是不动。三公主回到龙宫交差，东海龙王大喜，遂命虾兵蟹将用四根金柱把圌山撑到海面上。

从西南方向向东边看去，山如双翅展南北，一翼插大港，一翼拍五峰。头为山的主峰，东北向下延伸的山脉为鹤之嘴，似啄食的低头之鹤，寓示着这个地方特别富裕，有食可吃。当时的人给山取名，叫瑞山。后来，秦始皇听说大港一带有"瑞气"，不免担心这里有龙脉会出天子，取代大秦江山。于是下令把"瑞"字左边的"王"拿掉，再把"耑"字框起来，把瑞气围住，从此就有了"圌"字，圌山也因此出了名。

这段来历不但父亲讲，母亲也常常讲给他听，今天总算有机会一睹圌山真面目了。

行进在向东的路上，远处的圌山随着脚下弯弯曲曲的小道而变换着形态，像一幅幅淡雅的水墨画。赵声紧跟在父亲的左右。父亲指着东边的圌山山脉，滔滔不绝地讲起来。赵声听得特别入神，有时脚踢到小石头，痛得叫唤起来。但他在欣赏圌山美景的同时，也觉得这里大山的险峻与国家的命运似乎有什么联系，小小年纪，心里已有了朦朦胧胧的爱国之情。

圌山，飞峙江东，气象万千，云蒸霞蔚。巍巍的报恩塔高耸山巅，东西逶迤十余里，直达江滨。清初诗人冷士嵋对圌山的独特无二的地理位置与奇特景观十分赞叹，说圌山是从长江中冒出来的。海拔二百五十八米高的圌山，宛若一条长龙卧于江滨。圌山峻拔，威严奇突，又如一员战将披挂战袍镇守隘口，山北陡峭，壁立江滨，山南平缓。圌山奇石奇洞、悬崖险坡随处可见，从南边远远望去，山顶高耸的报恩塔东的山脊上的那个箭洞，如一轮满月，晶莹剔透，又似在圌山上嵌了一面圆圆的镜子，透亮光洁。但到了云遮雾绕时，则不见镜面闪亮，人们还能从云遮雾绕的程度上观测天气。圌山北麓为五峰山。五座山峰傍着圌山矗立，直指蓝天，一字排开，比肩相连，形如笔架，人们惊奇的是常看见笔架上有巨笔斜卧，那是圌山峰上的报恩塔影，二者浑如一体。还有更令人惊叹的：五峰山中的一支直向前延伸到江岸，似一只硕大无比的神龟伸颈入江在畅饮，此独特的奇观便被称为龟山头。这龟山头伸入长江，此处与对岸江北顺江州、三江营之间的距离缩短一半，形成了一个险要的隘口。这里自古以来就是江防要塞，为"润州江防扼险之地"，进入长江的第二道关隘，称为圌山关。圌山关设有炮台，不光圌山，对岸也设有两座炮台，三座炮台互为犄角，防守着长江天险。

赵蓉曾带着众学子和赵声上山后，指着圌山关隘，讲述着圌山关英勇抗敌的故事。宋代韩世忠曾在此驻防，训练水军，阻止北返的金兀术统率的十万大军。明代大港人民协助驻军防金兵、倭寇。清朝第一次鸦片战争后的第三年英国侵略者发动扬子江战役打进长江时，圌山炮台炮击入侵扬子江的英国军舰，大港人民配合清军英勇抗击英国入侵者。但后来镇江失守。第二次鸦片战争镇江开埠通商，城里设租界，江中外国军舰、轮船进进出出。腐朽的帝制让中国人民陷入水深火热之中。

满腔的气愤化作登山的动力，赵声的步子迈得坚定有力。大家都夸赵声这孩子不简单。到了山顶报恩塔旁，春风劲吹，春日和煦，极目远眺，令人心旷神怡。赵蓉曾不禁随口吟咏起诗来："村落家家有酒沽，黄童白叟醉相扶。"

赵蓉曾正准备把第三、第四句吟出来时，突然一个稚嫩的声音接道："恨无韩滉丹青手，更作丰年几幅图。"

赵蓉曾循声望去，原来是自己的儿子赵声，十分惊奇，又特别高兴，大声鼓励道："接着吟下去！接着吟下去！"

赵声见父亲鼓励自己，顿时浑身来了劲，提高嗓门，对着山坡上茂密的丛林和山下无垠的田野一字一字地吟着："野草追随岸接篱，紫荆门巷日平西。"

"停。"赵蓉曾让儿子赵声先暂停一下，然后朝大家挥挥手说，"最后两句大家一起吟！一、二、三！"

大家一起吟着："自言今岁春耕早，腊雪消来水一犁。"

铿锵有力的诗句响彻圌山茂林丛中，惹得不少登山的人好奇地扭头观望。

大家站在草深林密的山坡上，一个个十分兴奋。

赵蓉曾也特别兴奋。他用目光瞅了一下儿子赵声，大声问："作者是谁？"

"宋代蔡肇！"

"这首诗叫什么名字？吟的什么地方？"

"《大港即事》，我们大港！"

还是赵声回答得最快、最准确。

赵蓉曾见自己的儿子回答得这么迅速、这么正确。他激动得三步并作两步走到赵声跟前，张开双臂，一把要将赵声抱起来扛到肩上。这时，小赵声低声对父亲赵蓉曾说："爸爸，不是我要抱的，是你主动抱我的。"说完，稚嫩清脆的笑声随着江上吹来的春风飘到树茂林密的山坡上，飘向蓝蓝的天空中。

赵蓉曾想起来圌山前给儿子赵声提的要求，连忙把赵声从肩上放下来："对！对！"

紧接着，赵蓉曾在山顶上找了一块开阔的地方，面对着圌山脚下滚滚东逝的扬子江水，望着山下炊烟袅袅的村庄，提议大家边欣赏圌山美景，边吟诵圌山诗篇。

大家望着风光秀丽的圌山，个个欢呼雀跃。赵声还不停地搓着手掌。

赵蓉曾是先生，他出题目："同学们，大家还记得我教大家的本朝进士王文治的一首吟圌山的诗吗？"

"记得！"游圌山的学子们信心满满地应答。

"叫什么名字？"

"《圌山雨后》。"又是齐刷刷的应答声。

"说得对！《圌山雨后》写的雨后圌山壮丽的景色，大家还记得开头的第一句、第二句吗？"

"圌山朝雨霁，螺髻拥非烟。"

抢答的学生叫李竟成，家住在大路小桥头。大路在大港东，与大港同在圌山山麓。大路在圌山东麓。一个名"港"且大，一个名"路"也大。很有意思的圌山山麓的两个集镇名字，一港一路，都是交通设施，路在陆地上，港为水边上。李竟成的父亲是个油漆工，曾经参加过太平天国的农民队伍，当过太平天国的旗官。李竟成年少时，因家境贫寒一度辍学务农。因为赵蓉曾赏识李竟成，免费收李竟成为学生，并与赵声同一个班。李竟成年长赵声一岁，也是聪明过人，深得镜芙先生厚爱。李竟成的抢答，镜芙先生并不意外。他朝他的学生们扫了一眼说："第三、四句，谁会？"

一个个子略高些的学生手里举着一根狗尾巴草，不停地在眼前晃动，目光得意地在镜芙先生和同学们的脸上扫来扫去，轻声吟道："远树围村落，新秧界水田。"

学生们回答迅速准确，赵蓉曾心里很满意。他朝远处的山村指了指说："这两句诗写了圌山农村春夏之际的美艳景致。诗句写了一座村落，围着村落的茂密树林，一方方水田与田中刚栽下的绿色秧苗，除了树、秧苗，请问作者王文治先生还写了什么？"赵蓉曾边讲诗抒意，边启发学生去吟出第五、六两句。

　　"还写了河边草与'呱呱'叫的青蛙。"一个调皮的同学边说边学着田鸡的鸣叫声，惹得同学们哈哈大笑。有几个同学笑得倚靠在山松的树干上。

　　有一个学生揉了揉肚子，喘了口气说："还写在河边饮水的老牛以及岸边绚丽开放的野花。"

　　赵蓉曾顺势引导："那是两句怎样的诗？"

　　学生们一字一顿齐刷刷地吟出来："蛙鸣生涧草，牛饮隔花川。"

　　"好！好！好！"赵蓉曾打心里为学子们的聪颖感到自豪，连说了三个好字。他停了一下，"那最后两句呢？"

　　不等大家吟下去，他侧过身子用手指指自己的儿子赵声，用征询的口气问："赵声，收尾两句你知道吗？"

　　"知道。"赵声很自信地回答。

　　"你吟。"赵蓉曾手一挥。

　　赵声高举起双手，大声吟出《圌山雨后》的最后两句："农亩吾家事，相违漫几年。"

　　赵声响亮的吟诵在漫山遍野的登山游客们的耳畔缭绕。

　　赵蓉曾指着圌山东南边一望无际的农田、村落问："大家看看，圌山的雨后景色像不像王文治先生《圌山雨后》诗句所描绘的？"

　　"像！"学生们把王文治先生的诗与眼前的景致交融在一起，产生了共鸣，尽情地欢呼起来。

　　欢呼声在山峰之间的沟坡密林中引起了回声，引得登圌山的人群好奇地驻足观看。当他们得知是天香阁的镜芙先生和学生们一起登山，在山顶和学生一起诵读古人吟咏圌山、吟咏大港的诗，竟然纷纷放慢脚步，静静地在山间小道上聆听起来。

　　赵蓉曾带着学生转身往北，指着山北如银绸般飘逸的长江，问道："山北是什么？"

　　"长江。"

　　望着长江，赵蓉曾脸上的神情一下子凝重起来，声音也变得十分低沉，仿佛眼前又飞卷起阵阵历史的烟云。赵蓉曾若有所思地问："大家还记得我曾讲过明朝郑成功、张煌言北伐到长江、到圌山吗？"

"记得！"大家异口同声。

"张煌言写过与圌山有关的诗，诗名叫什么？"赵蓉曾启发大家。

"《师次圌山》！《师次圌山》！《师次圌山》！"声音很响，把栖息在松枝上的山鸟惊飞起来，往浩浩荡荡的长江上空飞去。

"好！"赵蓉曾提议说，"我们一起来吟诵张煌言的《师次圌山》！"

顿时，圌山顶上响起一片有节奏的吟诗声：

> 长江如练绕南垂，
> 古树平沙天堑奇。
> 六代山川愁锁钥，
> 十年父老见旌旗。
> 阵寒虎落黄云净，
> 帆映虹梁赤日移。
> 夹岸壶浆相笑语，
> 将毋侯后怨王师。

"这首七律诗写的什么意思？"赵蓉曾问学生们，没等学生回答便接着说，"'十年父老见旌旗''帆映虹梁赤日移''夹岸壶浆相笑语'，写的是郑成功水师到达圌山时受到我们大港一带人民热烈欢迎的情景。"

接着，赵蓉曾又给学生们讲了清顺治十七年（1660年）为"出生民于水火，复汉官之威仪"，郑成功、张煌言率水师北伐进长江攻占镇江，在焦山连续三天祭天、祭地、祭明孝陵的故事，讲了北伐水师兵临南京城下吓得顺治帝忙于迁回关外的战斗情况，然后又讲了郑成功、张煌言水师是怎样失败撤出长江的后续故事，还说到清军后来怎样大肆对镇江城烧杀淫掠，八十三户人家惨遭灭门，对圌山山下的人民进行了血腥镇压。圌山数千民居怎么被清军付之一炬，圌山下号哭声震天，造成"开沙浩劫"的惨剧。说到动情处，赵蓉曾不禁潸然泪下。

此刻，站在圌山之巅的赵声，眼睛睁得大大的，望着山北滚滚东去的长江水，眼前仿佛又出现了圌山下数千村民被清军焚烧，火光中一片号哭声的情景。赵声两只手紧紧地握成小拳头，口中低声喃喃道："报仇雪恨！报仇雪恨！"

一种推翻腐朽帝制的豪情在少年赵声心中油然升起。李竟成等同学们也被赵蓉曾先生讲述的悲壮故事所吸引、感染，圈山仿佛霎时间凝固了。风停了，阳光似乎也暗淡下来。山林中的各种鸟鸣声也听不见了，一片肃静，同学们都沉浸在愤怒的思绪里。

赵声望着远处滚滚向东流淌的江水，望着山峦间茂密的松林，望着自己的父亲和同学们那些愤懑的脸庞，和大家一样，也捏紧了小拳头。

七、童子试出神童

　　赵蓉曾在天香阁办的学馆在大港一带是出了名的。清朝末年，私塾中数量最多的是蒙馆。儿童一般六岁就入蒙馆学习。当年的通用教材是《三字经》《百家姓》《千家诗》，俗称识字快。私塾中层次较高的称学馆，招收的学生一般是读过蒙馆的少年。废除科举前，读学馆是为考功名，因此，学生需背诵四书、五经、唐诗三百首、古文辨析等，并习作古诗、八股文。年龄稍大些的，还要熟读各类八股文范本，好参加童子试，接着考秀才。赵蓉曾的学馆培育了一批一批的优秀学子。但更让赵蓉曾骄傲的是他的儿子赵声。由于生活在学馆，天天浸染在天香阁的琅琅读书声中，赵声不学自会。四岁能背《三字经》，五岁会诵《百家姓》《千家诗》。入学馆时才六岁，不到两年，已能熟练地写作文了。

　　赵蓉曾的学馆教育别具一格。天香阁学馆虽然教的内容与其他学馆一样，也是四书五经，但赵蓉曾特别注重德育，鼓励学生思考，领会内容实质，从不强求学生死记硬背。赵蓉曾经常以"当仁不让""临危不惧""有杀身以成仁，无求生以害人""富贵不能淫"等思想教育学生。特别是在教学中注意劳逸结合，在学生中组织乐队和球队。每日下午4时许，天香阁里管弦之声不辍。天香阁东边的银杏树下踢球的学生的欢声笑语与喜鹊的叫声交织在一起。在天香阁学馆读书的孩子们都感到身心舒畅。赵声在父亲的学馆里整天乐呵呵的，学业超群。前些日子，赵蓉曾带学子们踏青圌山，赵声的诗歌天赋让做父亲的镜芙先生至今还激动不已。但赵声还有让父亲更惊诧的事。

　　赵声九岁这年，市里要举行童子试。童子试是科举制度中的低级考试。一般分为县试、府试、院试。县试在各县举行，由知县主持。清朝时一般在每年二月举行，连考五场。通过后进入由州府官员主持的府试，在四月举行，连考四场。通过县、府试的便可以称为"童生"，参加由各省学政或学道主持的院试。院试，每三年举行两次，由皇帝任命学政到各地主考。院试的第一名称为"案首"。通过院试的考生都被称为"生员"，俗称"秀才"，算是有了"功名"，进入了士大夫阶层；有免除差徭，见知县不跪，不能随便用刑等特权。秀才分为三等，成绩最好的称"廪生"，由公家按月发给粮食。其次称为"增生"，不供给粮食。"廪生""增生"是有一定名额的。最后是"附生"，即才入学的附学生员。在科举制度中，有些读书人要多次尝试才能通过最基本的县、府试成为童生。有不少读书人得到童生的身份后，院试多次落榜，白发苍苍仍称"童生"。这样的学子仍然在"童生"的位置上做着"秀才"梦。

县里举行童子试，学馆是最基层的组织单位，由学子自愿报名参加。每年开春，赵蓉曾就会组织学馆的学子们报名参加童子试。参加童子试的一般是在学馆里读了五六年书的孩子，年龄十三四岁的算小的，十七八岁的学子也不在少数。今年参加县试的学子名单已经整理出来了，就在赵蓉曾的书桌上。

早上八九点钟光景，天香阁里书声琅琅。此刻，赵蓉曾正坐在书桌前戴上眼镜审视桌上的一份参加童子试的名单。赵蓉曾把瓜皮帽摘下来，往书桌的右上角一搁，随手拿起桌上的参考学子名单。突然，从名单下飘出一张小纸片。小纸片在赵蓉曾拿起名单的一瞬间，被微风拂落到地上。赵蓉曾把名单轻轻地往书桌上一放，把眼镜往上推了推，目光落到地上那张写了字的三元纸上。心里很纳闷：哪来的纸片呀？

赵蓉曾从椅子上站起身，把椅子往后挪了挪，弯腰捡起地上的纸片。目光只是扫了一眼，就愣住了，这字迹好熟悉。他认真地把字条凑到眼前，虽然没有落款，但熟悉的字迹让他知道这是儿子赵声留下的字条。字条上面就七个字："我要参加童子试。"

赵蓉曾又惊又喜，自言自语："好个赵声，年纪才九岁，就要参加童子试！好！好！有胆量！"

赵蓉曾掩饰不住内心的惊喜，把那张用三元纸写的字条又认真地看了一遍，嘴里连声啧道："年纪不大，胆子不小！"

晚上，赵蓉曾挺神秘地把夫人拉进房间，把那张字条递到夫人手上。葛氏夫人接过字条，扫视了一眼神神秘秘的丈夫，目光落到字条上。字条上的七个字让夫人一惊：我要参加童子试！葛氏夫人不知什么意思，脱口重述这七个字：我要参加童子试。

葛氏夫人挺纳闷地问丈夫："镜芙，这字条谁写的呀？"

"你猜！"赵蓉曾嘿嘿地一笑，故意卖起了关子。

"我要参加童子试！我要参加童子试！"葛氏夫人自言自语，反复念着这七个字，突然声音高了八度，"谁要参加童子试？"

"你猜呀！"赵蓉曾催促夫人。

"不会是我家赵声吧！"葛氏夫人心里忽地闪过一个念头，但转念一想："赵声今年虚岁才九岁，还不到参加童子试的年龄，太小了，不可能是赵声。"葛氏夫人用胳膊肘碰了碰赵蓉曾："镜芙，别卖关子了！快说，谁写的字条呀？"

"字条上的字你不熟悉？"赵蓉曾提醒自己的夫人。

"你说是我们家儿子赵声！"葛氏夫人有些激动，目光盯着丈夫的脸反问道。

"对呀！这笔迹是赵声的笔迹！"赵蓉曾把赵声要参加童子试的事告诉了夫人。他征求夫人意见。葛氏夫人十分惊喜，脱口应道："年纪虽小，但心不小！"

赵蓉曾问："夫人什么意见？让赵声去试试？"

"就让赵声去试试。"夫人回答得十分干脆。

吃过晚饭，天渐渐黑了。一轮圆盘似的明月已经升上了拾钵山的上空。清冷的月光把天香阁旁边银杏树、洗钵桥的轮廓都映得十分清晰。

早春时节。带着寒气的江风透过窗门吹进天香阁。夜色朦胧，寒意袭人，但赵蓉曾和夫人心里热乎乎的，一点儿也感觉不到凉意。夫妇先将小赵声八岁的赵磬抱上床，随后又将赵馨哄睡。赵馨今年初刚出生。葛氏夫人喂完奶，唱了几首摇篮曲，小赵馨挺懂事地进入了甜甜的梦乡。

夫妇俩这时才到天香阁的楼上厅堂里，明亮的月色把厅堂映得素色一片。罩灯微弱的光亮映着赵蓉曾夫妇俩脸上那因兴奋而泛出的红彤彤的光泽。

正在读书的赵声被父母叫到天香阁厅堂。赵声年纪不大，但脑子特别灵光。他知道父母此刻把自己叫到厅堂来，一定有重要的事儿。但他还猜不准，究竟是什么事。当赵声看到父母从袋子里掏出了那张小字条，一下明白了。赵声心里很紧张。他知道自己年纪这么小去参加童子试，有点儿不合时宜，父母不会同意的。赵声想去参加童子试，又不敢明着向父母说，只好写了个小字条，趁父亲在学馆里领着学生们朗诵文章的空隙，偷偷地溜到父亲书桌前，将自己写的字条往那份学生名单下面一放。他知道只要父亲拿起那份童子试参考同学名单，就会看到那张字条。只要看到那张字条上的字，就知道那字条是他赵声所写。父母此刻把自己喊到厅堂，又拿着自己写的那张字条，他就明白了。赵声低着头，两只小手掌不停地搓着。

赵声静静地等着父母发话。

夜色已经很浓，但月光明亮皎洁。厅堂里静静的。

"是你写的？"赵蓉曾让赵声把头抬起来，手里的字条在赵声眼前晃了一下。

赵声微微抬起头应道："嗯！"

"为什么不写上名字？"母亲插了一句。

"怕爸爸不肯同意。"赵声胆怯地朝父亲望了一眼。见父亲一脸的和颜悦色，悬着的心慢慢地放了下来。

"我不肯？"赵蓉曾心里感到好笑。赵蓉曾心里正乐着呢。儿子这么聪颖，四五岁就会背诵《三字经》《百家姓》，七八岁就会作文背诗词。现在才九岁，就有胆子报名参考童子试。有这样聪明过人的儿子，做父亲的能不高兴？怎么会不肯？

"你怎么知道爸爸不肯的？"夫人又插了一句。

听话听音，赵声有些不敢相信自己的耳朵，大着嗓门问："那爸爸同意了？"

"同意！"赵蓉曾点点头郑重地说。

"看！爸爸不是同意了！"母亲上前抚摸着赵声的头，发现赵声头上都出汗了，关心地问，"哟，伯先，怎么紧张得出汗了？"

"这么小年纪就去参加童子试，我怕爸爸、妈妈要批评我呢。"赵声如释重负地笑着说。说完，不好意思地低下头。

赵蓉曾站起身，用手轻轻地拍了拍赵声的肩膀，夫人也跟着从椅子上站起来。夫妇二人几乎是异口同声地说："好！好好地准备一下，参加童子试！"

清光绪十五年（1889年）农历二月的一天，是丹徒县试开考的日子。童子试的考场设在丹徒县城县学内。赵蓉曾送赵声等同考的五人来到县城。

这年正月初六，刚刚发生英国巡捕打死在租界摆摊子的小贩事件，县城民众愤怒，火烧城西云台山麓的英国领事馆，街头巷尾议论纷纷。赵蓉曾一行无心去打听，急匆匆地赶往设在县学内的考场。县学设在城东范公桥西南侧的寿丘山下。寿丘山又称县学山。县学门前的街道上东西各建有一座高大牌楼。县学门东过范公桥，向东，至东门，是清风街，又称东门大街；范公桥向西，至南门大街，称屏风街；再由南门大街向西，至贺家弄，称东观巷；贺家弄以西，称武庙小校场。

今年参加童子试的学子并不多。可能受火烧英国领事馆的影响，有些人吓得不敢进城，但少归少，也有好几十人应试。

考场设在县学的大成殿内。

"当当当！"三声锣响之后，考场大门被人拉开了。站在殿外等候考试的学子像火车站检票似的挨个出示牌子，有序地进入考场。

一会儿，一名监考官吏模样的先生从殿外进来，面色严肃，三步并作两步走到殿前，扫视了大家一眼，开始认真地进行考前训诫。他嗓门很高，声音很脆，要求应试学子认真作答，不得舞弊。训诫完后，他朝应试的学子们示意一下，然后转身走到殿内东墙壁上悬挂的孔子画像前，恭恭敬敬地鞠了三个躬。应试的学子也跟着这位威严的监考官吏不紧不慢地鞠躬。

殿内一片肃静。

程序即将完成。监考官吏不经意往应试的学子扫了一眼，突然目光盯住一个矮个子考生问："你多大了？"

"九岁！"回答的这位矮个子考生就是赵声。

"太小！太小！你这么小的年纪怎么来应童子试了！"监考官正准备以年纪过小为由，不准赵声参加应试，"你看看你，坐在凳子上脚还够不着地呢？"赵声一听，浑身有些紧张。他倒不是怕什么监考官，他是怕失去这次参加应试的机会。他虽然胸有成竹，但不参加怎么来证明自己的能力呢？赵声的犟劲上来了，不服软，更不服输。他从小就有搏一搏的胆量和勇气。

正在这时，门外走进两个做官模样的人，监考官恭敬地迎上去。来的是镇江知府王仁堪、丹徒知县王兰芝。他们二人前来查看考场，正好听见监考官说到这个考生脚够不到地面，年龄太小。两人很好奇，便走上前察看。知府王仁堪走到赵声跟前，见这位考生坐在凳子上，双脚果真悬空，便问道："你是哪里人？"

"大港人。"赵声爽快地回答。

"多大岁数？"知府王仁堪接着问道。

"九岁！"

知府王仁堪、知县王兰芝哈哈哈笑起来："怪不得双脚够不着地！"

"姓什么？"知县王兰芝心想，这是谁家孩子，这么小就来应试？这不是小神童嘛！我这知县怎么没听说呀！知县有点儿好奇。

"姓赵。"

"大港赵姓多，你是哪家孩子？"

"天香阁赵蓉曾，赵镜芙家的。"

知府王仁堪一听，想试试赵声，便对赵声说："你是镜芙先生之子，天香阁之后，那我出个对子让你对对。"

赵声带有几分稚嫩地答："好！请出吧！"

"遇朋友来若得月，有好书读胜观花。"知府王仁堪脱口而出，接着问，"这副对联是谁对的呀？"

场内鸦雀无声。应试的学子都扭头把目光落到了赵声的身上。赵声回答得十分迅速，但其声音不脱稚气："我们丹徒人，乾隆年间进士王文治。"

"好！"一旁陪同知府查看考场的知县王兰芝接着赵声的话问，"你是大港人，你知道王文治写过一首圌山诗吗？"

"知道。"

"什么名字？"

"《圌山雨后》。"

知县王兰芝脱口说道："诗中有一句联句，'蛙鸣生涧草'。"

赵声不假思索，随口接出下联："牛饮隔花川。"

"好！好！镜芙之后，天香阁之后，难怪难怪！"知府王仁堪、知县王兰芝对跟在旁边的监考官说，"年纪小是小了些，但对子对得好，诗学得好，很难说不是个神童呢！"

知府王仁堪、知县王兰芝一锤定音。赵声参加了县试。

开考的锣鼓还未敲响，密封的试题还未开启，赵声是个小神童的赞词已经在应试的学子中传开了。

八、东岳庙练武

　　大港东街东北方向有一座庙宇，是大港一带最大的寺庙，名叫东岳庙。东岳庙全国各地都有。到了明清两代，虽然东岳庙的地位有所降低，但东岳庙祭祀的是掌管人间一切贵贱、生死、祸福的东岳泰山天齐仁圣大帝，在上层社会和民间依然具有极强的影响力。大港的东岳庙虽然数次被战火所毁，但不少皇室成员和民间富绅主动捐助，屡毁屡建。清末的东岳庙庙门庄严，庙内的大雄宝殿十分高大气派。庙门前的大银杏树，郁郁葱葱，冠盖如云。

　　庙内不仅香火旺盛，不少和尚的武术在东乡一带也很有名气。特别是在河南少林寺出家后来到东岳庙的一个和尚，少林武功十分了得。想拜这位和尚为师的穷家、富家子弟不少，但这和尚很少收徒。

　　赵声六岁生日刚过。父亲把他叫到天香阁的厅堂里，俩人在天香阁厅堂里，留下了一段挺有意思的对话。

　　"伯先，你今年多大啦？"

　　"明知故问。"

　　"知道。你虽年纪小，但智力超群。四岁会背《三字经》，五岁会诵《百家姓》，还能对不少对联。不过你今年六岁了，该进学馆读书了。"

　　"我整天盼着呢！"

　　"好呀！爱学习是好事，将来肯定能成才！"

　　"成才？"

　　"对呀！"

　　"成什么才？"

　　"成……国家栋梁之材！"

　　"成现在的国家栋梁之材我可不争！"

　　"你想成什么栋梁之材？"

　　"我要成为为人民做事的栋梁之材！"

"好好好！"赵蓉曾想不到儿子赵声小小的年纪，想的东西挺多，心里很高兴。赵蓉曾对现在的国家体制也很失望。人民遭苦，国家受外洋欺凌，一点地位也没有。让儿子成为腐败没落的封建社会国家的栋梁之材，还不如在大港街上当个教书先生。想不到儿子也是这么想的。于是，赵蓉曾试探地问儿子赵声："伯先呀！栋梁之材用在人民身上，我赞成。好好读书，学好知识丰富大脑。你还有什么想法呀？"

"有啊！"

"什么想法？"

"怕你舍不得！"

"有啥舍不得？"

"我要学武艺。"

"学武艺？"

"对。要为人民做事，光嘴上的说功谁听你的呀。还得有武功。"

"是得有武功。秀才造反，十年不成。"赵蓉曾想不到赵声会想得这么多，跟自己想到一块儿去了。其实，一个六岁的孩子能有这样的情怀和抱负，这不是先天就有的，应该是来自赵蓉曾的教育理念，来自赵蓉曾的潜移默化。

赵蓉曾对赵声的教育是文武兼备。当他看到赵声天资聪颖，没有进学馆《三字经》《百家姓》会背会诵，以他一个教书先生的经验，文的方面没有话说，武的方面倒是要拓展。练武是要吃苦的，不要说一般孩子吃不了那个苦，就是做家长的也不舍得让孩子受苦。但赵蓉曾想得开，他要把赵声培养成文武双全、体格强健的有志男儿，从小就注意引导。赵蓉曾深知，练武艺需要毅力，毅力来自自身的信念。天香阁东边有三棵银杏树，树南边就是文武庙。自赵声会走路时，赵蓉曾和夫人就经常有意无意地带赵声去文武庙闲逛。赵声年纪小，看什么都好奇，赵蓉曾就会一一给赵声讲解。不管赵声听懂听不懂，赵蓉曾都会耐着性子讲。经常看，经常讲，几年下来，赵声到了文武庙，就会指指点点，总能说出个大概意思。文武庙里供奉的岳飞像深深地印在赵声的脑海里，成了他崇拜、效仿的对象。直接影响赵声的喜文又好武。现在赵声的文做到了，但武术一点也不会。他和他同伴经常去东岳庙，看东岳庙银杏树下的和尚打拳踢腿，很是佩服。那小和尚动如脱兔，静如泰山。抬腿轻，落地松，踢起腿来一阵风。有时一阵拳脚，银杏树上的发黄的叶子就会纷纷飘落下来。赵蓉曾想想，儿子是块文武兼备的好料子。文，有天香阁学馆，武呢，拜谁为师？名师出高徒。他试探地问赵声："你想拜谁学武艺？"

"东岳庙的小和尚。"赵声想也没有想，脱口而出。

赵蓉曾一听，皱起了眉头。他心里明白，大港镇上的小武术馆不少，只要缴学费，进武术馆学艺问题不大，当然，只能是三四流的武术师，教不出名堂。东岳庙小和尚在河南少林寺练过几年，是个高手。但他一般不收徒。即使收徒也得是他看上的人。儿子赵声心大着呢！看来自己只能亲自去东岳庙找小和尚谈谈。

第二天上午，太阳暖暖的。赵蓉曾带着赵声沿着鸿溪河往东岳庙走去。走到人顶桥上，看到水桶粗的银杏树下，一个小和尚正脚拳飞闪，吼声如雷。走下人顶桥，前面就是东岳庙的大门。大门飞檐上的琉璃瓦在春日阳光的照耀下熠熠生辉。赵声停住步子，朝银杏树下一指，对父亲说："瞧！那就是少林寺出来的小和尚。"

"哇！了不得！"赵蓉曾一边赞叹，一边拉住赵声的小手，"走，去试试！"

赵声赞不绝口地说："好功夫！好功夫！硬功夫！"心里痒痒得不行，恨不得现在就成为这位小和尚的徒弟，也练出一身虎虎生威的拳脚。他暗暗地想，武，必须像岳飞，能舞棍弄剑，能使得一手好拳脚。赵声生性豪爽，受天香阁环境熏陶，特别崇拜岳飞、韩世忠等民族英雄，特别爱听岳家军的故事，岳家军的精忠报国的爱国精神震撼着赵声幼小的心灵，更添激昂悲壮的报国雄心。报国，没有点功夫怎么行。看到东岳庙前银杏树下的那个小和尚，他立志要像小和尚那样有一身武艺。

父子俩加快步子，很快来到银杏树不远处。

小和尚似乎没有看到父子俩，仍然拳腿飞闪。一拳出去，气浪滚滚。随着出拳的风雷之声，银杏树旁小树林的杂树如被狂风侵袭似的，摇晃不停，催落无数的树叶飘飘扬扬，在天空中打着旋儿四处散落。和尚的身影腾挪跳跃，凌空侧翻，长啸不绝。此时的和尚衣衫落拓，但从那略显疲惫的脸上透出了一种耀眼的光辉。

小和尚练功不亚于武术表演，赵蓉曾和赵声都看得入了神。父子俩的目光随着小和尚的拳腿飞快地移动，直到呼呼呼的风声停了下来方止。赵声见小和尚停住手脚，一个跳跃把挂在树枝上的毛巾抓到手里，连连擦汗。赵声拜师心切，怕小和尚走，赶紧用小手捅捅父亲的腰说："快上去呀！"

赵蓉曾从小和尚精湛的武艺中回过神来，赶紧拉着赵声的小手，急匆匆迎上去，朝小和尚作揖，声音响亮地说："师傅！请留步！"

"你是？"小和尚擦着满脸黄豆粒大的汗珠，停住了脚步，诧异地问。

"噢！香客！老香客！"赵蓉曾连连作揖，满脸笑容。

赵声见到小和尚，一点不害怕，跨上一步，两只小手一握，也朝小和尚作揖：

"小香客！小香客！"

本来小和尚没有注意到赵蓉曾身边的这位小孩，看到赵声给自己作揖的那副调皮的憨态，忍不住哈哈大笑。

小和尚的目光落到赵声身上，仔细打量起来。赵声个子不高，但十分壮实，看上去有大人的气势。圆圆的大眼睛，黑白分明，炯炯有神，两弯山峰似的浓眉，又密又黑，看上去十分挺拔；脸庞富实，既不白也不黑，透出来的气势令人惊奇。臂膀粗壮，腿脚有力，刚才往自己跟前跨出的两步特别有力，不像是一个年纪尚小的孩子。小和尚心里暗暗吃惊：这小孩，小归小，生有大志，龙行虎步，瞻视非常，既负奇慧，复擅神力，将来用到正道上，一定了不起！小和尚的目光从赵声脸上移到赵蓉曾脸上，有一种似曾相识的感觉，纳闷地自语："老香客？"

"老香客！"赵蓉曾重复道。

"这是？"小和尚指指赵声。

"小香客！"赵声说完忍不住笑出了声。

小和尚把手中的毛巾拧起来，使劲地攮了攮，哗哗哗地流出了不少汗水。他抖开毛巾，往肩上一搭，仔细地打量着赵蓉曾父子俩。突然，他若有所悟地狡黠地笑了笑："老香客！小香客！不对吧！我好像在哪儿见过。"

"见过。这当然啦！我常来这里。夫人信佛，常来烧香！"赵蓉曾随口说道。突然，小和尚一拍脑袋，恍然道："你是天香阁的镜芙先生，他是小神童赵声吧？"

赵蓉曾和赵声高兴地笑了。想不到小和尚认出了他俩。看来拜师的事儿成功一半了。

小和尚虽然与赵蓉曾见过不少次面，但对不上号。小和尚热情地招呼赵蓉曾、赵声："走！老香客！小香客！我陪你们进香去！"

大雄宝殿里香烟缭绕，烛光闪闪。赵蓉曾、赵声跟在小和尚后面，正琢磨着怎么跟小和尚说拜师的事。父子俩还未开口，小和尚先开了口：

"烧香求啥呀？"

"求师傅！"

"求啥师傅？"

"武术师傅。"赵蓉曾不失时机地把赵声推到小和尚跟前，"这是犬子，很想跟你学武术。"

"今年多大了？"小和尚一点也不摆架子，一边拉着赵声的小手一边问。

"六岁！"赵声爽朗地回答。

"不怕苦？"小和尚望着赵声稚嫩的脸庞。

"不怕!"赵声挺了挺胸脯,小拳头握得紧紧的。

"天香阁的学生!镜芙先生之后!收了!"小和尚很爽快。

赵蓉曾急忙拉住赵声,给小和尚连连作揖。

父子俩想不到拜师这么顺利,兴高采烈地请了一炷高香,请了两支香烛,在大雄宝殿磕了几个响头。父子俩心里都很明白,文武双全,才能成为国家的栋梁之材,这几个响头必须磕。

东岳庙内收赵声为徒的那个和尚,教授赵声一两次后,就喜欢上了这个小徒弟。赵声身材魁伟,聪明机灵,有胆有识,悟性特别好,学得快,要领把握得准。少林拳术中的一些套路,一下子没有掌握准的,和尚只要稍加点拨,赵声马上心领神会,掌握要领,只要勤练几次,便七不离八了。赵声小小年纪,做事心不小,很有定律,做事有恒心、有毅力,要学什么动作必定能学成。半年下来,学了一些武术基本套路,已经能虎虎生风地出拳踢腿了。但武术技艺,靠的是真功夫。就在赵声感到沾沾自喜时,和尚师傅给赵声泼了一盆冷水。

一转眼,到了初冬时节。东岳庙门前银杏树上的叶子渐渐地变黄了。从江边吹过来一阵一阵的西北风,走在路上会感到"嗖嗖嗖"的凉气直往脸上扑。下午3点多钟,赵声按约定时间来到东岳庙门口。和尚早已等候在庙门左边的空地上。赵声还未喊师傅,和尚一个箭步冲到赵声跟前,没等赵声反应过来,拉住赵声的右胳膊,飞一样地来到银杏树下。赵声感到整个身体像一团棉絮,轻飘飘地随着师傅来到银杏树下。刚刚站定,和尚便开了腔:"赵声,你习武聪明机灵,一些基本套路已经学会了。今天,你一套一套地表演给我看看!"

赵声一听,心里美滋滋的。他以为武术也没有什么诀窍。今天师傅让自己把学的套路演示一遍,演示完毕,当是学业已成。于是,他站立在银杏树下,两手下垂,目光紧紧地盯住远处的报恩塔。屏气、运力,然后双手一伸,左右腿轮踢,"啪啪啪"的腿脚落地声也铿锵有力。两手掌左右出击,倒也带起了一阵风声。刹那间,地上的灰尘飞扬起来,树上鸟儿也吓得飞离银杏树丛,飞向旷野蓝蓝的天空。

不到半小时,赵声把和尚教的少林拳的八个基本套路一一演示完毕,收势站定后,汗珠在额头上形成了一条条小溪,从额上流到腮帮,从腮帮一滴一滴地砸到地上。他顾不得擦汗,目光盯着师傅,心想,半年工夫,套路一路不差,路路上路,就等师傅表扬了。和尚自从收了赵声当徒弟,就像收了一个知己似的。他一般不收徒,收徒后便十分严厉。有些徒弟学不到一个星期就怕苦怕累自己溜了。对赵声,他却特别和蔼,教得也特别用心。赵声的悟性让和尚想不表扬都不行。少林拳这八个基本套路常人没有两年掌握不了要领,赵声半年全掌握了。赵声沉浸在完美演示套路的兴奋中，就等着师傅表扬了。

和尚一反平日对赵声笑嘻嘻和蔼的常态，严肃地对赵声说："基本套路要领把握还可以。"

赵声听了师傅的话，心里一阵兴奋，脱口说道："师傅！我这算是学成了？谢谢师傅！"

和尚哈哈大笑，洪亮的笑声传得好远好远。赵声抹了一把额头上的汗珠，使劲往地上一甩，望着眼前哈哈大笑的师傅，有些发愣："咋啦？刚才不是夸我要领把握还可以，怎么，不达标准？不能毕业？"

和尚笑声渐渐地停了下来。他走到赵声面前，用手拍拍赵声的肩膀。和尚只是轻轻地拍了两下，但赵声情不自禁地整个身体缩了一下，肩上仿佛拍了两砖头。但赵声有毅力，仍然挺住身体跟没事儿似的。和尚轻轻地一笑："赵声，看到过家里蒸馒头吗？

"蒸馒头谁不知道。"

"说说。"

"先准备面粉和老酵头。"

"然后呢？"

"和面发酵。"

"然后呢？"

"投碱，做成馒头坯子。"

"然后呢？"

"上笼大火蒸呗！"

"说得对呀！"和尚拉着赵声的手，边走边说，"学武术跟蒸馒头一个程序。先得学套路，然后投碱，做坯子。蒸馒头关键在火候。火候可不是一朝一夕能练成的。这需要毅力。"

"师傅，那我现在走到哪一步了？"

"正在和面发酵！"

"哇！才开始呀！我当我已经会武术了呢！谁知刚学了点皮毛。"

"你已经学得很快了！出拳踢腿关键在自身的功力，在出拳踢腿的速度和精度。"和尚说到这里，脚步一溜，后退了七尺，脊背已经贴到银杏树干上。银杏树上"哗哗哗"掉下了无数片悠悠飘动的黄叶。接着和尚抄起插在地上的一把寒光闪闪的剑，铁剑迎风挥出，一道乌黑的寒光直取银杏树的枝丫，森寒的剑气已刺碎了从江上吹来的西北风，逼人的剑光，刺得枝头上的黄叶直往下落。剑气袭人，天地间充满了凄凉肃杀之意。赵声望着威风凛凛的师傅，望着寒光闪闪的铁剑，明白了，自己的武术才走了个头，后面的路长着呢。要想打遍天下无敌手，要想拯救人民于水火之中，没有真功夫说空话谁会听。想到这里，双手一合说："师傅，还请继续指教。"

和尚把手中的剑往沙地上使劲一插说："赵声，功夫是练出来的。以你的机灵和毅力，练他个三五年，大港街上肯定会有名气！再练他个三五年，定会走遍江湖让人刮目相看！"

"夏练三伏，冬练三九。我明白了！"赵声下定了决心，语气十分坚定。

"好！"和尚又用手轻轻地拍了拍赵声的肩膀，这次没有加功力。和尚语重心长地说："赵声呀！好钢在炼！这个世界上没有神功大法，如果别人告诉你有，就抽他一巴掌。如果你自己相信有，就抽自己两巴掌，左右脸各抽一下，让自己清醒。"

"明白，关键在练！"赵声顿时热血上涌。他激动了，他暗暗地下了决心：练！

赵声向师傅提了一个请求，让他收自己的同学李竟成当徒弟，这样练功有个伴。和尚当即同意。

寒来暑往，雨飘雪飞。赵声、李竟成这两个小徒弟让小和尚很满意。满意就满意在这两个徒弟几年如一日，从未请过假或借故不学，一直坚持，苦练不辍。到了练武时辰，总会见到东岳庙门口的那块空地上，闪动、挥舞、跳跃着师徒三人矫健的身影，手臂挥舞的英姿，或者是赵声与李竟成在对练对打，和尚师傅一旁高声指点。功夫不负有心人，几年下来，赵声的拳术和枪棍刀剑都有很大长进。从小练就一身武艺的赵声，更从里到外透出一种豪爽侠义气概，李竟成也练出一身好武艺。

让赵蓉曾喜出望外的是，天香阁学馆不仅儿子赵声文武兼备，还出了一个文武双全的学生李竟成。

九、落榜不落志

童子试快到发榜时间了。这几天天香阁学馆事情特别多，赵蓉曾一时走不开。赵声考完了童子试，好像把应试的事忘了，一门心思痴迷武术。

早上，有个邻居去镇江城里办事。赵蓉曾给这位邻居打招呼，托邻居方便时去县学看看童子试发榜了没有，邻居满口答应。赵蓉曾总算放下了心，录取不录取晚上就知道。

下午，天香阁一放学，赵声就拉着李竟成去东岳庙习武。练了几个小时的拳脚，天已擦黑。李竟成回大路自己家了。赵声一个人，兴致勃勃地从东岳庙门前的广场回来。赵声走过人顶桥，沿着鸿溪河一路往天香阁走来。

天色越来越暗。没有亮光，十几米外看不清人的面孔。到了鸿溪河边的洗钵桥下，自家的门堂就在不远处，赵声加快了步子。突然从自家门堂方向传来父亲与人对话的声音。虽然看不清对话人的面孔，但父亲的声音还是听得出来的。赵声赶紧停住步子。

"你从镇江城里回来啦？"这是父亲的声音。

"这不，刚回到大港。家门还没有进，先到你这儿来了。"那人声音不高，估计是邻居，跟父亲一定关系不错。

"麻烦你去县学看童子试发榜的事，你去了？"父亲急切而恭敬的问话声。

"去了！"

"看到榜了？"

"看了！"

"怎么样？"赵蓉曾语气十分急切。他很想知道儿子赵声参加童子试中了没有。这个心情赵声很理解。赵声倒没当回事，参加童子试是去见世面，壮壮胆子的。

"看了。我还看了不止一遍呢！"那个邻居挺认真地说。

"上面有赵声的名字吗？"赵蓉曾很着急地问。

"没有。"夜色中那个邻居的手臂似乎在不停地摇动。接着又传来那个邻居关切的声音："你还是去打听一下吧，怎么会没有赵声呢？"

赵声已走近门堂。他见自己的父亲拱手向那位邻居致谢："好！多谢你了！麻烦你了！"邻居说完往镇上走去。赵蓉曾见赵声打拳练武回来了，脸上一副凝重的神情，微笑着侧过身子问："练武回来啦？"

赵声虽然没有听清父亲与那个邻居的全部对话，但从朦胧的夜色中邻居手臂的不停摇动和门灯映照下父亲脸上凝重的神情，他已经猜了个八九不离十。特别是听到父亲与邻居对话中有"没有"两个字。虽然这两个字听得不太清晰，但赵声知道这两个字与自己的童子试有关。赵声没有问，而是迈着一如刚才的步子走到门堂的花台边，对父亲说："爸爸，我回来了。"

赵蓉曾一步跨进堂屋里，表情自然了些，语气特别和蔼地问赵声："今天师傅有没有教新套路？"

"没有。"赵声说着跨进屋里。

"那是练习？"父亲边朝屋里走边问。

"对！练习！练功力！"赵声边答边比画了几个动作。接着把脱下搭在肩上的衣服拿在手里说："今天光出拳我就连打了五百下！"

"五百下？"父亲有些心疼。

"对！五百下！师傅说了，有的套路关键在苦练。这跟蒸馒头一个道理，和面发酵后，关键是火候！"赵声得意地说着，手还不停地比画，"等学出真功夫，再打给你看！"

赵蓉曾满脸笑容，迅速从赵声手里接过脱下来浸满汗水的湿衣服，拍拍赵声的肩头："你妈妈知道你快回来了，已经给你准备好了洗脸水，快进屋洗把脸。妈妈在等你呢！"

赵声大步跨进天井，往天香阁楼上走去。赵声没有被录取，这个消息让赵蓉曾感到很意外，赵蓉曾是学馆的老师，他对童子试的考试程序很了解，对自己儿子很有信心。刚去童子试的考场，就受到镇江知府王仁堪、丹徒知县王兰芝的关注。凭赵声的才学，这次应试童子试，虽然他还年幼，但考中应该是意料之中。可是邻居亲自到县学看了红榜，上面没有赵声的名字。赵蓉曾心里有些疑惑，就算不中，也要弄清问题出在哪里。找到不中的原因，对赵声也好有针对地教育，突出重点。

又过了几天，赵蓉曾把学馆的教学理出头绪后，抽个空闲，去了趟镇江城。他直奔县学。到了县学，又直奔发榜的大成殿大门口。他驻足榜前，在红榜的名单上仔仔细细地寻找。他担心自己看花了眼，还把眼镜戴起来，认真地在名单上扫视了一遍。

赵蓉曾没有看花眼，贴在墙上的红榜一点不错。县学大成殿墙上红榜公布的名单中，的确没有赵声的名字。

赵蓉曾到县学找了个熟识的官吏打听。那官吏叹了口气说："按赵声写的文章原来该名列第一，但他在试卷上的文字大小不一，且常常不写在格子、线条里面，出格太多，字又不太工整，所以没有录取。"

那位官吏打开抽屉，抽出一张字条，递到赵蓉曾的手里说："可惜！可惜！不过，天香阁这位神童迟早会中。"

赵蓉曾迫不及待地接过字条，目光落到字条上。字条上写道："邑令欲畀以冠军，君顾弗肯循绳墨，作字大小错出，纵横溢尺幅，乃已。"赵蓉曾明白了赵声这次没有录取的真正原因。其实，刚才这位官吏已经讲得很清楚了。

赵蓉曾打探到赵声没有被录取的真实原因，心里反而踏实多了。不但踏实，而且很服气。儿子赵声生下来就这个脾气，不喜欢循规蹈矩。六个月大的时候，傍晚乘凉把他放到桌子上。他不仅在桌子上趴不住，而且两只肥嘟嘟的手臂乱晃。放了两粒盐渍黄豆，他小手一撸，就把两粒黄豆撸到地上去了。黄豆粒掉到地上后，他咯咯咯地笑个不停。学馆读书还未到年龄，他《三字经》《百家姓》倒背如流。登上圌山之巅，带着天香阁学馆的学子们对诗，他赵声倒好，不断地抢着背。到东岳庙跟小和尚练武，他学得很快，但他习武练拳脚跟别人不一样，不是手挥出了格，就是一脚踢得太远。他就是这个性格的人，但他也有一个优点，就是不认死理，只要是正义的，只要是正确的，大人的话，师傅的话他都能听得进去。最近习武就定下心来了，天天练基本功。光打拳　次就连续打五百下，连小和尚见了赵蓉曾的面都夸赞不已。这次参加童子试，他考得很出色，但字写得太随便了。写字不坚守一笔一画，不按照格子规规矩矩地写，很多笔画像打拳踢腿，笔画常常跑到方格子外面去，确实不中矩，不在格式里。好在年龄小，这次不录取，对赵声是个教训，字还是要练好的。字也是文章的门面。

回到天香阁后，赵蓉曾将赵声童子试落榜的原因告诉夫人。夫人很开明，提议好好地跟儿子谈一次，让他加以重视。赵蓉曾点点头，帮助夫人把赵声两个弟弟赵磬、赵馨哄到床上睡着后，让杨妈把赵声喊到学馆上课的厅堂里。

赵蓉曾示意赵声坐下来。赵声在父母不远处的一张学凳子上坐下来，目光炯炯地盯着父母的脸。

母亲望着儿子那一脸自在的神情，心里也轻松了不少。朝镜芙先生笑笑："镜芙，你的学生，你谈。"

"好。"赵蓉曾把眼镜往眉额处轻轻地推了推，朝赵声轻松地一笑问，"知道喊你来谈什么吗？"

"知道！知道！"赵声把屁股底下的凳子挪了挪，点点头说。

赵蓉曾夫妇几乎是异口同声："知道，知道什么呀？"

赵声平静地说："发榜了。童子试发榜的名单中没有我。"说完，赵声加重语气说，"爸爸！妈妈！是不是找我谈这件事呀？"

"你怎么知道的？"赵蓉曾心里纳闷，有些不解地问。

"那天我练武回来在家门口附近，听到爸爸和邻居说什么事情，虽然，天黑了，什么也看不太清楚，但朦朦胧胧中还能看到有人摇摆手臂。当时，隐约听到那邻居说是刚从镇江回大港的。再说，今天你上镇江回来，我在门口见你的神情也看出个大概。"赵声认真地叙说自己的推测。

听到儿子赵声的话，赵蓉曾夫妻俩对视了一下，眼神中有一丝惊奇与不解，又有几分对儿子善观察、会判断，能冷静对待童子试榜上无名的结果，并坦然面对的态度由衷慨叹。

赵蓉曾见儿子赵声神情坦然，说话前的忧虑一扫而光。他用和蔼的语气说："赵声，知道这次参加童子试为什么榜上无名吗？"

"文章写得不好呗！"赵声按照自己的分析估计着。赵声心中有数，童子试考的是文章，文章写得精彩还能不录取？再说，自己虽然文章写得不错，但参加童子试的学子哪个没有两下子。高个子里选将军，当然不容易。

说完这句话，赵声目光望着父亲的脸，等待验证自己的猜测和估计。

出乎赵声的意料。父亲赵蓉曾缓缓地从椅子上站起来，摇摇头，摆摆手说："不是，不是。"

"那是？"赵声十分不解。

赵蓉曾边踱步边说："我去县学打听了。你的文章写得很好！本来是要给你第一的……"

"那——"赵声又猜着。突然，赵声手一拍桌子，猛然想起了他写的字："肯定字写得不好！"赵声有自知之明。他知道自己一向不认真练字，从不认认真真，规规矩矩地在方格里写字。总是很随便，踢拳打虎似的。还常常自己给自己找一个理由：字是装门面的，装门面的东西他不喜欢。

"真是个聪明的孩子！不错！是字没写好！"赵蓉曾没有想到童子试榜上无名的原因，竟然是儿子自己说出来的。这说明儿子赵声也很了解自己呀。听到赵声的回答，赵蓉曾与夫人葛氏会心地连连点头。

"作字大小错出，纵横溢尺幅。"赵蓉曾转述着考官的论述，"也就是你的字写得不在格子内，大大小小的，规矩不够啊！"

"是看文章还是看字录取？"赵声还有些不太服气。

赵蓉曾解释说："文章、字都看！"

葛氏夫人也在一旁插话："字是门面。人长得再漂亮，穿件破衣服，邋邋遢遢的，谁喜欢呀！"

"当然，以貌取人不太对！但貌也要看呀！"赵蓉曾用征询的口气说，"儿子，你说呢？"

赵声连连点头，有些自责地说："是我没好好地练字。"

赵蓉曾觉得儿子能有此种认识已属不易，毕竟他写的文章是童子试里的尖子。赵蓉曾也觉得《三字经》里的话说得对呀！"教不严，师之惰。"儿子赵声字写得不好，我这个当父亲的，尤其是当先生的也有责任。平时对赵声书法指导不够。赵蓉曾主动揽起责任说："你是我的学生，字写得不好，我这当先生的也有责任。平常对你的书法督促、检查不严。"

"不要紧的。赵声年纪还小呢！"妈妈葛氏安慰着这父子俩。

赵声听到这里全明白了。他走到父母面前，郑重地说："请爸爸妈妈放心，我一定练好字！"

赵蓉曾与夫人葛氏拍拍赵声的肩头，充满信心地回答说："好！我们的赵声有决心，一定会把字练好。"

夜深人静。月光洒进天香阁厅堂，到处明晃晃的。远处江面上传来沉闷的夜航轮船的汽笛声。听着这静夜中的汽笛声，赵声朝父母笑笑，头也不回地回自己房间去了。对于练字，赵声早已下了决心，就像这远处江面上的夜航轮船发出的汽笛声，练字也要启航了。赵声在心中暗暗发誓，一定要练出一手好字。虽然是装门面的事儿，但门面也得装呀！

十、青石板上练字

赵声天资聪颖，为人耿直，有一颗自始至终奋发向上的心。年纪只有九岁，就报考参加童子试。虽然考试文章是第一名，但因字写得不规矩，而榜上无名。小小年纪的赵声以一颗极平常的心看待功名，且能积极看待自己的短处，并向父母表态，苦练书法。这让赵蓉曾夫妻俩欢喜不已。赵蓉曾夫妻俩心里明白，赵声这孩子有一股犟劲，他要练书法，书法肯定能练出名堂。

赵蓉曾夫妻俩专门在门厅的东房间布置了一张桌子。桌子上铺了上好的绒布。白色的绒布上摆上了砚台、笔架、镇纸。赵蓉曾还托人从镇江城里买来了颜真卿的字帖。天香阁里学生们练习的方格纸专门拿了几本，放在桌上。

赵声见父母这么重视，苦练书法的热情十分高涨。这次参加童子试，给了赵声很大的启发。文章写得好，字也要写得好，这样才是全面发展。字写得不好，这是短处，一定要勤学苦练，一定要补上。赵声在心中暗暗地下决心。

赵声下决心要办的事，那一定会办好。从此，东房间书桌台上，留下了一张一张的临摹习纸。赵声有个习惯，凡是写过的纸张，他看过几眼，觉得不太满意时，会用手一团，扔到东房间的西北角落里。

赵声练书法练得入了迷。他常常会在课间、课后一切可以利用的时间，一个人来到东房间的书桌台前，翻开名家的帖子，认真地对照帖子，工工整整，认认真真，按照要求将每个字的每个笔画写在方格子里面，不仅大小适中，而且绝不出格一毫。临帖的方格纸扔到房间西北角后，日积月累，慢慢地堆了几尺高。杂工见了想清理出去。他不让。杂工有些不解地问道："这些废纸留着何用？"

赵声总是笑笑说："留着这些废纸监督我下功夫呗！什么时候没有废纸了，也就说明我的书法基本练成了！"

杂工把这个事儿说给赵蓉曾夫妻俩听。赵蓉曾夫妻俩高兴了好几天。连在一旁的杨妈都高兴得忍不住插了一句："这孩子出生的时候就不寻常！干什么事都不让父母操心，将来是干大事的材料。"

赵声练书法练到痴迷。

在赵声房间床边的墙上，歪歪斜斜贴满了单页书法帖子。无论是睡觉前，还是起床后，有一件事必须做，就是伫立在床前的墙边，像将军看地图似的，凝视着墙上的字帖。手指不停地指指点点，嘴里也不停地喃喃自语。有时母亲喊他熄灯睡觉，他也没有听见似的。再催他，他竟然高声答非所问："吃过了。"葛氏听后一愣，赶紧走到赵声的房间门口，看到儿子那副全神贯注、十分痴迷的样子，又好气又好笑，只好悻悻地返回自己的房间。葛氏心里明白，此时的赵声脑海里全是字帖的笔画，他把晚上当早上了。他当喊他吃早饭呢，竟然答非所问地回"吃过了"，真是被书法迷上了。

一家人围着八仙桌吃饭。赵声一边往嘴里扒饭，一边目光盯着迎面屏风两边的抱柱。母亲见儿子吃饭时心神不定，提醒道："赵声，吃饭也要有礼数，目光不可东张西望的。"

"知道了！"赵声看的是屏风两边抱柱上的对联。那字迹引起了他的关注。赵声边咀嚼边喃喃自语："好字！笔法自然，气韵生动。"他望着那副对联的目光始终没有挪回来，一只手还在不停地比画，点、横、撇、捺。母亲见儿子这么用心思练字，心中虽十分欣慰，但又怕儿子过分痴迷，影响身体健康，便催儿子："快吃！快吃！吃好了再想你的点、横、撇、捺。边吃边想，别伤了身体。"

听到夫人的劝说，赵蓉曾虽然为儿子赵声苦练书法的痴迷而感到高兴，但他理解夫人的心思。用筷子轻轻在碗上敲了两声，对赵声说："食不言，寝不语，是说干什么事都要专心。你妈说得对，吃饭集中精力，一心二用，这样对身体不好！"

赵声收回目光，轻轻地点了点头。

过了些日子，赵蓉曾夫妇发现赵声有时睡觉比以前早了。睡觉早的这些日子往往都是靠近农历月半的前后几天。开初，葛氏以为儿子听自己的话，开始爱护自己的身体，不过分熬夜了。但转念一想，赵声一般睡觉都是比较晚的，这些日子睡觉早了，会不会身体不舒服？会不会生病了呢？做母亲的心疼儿子。葛氏特别注意观察赵声。饭吃得不少，脸色红润，不像生病的样子。怎么突然在这些日子睡得早呢？夫人纳闷，赵蓉曾这个当父亲的也纳闷。赵蓉曾夫妻俩一关注，有些疑问在心中升起来。早睡的这些日子往往靠近农历月半。有些时候，赵蓉曾夫妻俩睡下不久，会隐隐约约地听见轻轻的开门声。赵蓉曾夫妻俩知道儿子赵声点子多，说不定又有什么新花样。虽然，夫妻俩知道赵声是个好孩子，不会干出什么出格的事，但心中总是悬着一块石头，放不下来。

又到了农历月半前的几天，这天赵声也早早地睡了。赵蓉曾夫妻俩留了个心眼。他俩早早地把家里事儿拾掇好，也早早地睡了。不过，他俩是装睡。房间里灯熄了。窗外，月光像水银似的泻进屋子里。赵蓉曾夫妻静静地躺在床上，耳朵竖着在仔细地听着外面的动静。

窗外月色明亮，夜风阵阵。从江上不时传来一两声大轮船发出的沉闷的汽笛声。江边小镇到处静静的，只有汽笛声在静谧的夜空中低沉地回响。

突然，外面的门传来响动声。葛氏用手推了推丈夫的膀子低声地说："你听，什么响声？"

"好像是门的响动。"赵蓉曾竖起耳朵全神贯注地倾听。

确实有门的响动声，但声音越来越轻，不静下心，还听不出来呢。

这刻，赵蓉曾夫妇全听到了门的响动。夫妻俩心里都在猜：谁出门呀？这么晚了。

葛氏提醒丈夫："会不会是赵声出去了？你去厢房看看。"

赵蓉曾让妻子葛氏带着小儿子睡，自已从床上爬起来，披上衣服，趿着鞋走出房门，到厢房一看，赵声不在床上。房间里空空的，玻璃罩灯已经捻到最低亮度，只有一丝微微弱弱的光亮把房间里映得朦朦胧胧的。赵蓉曾轻手轻脚地走进厢房，用手往床上的被单里一摸，还有热度。他估计赵声出去了，而且没有走远。

赵蓉曾怀着几分担忧，轻轻地走出厢房，穿过天井。他推开堂屋门，向外望去。

今天是月半。

银盘似的月亮把大地照得亮堂堂的。东街上的青石板路面泛着淡淡的银光。店铺、店招、路边的杨柳，悄无声息流淌的鸿溪河水，全都沐浴在清冷的月色里，青石板经岁月打磨，变得亮晃晃的。不远处青石板上一个矮矮的身影正向青石桥方向缓缓地走去。赵蓉曾仔细一看，那个矮小的身影肯定是赵声。从青石板上投下的影子看，赵声还拎着个小水桶。赵蓉曾心里有些好奇："这孩子晚上拎个水桶去干什么？"赵蓉曾不放心，便远远地悄悄地尾随在黑影的后面。天这么晚了，儿子到底去那儿干什么？赵蓉曾越想越不放心。

素色的月光下，街巷里静静的，染上了一片银辉。赵蓉曾站在不远处店铺的屋檐下，看得清清楚楚。只见赵声把拎在手上的水桶轻轻地放到青石桥头边上。他拿起一根木棍，还举到眼前看了看，然后挺认真地在光洁的青石板上左一横，右一横地画线。赵蓉曾有些纳闷，赵声这孩子发什么神经呀！在青石桥上画线，打房子基础线呀！不对呀！青石桥上盖什么房子。正在纳闷时，青石桥的石板上出现了一个个方格子。原来赵声是拿已经烧焦了的木棍在青石板上画方格子。估计是借助月光在青石桥上练书法。

赵蓉曾估计对了。赵声画好方格子，不慌不忙地把棍子往桥栏处一放，然后拿出随身带的毛笔，往水桶里蘸上些水。借着明亮的月色在格内写字，一笔一画，一丝不苟。赵声练字全神贯注，身子站得直直的，神情十分专注。从江边吹过来的风顺着鸿溪河在大港镇的夜空中发出轻轻的"嗖嗖"声。赵声的衣襟被江风吹拂起来，但他全然不觉。手中的毛笔在方格子内不慌不忙地移动。

月色很亮。赵蓉曾借着明亮的月亮，远远地望着儿子赵声在青石板上一笔一画地认真练字，心里感慨万千。赵蓉曾知道这是儿子为节省纸张想出来的办法。赵声是懂事的孩子。他知道父亲是开学馆的，家里有纸张。但也知道家里为了接济大港东乡一带穷人的孩子上学，已经免了不少孩子的学费。赵声的同学大路的李竟成因家里贫寒缴不起学费，父母免了他的学费和食宿费。虽然不缺纸，但纸也不太宽裕。这么多的孩子每天都要用纸。自己练书法，更是费纸张。东北角上堆的写过字的废纸引起了赵声的注意。他不想告诉父亲，他要为父亲节约，让更多的穷苦孩子来上学。于是，赵声想出了这个以笔蘸水在青石板上苦练书法的好办法。既练了书法，又不浪费纸张，两全其美。赵声来了个早睡觉障眼法，等父母睡着了，再偷偷地起床练书法，这样就瞒住了父母。一个多月过去了，父母竟然没有发觉。赵声心里忍不住要笑，这些日子自己又是练武术，又是练书法，父母担心自己的健康，吃饭时老是提醒自己注意身体，好菜总是往自己碗里夹。这一个多月来，自己经常早早睡觉，父母似乎放心不少。吃饭时说得不多了。想不到歪打正着了。让父母放心也是赵声的一块心病。赵声天性刚强，但又十分善良。他不想让父母为自己操心，但又有一股勇往直前的拼命精神。这次参加童子试，竟然因为字没有写好落榜了，这对赵声触动很大。他当着父母的面表了态，一定要把写字这一关闯过去。说到做到，他从点、横、撇、捺练起，越练越有兴致，越练越有劲头。让他想不到的是这写字大有学问，练字里面有兴致，有想不到的乐趣。尤其是临摹了颜真卿的《祭侄文稿》的字帖，想不到这字帖里的字变化这么大，写得是那么优美。字写得好就是书法作品，好的书法作品就是艺术品。赵声明白这个道理后，练字的兴致更浓了。

赵蓉曾远远望着缓缓移动的赵声的身影。他被儿子想出的这个节约纸张的办法触动。怪不得赵声近些日子在习字课上老用手指点照字帖比画。吃饭时，也喜欢把目光盯到屏风旁边抱柱上的对联，手指也不停地比画，嘴里还喃喃自语：点、横、撇、捺……原来赵声是以手指代笔，省了纸张。难怪课堂上赵声没有拿出纸来，问他也没有正面回答。当时，赵蓉曾还误会了儿子，以为儿子在练字课上畏缩不前呢！谁知道小小年纪的赵声，想得这么多。他将习字时间、方法改变了，想出这种以笔蘸水、以石当纸、以月当灯的省钱的方法来苦练书法，难怪这几个月赵声的作业写的字工整有力多了。赵蓉曾远远望着赵声的背影，心里暗自叹道："赵声这孩子真懂事！真有志气！"赵蓉曾一直默默地注视着赵声，直到赵声开始收拾东西即将结束书写，为了不让儿子看到自己才赶忙掉头往回走。

赵蓉曾匆匆回到家。刚跨进房间，就看到夫人披着件外衣坐在床上。葛氏见到赵蓉曾，急切地站起身问："看到没有？"

"看到了。"

"是赵声出门了？"

"是他。"

"夜里出门干什么事去啦？"

"练字！"

"到哪儿练？"

"在青石桥上的青石板上练字。"

"这孩子！青石板上怎么练字？"

赵蓉曾一五一十地把刚才看到的一幕告诉夫人。夫人听了也深为感动欣慰，但随即又心疼地摇摇头，自语："赵声这孩子，干什么都入迷……"

"你是怕孩子痴迷？"赵蓉曾一语道破夫人的担心。

"深更半夜的，一个小孩家在桥上练字……"夫人还是有些担心地叹了一口气。

赵蓉曾把房门关上，把罩灯捻低了些，挨着夫人在床边坐下来说："夫人，你的担心是多余的。赵声这孩子人小心大，大到你有些不敢想。我教了这些年的学馆，对书法也就停留在写字上。上次童子试让赵声认识到自己的短处。你知道赵声现在的字往哪儿练吗？"

"不知道。"夫人吃不准，目光盯着丈夫的脸庞，似乎要说："赵声这孩子又想干什么？"

"说件前两天的事。"赵蓉曾挺神秘地拉开了话头，语气中充满了自豪感。

学馆放学，赵声去东岳庙练武术。回到家洗把脸吃晚饭。吃过晚饭后，他捧了两本书法字帖来到赵蓉曾的书桌前。接着把自己的练字簿往赵蓉曾面前轻轻一放，问道："爸，我现在的字写得怎么样？"

"有进步！"赵蓉曾拿起桌上赵声的练字簿夸道，"清爽多了，整齐多了，笔顺整齐规范，间架结构合理，连贯。"赵蓉曾目光落在练字簿上，嘴里不停地夸赞。他心里明白，按照学馆的教学要求，孩子们写字只要做到横平竖直，转折处棱角分明就可以了。上次赵声去应试童子试，如果写的字像现在这样清爽工整，以他文章第一名的成绩肯定会被录取。

谁知赵声这小子人小心大，指指放到赵蓉曾桌子上的两本字帖说："字要写得像字帖上的字体就成功了！"赵声话锋一转，谦逊地说，"爸，我现在的字也就是学馆小学生的水平。"

赵声一提醒，赵蓉曾这才认真注意到赵声放到面前的两本字帖。赵蓉曾顺手拿起历史上著名书法家颜真卿的《祭侄文稿》字帖和另一本欧阳询的《九成宫醴泉铭》字帖，目不转睛地盯着看。

赵声提醒赵蓉曾说："爸！你翻开欣赏一下颜真卿的行书。《祭侄文稿》是一部很好的行书书帖，我觉得很有临摹的价值。欧阳询的《九成宫醴泉铭》也是一部很好的楷书字帖。我照着两部帖练，越练越觉得有差距。"

赵蓉曾对赵声说的话很是惊赞。让他把字练工整，想不到他钻进书法艺术的海洋里去了。颜真卿是什么人？唐代的大书法家呀！他赵声不但学习字帖，还来了一番评论，与其说是评论，还不如说是赞赏。看来赵声对书法有新的追求了。赵蓉曾听着赵声的评赞，不停地翻看手中的字帖。

赵蓉曾听着儿子对书法的评赞，自叹不如，心里更是无比自豪、无比欣慰。想不到童子试落榜之后，赵声看到自己书写的短处，反而热爱上了书法。想到这里，他安慰身边的妻子："夫人，相信儿子。他干什么事都会入迷，但不会痴迷。"

夫人听赵蓉曾说到儿子临颜真卿和欧阳询的字帖的事，心里惬意极了，连声说："不会痴迷就好！不会痴迷就好！"夫人因为儿子赵声的过早成熟，心中反而有些隐隐的担忧。现在，担忧的阴影慢慢清除了。

赵蓉曾站起身说："时候不早了，睡吧！"说着，把披在身上的褂子一掀，随手放到床头柜子上，继续安慰夫人，"我会注意的。前些日子，他给我看了两本名人的帖子，我听他说到练书法也要练功夫，我就提醒他，练功夫可以，但不能练得入魔。"

"赵声答应我了。"赵蓉曾上了床，轻松地说，"练书法用什么功夫，他也就说说。"

赵蓉曾抬起头，端起玻璃罩灯。微弱的灯光散发出灼热的烟气。他低下头，将嘴对着玻璃罩，轻轻地一吹，把罩灯吹灭后，说："夫人，睡吧！"

"睡吧。"夫人应了一声，打了个哈欠，脱去上衣褂，钻进被窝里。

窗外月色明亮，房内静谧如水。

十一、神笔功书法

赵声自从拜了东岳庙和尚为武术师傅，练功刻苦，加上聪明机智，深得师傅赏识。一来二去，师徒二人还成了特别知心的朋友。

一天下午，又到了练功的时间。赵声好友李竟成回大路家中办事，两人在鸿溪河畔的人顶桥上分手后，李竟成往东，朝大路方向走去。赵声向北，来到东岳庙门前的银杏广场上。

炎热的夏天，红彤彤的太阳火辣辣地挂在天空。灼热的阳光照在大地上，到处热气腾腾的。鸿溪河畔空旷的田野上没有风，只有树上的知了不知疲倦地吱吱地叫个不停。赵声来到银杏广场，不见师傅，他在东岳庙门前银杏广场选了一处有树遮挡的地方，双脚并拢，直挺挺地站立在那里。地上像蒸笼似的，但赵声身体笔直，目光直视着东方的高高报恩塔，一动不动。不一会儿工夫，豆大的汗珠就从赵声额头冒出来，汗珠形成一条条小溪流，沿着脸颊直往下滴。不一会儿，赵声浑身都湿透了。他想到师傅跟他说的话，光学会八个套路，那是蒸馒头才发面，要有真功夫，关键在练。自从拜了师傅，他佩服师傅的武功，更佩服师傅的人品。师傅平易近人，虽然传授武术严厉，但从不把赵声当小孩，二人无话不谈。人家师傅教徒弟往往会留一手，这小和尚师傅教赵声，真是把心都扒给赵声了。赵声明白，听师傅的没有错。他此刻毅然顶着烈日，站立在银杏广场上，承受着热浪的煎熬，耐心地等候师傅。此刻，他竟然还兴致勃勃，喃喃自语地背诵起唐诗来：

> 赤日炎炎似火烧，
> 野田禾稻半枯焦。
> 农夫心内如汤煮，
> 公子王孙把扇摇。

第四句刚诵完，赵声听到身后师傅在喊他的名字。他赶紧应了一声。师傅已经来到赵声身边，拍拍他的肩头，关心地说："小心中暑！"

"没事。"赵声又大声重复了刚才唐诗的最后一句，语气很气愤，"公子王孙把扇摇。我可不当公子王孙！"

师傅搂住赵声的膀子往银杏树下走，边走边幽默地说："练出硬功夫，让公子王孙没扇摇！"

赵声连连点头，想不到和尚师傅的话说到了自己的心坎里。

银杏广场边的银杏树长势茂盛，树冠像一把巨大的遮阳伞。尽管烈日当头，银杏树下是浓浓的一片树荫。站在树荫下面，赵声仿佛到了另一个世界，一阵微微的风从鸿溪河吹过来，赵声感到浑身像喝了酸梅汤般清凉，他长长地舒缓了一口气。师傅把自己肩上的毛巾扔到赵声手上，赵声接过毛巾，把脸上的汗珠擦了擦，连连向师傅道谢。

赵声见师傅一副漫不经心的样子，心里倒有些着急："师傅，今天练踢腿还是出拳？"

"别急！待过了这毒日头再练不迟！"师傅说着把赵声拉到银杏树下边，把赵声往树干上一推，说，"把背贴在树干上，要成一线！咱们边练背靠树干，边说个事儿。"

"什么事儿？"赵声把背笔直地倚靠在银杏树干上，不知道师傅要说什么，随口问。

"没什么大事。前些日子你不是参加了童子试吗？发榜了没有？"

"发榜了！"赵声早已把这事忘了。想不到师傅这么关心自己。赵声接着脱口而出："师傅！我榜上无名。"

"榜上无名？"师傅脸上明显地露出了吃惊的神情。赵声是大港东乡一带有名的小神童，这次去参加童子试，虽然只有九岁，但这么小的年纪就敢报名参加童子试，肯定是有底气的。俗话说，没有金刚钻，哪敢揽瓷器活。小和尚师傅心里想：赵声是神童，怎会榜上无名？既然榜上无名，肯定有原因。师傅知道赵声心态好，没有劝慰他，而是关心地问道："是文章写得不够好？"

"我爸去县里打听。说我文章写得好，本来要给第一名的，但是……"赵声正要说下去，师傅迫不及待地打断赵声的话："什么原因？"

赵声如实说："字写得不好。没有写在方格内，而且大大小小，规矩不够。"说到这里，赵声挺有信心地说，"我正在练写字呢！这个短处一定补上。"

"练字？"师傅有些惊讶。

"对！练字！"赵声信心十足，"我想，把字写在方格子里容易，但要把字写出风格来，把字写漂亮不容易。师傅，这些日子我找来两本帖子，正照着练呢！"

"哪两本帖子？"师傅问道。

赵声一听师傅一介武夫竟然对练字感兴趣，喜出望外，赶紧告诉师傅："一本是颜真卿的《祭侄文稿》，一本是欧阳询的《九成宫醴泉铭》碑文。"

师傅嘿嘿一笑："这两个人的字那是一绝！飘若浮云，矫若惊龙，清风出神，明月入怀！"

想不到师傅居然也精通书法。赵声正想再拜师傅为书法老师，想不到师傅接着说："书法跟武术是相通的，我在少林寺师傅那儿学武时，也顺便练了一些书法技艺，特别是学了少林寺创立的神笔功，当你师傅怎样？"

"师傅！"赵声连连作揖，这正是求之不得的事儿，想不到这小和尚也是文武双全。赵声对师傅提到的神笔功很是好奇。他从来没有听说过，赶紧向师傅请教："师傅，神笔功是什么功呀？"

"神笔功，简单地说，就是将书法融入气功。"

赵声一下子惊呆了，气功与书法融合，没有听说过。他疑惑地又重问："神笔功？"

"对！就是化书法入气功的神笔功！"师傅一脸平和。师傅见赵声还有疑问，笑着用手比画了几个动作，对赵声说："赵声呀！你忘了练字时一笔一画都是要运气的，身体各部位都是要放松的呀！"

"对！对！"经师傅这么一说，赵声恍然大悟，"书法的过程就是运气的过程。怎么把这一点忘了呢！写书法少不了运气！"

师傅见赵声明白了神笔功的大致原理，又认真地解释："神笔功源自少林金刚和韦驮护门，是运用内气练书法的一种功法。"

赵声完全明白了。难怪庙里的和尚不少都是当地有名的书法家呢！赵声迫不及待地对师傅说："你什么时候教我？"

"明天晚上你到寺庙来，我先给你讲讲简单的原理。"师傅想了想说。

"好！明晚我准时来！"赵声说。

"等你！"师傅说。

"谢师傅！"赵声说完，心里别提多高兴啦。练出拳，竟一口气打了五百下。

师傅在一旁满意地笑了。

第二天傍黑时分，赵声已经来到了小和尚禅房门口。师傅热情地把赵声引到一张桌子旁，挪了一张杌凳，招呼赵声坐下。师傅顺手把方格纸往赵声面前撸了撸，然后示意赵声从笔架上取一支大号毛笔。

赵声端端正正地坐下，手里握着一支毛笔，目光盯着面前的方格纸，耳朵几乎竖了起来。他在等待和尚师傅讲授神笔功。赵声很好奇，气功与书法融合，怎么融合？他要听听和尚师傅怎么讲。

师傅与其说是授课，还不如说是提问题。赵声和师傅在静静的禅房里对话。

师傅问，赵声答。

"这些日子功夫练得怎么样？"

"按师傅要求做了！"

"出拳有劲？"

"有力！"

"踢腿有风？"

"还算快！"

"现在运气自如吗？"

"运气自如！"

"书法一笔一画要不要运气？"

"要啊！"

"身体各部位要不要放松？"

"要啊！"

"这就说对了。神笔功，说到底就是化气功入书法。现在你有气功，又在练书法，两者一结合，不就是神笔功嘛！"

"师傅！我明白了！"

"光明白了才是和面发酵，关键在蒸，蒸也就是练。"和尚师傅边说边给赵声做示范，边示范边讲，边讲边教赵声动作。

"坐姿要端正，上身要正直，两脚放正，两脚之间的宽度与肩相同。左右手臂放的姿势跟常人写书法不一样，练神笔功时，左臂屈肘，左手大拇指轻轻压在无名指中节，掌心虚空朝天，无名指弯曲向上，其余指自然舒展。右手握成空心拳，大拇指与食、中、无名指组成品字形，右臂抬起，肘尖向外，右前臂横悬在身前，呈圆弧抱物状。"和尚师傅边说边帮赵声调整姿势，"双目微闭，整个人像在做静功，运气似的。写字时，也有一套姿势。右手臂犹如手执毛笔在运气，接着，按照书法的点、横、撇、捺、钩、折笔画进行。"

赵声按照和尚师傅的指点，认认真真地练习点、横、撇、捺、钩、折笔画，几个回合下来，额头上竟然渗出密密匝匝的汗珠。赵声放下笔，用手撸了一把额头上的汗渍，情不自禁地说："哟！简直就在练气功啊！"

"就是练气功！你学得快！就照这个路子练下去，将来你的书法技艺一定会大增。神笔功既可陶冶情操，还可祛病强身，健壮体魄！"和尚师傅见赵声心领神会，学得很快，满意地点着头。

暑去寒来。赵声的神笔功已经有长进。一年一年过去，功夫不负有心人，赵声的书法已经与以前大不相同了。赵声不仅武艺高强，书法也别具一格。赵声书法上的名气在大港镇上悄悄地传开了，赵蓉曾这个当父亲的只是知道儿子练书法有些入迷，但不知道赵声还在练习神笔功。练神笔功的事儿，赵声一直瞒着自己的父母，他不想让父母知道，是因为怕他们为自己操心。尤其是母亲，看自己的儿子小小年纪，这么出众，老怕物极必反，练得走火入魔。赵声深爱着自己的母亲。他也是个孝子，他不想让母亲为自己担心。

赵声的书法出名了，大港集镇上想请赵声留字的人多起来。但赵声这时还是个十几岁的少年，一般镇上有头有脸的人物认不得赵声，他们只与赵声的父亲赵蓉曾相熟。赵蓉曾是名重乡里的宿儒，所开办的天香阁学馆又在东乡一带很有名气。于是找赵蓉曾索要赵声字的乡里熟人多起来。尤其是赵声十二岁那年寒冬时节，大港镇上不少乡邻乡亲带着南瓜、糯米粉，还有些乡下人带着自家做的年节豆腐、卜页、粉条来到天香阁索要赵声写的对联。赵蓉曾是有名的善人，有人来求自己的儿子赵声写对联，这让赵蓉曾夫妻俩很高兴。夫妻俩也感到有些意外。这小小年纪参加童子试因为字写得不好而榜上无名，现在几年下来，书法竟然在东乡方圆几十里有名了。赵蓉曾夫妻俩都是热心人，专门把东厢房腾出来，给赵声备足了红纸和墨汁，让来求写对联的乡邻乡亲们满意而归。乡亲们带来了不少土特产，赵蓉曾夫妻俩跟乡邻乡亲们打来抢去不肯收，但善良、忠厚的乡邻乡亲总是变着法子留下这些土特产。

赵声的书法怎么热起来了？这引起了赵蓉曾的关注。赵声给乡邻们写字时，他刻意站在一旁观看。不看不知道，一看把赵蓉曾吓了一跳。这赵声写字时跟别人的姿势运气均不一样，难怪几年下来，名扬大港乡里。

东厢房里，尽管请赵声写春联的乡邻乡亲来来往往，但赵声端坐在桌前，上身笔直，含胸挺背，两只脚放得正正的，两脚之间的宽度与肩相同。左右手臂放的姿势也与常人有异。写对联时，总是双目微闭，好像是在练静功似的，手臂微微地在动，又像是在运气。写字时，那套姿势很优雅。像是手执毛笔在轻轻地运气，按着对联上的文字笔画迅速运动。一会儿工夫，一副对联就写好了。那对联上的字是笔酣墨饱，春蚓秋蛇，难怪东乡这一带不少人都赶到天香阁来请自己的儿子写对联。再看儿子赵声气势豪放，潇洒自如。

赵蓉曾心里对儿子写的字很佩服，但对儿子写字的姿势觉得十分奇怪。自己也是个学馆的先生，没有见过像儿子这样写字的。这不似写字，倒有点像在练气功。想到气功，赵蓉曾警觉起来：这赵声别走火入魔了。晚上就寝前，赵蓉曾把自己的疑惑告诉了夫人葛氏。葛氏也有些担心，儿子太聪明了，父母也操心。葛氏让丈夫了解一下，这孩子到底学的什么书法。

接下来的日子，赵蓉曾的心里一直在琢磨。他想，赵声写字时像练气功，会不会跟东岳庙的和尚有关？想到这里，赵蓉曾实在不放心，决定去东岳庙问问那位和尚师傅。已经到了年关了，赵蓉曾一合计，正好带些乡下人送来的土特产给东岳庙，也算是谢谢师傅。他决定去东岳庙看师傅，顺便了解一下赵声练功的事儿。

赵蓉曾择了日子，让杂工小刘准备了一些土特产，装满两只小笔筐。让小刘挑着，沿着鸿溪河边的小田埂一路往东，来到东岳庙。

进了庙门，老远就看到那位和尚师傅。和尚师傅一见是赵蓉曾来了，忙迎上前，双手合十道："镜芙先生来小庙，是不是打听赵声学艺的事？阿弥陀佛！"

赵蓉曾俯首合十恭敬地回答："有师傅授艺，镜芙很是放心。赵声跟师傅学了不少武艺，很有长进！多谢师傅。只是……"

见赵蓉曾欲言又止，师傅接着问："只是什么？"

"师傅，近来赵声写书法很有长进，但有些奇异动作……"赵蓉曾边说边比画，他是怕难以说得清楚，便学起赵声练书法写对联的那些姿势动作来，虽然学得不是很像。

师傅一见，顿时明白了赵蓉曾比画的意思，忙笑着说："看赵声写书法好生奇怪？"

"是的。我们夫妻俩都怕赵声这孩子会不会有病？"赵蓉曾话语中透出了几分焦虑和担心。

师傅哈哈大笑，连忙摇摇手道："赵声不是好好的吗？不用担心！不用担心！"接着语气认真地说，"是不是担心儿子跟我学艺学出毛病来了？"

"惊动师傅，实在不该！"赵蓉曾一脸的歉意。

"没关系！没关系！赵声跟我学书法没有跟你们说？"师傅大致明白了赵蓉曾的来意。

"跟你学书法？"赵蓉曾一脸的纳闷。赵声不是跟师傅学武术的吗？怎么又跟师傅学书法？师傅会书法？赵蓉曾心里泛起了一连串的问号。

"哦！"师傅又合十表示歉意，"那是我的疏忽，我的责任。是我忘了，没有告诉镜芙先生。书法是我教的。"

没等师傅说完，赵蓉曾便抢过话头不解地问："是你？"

师傅又一次躬身合十道："是我。镜芙先生，你家赵声不是因为字写得不好，童子试未能榜上有名吗？"

"是的。赵声告诉师傅的？"赵蓉曾心里明白了，脱口问道。

师傅有些得意地说："赵声这孩子心直口快，他全告诉我了。他还说向你们表了决心的，一定要把字练好。我看这孩子是块好料，就决定把神笔功教给他！"

赵蓉曾惊讶地问："神笔功？"

"对！神笔功！"师傅又加重语气说，"就是化气功入书法的神笔功！"

赵蓉曾一下子全明白了。怪不得赵声写书法姿势跟常人有异，书法技艺也大有长进，这么多乡邻乡亲来请他写对联就是最好的证明。赵蓉曾没想到眼前这位武艺高强的和尚师傅竟然还有另外一个绝活：神笔功！赵蓉曾赶紧朝杂工小刘招招手，示意小刘把两箩筐土特产挑过来。

小刘把箩筐轻轻地往师傅面前一搁，赵蓉曾有些自豪地说："你的徒弟赵声书法出名了，请他写对联的多起来了。这是乡邻们送的土特产，不收下乡邻会生气。这不，挑了些土特产送来庙里。没有师傅指点神笔功，也就没有赵声的书法技艺！提前拜年了！"赵蓉曾双手合十，俯首致意。

"阿弥陀佛！阿弥陀佛！谢谢镜芙先生！谢谢众乡亲！"师傅躬身作揖。

赵蓉曾回到家，与夫人说了去东岳庙拜会小和尚师傅的经过。夫妻二人都为赵声得和尚师傅传艺神笔功，既学武艺，又学到书法气功而高兴。后来，再看到儿子赵声练书法的样子，心里笑笑，一点也不担心儿子会走火入魔了。

春节到了。大港街上舞龙的，舞狮子的，唱凤凰的，"噼噼啪啪"的鞭炮声，震耳欲聋，到处张灯结彩，人来人往，热热闹闹。赵蓉曾走街串巷，看到不少人家门上张贴的春联上那熟悉的字迹，心里别提多开心了。他经常忘了看舞龙舞狮表演，驻足人家门前，有滋有味地欣赏对联上那气势豪放、笔走龙蛇、潇洒自如的字迹，心里陶醉了。春节初五刚过，知县王兰芝来到大港，召集大港乡儒名流拜年。在拜年会上，他向赵蓉曾提了一个小小要求，请赵蓉曾儿子赵声给他写幅字。知县王兰芝向小少年赵声求书法，这让参会的乡儒名流惊诧不已，也给赵蓉曾撑足了面子。

赵蓉曾的脑海里不停地闪现出三个字：神笔功！神笔功！

十二、闯狱救良民

赵声十四岁那年，已经出落成一名文武双全的英俊少年。赵声身体健壮，身躯伟岸，虽然才十四岁，但已长成一米七以上的个头。略长一些的圆脸，宽阔的额头下，炯炯有神的大眼睛上方两弯似蚕豆角的浓眉特别引人注目。面色虽白，但白里透红，到了高秋季节，你看那赵声，面色白里透红，那是夏练三伏留下的印痕。红也好，白也好，赵声五官端正，面庞富态，生有大志。赵声性格豪放，长相看上去有点像东北汉子，而且激于意气，跅弛不羁。赵声善文爱武，魁梧多力，慕义若渴，疾恶如仇。赵声在大港一带是出了名的小神童，也就是在十四岁这年，赵声竟演了一出"一时邑人皆惊"的劫狱事件，更使得他名声大噪。

那年深秋时分，北风刮得早些，天气已经很凉了。乡下地里的胡萝卜已经长成了，大港镇上的人家有吃胡萝卜的习惯。一来胡萝卜不论生熟吃起来都便当，二来又能填饱肚子。于是，到了天很凉的时候，镇上人家就会去乡下亲戚菜地里挖胡萝卜，带回大港储存起来。有些人家的胡萝卜往往吃到上元灯节。胡萝卜红红的颜色，特别的喜庆，春节大家做菜还会用红萝卜点缀。

天香阁不远处的东大街上，有一户人家姓刘，家中只有母亲与儿子相依为命。儿子十七岁了，长着高高的个子，但因为父亲去世早，家中贫寒，体质很弱，加之孤儿寡母的，长期抬不起头来。儿子的舅舅在大港对面的荷花池旁边种了一片胡萝卜地。每到深秋时节收胡萝卜时，母亲就会派儿子到舅舅家去帮忙收胡萝卜。下午，舅舅总会用布袋装上半袋胡萝卜让他带回大港家里。半袋胡萝卜对富人家来说不算什么，但对刘家母子来说那可是救命粮呀！

到了刮西北风的时候，刘家的儿子总要往返江对面的荷花池十几次，每次带回半袋胡萝卜。刘家把胡萝卜储藏起来，准备过冬。前些年，倒也相安无事，没有人打穷人胡萝卜的主意。今年夏天，发了一场洪水，有些地方被淹；有些地方江堤决了口，洪水灌进了庄稼地，淹了不少乡下的玉米、稻子，大港一带种地为生的村民遭了灾，受了罪，日子不好过，今年市面上的胡萝卜变得有些金贵了。

胡萝卜再金贵，打穷人胡萝卜主意的也不至于下得了手。但是，荒年灾年还真是什么出奇的事都干得出来。

大港镇不算大，但镇上设了巡检司，巡检司是清代县级衙门底下的一个基层组织。巡检司一般设于关隘要道要地，由当地州县管辖。大港这地方地处江边，交通繁忙，江上的渡口也多。江北边的人货到苏南来，都要经过长江渡船，这里也算是要道，设了巡检司。巡检司统领相应数量的弓兵，负责稽查往来行人，打击走私，缉捕盗贼。巡检司想在哪里设卡，就在哪里设卡，想在哪里检查就在哪里检查。这些巡检司的弓兵国家财政不供养，费用全来自设卡检查收费。弓兵权力很大，有些素质差的借机敲诈勒索，甚至无故扣押村民。大港镇一带离县衙较远，巡检司的衙役天高皇帝远，在港口关隘履行职责的时候肆意欺压百姓，百姓看见这些人往往都是躲得远远的。

但有时躲是躲不掉的。

下午，太阳西斜的时候，刘家儿子扛起半袋胡萝卜，与舅舅挥了挥手，往江边走过去。江边渡口有一条木船，他扛着半袋胡萝卜上了船。风不大，江上的浪一浪轻轻推着一浪，木船挂起白帆往南岸大港驶去。刘家儿子兴致勃勃地望着船舱里的半袋胡萝卜，心里乐呵呵地想，回到家里母亲肯定又要做胡萝卜饼子了。他仿佛已经吃上了胡萝卜饼子，嘴里渗出了甜丝丝的口水。他把口水咽回肚里，目光盯着大港南岸边起伏的芦苇荡。突然，土码头边的芦苇荡里飞出了一批叫不出名字的水鸟。掌船的船夫提醒大家说："巡检司的衙役要查走私，船靠岸后不要慌！"

刘家儿子听了，心里想，我就从荷花池舅舅家带了半袋胡萝卜，这事儿咱摊不上。他还毫无意识地用脚踢了踢装胡萝卜的布袋。

船渐渐地往岸边靠去。

土码头上站着两名凶神恶煞的巡检司衙役。一名衙役朝船上的人挥手说："检查！检查！排好队！"另一名衙役见到刚走上岸的，一把拉住，示意上岸的人站下来。没等上岸的人站立好，就开始搜身。第一个上岸的人挑了一箩筐的南瓜，担子放在身边。待到衙役搜完身，那人正要抄起扁担挑担子时，只见衙役从前后箩筐里各拿出一个南瓜，往路边的草丛里一放说："尝尝南瓜可以吗？"

"可以，你拿一个行吗？"那人连连点头，但向衙役提了一个小小的要求，解释说，"这是东家要的南瓜，你拿两个我回去不好交代。"

"什么？"衙役脸色一沉说，"拿一个南瓜，担子两头不平衡！拿两个你挑担子平衡，不吃力。"那个衙役一边说，脸上露出一脸的奸笑，不慌不忙地走到另一边，若无其事地检查另一个刚上岸的渡客。

那第一个上岸的人挑起南瓜担子，无可奈何地笑笑，吃力地往江岸上走去。

渡客一个一个地上了土码头，一个个地接受检查。虽然被衙役敲诈了不少南瓜、糯米等土特产，倒也没有发生什么大的事儿。最后一个上岸的刘家儿子扛起那半袋胡萝卜，一脚跨上岸，径直往前走。他心里想得很简单，这帮家伙总不见得想拿走几根胡萝卜吧！

刘家儿子想得太天真了。这帮衙役天高皇帝远，就是靠山吃山，靠水吃水。你就是拿着一块磨刀石从他们面前通过，他们也会拿出菜刀在你的磨刀石上蹭上几下。这帮衙役弓兵，再小的便宜也要占。

刘家儿子满不在乎，扛着胡萝卜挺着身子大步往前走。

"停下。"一个衙役厉声喝道。

"喊什么？"刘家儿子停住步子，目光炯炯地盯着那个破嗓门衙役。

"把袋子放下来！"那名衙役恶狠狠地说。

另一名衙役从渡船上跨上岸，用脚踢了踢胡萝卜袋子："里面装的是什么？"

"胡萝卜！"刘家儿子心里有气，语气硬了些。

这还得了，这帮衙役平时在大港一带随便设卡，随便检查收费，百姓见了他们都是老鼠见了猫儿似的，躲还来不及呢。这刘家儿子竟敢这态度。两个衙役心里有些火了，厉声问道："胡萝卜哪里来的？"

"荷花池舅舅家的！"刘家儿子心里没有鬼，语气理直气壮。

两个衙役立即火冒三丈。刘家儿子竟敢这态度，这还得了。就是舅舅家的，不是偷的，也不行。一名衙役用脚踏住地上的胡萝卜袋子，恶狠狠地说："现在是灾年荒年，私运胡萝卜，扰乱市场，这是走私行为！胡萝卜没收，关起来拿钱去巡检司赎人！"

两名衙役不但没收了刘家儿子的半袋子胡萝卜，而且强行将刘家儿子带到衙门关了起来。

刘家的母亲听到这个消息，如同晴天霹雳。儿子扛了半袋胡萝卜竟然飞来横祸，胡萝卜没收了算倒霉，儿子还被关进巡检司，还要拿钱去赎人。我一个寡妇人家，家里穷得叮当响，拿什么钱去赎人？儿子总是母亲心头上的一块肉。儿子关起来了，当母亲的急得在屋里团团转。刘家儿子的母亲两只手不停地搓揉。突然，她想起了天香阁镜芙先生。镜芙先生是乡里的宿儒，人又善良，乐于帮助乡邻。他跟衙门里的人应该熟悉，只有请他相助了。

刘家寡妇也想不到什么办法来，只有乡邻镜芙先生这根稻草可以抓着试试。

她跌跌撞撞地往天香阁镜芙先生家里走来。

这天下午，天香阁私塾刚放学。镜芙先生来到书桌前。他把学生们的习字本搬到面前，一本一本地翻看批阅。突然，门外传来急切的呼喊声："镜芙先生，镜芙先生……"话音刚落，一个妇人跌跌撞撞地走进来，呼喊声十分悲切。

赵蓉曾赶紧站起身，搁下手中的毛笔迎上去，正欲开口问："你是何人？"

那妇人朝赵蓉曾一跪，伏地直呼："先生，先生，我儿子被官衙抓去了。快救命呀！救救我儿子的命呀！"

赵蓉曾定睛一看，原来是天香阁附近的邻居刘寡妇。这刘寡妇母子相依为命，刘家儿子生性耿直，不会干什么偷鸡摸狗的事。官衙为什么要抓他？赵蓉曾心里很纳闷。赶紧上前把老妇人扶起来，边扶边说："快快请起！快快请起！坐下来慢慢地说。"

夫人葛氏听到喊冤声也从房里走出来，赶紧倒了一杯水递给妇人劝道："到底咋回事？慢慢说。"

刘寡妇端起碗喝了一口水，情绪稍微平复了些说道："镜芙先生！这什么世道呀！简直就是飞来横祸呀！我儿子到江对面的荷花池他舅舅家扛了半袋胡萝卜回来。过江到了大港岸边，刚上岸就被巡检司的衙役拦了下来。这些蛮横不讲理的衙役硬说是不义之财，硬要把胡萝卜抢走。我儿子知道，这胡萝卜可是我家的救命粮，再说这是从舅舅家扛回来的。于是跟他们争辩了几句，这下惹怒了这帮衙役，硬说现在是荒年灾年，运胡萝卜是走私，是扰乱市场。他们把胡萝卜没收，把我家儿子关起来，要我们拿钱赎人。"

赵蓉曾听了，心里很气："真有这事？"

葛氏夫人也为刘寡妇愤愤不平："这不是明摆着在敲竹杠吗？"

"镜芙先生，快救救我儿子吧！"刘寡妇说着"扑通"又跪了下来。

葛氏夫人很同情刘寡妇的遭遇，赶紧弯下腰把刘寡妇扶起来说："使不得！使不得！乡里乡亲的。"

赵蓉曾手掌狠狠地往桌子上一拍，愤愤地问道："是谁这样蛮不讲理？是谁把你儿子关起来？真的是巡检司的衙役？无法无天！"

"真的是巡检司！"刘寡妇肯定道，报信的人明明白白告诉她的。

"又是巡检司！"赵蓉曾不觉皱起眉头。他知道大港巡检司的名声很坏。大港离县衙五六十里地，天高皇帝远，他们无法无天上面不易察觉。再则巡检司是衙门底下的基层组织，巡检司的弓兵是自收自支，县财政不拨一分钱的供养费。自收自支让他们有了敲诈百姓的借口。再则，巡检司是个肥差，上面县衙里也知道，每年巡检司都要向县衙上贡。上贡的财物哪里来？羊毛出在羊身上。欺压百姓，敲诈百姓让这帮家伙干顺手了。半袋胡萝卜也不放过，王法哪里去了。赵蓉曾知道巡检司的事难办，但决心还是要管一管。他对刘寡妇说："你先请回。我去巡检司说说看，叫他们放人，不能伤害无辜啊！"

刘寡妇千恩万谢离开天香阁，跌跌撞撞地回到家里。

刘寡妇走后，赵蓉曾把书桌拾掇一下，跟葛氏夫人说道："我去巡检司说说，孤儿寡母，怪可怜的。"

"快去快回！"葛氏夫人也很同情刘寡妇。

赵蓉曾大步往东街上走去。

大港巡检司设在大港东街靠江边的一个旧仓库里。旧仓库的大门稍加改造，挂了块白底板的木牌子。仓库并不大，但隔成了十小间。里面的四间改成了关人的小囚室。外面的六间除巡检司头头是单间外，其余五间都是衙役办公用的。巡检司的头头姓周，跟赵蓉曾熟悉。赵蓉曾来到大门口一通报，顺当地来到周巡检的办公室。俩人寒暄一番，赵蓉曾直奔主题说："周巡检，听说你的巡检司从渡口抓了个人？"

周巡检对赵蓉曾很热情，亲自倒了一杯水，笑嘻嘻地递到赵蓉曾的手上，漫不经心地说："有这事？"周巡检的语气明显带着疑惑。似乎他不了解。

听周巡检这么一说，赵蓉曾皱起了眉头，心里挺纳闷，巡检司抓了一个人，头儿能不知道？但赵蓉曾脑子转得快。他了解这周巡检。周巡检是个"笑面虎"，这是大港人送给他的一个诨号。巡检司做恶事的都是下面的弓兵，做"善事"的都是这位"笑面虎"司长。少收些费，少罚些款，把人从巡检司里捞出来，这些好事儿没有他周巡检谁做得了主。当然，钱能做主。想到这里，赵蓉曾望着满脸堆笑的周巡检，接过水杯，突然想起一件事。去年春上，周巡检介绍小舅子家的小孩来天香阁学馆读书。当时，赵蓉曾给足了周巡检面子，学费全免。周巡检可欠了赵蓉曾一个大人情。此刻，他知道赵蓉曾是来说情的，怕抹不开面子，只好说不知道这件事。不行，先把事情说清楚。

赵蓉曾在椅子上坐下来，呷了一口水，一五一十把大港渡口巡检司抓人的事说了一遍，然后给了周巡检一个台阶："周巡检你是刚回办公室吧？"

"对！对！对！"周巡检也端起茶杯喝了一口水说，"镜芙先生，你坐一会儿，我去了解一下，有没有这件事。"

"谢谢周巡检。"赵蓉曾连连朝周巡检拱手致谢。

周巡检走出门外，不一会儿就回来了，两手一摊："镜芙先生！真有这件事！

不过这个人走私，事情还挺严重的。已经报到县衙去了。"说到这里，周巡检满脸堆笑，"镜芙先生，我可以给县衙说说放人，不过……"

赵蓉曾听了，窝了一肚子火，把茶杯往桌子上一搁，悻悻地离开了巡检司巡检的办公室。

天香阁家里，葛氏夫人见丈夫去巡检司游说，已经有个把时辰了，却还未回来。夫人葛氏心地善良，她惦记着邻居刘寡妇家的儿子，到门外的东街头上已经打望了好几回，一直不见丈夫回来。

太阳已经下山，起风了。从江面上吹来的风一阵紧似一阵，凉气很重。葛氏夫人从房间里拿了件厚衣服披在身上，站在门口向远处张望。

天渐渐暗下来，赵蓉曾终于从东街走过来，唉声叹气地进了家门。

夫人葛氏见了，迎上前去："镜芙，巡检司说情咋样呀？"

"唉！"赵蓉曾长长地叹了口气，随手把大门关上，往天井里走去！

"你不是认识巡检司的周巡检吗？"葛氏夫人提醒丈夫。

"别提了！笑面虎只认钱。"赵蓉曾停住步子，摇了摇头，"这帮家伙铁了心，什么理儿也不讲，还扣个走私的大帽子。棺材里伸手——死要钱，没钱去赎，就不放人。唉！"

正在这时，赵声从东岳庙练武回到家里，见父亲一副唉声叹气的样子，凑上前一问，原来是巡检司乱囚无辜这等无理之事。

赵声怒火中烧，一股要为穷人争个理，要为邻居妇人救回儿子的正义之气填满胸膛。赵声大声说了句："岂有此理！"便把搁在肩上的上装往桌子上一摞，径直朝门外大步走去，边走边说，"爸爸，我去！"

等到赵蓉曾夫妻俩反应过来，追到门口时，早已不见赵声的影子。

赵声出了家门大步向大港巡检司衙门走去。

赵声来到巡检司大门口，见到门口站岗的弓兵，问道："那个去江对面荷花池舅舅家扛了半袋胡萝卜的男孩，被你们关了？"

"是的！"弓兵见赵声一脸怒气，紧张地盯着赵声。

"为什么抓他？"赵声虎步站立，伟岸的身材，严峻的神情把弓兵镇住了。

弓兵见面前这位少年一副疾恶如仇的神态，再打量他的身板，看上去功夫不浅。便不敢恶语相加，只是告诉赵声："为什么我们不管，我们站岗的只知道四个字：拿钱赎人！"

"你们还讲不讲理？"赵声喝问。

"讲理？理值多少钱？"弓兵心里想，这少年胆子也太大了。这是什么地方？

怎么这态度跟我们说话？于是，弓兵壮了壮胆子，一副只要钱不讲理的派头对赵声说道。

赵声一看弓兵强硬起来，心想，我来是救人的，不是来打架的。于是声音低了八度说："兄弟，这男孩是我邻居，让我进去看看他。"

"看也是要给钱的。"弓兵伸出手掌。

"等看到人，我一定给你钱。"站岗的弓兵见赵声拍拍腰间的口袋，将信将疑地把大门打开，放赵声进到大院里。

赵声直冲关男孩的号子。门口的看守见赵声这般气派，踢拳打虎似的走过来，一边咕哝着"钱、钱、钱"，一边又不敢不开门。号子的门刚打开，赵声就冲了进去，砸开枷锁，扶着那个男孩走出号子门。刚出大门，看守见被关的男孩要被赵声带走，便上前阻拦说："你怎么将巡检司押的人抢走了？"

赵声拉着男孩大声吼道："你们胡乱关人，天理不容！"

看守壮着胆子，上前动手拽住赵声的肩膀。赵声只是轻轻拱了拱肩膀，便把看守弄得一个趔趄，跌跌撞撞，差点摔倒在地上。赵声双眼圆睁，盯住看守低声怒斥道："怎么，还想动手？"说着，把男孩松开，摆开一个架势，对看守说，"路不平，有人铲！我赵声今天就为打抱不平而来，想动手，来！我们交交手，见识见识。"

看守一听赵声的名字，立马给镇住了。看守平日里常听说，大港镇有个小赵声，人小武艺强。现在赵声到了面前，当真要挥拳比试比试，看守的胆子早吓破了。但嘴上还不示弱地嚷嚷："来啊！来啊！"一副准备决斗的凶相，但脚步却直往后退。

赵声拉着男孩往巡检司大门外走。巡检司大门不远处有一露天厕所，只有一人高的砖墙。赵声见看守还在一边嚷嚷，抬起脚，往厕所墙上一踢，那半截砖墙轰的一声倒了下去，冒起了一股尘烟。赵声迅速拉着男孩走出大门。

看守眼睁睁地看着赵声将在押的人带出大门，扬长而去。等到弓兵看守回过神来，大声报警时，赵声早已扶着刘寡妇的儿子不见踪影了。

十三、庙会力驱恶少

弓兵看守见天色已晚，又被赵声踢倒的厕所半截砖墙扬起的尘土呛了几口，没有去追，掉过头来，朝地上"呸"了一口，赶紧跑进去向巡检司周巡检报告。周巡检听到报告，又气又恼，虽恨得牙痒痒，却又无可奈何。煮熟的鸭子飞了，到手的银子丢了。这赵声什么人，周巡检心里明白。他父亲是名重乡里的宿儒，天香阁学馆有名的镜芙先生，知县王兰芝是他的好朋友。再说这赵声虽年纪刚过十四，但文武双全。临走一脚，竟然把巡检司大院的厕所踢塌了，也是个不好惹的料。再则，自己毕竟还欠镜芙先生一个人情，小舅子家孩子的学费，镜芙先生给免了。但周巡检不甘心今天巡检司的威严尽失，第二天主动去天香阁商议，给自己找个台阶下。周巡检让看守把赵声抓到巡检司教育一番，然后交给赵蓉曾把孩子领回，勒令严加管教，这事也就算了。赵蓉曾心里明白，赵声这孩子劫狱救人闯大祸了。周巡检给台阶，也就赶紧了事。反正刘家的儿子救回来了，帮他出的这口恶气也出了。

赵声入狱破墙救人的义举，震动了大港一方，很快在镇江东乡一带的乡间传开了。人们对赵声的勇气和胆量，还有了不起的武艺赞佩不已，越传越玄。第二年，赵声十五岁，在东岳庙会上驱恶少救少女的义举再次被传颂。这次，一市皆惊，满镇满乡的人都知道：天香阁的神童还是个爱打抱不平的侠义少年，而且武艺高强。

每年农历三月二十八，大港东岳庙举行庙会，前来东岳庙烧香的群众特别多。大港东岳庙建在山坡上，是大唐天祐年间周敬福所建。庙里的建筑随山坡渐渐向上，有一种芝麻开花节节高的意思。来拜天齐仁圣大帝的香客蜂拥而至，尤其庙会期间，来参拜的人更多。相传每年三月二十八日乃东岳大帝的诞辰，东岳庙从二十四日"开印"到三月二十九日下午东岳大帝"回銮"共六天。这一风俗已延续了数百年。

赵声性格爽直，为人仗义，也喜欢凑热闹。从赵声懂事起，每年东岳庙会期间，他总是在庙会上转来转去，一来小孩儿爱看热闹，二来他对东岳庙特别有感情，无论自己的文功武艺，都离不开东岳庙这块宝地。这里更是赵声练武功，练神笔功的地方。尤其是对东岳庙门前广场上有了年头的银杏树，赵声很有感情，当然，他最有感情最敬重的和尚师傅在庙里。庙会期间除了看热闹，还会帮和尚师傅在东岳庙里打打杂。

庙会这天的凌晨，赵声早早地来到庙里。东方的地平线上刚刚泛起鱼肚白，庙门就已大开，各殿、廊灯光通明。大殿上红烛高照，香烟缭绕。东岳大帝神像前排开两行头戴红黑高帽，身穿青衣皂服，手持铁索、铁棍的"衙役"。一些地方士绅穿长袍马褂，依次向神像行跪拜礼。此时，擂鼓撞钟，鼓乐齐鸣，衙役则吆喝助威，这便是庙会的第一个项目——"开印"。意思是从这天起，东岳大帝升堂理事，仪式过后，来东岳庙烧香还愿，求神的善男信女便开始络绎不绝。

这一天，从扬中、丹阳、丹徒县城通往大港的路上，驴车马车颠簸着，嘶叫着，随着熙熙攘攘的人群往大港镇方向涌来。善男信女背着黄色的马褂大包，步履缓慢，十分虔诚的样子。农家人去庙会往往是去市场交换物资的，有些农家还把自家编制的各种竹制品装上驴车，运到庙会上去卖。大部分人还是去东岳庙会上凑热闹。有些恋爱男女借这个机会出行去东岳庙会兜风，有兴趣还会顺便拜一下东岳大帝。有些农家人到大港镇逛庙会、走亲戚两不误。

庙会很热闹，摊贩们在庙内庙外的路两边摆满了各式货物。卖百货、卖农具、竹木家具及布匹的市场就设在东街上，东街的路两侧摆满摊贩们的货架子，路中间只余一辆推车的间距。庙内开始演戏，白天一场，夜里一场。看戏的人很多，戏台前的小广场上挤满了人，缭绕的香烟雾气从大殿香炉里飘出来，有些踮着脚看戏的老年人，不时被烟雾呛着喉咙，咳嗽不已。站在门口朝庙里一望，到处人头攒动，甚为热闹。到了三月二十六日，来庙敬香"朝圣"表演节目的在山门外表演，称为"演会"。三月二十七日向东岳大帝拜寿，供猪头三牲等，钟鼓齐鸣，鼓乐喧天，依次行礼如仪。这一天，庙内外，人流如潮，鼓乐齐鸣，彩旗飘飘，庙会达到了高潮。

不但要为东岳大帝祝寿，还要"出会"，就是抬着东岳大帝塑像出巡，出巡是在三月二十八日的这一天。这天凌晨，一看行礼，叫"请灵"，然后依次排定顺序走出庙门。这支队伍颇有气势，前为"马弁"开路，后为乐队，吹吹打打，乐队后为扛着"肃静""回避"大红牌子的差役，扛着"龙旗""杏黄旗"的全班执事，接着是荡湖船、挑花担、踩高跷、舞马叉、叠罗汉等文体表演队伍，最后才是抬着的东岳大帝和城隍、速报司三座神像。这支队伍一路浩浩荡荡地吆喝着、吹打着、表演着向西行进，经过东街、青石桥、西街，直到西来门外关帝庙结束。整个队伍行程约三里。东岳大帝当天安座在关帝庙，供人们参拜。到了三月二十九日下午，方才"回銮""安座"。东岳大帝安座东岳庙后，庙会落下帷幕。

这一天大港最热闹，赵声和小伙伴们在镇上跑来奔去。庙会是春天中的一个节日，大港街这一天很早就热闹起来。设摊销售农副产品、手工艺品，庙会是个很有吸引力的市场。人们去东街庙会市场购买各种生产工具、种子和生活用品，庙会又成了物资交流的场地。清晨，太阳刚刚爬上树梢，大港东西方向长长的街上就人山人海，熙来攘往。沿街原有的店面忙忙碌碌，生意红火，临时摆摊的像长龙一般。空地上是民间艺人一展身手的地方，舞龙灯、耍狮子、唱小曲的给庙会增添了文化娱乐活动。庙会也成了乡村中一次难得的文化集市，连打卦算命也插个缝设摊。这个时候，凑热闹的人中还有要饭的在人群里窜来窜去，很有收获。

到了中午时分，庙会上的人越来越多。窄窄的街道成了狭长的人流河床。一拨拨的人流从东街涌向西街，一批批赶集的人从西街涌向东街。人流中，挑着扛着背着的，挤着嚷着吵着的，说着笑着的，各种形态、各种声音都有，各色各样，五花八门。赵声也随着人流缓缓地从东街朝西街涌动。

来到鸿溪河畔的青石桥畔。青石桥下往西一个拐角处摆放了一只圆圆的陶缸火炉，旁边还有一张学桌大小的台子。台子一端的筛子里放了不少刚刚出炉的京江脐。卖京江脐的老汉，面色憔悴，留有长长的有些花白的胡子。只见老汉两手使劲地揉面，目光在攘攘熙熙涌动的人群里扫来扫去，嘴里不停地吆喝："卖京江脐！刚出炉的京江脐！香喷喷的！快来尝尝吧！"

赵声循声望过去，一股浓郁的香气飘过来。做京江脐也是一门手艺，赵声循着香味好奇地挤过去。

赵声很快挤到京江脐案板前，就在他欣赏做京江脐的老汉的手艺时，从街斜对面不远处传来一阵嘈杂声。赵声掉头一看，东街地摊边有几个地痞模样的年轻人，正指手画脚，在熙熙攘攘的人流中乱搅，引起了摊主和群众的惊叫声。赵声知道，但凡东岳庙举办庙会，人流里总会有些地痞流氓、无赖恶少趁机摆威风、显本事。有些甚至强卖强买，伸手拿要。好端端的庙会，有时会搅得人心不宁，秩序混乱。这几个地痞模样的人正随着人群涌过来，挤过去。一会儿，挤到糕点摊子旁边，有个地痞顺手拿起糕点往嘴里送，边吃边往人群里乱吐。摆摊子的敢怒不敢言。还有一个地痞看到一个农民模样的青年人挑着副担子走过来，他竟然有意迎上去，硬是把人家挑着的担子拱翻了。这小地痞不但不道歉，嘴里还骂骂咧咧的，顺手给了那挑担子的农民一个巴掌，那清脆的巴掌声连街这边的赵声也听得清清楚楚。青年农民只能气得挑起担子便跑。更让赵声生气的是这群地痞来到一个卖红枣的笆筐前，卖红枣的是一位五十多岁的老大娘。有个地痞上去用脚连踢三下说："拦在路上，挡三绊四的！"说着，竟然弯下腰来双手从笆筐里捧起一捧红枣直往自己上衣大口袋里塞。其他几个地痞也上去，每人捧一大捧，嘴里还骂骂咧咧的："老子尝尝，看看甜不甜！"赵声看在眼里，肺都快气炸了，正要冲到对面去，想不到这几个地痞朝京江脐炉子这边走过来。

赵声强忍住心中的怒火，往旁边站了站。他要看看这几个地痞怎么欺侮人。

这几个地痞走到卖京江脐老汉的案板前，目光落到筛子里刚出炉的京江脐上。领头的那个家伙把嘴里的红枣核狠狠地往地上一吐，朝老汉奸笑了几声，顺手拿起一只黄灿灿的刚出炉的京江脐，朝嘴里一塞，狠狠地咬掉一个角说："让我看看，新鲜不新鲜，是不是今天做的。"

老汉见这伙人来者不善，不问价钱，拿起京江脐就咬，心里吓得颤颤的："今天才出炉的，新鲜！尽管尝，尽管尝……"

几个跟在他身后的地痞也挤到案板前。那地痞正要将京江脐往嘴里塞时，突然从他身后伸过来一只手，把那地痞的膀子一把抓住，低声喝道："付钱再吃！"

跟过来的几个地痞见到这一幕，一时还没有反应过来，都愣站在那里，暗暗吃惊：今天怎么啦！谁吃了豹子胆，敢在大庭广众之下抓头儿的手。

再说这当头儿的地痞一愣，以往在庙会上白吃白拿惯了，从来没有人阻拦过，怎么今天有人来管老子的闲事了。好大的胆子，那地痞头儿恶狠狠地问："狗咬耗子，谁多管闲事！"

"先把钱付了！"仍然是低低的但很有力量的呵斥。

那地痞在庙会上横行霸道惯了，有谁敢扳住他的手腕，喝令他先付钱后吃东西。这地痞头儿心里想，什么人这么不识抬举？于是，他使劲想将抓住他手腕的那只手甩掉，谁知道他越是用劲甩，那只手越是像钳子似的，紧紧地抓住他的手腕，让他动弹不得，而且感到那把钳子的力量似乎要把骨头捏碎似的，生疼生疼的。他疼得连声"哎哟喂，哎哟喂"地叫唤。叫唤声中，地痞头儿手上的京江脐掉到了地上，滚了几个滚儿。

卖京江脐的老汉看得愣住了，心里却有说不出的快意，终于有人帮着出了一口恶气。当然，老汉只敢把高兴憋在心里，他不敢说话，他怕这帮地痞过后来报复。

"把钱付了！"仍然是低沉的呵斥。

地痞头儿知道今天碰上硬茬了！他好汉不吃眼前亏，连连向围拢过来想帮忙的小喽啰们使眼色，嘴里忙不迭说："我付钱！好汉松手！"

赵声见这家伙服软了，这才松开手，亲眼看着他给老汉付了钱，这才大声吼道："把掉在地上的京江脐捡起来！滚！"

"京江脐归你了！"那地痞头儿招呼他的几个随从转身要走，又听到赵声一声吼："捡起来，你付了钱，京江脐是你的。"

地痞头儿乖乖地从地上捡起沾了灰尘的京江脐，带着随从转身往西街走去，边走边悻悻地朝赵声瞪了一眼，还嘴硬："狗拿耗子，多管闲事！狗拿耗子，多管闲事！又不是拿你的！又不是拿你的！"

地痞头儿捏捏手腕，随口问："什么人呀？"

"去年从巡检司劫狱救人的赵声！"随从中有一个人认得赵声。

"功夫了得！"地痞头儿叹了一口气，只能自认倒霉。

赵声离开卖京江脐的老汉，往西街走。街上行人摩肩接踵。那些坐着的，是设摊卖东西的；那些站着的，是挑选购物的，还有边走边吆喝的，西街上像过年似的热闹。

在熙攘涌动的人流中，有一个长得白皙苗条的姑娘，手里捧着一捧鲜花在大声地叫卖。这姑娘十六七岁，梳着两条长长的辫子，一双黑白分明的大眼睛很有神。姑娘卖花，人更长得跟花儿似的，引得人们纷纷注视，赵声的目光也循着卖花姑娘的吆喝声望了过去。

突然，赵声愣住了，只见一个油头粉面的恶少正在人流中往卖花少女身边挤。那恶少像喝了酒似的身体不停晃动，一脸不怀好意的奸笑。挤到卖花姑娘的身边，他贼兮兮的眼光不停地在卖花姑娘的脸上和胸部扫来扫去，手在卖花姑娘捧着的花束上拨拉来拨拉去："你这花多少钱一枝？"

卖花姑娘一看这恶少不怀好意的样子，怯生生地答道："一个铜板一枝！"

恶少嬉皮笑脸地拨拉着姑娘的花束问："这花香吗？"

"香！"卖花姑娘小心翼翼地回答。

恶少指了指卖花姑娘手里的花束问："那我能不能闻闻这花香不香？"

卖花姑娘从花束中抽出枝鲜艳的玫瑰，连忙送上去低声道："少爷！请！"

这名油头粉面的恶少接过玫瑰花闻了闻，头摇得拨浪鼓似的："不香！一点也不香！"

"不香你不买！没关系。"姑娘得罪不起恶少，低声说道。

恶少随手把玫瑰花还给卖花姑娘，脸上一脸奸笑问姑娘："你这朵花香不香？"

十三、庙会力驱恶少

姑娘一听，脸唰地红了。她没有应恶少的话，转身避开恶少，急走两步，再扯开嗓门："卖花了！卖花！"

谁知这恶少紧赶两步，缠上卖花姑娘。他一只手拉住卖花姑娘手里的花束，一双贼眼紧盯着卖花姑娘那红扑扑的脸腮，嬉皮笑脸："老子就想闻闻你这朵鲜花香不香？"

卖花姑娘不敢招惹这恶少，急急忙忙往西街方向躲。

谁知这恶少色胆包天，竟然嬉笑着突然伸出两手抱住卖花姑娘的脸庞胡乱亲吻："我来闻闻看，你这朵花儿香不香？"

卖花姑娘左躲右闪，拼命挣扎，捧在手里的鲜花的花瓣纷纷飘落到地上。

恶少一边亲着卖花姑娘的脸庞，一边伸出邪恶的手在卖花姑娘胸前乱掏乱摸，吓得卖花姑娘惊叫不已，连声大喊："救命啊！救命啊！"

赵声看在眼里，怒火升腾。刚才在东街上碰见了一群强吃强拿的地痞，现在西街上恶少竟然光天化日之下调戏少女，这社会还有个王法吗？人来人往的庙会上，竟然会发生这种事，十五岁的赵声热血沸腾。赵声从小坚持正义，侠肝义胆，疾恶如仇。他这么苦练武术，就是因为从小就立志长大了要为穷苦大众做事，要把中华民族从水深火热中救出来。他深知，光有一腔报国志，那是空喊。必须要有真本事。这些年来，他吃了不少苦头，练就了一身武功，成了大港街上一名文武双全的侠胆少年。这刻，他眼见大庭广众之下恶少欺凌良家少女，岂能袖手旁观？只见赵声双目圆瞪，没有等到卖花姑娘喊到第三声，一个箭步冲上去，轻轻地拽住那名嬉皮笑脸的恶少的上衣领子，随手一甩，这位恶少软塌塌地趴在地上，嘴里"哎哟！哎哟"地乱叫乱喊。

卖花姑娘被眼前这位少年的功夫惊呆了，目光紧紧地盯着这位功夫少年，连声致谢："谢谢！谢谢救命之恩！谢谢救命之恩！"

恶少趴在地上，一边痛苦地叫唤，一边换了一只胳膊往地上一撑，头微微地抬起来，目光瞅了一下，站在他旁边的是一名英俊少年。恶少憋了一下气，霍地从地上跃起来。心想，不就是一位少年吗？恶少站起身，挥拳就朝赵声脸上砸去。

赵声站在那里一动不动，像一棵松树。恶少的拳还未到跟前，赵声一声喝："光天化日之下调戏妇女！还得了！"话音刚落，恶少一个趔趄，摇晃了几下，脚未站稳，又重重地摔倒在地上。

周边的群众见了，响起了一阵喝彩声，接着是一阵"噼里啪啦"响亮的掌声。赵声朝大家挥挥手，对趴在地上的恶少厉声怒喝："快滚！"

恶少连看都不敢看一下，便连滚带爬灰溜溜地跑了！

人群中认识赵声的一名少年大声呼喊："赵声！好样的！"

大家听到赵声的名字，都把赞许的目光投向赵声。接着人群中响起一片震天动地的呼喊声："赵声！好样的！赵声！好样的！"

从此，赵声的名声大噪，不仅在大港集镇上大家都知道天香阁里的赵声文武双全，而且镇江东乡一带方圆几十里都知道赵声侠肝义胆，且传得越来越玄乎。

十四、喜鹊报喜

在天香阁东北方向，有一座不太高的山岗。当地人叫山，还根据传说起了个山的名，叫拾钵山。拾钵山不高，但伫立长江岸边，山上长满了荆条和松柏树，从不远处的街上的楼上看上去，像江边的一盆大盆景，郁郁葱葱，生机盎然。山岗上还有一个竹子搭的小亭子。有些大港街上的士绅文人常常沏上一壶茶，站在竹亭子里，一面悠闲地品茗，一面将目光投向滔滔的江面。江中是无风三尺浪，长江的波涛一波推着一波，浩浩荡荡地往东流去，留下了一片"哗哗"的浪涛声，伴着江鸥的鸣叫传到竹亭里。江面上白帆高悬，船来船往，很是忙碌。小轮船吐着浓浓的黑烟，喘着粗气，吃力地逆江向西而行。也有一两条大一些的铁壳蒸汽船偶尔驶去，上面挂着五颜六色的旗子，不是美国国旗，就是法国国旗，还有英国的、日本的国旗。这番景象倒也让在竹亭里赏江景的人儿发出一阵阵的感叹：中国的长江，航行的一艘艘蒸汽船却全挂着外国的旗帜，这清政府开办的什么实业？这不是明明白白地压于内而惠于外，把我们国家的河流航运权拱手让给洋人？

此刻，站在拾钵山竹亭里面向长江感叹不已的是天香阁赵蓉曾的儿子赵声。今天，吃过早饭后，赵声一个人就悄悄地溜出了天香阁，穿过天香阁东场边的老银杏树，绕过文武庙，径直来到拾钵山下。说是山，其实也就是一土丘。赵声"噔噔噔"几个箭步就登上了拾钵山，来到山岗顶上的竹亭里。

赵声是故意从家里溜出来的，此刻的天香阁，像过年似的热闹非凡。

正是春夏之交的时节，天气特别晴朗。早晨，红彤彤的太阳从圌山东边的天空冉冉升起的时候，天香阁东边的天空满天的朝霞，映得鸿溪河边都是一片红色。河边的杨柳枝条随着晨风袅袅摆动，一群鸭子在挂帘似的密密的柳条中悠悠地游动。天香阁东边三棵老银杏树上的喜鹊窝里的喜鹊看热闹似的全飞出了窝，在银杏枝丫间跳过来蹦过去，"喳喳喳"的叫声与天香阁门前人群的说笑声交织在一起。

天香阁今天有大喜，赵蓉曾十七岁的大儿子赵声中秀才了。这事儿昨天晚上赵蓉曾都不知道。赵蓉曾夫妻俩在大港镇上人缘好，昨天，有个东街上的邻居去镇江办事，从东门进县城的时候，在县学门口看到今年发榜的秀才名单上有赵声的名字。那人就像自己儿子中了秀才似的，为赵蓉曾一家高兴。在城里办完事，就赶紧往大港赶。太阳落山时分回到大港。他从大港西街起，一路走一路兴冲冲向街两边的店铺老板说："天香阁镜芙先生大儿子中秀才了！赵声赵伯先中秀才了！"他就像是县学的报喜差役，一路走一路嚷嚷，让大港整条街上的人家都知道赵蓉曾家大儿子赵声中秀才了。也许这位邻居太激动，一路报喜，竟忘了去天香阁给赵蓉曾报个喜。

第二天，一大早天香阁门前就热闹起来。乡邻亲戚不断有人上门，来的每个人脸上都漾着笑容，嘴里说着恭喜祝贺的话语。这些人有的是镜芙先生的左邻右舍，有的是天香阁学馆孩子的家长和曾经就读的学生，还有大港街上的有名望的儒生和乡绅，也有些是赵蓉曾家的亲戚。有个亲戚来得较早。到了门口不敲门，直接点燃了两挂长长的鞭炮，"噼噼啪啪"的响声，把赵蓉曾弄得丈二和尚摸不着头脑，不知喜从何来。

赵蓉曾随着鞭炮的响声，开门出来，正好碰到昨天去镇江的人急匆匆地赶到天香阁来报喜。这位老邻居笑着给镜芙先生打招呼："镜芙先生，我昨天高兴过头了，竟忘了给你报喜，对不起呀！"

赵蓉曾这才知道儿子中了秀才，方才明白这么多人上门道喜，是因为儿子赵声中了秀才。赵蓉曾心里自然高兴，但仍然不踏实地问："是赵声？"

"是赵声！"

"你昨天去县学看到榜了？"

"看到大红榜了！"

"不会看错吧？"

"不会！肯定不会！赵声的名字在第二行！"

"那就多谢了！多谢了！"赵蓉曾连连拱手致谢。这时，刚巧赶出来的赵声也听到了父亲与那位乡邻的对话。赵声明白，自己这次中秀才了，真的中了！不过，赵声的心里没有半点兴奋，因为他对科举制度早已不感兴趣。他估计父亲对科举制度也不太感兴趣，但父母考虑到自己的前途，让自己去参加科举考试，自己当然也只能顺着父母之意去报考了。考上考不上，赵声心里是无所谓的。此刻，听到报喜声，看到这么多乡邻亲朋来天香阁道贺，他自己竟然不屑一顾，悄悄地往东边场地的银杏树下去了。

他有意避开天香阁里喜气洋洋的喧闹，一个人来到拾钵山上的竹亭里，静静地望着被朝霞映红的江水。江岸上田野里耕作的农民，长在江边岸上的一排排柳树和一丛丛芦苇、蒲草，还有拾钵山下江边的一张张捕鱼的罾，这些美景中最让他感到刺眼的是江中挂着外国国旗的蒸汽大轮船。洋轮低沉的笛声像一声声的警报在赵声的耳畔刺耳地缭绕。赵声攥紧了拳头，自言自语：区区一秀才何足道哉，男儿有志在国兴！

　　上门报喜的那个乡邻乐呵呵地离开了天香阁。他觉得，赵声中秀才，这是大港的荣光。赵声是从天香阁出来的，将来天香阁也一定会出更多的秀才。

　　那人走后，不少五六里地外的亲朋也前来祝贺，大港东岳庙的和尚师傅也来了。赵蓉曾知道，和尚师傅可是赵声的老师，更是天香阁的稀客，他赶紧招呼着，到处找赵声。谁知，赵蓉曾发现自己只顾招呼报喜的，一点也没有注意赵声到哪儿去了。他赶紧问夫人，夫人也说，只顾接待前来贺喜的人，一点也没有注意赵声这孩子什么时候出门去了。赵蓉曾一边照应和尚师傅，一边招呼老二赵磬、老三赵馨去洗钵桥、文武庙、东西街上去找找。

　　老二赵磬带着八岁的赵馨先在文武庙附近走了一圈，没有见到哥哥赵声的影子。于是两人从东街走上青石桥来到西街，走到西街的尽头还没有见到赵声。于是二人又从西街走上青石桥来到东街。走回自家门口，两人又上了洗钵桥，站在洗钵桥上四下张望，八岁的老三赵馨张开喉咙大声喊叫："赵声哥哥！哥哥！"

　　这时，站在洗钵桥上的老二赵磬左望望，右瞧瞧，不见哥哥的影子，心里直发愁。突然他透过场边几棵大银杏树的间隙，看到了长江边上的拾钵山，以及山上隐隐约约的亭子，那亭子是瞭望长江风景的好去处。洗钵桥北面是浩浩长江，桥下是缓缓流淌的鸿溪河水，鸿溪河是通江河，河水北流一直汇入长江。老二站在洗钵桥上，突然一拍大腿，哥哥最喜欢滚滚东流的长江水，会不会此刻正站在拾钵山上的竹亭子里，眺望无垠的奔腾的江水呢？

　　"走！到拾钵山去看看！"赵磬拽住赵馨，急急火火地下了桥，穿过银杏树边的场地，直奔江边上的拾钵山而去。

　　赵磬、赵馨来到江边的拾钵山脚下，抬头一看，不太高的山岗上的竹亭里站着一个人，正朝着江面张望。从那人的身影，赵磬一眼便认出是哥哥赵声。

　　赵磬大着嗓门喊道："哥哥！是你吗？"

　　老三赵馨也跟着喊："哥哥！爸妈让你回家去。"

　　站在竹亭里的人就是赵声。他听到两个弟弟喊他的声音，连忙低头朝山下挥动着臂膀："你们上来！"

"大哥——"赵磬、赵馨拉着手，沿着往山上走的石阶，呼呼喘着气，往竹亭而去。

赵声转身一看，两个弟弟正手拉手奔亭子跑过来。他赶紧忽地从竹亭子跳出来，朝两个弟弟跑过来的方向迎上去。

赵声激动地搂住两个弟弟，吃惊地问："你们俩怎么找到这里来了？"

两个弟弟见到赵声哥哥很开心。老二赵磬有些埋怨地说："东街、西街找了个遍，也没有见到你的影子，爸妈让我俩把你赶紧找回去！我后来站在洗钵桥上一看，看到了长江。我想哥哥最喜欢长江了，一定是站在哪个高墩子上眺望长江。拾钵山的竹亭是看长江的好地方。这不，就找来了。"

老三赵馨着急地说："爸爸妈妈让我们来找你的。"说到这里，老二赵磬打断了赵馨的话，激动地说："大哥！你知道吗？大家都说你中秀才了！到天香阁祝贺的人那么多。不少亲朋好友还带来了鞭炮，在门口放得噼噼啪啪，天香阁这一刻闹腾得像过年似的。"

赵声左手拉住赵磬的胳膊，右手在赵馨肩上轻轻地拍拍问："中秀才高兴吗？"

"高兴！还有那么多的人来家里祝贺！"赵磬、赵馨兴奋得手舞足蹈，满脸的喜悦洋溢在稚嫩的红彤彤的脸蛋上。

赵声语气和缓，脸上似乎没有半点笑容。看着赵声哥哥的脸色，两个弟弟感到有些奇怪。大哥中秀才了，这不仅是大哥自己的喜事，而且是大香阁的喜事，更是大港镇上的一件大喜事。大哥怎么脸上一点反应都没有呢？看不到大哥脸上的高兴，两个弟弟有些纳闷地反问："大哥，中了秀才你高兴吗？"

"中个秀才有什么高兴的。"赵声长长地叹了一口气，把两个弟弟拉进竹亭子里，面朝着滚滚东逝的长江水，轻轻地摇了摇头说，"你们看长江。"

"看长江，长江有什么看的。我们天天生活在长江边。"两个弟弟纳闷地抬起头，目光射向宽阔的江面，嘴里嘟囔着，"长江大！长江长呗！"

"看到江面上有什么吗？"赵声用手往拾钵山下北边一指问。

"江上能有什么？船呗！"老二毕竟大了，懂的事儿不少。大哥赵声问，他答得快。

"什么船？你们动脑子了吗？"赵声朝亭子边上跨了一步，对两个弟弟吩咐，"你们往前走走，看看江上的轮船。"

赵磬、赵馨跨前两步，一左一右地站在大哥赵声的身旁，不解地盯着波翻浪滚的江面，望着江面上来来往往的大大小小的帆船、大轮船，还有挂着外国旗帜的军舰。

赵声又用手指了指江面，再叹一口气说："看见了吧！我们中国的长江中航行的是外国轮船、外国军舰，你看那些外国国旗，在我们的国土上耀武扬威地飘扬。国家都到了这个样子，哪个男儿不感到羞愧。位卑未敢忘忧国啊！身为大丈夫，我们的天职是什么？我们的天职是为国家尽力效力。区区一秀才何足挂齿，区区一秀才能为国家做多大的事呀！"说到这里，赵声收回目光，用手在两个弟弟的肩膀上轻轻地拍打，边拍边深情地说，"弟弟呀！我才不会为中了一个秀才而欣喜若狂呢！更不会为这次中秀才而心满意足。"

两个弟弟不插话，似懂非懂地点点头。老三赵馨还莫名其妙地捏紧了小拳头挥了挥，弄得赵声、赵磬忍不住笑出了声。

赵声把赵馨的小拳头用手托举起来说："弟弟！我们是中华民族的青年、少年！我们从小就应该有为国效力，不受洋人欺压之志！"

赵磬也握起了小拳头。

俩人望着哥哥坚毅的脸庞，似乎听懂了些，轻轻地点着头。赵磬知道大哥说得有道理，但他还记着爸爸妈妈让他找大哥回家的事，说道："大哥！家里来了那么多人祝贺你，怎么办呢？"

"早上，我听到鞭炮声就跑出天香阁，来到这拾钵山的竹亭里。我在这里欣赏祖国的万里长江，总有一天，这挂外国旗帜的船都必须滚下海去！"说到这里，赵声朝天香阁自己家的方向望了一眼说，"我就是躲他们才跑出来的。"

"你不打招呼跑出来，爸妈会不会怪你？"赵磬担心地问。

赵声对自己的父亲很了解。父亲虽然是天香阁学馆的先生，但对如今的科举制度一点也不感兴趣。这次让自己参加科举考试，他是为自己前途考虑。赵声很有把握地对两位弟弟说："爸爸不会失望的！"

"大哥，你为什么跑到拾钵山这土墩子上来？你为什么喜欢这竹亭子？"赵磬、赵馨有些不解地问。

"登高望远呗！"赵声眺望着滚滚江水，很有感触地说。

"我知道，你喜欢长江！"两位弟弟几乎是异口同声，"难怪大哥总是喜欢带我们到江边玩水。"

"我喜欢长江！"赵声豪情满怀地说，"我喜欢长江的滚滚波浪。长江的波浪前后相继，一浪高过一浪奔腾往东流去！"

赵馨年纪小，才八岁，但肚子里想知道的事儿太多。他不解地问："大哥，长江一浪一浪地推着，推到哪里去啊？"

"长江往东流淌，百川归海。大河流进长江，长江流进大海。"赵声兴致勃勃地给老三解说。说到这里，赵声停住说话，用手指了指自己的耳朵说："听！"

"听什么？"两位弟弟竖起了耳朵，目光盯着哥哥的眼神。

"听涛声！我最喜欢听江风吹来的阵阵涛声。"赵声指着拾钵山下的滚滚波涛说。

"浪打浪的声音。"赵磬说着，还学了起来，"哗啦——哗啦——哗啦啦——！"学完浪涛声，不屑一顾地说，"这涛声有什么好听的？"

赵声热情奔放："涛声豪迈！奔放！让人心胸开阔！我爱看长江，更爱听涛声！"赵声说着，拽住两个弟弟的手往亭子外面走了两步，来到一棵青松的下面。赵声用手指指江北："你们知道吗？江的北面还有辽阔的土地，那里有邗江，有扬州，有淮安，再往北，再往北，土地更辽阔。我们国家的土地可大了！"

"对！我们的国家可大了！"突然，一个雄浑苍老的声音从身后不远处传来。赵声和两个弟弟掉头一望，原来是父亲和母亲，母亲怀里还抱着小妹赵芬，他们三人不知何时来到亭子边。

赵声赶紧迎上去，不安地问父亲："爸爸！妈妈！你们何时来的？"

"赵声！知道你喜欢长江！知道你们会来这里！"赵蓉曾拍拍赵声的肩膀说，"知道你们会在拾钵山的竹亭子里登高望远！"

赵声知道自己避开亲友让父母难堪了。于是自责起来，歉疚地对父母说："爸爸！妈妈！亲友来贺喜，我悄悄地走开，失礼了！望爸爸谅解！"

"理解你！没关系的！"赵蓉曾用手指了指葛氏夫人说，"我和你妈不能走，人家都是一片好心来报喜，来祝贺，我和你妈得答谢人家！"

"辛苦爸妈了！"赵声不好意思地笑笑，"那，他们……"

"放心吧！全都走了。"赵蓉曾说着，朝夫人葛氏望望，"大家一走，我们便来找你，还有来找赵磬，赵馨。"说着，赵蓉曾亲切地把二儿子、三儿子搂在怀里，"你妈还特意要抱着你们小妹赵芬一起来呢！"

葛氏拍拍怀里的赵芬："赵芬，你说是吗？"还未满周岁的赵芬在妈妈怀里挣扎着，呀呀呀地叫着，眼睛让江风吹得眯成了一道缝。

一家人在松树下一排站开，面对长江，面对北方，静静地听着江面上传来的交响乐似的阵阵涛声。

赵蓉曾看到全家人都在长江边，诗兴大发，高声说："来，我们来吟诗！"赵蓉曾说完，对着滔滔流淌的长江水，一腔豪情地大声吟咏起来：

何人高唱大江东，
铁板铜琶趁晚风。

赵蓉曾的语音刚落，赵声随后接着吟唱着后两句：

暮霭初平潮又至，
圌峰仿佛画峰中。

洗钵山下，不远处的江岸边，芦苇在一浪浪的江浪冲击下，随波起伏，灿烂的阳光照在宽阔的江面上，泛起无数道银色的光芒。拾钵山上的小竹亭沐浴在阳光中，赵蓉曾一家六口在这不太高的山岗上，在青翠翠的松树下，其乐融融地望着向东流淌的长江水，望着江对岸一望无垠的大好河山，心潮起伏。浑厚的吟诗声，伴随着山岗下的江涛声，传向遥远的地方……

太阳已经升上高高的天空，红彤彤的太阳发出炙热的光亮。初夏的风一阵阵吹过来，全家人明显地感到一股热量融合在悠悠吹来的江风里，正弥漫在大港的山山水水里，弥漫到祖国锦绣河山的大地上。

十五、离开大港

　　一家人兴致勃勃从洗钵山上的竹亭里下了山。赵声的脑海里始终浮现着江面上洋轮上那五颜六色的外国国旗，心里一直沉甸甸的。人家考上秀才，那是天大的喜事。考上秀才谈何容易，那可不是百里挑一，那是同龄人里千里挑一，万里挑一的事儿。儿童一般六岁上学，识字的通用教材是《三字经》《千字文》《百家姓》，私塾中层次高的称为学馆。废除科举制前，读学馆就是为考秀才，为了考中秀才，学生需背诵四书五经、《唐诗三百首》、典故辨析等，还要学习古诗、八股文。参加童子试，然后考秀才。经过这么多关卡，考上秀才了，谁人不高兴，谁家不高兴。赵声不高兴，当镇上的左邻右舍和乡下的亲朋好友纷纷来天香阁贺喜时，赵声趁着鞭炮声声，悄悄溜出了天香阁，来到了拾钵山上的竹亭里。他举目望着滚滚长江水，眺望江北一望无垠处在水深火热中的国土，心潮澎湃。区区一个秀才能干什么大事，只有把中华民族从苦难中解救出来，只有祖国的大江大河里行驶着中华民族自己的大轮船，那才是值得高兴的事儿。

　　回到天香阁，贺喜的人已经散去。天香阁又恢复了往日的平静，从天香阁里传出的琅琅读书声似乎比以前更响亮了。赵声知道，学生们还在做着秀才梦呢。他暗暗地下决心，要让大家把秀才梦变成强国梦，强国梦得从自己做起。

　　外面的世界很大，已十七岁的赵声还未离开过镇江府。要做强国梦，必须走出去。这个愿望伴随着赵声的胆量越来越强烈。

　　晚上，赵声躺在床上，眼睛睁得圆圆的。快到月半的日子，月亮像一个大玉盘高高地悬在天空中。房间的天窗玻璃让银色的月光抹得亮亮的。月光泻进房间里。窗外，墙角落里的不知名虫儿吱吱吱地叫个不停。远处的江面上，夜航的轮船那低沉的汽笛声悠悠地传过来。赵声的脑海里又浮现出一艘艘冒着浓烟的大轮船。船桅杆上挂着的各种色彩、各个国家的国旗迎着风飘动，显得特别的刺眼。白天在竹亭里、松树下望长江看到的这一幕，让赵声心中激愤难抑：我们国家自己的长江大河，行驶的却是外国的轮船，而且横行无阻，还不断地鸣笛扬威。气人！真气人！气死人。赵声在床上像烙烧饼，一点睡意也没有。

赵声虽然只有十七岁，但读的书多，东乡一带村民们的艰难困苦他看到的也不少。他深知中华民族帝制腐朽，人民生活在水深火热之中。但想改变这个现状的人不少，强国梦不只自己在做，历朝历代不少民族志士都在做强国梦。只是长路漫漫，但总要有人走，赵声下决心要亲自去试试。考上了秀才，并没有提起赵声半点兴趣。此刻，赵声躺在床上，心早已来到文武庙里。文武庙里供奉着宋代民族大英雄岳飞的塑像。岳飞双眼正视前方，左手按着玉剑，右手握拳下垂，一身团龙紫袍，头顶高挂"还我河山"的牌额。"还我河山"四个字在赵声的眼前闪着金光。赵声嘴里喃喃：还我河山！还我河山！近千年过去了，河山呢？赵声在床上躺着，但两只拳头握得紧紧的，像两把小铁锤似的，不时地轻轻地砸着床板。

赵蓉曾这个做父亲的，对儿子赵声的影响，不仅是识字，更重要的是救国救民思想的灌输。赵声九岁参加童子试时，父亲带他坐着招商局的镇江班船到了镇江。在去镇江的一路上，赵蓉曾讲起了人民抗争的悲壮故事。赵声年纪小记忆力强，这些英雄故事都记在脑子里。

在大港渡口候船时，父亲就指着东边巍巍圌山，讲了"开沙浩劫"的惨剧，那是清顺治十七年（1660年），郑成功、张煌言为"出生民于水火，复汉官之威仪"，率水师北伐进长江攻占镇江，并在焦山连续三天祭天祭地祭明孝陵的故事；讲了北伐水师兵临南京城下吓得顺治帝忙于迁回关外的战斗场面；讲了郑成功、张煌言失败撤出长江之后的故事。清廷后来调兵对镇江城大肆烧杀淫掳，八十三户人家惨遭灭门。疯狂对圌山附近人家进行血腥镇压，圌山下数千民居被清军付之一炬，圌山下号哭声震天动地，造成前所未有的"开沙浩劫"的惨剧。赵声记得清清楚楚，父亲讲到这里时，悲怆地流泪。上船时，父亲还不时用手帕擦眼角，赵声小小的心灵里已经埋下了仇恨的种子。

轮船停靠谏壁，赵声从江上眺望谏壁镇。父亲不失时机给赵声讲起了谏壁二字的来历，又让赵声受到了一次教育，南宋名将韩世忠的名字留在了脑海里。谏壁是丹徒县东乡的一个古集镇，在镇江与大港的中段，谏壁二字与南宋名将韩世忠有密切关系。当然，大港也与韩世忠有关系，父亲曾带他去过韩桥。那里有一个歇后语：韩世忠立马造韩桥——七上八下。传说当年韩世忠在韩桥追击金兵时，被一条河阻挡住了，韩世忠迅速组织人马用七块平整石板与八块大条石搭起一座桥，就是现在的韩桥，韩桥附近的村叫韩桥村。赵声看过大小韩厥、大营盘、大校场、塞里、大寨、小寨、点将台及韩瓶。当年，韩世忠在圌山一带阻击从杭州掳掠而回的金兵，在这里安营扎寨，打了不少胜仗。韩瓶，就是韩世忠部队击败金兵后饮用"庆功御酒"的器皿。

后来，韩世忠到了谏壁。当地的老百姓向他控诉金兵南下时一路犯下的暴行，并说，他们写了呈请皇上讨伐金兵的谏文，请韩世忠代为呈送。韩世忠随着百姓去看谏文。当地的百姓将韩世忠带到一堵又高又长的墙前。韩世忠朝墙上一看，墙上写满了字，字全是红色的，而红色又与一般的写字用的红色不一样。韩世忠正欲问，百姓告诉他，这墙上的字是用百姓的鲜血一个字一个字写成的。韩世忠被老百姓的爱国激情深深感动，表示一定会向皇上呈送谏文。在场的将士们也纷纷咬破手指，用血在谏文上写上自己的名字，表示誓死抗击金兵。从那时起，练壁镇改成了谏壁镇。那堵写满红色文字的墙一直像一座大山似的深深地压在赵声的心坎上。赵声当即发誓，一定要让人民过上安宁幸福的日子。

小轮船冒着黑烟呜呜地吃力地西行。

快到丹徒时，父亲赵蓉曾用手指了指左前方有条通江河口的江岸说："看，那里是过去的丹徒县城。现在早已坍塌到长江里了，往西边20多里远，也就是现在县城位置，这里成集镇了。"

"丹徒镇。"赵声手搭凉棚迎着阳光，顺着父亲手指的方向看去。

"知道丹徒的来历吗？"赵蓉曾引导儿子赵声开动脑筋。他把轮船当作学馆，一路给赵声讲起故事来。

"不知道！"赵声年纪小，对一切都那么好奇。

"听我说呀！"赵蓉曾随着慢慢往西移动的轮船，打开了话匣子，"丹徒这个名字跟秦始皇有关系。当年，秦始皇为了统一中国，为了政令畅通，派了三千名穿红衣服的囚徒在这一带凿岭开河。现在的丹徒镇在秦代可是很繁华的县城。县城规模很大，有了丹徒县城后，才有了大港的城隍庙、东岳庙。后来，随着长江流向不断地调整，县城坍塌到江里去了。这里成了集镇。县城向西推进了二十里地，因三千名穿红衣服的囚徒在此凿岭开河，这里地名就叫丹徒了。"

江轮往西移动，江岸边出现了美丽的景象。赵蓉曾和赵声站在船头，目光盯着绿色的江岸。过了丹徒镇往西，江岸边长着似置身水中又似挺立岸边的排排绿柳。绿柳把江岸染成绿色，婀娜软柔的万条柳枝仿佛一排排在江畔洗梳浓密长发的少女，幻化成正在洗衣裳的农家姑娘。江岸边出现了一片村舍，柳树从江岸往里延伸。赵蓉曾指了指村舍，对儿子说："那个小村庄叫千棵柳。"

"千棵柳！好美！"赵声感叹道。

"祖国的山河哪一寸土地不是美的？"赵蓉曾拉了拉儿子赵声的手，往前方一指，"焦山到了！焦山更美！"

焦山在赵声的心中印象很深。六七岁时，父亲就在学馆讲过。焦山和金山都是滔滔长江中的山岗，就像镇江城两名威武的士兵，一个守在镇江城东，一个守在镇江城西。既是风景壮美的两座江中小岛，又是险要的江防要塞。这里不仅风景秀美，民族抗争的故事更是代代传颂。赵声听父亲说过，金山、焦山各有两个别称。金山叫西浮玉，焦山叫东浮玉；金山又叫西芙蓉，焦山又叫东芙蓉。现在，赵声站在船头的右舷看得再清楚不过了。宽阔的江面上，浩荡的江涛中有一座碧绿如茵的江中小岛，在滚滚的江水涌动中，似乎在轻轻地浮动，像被起伏的江涛托起，随着江涛而起伏。赵声看到眼前的焦山，心中不禁为古人的聪明而慨叹。"浮玉"的"浮"字用得再贴切不过了。古人聪明，给小岛起个名字都这样浪漫而富有诗意。

　　赵声早就知道韩世忠大战金兵时，将水师安营扎寨在焦山脚下。此刻的赵声希望能看到浮玉山上当年的军寨，当时的军旗，希望能看到韩世忠统率士兵的英武和气派。他像崇拜岳飞一样崇拜韩世忠，赵声的眼前，甚至浮现出当年韩世忠大战金兵的场景。想当年，韩将军一定是那么的英姿勃勃，场景一定是那么壮观，一定那么……赵声展开想象的翅膀，随着小轮船的缓缓靠近，焦山在眼前由朦胧变得清晰起来。江岸边一片片的芦苇荡在江涛的冲刷下起伏不平，芦花已经盛开，在芦花飘飘的天空，一群一群的各种颜色的蜻蜓自由飞翔。葱郁的林木遮住了寺庙的容颜，若隐若现。悠扬的钟声从绿林中远远地传出来，伴着江轮低沉的笛声在江面渐渐地散去。

　　赵声躺在床上，凝望着天窗外像眨巴的眼睛似的星星，脑海里一会儿是从大港去镇江的沿途江岸的美景，一会儿美丽的景色又遭到狂风暴雨的洗劫；一会儿是岳飞、韩世忠将军那英武形象，一会儿又是人民群众遭受洋人凌辱的凄惨情景。那年跟父亲去镇江参加童子试，赵声才九岁。但小小的年纪，已经感受到救国救民的迫切，这愿望像一股巨大的动力，支撑着赵声成为文武兼备的人。现在他十七岁了，文才有了，功夫也有了，该是报效祖国的时候了。在大港、在镇江，这毕竟是小地方，必须走出去，去看看外面的大世界。当年才九岁，也就走出大港五六十里地，竟然在父亲的指点下知道了那么多的感人故事。不行，得走出大港。赵声朦朦胧胧地思索着，在遐想中渐渐地进入了梦乡。

　　在赵声朦朦胧胧的梦中，隐约地出现了焦山的脚下成片的芦苇滩，成片的芦花，还有成片的飞鸟。山脚朝东的方向还有一组巨大的拱形建筑物。拱形建筑挺特别，朝东、朝北方向各长出一只眼睛，睁得大大的。突然，这两只眼睛从黑洞洞变得红彤彤的，似乎还不停地往外猛烈地喷火。不时，还传出一声声炸雷似的响声。这响声把赵声从梦中惊醒，惊出了一身冷汗。他眨巴着眼睛，再望望天窗外明亮的夜空，四周出奇平静。他明白，自己刚才做了一个惊悚的梦。

赵声想起，九岁时随父亲坐轮船去镇江参加童子试，路过焦山。刚才梦到的那拱形建筑是焦山的炮台。那一只眼睛就是一门大炮，刚才梦中见到的眼睛里冒出的红彤彤的火焰，那是大炮在开火呢！对了，那次父亲不是讲了嘛，道光二十二年（1842年）六月，打进长江的英国侵略军舰队先遭到圌山炮台攻击，后又遭到焦山、象山炮台阻击，重创了英国侵略军的舰队。要是在象山东边的汝山设座炮台、在江边都天庙再设座炮台，四座炮台齐轰，猛烈交叉火力定能阻击英国舰队。那样的交叉火力齐轰，英国侵略军就打不进镇江城，更进不了南京。想到这里，赵声激动万分，一点睡意也没有了。他捏紧了拳头，暗暗地下决心，一定要走出去，一定要让洋鬼子在侵略中国时遇到更多的炮台阻击。

春节一过，赵声十八岁了。赵声正式向父母提出离开家乡，外出一游。赵蓉曾是个开明先生，他早就知道赵声从小有志气，对仕途不感兴趣，对封建社会靠死读书，背"八股文"去一步一步地考秀才，考举人，中进士很厌恶，无心攻读。他更知道赵声这孩子从小就爱打抱不平，九岁那年坐江轮到镇江，他对江岸边美丽的风景不怎么感兴趣，对江岸边发生的打击外来侵略的故事总是听得津津有味，对那些抗击外国侵略的英雄更是崇拜、敬仰。他知道赵声崇拜岳飞、朱元璋、韩世忠这些英雄。赵声读的书多，他知道这些英雄豪杰年青时代就外出游历，见多识广，而且广交义士。赵声很羡慕这些英雄豪杰，觉得老是困在家里，不了解外面的世界，始终打不开心胸眼界。他想来想去，只有走出大港才能看看外面的世界，接触广泛的社会，广交知音，增长见识。赵蓉曾听到赵声想外出游历，很是赞同。赵声想不到父亲这么理解自己，跟自己的想法一样：大丈夫应该眼观八方，胸怀宽广，志在四方。

母亲葛氏对赵声外出不太放心，担心路上不安全，有点舍不得。父亲一番话把母亲的思想也说通了。鱼儿总会游向大江，鸟儿总会飞向天空，孩子大了周游见识一下外面的世界，这对开阔胸襟大有好处。再说，人家十三四岁的孩子早就到外面当学徒去了。葛氏觉得这些话有道理，也就同意了。

十八岁的儿子外出，远离家乡这是第一次。夫妻俩都认真帮赵声准备行装。到了秋末冬初的时候，定了出发的日子。吃过午饭，一家人到大港渡口送赵声上船。

清朝末年，大港还没有像样的港口码头。鸿溪河入江口两边有一片丘陵坡地，沿着坡地的江滩朝江中修了一条人工土堤。土堤呈倒三角形伸向江中，岸边有一棵大槐树，树冠像巨伞撑开，留下一片树荫，这是露天候船室。在大槐树东南角砌了两间石墙的瓦房，这里面就是轮船码头的办公区和候船的地方。说是港口，其实也只能停靠几吨的木船或舟舨，码头不大，但很热闹。自从开通了镇江至姚桥、镇江至口岸的班船后，从大港出行方便了。码头上旅客不少，此刻，江边码头上走来了赵蓉曾一家。赵蓉曾拉着赵馨，葛氏拉着女儿赵芬，赵声拉着大弟赵磬的手连跳带蹦地走在前面。

来到大槐树下，放下竹编小提篮，父亲轻轻地嘱咐赵声："镇江是县衙，又是府衙，古城故事多。到了扬州、清江等地方要好好地看看。"

赵声点点头。

"注意安全！"父亲看着即将离港的儿子，不免有些担心。

"知道！"赵声又点点头。他理解父母这时候的心情。

听到爸爸提醒赵声的话，赵磬似乎找到了跟哥哥离开大港的理由。父亲不是提醒哥哥注意安全吗？两个人总归有个照应，这样会安全些。赵磬不失时机地拉着赵声的手使劲晃动着说："大哥，你一个人不安全，带我一起去吧！这样相互照应安全些。"

"大哥！我也要去！"赵蓉曾本来拉着赵馨的手。谁知赵馨一听赵磬要跟哥哥赵声去外地，心里也想去，于是使劲挣脱赵蓉曾的手，冲到赵声身边，拽住了赵声的手。

赵蓉曾着急了，葛氏心里更着急了。一个儿子外出远游，就担了不少心。现在两个小的也想去，这颗心还怎么放下来。葛氏着急地朝赵蓉曾使眼色，示意丈夫说说两个小儿子。

赵蓉曾走上前两步，又牵上赵馨的手，然后亲切地用手在二儿子、三儿子头上抚摸着许诺说："好男儿志在四方！好！好！好！"

赵声一听，以为父亲同意两个弟弟一块去，又惊又喜："爸爸！你同意他俩一块去？"

"不！不！不！"赵蓉曾微微笑笑，许诺，"好孩子！好样的！不过你们还小，这次不能去。等你俩长大了，我都放你们出去！"

"真的？"赵馨天真地望着父亲那红扑扑的脸庞。

"爸爸说话算数？"赵磬有些疑惑地问。突然，赵馨调皮地伸出小手，伸出小拇指："拉钩！"

赵蓉曾哈哈大笑，伸出手掌，用小拇指与赵馨的小拇指轻轻地拉了一下说："算数！"说完，赵蓉曾朝赵芬指了指，"还有你小妹妹赵芬一起去！"

赵芬高兴地从妈妈身边几乎是跳着来到赵声身边，高兴地嚷嚷着："大哥，我也去！我们一起去。"

远处的江面上，一艘吐着黑烟的轮船正由东往西朝大港江面驶过来。

赵蓉曾一家离开大槐树下，缓缓地走上伸向江中的土堤。土堤两边的杨柳迎着悠悠的江风袅袅拂动。一群江鸥迎着阳光在江岸边的芦苇荡上空飞过来飞过去，留下一片叽叽喳喳的鸣叫声。

赵蓉曾一家欢欢喜喜地跨过江堤。突然，听见后面传来急促的脚步声，还夹杂着急迫的喊声："赵声！赵声！"

赵蓉曾一家停住脚步，转身一看，是李竟成来了。赵声掉头三步并作两步迎上去："竟成！你怎么来了？"

李竟成是赵声的同窗好友。大港东边的圌山脚下有个大路镇，李竟成1880年出生于那里。李竟成少年时与赵声性格相投，喜欢读书，生性豪迈，欢喜交友，有志于学，但家中贫寒，无力供竟成读书。后赵声的父亲知道后，赏识竟成颖悟求进，悯其家境贫寒，准其免费在天香阁读书。竟成与赵声朝夕相处，意志相投，成了莫逆之交。他俩一起在东岳庙拜师学习武艺，俩人在学习习武的空暇，畅论清朝统治的腐败，为广大人民处于水深火热之中，感到耻辱与愤慨，立志推翻清朝帝制。当李竟成听说赵声一人外出周游，他心里明白，赵声是要到外面闯荡了。他与赵声同谋同志，于是匆匆地赶往码头来了。

李竟成一路小跑，胸脯不停地起伏，气喘吁吁地朝赵声瞅了一眼："怎么，你出去，不带我？"

"我出去看看！"赵声轻声地说。

"我知道！我俩不是说好的嘛！一起干！"李竟成走到赵蓉曾面前一鞠躬，"先生！"再向葛氏一鞠躬，"师娘！"接着，拉住赵声的手问，"赵声，你出去怎么不告诉我一声？我跟你一块出去！"

赵蓉曾知道李竟成家的境况，拍了拍竟成的肩膀说："竟成！你是家里的顶梁柱呀。你家兄妹六人，就靠两亩山地，你父母不容易啊！你一走，父母怎么办？一家人怎么办？"

赵声也拉着李竟成的手说："竟成，这次出去时间不长，也就是在镇江附近看看。这次我一个人去，下次我们再一起出去，好吗？"

李竟成是个懂事的青年。他从赵声手里抢过竹编小提篮说："听先生的！听伯先的！"

小轮船吐着浓浓的烟柱已经驶到了大港的江面。轮船靠不上码头，只能用小木船作驳船。这时，随着一声汽笛，撑船的船工大着嗓门喊："乘轮船的上划子了！"

赵声在大家的目送下，上了划子。李竟成和赵蓉曾一家向着划子上的赵声挥手告别。

赵声站立船头，任凭呼呼的江风吹拂。他向着岸边的父母、兄弟小妹，还有同窗好友李竟成，向着家乡的拾钵山使劲挥着手，激动的泪水从眼眶里缓缓地流了出来。

赵蓉曾一家还有李竟成目送着小划子缓缓地驶向江中的小轮船。

冒着黑烟的小轮船减速停下，接着从小轮船上抛下缆绳，划子与小轮船轻轻地并绑，船工招呼着"先下，后上"的声音随着阵阵江风飘到土堤上。小轮船与划子乘客完成上下后，再解缆，小轮船拉响汽笛，轮机加速，掉转船头向西行进。

"一路顺风！"赵蓉曾一家和李竟成几乎是异口同声地朝着江轮摆手呼喊。

十六、指点江山

"呜……"小轮船拉响汽笛，缓缓地掉过头，往西逆浪而行。

赵声九岁时曾在父亲陪同下坐过一次小轮船。往镇江方向要在谏壁、丹徒、焦山等地停留上下客。听父亲讲，这一路停靠的地方，每一处都有爱国将领抵御侵略的动人故事。赵声站在船的左舷。每当到站的汽笛拉响，他总是目不转睛地盯着两岸的秀丽景色，盯着曾经发生过血与火的战斗的地方。

赵声第一次只身离开家乡大港远游，整个下午，他的兴奋之情像江水起伏不息。过了焦山，过了北固山，夕阳已经西沉，晚霞将西边的天空烧得通红。金山的宝塔在晚霞的映照下闪耀着金黄色的光辉，巍巍的宝塔伴着玲珑的金山倒映在粼粼波光中。赵声知道，镇江城到了。他把眺望金山夕照美景的目光收回。眼前，挺立在江边的北固山由此往南长长的山影如出穴之虎，又如蛟龙一头伸进了滔滔长江里饮水。西边的云台山由南而北蜿蜒至长江边，与北固山遥遥相望。从北固山往西隐隐约约有一堵不太高人的城墙，一直延伸到云台山下码头旁边的渡山。

小轮船缓缓地向码头趸船靠近。招商局的码头在运河两个入江口之间。东边有条河，西边也有条河。东边叫小京口，西边叫大京口。大京口上建有大闸，小京口上建有小闸。招商局码头附近还有不少外国人的码头。东侧是日清码头，这里停靠的船上都挂着日本的国旗；西侧的码头是美孚码头，船上飘着的是美国国旗。向西看还有太古码头、怡和码头，停靠的全是挂着英国国旗的轮船。这两个码头属英国轮船公司专用。

镇江港在长江上属于大港，但码头很简陋。靠江水一边是趸船。连接码头江岸与趸船的是木栈桥，木栈桥上除了钢缆拉固外，铺上了一块块木板，板与板之间有十厘米的缝隙，人走上木栈桥，木栈桥便不停地晃动，胆子小的人不敢低头看下面的江水，只顾朝前走。

镇江城到了。小轮船缓缓地靠上趸船。赵声提起竹编小提篮，走到船舷旁，映入眼帘的是江面和码头一片热闹的景象。江面上木船、轮船、大船、小船来来往往，进进出出，汽笛声声，还有几艘挂着外国国旗的军舰。码头上的轮船只要稍大一些的都飘着五颜六色的外国国旗。这让赵声心情沉重起来，祖国大好河山到处飘扬着外国人的旗帜。

赵声走上木栈桥，上了江岸。他来到招商局码头旁边的一条破旧的窄窄的小巷子里，找了一家不大的客栈住了下来。赵声知道父母虽然给足了盘缠，但自己已经十八岁了，还没有为家里挣钱，他必须省着花。

第二天早上醒来，灿烂的阳光已经照到床头了。他赶紧起了床，简单洗漱一下，来到巷头一家刘记锅盖面店，点了一碗清汤锅盖面。吃完面条，他要去看英租界。赵声跟爸妈说离家远游是看看大好河山，其实没有说真话，他是要看看大好河山是怎么被洋鬼子们糟蹋的。父亲赵蓉曾知道赵声人小志大，知道他为什么要远游，他没有说破，但当父亲的支持他。赵声参加童子试的那一年，赵蓉曾就给他说过，在镇江城的西边有一片土地，租借给了英国人。当然，这不是中国人自愿租的。那是第二次鸦片战争后，腐朽没落的清廷与英法两国签订《天津条约》，在《天津条约》里，镇江被列为长江中游通商口岸之一。《天津条约》中有这样的条款，在各通商口岸，可以"听便居住、赁房买屋、租地、砌造大礼堂、医院、坟茔等"。咸丰十一年（1861年），镇江正式开埠英租界。

赵声吃完面条，带着好奇，想看看英租界什么样子，中国人在英租界外怎么生活。他沿着大京口运河边往北边走，走着走着，他看到日新街坡下有一道栅栏，另外，镇屏山下、五十三坡、银山门大马路口也都筑了栅栏，这些栅栏都是英租界设的。赵声走到栅栏跟前，被拦住了。租界设栅栏，不让中国人自由出入。赵声被栅栏拦住，连绕几个路口，心里升起了一股无名的怒火，愤愤不已：中国人在自己的土地上行走还受外国人制约，不可思议。如果把祖国大好河山比作一张美丽的脸庞，那这些栅栏就是划在脸上的刀痕。这些刀痕深深地刻在赵声的心里。赵声愤怒地朝栅栏吐了几口唾沫，只好再往北走到江边，然后从江边拐上沿江的路往西，赵声在江边路上远远地看到了英租界。

赵声走到运河入江口，海兰楼，风神庙就在龙窝口的旁边。他继续往西来到大马路北口，不远处的云台山满山青翠。在云台山麓，有一座高大的洋房。洋房有三层，每层有七八个窗户，这在镇江城里算是高大漂亮的建筑了，这是外国人住的吧？是什么地方？赵声朝一名三轮车夫走过去，挺客气地招呼他。三轮车夫以为赵声要坐三轮车去那座洋房区办事，没好气往地上吐了一口痰说："不去！"

"不去？"赵声很纳闷，心里想，这三轮车夫怎么这么怪呀，为啥不去那里呀！再说我也没说去那儿。赵声估计这位三轮车夫没听清楚自己的意思。于是，赵声把手往那座漂亮的洋房一指，提高嗓门说："我不坐车，麻烦问一下那座洋房是什么地方？"

"噢！你是外地人！"三轮车夫热情地站起来。手指朝西边戳，不高兴地说："你问那棺材洋房？英国鬼子的，英国的领事馆！"

"噢！英国领事馆！"赵声明白了。怪不得三轮车夫一肚子气呢！

赵声还没来得及再问，三轮车夫就滔滔不绝地说起来："英国人的领事馆，在中国的土地上欺负中国人。九年前愤怒的镇江人把这棺材洋房烧了。现在看到的这座洋房是后建的，好像是1890年新建的，那楼上还嵌了块石额。"

赵声越听越来气，他指指云台山下不远处的洋房问三轮车夫："这又是什么房子？"

"工部局的！"三轮车夫指了指大马路边上的楼房说，"这些洋房全是外国人的，都是外国洋行的房子。"

赵声见三轮车夫穿得破破烂烂，一条又旧又破的毛巾搭在肩上，但人穷志不短，爱国之心令人佩服。赵声从袋子里掏出一块银圆，悄悄地塞进三轮车夫上衣口袋里，说："买件衣服吧！"

三轮车夫连连推辞，但拗不过赵声那有力的胳膊，只好收下，连连点头道谢。正在这时，路边的一个店铺里走出来一个听差模样的人，只见此人一把抓住一位从店铺走出来的客人的衣服，大声吼道："你不要神气，再嘴硬，我立刻喊巡捕了！"

赵声一看，这是一家洋人开的店铺。抓客人衣服的是店铺里的伙计，也是替洋人老板做事的人。想不到此人在洋人跟前当个差也这么神气！赵声是第一次看到。他忍不住走上前去，把两个人轻轻地拉开，语气和缓面带笑容地说："二位，有话好说！有话好说！"

想不到那个听差的伙计跟洋人跟惯了，也有了脾气，他将赵声膀子一扫："小伙子！别多管闲事呀！再乱烦神，我去喊巡捕了！"

听到巡捕两个字，赵声气不打一处来，他心里恨恨地骂道：动不动就喊巡捕，巡捕是你爹还是你妈！就在赵声愤愤不平时，这个洋人的伙计还真发起了威风，呼哨了一声，不远处一个带红缨大帽的人，手里提着根擀面杖似的棍子，匆匆地走了过来。

看来这戴大缨帽子的家伙肯定是巡捕了。那个店铺里的听差低三下四朝巡捕咕哝了几句，来了个恶人先告状："这人在我们店里消费少付了两角洋钱就想走，这毛头小伙子还多事！"

巡捕打量了赵声几眼，朝他挥了挥手里的棍子，大声斥责："走开！走开！"

说完，另一只手拽住了那位店铺的消费者，恶狠狠地说："走！跟我到巡捕房走一趟！"说着，连拉带拽地把那人带走了。

听差得意地笑着往店铺里走去，临进门时，还耀武扬威地把手一扬，朝赵声这边吐了一口唾沫，发出恶狠狠的笑声：哼！赵声见那个听差得意扬扬的嘴脸，心里很气恼，恨不得冲上去三拳两脚打趴他。但他想起在码头口父亲的叮嘱，出门在外，碰到不平的事一定要忍。

"忍"字头上一把刀。这句话父亲说过多遍了。赵声知道，自己这是第一次远离家乡，一人在外，父母担着心呢！他把满腔的怒火压进肚子里。

赵声愤怒地朝那家店铺瞪了一眼再往前走，突然，从身旁走过去一位戴大缨帽子的巡捕。这家伙提着棍子匆匆往路边不远处的一棵大树后面走过去，伸手拉住大树后面一个人的辫子，大声吼道："这里不准随地小便！"

那人理亏，声音急促而胆怯地求情："我是乡下人，内急了，忍不住了。"

巡捕根本不听那人求情，拖住那人的辫子，像牵狗似的不容分说直往不远处的巡捕房拖去。巡捕边拖边说："罚款！到巡捕房去交罚款！"

赵声没法理解，这里是中国的土地，凭什么让洋人来罚款。

赵声进不了租界，只能在外面看巡捕的恶行。赵声想不通，不在租界内这些巡捕也管，我们大清的主权哪里去了。他一路走来，看到洋房外，租界边上的巡捕不停地挥舞着手中的棍棒，不准中国人靠近。看着这些洋人一副趾高气扬的样子，赵声狠狠地盯着巡捕的背影，心想：我们自家的城市怎么成了洋人的天堂？怎么成了洋人肆意践踏的地方？这好端端的中华大地成了什么模样了！赵声只能把愤怒咽进肚子里。他压抑住心中的愤慨，快快地离开了大马路。

赵声沿着西门大街往东走，高耸的西门桥和西门城墙出现在眼前。他快步走过西门桥，登上了西门城墙，举目四望，到处是洋楼和洋房上空飘着的外国国旗。他看到西墙已经裂开一大段缺口。赵声听父亲说过，那里就是英夷进入镇江时炸毁的。赵声的耳边仿佛又响起了清军与英军奋勇拼杀的呼喊声，一股热流涌遍了全身。下了城楼，是一片旗营。赵声知道自己是汉人，不能进旗营。于是就由堰头街、千秋街、中街走到五条街。他走上横跨市内关河的嘉定桥，远远西望，心中升起一股不平的怒气：这租界，欺中国人；这旗营，是欺汉人！这是什么规矩！

站在嘉定桥上，赵声愤愤不平，不停地往关河上吐唾沫。这时，有几个青年走到赵声身边，朝赵声拱拱手，打起招呼："什么事不平，往河内吐唾沫？"

赵声声音很高，一脸怒气："你们看看，又是租界！又是旗营！好好的县城全糟蹋了！"赵声估计这几个青年是前来参加府试的，声音更高，"这是什么县城！这是什么政府！"

一个青年深有同感，但声音很低："这个社会太不公平！"

另一个青年朝县署、府署方向看了看，十分机敏地朝赵声挥了挥手，压低嗓门打断了他们的话："不可乱说，这里靠近县署、府署。我们明天游南山，到那里畅叙可好？"

赵声一看见这些青年跟自己意气相投，便爽快应道："明天游南山！"说完，便约定明天一早还在嘉定桥上见。赵声心里很开心，刚才的气愤咽进了肚子里。看看祖国的大好河山，半路上来了几个意气相投的伙伴，真是瞌睡送来了枕头。

第二天一早，赵声在客栈附近吃了一碗干菜锅盖面，早早地来到了嘉定桥。桥下河面上船来船往，西岸早市十分红火。东边的县署、府署冷冷清清，南门大街上的店铺已经开张，进城卖蔬菜、柴火、米油的乡下人已经设摊吆喝，行人熙熙攘攘。赵声正聚精会神地朝南张望时，昨天在桥上碰到的几个青年来到了面前。赵声主动上前打招呼，大家说说笑笑下了嘉定桥，走过南门大街，出了南门，过虎踞桥，朝西南方向走了二三里的土石路，来到了鹤林寺。

天空的云彩厚起来，不一会儿就飘起了毛毛细雨。薄雨如烟，轻盈如雾，一切都滋滋润润，鲜鲜活活的。鹤林寺附近山花烂漫，泉石枕流，松风入耳，深山古刹的天然野趣在朦朦胧胧的薄雨淡雾中显得韵味十足，一种独特的迷人景致展现在眼前。几个青年人在薄雾细雨中呼吸着山林里清晨的新鲜空气，置身于鹤林寺这片群山与秋色中，个个心旷神怡，边走边蹦蹦跳跳地说着笑着，共同的志向让他们走到一起，气氛十分融洽。

出了鹤林寺，走到夹山山麓，便到了竹林寺。路上，赵声从交谈中知道这几个年轻人中，十分机敏的那个青年叫阮德山。阮德山生于1884年，小赵声三岁。父亲早亡，家里世代务农。年幼随长兄阮少堂生活。清光绪年间，长兄阮少堂在丹徒县衙门税课使下当差，德山随长兄居住在剪子巷附近的大爸爸巷。家有平瓦房二进，在宝堰农村置有田产数十亩，家境尚属宽裕。阮少堂受封建传统旧礼教思想影响，把德山送入县城学堂读书，希望德山学成入仕，将来光宗耀祖。然而德山秉性诚笃，为人慷慨，好打抱不平，不随时俗。他看到英国鬼子入侵镇江，辟有租界，开设商埠；看到外国轮船往返，停泊江面，那些洋人个个神气活现，趾高气扬，官府的人仰其鼻息，互相勾结，欺压同胞，横行霸道，极为愤懑。阮德山常常愤言："中国土地让外人践踏，国无宁日矣！"阮德山在宝堰乡下小住，看到村上农户虽终日辛勤耕种，地租和杂役苛刻，一家老少难以温饱。阮德山常常私自从家中拿出谷米送给贫困农户，并感叹："世道艰险，人间不平。"阮德山曾多次满腔怒火地大声疾呼："国家兴亡，匹夫有责。"这次游南山，碰到赵声这位知音，俩人几乎是一致决定推翻清廷，拯救中华，并准备俟机投入革命行列中去。

烟雨中的鹤林寺、竹林寺别有一番景致。赵声、阮德山一路游玩，一路兴致勃勃地欣赏着家乡的南郊美景。他们来到竹林寺后面山坡的林公泉，又登上了挹江亭。几个青年人走进亭子里，北望大江。城北长江如练，城里城墙高耸，城外商贾云集，城南青山环抱。赵声、阮德山几个青年人赞叹不已，豪情顿生。赵声握起拳头挥了挥说："大好河山岂容外人践踏！"

阮德山和另外几个青年人几乎同时握起拳头，高高地举过了头顶。

赵声见大家都意气风发，提议道："往山顶爬，看谁先登上山顶！"

赵声走在前面，健步如飞。阮德山和几个同来的青年气喘吁吁跟在后面，总算爬到山顶上。大家见赵声面不改色，一点不喘，很是惊讶："你力气不小？"

"我练过武艺！"

"有功夫！"阮德山和几个青年惊讶地异口同声地夸赞道。

"没功夫，怎么赶走洋鬼子！"赵声站在山顶上，有些自豪地说。

阮德山不失时机地拉住赵声的手央求道："教我们踢腿打拳，怎么样？"

"行！"赵声满口答应。说着在山顶旋风似的飞起一脚，踢到一棵碗口粗的松树的枝丫上，"咔嚓"一声，那枝丫瞬间断折，"哗啦"一声砸到土石上。让阮德山和几个青年看得目瞪口呆。赵声又"啪啪啪"打了几记拳，然后站立在松树下，望着山外，并用手指了指南山的松林。山顶高，看得远。一片薄薄的雾气把满山的青翠笼罩在蚊帐中似的。飞鸟凌空飞翔发出一阵阵似波浪撞击的响声，传到耳畔，别有一番滋味。远处的大片山林在雨丝的滋润下，在山风的吹拂下，竹鸣如笛，悠悠的脆响在浓浓的雨雾中缭绕。脚边茂密的山草丛里，秋虫唧唧，山脚下犬吠不已，雨中的南山一片醉人的独特景色。赵声见阮德山一行青年人正沉浸在苍翠宜人的山景中，又"呼呼呼"打了三记拳。阮德山激动地望着赵声，心里明白：这眼前的大哥不简单，见我们看美景，又打起拳来，这分明是暗示我们这些青年人，山河的美景，得要有武力保卫呀！现在的清政府还有这样的能力吗？望着赵声虎虎生风的拳艺，大家一个个兴奋不已。

赵声打完三记拳，左手在额头上擦了把汗渍，往地上一甩说："保卫山河大有人在！"说着指指大片翠绿的南山说，"这一带曾经是清军与太平军的战场。"

"跟我们说说，太平军怎么打清军的？"阮德山饶有兴致地向赵声提要求，很亲热地叫了一声，"大哥，快说说。"

110

呼呼的山风伴着蒙蒙的细雨吹过来，大家感到一阵一阵的清凉。赵声迎风站立在山顶上，讲起了太平军在南门大战清军的故事。

1853年3月，太平军从南京派兵两万占领镇江城。4月，镇江太平军与清军江南大营提督邓绍良的部队进行了一场激烈的战斗，地点就在竹林寺西边的菊花山。这一仗太平军歼灭围城清军300多人。7月，在上海镇压小刀会起义后的一支清兵，来到镇江城外的京岘山、南边九华山一带包围镇江。1856年4月，城内太平军与城外太平军联合，在城西的龙潭、下蜀镇一带与清军激战，解除了镇江城被围的局面。接着，太平军又马不停蹄地追击，进攻清军设在九华山的江苏巡抚吉尔杭阿的大营，遭到抵抗。6月，太平军再次与从九华山赶来支援的清军激战于高资，被围的吉尔杭阿部走投无路，吉尔杭阿自杀于高资山中。太平军攻占高资，摧毁清军六个营盘后，立即向东追击，进攻九华山大营，踏平焚毁了九华山清军70余座营盘。

"啊！那边就是九华山，当年清军惨败的地方！"一个青年指着比夹山高的九华山说。

赵声也用手指指九华山说："到九华山看古战场去！"赵声说完抬腿就走。刚走了两步，又停了下来。目光往东边看了一眼。东边的竹林寺竹海茫茫，雾气在竹林间的空隙飘浮。整个寺庙都被苍翠的竹林淹没。细雨中的竹林寺一片寂静。赵声依依不舍，他请大家再仔细欣赏竹林寺一带美丽的景色。

大家听了赵声的提议，再次把目光投向竹林寺周边的山林和寺庙。阮德山明白，赵声这个大哥想得宽广。他这是让人家欣赏竹林寺一带的美景再去九华山。这样，大家会知道祖国山河的美景来之不易，那是鲜红的血换来的。九华山古战场证明了这一点。阮德山想到这里，目光盯着烟雾茫茫的竹林寺方向。这时，赵声望着竹林寺方向的山峰，深有感触地说道："我要是将来战死沙场，希望能与竹林寺相伴！"

赵声的话让阮德山几个青年很吃惊，想不到眼前的这位赵声大哥有如此的气概。大家鼓足了劲，在山顶沿着座座相连的山峰，向西边的九华山攀登而去。

九华山是镇江南郊群山中最高的一座山峰。赵声、阮德山一行伫立在山顶，四下眺望。东边是东西走向的山峰，折向招隐寺，再向东北就是他们刚才登山的那座夹山。夹山下边就是竹林寺。山风微吹，细雨蒙蒙。赵声、阮德山一行在静静无声的细雨中，在微微吹拂的山风里，望着朝北方向的马蹄形山口。

赵声用手指着山口，眺望着烟雨中朦朦胧胧的镇江城，随手又往西边群山一指问："你们看看，西边那片起伏连绵的群峰像什么？"

阮德山一直随长兄阮少堂生活在镇江城里,他熟悉城郊的山脉。阮德山随口说道:"十里长山呗!"说着,阮德山往西边走了几步,突然一脚踏空,整个身子歪倒下去。赵声手疾眼快地伸出手拽住阮德山的手说:"怎么啦?"

"不知怎么啦!"阮德山站稳脚跟,朝脚下看看,发现脚底下有一个坑。他轻轻一跳,站到坑里。阮德山朝两边看,发现凹坑向两边延伸。

赵声也跳下凹坑,还走了几步。几个青年好奇地望望,猜测着问:"会不会是一个捉野兽的陷阱呀?"

赵声、阮德山在坑里走走,摇摇头。赵声心里想:捉野兽的陷阱不可能是向两边延伸的。他猜测可能是当年太平军与清军作战时挖的壕沟。经赵声一提醒,阮德山和几个青年几乎是异口同声:"打仗用的战壕!"

赵声告诉大家,父亲是天香阁的教书先生,经常给大家说国家的故事。太平军与清军作战就是父亲讲的。还有,他有个同窗叫李竟成,他父亲就是太平军。赵声听李竟成说过,他父亲当年还在这一带的山上挖过战壕。

大家钦佩赵声文武双全,知道得多,于是问道:"十里长山是不是十里呀?"

"十里长山不止十里长。有二十多里。"赵声手一挥,从战壕里跳出来,反问大家,"十里长山的西边是什么山?"

"不知道!"

"是五洲山。"赵声再问大家,"五洲山西边呢?"

大家回答不上来。阮德山机灵,从战壕里跳出来说:"赵声大哥,你是秀才!你说这九华山往西一直通到哪里?"

赵声望着西边雾气缭绕的隐隐山峰,也不推让,扳起了手指:"再西边就是高骊山、宝华山,往西延伸一直到钟山,也称紫金山。以后找个时间去登紫金山!"

大家不解:"为什么去登紫金山?"

赵声诧异地说:"把祖宗都忘了?"

"祖宗?"阮德山和大家都愣住了,不知道赵声说的祖宗是谁。

赵声大着嗓门说:"明太祖朱元璋就是祖宗!大明皇帝明太祖朱元璋陵寝就在紫金山下。"赵声十分敬仰、崇拜地说,"他是我们的大英雄!"

赵声说着又将手指向江北:"中华大地上英雄辈出!长江以北的广阔天地,那都是祖国的大好河山。北面是扬州,扬州北面是淮安。书上说得好,自古江淮多豪杰!大家有兴致,改日去江淮大地游历!"

"好啊!"大家齐声赞同。阮德山给赵声建议:"选日子不如撞日子。明天去扬州,然后去淮安……"

"好！"赵声与阮德山遥望着西边的群山，又把目光移向北面滔滔东去的长江，指点江山，心潮激荡。

一群志趣相投的青年，在赵声的鼓励下，报国之念在心中冉冉升起，很快像一团炽烈的火焰燃烧起来。

第二天，赵声、阮德山一行开始了江淮之行。

十七、立志反清报国

翌日清晨。阮德山一行几个青年按照约定来到怡和码头，赵声已经早早地等在码头的候车室。去淮安的车票赵声统一买了。虽然这次离开大港带的盘缠不太宽裕，但他想，在外游历能遇上阮德山这样一群志同道合的青年人，这也是缘分，他要尽点力。再说，报效祖国不是一个人的事，人多力量大，他作为大哥应该多出力。

镇江在光绪二十三年，也就是公元1897年已经开通了镇江至靖江的航班。这班船是英国洋行开办的，船上挂着英商旗号。赵声把船票一一发到阮德山和几个青年手中，和阮德山商量了一下这次行程，开往靖江的轮船已经开始检票了。赵声走在头里，阮德山和几个青年人紧紧跟在后面，在通往栈桥的小通道口，验了票，随着赵声走上悠悠晃动的栈桥。上了栈桥，刚走了几步，就听到了轮船那低沉的汽笛声。赵声抬头一看。吐着黑烟的小轮船的桅杆高高地飘扬着英商的旗帜。再往怡和码头北面的江面上一看，码头迎面的江上轮船来来往往。

上了轮船，赵声的脑海里还飘着那英商旗帜，本来去淮扬游历的好心情霎时间没了。赵声和阮德山放好行李，来到船舷旁。轮船横渡长江，进入运河。想不到运河里也很热闹。一下子迎面驶来一艘轮船，刚从船舷旁擦过；一下子又从后面驶过来一艘。这些船上挂着的国旗，颜色各异。有挂美国国旗的，有挂法国国旗的，有挂英国国旗的，有挂日本国旗的。这么多的外国洋船都在运河里行驶，说明大家都在抢生意。阮德山朝这些来来往往的船只指指问赵声："怎么没大清的旗帜？"

赵声正气不打一处来。自己国家运河航运权都拱手让给洋人，清政府开办的什么实业？！赵声气愤地说："清政府无能！"

阮德山和几位随行的青年人默默地点点头。

轮船在运河上行驶。赵声为中国运河上飘扬着这些五颜六色的外国旗帜的奇异现象而激愤不已，民族自尊心受到强烈打击。再看看运河两岸百姓的苦难生活，心里像刀绞一样难受。父亲在学馆讲到不少中华民族的苦难。赵声知道江淮人民常年受黄河水患困扰。每到汛期洪水上涨，到处是汪洋一片。他听父亲说康熙十九年（1680年）夏天，黄河和淮河齐涨，黄河冲决堤坝，直灌洪泽湖。洪泽湖水陡涨二尺，泗州城变成蛟宫，连明祖陵也沉入水中。在嘉庆九年（1804年）后的二十年中，洪泽湖大堤就决堤十七次，每次决堤都是洪水汹涌，房屋倒塌不计其数，庄稼被淹没，遍地成泽国，人畜死伤无数。到处都是逃荒逃难的人，有些人迫于生计，只好卖儿鬻女。此刻，站在船舷看到运河两岸不时有扶老携幼、离乡背井的难民。这些人个个面黄肌瘦、衣衫褴褛。赵声站在船舷上仿佛听到这些难民在痛苦地呻吟与呼号，仿佛听到这些穷苦人在仰天长叹：天呀！我们的日子怎么过啊！我们的灾难何时能结束！这割地赔款的清政府为什么这么无能？赵声眼前这民不聊生、连年灾荒的悲惨情景挥之不去，随着轮船轮机声化成一声一声的悲叹：这日子老百姓还能过下去吗？

　　起风了。河面上掀起一阵一阵的波浪。波浪撞击着轮船的左右两舷，溅出一串串烟火似的浪花。赵声和阮德山回到船舱，几个青年人虽没有大声议论，但个个脸上表情凝重，一股怒火燃烧在胸中。赵声心里盘算着，这次碰到阮德山他们几个志趣相投的青年，这是天意，报国的队伍慢慢地壮大了。人民的灾难总得有个头，这件事要由我们这些年轻人来做。赵声攥紧了拳头：出头！人民要出头！赵声望着船舱里几个青年人，心里在想，从大港出来，为人民出头，为国家出头的仁人志士多得很，民族英雄大有人在。这些民族英雄值得人们去崇敬！去敬仰！去模仿。他想起了淮安扬州自古人杰地灵。他建议，到扬州淮安拜谒关天培祠、梁红玉祠和史公祠，让反帝怒火首先在这几个青年人的心中熊熊地燃烧起来。大家都赞成。

　　轮船在淮安码头靠岸后，赵声、阮德山一行下了船，直奔县城东大街的关天培祠。路上，赵声把关天培的英雄事迹讲给大家听。关天培是淮安府人，是个民族大英雄。关天培是一员虎将，与林则徐肝胆相照，十分配合。特别是虎门禁烟，关天培在军事上积极配合林则徐，铁腕禁烟。道光二十一年（1841年）1月，英军攻陷广州大角、沙角炮台，直逼虎门。已过六旬的关天培亲临炮台指挥。在英军猛烈炮火的轰击下，老将军关天培率部死战，亲自燃放火炮，受伤数十处，鲜血淋漓，满身的衣甲都打烂了，英勇不屈，最后战死在炮台上。关天培是一个为国英勇献身的将领。赵声一直在心里敬佩这位英勇不屈的大英雄、老将军。听着赵声的介绍，大家的步子迈得更快了，很快来到了关天培祠大门口。

　　关天培祠面阔三间，青砖小瓦，很是简陋。中间的一间正中是一尊关天培英姿勃勃的塑像。

赵声在关天培祠门前停住步子，用手指着门边两侧悬着的长长的楹联。霎时间大家静了下来。只见赵声脸色沉重，十分悲怆地一字一句读道："六载固金汤，问何人忽坏长城，孤注空教躬尽瘁。双忠同坎壈，闻异类亦钦伟节，归魂相送面如生。"

赵声的话音刚落，阮德山又接着赵声的音腔，高着嗓门重新朗读了一遍。门前不远处树上的鸟儿全部被阮德山朗读楹联的声音惊飞起来，绕着关天培祠这三间青砖青瓦小平房上空飞过来，掠过去。

在赵声的带领下，大家齐声朗读楹联，每个人的心灵都受到了强烈的震撼。

一个个子稍高些的青年凝望着楹联，问赵声："大哥！你可是秀才！这楹联是谁写的呀？"

"林则徐呗！虎门禁烟、销烟的钦差大臣！"伟大的民族英雄！阮德山看过一些书，读过对这副楹联的介绍，他崇拜关天培，同样崇拜林则徐。这两个民族大英雄都铭刻在阮德山的脑海里。赵声没有来得及回答，阮德山抢先回答了高个子青年的问话。说完，他又朝赵声笑笑："是林则徐写的吧？"阮德山知道赵声肚子里墨水多，担心自己抢答错了，又不放心地问赵声。

赵声望着阮德山和大家深沉的脸庞说："德山老弟说得对！这副楹联是林则徐的杰作。不过，请问大家，林则徐在什么时候什么地方写的这副楹联？"

大家互相望望，一齐摇摇头。

赵声领着大家往屋里走，边走边介绍说："林则徐写这副楹联时已经受到贬黜，正在发往新疆伊犁的途中。当林则徐听到自己肝胆相照的副手关天培在虎门炮台壮烈殉国后，随即挥笔为关天培写下了门口的这副楹联。'问何人忽坏长城'，一个'问'字，那刻林则徐心中的痛苦和愤怒跃然纸上。为国家拼命的林则徐这位钦差大臣，虎门销烟立下了汗马功劳，震撼了英国鬼子，但最后竟然落得个发配充军的下场。想到朝夕相处，同力销烟的战友死在战场上，他心中该是多么痛苦。这是个什么样的政府，这是个什么样的社会！林则徐与关天培感情甚笃，情同手足，于是他写下了'归魂相送面如生'的诗句，淋漓尽致地表达出两人情感之深。"

听了赵声的介绍，大家的心灵受到了深深的触动。大家来到关天培的塑像前，深情地凝望着那双炯炯有神的眼睛，那凝重的眼神似乎藏着许多要说的话。赵声弯下腰，深深地朝关天培塑像拜了三下。

阮德山和几个青年也深深地鞠躬，双手合十地连连叩头。

赵声凝视着关天培的塑像，再一次背诵起门口楹联，小小的祠堂里响起震耳的朗诵声："六载固金汤，问何人忽坏长城，孤注空教躬尽瘁。　双忠同坎壈，闻异类亦钦伟节，归魂相送面如生。"

大家心里都在想，要是我们的国家像关天培、林则徐这样的大英雄多一些，英国鬼子怎么打得进来？更不会打到丹徒，打到大港，打到镇江，甚至兵临南京城下！这样的政府，软弱无能！不可思议！

拜谒完关天培祠，大家心情沉重地随着赵声往城北走去。梁红玉祠就在城北。梁红玉祠也是面阔三间，但内有天井，一圈二层楼房，门窗扶栏都是木雕，虽不奢华，但很有明清建筑风格。相比之下，关天培祠就显得寒酸些了。对于梁红玉，赵声更熟悉了。梁红玉是著名爱国将领韩世忠的夫人，也是一位巾帼英雄。梁红玉的丈夫韩世忠不但跟镇江丹徒关系密切，而且曾在大港韩桥一带抗金打过大仗。韩桥，就与韩世忠有关。他带着大家走进大门，进了院子，来到了大厅内。大厅正中是梁红玉的戎装塑像。大家随着赵声恭恭敬敬地给梁红玉塑像叩了三个响头，深情地凝望着这位英姿飒爽的巾帼英雄，心中升起无限的景仰与敬佩。赵声望着戎装英姿的梁红玉塑像，耳边仿佛响起了一阵阵战鼓声，震耳欲聋。

那是南宋时期大战金兵的战斗。战场就在镇江的金山、焦山一带。韩世忠将军与夫人梁红玉大战金军统帅金兀术。当年，金兀术目空一切，孤军深入，但节节败退，退到了镇江一带的江边上。韩世忠将军已先敌一步，屯兵焦山。金兀术知道已经没有退路，决心杀出一条血路，于是在金山附近江面展开了一场血战，于是就有了梁红玉在金山妙高台擂鼓战金山的壮举。韩将军依照梁红玉夫人的计策，以八千将士巧妙地袭击十万金兵，以少胜多，梁红玉这位巾帼英雄功不可没。在金山妙高台上，梁红玉静观金兵动向，以白旗球灯为号，亲执桴鼓，协助指挥战斗，使韩世忠在江面上始终掌握着战场的主动权。宋军越战越勇，金兵节节败退，误入黄天荡。宋军黄天荡大胜，高宗大奖韩世忠，梁红玉的美名在金山流传至今。

赵声对梁红玉这样的女英雄十分崇拜。他想自己身为男儿一定要向这位女英雄学习，不畏强敌，不怕牺牲，在敌阵中去冲锋陷阵。赵声望着梁红玉的塑像，十分感慨。中日甲午海战，北洋舰队竟遭惨败。要是梁红玉、韩世忠来指挥这支舰队，其结局肯定不一样。赵声对中国北洋舰队的失败痛心疾首，他已经意识到中国政府的腐败无能，中国正面临着一场前所未有的危机。赵声想到这里，感慨万千，情不自禁地咏出一联："英雄夫妇以少胜多抗金兵，一代巾帼江上击鼓战金焦。"

大家齐声鼓掌。大家怀着一片崇敬心情，离开了梁红玉祠，离开淮安，转道扬州。

瘦西湖是扬州的一大景点。到扬州，不游瘦西湖，等于没有到过扬州。几个青年嚷着去逛瘦西湖。赵声晚上在客栈请大家喝了一点酒，提问道："扬州有一位壮烈牺牲的英雄叫什么？"

　　大家互相望望。

　　赵声说："这位英雄是明朝的一位忠臣，史公，史可法。听我父亲说，这位将军很了不起。史可法当年是明朝的一位将领，驻守扬州时，手下只有四千多军民。当年，他修筑城垣，整饬军队，率军民五次击退清军的进攻。清军硬的不行，软的上。他们写了劝降书，但史可法率军誓死不从。在扬州城陷落前几天，他给妻子、母亲、子女写了遗书，表示一定要与扬州城共存亡。清军攻破扬州城后，见大势已去，欲拔刀自刎，被一名参将护持阻止。行至小东门时，史可法见扬州百姓遭清军杀戮，随即挺身而出，大呼一声：'史督师吾也！万事一人当之，不累满城百姓！'史可法昂首走向清军。清军多次劝降，史可法的回答是：'吾朝廷大臣，安肯苟活？！城存与存！城亡与亡，吾头可断，身不可辱！'随后从容就义。"

　　"扬州人为了纪念这位民族英雄，也修了一座纪念祠，叫史公祠。"赵声说到这里，朝大家望望，提议道，"明天上午拜谒史公祠，怎么样？"

　　阮德山第一个举杯。几位青年听赵声这一介绍，也对史可法这位将军充满了敬意，一齐举杯。赵声端起酒杯，没有往嘴边靠上去，而是往地上轻轻地一洒说："这杯酒敬史公！"

　　大家也都把酒轻轻地洒到了地上。

　　第二天一早，太阳刚刚升起来，赵声、阮德山一行就出发了。史可法的墓与祠在扬州的梅花岭。祠、墓均面南，门前临河，东为墓，西为祠。赵声一行缓缓地来到史公祠大门前，神情肃穆地迈步进门。史公祠大门内是一座庭院。院内两棵百年银杏耸立在大门两侧的庭院里。银杏树枝繁叶茂，浓荫蔽日。院子里静悄悄的，早晨的阳光只能透过树枝的缝隙在石板地上投下斑驳的碎影。院内特别的肃穆清幽。庭院正中是飨堂，面阔三间，三间为廊，堂前两边悬挂着对联。对联上面写道：数点梅花亡国泪，二分明月故臣心。赵声正在心里默念着这副对联，突然，听见身边一位少年也在吟诵，忙问："小弟何处来？"

　　那少年望着赵声答道："我是扬州人，名叫成基，姓熊。请问兄长……"

　　"我姓赵，名声，字伯先，大港镇人。敢问小弟年方几何？"

　　"十二岁。兄长……"少年挺老成地问道。

　　"痴长你六岁。自幼崇拜岳飞、韩世忠、史可法，特来拜谒。"

　　熊成基出言吐语却不似孩童："弟与兄可真是志同趣合。我是扬州人，从小就仰慕岳飞、史可法。今在此与兄相识，幸会！幸会！"说到这里，熊成基老练地双手一拱，谦逊地说，"还望兄长多多指教！"说完，又朝阮德山几位青年拱拱手，"大家指教！大家指教！"

赵声拉着少年熊成基的手说："今日相见，幸甚！幸甚！今后我们兄弟多多交流，相互砥砺，长大为国效力，建功立业！"

"为国效力！建功立业！"阮德山一行也高声重复着八个字。

赵声在镇江遇到了阮德山几个爱国青年，想不到在扬州又遇到熊成基，而且志趣相投，心中很是高兴。他心里思忖：看来推翻帝制，立志报国已经不是一人两人的想法。赵声领着熊成基、阮德山几位有志青年走进堂内，抬头见到堂内明间上高悬着"气壮山河"横匾，再看看两侧，悬着一副清人撰写的对联："生有自来文信国，死而后已武乡侯"。这副对联表达了后人对史可法的崇敬。赵声一行肃穆地站在堂内，大家仿佛见到了"气壮山河"横匾下坚守城西门英勇抗清的将领史可法，从人群中走出解救百姓免遭屠杀的舍身救民的史可法，头颅高昂引颈受戮的宁死不屈的史可法。

赵声一行从飨堂来到后院的史可法墓，又带领大家朝镌刻着"明督师兵部尚书兼东阁大学士史可法之墓"的墓碑深深地鞠了三个躬，然后来到史公祠。祠内正中悬史公遗像，像下立牌位。像上史公的眉宇间透着威武不屈的英雄气概。

赵声带着阮德山、熊成基几个年轻人一字排开，端详着自幼景仰的史公形象，默默地举起拳头自语："史将军，你永远活在中华子孙的心中。扬州数十万死难同胞，这个仇总有一天要报！"

告别熊成基，赵声和阮德山几位青年第二天一早离开扬州。步行至瓜洲，乘上瓜洲开往镇江的渡船。赵声站立船头，远眺江中的金山。他记起就是在这座江中浮玉山上，韩世忠曾差点擒获上岛刺探情报的金兀术。江上风渐渐大起来，船工招呼站立船头的乘客下舱。

赵声沿着陡峭的舷梯，来到船舱中坐定。突然身后传来两声低语，似乎怕人听到，但赵声还是断断续续地听到"康……梁……变法……慈禧……太……后"这几个关键词。

听到这几个字，赵声很警觉。父亲讲得很多。现在的社会要变革，康梁变法就是对当今社会的一些变革。赵声虽然不太清楚康梁变法的具体内容，但康梁这种励精图治的精神赵声是打心里佩服的。赵声对康、梁的才志，对于一切改良新政的举措，打心底里赞成。他认为，康梁维新派的改良运动是振聋发聩的，是开了四千余年新眼界的大事。赵声认为，今日时局非推翻旧局、改良新政、制造新国不足以富强天下以拒外侮。维新派的改良强国梦在赵声的思想中引起了强烈的共鸣。

赵声希望康梁变法成功，希望改变国家命运，但从那几个人的悄悄话中隐隐感到"百日维新"前景不妙。赵声假装打瞌睡，实则仍在悄悄地听两个神秘人的对话。果然听到"百日维新"失败的消息，赵声心头猛地一震，不由得在舱内站立起来。江风越来越大，一个大浪头打过来，船摇晃起来，颠簸不已。赵声望着波涛起伏的江面，心中就像这江涛般不平静。他在内心深处痛斥着那拉氏、荣禄那帮顽固派，深深地同情康有为、梁启超、谭嗣同等改良派。他从内心发出感慨：空教天下士，痛哭念维新。

维新失败，改良行不通。怎么办？怎么办？赵声心中的怒火熊熊燃烧起来。他望着波涛汹涌的江面，一个拯救自己国家于水深火热之中的念头在他的脑海里跳了出来，一个大胆的想法在他的内心翻腾。他紧握着拳头，不由自主地发出了怒吼：

早知大祸已临头，

何不长驱赶满洲！

又一个浪头打过来，渡船上下颠簸着。赵声稳稳地站着，就像江中的浮玉金山屹立在风浪之中，没有摇晃，没有跌倒。他双眼紧盯着北方那个腐朽的统治着中国的清廷，阮德山和几个青年紧靠在赵声左右，目光也往北方眺望。每个人的心中都升起一股反清怒火：只有推翻清廷，国家才能富强，人民才能安康！

十八、孝母娶妻

赵声游历镇江、淮安、扬州，一路的凄败景色，一路洋人的旗帜，一路人民的痛苦悲惨的样子，让赵声燃起了一股对清廷的怒火。他下定了决心，一定要推翻清廷帝制，一定要救人民于水深火热之中。回到大港，赵声更加发愤读书练武。但形势的发展一直让赵声闷闷不乐。他不断地听到清廷勾结帝国主义宰割中国的消息，戊戌政变后清政府变本加厉的腐朽统治和卖国行径，激起赵声的无比愤恨。赵声完全放弃了幻想，他明白，腐败无能的清廷必须要推翻，民族主义思想在赵声心里萌芽，并迅速成长。光绪二十六年（1900 年），赵声二十虚岁了。这一年，家中的事儿也让赵声担上了心思。

母亲病了，而且一下子病得很重。

早春二月。江边的风带着寒气吹到鸿溪河上，吹到天香阁里。赵蓉曾开天香阁学馆的这几十年葛氏夫人一直是家里的内当家。这个内当家是个穷当家的。巧妇难为无米之炊。既要把学馆办好，把大港周边的孩子们照顾好，又要让丈夫少操心。葛氏夫人心里很清楚，嫁到赵家来之前，赵家已经衰落了，家境不富裕。虽然赵蓉曾精通古文，博学强记，很有才华，但在腐朽的社会制度下，赵蓉曾有才华使不出，只能开办个学馆，做些为大港学子们服务的善事。家里经济状况虽然不太好，但丈夫有这个"镜芙先生"的名声，用他与家里人的话说，他这个人有人说好，他赵蓉曾就心满意足了，赵蓉曾不在乎吃好穿好，但他在意大港的学子能不能学成走出大港，走出镇江，走向全国把这腐朽的社会砸烂。葛氏夫人很爱自己的"镜芙先生"。她是一个贤惠的妻子，说不出多少甜蜜的话，但她知道自己怎么做。家里的事儿，葛氏夫人从里忙到外，买菜、烧饭、打扫卫生，都和家里的帮工一块儿干。赵声经常看到母亲在天井里的水井边打水洗衣服。晚上练武回到家，他总是见到母亲在井边洗衣服。每当这时，赵声会主动走过去，亲热地叫着："妈！妈！"

母亲总是一边应答，一边低着头使劲在搓衣板上揉搓。"嚓！嚓！嚓！"的洗衣声响亮地传到赵声的耳朵里。赵声是个孝子，他知道家里还有两个弟弟和一个小妹妹，每人换一件衣服，就是一铜盆。赵声心疼母亲，总是走过去，把母亲揉衣服的双手一拉，关心地说："妈！你歇一会儿！我劲大，我来揉衣服！"

母亲抬起头，把手从赵声手里挣扎出来，撸撸额头上的汗珠说："快去洗把脸！饭在锅里！"说完，双手又使劲地在搓衣板上揉起衣裳来。

其实赵声刚练武回来，浑身是汗，腿胳膊都有些酸痛，但看看母亲年近五十，在明亮的月光映照下，头发已经花白，脸上的皱纹在银白色的月光下能看得很清楚。赵声心里一酸，弯下腰要抢着搓衣服。

谁知母亲生气了，一边使劲在搓衣板上搓衣服，一边急促地说："伯先，你是长子，你要听父母的话。母亲没事，你快去冲个澡，吃晚饭。"说完，一只臂膀朝厨房那边挥了挥，"快去吧！"说完，又"嚓！嚓！嚓！"地搓揉着衣服。

赵声知道母亲的倔脾气，孝顺孝顺，顺就是孝。赵声掉转头朝厨房走去。井边传来了母亲的话："还是声儿孝顺，听话。"说完，剧烈地咳嗽起来，咳嗽持续了七八声，这才慢慢地停下来。赵声不放心地扭头望着井边洗衣服的母亲，月光下天井里映出了母亲洗衣晃动的影子。赵声心一酸，一股热泪从眼眶里溢了出来。

赵声知道，母亲这声声刺耳的咳嗽，是多年操劳的结果。赵声更知道，母亲不仅身子累，心更累。她为这个家操碎了心。父亲办这个天香阁学馆施教，收入很低微。又是一个乐善好施的人，大港镇或乡下一些家庭贫困的学子，他总是免收或减收学费，这就使得天香阁学馆的收入更加微薄，经常入不敷出。母亲又是一个善良的人，看到大港的学子家境贫寒，往往都给予帮助，帮人解难。因为家中拮据，所以她时时会瞒着丈夫把娘家陪嫁的簪钗首饰送到典当行质押，换来银钱贴补家用。大家都知道镜芙先生是个好先生，更知道镜芙先生有个好媳妇。学馆的学子们都知道他们的食宿都是葛氏夫人打理的，只要见到葛氏夫人，没有"师娘"不开口。

这年初夏，母亲的咳嗽越来越剧烈。有几次咳出来的浓痰里还有一丝丝血红的颜色。赵蓉曾为葛氏夫人的病担起心来，家里的人也都心情沉重。赵声和大弟赵磬、赵馨只能帮母亲做些力所能及的家务，看病的事个个都无能为力。有时母亲发起病来，常常咳得直不起腰，喘不过气儿。有时还起不了床，但只要病情稍微有好转，她又会硬撑着，从床上爬起来操劳家里的事儿。

葛氏的咳嗽让一家人的心情都沉重起来。全家人都很着急，但最着急的还是赵蓉曾和赵声。赵蓉曾是丈夫，赵声是长子，能不着急吗？

夏天到了，天气渐渐地热起来。母亲的病情越来越重。有时候发起病来，接连不断剧烈地咳嗽。特别是夜深人静的时候，咳嗽声很响，传出天香阁，传到东街上。一些好心的街邻关心地来到天香阁看望葛氏。赵声有时也在旁边，他发现每当有人来看望母亲，她总是强忍住咳嗽，从床上坐起来，连声说道："没事！没事！"赵声知道，母亲这是把痛苦自己忍着，她不想让别人为自己操心。

赵蓉曾把大港街上的名医郎中都请了个遍，这些医生郎中往往只是开些补药，让母亲调养身体。说来说去就是一句话，葛氏夫人疲劳过度，加之营养不良，要想根治很难。咳嗽毕竟是个烦人的慢性病。这咳嗽的毛病有时也会有些好转，但能从床上爬起来的日子越来越少。赵蓉曾读过书，知道咳嗽的毛病光靠大港街上的老中医看是难治好的。他想到了西医。镇江有几个英国教会医院，听说能治许多疑难杂症。于是，赵蓉曾想陪葛氏到镇江去医治。

晚饭过后，赵蓉曾来到夫人的床前。他给夫人冲了一杯蜂蜜水，拿了一把小汤匙。他把夫人扶着在床上坐起来，然后端起蜂蜜水，舀起一小勺送到夫人的嘴边说："老这么拖着也不是个办法，跟你商量个事。"

葛氏夫人咽下一口蜂蜜水，甜甜的，一直甜到心坎里。她深情地望着丈夫，点点头说："什么事？"

"我想，大港目前没有这医疗水平治好你的病。还是去镇江城里请洋人瞧瞧。"赵蓉曾又给葛氏夫人喂了一口蜂蜜水，试探地说。

葛氏夫人一听，连忙摇摇头，语气一点没有商量："不去！不去！不能再连累家里了！"

"什么话呀！怎么叫连累家里。你为家操劳，我们都连累你了。"赵蓉曾把茶杯的蜂蜜一勺一勺地喂着葛氏夫人，一边深情地望着夫人。

"现在好多了！我们还是听大港中医的话，多吃些鸡蛋，再吃些鸽蛋，慢慢会好起来的。"葛氏夫人说这话时，赵声正好走过门口。赵声想，鸽蛋营养高，喜鹊蛋营养价值更高。他想到这里，一溜烟地跑出天香阁。

赵蓉曾拗不过夫人，只好退了一步："夫人，咱们说定，如果加强营养，慢慢地好起来，就不去洋人那里看病。但如果病越来越重，你要同意去镇江教会医院！"

葛氏夫人喝完蜂蜜水，点了点头。她把身子往上挪了挪，用手拍了拍床边说："镜芙，你坐下来，我也有个事儿跟你商量。"

"好啊！"赵蓉曾坐到夫人葛氏的床边，他盯着夫人的脸看了看说，"夫人，这些日子总见你愁眉苦脸，有什么心事想不开？直说！是不是病的事儿？"

葛氏摆了摆手："不是。"

"那是……"赵蓉曾不解地又问。

葛氏夫人头往赵蓉曾的肩部靠了靠，脸上露出了少有的笑容。正要开腔，喉部咕噜咕噜地响了几下，接着又是一阵压制不住的咳嗽。赵蓉曾紧张地站起身，一只手托住葛氏夫人的胸部，一只手掌在葛氏夫人的背上轻轻地拍打，嘴里轻声说道："夫人！别急！别急！"

一阵剧烈的咳嗽总算平静下来，她的脸庞都憋红了。但夫人平静下来后，脸上露出了微微的笑容。夫人很低的声音传到赵蓉曾的耳畔："有件事，前段时间就想与你说……"

葛氏轻声地喘着气，歇了歇。赵蓉曾一只手掌依然在葛氏夫人的背上轻轻地拍打，目光盯着夫人微笑的脸。他凑向前问："夫人何事？"

"赵声这孩子今年二十了。"葛氏夫人目光盯着丈夫说。

"虚二十。"赵蓉曾想了想，然后语气很肯定。

葛氏望着丈夫的脸色用充满了商量的语气说："二十也不小了。婚也订了，我想，是不是把赵声这孩子的婚事给办了。"

赵蓉曾点了点头，理解地说："想让媳妇过门来视汤药？"

葛氏十分疼爱地望着丈夫说："看你，比以前瘦多了！"葛氏拉住赵蓉曾的手深情地说，"我病了这么久，你一边要教学生，一边要料理家中这些孩子，够难为你一个大男人了。你吃了不少苦。虽说赵声这孩子懂事，帮家里做了不少事儿。但他也是一个有大志的孩子，不能老让家里的事儿缠着。婚事一办，媳妇过门，能帮上不少忙。"

"对呀！对呀！"赵蓉曾一边点头，一边思忖着自言自语，"就是赵声这孩子不知……"

"你听听孩子的意见。"赵蓉曾的手被夫人拉着。夫人似乎把一切都托付给了丈夫，她提议让先生找赵声说说。

赵蓉曾连连点头。

视汤药这是大港一带的风俗。已经订婚的女子因要侍奉得病公婆而提前过门，称为来视汤药，又叫"端茶"。其他地区也有这个习俗，叫法不一样。也有地方称为冲喜。赵蓉曾心里明白，大港这一带的婚嫁手续繁冗。青年男女一经媒人撮合，就要送帖。经人介绍，赵声即将过门的妻子姓严，叫严吟凤，与赵声同龄，是大港严家人，父亲也是一位开明的学士。送帖这道程序早已过了。当年托媒人将赵声年庚写成庚帖送到女方家。严吟凤家还专门请大港西街的盲人算命，认定双方属相、出生时辰相合，不克。于是下聘，也就订了婚。现在就是下一个议题了：择个好日子，拨嫁妆，迎娶媳妇。娶妻成婚对儿子赵声来说是人生的一件大事，得征求赵声的意见。于是，赵蓉曾从房间里走出来，直往天香阁学馆跑，边跑边喊："赵声！赵声！"

赵声手里捧着一条毛巾兜着的喜鹊蛋，正兴致勃勃地跨进天井。听到从天香阁楼上传来赵蓉曾叫自己的声音，赶紧大声应道："爸！来了！"

赵声看到母亲病重咳嗽很不是滋味，除了帮家里做些家务活外，也帮不了大忙。先前，偶尔听到爸妈的对话，母亲这病需要营养。他还听到爸爸提到了鸡蛋、鸽子蛋。赵声打小就听说蛋的大小决定营养价值。鹅蛋跟鸡蛋比，肯定鸡蛋营养价值高；鸡蛋跟鸽蛋比，肯定是鸽蛋营养价值高。市面上卖鸽蛋的少，而且价格也比较高。赵声脑子活，突然想到天香阁东边广场上的三棵银杏树。有一棵银杏树上有一个箩筐似的喜鹊窝，另外，沿着鸿溪河往东南方向走，有不少槐树、榆树上也有喜鹊窝。喜鹊跟鸽子大小差不多，下的蛋也相差不大。赵声眼睛一亮，爬树掏喜鹊蛋让母亲补补身子。刚才，他出了天香阁连掏了四个喜鹊窝，有两个喜鹊窝里有蛋，一共掏了九个喜鹊蛋。他用毛巾裹着，急匆匆地进了天香阁，见父亲正神情严肃地坐在椅子上。赵声赶紧把毛巾裹着的喜鹊蛋轻轻往学桌上一放，打开毛巾示意父亲看喜鹊蛋。

父亲从椅子上站起身，走到学桌跟前，拿起一颗喜鹊蛋在眼前迎着窗外的阳光照了照说："赵声，不是我批评你！喜鹊是益鸟，一颗喜鹊蛋就是一只喜鹊，喜鹊蛋可不能随便掏，我知道你的一片孝心，我和你妈谢谢你了！"

"妈妈病成这样……"赵声兴致勃勃地走进天香阁，听父亲一说愣住了。

"我们会想办法买鸽子蛋！我已经托人去镇江城里买去了。"父亲轻轻地把喜鹊蛋放回到毛巾上，走到椅子旁，用手指了指另一张椅子，"赵声，你坐，爸跟你商量一件事。一会儿你将喜鹊蛋放回喜鹊窝。"

"好！"赵声知道父亲说得有道理。他把毛巾裹了裹，然后走到父亲旁边的椅子上坐了下来。

"失而复得，喜鹊父母该多高兴呀！"父亲幽默的话中充满了哲理和智慧。说完，父亲把头往这边凑了凑说，"爸妈也跟你商量件喜事。"

"什么喜事？"赵声有些纳闷。

赵蓉曾把夫妻俩让赵声娶妻成婚的意思告诉了赵声。

赵声听了轻轻地点了点头。他是一个听话孝顺的儿子，对父母定下的这桩婚事很顺从。现在让自己提前娶妻成婚，他表示尊重父母的意见。赵声清楚家中状况。确实需要一个贴心的人来陪伴、照顾母亲。母亲已经病成这样，能让妻子早日过来"端茶"照顾母亲，母亲一定会很高兴。让母亲舒心也是一个儿子应该做的。赵声迫切希望母亲能早日康复。如果真如民间所言冲喜能够冲掉病痛，他当然心甘情愿。

赵蓉曾见到儿子这么爽快，满意地笑了。赵声从椅子上站起来，走到学桌前，拿起包喜鹊蛋的毛巾包裹，急匆匆地下楼去了。

赵蓉曾望着自己大儿子的背影，连声赞叹，满意地点点头。

赵蓉曾把赵声的态度跟夫人一说，葛氏夫人脸上露出了笑容。

娶媳妇在乡里可是大喜事，夫妻俩掩饰不住心中的喜悦，脸上都浮起了淡淡的红晕。

天香阁东边的广场上空传来一阵阵喜鹊的欢叫声，随着悠悠的江风飘向朗朗的天空。

十九、"端茶"侍母

赵声同意娶妻成婚，让媳妇过门来视汤药，一切开始走程序。地域不同，风俗不一样。大港这里的风俗是订婚之后，如决定结婚，还要走三道程序：择日、拨嫁妆、迎娶。

赵家是大港镇上有文化的人家，主人赵蓉曾还办了天香阁学馆，知书达理是必须的。赵蓉曾一切照东乡这一带的风俗。择日，是当年娶亲程序之一。赵蓉曾首先找到媒人，送上二斤猪肋条、二斤面条，还有二斤京江脐。他把夫妻俩让赵声早日成婚和让媳妇端茶的意思告诉媒人，请媒人考虑到他家目前实际情况给予理解。媒人收了礼，很是同情地说："一定尽力。"大港的择日也有一套规矩，但媒人还是帮了忙。赵蓉曾请了算命先生择一良辰吉日。但算命先生算的良辰吉日要三个月之后。这可把赵蓉曾急得手足无措。因为夫人的病情越来越重，急需要早日完婚，这样媳妇才能早日到赵家视汤药，照顾葛氏夫人。三个月，怎么等得及呀。跟先生说不清，再说请先生选择良辰吉日，也不能随意更改。你让算命先生再更改日子，算命先生肯定不高兴。

赵蓉曾在算命先生面前急得直搓手，好在算命先生看不到赵蓉曾急躁的表情。赵蓉曾虽然是大港街上的名儒，但他思想还是宽广的，不是一个认死理的人。鉴于家中的实际情况，既要尊重当地习俗，也不能拘泥于当地的习俗。他熟悉严家。严父在大港也是一个开明学士，严吟凤的父亲也是一个明理的人。赵蓉曾心里盘算着，习俗是人们约定成的，不是一成不变的。直接去找媒人，把家中的情况告诉媒人。给严家准备一份礼，请媒人带过去，择日的事儿由媒人跟严家商量，这样两家商量有个退让的余地。

想到这里，赵蓉曾谢了算命先生，径直到大港西街备了一份礼，直奔媒人家而去。

到了媒人家里，赵蓉曾将择日日期如实给媒人一说，又把家中的实际情况也跟媒人一说。媒人听了，表示同情，答应去严家试试。

媒人到严家一说，严家也不过多计较，同意将完婚的日子提前。

　　媒人一通报，严、赵两家将赵声、严吟凤完婚的事儿迅速地准备起来。两家分工很明确，女方筹备嫁妆，男方张罗婚事。

　　婚前一日，是拨嫁妆的日子。这天早上，初升的太阳爬上了拾钵山顶，东边的天空朝霞艳丽。鸿溪河清清亮亮的，两岸的杨柳枝条吐出绿芽，像给鸿溪河两岸拉上了一条淡绿色的纱幔。一群鸭子浮在水上，轻盈地在河面上游动，水面荡起了一圈一圈涟漪。几只燕子在杨柳枝条上站着，不时发出叽叽喳喳的鸣叫。天香阁东边广场的银杏树上几只花白喜鹊，站在吐芽的枝丫上，朝着天香阁方向叽叽喳喳叫个不停。

　　人逢喜事精神爽。这些日子葛氏的病情明显地好多了。咳嗽没有以前那么剧烈，痰也少了些。有时到了中午还能起床，和家人一起吃午饭。这让丈夫和赵声打心里高兴。婚前的准备工作干得更有劲了。

　　早晨的太阳光照到大门门槛上时，鞭炮在大门口的小场地噼里啪啦地炸开了，一阵硝烟随着鞭炮的炸响，慢慢地弥漫开来。从天香阁大门口走出六个人，赵蓉曾和夫人在一旁一边发烟发糖块，一边招呼。这六个人是赵家请来去严家抬嫁妆的。刚刚在赵家吃过早茶，一阵鞭炮响过之后，六个壮汉从赵家出发了。严家就在大港严家里。离赵家不太远。中午，六个壮汉不费力气就把严家的嫁妆抬了回来。

　　六个壮汉去抬嫁妆，赵蓉曾招呼家里人忙着布置新房。到了午饭时刻，新房已经布置停当。下午，严吟凤家的嫁妆布置到位。晚上专门请来了叔叔家的一个童男子，在新床上打了三个滚，引得一家人笑得前仰后合，在一旁的葛氏夫人也笑出了声。"压床"是压轴戏，明天是大喜的日子。

　　第二天一早，赵家备了灯轿。灯轿在大港东乡这一带等级最高。最差的是竹壳轿，既小又轻便，没有装饰，只是轿顶披上绸皮大红花，轿的四周挂上红绸皮。再上一点档次的是亮轿。这是比较大众化的轿子，街上常常见到的都是亮轿。赵蓉曾这次租的是大港东乡一带最高级的轿子。他感到有点对不起快过门的媳妇。提前完婚，算命先生择了日子又改了吉日。多花一点钱，租个灯轿也算是对快过门的媳妇的一些补偿。这灯轿四面和顶上有上百盏灯。到了严家门口，上百盏灯全点亮，灯光闪闪，煞是辉煌，十分耀眼。这种灯轿还有另外一个特点，就是四面都有玻璃的镜子，上面画上花卉图案，再配上顶上的八盏小灯笼，玻璃在太阳光的照射下反射光线，玻璃闪出一排排的花草、灯笼，让人见了眼花缭乱。花轿由四人抬着，一路吹吹打打来到严吟凤家门口。

赵家迎亲的人早就准备了红包、糖果、香烟、花生。一阵鞭炮响过之后，看热闹的街坊邻居围住花轿，赵家人领头的赶紧给大人递烟，给小孩发糖。媒人进到门里，通报情况。严家很开明，对红包没有计较多少，门很快打开了。又是一阵鞭炮声，赵家请来的吹手使劲地吹奏，鞭炮声和吹奏声交织在一起。吹打声中隐隐约约地传来了严吟凤的哭泣声，舍不得生她养她的父母，跟父母泪别后，缓缓地走上了花轿。这时，轿帘刚刚放下来，严家走出来一个年轻人，端了一盆水递到严吟凤父亲的手里。严父接过水盆，象征性地在灯轿四周泼了下去。乡下有句俗话，嫁出去的姑娘泼出去的水。此刻，这一比喻被具象化，引得看热闹的老老少少兴奋不已。趁着热闹，这些街坊邻居拦住灯轿，赵家迎亲的人发了不少香烟、糖果，又是一阵鞭炮声响过之后，花轿朝东街吹吹打打地抬过来。带亲的队伍中有一个人把小鞭炮拆散开来，每隔五六秒钟点燃一个，扬到簇拥着灯轿看热闹的人群里。小爆竹"噗"的一声，引起人群中一阵惊呼声。鞭炮的响声把迎新娘的气氛推向了高潮。

　　娶新娘的这一天赵家按照大港的习俗。天香阁里里外外布置得红红火火，喜气洋洋。大门口的楣柱上挂上了鲜红的绸缎，中门贴着剪空的红双喜字。特别是天香阁的朝南、朝东、朝西的窗户上挂上了红灯笼。天井里的老槐树上也扎上红绸，到处红彤彤的，喜气洋溢。赵家大摆筵席，贺客盈门。

　　灯轿到了门口，赵家院里院外霎时间鼓乐声声，爆竹齐鸣。新娘被迎进天香阁，行婚礼，拜天地，向祖宗叩头祈祷，向长辈们跪拜，赵声牵着严吟凤的手互相行礼后，才步入洞房。赵蓉曾和夫人见儿子完婚，完成一件人生人事，心里特别高兴。俩人忙里忙外，满面笑容。赵蓉曾知道妻子身体不好，一边照顾妻子不要过于忙碌，一边又要忙里忙外。好在赵家人缘好，左邻右舍都来帮忙，加之大家都理解赵夫人身体不好，娶妻是为"端茶"，在各个礼节上都没有过分闹喜，既注意分寸，又把握时间，既不失喜庆热闹，又适可而止。婚礼进行得很顺利。晚上，亲朋好友喝完喜酒，陆陆续续地散去，热闹一天的天香阁才渐渐地静下来。赵蓉曾一颗悬着的心缓缓地落了下来。他脸上虽然喜气洋洋，但心中一直惦记着夫人的身体状况。家里这么大的喜事，当然要让夫人参加。他不时抽暇低声问几句："夫人，还好吗？"

　　见夫人回答得还算轻松，他心中绷紧的弦才稍有些放松。人逢喜事精神爽。今天夫人的精神看上去好多了。夫人一早还梳理一番，换了一身红色的褂子。一天下来，虽然体力不如从前，但总算风风光光、精精神神地把大儿子的婚事办了。

　　其实，葛氏是为儿子娶妻高兴，一天硬撑着病体应酬。赵声和严吟凤看得出来，心里一直疼着母亲，今天是大喜的日子，任何担忧都不能放在脸上。客人全部散去，赵声正要关上新房的门休息时，葛氏来到儿子、媳妇新房门前，想要关照儿媳几句，突然，头一阵阵地眩晕，身体歪来歪去地晃了几晃。葛氏知道今天太忙累了，身体不做主了，赶紧晃晃悠悠地扶住房门框站定。

赵声见状，赶紧走上去，扶住葛氏问："妈！你怎么啦？"

严吟凤也忙从房里走到门口，伸出胳膊从另一边扶住葛氏："妈！怎么啦？"

葛氏强忍着站稳，说："没事！一天忙下来有点累了。睡一会儿就好了。"

"妈！你别忙了。快坐到床上歇一会儿吧！"严吟凤心疼地望着葛氏说。说着，严吟凤和赵声一起小心翼翼地将葛氏扶到床边，正要往下坐时，葛氏又站直了，指了指一边的椅子说："坐椅子上，那样舒适些。"

赵声、严吟凤心里都明白母亲的用意。今天是儿子、儿媳大喜的日子，她一个病人坐到新婚的床上不太吉利。赵声、严吟凤不说破，而是顺着母亲，把她扶到椅子旁，轻轻地挪了挪椅子，让母亲坐到椅子上。机灵的严吟凤赶紧倒了一杯热水递到葛氏手里，关切地问："身上疼吗？要不要请郎中过来？"

葛氏连连摇手："没事，就是头有些晕。"说着接过媳妇递过来的茶水，呷了几口，定了定神，缓缓地说，"现在好多了！不要紧！不要紧！"

赵声站在母亲背后，用手掌轻轻地替母亲揉背，边揉边心疼地问："妈！今天把你忙坏了！"

严吟凤在一旁挺乖巧地望着葛氏说："妈！今后我就是你姑娘，你千万不能再操劳家里的事儿了。有什么事叫我一声。"

葛氏不知是激动还是高兴，眼眶里噙满了泪水："我哪里忙什么的？都是你爸爸忙的！还有这么多的好街坊邻居忙的！唉！都怪我这身子这么不争气。"葛氏又喝了一口水，脸上痛苦的神色似乎缓和下来，赵声和严吟凤从母亲的话语里感觉到母亲有些自责，明显地对自己的生病有几分焦虑和无奈。

赵声凑到母亲的耳畔，轻声地说道："人吃五谷杂粮哪能不生病。再说，你这病也是为这家，为学馆的学子操劳的。怎能怪自己呢！"说到这里，赵声顿了顿，"都怪我这长子不懂事，没有照顾好母亲！"

"我来弥补，今后一定好好地照顾母亲。"严吟凤深情地拉着葛氏的手说。

葛氏脸上露出了笑容。

月亮早早地挂到了窗外的天空上，银色的月光把大地照得一片素色。新房内两支大红蜡烛的火焰正在跳跃着燃烧，窗外的月光透进新房内，新房里蜡烛光亮和月光羼和在一起，显得特别的红亮，特别的喜气。

这时，送完客人的赵蓉曾走了过来，他和儿媳一起将葛氏扶进自己的房间休息。

夜静静的，大港的大地沐浴在银色的月光中。远处长江的江面上，来来往往的夜航轮船，低沉的轮机声悠悠地传过来，不时发出一两声沉闷的汽笛声，久久地回响在大港寂静的夜空。

进了赵家门的新媳妇很快地进入"端茶"的角色。严吟凤出身书礼之家，不但性格温柔，勤劳朴实，而且识字读书，通情达理。赵家有了严吟凤这个新媳妇，葛氏的日常生活有序多了。严吟凤专门让人做了一个托盘，托盘里用木条分开。大碗小碗在厨房盛好后端到床边或桌上。她侍候在一旁，不停地为婆母夹菜喂汤，一日三餐有吟凤陪伴在身边，婆母葛氏吃得特别开心。看病的事吟凤也全包了，婆母身体好时，吟凤就陪婆母去大港西街的医生家中就诊。病重不能起床时，吟凤就到西街，请医生上门到赵家为婆母看病配药。吟凤是个细心的姑娘，她虽然不懂医疗知识，但她是个有心人。她让丈夫赵声专门为她准备了一个笔记本子，每天，她都把婆母的病况记录下来。每当陪婆母到医疗诊所看病时，她就静静地候在一旁，认真地听，把医生讲的要点记录下来。这笔记本还真发挥了作用，有一次，医生在开药方时，突然忘记了上次开的一味草药的名字。吟凤听了，连忙翻开笔记本看了一下，赶快提醒医生。医生听了很惊讶。听说她为婆母专门准备了一个笔记本记录病情和用药，对着生病的葛氏竖起了大拇指夸赞不停："赵家媳妇了不起！了不起！"

煎中药对吟凤来说是个新活儿，为了把中药煎好，严吟凤连续三天去药房的煎药炉前学习，向煎药师傅学习中药熬制的技巧。有一次，赵蓉曾走到中药铺门前，店老板叫住他说："镜芙先生，你娶了个好媳妇！才个把月时间，她对煎药的技巧已经把握得很到位。汤药的浓淡，火候的大小，还有喝药时汤药的温度掌握，她不比我们铺里的煎药师傅手艺差！"

"过奖了！过奖了！"赵蓉曾嘴上谦逊地说着，心里乐呵呵的。他知道自从严吟凤这个媳妇到家后，对夫人的照顾无微不至。夫人的精神也明显好多了。赵蓉曾一边往东走，一边对店铺老板点头："谢谢你们配的好药！"

"好媳妇！好媳妇！"店铺老板连连夸赞。赵蓉曾听在心里，为赵家找了个这么懂事知理、勤快能干的媳妇高兴，也为妻子身边有个好媳妇侍候而感到欣慰。他在心里默默地祈祷，希望妻子早日康复。

严吟凤为赵家忙里忙外，既要照顾公婆，又要关心弟妹，赵声看在眼里，喜在心里，对新婚妻子充满了感激之情。夫妻俩相亲相爱，感情甚笃。赵蓉曾、葛氏看到小两口相敬如宾，打心眼里高兴。

一家人和谐地生活。由于严吟凤的"端茶"功夫深，对婆母精心照顾，葛氏的病渐渐地好转了。春天过去了。初夏时节，天气渐渐地暖起来。葛氏的咳嗽慢慢地趋向平缓，有时会下床到院子里活动个把小时。初夏，脱掉棉衣棉裤，穿上轻薄的裙子，人走起路来也轻松些。每当阳光灿烂的早晨，吟凤侍候公婆吃过早饭后，总会搀扶着婆母走出天香阁来到天井，赏一会儿花。看到婆母精神好，兴致高，吟凤就扶着婆母到东边广场的银杏树下散步，有时，从东街的这一头走到那一头。街上熟人见葛氏能出来走走，精神也明显好多了，很为葛氏高兴。都会拉着她的手说："媳妇孝顺！媳妇'端茶'端得好！冲喜还真能将病冲掉呢！"

葛氏是性格偏强的人，让人这样侍候着心里一直过意不去。但哮喘病咳嗽起来让人喘不过气，生活自理很难。她只能让媳妇侍候。天气渐渐暖起来，哮喘病逐渐好了起来，但体力不支。这些日子，她在媳妇吟凤的相伴下，每天出去走走，一来呼吸新鲜空气，二来练练体力，争取早日康复自理。她心里还惦记着赵家的一大堆事呢！学子们的膳食供应，子女们的培养教育，家里的家务事儿是看不出来的，但要是忙起来，忙一天都不知道干了些什么活儿。葛氏希望早日摆脱病魔，为丈夫分忧，也让自己的新媳妇歇上几天。

天气越来越热，葛氏的病情越来越往好的方向发展。交了大伏之后，葛氏已经能自理起床，并能一个人去街上走走。

赵蓉曾高兴，赵声和吟凤小夫妻俩高兴，一家人都喜气洋洋。

葛氏夫人是个闲不住的人。身体稍好，她便又开始忙里忙外。整整一个大伏天，她时常忙得满头大汗，赵声和吟凤心疼母亲，总是强行把她拉进屋子里，吟凤手疾眼快地到井边打上一盆凉水，拧湿毛巾，递到婆母跟前，让她擦擦。赵声从厨房里切来一盘西瓜，摆到母亲面前。全家人都劝她多歇歇，但是，葛氏往往洗把脸，吃两片西瓜，转眼，又去操持家务了。

夏天过去，秋天来了。在大港江边的芦苇滩上常常会看到一群一群的大雁，正在觅食。这是一群往南飞的大雁，路过大港江滩歇脚。一有闲暇，赵声和吟凤就会迎着江风站立在拾钵山上的竹亭里，眺望着从北方飞来的一群一群大雁。大雁一会儿呈人字形，一会儿呈一字形，天空中传来一片嘎嘎的鸣叫声。每当在这两人世界里，赵声都会情不自禁地拉着吟凤的手，深情地说："吟凤，我代母亲感激你！"

"说什么呀！"吟凤嗔怪地一笑说，"我是你媳妇！"

"全大港街上都知道，你吟凤到赵家来'端茶'，这茶端得好！"

"别说了！"吟凤朝赵声笑笑，"夫妻还客气啥！"

又是一阵雁鸣传到赵声和吟凤的耳畔。一字形的一群大雁正在从拾钵山上空飞过去。赵声抬头望着往南飞的大雁，心潮涌动：自己也想飞出去呀！外面的世界多精彩呀！去年，到镇江、扬州、淮安转了一圈，至今心里还风云激荡呢！现在娶了吟凤，家里多了一个好帮手。将来自己出去干些大事情，有吟凤在家照顾，也放心多了。想到这里，赵声用手指着正在往南飞翔的一群大雁对吟凤说："有一天，我也要像这天上的大雁一样往南飞，你支持我吗？"

"支持！"吟凤深情地望着赵声那黑里透红的帅气脸庞，语气很坚定。说完，也用手指朝雁群指了指说，"说不定有一天我也跟着你飞呢！"

赵声听了吟凤的话，心里暖烘烘的。他忍不住伸出双手，把吟凤抱在怀里，脸紧紧地贴着吟凤那热乎乎的脸，任凭着江上飘来的秋风吹拂着吟凤和自己发烫的脸颊，心中的一团火在熊熊燃烧。

就在赵家沉浸在葛氏病情好转的高兴之中时，发生了一件意外的事。

刚刚过完中秋节。一天下午，大约3点钟，上午还很晴朗的天空，突然变得阴沉沉的。江面上刮起了西北风，江涛一涌一涌，发出轰轰的浪涛声。大港西街上的老槐树、老榆树在秋风的吹拂下，一片片枯黄的树叶打着旋儿从树上飘落到地上。赵蓉曾正在学馆里领着学子们朗读《三字经》，琅琅的读书声传出窗外，传到大街上。

这时，门口传来急促的喊声："镜芙先生！镜芙先生！"

赵蓉曾停住朗读，静静地一听，是门口有人喊自己。赶紧丢下书本，让学生们自己朗读，然后几步跨出学馆的大门，急匆匆地朝大门口走去。赵蓉曾听门口喊自己的声音很急促，想是街坊邻居有什么急事要找自己。赵声、吟凤在房间里也听到了大门口的喊声，接着又听到天香阁学馆传出急切的脚步声。赵声循声一看，是父亲正在急匆匆地往大门口去。

赵声和吟凤也估摸有急事，两人也急切地跨出房门，紧随着父亲往大门口奔去。

刚到大门口，就看到东街上的一位街坊一脚跨进门槛，一脚还在门外。街坊见到赵蓉曾，急促地说："不好了！葛氏夫人在西街典当铺门口晕倒了！"

赵蓉曾问明了具体地点，径直往西街上飞跑过去。

赵声、吟凤急急地跟在赵蓉曾的身后。

二十、蘸泪祭母文

不到十分钟，赵蓉曾就和儿子、儿媳从东街跑到了西街，赶到典当铺门前。秋风吹着从树上掉落的枯叶在地上打着旋儿，典当铺门前冷冷清清，不见夫人的影子。赵蓉曾着急地走进典当铺。老板也是熟人，一见镜芙先生，赶紧走出柜台，急忙说："刚才夫人在铺里办质押手续。办完后，还喝了杯热茶，精神也挺好的。我把她送到门口，转身刚往回走了几步，就听到店铺门外传来'扑通'的一声响，接着是街上行人着急的嚷嚷声。我赶紧转身，一看是你夫人突然晕倒在地上。我一着急，赶紧喊了几个力气大的伙计，用一块门板把她送到医生家里去了。"

"哪家？"赵蓉曾着急地问。

"往西不远！"店铺老板手往西一指。

赵蓉曾赶紧谢了店铺老板，拉着赵声的手，三人急急地往西赶到医生家。

医生就是常给葛氏看病的那一位。刚走进门，就见医生从里屋走出来，摆摆手，示意大家安静些，然后声音很低地说："镜芙先生，夫人神志已经恢复了，没有大碍。但夫人得的是痨病，夏天咳嗽好些，但不等于康复了。体力疲乏，一劳累，就会复发，容易头晕。"

赵蓉曾、赵声、吟凤听医生一说，悬着的一颗心落了下来。

医生让伙计给赵蓉曾一家泡茶，说："你们在外面等会儿，让夫人安静养养神，半小时后，再扶她回家！"

三人听了医生的话，长长地松了一口气。

吟凤喝了一口茶，有些不解地问赵声："妈妈不是说到鸿溪河边散散心，怎么跑到西街典当铺来啦？"

"我也不知道！"赵声心中也有些纳闷。赵声是家里的长子，是个懂事的孩子。家务事多做一些，但做主的事儿他不多问，他听父亲的。吟凤问母亲到当铺的事，他也想不明白。赵声只是朝父亲瞅了瞅，但没有说话。

儿媳妇的问话，公公心里是有数的，但又不便说得直白。赵蓉曾接过儿媳的话茬儿说："你母亲是个大善人。嫁到赵家来时，赵家已经家道中落，但你母亲勤劳能吃苦，艰难地操持着家里的事儿。她待人宽厚，对人和善，连上门乞讨的人她也不高言高语，对家里的伙计用人她也和气相待。"

赵蓉曾说到这里，朝医生望望说："先生请先忙，我们一家人说说话，正好让夫人养一会儿神。"

医生招呼伙计续水，往里间走去。

赵声、吟凤都想知道母亲为啥去典当铺。于是，夫妻俩都用询问的目光望着父亲赵蓉曾。赵蓉曾想到夫人的慈善，泪水从眼眶里溢出来。他没有解释去典当铺的原因，而是情不自禁地夸赞起自己的妻子。

赵声的母亲是家中的独生女，被父母视为掌上明珠。但她从小就懂事。外公死在金陵后，母亲扶柩回到大港。母亲对外公尽哀尽礼，乡邻都赞不绝口。对自己的母亲也是十分孝敬。外婆年老多病，母亲总是伴随在外婆的左右，尽心竭力地照顾。外婆病逝后，母亲悲号孺慕，痛不欲生。母亲是一个大度的人。嫁到赵家之后，与公婆相处融洽。公婆生病期间，她像照顾自己的父母一样，细心地照料，洗衣、喂饭、煎药，她样样都抢着做。公婆去世时，她又和赵蓉曾一齐操办丧事，而且办得体体面面的。那几年家中不断出事。后来，赵声的伯伯也于第二年病逝，办丧葬所需的费用是母亲把自己的首饰拿到典当铺变现后凑上的。家中有困难，经济上不宽裕时，母亲总是悄悄地拿着自己的陪嫁首饰去典当铺。所以，典当铺的老板跟母亲很熟悉。这次，母亲晕倒在典当铺门前，还真亏了老板派伙计把母亲送到医生家里。

赵蓉曾叙述着，赵声、吟凤听得激动万分，更加敬佩、敬爱母亲，俩人的眼圈也红了。

这时，医生在里屋喊道："镜芙先生！进来吧！"

赵蓉曾、赵声和吟凤霍地一下站起来，径直往里屋走去。走到门口，见葛氏已经站在病床前，脸上虽然有些泛白，但白色中透出一丝惊讶："镜芙，伯先，吟儿，你们怎么来了？"

"夫人，你咋一个人到西街这么远的地方来了？"赵蓉曾走上前，拉住葛氏的手，仔细地端详着妻子的脸庞，嗔怪地说。

赵声和吟凤一左一右地站在母亲身边扶着。三人谢了医生和侍奉的伙计，扶着母亲回到了天香阁。

傍晚时分。

秋风越刮越紧。掌灯的时候，天空飘起了细雨。到了夜里，雨越下越大。雨点砸在窗檐的遮阳板上，发出滴滴答答的响声。一场秋雨一场凉。天气明显冷了。第二天，母亲躺在床上，发起了高烧，喉咙里发出一阵一阵"咕噜咕噜"声，有时还会急促地咳嗽。

第二天一早，赵声和吟凤赶到医生家，他俩把医生请到家里瞧病。医生把脉后，开了些退烧的中药，让赵声、吟凤好好地照料。从医生的话中，赵蓉曾和儿子媳妇都明白了。这个夏天，母亲病情好转后，没有好好地休息养病。夏天体力消耗大，天气一转凉，哮喘病又复发了。

母亲病了，一家人的心又悬了起来。吟凤更是脚前脚后地侍奉母亲。她心里一直后悔，不该让母亲一个人出去散步。但她想不到母亲一个人会悄悄地去典当铺把自己的首饰典当出去贴补家用。多好的婆母，吟凤在心里暗暗下决心，不管吃多大的苦，一定要把婆母照顾好。

大港地处长江边。冬天一到，江上的冷风吹过来，寒气逼人。赵声看到母亲的哮喘病一天比一天重。虽然经过一周治疗，高烧退了，但时不时还会发低烧，咳嗽也越来越剧烈。长期的咳嗽折磨着母亲越来越弱的身体，母亲的病随着天气的寒冷越发加重。最后终于卧床不起了，一家人都担起了心。吟凤与赵声商量之后，做出了一个决定，她住到婆母房里去，方便日夜照顾，让公公有更多的精力操持学馆。

吟凤顾不上世俗偏见，从客厅里搬来两张椅子一张机凳，简单拼成了一张窄窄的床。她找来一床旧棉胎，叠了三叠往椅子上一铺，睡上去倒挺软柔，就是太窄，睡觉不能翻身。婆母看到媳妇睡在窄窄的椅机上不便翻身，便招呼媳妇睡到大床上来。但媳妇只是说没事。其实吟凤不便解释，哪有媳妇睡到公公婆婆床上的，婆母从吟凤那泛红的脸上已经看出了吟凤的心思，心里很感激。她知道，让媳妇吟凤来房里照顾自己真的为难这媳妇了。这个媳妇过门来"端茶"端得真好。婆母一想到吟凤无微不至的侍奉，感动的泪水从眼眶里慢慢地渗出来。

婆母也是妈。在吟凤的眼里，葛氏就是自己的亲妈。夜里侍候婆母，常常睡不好觉。有时刚刚进入梦乡，婆母一阵剧烈的咳嗽就把吟凤从梦中吵醒。听到婆母的咳嗽声，吟凤总是条件反射地一跃坐起来，衣服也顾不上披，就从床头柜上拿些草纸给婆母擦痰。有时把纸托在婆母的嘴唇边，让婆母咳嗽吐痰。婆母有时光剧烈地咳嗽，痰吐不出来，吟凤急得团团转。有一天夜里，婆母一口痰咳不出喉咙，好像堵在气管处，一时气呼不上来。吟凤急了，急忙伏下身体，把嘴对着婆母的嘴，使劲地吸。吸了好一阵子，才把痰吸了出来。婆母一口气喘出来后，吟凤一阵恶心，赶紧跑出房间，来到天井里，把肚子里的东西"哗"的一声全吐出来。吟凤用水漱了漱口，又若无其事地回到房间。婆母望着吟凤明显苍白的脸，连忙关切地问："你怎么啦？是不是哪儿不舒服？"

"没事。"吟凤帮婆母把被子掖了掖，自己又睡到简易的椅机床上。

虽经一家人精心照料，但因天气寒冷，葛氏的病情越来越恶化。赵声看到母亲的身体一天不如一天，看到自己的妻子脸色也一天比一天憔悴，心里很难过。医生上门的次数越来越多。医生知道葛氏夫人哮喘伤了肺，加之天寒，又得了肺炎。肺炎没有特效药，医生也急得直搓手，直叹气。面对赵蓉曾、赵声、吟凤关于病情的询问，医生两手一摊，连连摇头："回天无力！回天无力呀！"

听到医生的话，赵蓉曾、赵声、吟凤心里刀绞似的疼痛。但心有不甘，都十分焦急地央求医生，盼望着葛氏能出现奇迹。

但葛氏在哮喘肺炎病魔的折磨下，身体变得越来越虚弱，就像一盏快耗尽的油灯，光亮越来越暗。尽管全家人悉心照顾，但终究未能将葛氏留住。葛氏走了，这年冬天，天香阁显得特别寒冷。葛氏离世的这天夜里，呼呼的西北风刮了一夜。早晨，天空泛黄，到处阴沉沉的。晌午时分，雪花鹅毛似的从天上飘下来，越飘越密。风还在刮，飞舞的雪花渐渐地把大地染白了。从天香阁扶栏处往东看去，大地白茫茫的一片，三棵高大的银杏树全白了。疼爱赵声的慈母走了。十分尊敬的慈母走了，赵声伏在母亲的灵床前号啕大哭，吟凤劝着赵声，心里也刀绞似的难过。

赵蓉曾把伤心的泪水全咽进肚子里，他是家里的主心骨，他要张罗着葛氏的丧事，只是嘴里不停地喃喃自语："丢了老夫和娇儿去了！丢了老夫和娇儿去了！"

窗外，大地银装素裹。赵蓉曾独自一人凭窗远眺，伤心欲绝，泪流满面。葛氏走了，亲朋好友、左邻右舍中受过其恩惠的人，在葛氏的灵床前伤心得痛不欲生。即使邻里一些被葛氏看不上的人，也来到灵柩前磕头作揖，流泪不止。天香阁灵堂里哭声一片，其情其景十分动人。

寒冷的冬夜，守在母亲灵前的赵声，含泪写着祭母文，母亲的形象在赵声的眼前浮现：母亲在家孝敬父母，到了赵家，勤奋吃苦，艰难地操持着家务。母亲宽厚待人，和谐处事，爷爷奶奶去世，全是母亲操办丧事。伯伯病逝，赵家无钱治丧，又是母亲拿着自己的陪嫁去了典当铺。左邻右舍谁家有难，母亲都设法助力。来天香阁读书的孩子，母亲就是这些学子的老妈子。母亲自己生活马虎，衣不讲究，粗茶淡饭，常因家计窘迫，苦心谋划，终至心力交瘁。母亲这病……

赵声不能忘记母亲临终前发生的几件事。吟凤端汤药给母亲喝时，母亲总是问这汤药贵不贵，听说不贵，她才喝下去。最难忘的是母亲临终时对吟凤说："媳妇，连累你了！我这时走了，家中正无钱用，你跟赵声说，丧事要节省，不能铺张。"母亲还断断续续地让吟凤提醒赵声，性子要平和，不要急躁，要好好地照顾弟弟妹妹……

赵声想到这里，泪水忍不住从眼眶里溢出来，他铺开纸页，拿起毛笔，流着长泪，写下了动情的《祭母文》。

岁次辛丑冬十月癸巳朔，越十日壬寅不孝声、磬、馨等谨以瓣香束帛清酌庶馐之仪，哭奠于吾母之灵曰：

吾母之既死，岂遂不可以复生耶？去年今日，乃吾母弃不孝等而长逝之时，今年今日，又为吾母临出殡之期。去年泣别吾母，不复见我母，而只见棺木，今日以后，虽棺木亦不得见矣，呜呼痛哉！吾母之孝谨和厚，固宜享大年，见不孝等成立以少慰期望之心，而乃祸生顷刻，竟罹产厄，令不孝等百身莫赎，何其惨哉！天道无知，不亦太甚哉！然吾母虽死，而邻里间称道吾母之德者益不衰，斯亦吾母所可略慰者矣。不孝等昏悖无知，语无伦次，敢即闻见所及者，一略陈之。

吾母幼时，外祖母无他子，家又素封，视吾母如掌珍，而吾母以稚龄即知先意承志，以博外祖父母欢。未几，外祖父卒金陵，吾母扶榇归，尽哀尽礼。吾母未归之时，我家业已中落，我大父母因外家之富也，又知吾母之素爱于外祖父母也，颇忧之。而吾母能勤苦，尽妇职，大非意料所能及，故俄而复以孝称。吾母尝言初来我家也，我大母见吾母起稍迟，辄卧不安席，曰：新妇得无病耶？是可见吾大母之慈，亦吾母孝可知耳。后我大父母相继得久病，吾母助吾父尝汤药不解带者至月余。后我大母大父相继终，我伯父亦于次年卒，迭遭大故，丧葬之资良乏，皆吾母搜环珥以补苴之，所居宅复倾倒，亦吾母助吾父力完之。

吾母好周人之急，虽家本拮据，凡有称贷，情可怜者，莫不葡匋以救。故吾母之死也，素被其患者，几至痛不欲生，即邻里中素为吾母所不齿之人，亦莫不流泪，盖感人深矣。吾母最好人读书，受业吾父门有贫者，抚之如己子然。然卒以好人读书，因堂兄业贾事，与伯母不和，小人间之，致相龃龉，虽后复如初，而吾母以为终身之恨事。于临逝之辰，犹对不孝声妇曰：我一生只此一桩错事。噫，吾母之心，必有谅之者。

吾母之待亲族，老必扶持之，病必药饵之，有三奶奶者，立服外亲也，独而瞽，吾母迎养焉，有忽之者，吾母怒形于色。观此，余概见矣。

吾母因孝于姑，而未能久养也，吾大母之妹老无子，吾母敬之与敬大母同，一年中必有半年在我家，乐吾母之敬也。吾外祖母虽有承桃之子若孙，然不能一日离吾母，吾外祖母年老多病，吾母事之，真可谓竭力焉。外祖母之终也，年七十九，吾母悲号孺慕，犹恸不欲生。鸣呼痛哉。吾母有以报外祖母，而不孝等无以报吾母。鸣呼痛哉！

　　吾母之于人，虽气焉不以严厉色加之，虽仆隶必以和气待之。先是我家有逃仆名李贵，既乃感吾母之贤，而不复去，且忠勤异寻常，一时有义仆之目，吾母之感人为何如。又吾母主持家政二十余年，所用之女帮工三易人而已，然非死痛即有他故，非不和而去也，吾母之宽厚又何如。吾母待人宽厚，而自奉之薄，则非不孝等所忍言，衣必垢敝，食必粗粝，荣卫之不滋久矣，又加以家计窘迫，经理维艰，心力交瘁焉，鸣呼痛哉！吾母于临危之时，犹问不孝等以药资几何，答以无多，乃饮之，鸣呼痛哉！又言吾此时死，家中正无钱用，须从省，吾母之劳心家计甚矣，鸣呼痛哉！

　　吾母之教不孝等莫非义方，因不孝声之天资略故钟爱特甚，不孝磬天资鲁钝，又不力读，吾母每垂涕泣而道之，而今而后，不孝等欲闻吾母之训不可复得矣。不孝声敢不自勉以勉弟，不孝磬敢不与不孝馨敬承父训，用心读书哉。不孝声性情暴戾，吾母每训以和平，于临危之时，犹执不孝声手，若有所嘱者，然卒不言，得无令不孝声之不得以疾色待诸弟妹乎，不孝声知戒矣。吾母之望不孝声，可谓至奢，而不孝声卒无一事可以慰吾母，义属变生仓促，侍奉之心不能少尽，既当其变，又不能代我母之死，吾母既死，又为饥驱以游远方，不得守苦块。既不能守苦块，又不能择一高燥地以安葬吾母，而妥吾母之灵，以至暂厝荒山，雪虐风饕，岂我母所能受，不孝声之罪可胜诛哉。无以为子，无以为人，啜其泣矣，嗟何及矣，今因大举之期，即在明日，恭奉父命，灵奠一觞，吾母之灵，来格来飨。

长长的，饱含深情的《祭母文》一口气写了近两千字。每张纸页上都被泪水洇湿了。

大港办丧事的习俗有大殓、小殓之别。赵声是家中长子。父亲把赵声和吟凤叫到跟前商量，大家意见一致，按葛氏临终遗言，办小殓。就是小殓，赵蓉曾手头也挺紧，只是不好意思当着儿媳的面说出真情。赵蓉曾想起夫人的临终遗言，潸然泪下，无比痛楚，不停自责：这家怎么成了这等模样，连夫人的安葬都难以为继。

在整理夫人衣物时，他想起夫人的陪嫁妆奁。他在心里暗自向夫人致歉："夫人，很是对不起，为夫袋中无钱，只能动用你的陪嫁了。夫人，你谅解我呀。"

谁知赵蓉曾轻轻把夫人的箱子打开后，一直翻到箱底，也没有翻到半点陪嫁妆奁，倒是一沓发黄的纸张用红头绳扎着。赵蓉曾细心地把红头绳解开，发现是一张张典当铺的质票。他拿起质票仔细看日期，心中恍然大悟，原来，夫人这些年来为贴补家用，早就把陪嫁妆奁一点一点典光了，要不，这个家早就撑不住了，要不，这个天香阁学馆早就关门歇学了，那些家里贫困的学生早就不能上学、读书、吃饭了。难怪这次晕倒在典当铺的西街上，葛氏夫人是瞒着家人又去典当自己的首饰去了。夫人呕心沥血操持这个家，自己竟浑然不知。赵蓉曾捧着那沓质票，呆呆地站立在那里，泪水一滴一滴地掉到地上。好久好久，连赵声站到他身后都没有感觉。

赵声见父亲呆呆地望着手中一沓纸页，轻声地问："爸爸，你在看什么？"

赵蓉曾把手中的一沓质票递到赵声手中，动情地说："儿呀，你看，你妈为你们，为这个家，为天香阁，早就把她的老本都贴光了。"

赵声接过质票，一张张地翻看着，仿佛又一次看到了母亲对自己、对家庭、对天香阁的孩子的呵护、操劳。赵声泪流满面地自责："爸爸！都怪儿没出息！"

正在这时，大港乡绅赵玉汝走进家来，一边往天香阁楼上走，一边喊道："镜芙先生在家吗？"

"哎呀！怎么惊动您老人家！"赵蓉曾一见是乡绅赵玉汝，赶紧迎上去打招呼。

赵玉汝十分伤感惋惜葛氏的早逝，诚恳地掏出一个小兜递到赵蓉曾手上说："我佩服先生和夫人为乡里辛劳，这五十金聊表心意，供治丧用吧！"

赵蓉曾连忙推过去，真诚地说："先生亲临，不胜感激！这五十金使不得！使不得！"

谁知赵玉汝没容赵蓉曾多说，放下钱就走了。

赵蓉曾很是着急，招呼赵声赶快将钱送回去。赵声知道父亲的为人。他知道父亲绝不会收这钱的。于是，接过钱，三步并作两步追到赵玉汝家退回钱，并再三感谢。

赵玉汝望着赵声的背影，连连摇头，这儿子也跟老子一样的秉性。

赵声在回家的路上，心中直翻腾："家中我是长子。我已经是结婚成家的人！我要为家为父亲分忧！我要走出大港谋生，替父亲挑起家庭的担子。"

二十一、赴金陵授馆

母亲匆匆地走了。

赵声对母亲的思念全凝聚在《祭母文》中。母亲，是赵声心中最崇敬的伟大女性！无论赵声走到家中的天井里，天香阁楼上，还是厨房里，水井旁，仿佛母亲都跟随在身边。赵声想起父亲从母亲箱底找出来的一沓质票。那沓质票从父亲的手里递到自己的手中，每张质票都像是变魔术似的，变成了一副一副亮光耀眼的金银首饰。母亲嫁到赵家时，带来了不少陪嫁妆奁。但母亲嫁到赵家，赵家已经家道中落，只有天香阁学馆在大港、在镇江的东乡一带还有名气。可天香阁学馆也只是名气而已，收益甚微。名气不能当饭。每当赵家要用钱时，母亲总会在关键时刻拿出一笔钱来。父亲老实厚道，也知道母亲娘家富裕，以为母亲嫁过来时带来了不少私房钱。其实，母亲看到家中要用钱时，看到邻里有困难时，都是悄悄地拿着首饰到典当铺去质押，关键时刻给家里，给邻里雪中送炭。母亲的伟大在于她悄悄地去做，从不声张。她不求别人的赞誉，不求任何回报。而她自己一向粗茶淡饭，粗布衣服，给人一种朴实的妇人形象。直到葛氏离开了人世，才发现了这么多的质票。父亲赵蓉曾当着儿子赵声的面，手捧着那沓质票流泪了。赵声接过那沓质票，眼泪也止不住地流出来。

赵声现在才知道，母亲在赵家的这二十多年的日子，帮助父亲操持这个家是多么的不容易。她就像一支始终点燃的蜡烛，默默地燃烧着，直到把自己燃尽，而把所有光亮留在了赵家的角角落落，留在了乡邻亲朋的心中。赵声后悔了，自己从小练武学文，受到了母亲的特别关爱，心中一直有一种优越感，总觉得自己是大港鸿溪河畔最幸福的孩子。自己见到的母亲总是一脸的微笑，总是充满欢乐，怎么也不会想到母亲在赵家也是巧妇难为无米之炊。母亲经常会为钱暗暗地发愁，实在想不出解决的办法时，就会悄悄地把陪嫁妆奁一件一件地取出到典当铺当了，贴补家用。母亲去世后，那沓质票始终在赵声的眼前浮现。赵声想到了家里的两个弟弟，一个妹妹；想到了一脸慈祥的父亲赵蓉曾这位大家尊敬的镜芙先生；想到家中这么一大摊子，担子不轻呀！这重重的担子全压到父亲的肩上。真是难为自己亲爱的父亲了。自己也二十岁了，也结婚成家了，自己应该尽责任了。这个肩膀应该和父亲共同挑起赵家这副担子。赵声暗暗地下决心，走出大港，走出镇江，到外面的世界去闯荡。他决心去外面打工，挣钱为父亲分忧，和父亲一起把赵家这副重担挑起来。只有这样，才能真正地对得起母亲，才能对得起母亲箱底留下的那沓令人伤心不已的质票。

赵声把自己心中的想法跟父亲一说，父亲沉默了。赵蓉曾知道赵声母亲刚离世不久，赵声这大儿子又要出去挣钱。赵声多懂事呀！但赵声丢下媳妇怎么办？媳妇是在赵家最艰难的时刻嫁到赵家"端茶"的。她吃尽了苦，虽然没有留住葛氏，但严吟凤那颗心像金子一样发光，受到乡邻亲朋一致夸赞。现在妻子去了，赵声、严吟凤小两口也该过几天安稳日子，但家中窘迫，手头吃紧，大儿子这么懂事不让自己一个人扛赵家的担子。赵声要为赵家分忧，怎么办呀？赵声看到父亲沉默，他也猜到了父亲矛盾的心理。

赵声亲自给父亲倒上一杯热茶，递到他手上，亲切地叫了一声："爸！我今年几岁啦？"

"二十呗！"赵蓉曾用纳闷的目光瞅了赵声一眼。

"实岁还是虚岁呀？"赵声明知故问。

"你二十虚岁娶吟凤。今年应该是实岁！"赵蓉曾不知赵声什么意思，只好应答。

"多大岁数成人？"赵声笑笑。

"结婚算大人！十八岁算成人！"赵蓉曾已经听明白了儿子的话中之意。他不说破，继续与儿子对话。

"我既已成人，又是大人，我应该为家里分忧！"说到这里，赵声从桌子上拎起竹壳水瓶，打开瓶塞，一股腾腾的热气从热水瓶里袅袅上升。赵声给父亲的茶杯里续了些水说："爸！相信你儿子，一定会谋到差事，一定会挣钱为家里分忧。"

父亲站起身，端起茶杯轻轻地呷了一口，脸上露出了笑容："我相信你！也放心你外出闯荡，只是……"

赵蓉曾深情地望着儿子那张过早成熟、充满英气的脸。

赵声明白父亲是担心自己的妻子严吟凤，赶紧接上话茬："父亲，你是知道吟凤的。你家的大媳妇绝对有妈妈的品德，她知道赵家的底子，她也是一位深明事理的女子。这样吧。只要你同意我外出谋差，吟凤那边我来说。"

"好！"赵蓉曾把茶杯往桌子上一放，脸上带着笑容，"我同意，不光是为了家庭分忧。好男儿志在四方，还要为国分忧。但我有个条件，你必须征得吟凤同意。吟凤嫁到我们赵家，没有享过一天清福。现在家里刚刚安稳下来，你们小夫妻俩才团聚不久，我不忍心让吟凤还是一个人……"

"爸！你说到哪里去了。吟凤服侍母亲，搬过去陪母亲，这是她孝顺母亲，也是我孝顺母亲。这是我们小两口应该做的。"说到这里，赵声有些不好意思，害羞地笑了笑，转了个话题，"爸，我请你帮个忙。"

"做啥？"赵蓉曾望着赵声有些红润的脸庞说。

"你南京有朋友，托他们帮我在南京找份差事。"赵声恳求地说。

"行啊！"赵蓉曾点点头。

赵声转身要走开。刚走了两步，又踅回来说："我也托朋友帮忙。"赵声是个懂事理的孩子。他自己也在托人帮忙在南京找差事。

晚上。

没有星星，没有月亮。窗外的天空黑洞洞的。房间里点着一盏铜盘油灯，灯芯不时炸出微弱的响声。外面天黑，屋里显得特别的亮堂。

赵声和吟凤静静地坐在床边。吃晚饭时赵声就跟吟凤打了招呼，晚上有事要跟她商量。赵声没有说商量什么事，吟凤心里琢磨了老半天，居然猜了个八九不离十。母亲去世后，赵声的睡眠特别不好，没有睡过一个安稳觉。他想念自己的母亲。母亲葛氏心胸太开阔了，精神太伟大了，吟凤是一个媳妇，来赵家"端茶"也不到一年，但婆母的形象深深地印在她的脑海里，她也是思念婆母吃不好睡不好。这刻，吟凤静静地坐在床边，静静地等着赵声……

夜晚的镇子静悄悄的。不时会从江边吹来一阵阵的寒风，透过窗隙渗进房间里。房间里冷飕飕的。吟凤深情地望着赵声，示意他说话。谁知赵声好像突然想起什么事儿似的，忽地从床边站起来说："吟凤，你等会儿，我去去就来。"

吟凤有点费解，说好今晚有事商量的，怎么吞吞吐吐的老不说话。这刻倒好，这么晚了，还有什么急事去办。吟凤理解赵声，知道赵声脑子里装的东西多，她轻轻地点了点头。待赵声往房门外走时，她也站立起来，走到橱柜旁，打开门，拿出一件袖子破了的赵声的衣服，坐到床边一针一线地补起来。灯花闪亮，吟凤的眼眶里闪烁着泪花。她心里知道，赵家这些年外面风光，骨子里日子过得挺艰难。要不是婆母把全部陪嫁妆奁典当抵押，这赵家的日子还真过不下去。看看手里丈夫的这件外套，袖子上已经补了三四块补丁了。家里现在日子更艰难了，只有公公一个人开学馆挣钱。公公这个人是大港集镇周边几十里出了名的善人。学馆不少穷人家的孩子学费会免掉，有的穷人家孩子甚至连吃饭费用都免了。学馆的收益入不敷出。钱，对于赵家来说太重要了。吟凤心里暗暗地想，赵声是赵家的长子，又是一个明事理知孝顺的青年人，这刻他说和我商量事，肯定是为了这个家，他有了自己的打算。估计是外出谋差事，要不跟我商量什么呢。

赵声走出房间门，径直往母亲灵堂走去。赵声在母亲遗像前的烛台上点燃了两支蜡烛。蜡烛的火舌红彤彤的，不停地往上蹿，透出红红的光亮，把母亲的遗像也映红了。看到遗像上母亲那红润富态的脸庞，赵声眼睛湿润了，泪水从眼眶里流出来。他从桌上拿起三炷香，在蜡烛上点燃后，插进香炉里。袅袅的烟雾带着浓浓的香气弥漫着整个灵堂，又飘向屋外。赵声双手合十，向母亲深深地鞠了三个躬，低声说："母亲，儿不孝，实因家道维艰，不得不离家谋事补贴家用，望母亲见谅。"赵声是一个孝子，刚才正要与吟凤商量去宁谋事的事儿，突然想到了母亲，父亲同意，母亲那里也得打个招呼。从灵堂出来，赵声快步回到房间。

油灯灯芯闪亮。吟凤坐在床边上，聚精会神地一针一线给赵声缝外套。赵声见吟凤那专注的样子，心里一酸，这吟凤跟自己的母亲多像啊！真是不是一家人，不进一家门。说好了商量事儿，临时出去，吟凤也不问问什么事。赵声心怀歉意。他往床边一坐，又往吟凤身边挪了挪说："你怎么不问问我去哪儿！"

"你去哪儿我都放心。没有必要问呀！"吟凤一边忙着补衣袖，一边抬起头望了赵声一眼说。

"告诉你，我刚才去母亲灵堂了。"赵声低沉的声音中充满了对母亲的深情。

"给母亲叩头！咋不叫上我呢？"吟凤一边缝衣袖，一边嗔怪地说。

"我去与母亲商量一件事。"

"你不是说与我商量事的吗？"

"对呀！"

"那怎么老不说呢！"

"我得先告诉母亲。跟母亲打个招呼。"

"你不说，我也知道你要商量什么事。"

"什么事？"

"你想离家赴外地谋事。"

"你怎么猜到的？"

"知夫莫如妻！你的心思我还不知道！"

"吟凤……"

"不要说了，你是孝顺的长子，家里有难处，公公担子重，你是想赴外地谋事，给家中分忧对不对？"

"可是我……"

"你开不了口!"

"知夫莫如妻!吟凤,自从你嫁到赵家,就没有过上一天好日子。踏进赵家门,让你受苦了。母亲走了,我要出去,又要让你吃苦,心里过意不去。"赵声说到这里,声音更加低沉,目光中透出无限的深情。

严吟凤仍低头忙着手中的针线活,淡淡地说:"赵声,看你说的,什么受苦不受苦,我不是好好的嘛!"

"特别是我妈病后,更是让你里里外外受累了。我这一走,家里两个弟弟一个妹妹年纪还小,学馆就父亲一人撑着,你肩上的担子不轻呀!我不忍心!"赵声发自内心地说。

"一家人怎么说两家话。"严吟凤在衣袖上轻轻地打了个结,用牙齿咬断线头说:"这不是应该的吗?妈妈是你家的长辈,对自家的长辈,不是也照顾得无微不至吗?我跟婆母比,差了一大截呢!"

"我是说光'端茶'就让你受够了苦,现在我一走,你肩上的担子……"赵声的话语被吟凤打断:"你出去谋差不也是为家里挑担子吗?放心!千斤的担子夫妻挑!大家挑!怎么挑,也没有婆母在世时肩上的担子重呀!"严吟凤诚挚地一句句说着,话语中充满了对婆母的崇拜和敬佩。

赵声没想到妻子如此推心置腹地说着她进赵家后的种种感受,尤其是对自己的母亲是那么敬爱。赵声深为感动地听着。

严吟凤又穿了一根线,把油灯灯芯拨了拨说:"婆母给我们做了样子,我们也要像妈妈一样做人、对待上人、对待长辈。"说到这里,吟凤拿起赵声的外套,找到要补的另一只袖口,一边缝一边望着赵声的脸庞:"赵声!我很佩服婆母,不声不响地把娘家陪嫁奁奁拿去典当了。为了赵家,她什么都舍得!我有什么舍不得?赵声,你放心地去宁谋事吧,我舍得,家里有我!"

赵声望着吟凤那自信的脸庞,悬着的一颗心放了下来。被严吟凤一番真心话打动,有如此理解他和他家庭的妻子,有这么识大体操持家庭做人做事的主妇,他从内心觉得这是自己的福分啊!赵声望着严吟凤那浮着笑意的脸庞,忍不住内心的冲动,把脸侧过去,迅速地在吟凤的脸颊上吻了一下说:"让你受苦受累了!"

"应该的!"吟凤被赵声突然一吻,心里激动不已,脸颊上发烧发热。她停下手中的针线活,深深地吸了一口气说:"怎么受苦受累也比不上婆母!真的,读了你写的《祭母文》,我真被婆母的善良宽厚感动了。我学到了很多,晓得怎么做人、做媳妇。"

赵声连连点头对吟凤说："你这么理解我，我就放心了！"

"放心！永远理解你！"吟凤说着又操起针线缝补起衣服来。

赵声站起身，朝吟凤深深地鞠了一躬："吟凤，我去金陵后，家中就靠你了，父亲就靠你了，弟弟妹妹都靠你了！"

吟凤放下手中的针线和外套，站起身，面对着赵声。那张涨红了的脸在油灯光亮的映衬下泛起红晕，自信地说："我会像婆母那样把赵家打理好！"

赵声点点头。

吟凤深情中颇有几分豪气："赵声，找到差事你就去吧！好男儿志在四方！家中有我严吟凤。"

赵声为妻子的话语所感动，不由得拱手道："多谢夫人！多谢夫人！"

吟凤把针线和外套收了起来，走到床边理好被子说："赵声，时间不早了！"

"哎！"赵声应答道轻轻地关上房门，走到油灯边，深情地望了一眼妻子吟凤，一口气吹灭了油灯。

房间里黑洞洞的一片。窗外，夜鸟偶尔从树林中惊飞出来，留下几声叽叽叽的鸣叫。

月亮不知什么时候爬上来，挂在天香阁东边广场的银杏树梢上，泻下了一片银色的光亮。房间里也慢慢地映出亮光，到处朦朦胧胧的一片。

二十二、思父返大港

进入腊月。

大港的年味渐渐地浓起来。赵声忙于给乡邻写春联。天井里，专门摆了一张长条桌，笔墨摆放在桌子的右上角。要写对联的自带红纸，排队等候。赵声挥笔自如，乡邻们赞不绝口。突然，人群中，一位中年妇人越过排队的乡亲，走到赵声面前，说："小先生，先给我写两副春联。我要回家忙午饭，南京一个亲戚回来。噢，你爸托他找工作的事有眉目了。春节就可以赴宁任教。"

听此消息，赵声心里很高兴，差事有着落了。他兴奋地挥毫，一直写到太阳照在头顶上，乡邻才都兴高采烈地散去。赵声把姓许的朋友推荐赴宁任教的消息告诉了爸爸，告诉了妻子吟凤，也告诉了弟弟，还有小妹妹。

赵声这年没过好，全家这年也没有过好。正月初七，赵声打起行装，专门去母亲遗像前叩了三个响头，与父亲、妻子还有弟弟赵磐、赵馨，小妹赵芬道别，为省盘缠，乘便船去镇江，又换乘小火轮到达南京。

赵声在小火轮的颠簸、摇晃中一夜未眠，下船后，仍精神抖擞地乘坐人力车到达推荐他来宁授馆的许君家。

路上走得很顺利。赵声到宁第二天，也就是正月初九收到主家柬帖，定于正月十二开学。主家第二天与赵声会面。请赵声授馆的主家为沈韵锵，字笈丽，江苏候补县。赵声对这位候补县的第一印象是，其人神气颇为充足。赵声感觉，这位候补县一旦上任神气会更为充足。正月十二日上午，赵声准时来到沈韵锵家，沈氏客气地以肩舆来迎，颇为隆重。

进馆就读的是沈韵锵的两个儿子，一个十四岁，一个十二岁，还有一个沈氏的孙子，年十三岁，孙子年纪在两个儿子之间。儿孙同读，赵声觉得很有趣。另外，还有一位女弟子，八岁，是沈家的幼女。沈家是儿女、孙、叔侄同馆听赵声授课。书房很窄，环境也不好，赵声感到很压抑。但想到"为衣食谋，为生活迫，为家庭想"，即使闷坐难忍，也这么坚持、忍受着。

赴宁授馆第一天就心情压抑。虽然当晚有山西李君、渐湖诸君好友摆席畅饮，但短暂的欢乐难以打消赵声心中的苦闷。席散之后，赵声闷坐斋中，愈感压抑、孤独。孤独之中思乡之情油然而生。母亲那慈祥的笑容，父亲那和蔼的话语，妻子那深情的目光，弟妹间天真无邪的嬉笑，还有天香阁里那琅琅的读书声，不时在眼前呈现，在耳畔萦绕。天香阁东边广场上高大的银杏树，枝繁叶茂；鸿溪河的流水清亮如镜；洗钵桥在晚霞映照下将美丽的倩影倒映在鸿溪河水面上，像一幅绚丽多彩的山水画。赵声思乡之情越来越浓，泪水止不住从眼眶中缓缓流出，在火热的脸腮上流淌。赵声感到不可思议，自己连头夹尾离开大港才五日。到了南京，找到了一份授馆的工作，已有了栖身之所，这本应该是高兴的事，但为什么高兴不起来呢！离家几日，仿佛过了数年，怎么有度日如年的感觉。授馆才半天，这感觉真有些奇怪，仿佛度过了一段漫长岁月似的。赵声坐卧不安，欲哭不能。赵声自问，我这是怎么了，怎么变得这么脆弱？

　　其实，这就是想家。远在宁地的赵声想母亲、想妻子、想弟妹，更想念为家操劳的父亲。赵声眼前出现了父亲那慈祥的脸庞，那始终炯炯有神的眼睛，父亲那长长的胡须和已经斑白的两鬓。赵声一愣，父亲老了，父亲今年应该有五十岁了。赵声皱起了眉头，在心中认真地推算，拼命地记忆。他想起来了，今年父亲应该是虚五十岁了。记得父亲的生日是在正月落灯以后的几天。东乡一带的风俗是生日做虚不做实。再过十天左右应该是父亲的五十大寿。母亲去世了，父亲孤单单的一人。自己作为长子，应该在父亲五十大寿的日子陪伴在父亲的身边。这才是孝顺。一个人不孝父母，何谈为国分忧。想到乡下的一句俗话，父母在，不远游，赵声流下了难过的眼泪。但家道中落，经济上十分艰难，作为长子不出来谋差贴补家用，守在家里又能怎么办？赵声的心里矛盾极了。思乡的痛楚让他不能自持。五十大寿更不能让父亲孤零零地度过。他决定在父亲五十大寿的日子回大港，哪怕陪伴在父亲身边一天也要回去。思乡之情不时袭上赵声的心头，尽管到南京第三天便给家中寄书信一封，由邮政局王景周处转递回大港。但赵声心里仍放不下。他掰着指头算算，落灯之后就返家，一定要赶上父亲五十大寿。

　　夜很深了。赵声睡不着觉，思乡之情在心头痛楚地缭绕。第一天授馆，心绪不好，又思乡恋家。他来到书桌前，在微弱的蜡烛光亮下，提起笔，眼泪潸然而下。赵声和着泪水将授馆第一天的心绪、感受、思乡之情化作五言古诗一首：

　　　　坠地二十年，未尝离父母。

　　　　我母忽已亡，幽明路相左。

唯有椿庭荫，如在春风坐。
滕下日依依，承欢强笑多。
胡为衣食谋，来馆金陵城。
去家虽不远，不闻父唤声。
朝朝牵灵帷，低声唤母亲。
母亲虽已死，儿心以为生。
今则数百里，高呼不得闻。
二弟年尚幼，未能谈诗文。
父寂无人破，念我倍伤神。
弱妹才五岁，相依阿姊边。
慎勿多啼哭，父心益恻伤。
临行唤哥哥，寄我双洋刀。
不日便归来，观尔双手操。
离家才数日，不啻有数年。
入馆才半日，闷闷如数天。
坐卧不能定，执笔泪潸然。
欲哭不可哭，聊写诗一篇。

写完这首诗，赵声从椅子上站立起来，目光盯着墨迹未干行如流水般的草书，心潮激荡地轻声朗读了一遍，这才满意地搁下毛笔。

上床后，赵声更加思念家乡，思念亲人，不能入睡。他躺在床上不停地翻烧饼。家乡的拾钵山，拾钵山上的竹亭；家乡的鸿溪河，河上的洗钵桥；家乡的银杏树，树上的喜鹊窝……家乡的美丽景象似走马灯在脑海里浮动。直到远处传来了一阵阵雄鸡报晓的声音，赵声才迷迷糊糊地睡着了。

夜风呼呼地吹着木格窗户发出"咯噔""咯噔"的响声，响声伴着赵声均匀的鼾声一直响到天明。

天大亮了。没有太阳，天空灰蒙蒙的一片。

赵声开始了第二个授课日的备课。授馆是项单调枯燥的事儿。赵声是个能文能武的青年。他武通拳术，文能吟诗作文，而且文采飞扬，书法也很有功底，独树一帜。让他整天和这些孩子在一起，真是屈才了。赵声闲不住，他经常代朋友作文。授馆开学后几天，他代友人撰写或润饰了好几篇文章。初作《代作学政观风文》一篇，一日午后，又作《代作江防扼要》一篇送至友人处，当晚，又代作

《以雅以难解》一篇，过一日为七古《灯下代为少加润饰》。赵声边授馆，边读书，边作文，整天忙碌着，烦躁的心绪反而平和些。但稍有空闲，赵声还是被思乡之情缠绕着，盘算回乡几天，陪伴父亲度过五十大寿日。

在南京的第十一天，赵声开始收拾书箱。第二天，即正月十九日决定返回大港。

正月十八这天，天气晴朗，蓝蓝的天空飘着朵朵白云。赵声跟主家沈韵锵请了五天假。晚上，赵声早早睡下，但躺在床上怎么也不能入睡。到了九点十点钟光景，一轮圆月从东山顶上爬出来，银色的月光洒满大地。明亮的月光透进房间，房里像蒙上了一层纱巾，朦朦胧胧的。赵声仍然躺在床上辗转反侧。来南京时在小轮船上睡不着，那是因为小轮船上轮机的突突声；现在月光似水，大地一片寂静，赵声也不能入睡。他的眼前朦朦胧胧的月色中仿佛走来了父亲、妻子、大弟、二弟、小妹，一个个似乎都在朝赵声微笑。赵声突然想起了唐朝著名诗人李白的《静夜思》：

床前明月光，
疑是地上霜。
举头望明月，
低头思故乡。

赵声轻声地吟诵着，此情此景让赵声对这首古诗的意境佩服得五体投地。赵声的绵绵思绪完全进入《静夜思》的意境中。他在"床前明月光，疑是地上霜"的特定情景中更增添"举头望明月，低头思故乡"的情思。

睡不着，索性不睡。

月亮西沉，赵声早早地起床，匆匆地离开学馆，大步向下关码头走去。赵声走过几条街，他看到了江南陆师学堂的大门。朋友多次说到这所学堂。赵声做梦都想进这所学堂学军事，将来报效祖国。来到江南陆师学堂不远处，赵声停下脚步，把书箱往电线杆上一靠，朝江南陆师学堂大门口走了几步。朦胧的月色下，大门上方"江南陆师学堂"这六个大字显得十分醒目。赵声默默地行了注目礼。赵声明白，家事国事都是大事，但没有国，哪有家。这次回大港把父亲大人的五十大寿办好，几天后即返回。他心中的报国梦还没实现呢！他要梦想成真，哪怕献出自己的生命也在所不辞。

赵声依依不舍地离开陆师学堂大门口的马路，拎起书箱，残月映照下的朦胧大马路上，留下了一串坚定而有力的脚步声。他转过几条马路来到下关码头。

赵声连夜坐上小轮船回到镇江城。下船之后，马路上已是路灯齐亮。赵声拎着箱子，沿街找了几家旅社，一问价格都挺贵的。赵声舍不得住宿的费用，想想这次回家为父亲祝寿，总得花些钱。自己出来谋差，还未赚到钱。赵声看满街灯光，想想也就是一宿，熬上一夜，年轻人顶得住。于是，拎着箱子就近回到轮船码头的候船室，在一张木条椅子上坐下来，背靠着椅背，慢慢地进入了梦乡。睡到半夜，被江上的汽笛声惊醒。他揉了揉眼睛，伸了一个懒腰，长长地呼了一口气，拎起箱子往候船室外走去。赵声准备赶早出城，走旱路回大港。谁知走到东门城楼下，到处静静的，城门紧闭。一会儿听到更梆声，才知刚敲了三鼓。赵声知道走得早了，只好坐在城门官厅檐下等天亮开门。天空没有星星，没有月亮，到处黑洞洞的。不一会儿，突然风雨交加，寒意阵阵袭来。赵声只好缩着身子，跺脚驱寒。正月的冷风寒雨，让赵声顿感出门在外的孤寂，也使他经受了一场锻炼和考验。

　　从镇江城走旱路到大港有几十里路。出东城门，要翻过城东郊的京岘山。赵声知道京岘山北麓葬着北宋抗金名将宗泽，就是那位临终前吟诵"出师未捷身先死，长使英雄泪满襟"的老将军，是抗金名将岳飞护送宗泽灵柩下葬在京岘山的。赵声还知道这京岘山曾驻扎过围攻镇江的清军，曾是太平军与清军激战的战场。可是，今天赵声无心去凭吊。他登上山顶，遥望东方，影影绰绰中见到了大港，见到了圌山，也仿佛见到父亲，妻子和弟弟小妹。他极力克制住激动的心情，大步下山，过谏壁，至孩溪，想到亲人的召唤，步子似乎更快了。赵声过了石桥，很快就到了熟悉的天香阁家门口。

　　赵声自奔安放母亲遗像的屋子。墙上母亲的照片似乎在盯着赵声，仍是那么慈祥，那么亲切。见到遗像，赵声心中的悲痛、悲伤难以自抑。他嘴里喃喃着："唉！母亲才死百日，不孝儿为了生活，为了衣食，便离开母亲离开家乡，儿的罪过啊，儿该是被诛，儿真是心难安啊！"

　　赵声说着说着，忍不住内心的痛楚，号啕出声。

　　父亲循声过来，刚跨进门，见到赵声满眼泪光闪闪，知道孝顺的儿子想家回来了，很是激动："赵声，你咋回来啦？"

　　"想母亲！想你！想家里人！"赵声听到父亲的问话，哭声更大了，心中的思念痛楚一下子随着眼泪流了出来。

　　"好孩子！我知道你离不开母亲。来，给母亲烧炷香。"赵蓉曾说着，拿起桌上的蜡烛点着了插上烛台。赵声用手擦了擦泪水，从桌子上拿起三炷香在蜡烛上小心地点着插进香炉。

　　烛光闪闪，香烟缭绕。父子二人相互对视着。父亲先开口，关切地问："声儿，赴宁授馆还顺利吧？"

"顺利！十二日就开始授课了！"赵声和父亲走出母亲的灵房，边走边说。赵声不想让父亲为自己牵挂担心。

"怎么才过十几天又回来了呢？"父亲随口问道。

"想母亲呗！"赵声的语气中夹着悲痛。

"想家了！人之常情！人之常情！"赵蓉曾理解自己的儿子。谁在外谋生不想家。何况赵声是个特别孝顺的长子，母亲走了百日就离家谋生，能不想家吗？赵蓉曾边走边说，不停地点点头。

"家里还好吧？"赵声看着父亲有些憔悴的面容，关切地问。

"好！好！好！"赵蓉曾连说了三个好字。

赵声听了，心中舒了一口气，坦然地笑笑："爸爸！我这么急回大港，还有件大事……"

赵蓉曾不等赵声把话说完，打断赵声话头："什么大事让你急着回大港？"

"你猜！"

"我看就是想家！"

"不对！"

"猜不着！"

"你今年五十岁吧？"

"五十岁！"

"你什么日子生日？"

"最近呀！"

"我记得。正月里落灯不久就是你生日。"

"你还记得我生日？"

"没有记错吧？"

"正月二十三日。"

"五十大寿是大生日，长子总该回来祝寿！"

"你呀……"赵蓉曾眼睛里溢出了泪水。他激动了。长子赵声不仅文武双全，而且懂孝道，将来定能成大事。赵蓉曾悄悄擦掉眼角老泪，说："声儿，你这么孝顺，这祝寿的情，父亲领了。就不要办寿筵了，不太合适。"

"爸，我知道。"赵声明白父亲的心思，父亲的心中忘不了母亲。母亲的大丧才过不久，这个时候，父亲是不会大摆宴席、大宴宾客为自己庆寿的，这样不合适。其实，赵声从南京回家，就想到了这个。但赵声认为，父亲一生中这么重要的日子就这样悄无声息，太说不过去了，太冷清寂寞了。换个方式不行吗？赵声在回大港的路上早就盘算好了。

"知道就好！"赵蓉曾知道赵声聪明，理解他不办祝寿筵的想法。

赵声点点头，站立下来，用征询的口气对父亲说："换个方式不行吗？"

"换什么方式？你这孩子年纪不大，点子不少呀！"赵蓉曾目光紧紧地盯着赵声的脸。

"在家办，确实不合时宜。换个地方。"赵声说。

"换什么地方？"赵蓉曾有些感兴趣，对自己的儿子也充满了自信，也许赵声这个机灵的儿子会想出两全其美的好主意。

"去北山禅寺。在寺里，少数亲朋聚会一下，外人也不知道。"赵声说到这里，特意加重语气说，"一举两得，在寺庙既为母亲祈祷，又为父亲祝寿。"

父亲赵蓉曾一听是北山禅寺，眼睛一亮。他熟悉那著名的古刹，北山禅寺建于大港镇西南不远处的一座山岗上。山岗被茂密的森林覆盖，到处鸟语花香。北山禅寺就在密林之中，大有"深山藏古寺，绿荫蔽天日"的意境。寺内建有大雄宝殿、满功殿、观音堂、藏经楼、香客斋等屋宇六十多间。该寺深藏于幽静的茂林之中，四周牡丹遍地，云影娇红，桂子飘香，沁环法座，菡萏叶茂，老松秋风，光照佛像，月映禅宫。赵蓉曾经常会在春光明媚的日子里带学子们春游，北山禅寺是一个好去处。赵蓉曾记得北山禅寺坡下山洞里有一泓泉水，终年流淌不断。寺里还利用水力建了一座小型水碾坊。游客走到北山禅寺附近时，叮咚的泉水声就会传进耳朵里。想到这里，赵蓉曾不得不佩服长子赵声的一片孝心和聪明的才智。他脱口而出："好主意！好主意！"

镇江东乡一带的大港有过生日的风俗。生日前一日为预宴，通俗一点就叫暖寿。赵声和父亲悄悄地张罗着。正月二十二这天，赵声陪同父亲去北山禅寺，一切安排妥当之后，父子二人来到大雄宝殿，为母亲敬了一炷高香。父亲当晚就留宿北山禅寺，赵声赶回天香阁家中。当晚，他把这件事告诉了妻子严吟凤，妻子十分赞同。

第二天，即正月二十三日。这是赵蓉曾生日正日。一早起来，赵声就带着夫人严吟凤还有弟妹前往北山禅寺。这一天，除了昨天陪父亲留宿北山禅寺的亲友外，又来了几位父亲的好友。仪式简单，但大雄宝殿内烛光闪亮，香烟缭绕，各殿、廊灯火通明。庙内钟鼓齐鸣，鼓乐喧天。祝寿的人虽不多，倒也不失热闹。赵声向父亲祝寿，多日的心愿总算了却。他敬爱母亲，也敬爱父亲。这次回大港，他心中的乡愁得到了慰藉。

晚饭后，赵声与父亲一道，将众亲友送至水碾坊附近，他深深向亲朋好友拜了三拜。

当晚，赵声陪父亲留宿寺中。晚上，寺庙里出奇地安静。一阵阵的夜风吹拂着山林的枝丫发出"呼呼"的响声，伴着泉水的叮咚声，很有节奏地传进寺里，传到香客斋的房间里。

赵声睡不着。

赵声又在想逝去的母亲。母亲要是还在人间，那是何等的欢乐！天香阁一定是红烛高照。可今日虽然为父祝寿了却心愿，但总是感到凄凉。做儿的怎么不伤感呢！父亲五十大寿本该大庆，但喜气不得，只能在寺中简祝。母亲的丧期与父亲五十大寿撞到一起，想为母哭泣，不行！想为父祝酒，不能！自己心中的复杂心绪，复杂感情，无人理解。想到明日又要告别父亲远离家人，不由得在被窝里吟诗一首：

> 人生皆有乐，唯我独无之。
> 祝父五旬庆，是娘百日期。
> 有酒不能饮，有泪岂敢垂。
> 况复明日起，又与父远离。

泪水把被褥浸湿了。

次日，赵声随父从北山禅寺回到天香阁。妻子吟凤早已收拾好行李，等赵声回来，送赵声到大港码头坐小轮船去镇江，然后转道赴宁继续授馆。一家人送至码头。临别时，父亲殷殷地关照："在南京早饭不可不吃，不能受饿。"

严吟凤红着眼圈说："下次回来，如在途中逢天黑日暮，要在店中留宿，不要连夜往家赶。"

赵声上了小舢板，望着父亲，望着妻子，望着弟妹，眼圈红红的。他一句话也不说，只是站在颠簸的小船上不停地朝着父亲、妻子、弟妹挥着手。

江面上的风越刮越大，开往镇江的小客轮轮机轰鸣，缓缓地晃动着停在江中。小舢板在江浪的撞击下不停地摇晃，渐渐地靠上了江面上的客轮。

二十三、授馆遭责

赵声和几位同行友人先乘船去镇江，再乘镇江小轮船连夜回到南京。

赵声白天去授馆教那几个小学生，课余时间多是访友、交友、与友通信，有时与三五朋友交谈，说说国事，说说人生，他的心情很忧伤、苦闷。这个春夏季节，赵声一直处于一种苦闷、迷惘不能自拔的状态中。单调的授馆生活让赵声这位大大咧咧的青年人十分不习惯，但为了生计又必须处处小心，经济上的窘迫也让赵声十分难堪。春天过去，夏天到了。天气说热就热起来了。四月中旬，南京的天气已经很热了，人们都已经脱去冬装，有些时髦女郎已经穿上了短袖旗袍。而赵声来南京授馆时，没有带夏衣。授馆时仍然穿着洗得发灰的长褂子，额头上的汗珠密密匝匝的，只能不停地擦拭。赵声想去街上买套夏衣，但囊中羞涩。他本来就是因为经济上的困顿而屈身就馆，挣两个钱贴补家用。袋中怎么会有余钱购夏衣呢！天气热得早，友人来看望他，见其仍长褂打扮，也不说破，有意丢下一块银圆。赵声一见，诧异地问："这一块银圆丢下干啥？"

"请赵兄帮我逛书店时购几本流行小说消遣。"友人嘿嘿地笑着，边笑边站起身，赶紧往门外走去。友人知道赵声文武双全，脾气倔强。你要说破了借款给他，会伤他的自尊心。托他买书丢下银圆，他不便推辞。再说买书没有时限。赵声有了这一块银圆，可以周转一下，去街上买两条夏裤，买两件衬衣。要不，老是穿着这长褂子岂不让人笑话。

其实，赵声已经明白了友人的好意。他把友人送出授馆大门，踅回身，拍拍自己厚厚的长褂子，长长地叹了一口气，嘴里喃喃自语：这过的什么日子？我这有文化的人尚且这么窘迫，田地上的老百姓他们过的什么日子？

下午授课时，赵声不时看看墙上的挂钟。授课结束后，赵声要到附近的小市场上购买夏衣。天气炎热，出汗比较多，这春秋穿的长褂子不透气，经常被汗水浸湿，隐隐地散发出一丝丝难闻的汗味。赵声授课时不时下意识地把手伸进长褂里捏捏那块友人给的银圆。他已经打好了主意，先周转一下购买夏衣，待授馆发了师资赶紧给友人购上小说送去。

墙上的挂钟嘀嗒嘀嗒地响着，十分有节奏。赵声听了这"嘀嗒嘀嗒"的响声，心里特别的烦躁。他总感觉这挂钟似乎走得慢了。

"赵先生！赵先生！"这时，学馆天井里传来两声娇滴滴的喊声。随着喊声，一个花枝招展的年轻女人跨进学馆的门槛。这年轻女人上身穿着粉红色的丝绸大褂，下身穿着绿色的灯笼丝绸裤，脚上是一双轻便的粉红色的圆口布鞋。这年轻女人像一阵微风飘进了学馆。赵声一看，是主人江苏候补县沈韵锵的小老婆，赶紧朝这个女人点点头。

这年轻女人倒也自觉，站在门口，目光在几个学生身上扫了几下。见这几个小孩者挺认真地听讲，感到满意。但这小老婆总要摆些官太太的威风，临出门关照赵声说："放学时间不能提前！"

赵声一听心里就有火，加之这沈韵锵小老婆神气妖艳的样子，赵声大着嗓门说："发现提前下课你扣师资。"

这年轻女人见赵声嗓门很高，掉头往外走，边走边扭头望望赵声那有汗渍的长褂子，不停地用手扇着："什么气味呀！"

赵声听出了沈韵锵小老婆的弦外之音。但赵声知道，端着人家的饭碗，气只能往肚子里咽。

这年春夏之际，赵声的心情一直好不起来。夏衣的窘迫解决了。但国家也遭受不幸，没有国哪有家。在这中华民族国难当头之际，赵声因报国无门而深感迷惘，笼罩在心头的是壮志难酬的苦闷。

一日，几个好友相邀去莫愁湖公园游玩。大家一路兴致勃勃地往莫愁湖公园走去。天气比较好。太阳高高地挂在蔚蓝色的天空上，一缕缕阳光透过天空莲花般的云朵的间隙洒向大地。初夏时节，路边的树木已经长得很茂盛，鸟儿在枝叶丛里跳来蹦去，留下一串串动听的鸟鸣声。走了个把小时，前面一座牌坊出现在大家的眼前。那是莫愁湖公园的大门。大家加快了步子。莫愁湖公园位于南京西南方向。这是一座有着一千五百多年历史和丰富人文资源的江南古典名园。莫愁湖公园是六朝胜迹，有着"江南第一名湖""金陵四十八景之首"的美誉。莫愁湖在六朝时称横塘，在宋元时即有盛名，明朝定都南京后更是红极一时。清乾隆年间，在园内有建郁金堂、筑湖心亭。园内楼、轩、亭、榭错落有致，堤岸垂柳，海棠相间，湖水荡漾，碧波照人。胜棋楼、郁金堂、赏河厅、水榭、抱月楼、光华亭、曲径回廊等掩映在山石松竹、花木绿荫之中。

友人大多数是读过书的知识分子。到了莫愁湖公园大门口，纷纷驻足，仔细地欣赏起莫愁湖具有江南特色的牌坊门楼。莫愁湖牌坊雕刻精细，五彩缤纷，在阳光的照耀下熠熠生辉。

进了公园大门，眼前一片宜人的湖光亭阁把大家吸引住了。一望无垠的绿莹莹的湖水在阳光映照下放射出无数金色的光芒。湖上飞鸟自由自在地飞翔，湖水倒映出飞鸟翱翔的影子。湖边的假山石，亭、阁、榭和湖边石码头，把莫愁湖环绕起来，美不胜收。在平静如镜的湖面上倒映着不少古建筑：胜棋楼、郁金堂、抱月楼、光华亭……

一位性格特别爽朗的友人，边走边哼起了一首诗，大家停住了话语。

> 欲将西子莫愁比，
> 难向烟波判是非。
> 但觉西湖输一着，
> 江帆云外拍云飞。

"好诗！好诗！"大家齐声赞颂。

赵声望着这宜人的莫愁湖景色，想起家中经济的窘迫，想起国难当头，心中一股说不出的惆怅冉冉升起来。他情不自禁地跟这位朗诵诗歌的朋友唱起了反调："国难当头，再美的景色，迟早会让洋人霸去！"

听到赵声的话语，友人们的笑声渐渐地消失。大家陡然感受到了赵声话语的分量。也就是在几个月前，中华大地又上演了一场惨剧：义和团运动遭到中外反动势力的联合镇压，八国联军蛮横无理地占领了津、京地区。光绪二十七年（1901年），腐败无能的清政府签订了丧权辱国的《辛丑条约》。在严重的民族危机面前，腐朽透顶的以那拉氏为头子的清政府却公然宣称要"量中华之物力，结与国之欢心"，"宁赠友邦，勿予家奴"，卖国的清政府彻底投降了帝国主义者，成为"洋人的朝廷"。几个主战的大臣也被杀害。这是什么样的朝廷。难怪离开大港的那日，满天黄沙，阴霾蔽日。老天爷都为此悲愤、不平，搅起一天黄沙塞天下。这天下何时才能见天日、得清明呀！这不堪比窦娥冤，六月雪吗？赵声心中久久不能平静，望着这风景秀丽的莫愁湖，手向湖中一指说："我看这湖得改名称。"

"改啥名称？"大家几乎异口同声地问赵声。

"国愁湖！"赵声语音铿锵，目光紧紧地盯着湖畔不远处的光华亭说，"朝廷腐败，洋人入侵，太后西逃，忠臣被砍，乱纷纷的国事、家事，难道不值得我们这些热血青年发愁？这是为平民百姓发愁，更是为国家发愁。所以，我认为莫愁湖还是改叫国愁湖，让国人警醒一下吧！"

"国愁湖！国愁湖！"大家附和地大声说，"就叫国愁湖！"

"那边是光华亭。"赵声顺势一指，"走！到光华亭去！光复中华！"

赵声先迈出两步，大家紧紧地跟在赵声身后，沿着莫愁湖畔的碎石路，来到光华亭。

亭子里，不时从湖上吹来一丝丝凉爽的微风。赵声这些友人，都是满腔热血，一心报国的青年。赵声经常会和他们一起到南京的一些景点游玩，在游玩中大家畅所欲言。赵声从朋友的交谈中得到信息、得到教益。赵声是个有思想的人，因朋友关系融洽，常常在交谈中夹杂着评论甚至是争论，有时，争论得面红耳赤。今天，当有朋友咏诗赞美莫愁湖的美景时，赵声唱起了反调，要改莫愁湖为国愁湖。此刻，来到光华亭，他心中升起了一股正气，一股自信力涌遍了全身。他相信，总有一天中华民族这个沉睡的狮子会苏醒，他的一声巨吼，一定会震撼东方！震撼世界。光华亭，这名字取得好！看到"光华亭"三个金色大字在阳光映衬下熠熠闪光，赵声想起了陪友人游明故宫的情景。

明故宫是太祖朱元璋的皇宫，虽然没有了明王朝的鼎盛之气，但赵声提醒大家记住明太祖当年北伐元朝时提过的一个响亮口号。赵声有意不说，于是有了以下对话：

"上次去明故宫，大家都去了？"

"全去了！"

"明故宫是什么地方？"

"朱元璋的皇宫，谁不知道！"

"朱元璋在他檄文里提过一个口号……"

"陈纲立纪，救济斯民！"

大家一字一句地齐声背诵。赵声很高兴，想不到自己这帮朋友全是有心人，真是位卑未敢忘忧国！他领着大家大声地重复着："陈纲立纪，救济斯民！"

回到学馆，已是华灯初上。

赵声虽然在学馆孤独授课，还不得不忍气吞声，小心行事，但与这帮好友一起，尽情抒怀，有时和友人的一番话，会胜读十年书。而自己的一些见解得到友人们响应，心中也顿觉畅快，自信油然而生。与友人谈论时政，就如同身在山谷听到跫跫足音，大有振聋发聩之感。在莫愁湖光华亭里，大家齐声朗读朱元璋北伐的口号，如雷贯耳，久久回荡。赵声有一种说不出的大畅大快之感。他压抑已久的雄心壮志，在与志同道合者们的沟通交流中，产生共鸣，议政时有一种气吞山河、扬眉吐气的快感。

赵声早早地睡了。

月光泻进房间。赵声在朦胧的月色中渐渐地进入梦乡。

赵声迷迷糊糊地做了一个特别难堪的梦。梦中，赵声正在学馆的讲台上给几个学生上课。突然，沈韵锵的小妾像一朵花儿似的悠悠地飘进学馆。妖里妖气的小妾在教室里东转转，西看看，还不时用鼻子嗅嗅，用纤细的手掌左右扇着。赵声看得出这位盛气凌人的小妾脸上皱得很紧，不停地嗅来嗅去。赵声明白了。自己身上这长褂已经穿了四五天没有换洗。汗水湿透又被风吹干，肯定会有些汗臭味。赵声也不说破，只是一边正常授课，一边目光不停地在小妾脸上扫来扫去。

突然，小妾大声叫起来："这馆里哪来的臭味呀？"

"没有呀！"赵声写完一个板书，把粉笔往讲台上一扔，憋着一股气说。其实，赵声心里清楚，这气味是自己长褂上散发出来的。但赵声是一个帅气小伙子，怎肯承认自己夏衣没有带来，衣服好几天没有换了。

小妾似乎没有注意到赵声身上满是汗渍的长褂，还在那里嗅来嗅去，嘴里不停地喃喃道："有臭味！有臭味！"边说边走出去了。

赵声霎时满脸通红，他满肚子的气只能使劲憋着，心里愤愤不平。穷人家一个汗气味值得她这小妾这样大惊小怪。按照赵声的犟脾气，非顶撞她不可。但赵声忍住了。端着人家的饭碗呢，只能忍！待沈韵锵的小妾走出门外，赵声对沈韵锵的小妾背影狠狠地吐了一口痰。

谁知沈韵锵的大儿子见老师吐痰，大声叫起来："老师吐痰！"

"老师不文明！"二儿子也跟着喊起来。

赵声被这喊声一惊，醒了。想想刚才梦中发生的事又好气又好笑。沈韵锵的两个儿子说得没有错。自己是老师，应该言传身教，应该讲文明。看来在这学馆里教书得处处小心，处处忍着。爸爸说得对，"忍"是心字头上一把刀。男子汉大丈夫学会忍气吞声，退一步海阔天空，这话有道理。

在南京沈韵锵家学馆栖身，赵声知道处处要小心。但是再小心谨慎，事情该发生还是发生了。

大概五月底六月初。天气越来越热。赵声给学生授课时，往往要求比较严格。但沈韵锵的二儿子比较调皮。赵声在前面讲台上有声有色地领读课文。这个二儿子撕下作业本上的一张纸，叠成一把小扇子，不停地扇动，发出轻微的"嚓嚓嚓"的声音。赵声用严厉的目光瞅了二少爷一眼。这二少爷年纪虽小，鬼点子不少。

他把纸扇往书中一压，若无其事地望着赵声老师，嘴里漫不经心地跟着朗读课文。赵声继续领读。这二少爷一看赵声老师将目光盯在课本上，又悄悄地拿出纸扇不停地扇起来。赵声用目光瞥了二少爷两次，估计二少爷这次没有看到老师盯着自己，仍然不停地摇动着纸扇。

赵声一见，火气直冒。他捡起讲台上的粉笔头往二少爷桌边扔去，边扔边走到二少爷身边，把纸扇拽到手里，三下五除二撕得粉碎，扔到了二少爷脸上。其他几个孩子见老师发火，也都一声不吭。碎纸片砸在二少爷的脸颊上，虽然不疼，但二少爷被这突如其来的惊吓，吓得哇哇哇地大哭起来。

赵声厉声训斥了二少爷。

听到二少爷的哭声，沈韵锵的小妾怒气冲冲地跨进学馆的大门，见赵声正站在二少爷的身旁指手画脚地批评责怪，满脸的怒气。

小妾见公子被老师责怪，桌下还掉了一地的碎纸片。听大少爷说了经过，小妾张狂地冲到赵声跟前，指责赵声道："你这书是怎么教的？你这先生是怎么当的？沈家公子的脸是你可以砸的吗？没得本事教孩子还怪孩子不用心学……"这小妾平时就借着沈家的势力，盛气凌人惯了。今日一通不逊之言，难以入耳，气恼中，赵声真想扔下手中的课本辞教而去。但赵声想到父亲的教诲，他把小妾的责怪挖苦全咽进肚子里。

放学后，这股子窝囊气一直闷在心中。赵声想到家难、想到国难，紧紧地攥住了拳头。他约了几个朋友，到学馆附近的一处茶馆，向朋友倾诉。

他激动地把今天学馆受责怪的事给朋友说了一遍，愤愤地赌气道："这气太难受了！这馆我不教了！"

朋友们都表示十分愤慨，但也好言相劝，讲了一番"人在屋檐下，不得不低头"的道理。赵声知道，朋友们的话有道理，也是为自己好。但在学馆遭责这口气，他始终咽不下去。

回到学馆的房间，他闷闷不乐地往床上一躺，感到自己处于一个进也不是、退也不是的两难境地。赵声不停地在床铺上翻来覆去，脑海里不时浮现出父母那慈祥的笑脸，耳畔不停地响起弟妹那亲切的喊声，家里需要钱维持，千斤重担需要我这长子来分担。他的脑海里又浮现出小妾那嗅来嗅去的鼻息声，那盛气凌人的责怪声。赵声的心中乱极了，就像是一团乱麻塞在胸窝里，理不出头绪。赵声长长地叹出一口气，目光呆呆地望着初夏的窗外，一片片绿荫中传出一两声知了的叫声，赵声的心里更加烦躁。

赵声躺到床上翻来覆去睡不着。索性起身下了床，来到学桌前，他要把心中这团乱麻掏出来，否则这口气一直憋在心窝里。他想起了写日记。于是拿起笔架上的毛笔，蘸了蘸墨汁，在纸页上直抒胸臆："责学徒误微伤其颊，致该东之妾出诸不逊之言，万难入耳，不得已至少甫馆，以少解以容忍，亦不得不容忍也。不修其事，必来讪笑，且又难对荐馆之人，进退维谷，愧愤奚似。噫！我生不幸，丁此时事，际此境遇，依人成事，岂尚得为丈夫，欲求直立之法，而又无长策，终何了局也，嗟嗟。"

就在赵声郁闷难熬之时，收到了父亲的来信。父亲信中不仅同意赵声六月归乡，而且对他节省川资、勤俭过日子的做法表示赞赏。父亲在来信中还谆谆告诫、正言勉励："以尔为正心积学，以求不愧不怍，他日际遇不可知，亦不必知也。"

赵声读着父亲的这段话，反复体味，心中的郁闷一扫而光，茅塞顿开，浑身像夏天洗了一把凉水澡一样轻松舒服。赵声把自己收到父亲来信的感受写进了日记里：儿数日以来，不胜其闷，忽奉严训，不啻云雾中见青天也。

读着父亲信中的那段话，赵声心里的包袱放了下来。父亲的话意味深长，又教诲深奥，使赵声从一直以来的闷闷不乐中脱身出来，从戊戌政变后笼罩在自己心头的迷雾中走了出来，仿佛又重见人生希望，对未来的生活，尤其是未来的家，未来的国充满信心。从此，赵声摆脱了自己心中的枷锁，恢复了往日的活力。

面对内忧外患，在愤怒中觉醒的赵声毅然表示，有文事者必有武备，吾当为班定远，岂能于笔墨中求生活。他胸中翻腾着滚滚波涛，暗下决心：要义不容辞担负起重任，亲执干戈，推翻清廷，反抗帝国主义的侵略，挽救中华。

半夜，雷鸣电闪，狂风卷着暴雨哗哗哗地砸向大地。黑沉沉的大地不时被明亮的闪电照亮。

闪电之后，是震耳欲聋的响雷。

二十四、考水师文笔冠绝堂

光绪二十七年（1901年）秋天，赵声辞去学馆教师职务，决定报考江南水师学堂。

中日甲午海战的屈辱始终如一片乌云笼罩在赵声的心头。内忧外患，让赵声终于下定决心弃文从军，投笔从戎。学军事，就学水师，他选择了报考江南水师学堂。为国报仇，一洗中日甲午海战的屈辱，这是他心中的强烈愿望。

赵声到江南水师学堂报名，站在大门口伫立了良久。江南水师学堂大门是一座巨大的巴洛克风格牌坊。门的左右各书刻四个大字。左边是"中流砥柱"，右边是"大雅扶轮"。学堂大门是在一排建筑的中间，建筑呈山峰状，特别气派。门前的两尊石狮虽然高大威武，但狮毛垂披，双目微睁，似乎显得有些疲惫而没有生气。但赵声看到大门两侧的对联"中流砥柱，大雅扶轮"时，感受到了这八个字的力量，对未来充满了信心。他下定决心不能在笔墨中生活下去，而是要拿起武器，为人民、为国家而战斗。

江南水师学堂，又称南洋水师学堂、江宁水师学堂。学堂位于南京市区中山北路346号，南京城西的仪凤门与挹江门之间，占地面积一千余平方米。光绪十六年（1890年）两江总督兼南洋通商大臣曾国荃为培养水师人才，奏请设立南洋水师学堂，由南洋海军创办。南洋水师学堂是清政府在洋务运动中开办的军事学校，主要为南洋水师输送人才。学堂的规章制度参照天津水师学堂，分设驾驶、管轮两科，每科又分头、二、三班，每班派一名教员授课。教员大多数是英国人。课程分为堂课、船课。学生入学后进入三班，专门学习英语等基础知识，升入头班后方才教习专业知识，包括天文、海道、御风、布阵、修造、汽机、演放水雷等。每隔若干年，由海军提督率学生乘练船下外洋实习，途中对学生进行考核、记分等。该校原定学生为一百二十名，但学堂成立后，因缺乏练船，不能满足学生实习需要，遂逐年裁减学生名额。江南水师学堂虽在福州船政、天津水师学堂之后办起来，但办学积极，毕业生或送往日本留学，或送往英国军舰实习，造就了不少水师人才。江南水师学堂不收学费，生活、学习用品都由学堂供给。

进江南水师学堂必须通过入学考试。毕竟是免费上学，报考的青年人比较多。在南京的好友都提醒赵声好好复习迎考，但赵声没有去死记硬背有关书籍，利用迎考的空隙，练书法，练拳脚。

考试这天，天气晴朗。赵声带着笔墨，步行来到学堂。办完考试手续，他来到一排教室前。

进入考场，赵声有些紧张。每个考场门前有两名海军士兵站岗，很是威武。考场里还有三名监考教师。一名教师站在讲台前，两名教师在过道里巡视。考场里一派肃然紧张的气氛。赵声坐到学桌前，将笔墨轻轻地放下后，目光将教室前前后后扫视了一遍，心情才慢慢地平静下来。

监考老师宣布考场纪律，分发试卷。

考场除了试卷翻动的声音和监考老师在过道里巡视时轻轻的脚步声，静悄悄的一片。

赵声打开试卷，题目是"江防要策"。赵声出生在长江下游的大港镇，这里无论逆江而上，还是顺流而下，江岸都是山峦起伏，许多山峰设置的炮台成了长江的要塞。这些要塞在历代反入侵的战斗中都发挥了作用，而且还涌现了不少民族英雄。像岳飞、韩世忠、文天祥、梁红玉这些民族英雄的事迹都深深地印在赵声脑海里。拿到这个"江防要策"的题目，赵声的脑海里显现出圌山、青龙山、象山、北圌山、焦山、金山一座座险峻的山峰，一个个黑洞洞的炮口。这个题目赵声比较熟悉，尤其是大港一带的人文地理环境，赵声心里有谱。他思索片刻，拿起毛笔认真地书写起来。

洋洋洒洒几千字，还是收不住笔。就在他奋笔疾书的时候，考试时间到了。"当当当"的铃声悠扬地传过来。监考老师高声道："同学们，考试时间到。"

大家的目光盯着监考老师。只有赵声轻轻地搁下毛笔，最后扫了一眼桌上的试卷，离开了学桌，朝教室门口走去。

走到门口，他与三位老师摇了摇手，往水师学堂的大门走去。在回去的路上，赵声不停地回忆"江防要策"的论述要点。虽然自觉写得不错，但心里还是没有底。他很快平静下来。试卷反正已经交上去了，答题也尽心了。成绩好与坏只能等待发榜了。想也没有用，还不如不想。当晚，几个好友庆贺他考试完毕，在一家饭馆请他喝酒。当同学们问他答题怎样时，他斟满了一杯酒，恭恭敬敬地敬了大家一杯说："听天由命吧！"

大家把酒干完，都用诧异的目光盯着赵声微红的脸颊。大家知道赵声文武双全，尤其是文章写得好。在学馆授课就经常帮大家写文章，润色文章。再说，赵声是个倔脾气，只有与世抗争的勇气，什么时候会听天由命？于是，大家又把赵声的酒杯斟满，一起起哄："不要卖关子！入学通知书下来请我们喝酒！"

"好好好！"赵声在大家一片祝贺声中把酒干完，"承大家吉言！"

饭馆里一片碰杯声。

水师学堂发榜了。在水师学堂的公告栏里，贴着一张大红纸。赵声的名字赫然出现在第一个。赵声站立在公告栏前，一阵兴奋，想起了入学考试那天晚上的酒宴，想起了大家敬酒的吉言，脸上浮出了微微的笑容。赵声明白，被水师学堂录取，就意味着自己走上弃学从军的道路，意味着自己可以用枪杆子来报效祖国了。这对赵声来说是人生中最重要的一步。从此，他将完全摆脱康、梁变法失败的思想束缚，走上武装反清的革命道路。赵声掩饰不住心中的兴奋，暗暗思忖：这些日子在南京一直接受进步学生运动中正在兴起的资产阶级民主革命思想的洗礼，承大家的吉言，今晚一定要请大家吃饭。想到这里，赵声转过身，往校门口跑去。他要赶快回住所将这个好消息告诉好友们，并邀请大家晚上聚一聚。

就在他转身往校门口跑去的时候，迎面走来一位身穿长褂，手里捧着一摞作业本的绅士模样的男人。那人目光不停地在赵声脸上扫来扫去，突然停下步子问："你是赵声？"

"对呀！"赵声礼貌地站定下来，目光疑惑地望着这位男人，轻声地答道。他刚答完话，突然脑海里一闪，似乎想起来了，眼前这位长褂男人在哪儿见过，脸面很熟。他直愣愣地盯着这位男人，从男人的脸上移到作业本上。忽然，他想起来了，眼前这位男人正是入学考试时的监考老师。他正要上去打招呼，那位男人用手往大红榜一指："看到了吗？"

"看到了！"赵声脱口说，边说边憨厚地朝面前的监考老师笑笑。

"祝贺你呀！"那位男人伸出手握住赵声的手说，"你是水师学堂监督（校长）钦点的学生。文章写得好呀！祝贺！"

"过奖！过奖！"赵声与这位监考老师的手紧紧地握在一起，激动地摇个不停，边握手边谦逊地说。

"在所有考生'江防要策'的答案中，你是第一名。"监考老师松开赵声的手，在赵声的肩上轻轻地拍了一下，"你的文章立论独到、论述全面、文笔潇洒、冠绝于堂。"

"谢谢老师夸赞！"赵声不停地点头。

这位监考老师仔细地打量着赵声说："录取那天的会议上，阅卷老师说到你的'江防要策'，方监督接过阅卷老师递上的试卷，当场认真地阅读起来。我在会议现场，看到方监督放下试卷，大声夸赞："好文章！好文章呀！'"这位监考老师说到这里顿了顿，"方监督不容置疑地说了五个字：'第一名，录取！'"

赵声心里有些激动，连连感谢这位监考老师："老师多关照！谢谢老师！"

赵声与监考老师热情地握了握手，一溜烟往大门跑过去。

当晚，赵声邀了七八个好友，在秦淮河边的月照楼酒家摆了一桌。秦淮河地处南京城南，东起东水关淮清桥秦淮水亭，越过文德桥，直到中华门城堡延伸至西水关的内秦淮河地带。一千八百年以来，这里是南京最繁华的地方之一，有"十里珠帘"的美称。赵声参加江南水师学堂的入学考试后，他本来就是听天由命的。但自己的这帮好友对自己太高看了。当场就敬酒预祝。既然应了大家的吉言，赵声感到不找个好地方请好友喝一顿，对不起大家。选来选去，还是在秦淮河畔的月照楼。月照楼在夫子庙往东一百米左右的地方，二层小楼临河而建，门前挂满了各式各样的红灯笼。夜色下，月照楼的倒影映在秦淮河上，像一幅淡雅的水墨画。

宴请设在月照厅。月照厅窗下就是灯光闪烁的秦淮河。赵声早早地来到月照厅。正是华灯初上，秦淮河像一条美丽的珍珠项链，在月色和灯光的交相辉映下，分外迷人。店小二给赵声递上一杯茶。弃笔从戎用枪杆子为民为国说话，这是自己的心愿，现在实现了。赵声此时心情特别的舒畅。他接过茶杯，轻轻地用嘴唇呷了呷茶水，有滋有味地品尝起来，一边品尝一边欣赏秦淮河月色下的夜景。

夜色中秦淮河真是人间仙境。沿岸全是仿明清徽派建筑风格的青砖、黑瓦、白色马头墙。两岸灯光辉映。酒馆里的喧嚣，船娘的歌声伴着桨声悠悠地在五彩光影的河水上空飘荡。秦淮河像玉带延展，沉静优美，河水在岸边灯红酒绿人家倒影的画卷中慢慢地前行，左拐右转，它轻抚河岸，耳语河床，水声默然。突然，从不远处的洞壁浮雕画卷般的桥洞里驶出一条贡船，从船舷到舫顶，红黄蓝绿紫五彩缤纷，俨然仙境。两岸那多姿多彩的灯影，似幻似梦，一幅幅呈现在贡船两侧的河水里。贡船上的红色舫柱间敞开着，有钱的游人正在里面喝酒作乐，尽情赏景，一派醉生梦死的景象。贡船画舫在水中缓缓行进，像一座座游走的玲珑宫殿，倒映在水里，染成五颜六色的水波，风姿绰约，真是一派桨声灯影里的秦淮河的韵味。赵声看着这迷人的景色，突然想起了唐代著名诗人杜牧的一首描写秦淮河夜景的诗，题目是《泊秦淮》。想起这首诗，赵声的心中打了一个寒战，他用极其低沉的声音吟诵着：

烟笼寒水月笼沙，
夜泊秦淮近酒家。
商女不知亡国恨，
隔江犹唱后庭花。

赵声将后两句轻声地吟诵了三遍，深深地叹了一口气，手掌不自觉地紧紧地攥成了拳头。他从心中发出一声吼，这里迟早有一天会让人民来欣赏。赵声倚窗望着月色下秦淮河的美丽景色，心中升起了一丝丝悔意。他责怪自己，兜里钱不多，竟然还到这里来请客，这里可不是我们这等人来的地方。赵声知道，当时也是高兴。考上了水师学堂，从此走上了从军的道路，报效祖国、推翻帝制、解放大众的梦就要开始了！再说，本来是听天由命的，好友们的祝愿竟然成真了。说好的请好友喝酒祝贺，我赵声一言既出，驷马难追。怎么能失言呢！再说，当时也是好面子。想到亡国恨中的劳苦大众，赵声恨不得退了这月照厅，另择偏僻的小酒馆。但定金交了是拿不回来的。正在犹豫不决的时候，门口传来好友的喊声：

"赵声！"

"人呢？"

"赵声！"

"赵声！"

赵声听到门口好友们的喊声，赶紧从窗口转过身，疾步走到门口迎接。赵声看着大家一副掩饰不住的兴奋样子，连声拱手："在这儿呢！欢迎大家光临！"

"祝贺赵声以第一名录取！"

"祝贺赵声冠绝于堂！"

"祝贺！祝贺！"

赵声把大家迎到月照厅餐桌边坐下。店小二热情地给大家上茶。窗外，一轮明月悬在星星闪闪的空中，月色照在餐厅里，和明晃晃的灯光羼杂在一起。有一位高个子好友站起来，走到窗前，望着秦淮河五彩缤纷的夜景，长长地舒了一口气说："赵声，你真敞亮，在这个地方请我们吃饭喝酒！"

"托你们的吉言！我赵声不是小气人，当然要放血！"赵声嘴上这么说，心里很后悔。本来是件高兴的事，想起杜牧那"商女不知亡国恨，隔江犹唱后庭花"的著名诗句，心里就不是滋味。

大家在餐桌旁坐定。斟酒。

酒过三巡，月照厅里的气氛热烈起来。坐在赵声左手位置上的一位好友端起酒杯，向赵声敬酒："赵声，听说水师学堂校长姓方，是吗？"

"对呀！"赵声赶紧端起已经斟满酒的酒杯站起来说。

"这方校长跟你家亲戚熟悉？"

"八竿子也打不着！"

"听说是这位方校长亲自评论赞赏了你的'江防要策'。说你的文章立论独到，论述全面、文笔潇洒，定为第一名录取。"这位同学说着，把酒杯递到赵声酒杯上，轻轻地碰了一下，"干杯！祝贺！"

赵声干完杯中酒，招呼这位同学坐下，轻声地说："你怎么知道得这么清楚？听谁说的？"其实赵声也是在水师学堂看完录取红榜后，偶遇监考老师听说的这位方校长。

那位朋友说："好友间都传疯了！"说完这话，他又斟满了一杯酒，站起来提议道，"建议大家一起敬赵声，祝贺他文章冠绝于堂！"说着，与站起身的赵声又碰了一次杯，一仰脖子把酒杯干了个底朝天，"其实，在座的谁不知道你赵声的文章，还用他方校长赞赏。大家说说，我们在座的谁没有请他写过文章，润色过文章！"

"祝贺赵声！"

"谢谢赵声！"

"干杯！"

在兴奋、热烈的气氛中，大家一起干完了杯中酒。

赵声不知是酒喝多了，还是以第 名被水师学院录取而兴奋。他拿起桌上的酒盏，离开座位，挨个儿给大家斟满杯中酒，然后给自己斟满酒，不知是检讨还是励志："朋友们，我说听天由命！其实，那不是我心中的话。这个不公平的世界里哪里有大众的日子！如果听天由命，那我们就永远受洋人欺侮，受土豪欺压。我们必须抗争！必须拿起枪杆子！我敬大家！"

大家霍地全站起来，干了杯中酒。

翌日。

赵声一觉醒来，阳光已经照进房间。他揉了揉惺忪的眼睛，望着满房间明亮的秋阳光线，想起昨晚好友们的聚会，还有唐代著名诗人杜牧的"商女不知亡国恨，隔江犹唱后庭花"的著名诗句，心潮起伏。考上水师学堂，堂堂的男子汉，威武的水师兵，我可要把亡国恨牢牢地记在心中。绝不能听天由命！必须抗争，必须拿起枪杆子！一定要让我们的国家秋阳高照！

赵声一跃而起，自信满满地下了床。他端起面盆和牙缸，往洒满秋阳的天井东北角的古井走过去。

　　天井里的大槐树上飞来了一只花喜鹊，叽叽喳喳的叫声萦绕在赵声的耳畔。秋天的阳光照在大地上特别明亮。一阵一阵的秋风从不远的江边山岗上吹过来，带着淡淡的成熟果实的香气。但秋风中似乎还夹杂着一种凄厉的叫声。赵声抹了一把脸，仔细地听，他听出来了，这是乌鸦的叫声。欢快的喜鹊的鸣叫和凄厉的乌鸦的叫声交织在一起，在赵声耳畔缭绕。

　　鸟鸣阵阵，秋风送爽。

二十五、狮子山论江防

赵声以第一名被水师学堂录取，冠绝于堂。人未进学堂，名气已在水师学堂传开了。

入学那天。赵声在学堂注册处报到。负责注册的老师头也不抬问："名字？"

"赵声。"赵声眼睛盯着注册登记表。

负责注册的老师听到"赵声"的名字，浑身一震，连忙停下手中的笔，抬起头，还特意将老花眼镜用手指往上推了推，盯着赵声仔细打量，心里想：赵声果然不一般。生有大志，龙行虎步，瞻视非常，魁梧多力，一副疾恶如仇的神态。难怪方校长对赵声的文章赞叹不已，难怪文章风义冠绝于堂。此人干大事也！

听到"赵声"二字，大家的目光唰地落到赵声的身上。这让赵声有些不好意思，浑身有些不自在赶紧双手一拱："老师关照！大家多多关照！"

这时，从不远处过来五六个学生模样的，边往这边跑边说："瞧！那就是赵声！"来的这几位学生是去年入学的。早已知道，新生中有一名叫赵声的学生，"江防要策"论述精彩。

这几位同学走到赵声身边，围住赵声，一个个跟熟人似的伸出手，握住赵声的手，热情地说："久仰大名，久仰大名！"

"你们……"赵声伸出手，握住一位同学的手轻声问。

"我叫柏文蔚！"

"我叫张日韦！"

"我叫汪幸本！"

…………

赵声一一与大家握手，嘴里不停地说："初来乍到，多多关照！"入学不久，赵声就知道，当时的民主革命思潮已经开始在青年学生中传播，进步的学生运动开始在新式学校中兴起。赵声进校不久就与这几位同学相识了。原来，柏文蔚、张日韦、汪幸本等学生都曾在安徽求是学堂读书，后由于反对政府签订《中俄密约》，愤而退学。退学后到江南水师学堂等新式学校串联，宣传民主革命思想。

令赵声惊喜的是这位安徽籍的柏文蔚不仅与自己志同道合，经历也有许多共同处。两人常常吃过晚饭后在学堂里的操场上散步兜圈子，聊起来没完没了。非常投机，很快成了无话不谈的朋友。

从聊天中，他知道了长自己五岁的柏文蔚身世。柏文蔚，字烈武，光绪二年（1876年）生于安徽寿县南乡柏家寨一个世代书香门第。幼年习读《山海经》《尔雅》等。他喜欢习武。常常会带领小伙伴们模仿军人摆阵操练，他边指挥边对大家说：要杀尽一切恶人及贪官污吏。年龄稍大一些后，他研究农学，虽胼手胝足，处之夷然，不以为苦。在柏文蔚十六岁那年，代父亲到私塾馆授课3年。柏文蔚父亲望子成龙，多次要他参加科考。父命难违，二十一岁那年他前往应试，从县试、府试到院试，一发即中。父母高兴，乡里羡慕，而他自己却认为，经国大计，不在此雕虫小技也。中日甲午战争后，柏文蔚与孙毓筠、张树侯等人在寿县城内创立了"阅书报社"，同时改良藏书楼，创立天足会，把改良思想初步付诸实践。清光绪二十五年（1899年）夏，柏文蔚考入安徽求是学堂。当一帮知己获悉清廷与俄罗斯签订了《中俄密约》后，奔走呼号，痛斥清廷丧权辱国，愤而退学。

在水师学堂赵声与柏文蔚还有张伯纯等革命志士，一起谈论革命，讨论倡导"夷夏之防"，志趣相同，思想相通，共同的语言让他们坚定地走到一起。他们几个人还联合南京会党，共同组织了著名的反清革命团体"强国会"。"强国会"的宗旨是："推翻恶政府，以抗御外侮。"这是赵声参与组织的第一个革命团体。

入水师学堂读书的第一年，不但结识了志趣相投的革命志士柏文蔚，还认识了柏文蔚的老乡、反清志士陈独秀。

柏文蔚与赵声无所不谈，但谈得最多的，让他引以为荣的还是他那才华出众的老乡陈独秀。经柏文蔚介绍，赵声对陈独秀也略知一二。陈独秀，安徽怀宁人，清光绪五年（1879年）生，光绪二十二年（1896年）考中秀才，光绪二十三年（1897年）考入杭州求是书堂学习，开始接受近代西方思想文化，光绪二十五年（1899年）因有反清言论被开除。光绪二十七年（1901年），因进行反清宣传活动，受到清政府通缉，从安庆逃到南京。在南京时，由柏文蔚提供住所，在南京开展反清宣传活动，传播西方思想文化。

百闻不如一见。赵声特别渴望见到陈独秀。柏文蔚把赵声这位水师学堂的新生介绍给陈独秀，陈独秀听了激动不已，竖起大拇指，嘴里喃喃道："文武双全！人才！人才呀！"

志趣相投，一拍即合。柏文蔚选了个天气晴朗的星期天，约了陈独秀和赵声来到南京的狮子山上。

早春三月。狮子山的树木开始冒青。草丛中的虫儿已经苏醒，"吱吱吱"地叫个不停。没有山花，但山坡上不少常青树依然翠绿一片，在春光映照下，闪烁着晶莹的绿色光亮。从远处江上吹来的风一阵一阵地飘过去，留下了微微的寒气。

山间的弯弯曲曲的碎石小路不宽。柏文蔚走在中间，左边是赵声，右边是陈独秀。走到山路的窄处，有时只能一人通行。这时，往往柏文蔚带路。三人一行兴致勃勃地来到半山腰的一处风雨亭。柏文蔚顺手一指说："到亭子里歇一会儿。"说着，三步并作两步跨进风雨亭。风雨亭内有石凳、石柱，顶上是灌木山草盖顶。江风吹过来，发出嗖嗖的响声。

柏文蔚朝石凳一指，示意陈独秀、赵声坐下来。三人都没有坐下来，互相对视着。刚才狮子山门口相会时，柏文蔚只是简单介绍了名字，随即沿着弯弯曲曲的山道往狮子山顶攀登。一路只顾欣赏沿途景色，没顾得上说话。此刻，三人在风雨亭歇下来，柏文蔚朝陈独秀指了指，对赵声说："这就是我的安徽同乡陈独秀。仲甫，号实庵，丙申年秀才。考上秀才时才十七岁。"

说完，柏文蔚又指了指赵声对陈独秀说："这就是水师学堂文章风义冠绝于堂的赵声同学。他是江苏镇江丹徒人，丁酉年秀才，迟你一年。光绪二十三年（1897年）中秀才，巧了，赵声中秀才与仲甫一样，也是十七岁。"

"幸会！幸会！能结识仲甫兄，乃我幸事。"赵声目光深沉地望着陈独秀拱手道："听烈武经常说到仲甫兄，夸赞仲甫兄才华出众。羡慕，羡慕至极！"

柏文蔚拉着赵声的手对陈独秀说："赵声能文能武，在宁授馆不到一年，又来水师学堂习武了！"说到这里，柏文蔚望了望陈独秀对赵声赞不绝口，"赵声在水师学堂名气大着呢！我们几个同学在水师就读，一见面就夸赵声，说他文章写得好，为人豪爽，平易近人，好交往！"

陈独秀朝赵声面前跨了一步，仔细地打量着赵声说："一表人才！文武双全！镇江是金陵门户，军事重镇，自古就是出人才的地方。"

赵声嘿嘿地笑了笑，谦逊地说："过奖！仲甫兄对我家乡如此了解，令小弟惊叹。"赵声感佩地说，"今后还望烈武兄，仲甫兄多多指教！"

陈独秀来狮子山前就听柏文蔚介绍赵声。赵声来自扬子江边的大港镇。大港镇的附近有金山、焦山、北固山、圌山等重要关隘。听柏文蔚说赵声这次在水师学堂应试的题目就是"江防要策"，而且因立论独到、论述全面、文字潇洒而获第一名，还受到水师学堂方校长夸赞。他来狮子山多了个心眼。他最近在写一篇文稿，题目就是《扬子江形势论略》，是谈扬子江上布防的军事论文。他把文稿带来了，想请赵声这位扬子江畔的文武双全的秀才指点。想到这里，他一边伸手在口袋掏文稿，一边跟赵声说："小弟，听说你入学水师文章第一名？"

"碰的！"赵声憨厚地笑笑，不以为意。

"谦虚！题目是'江防要策'？"陈独秀似乎在核实。

"对呀！"赵声点点头。

"立论独到，论述全面，文笔流畅，冠绝学堂！"柏文蔚又一次夸赞。

"烈武兄过奖了！"赵声听到柏文蔚又夸赞自己，有些不好意思。

陈独秀从口袋中掏出一沓纸，递到赵声手上说："今日能与赵声相识真是天赐良缘，给了我请教的机遇！这是我之前写的军事论文《扬子江形势论略》，是谈扬子江上的布防，与你的'江防要策'有些相近，请赵兄弟多加指正！"

柏文蔚望着陈独秀递给赵声的那沓文稿说："这是仲甫光绪二十三年（1897年）写的，你们切磋切磋！"

赵声恭恭敬敬地接过文稿，扫了一眼说："不敢！不敢！仲甫兄给我学习机会了。"

江风一阵一阵吹过来，几只小鸟从风雨亭左边的小松林里飞出来，在风雨亭四周盘旋，留下一阵叽叽喳喳的鸣叫。

柏文蔚看看这些自由飞翔的小鸟，望着已经升上东边山峰的太阳，提议说："走，上山去，到狮子山顶去，站得高，才看得远！"

"好！"陈独秀和赵声齐声响应。一行三人朝山顶攀登而去。

柏文蔚一路陪陈独秀、赵声沿着小道往上爬，一路介绍说："先欣赏山景，到阅江楼平台后再讨论江防。"

陈独秀、赵声连连点头。

柏文蔚读历史书比较多，记忆又好，介绍狮子山头头是道。

狮子山位于南京下关区，濒临长江，海拔78.4米，有"狮岭雄关"之称，与"三宿崖""龙江夜雨"等被列为"金陵四十八景"。拥有众多的人文景观和历史遗迹。狮子山虽不高，但山巅、山坡、山麓及其周围有一系列的人文景观。"阅江楼"是狮子山的主要标志。有静海寺、古炮台遗址；山坡有徐达将军庙、玩咸亭、狮子林碑刻；三宿岩和天妃宫碑；附近是江南水师学堂、孙津川故居、太平军破城处等景点。阅江楼很独特，非常出名，但有记无楼。当年明太祖朱元璋曾在狮子山顶一览大江东去之势，并下令建筑阅江楼，还亲自撰写了《阅江楼记》，并在狮子山山顶平出很大一块地基。但由于种种原因此楼一直未建成，形成了有记有图无楼的独特景象。狮子山山坡蔚然成林，绿草如茵，风景秀美。出了风雨亭不远，就看到一片植物林。柏文蔚指着这片植物林说："这里是从海外引进的婆罗、沉香、龙脑香等名贵药材。考考两位秀才，谁引进的？"

陈独秀和赵声都停下步子，两人互相望了望，让柏文蔚给问住了。柏文蔚哈哈大笑起来："两位秀才，心思都用到江防上去了。告诉你，引进这片药林的是明代伟大的航海家郑和及伟大药物学家李时珍。"

赵声羡慕地望着这片药材摇了摇头："还真不知道。"陈独秀也嘿嘿嘿地笑，似乎有些不好意思。

三人一路往上爬，不一会儿就到了山巅东侧，映入眼帘的是古炮台遗址。三人在古炮台遗址周边缓缓地转了一圈，到了古炮台面江的地方，站立下来，几乎是同时转过身，深深地鞠了三个躬。陈独秀和赵声几乎同时赞叹道：这炮台背靠城墙，能看到长江，外面是一片平坦开阔的江滩湿地，这里是江防要塞！位置重要啊！

柏文蔚望着山下滚滚东流的长江水，感叹地说："江防，江防太重要了。走，到阅江楼平台去看看，听听你们论江防去。"

三人走在通往阅江楼平台的山巅小道上。八字山古城墙巍巍耸立，蜿蜒至狮子山脚下；滔滔的长江奔腾不息地往东流去，江面上挂着各国旗帜的商船来来往往，不时传来一声低沉的汽笛声；山坡上的各种树木开始吐翠，常青树木郁郁葱葱，一派生机。阅江楼平台就在山巅上。阅江楼与黄鹤楼、岳阳楼、滕王阁齐名。王守仁、金大车、汤显祖、吴敬梓、陈文述、巩珍等文人墨客都到过此处，眺望大江，欣赏山林美色，感慨万千，留下了不少脍炙人口的诗章。

阅江楼地基平台现在是一片宽阔的山顶平地，山石嶙峋，杂草丛生。柏义蔚领着陈独秀、赵声来到一片杂草丛边，指着山石中一块破旧的碑石说："这就是朱元璋当年亲自撰写的《阅江楼记》。明洪武七年（1374年）春，明太祖朱元璋下诏在国都南京城西北狮子山顶建楼，取名阅江楼。但在建楼工程所用地基平砥完工后，朱元璋突然决定停建，直到现在也未建成。后人把朱元璋写的《阅江楼记》刻在这块碑上，从此，狮子山有记无楼的独特景象就形成了。"

陈独秀、赵声伫立《阅江楼记》碑石前，认真地阅读。俩人几乎是异口同声："祖国强大了，阅江楼定会有名有实！"

"但愿我们能看到阅江楼的雄姿！"柏文蔚面朝大江，攥紧了拳头。

赵声在杂草丛石边选了一块突兀的石头，面朝长江坐下后，掏出陈独秀的《扬子江形势论略》文稿，如饥似渴地读起来。赵声是因"江防要策"文稿而冠绝于堂，现在读着陈独秀的这篇论江防的文稿，顿时心生佩服。赵声知道虽然自己心中也曾对如何加强江防有过思索，现在读了《扬子江形势论略》很受震动，想不到仲甫兄对江防有如此周到的考虑。赵声最佩服的是仲甫写这洋洋七八千字的时候才十八岁。看着看着,赵声心中惊呼:不得了!文稿中关于家乡镇江一节写得真好!仲甫兄对镇江一带在长江军事上的重要位置及如何布防研究、分析得不同寻常,很有独到的见解。仲甫兄对镇江江防很熟悉,布防得很有见地,与自己的想法有许多相似之处,真是不谋而合。

柏文蔚和陈独秀在阅江楼地基平台的一棵油松旁,眺望着宽阔的江面,谈得很投机。

赵声看这篇《扬子江形势论略》文稿,情不自禁地读出了声:

"……京口、金焦,尤为金陵门户……北固山环绕城东北,北瞰江六,蒜山在城西三里,隔京口之水,此山昔时宽广可容万人。宋元间渐沦入江,今西津渡口孤峰复立岸上,旁有银山别阜曰玉山,与金山对峙,金山道光间犹宛在水中,近时与岸连为角嘴,如独石卓立,宋韩世忠曾邀兀术于金山,伏别对于玉山,贼至擒其两骑。金山东十里,府城东北,又有焦山排立江心,且水性旋流甚疾,能推船旁行,以致遇险。舟船径此,多行山南水道中界。韩世忠曾屯八千人于此,邀兀术渡江北归之路。焦山对面南岸有象山,山在北固东,滨江与焦山对峙,若登此山,可窥焦山虚实。

"查镇江一带炮台,颇不甚佳,新河口炮台,尤为无用,欲击下游,乃为象山山石所阻。象山有暗台一座,布置未佳,焦山二台嫌近都天庙之台,其炮上挂线之路,制造未精,如能整顿得法,象山台可以兼顾长江之南北二支,且能西顾北固府城。焦山之台可以击江之北支,以保都天庙之沙头镇河,都天庙台亦可保长江南北二支,且可守八濠口以扼入运河扬州之路。若再于北固山屯以重兵,于金口泊以弹舰,再于近丹徒口之鱼山东面小山之上安设炮台,于丹徒沟亦造一台以御上岸之兵,新河口炮台宜移原台往西,用击焦象间水道,则诸险交错防御甚密矣……近丹徒口之四炮台,以保长江南支,当以鱼山之台为主台,象山、焦山、都天庙、新河口迤西瓜州诸台,可保长江北支,兼击下水,当以焦山为主,然后设德律风、电灯,使各台消息全通,联成首尾之势。能如此布置,而金陵之门户始固。"

赵声读到《扬子江形势论略》中论述故乡大港附近江防布置,特别亲切,特别激动,几乎是在朗读,把柏文蔚、陈独秀都引了过来。

"由焦山东南径谏壁口,此南唐卢肇所谓自京口至谏壁皆系要冲,又东北至三江夹,又东南至圌山关,江心有太平洲分江道为二。其南岸冈峦滨江,迤逦约五里半,其山大都甚陡,山背尤甚,无绕攻台背之虞……今所有各炮台系旧式不足敷用……"

赵声正读得津津有味时，柏文蔚、陈独秀走到跟前，各人寻一块突兀的石头坐下来。赵声停住朗读，激动地问陈独秀："仲甫兄，你去过我家乡大港？"

"没有。"陈独秀两手一摊。

"镇江、大港一带的江防你怎么比我还熟悉？"赵声用赞赏的口气说。

"故乡最熟。请伯先老弟多提宝贵意见。"陈独秀说着站起身走了两步，与赵声几乎是面对面，"纸上谈兵！纸上谈兵！"

赵声也站起来激动地说："仲甫兄虽没有来过镇江大港，但对镇江的山，对圌山这么了解，我太佩服了！"赵声把刚读完的文稿递到陈独秀手中，无限感慨地对陈独秀表达自己的敬佩之情，"你文稿中说得太对了。圌山关，圌山关，没有很好的炮台，圌山关也不过空有虚名。"

"我也是从鸦片战争后得出的教训，希望清廷能构筑天堑金汤御敌拒侮！"陈独秀接过手稿坦诚地对赵声说，"可这清廷，腐败的清廷哪里会理睬我们这些无名之辈的意见。"

柏文蔚指着陈独秀对赵声说："看，因为仲甫说了一些不满的话，已被清廷通缉了。"

赵声一听，拉住陈独秀的手关切地问："仲甫兄，接下来你去哪里？"

陈独秀已有安排。他知道在国内是待不下去了，他把下一步的安排告诉赵声："离开南京东渡日本。"

"去日本，一举两得。既避开朝廷追捕，又去东洋学习本领。"赵声握着陈独秀的手说，"你对扬子江的布防，特别是镇江江中、江南、江北炮台的设置，对圌山关炮台的设置，使我获益匪浅，我定牢牢记住。"

"后会有期！"陈独秀紧紧地握着赵声的双手，使劲地晃动着说，"祝赵声弟学业有成，早日为国效命！"

三人远眺浩荡东去的长江水，脸上露出了自信的笑容。

江风阵阵。

汽笛声声。

二十六、破格进陆师

　　狮子山上与陈独秀的一番谈论，让赵声兴奋了好几天。进了水师学堂，赵声交了柏文蔚、张伯纯、陈独秀、张日韦、汪幸本等一批来自全国各地的革命志士和同学，民主革命思想在赵声的脑海里深深地扎下了根。狮子山论江防，让赵声喜欢上了狮子山。狮子山是南京的江防要塞。在宁的同学、好友经常相约阅江楼地基平台，畅谈推翻恶政，抗御外侮的计策。有时，赵声下课后会选一高台，一边练拳脚，一边眺望狮子山。

　　有一天，早上天气阴沉沉的。赵声起床早，出了水师学堂大门，直往狮子山而去。狮子山离水师学堂不足二里地。赵声一阵急跑，很快就到狮子山脚下。看着布满厚黑云层的天空，赵声犹豫一下，还是沿着弯弯的碎石山道疾步而上。快到半山坡时，掉起了黄豆粒大的雨点子。接着，一阵一阵山风从山谷里吹过来。雨渐渐大了。赵声未带伞，赶紧停住步，不远处山坡上有一片密密的树林，树林中传来一声声清脆的钟声。

　　赵声眼睛一亮，树林中肯定有寺庙。到寺庙躲雨去。树林离山道不到二百米。赵声快步往钟声方向走，突然想起那天与柏文蔚、陈独秀登狮子山时，柏文蔚曾将山坡上一片密密的树林指给自己看，说密林深处就是猫儿山寺。

　　赵声三步并作两步，钻进树林就看到了一圈黄墙。寺庙的大门很简朴，飞檐很宽敞。赵声来到飞檐下。这时雨越下越大，哗哗哗的雨声和呼呼呼的风声在蒙蒙的山林里回荡。

　　初夏的雨，一阵过后，天渐渐地露出光亮。庙门开了，出来一位穿着袈裟的和尚，看见身上已经被雨水淋得湿透了的赵声，连忙招呼："施主快进屋里，烘烘衣裳。"

　　赵声双手合十，连连致谢："不用！不用！"

　　原来开门的是方丈。这里是猫儿山寺，其实就是狮子山寺。狮子山形似狮，加之草木茂盛，犹如毛茸茸的狮子，远远望去像一头鬈毛雄狮卧伏，故名狮子山。

民间又因山形似猫，又叫猫儿山。还有的书上写成妙耳山。

夏天的雨，来得急，停得也快，风歇雨停不久，太阳就从厚厚的云层中露出了脸。灿烂的阳光照在被雨水冲刷过的树木上，墨绿色的树叶上还滴着晶莹闪亮的水珠。方丈是个热心人。他诚邀赵声看看狮子山寺。赵声恭敬不如从命，一边致谢，一边跟在方丈身后来到了狮子山寺。

狮子山寺，位于狮子山的南山坡，占地近十亩，前后四进，寺内建筑很宏伟。第一进是大雄宝殿。从寺门进来是宽阔的天井。大雄宝殿正门面对进香台，门两侧各有一株水桶般粗的银杏树。两棵银杏树的巨大树冠几乎遮住了半片天井的天空。穿过大雄宝殿来到藏经楼。藏经楼陡直的造型和四角朝天的飞檐，别具特色。殿内木料结实，特别是六棵楠木大柱子油漆得红彤彤的，很有生气，格外雄伟。穿过藏经楼，来到了观阳宫。中厅高大，古木梁柱。在方丈的引导下，顺着旋转楼梯，上到三层高的观阳宫。赵声扶着木栏杆，举目望去，雨后红彤彤的太阳正在南京城的上空冉冉升起，霞光万道。观阳宫后面是寝宫，一排古式二层楼房。赵声来不及细看，与方丈打了个招呼，匆匆下山赶回水师学堂上课。猫儿山寺方丈的热忱在赵声心中留下了深刻的印象。

后来，一有闲暇，赵声爬山时总不忘去猫儿山寺。方丈是个善人，为人爽直，与赵声性情相投。一来二去，俩人成了朋友，赵声不烧香，倒成了猫儿山寺方丈的朋友，寺庙里的常客。

水师学堂读书习武一晃半年多过去了。课外结识了不少志趣相投的有志年轻人，思想交流越来越多，加之狮子山靠近水师学堂，经常三五结伴，登山论江防，江寺赏风景，日子倒也过得挺有趣味。但课内却轻松不起来。水师学堂隶属于水师，采用的是军队衙门式的管理，校内等级森严，气氛令人窒息。大堂上还陈列着"令箭"，据说，学生犯了军令，还会被杀头。总之校内的气氛是沉闷压抑，乌烟瘴气。特别是学堂的课堂不但单调，还常常闹出笑话。赵声想起课堂上的糗事就忍不住笑，笑声中充满了厌恶。

一天下午第二节课。上课的老师姓刘，据说水师学堂组建时就来工作了，也算是水师学堂的资深老师。刘老师穿着古板，戴一副深度近视眼镜，学生们背后都喊他诨号"四只眼"。别看这位刘老师眼睛近视，但谱摆得挺大。讲起课来照本宣科，还不准课堂有半点声音。赵声第一次听这位刘老师讲课滔滔不绝，又见教室里鸦雀无声，于是也毕恭毕敬地端正坐着，聚精会神地听讲。可是，连续听这位刘老师讲了两堂课后，感到很乏味，听来听去总是书本上的那一套，既没有新鲜内容，又没有什么引起大家兴趣的话题。第三堂课赵声听了个开头，心里就烦躁起来。他见教室里静悄悄的，心里有些纳闷，目光四周扫了几下。这一扫谜底解开了。原来，认真坐在那儿听刘老师讲课的同学没有几个。大部分人都是目光盯着课本，其实课本里夹的是杂志或小说。看来大家对这位刘老师的课都有些不耐烦，都在看自己喜欢的书刊。刘老师是深度近视眼，也看不清下面学生们干自己的私活。但这位"四只眼"老师耳朵特别灵敏，整个课堂上鸦雀无声，心想自己讲的课把全班学生吸引住了，心里很得意。越讲越得意，越讲越兴奋。有时讲到自以为精彩之处竟然摇头摆手。每当这时，赵声就忍不住笑出声来。到了第四次听刘老师课时，赵声把《警世钟》《猛回头》等进步刊物带进了课堂。这些刊物放在课本下面，刘老师挺卖力地授课时，赵声就假装聚精会神地看课本，其实是在看一些进步书刊。反正这位刘老师是深度近视眼，看不清学生看的什么书。当然，同学们不愿意听讲，主要还是课程简单，除了初级英文外，绝大部分课程都与私塾差不多。即使是英文课本也是从印度照搬来的，调动不了大家听课的兴趣。

课程简单也就情有可原，授课闹出笑话让学生们感到不可思议。有一天下午，天气阴沉沉的，教室里有些暗。这位刘老师估计是从旧私塾读出来的，对于一些新名词、新概念望文生义，在课堂上闹出了大笑话。先是赵声忍不住笑出了声，接着全教室的学生都笑得前仰后合，有些学生还笑得从座位上站立起来。这位"四只眼"的刘老师见同学们这么开心，还以为自己的课讲到了精彩之处，愣是停不下来，还一脸的得意。这节课讲的是地球。水师学堂肯定要讲地球，要讲地球的四大洋。这位刘老师还专门带来了地球仪，放在讲台的右手边。

这位刘老师讲地球时是这样说的。他说地球有两个：一个叫东半球，一个叫西半球；一个自动，一个被动。他讲这些知识时，目光只盯着他手里的课本。话音刚落，赵声带头大笑起来，同学们也都放声大笑，整个教室里是一片笑声。

好久好久，笑声终于停了下来。赵声是个直爽的人，心里摆不住话茬儿。他从座位上霍地站立起来，举起了右手。

刘老师用右手把眼镜往额上轻轻地推了推，目光盯着站起来举起右手的赵声，示意赵声提问。刘老师想刚才自己讲的内容赢得了同学们一片笑声，赵声举手肯定会有恭维话说。刘老师一脸得意地望着有些模糊的赵声的脸庞，大家也都屏住呼吸，把目光落到赵声身上。有几个跟赵声挺要好的同学还为赵声捏了一把汗，担心赵声这位新来不久的学生不知轻重，会给刘老师纠错，让刘老师下不了台。这可要触犯学堂的校规。

赵声咳嗽了两声，语气挺和缓："刘老师，我想请教一个问题。"

"请讲。"刘老师手朝赵声一指。

"请问刘老师，你讲台上那是地球仪吗？"赵声明知故问。

这一句，"四只眼"刘老师似乎有些不自然地点了点头。

"这是东半球，还有西半球呀！"赵声再一问，那位刘老师终于明白过来。刚才讲课只在照本宣读，闹出大笑话了。赵声本来是要继续出刘老师的洋相，问他西半球在哪里？但赵声给这位刘老师留了面子。课堂上哄然大笑之后静下来。刘老师什么话也不说，满脸羞得通红。

课后，赵声被方校长喊到办公室，狠狠地批评了一顿。方校长知道赵声的才华，入学考试的试卷"江防要策"立论独到，论述全面、文笔潇洒，是方校长钦定为第一名录取的考生。方校长对赵声批评一通后，语气和缓，提醒赵声应维护师道尊严，在课堂上不能让老师下不了台，让老师丢面子。这次方校长没有过多为难赵声，临离开办公室时，方校长还拍了拍赵声的肩膀，语重心长地说："小伙子，你有才华，但不要提意见，将来前途无量！"赵声尽管一肚子气，但念在这位方校长在录取新生时，竭力推荐自己，什么话也没有说，悻悻地离开了校长办公室。

赵声憋了一肚子气。当初考入水师学堂的那股子兴奋劲儿荡然无存。听到大家说自己是以第一名的好成绩被水师学堂录取的，而且外面传得很玄。说水师学堂的方校长读了赵声的考卷后，拍案赞赏，并亲笔写下了"第一名"三个字。当时，赵声还敬佩这位方校长识才，公正。刚才方校长的一番话让赵声心里凉了半截，方校长的形象在赵声的心中矮了半截。明明是错的，还不让人纠正，这岂不是误人子弟！两江总督兼南洋通商大臣曾国荃为培养水帅人才，创办了这所水师学堂，主要是为南洋水师输送人才。这样沉闷压抑、是非不分、循规蹈矩的办学环境，再加上有这样一位维护师道尊严，不主持公正的方校长，恐怕很难培养出国家需要的水师人才。

半年来，在水师学堂碰到的一些怪事，让赵声心里久久不能平静。赵声从方校长的办公室走出来，漫无目的地在水师学堂的操场空地上兜圈子。操场不太大，但碎石路两边栽种的梧桐树长得很茂盛，硕大的树叶，茂密的枝丫，把路的上空遮得严严实实。早晨9点钟的太阳亮堂堂地挂在蓝蓝的天空上，阳光透过茂密的枝叶，在碎石路上投下斑驳的碎影。赵声在这碎影晃悠的碎石路上，目光不时往大操场扫上几眼。操场西头一座黄墙琉璃瓦小房子吸引住赵声的目光。赵声停下步，目光盯着这座不伦不类的建筑。他知道，这是一座关帝庙，在水师学堂也算是一幅怪景。刚入学时，赵声感到很奇怪，水师学堂里怎么会建一座关帝庙呢？于是，他三步并作两步走到关帝庙前。关帝庙就是一间房子，里面有关帝塑像，塑像前有供台，还有香炉。香炉里不知是谁插了三支已经点燃的香，烟雾冉冉地上升。赵声挺纳闷地围着关帝庙绕了两圈，回到宿舍里，心里这个疑惑始终解不开。

吃中午饭时，他忍不住与一位已在水师学堂读了一年的学长打听。这位学长一听赵声提到关帝庙，嘴里的饭差点喷出来。学长把嘴里的饭咽下肚后，把筷子往桌上一搁，诙谐地说起了关帝庙的来龙去脉，赵声听得一愣一愣的，心里怎么也想不通，自己这么向往的水师学堂竟然还会出现这种事情。

作为培养海军人才的水师学堂，学生总不能不下水。水师的学生按理应该天天习水。南京水师不靠海边，水师学堂当年曾建有一个大的游泳池。但前几年有两名水师学生在大游泳池里练习游泳淹死了。学堂当局听信巫师的胡言，说大操场西边不能有水。因水师学堂正门是东大门，从东大门进来，往西走过去，迟早会掉进水里淹死。这位荒唐的巫师还提出了一个改变风水的方案，说是把大游泳池填平，在上面造一个小小的关帝庙镇邪。巫师的胡话当局居然信以为真。他们把大游泳池填了，并在填平的地方建了现在这座小小的关帝庙。学校还让管保障的老师每逢初一与十五，都要去关帝庙烧上三炷香。赵声听了，连说了三声"荒唐"。但赵声是个学生，而且是以第一名录取的高才生，他只能把不满埋入心底。堂堂的培养海军现代人才的水师学堂，思想却这么陈旧，这么迷信，太不可思议了。

半年多的学校生活，校内等级森严，气氛窒息，课程单调，教师教不出现代的科技文化，时不时还在课堂上闹出一些东半球、西半球两个地球之类的笑话。学堂的沉闷、压抑让赵声很是反感，也激起了学生们的义愤和不满。赵声和同学经常在饭堂里、操场上三五成群地议论学堂里不成规矩的规定。

"这也不许，那也不准，把我们手脚捆死了！"

"我们这学堂哪像学堂，跟衙门差不多！总办也就是那个校长，权力也太大了，学生犯了校规，甚至可以杀头。不可想象！"

"我们学的是水师，老在岸上讲水师，船也不得上，这是什么水师？"

"整天枯燥乏味，唯一的乐趣就是一周一次爬桅杆训练。爬上去后可以观赏古城风光！"

"跟在乡下爬树掏鸟窝似的！"

"学堂里原来有个游泳池，这是唯一一个跟水师有关的体育设施。因为游泳池里淹死了两个学生，学校当局竟然把游泳池给填平了。当局还听凭巫师胡言，在上面建了个关帝庙，据说是镇邪，这思想也太陈旧，太迷信了！"

"还说水师学堂是培养中国现代海军人才的学校呢，这么落后！"

背后的议论不是办法，大家认为必须把这些想法让学校当局知道。要培养中国现代海军人才，当务之急是要革新教学方式，增添对现代科技知识的讲授。作为培养水师的学堂，恐怕当务之急是恢复学堂的游泳池。同学们都知道赵声敢说敢干，也知道学校方校长很赏识他，于是推荐赵声作为学生代表，向学校当局反映。谁知这位方校长虽然赏识赵声的才华，但他仍然固守着师道尊严那一套，哪里容得学生代表来提意见。赵声性格刚烈，又是受同学所荐，与方校长据理力争，但这个方校长不予理睬，反而认为赵声是领头闹事，联想到前些日子赵声在课堂上削老师面子的事，气不打一处来，一点也不顾及赵声的才华，厉声批评赵声。赵声一气之下，自辞退学。

赵声退学了。这消息一传出来，像一块石头扔进了池塘，水师学堂沸腾了。虽然当局也派老师劝说赵声留下来，但赵声深信自己没有错。这样死气沉沉的学堂学不出名堂。赵声退学后没有回家乡，他怕父亲担心生气。去哪儿呢？赵声翻来覆去，一夜没有睡觉。早上，外面下起了大雨，不时还能传来一两声惊雷。这惊雷把赵声震得一骨碌从铺上坐起来。他眼前一亮，他想到了狮子山寺的方丈。

晌午时分。风停了，雨也停了。灿烂的阳光洒满雨后清新的大地。赵声匆匆忙忙地拾掇好行李，三步并作两步来到了狮子山寺大门口。

狮子山寺烧香的人，来来往往。赵声往庙门口的台阶上一站，左手提着个竹编小提篮，肩上挎着兰花布大包袱。几个打杂的小和尚一看就知道，这位不是香客，赶紧走上去问："施主，找谁？"

"方丈。"赵声一脚跨进门里，来到天井的大银杏树下，把提篮和包袱往地上一搁说，"麻烦禀报一声方丈。谢谢！"

不到一支烟工夫，方丈匆匆地来到赵声面前，双手合十："赵声，怎么今天学堂没有上课？"

赵声也双手合十："方丈，这学没法上了。"赵声平淡地回答方丈："水师学堂没有水！学堂的思想太陈旧、太迷信。我自己退学了。"

方丈一听明白了，嘴里喃喃自语："阿弥陀佛！阿弥陀佛！"说着，拎起赵声脚边的大包袱往肩上一搁，领着赵声往寺庙的后面走过去。自从上次赵声在狮子山避雨后，赵声常来狮子山寺，有时还带着一帮同学来寺里游玩。方丈与赵声已经很熟了。走到第四进，在一排卧房北边的两间小屋门口停下来。方丈指了指小屋说："赵声，这两间屋子挺安静的，没人打搅，你可以先在这里住住。我们这寺庙与你家乡圌山上的寺庙可是一家呢。"

"谢谢师傅！"赵声被方丈的真情打动，随方丈走进屋里，暂且住了下来。

两间小屋不足三十平方米。里间卧室，外间大一些，中间有一张低矮的长条桌，桌子周围有七八张小竹椅子。地上要是不铺碎石块，还真的有日本的榻榻米的味道。赵声收拾停当，很满意。这个地方安静，正是闭门读书的好地方。早上还可以去寺庙的后山坡上打拳练武，几天下来，赵声习惯了。不晓得是什么原因，发生在江南水师学堂里的事，很快在同学们中一传十，十传百，他在这次学潮中的无畏表现在南京各学校迅速传开。赵声是以第一名的成绩被水师学堂录取的，不到一年竟然自己退学了，这本身就是一大新闻。何况赵声与学校当局据理力争的无畏精神也让各校学生们佩服不已，纷纷来到狮子山寺看望赵声同学，个个为赵声鸣不平。狮子山寺靠近江南陆师学堂，来看赵声的学生中有不少是江南陆师学堂的学生，有许多学生也曾请赵声指导或代笔润色文章作业。

有一天，快到吃午饭的时候，突然有一名陆师学堂的学生紧张兮兮地来到了小屋门口，怯生生地喊："赵声，你在吗？"

"在呀！"赵声赶紧从屋里走出来。

"出大事了！"那位学生拉着赵声的手紧张得都发抖，"我们陆师学堂的俞校长要你马上去他办公室。"

"我又不是陆师的，要我去干什么？"赵声一脸不解，反而劝那位学生说，"什么大不了的事！我又不是俞校长的学生，他管不了我！"说到这里，赵声拍拍那位同学的肩膀说，"你回去告诉俞校长，赵声没有时间。"

"不行呀！俞校长说了，让我一定把你喊过去，你不去，他说拿我是问！"这位学生怯生生的目光在赵声脸上扫来扫去。

赵声一听，冷静下来，脑子一转，想会不会我给这位同学代笔做作业的事被发现了，想到这里，他决定去学校给这位学生证明，千万不能为难了这位学生。赵声随即跟着这位学生下了山，很快来到陆师学堂俞校长办公室门口。

江南陆师学堂位于狮子山寺附近。校长俞明霞是一个比较开明的官吏。他对学生的作文水平比较了解。有一次抽查学生作文时，发现有几个学生的作文并非自己所作。经调查了解到这些学生中不少人经常去狮子山寺，估计这狮子山寺里肯定有人擅长作文，为陆师学堂的学生代笔。经过深入了解，知道这狮子山寺里有一位擅长作文的从水师学堂退学的学生，仅仅因为被学生推为代表给学堂提了意见而自动退学。据说这个学生仍不荒废学业继续寄居在狮子山寺刻苦读书。俞校长觉得此生不一般，于是便让那位学生去请赵声。

俞校长办公室门敞开着。那位学生喊了一声报告后，便朝办公室一指说："赵声，那就是俞校长！"说完，不知因为害怕还是什么原因掉头就走。

赵声大大方方地走到俞校长面前，目光盯着俞校长。俞校长见赵声确实气度非凡，眉宇间没有因退学而带来的消沉和落魄。赶紧示意赵声坐下，边指椅子边说："何姓何名？"

赵声一点不吃嫩，落落大方地恭敬答道："学生赵声。"

"可知本总办为何唤你到学堂一见？"

"奉召而来，其中原委学生不知。"

"你可曾为我学堂学生代笔作文？"

"我……"赵声正欲辩解，被俞明霞打断："我也是文人，什么样的人写什么样的文，这点分析判断能力还是有的。"

赵声两手使劲搓搓，一时竟不知道怎么回答。只听俞明霞继续说道："年轻人，我不会为难你，理由很简单，你不是我江南陆师学堂的学生。只要你说实话，我会让你得到惊喜。"

赵声一听，不但没有责怪自己，反而要给自己一个惊喜。什么惊喜？赵声一时猜不出来。他看到俞明霞校长一脸的真诚，也就照实说道："俞校长，你大人大量。是学生找我代写的。请总办见谅。"说着还诚恳地拱起双手向俞校长致歉。

俞明霞校长蹀步到赵声面前，轻轻地拍拍赵声的肩膀，认真地说："好呀！你是个诚实的孩子！我喜欢！我现在告诉你，我决定让你入陆师上学，当一名陆师学员，可愿意？这算不算是一个惊喜？"

"真的？"赵声简直不敢相信自己的耳朵，瞪大眼睛望着俞明霞。

俞明霞用手在赵声的肩膀上拍拍，郑重地说："真的，总办还能说假话！"

赵声自水师退学后，虽然寄居在狮子山寺闭门读书，但毕竟没有学籍。现在陆师要他，这不是瞌睡送个枕头嘛。赵声惊喜的眼中闪着激动："太谢谢总办大人了！"

就这样，赵声奇迹般地成了江南陆师学堂的一名插班学生。

二十七、心中的明灯

赵声性格爽直。在江南陆师学堂，他不但刻苦学习，精研知识，认真地上好每一门课程，努力掌握各种军事技能，而且交了一帮志同道合的学友。

一到课余时间，赵声总和一帮谈话投机的学友在宿舍里、操场边交流学习心得。特别是议论时事，同学们都感愤不已，唏嘘长叹。

陆师学堂的教室是一排排的平房。平房南边是一大片训练场。训练场的东南有单杠、双杠，路边有一排高大的法国梧桐树。正值夏天，太阳毒辣，但单双杠下一片浓荫，挺凉爽的。下课铃响了，赵声、陶麟勋、解朝东、茅乃封、章士钊等同学会不约而同地来到单双杠边。赵声武艺高强，往往一个轻跳，坐到双杠上，其他同学有的蹲坐在双杠的沙坑边，有的爬到双杠上，还有的练单杠，不停地翻转。路边梧桐树上的喜鹊也凑热闹地飞到枝丫上，叽叽喳喳地叫个不停。

大家谈论时事激动不已，说到激愤之处，就无法把门。赵声性格豪爽，心中藏不住话。这时正是资产阶级革命思潮形成一个高潮的时期。学生中私下传阅章太炎主编的《国民报》，中国留日学生编印的进步书刊《译书汇编》《开智录》也传到了国内陆师学生中。赵声如饥似渴地阅读这些介绍西方资产阶级民主革命学说的书籍，资产阶级民主革命思潮启迪着赵声。赵声读书十分投入，觉得这些书写得太好了，太吸引人了，使人于混沌中豁然开朗，说了自己想说而未曾说出的话。想到这些革命书刊上的话，赵声霍地从双杠上跳下来，右手往双杠上一拍说："读过《国民报》《译书汇编》《开智录》这些报刊的请举手。"

单双杠边，解朝东、陶麟勋、茅乃封、章士钊几乎刹那间齐刷刷地举起手。

赵声激动地对自己这帮热血沸腾的同学说："此我胸中所欲言者，乃有人先我而发之，就是这些报刊。"

章士钊从单杠上跃下来说："课堂上讲的知识太陈旧了！"

解朝东从沙坑边站起来说："国家需要御敌人才，按陆师这套模式培养不出国家所需人才！"

"陆师需求速成，以备前敌！"

"学堂要赶快改良功课！"

"否则，长江上飘着的全是洋人的旗帜了！"

大家义愤不已，忧国忧民之情溢于言表。

"我们现在刻苦学习，是为了什么？难道就是为了将来能高官厚禄，坐享荣华富贵吗？不是！"进步青年学生卢润州是赵声最要好的朋友，他高着嗓门激动不已，把栖息在枝丫上的几只花喜鹊都惊飞起来，留下一片叽叽喳喳的鸟鸣，不一会儿，喜鹊又凑热闹似的飞回梧桐树上。

茅乃封同学赶紧竖起一个指头拦住嘴唇，示意卢润州说话声音低一点。

章士钊文辞尖锐："看我们中华现在是国势积弱，又这般专制，欺压我们人民，这种状况非改革不行！"

解朝东接过章士钊的话说道："我们刻苦学习，是为了他日手拯神州，挽救民族危机，使我们祖国不被滚滚洪流所淹没，能重见青天白日耳！"

卢润州朝大家摆摆手："我请大家回答，我们究竟为何读书？"

赵声蹑起步子，沙坑里发出嚓嚓嚓的铿锵响声："一志军学，以革命事业自任。"

赵声袒露心迹，说出了大家的心声。大家几乎是异口同声："一志军学，以革命事业自任。"响亮的话音又一次把梧桐树上蹦蹦跳跳的喜鹊惊飞起来，往操场南边高远的天空飞去。

后来，陆师学堂也不平静了。学堂与学生的冲突时常发生，最终，以章士钊为首的四十多名学生为抗议校方的蛮横无理、墨守成规而发起退学运动，集体退学到上海读爱国书社去了。赵声也于光绪二十八年（1902 年）底，肄业离开了陆师。

离开陆师，赵声有了赴日本学习的打算。很多学生在日本学习西方知识，接受资本主义的思想文化，眼界开阔了，思想解放了，革命热情也被激发了。他们在日本创办革命刊物，编印进步书刊，传播西方文化，大大地推动了中国国内新知识新思想的传播。从进步书刊中，赵声知道愤然离开水师学堂的周树人都赴日本留学了。尤其是留学日本的孙文更是成了赵声心中的偶像。赵声征得父亲同意，决定赴日本考询军政。此次同行东渡的还有同乡柳诒徵。

光绪二十九年（1903 年）2 月，上海十六铺码头上人流涌动。赵声和柳诒徵从镇江乘客轮，一路顺风顺水来到上海。俩人各乘一辆人力车，一前一后来到十六铺码头的候船室。坐定没有多久，就见到一位码头工作人员拿起一只铁皮土喇叭，大声喊叫："旅客们注意了。开往日本横滨的邮轮开始检票了！"

赵声和柳诒徵站起身，提起行李箱。土喇叭又喊开了："开往横滨的邮轮检票了！请旅客们到三号门检票。"

　　赵声和柳诒徵随着拥拥挤挤的旅客缓缓地行进，来到三号门排起了长队。

　　检票。

　　出了三号门，俩人兴致勃勃地从栈道上登上了开往日本横滨的邮轮。

　　沉闷的汽笛声在上海滩的黄浦江上空悠悠地回响。邮轮缓缓地离开十六铺码头，向黄浦江入海口驰去。

　　客舱里空气很闷。赵声提议去甲板上走走，看看大江，看看大海。柳诒徵很欣赏赵声这位同乡的才华和爽直。俩人把行李放置好后，来到邮轮的后甲板上。

　　柳诒徵光绪六年（1880 年）生于镇江城，长赵声一岁。七岁父亲病故后，随母亲和姐姐跟着外祖母度日，其母亲是位有学问的女性，教柳诒徵识字读书，既为慈母，又当严师。家贫出孝子，柳诒徵刻苦读书，十七岁那年与赵声一样考中秀才。因家境贫寒，就设馆授徒，维持生活。光绪二十六年（1900 年），经陈善余（庆年）介绍入南京江楚编译局任助理。这年春，准备赴日本考察教育。因柳也设馆授学，与赵声父亲的天香阁学馆有交往。赵声父亲就促成了赵声与柳诒徵同赴日本，路上也有个照应。

　　俩人一见如故。赵声和柳诒徵都是第一次出国，甲板上，江风阵阵，早春的寒意正浓。俩人望着渐渐远去的上海外滩，望着越来越模糊的外滩楼群，只有十六铺码头五个大字还在午阳的照耀下忽明忽暗。他俩知道，离开上海滩，就离开了祖国，心中既舍不得，又十分激动。稍有寒气的江风吹在身上一点也不觉得凉。

　　俩人站在甲板上，遥望着渐行渐远的十六铺码头，一句话也不说。胆大的江鸥伴着春风飞到甲板的上空，留下一片叽叽喳喳的鸣叫。俩人依依不舍地告别家乡，告别上海滩，告别祖国。激动的是他们东渡后将踏上一片新土地，看见一片新气象。他俩是一对向往新事物的青年，对未来充满了好奇、憧憬。尤其是赵声，心情格外激动，因为过不了多少天就要遇到心中仰慕已久的孙中山了。

　　邮轮驶出黄浦江，进入东海。崇明岛留下了一片星星点点的亮光。邮轮驶向大海后，海面宽阔，海浪翻卷。赵声、柳诒徵心潮似大海波涛，起伏难平。太阳已落入地平线下，夜色降临。俩人才依依不舍地望着崇明岛方向往船舱走去。

　　赵声知道柳诒徵年长自己一岁，又在南京编译局任了几年助理，见多识广。赵声这次赴日本考询军政，一直有个问题在心中解不开。他大胆地向柳诒徵提了出来："柳兄，日本是个小小的岛国，凭什么让泱泱中华都去留学，凭什么向日本学习？"

柳诒徵哈哈大笑，但没有正面回答："伯先弟，这个问题到日本考询之后再研究，你说好不好？"

"好吧！"赵声估计柳兄一句两句也说不清。反正，中国的有识之士都去日本学习考察，人家日本的政府肯定有可学之处。要不然为什么孙中山、黄兴这些国内的名人志士都去日本治学考察。赵声心里有些底，他向柳兄提出这个问题，也就是想探讨这中间的奥秘。

进入船舱，稍稍歇了一会儿，俩人去餐厅用了晚餐，早早躺下休息。

海风阵阵。海上的波涛把邮轮颠簸得像摇篮似的。俩人奔波了一天，慢慢地进入了梦乡。

一轮明月从东方的海平线上冉冉升起，皎洁的月光把大海上的浪花映亮了。

邮轮在明亮的夜色中乘风破浪向东北方向缓缓驶去。

赵声做了一个梦。

梦中他见到了孙中山先生。赵声从未见过孙中山先生，只是在进步刊物上见过孙中山的照片。梦中的孙中山先生彬彬有礼，十分谦和地握着赵声的手，使劲地摇动着说："你来日本，算是来对了。看看人家的思想是怎么解放的，看看人家是怎么学习西方文化的，看看人家是怎么大胆改革的。日本是弹丸岛国，但岛国一派生机勃勃。"赵声听了激动地连连点头，手紧紧地握着孙中山的手，一股暖流传遍全身。孙中山的手很有劲，赵声大有一种相见恨晚的感觉。两双手紧紧地握在一起，使劲地晃动着。赵声在两双大手的晃动下醒了。眼前一片夜色，明亮的月光透过客舱的圆形玻璃窗，把船舱映亮了。

赵声还没有完全从梦中醒来，他把手从温暖的被窝里伸出来，紧紧地攥成了一个拳头。赵声有力的拳头沐浴着从舷窗透进来的月色。赵声在睡梦中见到了孙中山，激动地睁眼，到处是皎洁的月色，邮轮不时发出一两声沉闷的汽笛声。赵声平时就从进步报刊上对孙中山略知一二。他把紧攥着的拳头缩回被窝里，目光平视着舷窗，脑海里浮现出孙文的形象。

孙文，清同治五年（1866年）十月初六出生于广东省香山县（今中山市）翠亨村，字德明，号日新，逸仙。流亡日本时，曾有一个广为人知的化名"中山樵"，故世称"中山先生"。他是家中第三子，幼名"帝象"，七岁时入私塾接受教育。光绪五年(1879年)十四岁的孙中山受长兄孙眉接济，随母乘轮船赴夏威夷檀香山。在英国当地教会开办的英语授课的小学，修读了英语、英国历史、数学、化学、物理、圣经等科目。光绪七年（1881年）孙中山毕业，获夏威夷王亲颁英文文法优胜奖。之后，他进入当地最高学府美国教会学校继续学习。光绪九年（1883

年），由于孙中山有信奉基督教的意向，被兄长接回家乡。于同年冬天到达香港，与陆皓东一同在公理会受洗入基督教，并就读于拔萃书屋。光绪十年（1884年），进入中央书院，光绪十三年（1887年）进入香港西医书院。光绪十八年（1892年）7月以首届毕业生中第二的成绩毕业，并获当时香港总督亲自颁奖。

青少年时代的孙中山受广东人民斗争传统的影响，向往太平天国的革命事业。后来，孙中山在澳门、广州等地行医。在广州行医期间，常常与尤列、陈少白、杨鹤龄、陆皓东等人畅谈、批评国事，也常谈革命。虽然他最初未言革命，但这一时期的社会活动，对他后来的革命事业有着重要的实践意义。光绪二十年（1894年）6月，孙中山曾于《上李傅相书》中，提出多项改革建议，为李鸿章断拒。失望之余，他于11月24日赴夏威夷檀香山茂宜岛，筹划募款，创建了平生第一个革命组织——兴中会。在兴中会，孙中山计划以"振兴中华"为目标，以排满思想为其革命事业铺路。光绪二十一年（1895年），孙中山到香港，会见旧友陆皓东、郑士良、陈少白、杨鹤龄等人。同年2月12日，孙中山在士丹顿街13号正式成立了"香港兴中会总会"。其时，杨衢云、谢缵泰等人已经以"开通民智、改造中国"为宗旨，先行创立了"辅仁文社"。孙中山及时与辅仁文社接洽，全社并入兴中会。租赁总会所一处，托名"乾亨行"。同年2月20日，孙中山在香港大学做公开演讲时提到，他的革命思想源于香港。

光绪二十一年（1895年）2月21日，兴中会总会在香港正式成立，与会者选出杨衢云为会办，孙中山为秘书。3月16日，首次干部会议决定，先攻取广州为根据地，并采用陆皓东所设计之青天白日旗为起义军旗，随后即分工展开各种活动。当时，杨衢云主持后方支援工作，孙中山主持前方发难任务。随后，他进入广州，创农学会，并广征同志，定于10月26日为起义日。因为泄密，这次起义以失败告终。陆皓东等多位重要成员被捕。孙中山被清廷通缉，遭香港当局驱逐，流亡海外。同年11月，孙中山避往日本，并于此时起剪掉辫子，改穿西装。光绪二十二年（1896年）初，孙中山携妻子抵达夏威夷，再转美国，在旅美华侨中发展兴中会会员并筹款。光绪二十二年（1896年）秋，孙中山转往伦敦，在当地被清廷特务缉捕关入中国使馆，成为国际事件。这个事件后来被称为"伦敦蒙难记"，孙中山被邀出书，描述其遭遇。孙中山因此事而名声大噪。孙中山在旅欧期间倾心钻研西方各国政治、经济等书籍，并开始接触社会主义学说，提出"非革命不能救中国"。

光绪二十三年（1897年）秋，孙中山离开欧洲，经加拿大，转往日本。在日本，他先结识宫崎寅藏、平山周，二人后来成为孙中山的支持者。通过宫崎寅藏及平山周，赵声再结识日本军政、帮会中人，包括犬养毅、大隈重信、山田良政等人，并一度接触梁启超等保皇派。光绪二十六年（1900年），庚子事变引来八国联军，孙中山借机联系时任两广总督的李鸿章，希望能筹划南方诸省的独立，成立类似于美国的合众国政府。当时李鸿章答应与孙中山会见。后来日本友人及时提醒，才知道李鸿章所谓会见其实是清廷设计的陷阱。后来孙中山与日本友人及兴中会骨干到达香港，并派郑士良等组织了惠州起义，又告失败。

想到这里，赵声长长地叹了一口气，他为孙中山的兴中会惋惜，但他对孙中山不屈不挠的革命精神由衷地敬佩和赞叹。他躺在床上，望着舷窗外淡雅的月光，嘴里一字一句地轻声念叨："孙中山了不起！孙中山说得好！"

此刻，睡在另一张床铺上的柳诒徵从梦中醒来，望着皎洁的夜色，正想翻个身继续睡觉，突然听到喃喃自语声，仔细一听，是赵声在自言自语。于是接着赵声的话茬儿轻声自语："创立民国，创立合众政府。"

赵声睡在柳诒徵隔床的上铺。听到柳诒徵的补充话语很是惊讶，随口轻声说："对呀！这是兴中会成立时提出来的，这十几个字讲得真好，讲到我们的心坎上了！"说到这里，赵声轻声问，"柳兄，你了解兴中会？"

"不但了解兴中会，还了解孙中山。"说着，柳诒徵从床上坐起来，揉揉眼睛，"天快亮了！"

"睡不着。"赵声也从床上坐起来提议，"柳兄，到船舷走廊上走走，给我讲讲孙中山的故事。"

"好呀！"柳诒徵说着，穿起衣服下了床。俩人一前一后来到船舷走廊上，迎着皎洁的月光，迎着一阵一阵吹来的带着咸味的海风，兴致勃勃地交谈起来。

"说到兴中会，不能不说孙中山。"柳诒徵赞颂地说，"孙中山有大智慧，看穿了封建本质。他于光绪二十年（1894年）夏，上书李鸿章要求革命遭拒后，愤然出国。他彻底丢掉了'改良祖国'的幻想，在华侨中揭露清王朝的腐朽残暴，倡议集结团体，共谋救国大计。同年11月24日，二十多位赞同孙中山主张的进步华侨，在檀香山聚议成立兴中会，通过了孙中山草拟的《兴中会章程》（以下简称《章程》）。《章程》斥责清王朝昏庸误国，招致严重的民族危机，申述该会以'振兴中华，挽救中华'为宗旨。"

赵声插了一句："兴中会成立时有没有宣言？"

柳诒徵清了清嗓子说："有宣言。但我记不清了。"

"大致内容记得吗？"赵声对孙中山特别地崇敬。孙中山这样为国奔走，提出许多的治国良策，但这些治国良策在刊物上只是零星看到。《兴中会宣言》（以下简称《宣言》）最能代表中山思想。先听柳兄说说，心里有个底，到了日本见到孙中山当面请教。

"记得大致内容。"柳诒徵为这位同乡迫切了解孙中山精神所感动。"麻烦柳兄说说。"赵声有些迫不及待。

柳诒徵知道赵声在家乡是文武兼备，倾向于救国救民。读水师、陆师，说到底是谋求将来枪杆子救国，崇拜孙中山溢于言表。柳诒徵谦虚地说："讲不全的地方，到了日本，见到中山索要一本《宣言》好好读。"柳诒徵与赵声并排走在船舷走廊上，边走边说："《兴中会宣言》的大致内容是——中国积弱，至今极矣！上则因循苟且，粉饰虚张；下则蒙昧无知，鲜能远虑。堂堂华国，不齿于列邦；济济衣冠，被轻于异族。有志之士能不痛心！夫以四百兆人民之众，数万里土地之饶，本可发奋为雄，无敌于天下。乃以政治不修，纲维败坏，朝廷则鬻爵卖官，公行贿赂；官府则剥民割地，暴过虎狼。盗贼横行，饥馑交集，哀鸿遍野，民不聊生，呜呼惨哉！方今强邻环列。虎视鹰邻，久垂涎我中华五金之富，物产之多，蚕食鲸吞，已效尤于接踵；瓜分豆剖，实堪虑于目前。呜呼危哉！有心者不禁大声疾呼，亟拯斯民于水火，切扶大厦之将倾，庶我子子孙孙，或免奴隶于他族。"

"深刻！精辟！"赵声听了柳诒徵叙述的《兴中会宣言》，连连点头。

海风阵阵，海浪澎湃，邮轮在大海中破浪前行。黎明前的夜空黑沉沉的。

柳诒徵见赵声跟自己一样崇拜孙中山，用敬佩的口吻说："孙中山不但说，而且早已行动起来。你听说过惠州起义吗？"

"听说过。"赵声凝望着黑沉沉的夜空应答道。

"这是孙中山领导的第二次武装起义。起义军连连打败清军，不到一个月，竟发展了两万人的队伍。"柳诒徵连连赞叹。

"后来呢？"赵声着急地问。

"失败了！"柳诒徵说着挥了挥拳头，"孙中山不怕失败。失败了，再干！"

赵声为孙中山惠州起义的失败惋惜，但他知道孙中山那钢铁般的意志："孙先生后来呢？"

"又返回了日本。"柳诒徵说。

赵声遥望着东边的天空说："这次到日本一定要拜会孙先生。"

柳诒徵也把握不住孙中山的动向。前些日子清廷又通缉孙中山了，不知孙先生会不会离开日本。他也希望这次在日本能见到孙中山，当面听其教诲。

突然，东边黑沉沉的天空中出现了一点微弱的光亮。赵声用手指着忽闪不停的光亮对柳诒徵说："看！那里有亮光。"

"灯塔！指引航船方向的。"柳诒徵说，"在茫茫的大海上，只要有小岛，岛上就会建灯塔。"

"灯塔！"赵声心里一亮，"我们的国家不也像邮轮一样行驶在茫茫大海上，太需要灯塔引路了！"

"这次去日本，相信我俩会见到灯塔！"柳诒徵一语双关。

赵声听明白了，连连点头。

俩人的目光凝视着远处闪烁不停的灯塔光亮，任凭海风吹拂，一点也不感到冷，似乎刚刚喝了一杯酒似的，浑身热乎乎的。早飞的海鸥迎着海风，在波翻浪涌的海面上朝着灯塔的方向展翅翱翔。

二十八、结识黄兴

　　邮轮航行在茫茫大海上。从上海开往横滨的邮轮在海上需要航行六天。六天生活在邮轮狭窄的空间里，人会感到烦闷。但对赵声来说，有柳诒徵做伴，有去日本拜会中山先生的期想，一点儿也不感到寂寞。

　　六天的海上航行是愉快的。在邮轮的甲板上，船舷边，在拥挤的客舱里，经常会看到赵声与柳诒徵的身影。两人志趣相投，都忧国忧民。尤其是赵声，把柳兄当作自己的老师，凡是心中的想法，他都毫不忌讳地向柳诒徵请教。第一天月色下的散步，让赵声收获不小。孙文的形象经柳诒徵的介绍，在赵声的心中更加高大、丰满，就像茫茫大海中的一座灯塔。它虽然在黑沉沉的大海中发出的是微弱的光亮，但那光亮是温热的，那光亮终会发生裂变，终会把大海照亮。孙文就是中国苍茫大地上的一座灯塔。想到这次去日本就能拜会孙中山先生，就能当面聆听他的谆谆教诲，赵声顿感浑身热血在沸腾。想到柳兄介绍的孙文领导的惠州起义，赵声备受鼓舞。行动！关键在行动！拯救中国，就应该像孙文先生这样勇敢地去行动！不怕失败！不怕掉脑袋！失败了再干！孙文领导的惠州起义虽然失败了，但如一声春雷响彻在南方大地，而隆隆的巨响传遍全国震动着中华大地，唤醒着人民的觉悟与奋起。

　　经过六天的航行，邮轮到达日本，在长崎、神户停泊上下客后，最后到达横滨。

　　赵声与柳诒徵走下邮轮，两人这次来日本目的不一样。柳诒徵是随团在横滨考察教育，赵声是自费考询军政。两人在栈桥出口处分手作别。

　　两人紧紧地握着手，依依不舍。一路短暂的行程，却结下了终生难忘的友谊。突然，柳诒徵松开赵声的手说："我给你介绍一个人，他叫黄兴，也在东京留学。来了一年多了。他很熟悉中国的留学生。听说，他与孙中山等革命志士交往很深，你去找他。"

　　赵声感激不已："谢谢柳兄！谢谢柳兄！"

　　柳诒徵说着从箱子的侧面口袋里掏出一个本子，翻到空白处，顺手从上衣口袋拔出钢笔，在空白纸上唰唰地写下一行字，哗的一声撕下来递到了赵声手里说："伯先老弟，这是黄兴的地址，在东京有困难找他！"

赵声接过字条，深情地望着柳诒徵那微笑着的面庞，连连作揖："谢谢柳兄！谢谢！谢谢！"

"对了，你不是想见孙中山吗？"柳诒徵指了指赵声手上的字条说，"找到黄兴，就会见到孙中山了！"

赵声连连点头，朝转身随考察团往外走的柳诒徵连连挥手："家乡见！谢谢！"

赵声依依不舍地望着渐渐走远的老乡柳诒徵，拎起藤条箱，往横滨火车站方向走去。

从横滨火车站乘火车，不到一小时就到了东京站。出了东京站，已是下午太阳西斜的光景。赵声初来乍到，不懂日语，坐公交转车言语不通，只好在路边拦了一辆黄包车，直奔东京同文书院。

中国留学生初到日本，往往语言不通。虽然出发之前速成学了几句生活日常用语，但要与日本人交流只能靠字条或手势。同文书院是在日本留学的朋友推荐的，很适合刚来日本的中国留学生速成学习日语。教师授课时，旁边一般都配有中文翻译。赵声上了黄包车，先是做了几个手势，意思是读书的地方。拉车人若有所悟，但不知道是哪里读书的地方。拉车人一口气报出三个名字，而且是用结结巴巴的中文报的。日语很有意思，许多日语的单词都用的汉字，只是读音不同。赵声读过历史，来前也研究过日本。他知道，尽管日本人和中国人所讲的语言不同，书写体系中存在很多借用的汉字。有的口音虽有些变味，但仔细听还能听出个大概。唐代是我国历史上的鼎盛时期，当时的日本还没有文字，日本就派遣唐使来中国学习语言和文字。经过千年的变迁，虽然现在的日文已经有所改变，但还有一部分字词的发音和中文非常类似或接近。

拉车人伸出一个指头，结结巴巴地说："弘文学院？"

"No！"赵声懂些英文。他用英文回答拉车人。

"振武学堂？"拉车人又伸出一个指头。

赵声听了似懂非懂，连连摇头。

拉车人知道，中国留学生到日本来，首先要过语言这一关。刚才报了两个语言学校都不是，那只有最后一所学校了。拉车人又伸出一个手指，三个指头竖着在赵声眼前晃了晃，然后把三个指头全缩了回去说："同文学院？"

赵声一听，有点像。赵声脑子特别聪明，刚才拉车人竖起三个手指又缩了回去，说明东京速成语言学校就三所，这是最后一所了。赵声连连点头说："同文书院！同文书院！Yes！Yes！"

拉车人是位中年人。说话语气和蔼，与赵声交流特别有耐心。黄包车到了同文书院大门口停了下来。赵声付了车费。拉车人打开后备厢，帮赵声把藤条箱拎出来，一直送到同文书院的前台。赵声很感激，连声向拉车人表示谢意。赵声刚到日本，坐了一趟黄包车，就深有感触。日本是岛国，但日本很发达，这恐怕跟日本的国民素质有关系。这拉车人不认识我，他一路热心服务，边拉车还边介绍日本的风土人情。尽管赵声听不懂，但他对拉车人的一片热心还是深有感触的。特别是最后下车后，拉车人还帮忙把箱子送到前台。赵声心中对日本人有了第一印象，日本人做事认真。

在同文书院落下脚，赵声就如饥似渴地学习日语。赵声知道要想在日本学习军政，参加各种活动，不懂日语处处不方便。一个多月下来，赵声集中精力，大门不出，很快就完成了听日文、读日文、写日文的基本要求。上街购买日用品，能找到日本的专业商店，在街上也能基本看懂日文，特别是与日本营业员用日文对话，居然双方都大体能听懂。

有了语言基础，赵声准备进一所日本的士官学校学习。赵声在南京读的是水师、陆师学堂。他热爱军事。他知道要拯救中华民族，关键在行动，关键要有本事。光嘴上说是不行的。就要像孙中山先生那样，不停地发动一次又一次的起义，只有用武力才能推翻帝制。进入日本士官学校学军事，这是赵声来日本考询军政的第一个目标。但第一个目标就碰了壁。

中国留学生在日本学习的专业有军事、外语、美术等，最热门的是政治与军事。因为当时的人们认为中国失败落后，最主要的原因就是政治和军事方面与列强存在差距。中国要走向富强，政治方面必须实现宽政，军事方面必须建立新型的陆海军。赵声就是这个想法。但是腐败无能的清政府与日本政府有协议，日本军事学校只能收官派留学生。赵声联系了几家士官学校，都不同意赵声入学。赵声来日本学军事的愿望没有实现。

赵声苦闷了几天，突然想起了柳诒徵横滨码头给自己写的字条。他赶紧找了出来，仔细地看了看字条上的地址，自信心上来了，找黄兴去。黄兴毕竟一年前就来日本了。他在日本的中国留学生中很有威望，找他帮忙试试。即使进不了日本士官学校，也可以通过他的帮助，进入中国留学生的视野中，参加他们的学习、活动，一样能增加自己的知识。先进山门为师。找黄兴去！赵声把字条上的地址看了几遍。

柳诒徵与黄兴熟识。在邮轮上柳兄就给自己介绍了黄兴的革命志向。黄兴，同治十三年（1874 年）10 月 25 日，在长沙市郊的一个地主家庭出生。黄兴长赵声七岁。黄兴父亲是晚清秀才。黄兴幼年时思想受湖南的明末大儒王夫之的影响很深。光绪二十四年（1898 年），受时任湖广总督张之洞推荐，入武昌两湖书院读书，开始同情维新运动，认同变法主张。光绪二十八年（1902 年），于两湖书院毕业后，被派日本留学，入东京弘文学院速成师范科学习。抵达日本后不久，即和杨笃生等创办了《湖南游学译编》，并组织"湖南编辑社"，介绍西方的文化科学。光绪二十九年（1903 年）4 月，为反对沙俄拒不从东北撤兵，同留日学生二百多人组织拒俄义勇队。拒俄义勇队后改名学生军、军国民教育会。杨笃生，同治十年（1871 年）生，长赵声十岁，别署三户选民、椎印寒灰、蹈海生等，与黄兴同乡。清光绪二十三年（1897 年）从秀才中被选拔送入国子监读书。戊戌变法时期担任过《湘学报》时务栏的编撰，并被湖南时务学堂聘为教习。光绪二十八年（1902 年）春留学日本，选入弘文学院读书，后考入早稻田大学。这一年的冬季，与同乡、留日学生黄兴创办《湖南游学译编》。又以"湖南之湖南人"署名出版《新湖南》一书，宣传湘省独立。光绪二十九年（1903 年）夏，与黄兴筹组拒俄义勇军及军国民教育会。赵声回想起柳诒徵介绍的黄兴、杨笃生，心中升起敬仰之情。他决定事不宜迟，下午就去拜会黄兴，说不定还能见到杨笃生等留学生。

上午，天气阴沉沉的，到了中午时分，天空还飘起了蒙蒙小雨。吃过午饭，天空的云彩渐渐地泛白，从云彩的缝隙中透出了夏天太阳的光芒。

吃过中午饭，赵声喊了一辆人力三轮车，直奔黄兴住地而去。夏天的太阳驱开了云朵，大地沐浴在灿烂的阳光中，到处亮晶晶的。天空蓝蓝的，空气吸进嘴里略有些甜咸的滋味。东京的街上人来人往，在众多的人力车和骡马车中，不时会驶过一两辆漂亮的甲壳虫似的汽车，喇叭声声，似乎有意在吸引人们的视线。赵声坐在人力车上，心中特别惬意。马上就要见到黄兴老兄了，说不定不久还会见到心中的灯塔孙中山先生。

街两边的行道树特别茂盛，枝叶翠绿。街边的商铺特别繁华，商铺间偶尔会冒出一两幢高高的楼房，特别壮观气派。赵声想想自己家乡城市的落后与东京的繁华形成了很大的落差，心中很不是滋味。落后就要挨打，难怪中国这些年老受外强欺侮。看到这些落差，赵声心中更加激起了奋斗的激情。

黄兴的住地位于东京西北角一个居民区。由于有地址，人力车一直把赵声拉到了大门口。黄兴的住地是一大套日本民居。民居木质结构。大门右边是门牌号码。赵声先对了一下门牌号码，然后走到大门口，抬起右手轻轻地敲了三下门。

赵声静静地在门口等待。

门吱呀一声往里拉开，一位长相帅气，留着胡须的青年人出现在赵声面前。开门的青年人仔细地打量了一眼赵声，和气地用中国话问："你找谁？"

"我找黄兴兄。"赵声仔细地打量着开门的青年人。一米七左右的个子，胖墩墩的，圆圆的脸庞，浓黑的眉毛，一双大眼睛黑白分明，炯炯有神，特别是还留着胡须，赵声心中有了底。开门的青年人肯定是黄兴。但毕竟没有见过面，光听柳诒徵介绍过黄兴最显著特点是留有胡须。

"你是……"这位年轻人仔仔细细地把赵声打量了一遍说，"让我猜，你是……你是赵声！"

"你怎么知道的？"赵声诧异地问。

"看你这气势，龙行虎步，瞻视非常，魁梧多力，激于意气。"黄兴把赵声迎进屋内，关上门说，"柳诒徵在来日本前说你是他同乡，而且赞不绝口地夸你文武双全。今日一见，不用介绍，已猜了个八九不离十。"

屋里是榻榻米。黄兴招呼其他几位留学生一起过来陪赵声喝茶。交谈中，大家意趣相投，看法相近，相见恨晚。赵声在几位留学生的脸上扫来扫去。黄兴明白赵声的眼神，心领神会地把留学生一一介绍给赵声。然后指着赵声对大家说："赵声是柳诒徵的同乡，文武兼备，读过水师，上过陆师。这次来日本想读日本士官学校，学些军事才能回去报国，但清廷与日本政府有默契，非官派的学生不能读士官学校。我倒有个小建议。"

"你说。"赵声听黄兴这么抬举自己，知道柳兄这位老乡在给黄兴的信中肯定尽力推介自己，心里很是感激。

"不进士官学校，照样可以学军事。我们这些留学生经常会去士官学校看操练，到东京举办的武术会演习枪弹骑射，学习、掌握射击等本领。我建议赵声你搬到这里住，大家一起学习交流。"黄兴说到这里，端起桌上的茶杯举到赵声面前，没有碰杯，而是轻声说道，"不知赵声老弟是否赏光？"

"求之不得！求之不得矣！"赵声心中对黄兴这么善解人意敬佩不已。自己来日本一个多月了，日语也有了些基础。现在军校进不去，军政考察正没有着落。东京毕竟不是镇江、上海、南京。这里举目无亲，只能靠留学生了。搬到这里来，跟着他们一起学习、交流、研讨，一定会有长进。再说，他们到日本来了一年有余，对东京，对日本已经有了基本了解。想到这里，心中的一块石头落了地。他端起茶杯，先是与黄兴碰了杯，然后朝大家敬了一圈说："大家多多关照！多多关照！"

赵声想不到拜会黄兴会这么顺利，更想不到黄兴是一位聪明和蔼、志趣相投的仁人志士。黄兴也为自己的留学生队伍中有这样一位能文能武、能骑能射的志士而兴奋。瞬间的相会种下的友谊种子开始萌芽了。

吃过晚饭，赵声与大家说定，明天下午搬到这里来。黄兴把赵声送到大门外的路口，亲自喊了辆人力车。赵声坐上人力车，突然想到杨笃生。刚才一起喝茶的留学生中好像没有杨笃生。赵声问黄兴："你有个老乡叫杨笃生？"

"你们认识？"黄兴惊奇的目光看着赵声。

"不认识。柳兄介绍过。挺能干的。"赵声表达出对杨笃生的崇敬。

"噢！他不住这里！好同乡！好朋友。"黄兴朝赵声挥挥手说，"放心！你搬过来后，很快就会见到他，还有何香凝、陈独秀、周筠轩、葛温仲、潘璇华，仁人志士多呢！"

人力车夫迈开了步子。赵声突然大声说："有时间带我去拜会孙文先生。"

"没问题。"黄兴跟在人力车后面边走边说，"赵声弟，近期孙文到东南亚一带宣传革命去了。如回日本，我和你去拜会他！"

"谢谢黄兄！"赵声感激不已，发自内心地大声说。赵声掉转头，朝黄兴挥着手："留步！留步！"

"明天见！"黄兴停住脚步，目光盯着渐渐远去的人力车，直到人力车完全融入车水马龙的大街尽头。

赵声搬到黄兴这里居住后，先后认识了黄兴、杨笃生、何香凝、周筠轩等一大批留学日本的仁人志士。大家经常在一起交谈，坦诚地发表各自的看法。赵声更是对军政考询全力以赴。他知道，来日本一趟不容易。对军事，他千方百计地搜集资料、实地察看。他借助黄兴等一批老留学生的社会关系，没办法上军校就看军校，看日本军队的军事训练。有时黄兴还陪同赵声一起去看日本士官的操练，他们还想方设法与日本军官对上话，向他们讨教军事知识，交流对军队训练的看法，探讨战略、战术上的问题。黄兴还经常陪同赵声参加东京的一些武术会演习枪弹骑射，学习和掌握射击等本领。

时间很快，一晃半年过去了。

二十九、创办阅书报社

盛夏时节，这一年东京的气温比往年都高，每天都在 30 多摄氏度。

身在异乡，盛夏的高温让赵声感到诸多不便。活动、学习的效率不高，原定回国的时间也到了。

赵声觉得自己未虚此行，东渡日本考询军政，系统地学习了资产阶级民主革命思想，大有收获。自己已不再是来日本前的自己，眼界更开阔了，朋友更多了。来日本之前，自己所确立的追求、奋斗的目标是反清驱满、反清灭洋。现在，经过在日本这半年的学习和思考，自己已从西方的一些政治、军事、经济理论知识中学到反清驱满的策略和措施。帝制消灭了，用什么取代呢？东渡日本考询，让他找到了答案。这就是要努力建设民主共和政体，用民主共和政体取代封建帝制。

这是革命的目标！

这是人生的追求！

赵声觉得在与黄兴等人的交往中学到了知识，受到了鼓舞，增强了信心。虽没有见到孙文，但学到了孙文的思想。民主革命思想在赵声的心中开始萌芽。

赵声决定回国。

夏日的东京湾海边上，赵声和黄兴并排走在海滩上。阵阵海风吹来，带来了凉爽，也带来了淡淡的咸味。赵声停住脚步，眺望着祖国的方向对黄兴说："中国事尚可为也！"

黄兴看着赵声，由衷地应道："说得对！中华乃我中华民族之中华。"

赵声语气坚定："革命贵在实行！"

黄兴点头称道："是的。革命不能光在嘴上空讲。"

赵声说："久居日本不是办法！"

黄兴望着赵声："你准备回国？"

赵声坚定地对黄兴说："是的！我想回国宣传革命！"

"好！我相信，我们后会有期！"黄兴握着赵声的手深情地说出了自己的心声。

光绪二十九年（1903 年）夏，赵声回到中国，回到了家乡大港。

　　到达大港码头，正是午阳高照的时刻。赵声胸前、背后各有一个藤编提篮、包袱，用绳子连着背在肩上，左手还拎着一只沉甸甸的柳条箱子。夏天的太阳火辣辣地照在大地上。码头堤岸的杨柳枝条中，知了吱吱地叫个不停。江风阵阵吹过来，赵声穿过堤岸，踏上上坡的台阶，来到通往天香阁的青石板路上。虽然赵声练过武艺，浑身有使不完的力气，但他胸前、背后的藤编提篮、包袱，还有手里提着的柳条箱沉甸甸的，累得他满头大汗。

　　赵声右手不停地在额头上抹汗，不停地往地上甩。汗水甩到青石板上，灿烂的阳光一照，闪出彩色的光芒。赵声走到东街上，已经看到天香阁了。赵声挺了挺身子，大步往前走。东街西边店铺的老板、伙计看见赵声，一脸的惊讶："咦，那不是赵伯先吗？"

　　几个正在购货的街坊朝不远处望着："是镜芙先生家公子呢！他不是去日本留学了吗？怎么回来啦？"

　　大家正望着手拎肩背累得满头大汗的赵声感到惊奇时，赵声已经走到大家面前。都是乡里乡亲，赵声边走边与大家打招呼。

　　这时，迎面走来一个中年妇女，老远就停住了脚步。她望着朝自己走来的赵声，惊奇地说："哟，这不是赵声吗？怎么背着这么重的行李。"

　　赵声一看，是东大街的刘寡妇。前些年刘寡妇的儿子被官衙抓去，是赵声硬是冲进监狱把刘寡妇家儿子救了出来。见到刘寡妇，赵声把左手拎着的柳条箱子往地上一搁，迎上去说："刘大妈，上街呢！"

　　"赵公子，你从日本回来啦。背的什么呀！这么沉。快放下歇歇。"

　　"不累！"赵声知道东大街上最苦命的就是刘家孤儿寡母。母亲生前，时时接济这对母子。赵声十四岁那年，硬生生地从大港监狱中把刘寡妇的儿子救了出来。赵声很同情这对苦难的孤儿寡母。

　　刘寡妇知恩图报。她赶紧上前，要把赵声肩上的包袱卸下来。她边卸边说："这么沉的行李，怎么不喊个独轮车帮一下？"

　　赵声不让卸，用手指了指天香阁："不远就到家了，没事！"

　　"我去喊我家小刘来帮你拿行李。你歇一会儿。"说着，刘寡妇转身要去喊儿子。赵声急了，赶紧一步上前，拉住刘寡妇的胳膊："刘大妈！我有力气，不麻烦了！"

　　刘寡妇转过身，拗不过赵声的臂力，手疾眼快地拎起地上的柳条箱说："我帮你送家去！"

刘寡妇拎着沉沉的柳条箱子，跟在赵声后面往天香阁走过去，一边走一边念叨：“回大港歇夏？学堂里放学了？”

“不是听说你去日本留学了，怎么这么快就回来了？”

赵声知道刘寡妇关心自己，嘴里一个劲儿地应道：“对，对，对……”赵声归心似箭，步子迈得很快。

不一会儿，来到洗钵桥畔。妹妹赵芬正在门口跳绳，一抬头，看见一肩背行李、满头大汗的年轻人从鸿溪河边往家门口走来，正感到奇怪。突然，见年轻人的后面跟着刘寡妇，刘寡妇手里拎着沉重的柳条箱。赵芬认识刘寡妇，仔细一打量年轻人，眼睛一亮，蹦蹦跳跳地迎上去甜甜地叫道：“哥，你怎么回来啦？”

“怎么，不欢迎呀？”赵声拉住赵芬的手，迈向大门。

赵芬挣脱赵声的手，大声地朝里屋喊：“爸爸，大哥回来了。”

赵芬这一声喊，家里的人听了，一个个喜出望外。赵蓉曾、严吟凤、赵磬、赵馨闻声一起走出大门外。赵磬接过赵声肩上背的藤编提篮、包袱，簇拥着赵声进家门。赵馨眼急，三步并作两步跑到刘寡妇面前，接过柳条箱子，感激地说：“谢谢刘大妈，进屋喝杯水。”

刘寡妇连连摆手：“改日来看赵公子。”

赵声一脚跨进家门，恭敬地向赵蓉曾问安：“爸，我从日本回来了。你老好吗？”

“好！好！好！”赵蓉曾连说三个好字后，有些心疼地说，“这么热的天，你怎么不写个信告诉一下，我们也好去码头接你。”

“没事！我背得动。”赵声说着，用手抹了抹额头上的汗水。这时，严吟凤兴奋不已地走上前来，给赵声递了一个毛巾把子说：“快擦擦汗！”

赵声激动地望着严吟凤那深情的目光，接过毛巾把子一边擦脸，一边歉意地对父亲说：“反正要回来了，就偷了个懒，没有写信。”

严吟凤接过赵声擦过脸的毛巾把子，转身到里屋端出一海碗大麦茶递到赵声手里说：“先喝些大麦茶解解渴！”

全家人簇拥着赵声进了里屋，赵磬、赵馨忙着搬凳子让赵声坐下来。赵声刚刚坐下来，严吟凤手里拿着一把芭蕉扇，站在赵声的侧面，使劲地给赵声扇风降温。赵蓉曾看在眼里，媳妇这么待儿子，心里暖烘烘的。赵蓉曾在一旁用手轻轻地指了指地上的柳条藤箱、包袱问道：“这次回来，怎么带这么多东西？”

“沉甸甸的！”严吟凤一边扇风一边关心地说，“早点带个信回来，我们推个独轮车去码头接你呀！”

赵磬、赵馨两位弟弟也急着说："是呀！我们好去接你。看把大哥累的！"

赵声擦了汗，喝了大麦茶，严吟凤又在一旁不停地扇风，已渐渐消除了长途行走的疲劳，面容恢复了常态："不用。这不回来了！我有的是力气。"

这时，赵馨提起提篮，又猛地放下了问："这么重，什么东洋货？"

赵磬也拎起柳条藤箱晃了晃："大哥，啥东洋货？我一个小伙子都提不动。"

"对，是东洋货。"赵声哈哈大笑，"我从东洋带回来的，当然是东洋货。不过不全是来自东洋的。"说到这里，赵声带着几分神秘对家里人说："你们猜，是什么东西？"

赵蓉曾上前拎了拎。

严吟凤也上前掂了掂。

赵磬、赵馨两个小伙子又掂掂包袱、柳条藤箱，谁也猜不出什么东西。

赵芬在一旁急了："大哥！什么好吃的拿出来分分吧！"

"宝贝啊！宝贝！"赵声说着打开柳条藤箱的扣子，翻开盖子。

"大哥，卖什么关子呢！"小妹赵芬蹦到赵声面前说，"快拿出来尝尝！"说着，手伸进箱子里，掏出了一本厚厚的书。

赵声又从箱子里拿出一大沓报纸、杂志和书籍说："孔夫子搬家，全是书！"

"我以为什么好吃的呢！"赵芬把书往箱子里一丢说，"难怪这么沉！这漂洋过海的，带这么多书又不能吃！"

赵芬有些失望，一家人都不理解，不知道赵声带这么多书想干啥。

赵声把一沓报纸和书往桌了上一搁说："别小看这些书报，收集起来不容易，从东洋带回来更不容易。这些都是宣传革命的书报。提篮里、包袱里全是书报。我想回大港后，在天香阁内办个'阅书报社'，让民众增长见识，了解外面情况，宣传教育民众，培植革命力量。要想进行革命，推翻清政府，必须先广开民智，唤醒民众，启迪民众。革命行动不能少这一步。"

赵蓉曾、严吟凤听了都很兴奋，想不到赵声到东洋走了一趟，思想这么敞亮。

全家都支持、理解。

第二天，赵声起床很早，与夫人严吟凤，还有两个弟弟一起打扫房屋，整理桌凳。赵声把从东洋带回来的各种书籍报刊搬出来，按照不同类别，分门别类地进行摆放。不到半天时间，"阅书报社"收拾停当。

赵蓉曾看了一遍，很是满意，与赵声一商量，决定明天开门。

全家老少齐上阵。赵声让赵磬、赵馨准备锣鼓家伙，让严吟凤购买鞭炮。赵声说着转身进房拿出纸张笔墨，在桌上铺开纸，磨上墨，然后提起笔，写起来。

赵声写好对联，在大门右首、左首各贴一联，贴好左右字幅，最后又在门楣上贴上横幅。赵蓉曾、严吟凤，还有两位弟弟望着刚贴上去的对联，大声念道：

纵环海奇观　开普通知识；
藉大江流水　涤腐败心肠。

赵蓉曾读完对联，连声称赞："写得好！写得好！这对联好在对仗，特别是下联有气势，这大江用得妙，点到了社会的要害之穴。"

第二天上午10时，大港集镇的天空白云飘飘，江风阵阵。不少喜鹊跳上天香阁东广场上的银杏树，叽叽喳喳地叫个不停。消息传得快，附近大路、姚桥、丁岗、黄墟、高桥、大港来了不少青年人。大港的解朝东特地从南京赶回来参加开门仪式，大路的李竟成，黄墟的冷遹也来了，还未开门，天香阁的大门口已经挤满了人。

赵蓉曾站在大门口的台阶上，笑着大声宣布："'阅书报社'开门了！锣鼓敲起来，鞭炮放起来！"

霎时间，天香阁大门口、鸿溪河畔鞭炮连连，锣鼓喧天，把夏日的大港敲得格外燥热，炸得特别火爆。

人们忽地一下拥进大门，来到天香阁内，看到这么多书，这么多报，觉得太新奇了，一个个上前捧读着，翻阅着。赵声则领着他的好友解朝东、李竟成、冷遹一路翻着，一路交谈。

大港，顿时像阴天的乌云中透出一缕明媚的阳光；沉闷压抑的气氛里透进一股清新的空气。"阅书报社"开门不久，在镇江东乡一带引起强烈反响，成为镇江东乡一带人尽皆知的新事物。

解朝东、李竟成、冷遹伴随在赵声左右，听伯先讲日本见闻。解朝东从书桌上拿起几本杂志，嘴里读着，读一本书名，放下一本。

"《江苏》《国民报》《游学译编》《译书汇编》……"放下《译书汇编》后问赵声，"伯先，这《游学译编》是你们到日本游学的人编的？"

一旁的李竟成、冷遹也顺手拿起这两本杂志翻看着。

一旁的赵声听到老同学们对《游学译编》感兴趣，高兴地说："是的，是我在日本结识的两个湖南留日学生编的。"

"不简单！边留学边编书。"解朝东赞叹道。

"这两个人尊姓大名？"解朝东接着问。

"一个叫黄兴，一个叫杨笃生。他们经常翻译、刊登一些西方和日本的各种著述、文章，让读者了解西方，了解日本思想文化。你们可以看看。内容可广泛了，涉及哲学、军事、教育、经济、外交等方面。"赵声带着崇敬的口吻向解朝东和大家介绍。

　　李竟成一边翻看，一边念着："《大陆》《浙江潮》《新广东》《新湖南》《湖北学生界》《开智录》《直说》《中国日报》《苏报》，这么多报刊！"

　　赵蓉曾也站了过来，拿起《苏报》很惊讶："这《苏报》胆子不小。"

　　赵声解释说："爸，今年5月，《苏报》还聘请爱国社社员章士钊任主笔。这章士钊更了不得，一个月内，先后发表了《哀哉无国之民》《客民篇》《驳革命驳议》《杀人主义》等十几篇评论；刊登《谈革命军》《革命军序》等文，推荐邹容写的《革命军》。同年6月29日，《苏报》又在显著位置刊出章太炎的著名政论《康有为与觉罗君之关系》，对革命发出热情的礼赞。我只带回几张报纸，不全。"赵声说着，把手中的《苏报》朝大家挥了挥说，"你们看看！"

　　冷遹拿着《孙逸仙》嘴里念着："孙逸仙，孙逸仙！"

　　赵声听到冷遹念孙逸仙的名字，心中一阵兴奋。这次在日本虽然没有与孙逸仙谋面，但对孙逸仙的革命精神更了解了。这是茫茫大海中的一座灯塔，迟早会把全中国照亮。他激动地对冷遹还有围拢过来的几位同学和青年人介绍说："孙逸仙，叫孙文，逸仙是他的号，广东香山人。青少年时代受广东人民斗争传统影响，向往革命。他在国外成立了兴中会，带头剪辫子，穿西服，多次发动武装起义。最近的一次是惠州起义，起义军发展到了两万多人，影响很大。虽然失败了，但他革命之志不变。"

　　"孙中山真有胆量，敢领导起事。"父亲在一旁低头沉思，"这可不是一件闹着玩的事啊！要掉脑袋呀！"

　　赵声接过父亲的话说："中华民族处在水深火热之中，不革命怎么行啊！"

　　解朝东、李竟成、冷遹还有围在一旁的青年大声附和："国家这个败样，不革命怎么行啊！"

　　"阅书报社"的开办，给家乡带来了生气，连丹阳还有江对岸的泰兴、江都等地都有一批人赶来参观、阅读。

　　赵声为了扩大"阅书报社"的影响，更加广泛地开启民智，趁热打铁成立了"鸿溪阅报茶社"。

　　茶社读书，天天茶客满座。赵声在茶社还经常演讲，与群众交流。大家通过阅读有关民主革命的书报，开了眼界，长了见识，生活在大港这片闭塞土地上的人们，犹如打开了一扇扇认知外界的窗户，对各类事物有了自己的新看法。通过读书报，听演讲，争论交流，大家茅塞顿开。发现中华同胞常年在列强欺侮、官员压榨下生活的原因，发现中华民族之所以积弱积贫任人宰割的原因，都是因为清廷的罪恶统治和社会腐败，不由得从心底赞同赵声讲的内容，反清革命情绪被激发起来。民众似乎看到了前进路上的光亮。

明智开启了。

赵声这些日子一直处于兴奋状态。革命不光有意愿，还要有力量。赵声思索：力量从何而来？

三十、培植革命后备军

光绪二十九年（1903 年），大港遇到了前所未有的热天。连续一个月时间，天天都是 30 多摄氏度的高温。太阳一升上天空，就像火球似的，红彤彤的光亮把大港的村舍、山峦和田地里的庄稼晒得热烘烘的。连山丘之间的河塘的水都晒热了。到了中午，街上几乎看不到行人，树上的知了也热得叫不出声来。大港江岸边的芦苇滩，水不太深，不少青少年吃过早饭，就到芦滩边的江水里嬉戏玩耍。

天气炎热。赵声的心里也像这炎热的夏天。在日本半年短暂的留学生涯中，接触到那么多的志同道合者，黄兴、杨笃生、何香凝、周筠轩……一个个意气风发、慷慨激昂的志士仁人形象在赵声的脑海里放电影似的，赵声被这股革命的激情融化了。在与黄兴等人的交往中，眼界开阔了，信心增强了，干劲鼓足了。以前，自己总是在为国家、民族的未来忧愤、担心；现在目标明确了，这就是反清灭洋，用民主共和政体代替帝制。这需要奋斗，奋斗不是说在嘴上，而是要落实在行动上。赵声想到孙中山的广州起义、惠州起义，心中仿佛立起了一座灯塔。

行动!

贵在行动!

赵声回到大港后，与同乡柳诒徵多次商量，要先在大港干出几件轰轰烈烈的大事来，让大港的民众接受新思想，认识中国积贫积弱的根本原因，从而激发推翻帝制的信心和勇气。为开启民智，在大港这火热的夏季，赵声办了两件新事物，在天香阁创办了"阅书报社"，在大港西街上创办了"鸿溪阅报茶社"。这两个新事物一开张，就像大港的夏天，热气腾腾，把周边的乡镇、附近的丹阳、扬中、泰兴、江都的热血青年都吸引了过来。这些进步的书报就像天上的太阳照亮了大家的心。人们读着这些书报，就像在混沌压抑中突然呼吸到一股清新的空气。赵声在与这些青年的交流中已经感受到一种民众觉醒不可抗拒的力量。赵声明白，大港虽小，只是中国的一个角落，但觉醒需要从每个角落开始。赵声有信心了，想不到"阅书报社""鸿溪阅报茶社"办得这么顺利。民众开始觉醒，民智正在开启。

贵在行动。行动需要一批热血青年，光有一腔热血不行，还要有强壮的体魄。日本留学期间，赵声在日本看到最多的是街上开办的各类学馆、武馆。难怪日本人还有西方列强把我们中国人说成"东亚病夫"。在开启民智的两个新事物顺利创办后，赵声打算在大港再办几件新鲜事。他筹划办一个大港体育会，再办一个安港小学堂，通过体育会、小学堂，把大港的志趣相投的热血青年集中起来，组织团结起来，形成一支团结在赵声周围的骨干队伍，形成一支推翻帝制、拯救民众的革命后备军。

这年，大港的夏天特别热，赵声在大港的革命事业比炎热的天气还要热。办大港体育会，办安港小学堂，两者一结合，也就相当于日本的士官学堂。赵声专程去了一趟镇江拜会同乡柳诒徵，得到柳诒徵的全力支持。赵声与柳诒徵曾同乘一艘邮轮东渡扶桑，在邮轮上，赵声不仅从柳诒徵那里学到了新的知识、进步的思想，而且结下了深厚的友谊，成了真兄弟。柳诒徵对赵声办"阅书报社""鸿溪阅报茶社"全力支持，还利用自己在南京江楚编译局担任编辑的机会，帮助赵声筹集了大量书报期刊。

有了柳诒徵的赞同和支持，赵声创办大港体育会、安港小学堂的信心更足了。筹划工作得到赵蓉曾、严吟风的大力支持。赵声在大港东街洗钵桥畔租了两间房屋。房屋虽简陋，但大港体育会的牌子挂起来了。

体育会挂牌后，一开始比较冷清，不像"阅书报社"那么吸引人。赵声不气馁。他亲自坐镇体育会办公，起草刻印了体育会全员入会须知，并印了几百份在大港东西街散发。

一个星期过去了，陆陆续续地有一些青年人来体育会咨询。

一天下午，天空乌云密布，不时从远处传来一两声沉闷的雷声，江上吹来的风一阵紧似一阵。赵声走出门，抬头朝天上望了望。凭经验，一场暴风雨就要来了。突然，他眼睛一亮，通往东街的岔路口，有一个青年往这里匆匆走来。这面孔熟悉的青年手里拿着一把咖啡色的油布伞，屁股后面还跟了三四个十五六岁的小青年。赵声伫立在门口，目光盯着朝洗钵桥边走过来的这群青年人。领头的那位青年人越走越近，面孔越来越清晰。赵声眼睛一亮，脱口而出：这不是老同学李竟成吗？赵声看到李竟成冲体育会这边走来，突然想起李竟成不但是天香阁的老同学，还是东岳庙与自己一起练武的好师弟。李竟成也练得一身好武艺，办体育会我怎么把李竟成忘了呢！赵声激动地一拍脑门，连连朝李竟成挥手。

李竟成老远也看到了站在大港体育会门口的赵声。今天他就是来体育会看赵声的，还带来了四个徒弟，报名参加体育会习武。李竟成加快步子，赵声也迈开步子迎上去，在体育会门口的老榆树下，两人激动地紧紧地握住双手。

李竟成望了一眼不远处大港体育会白底黑字招牌，松开手有些嗔怪地说："伯先，办体育会怎么悄悄地开张，不通知我一声。"

"没有举办开张仪式。"赵声拉着李竟成的手，抬头朝天空黑沉沉的云层望了望说，"办了'阅书报社''鸿溪阅书茶馆'已经很热闹了，体育会就没有搞形式铺张。"说着，赵声领着李竟成走进体育会，跟李竟成一起来的四个小青年紧随其后。

体育会除了一张办公桌，就是四五条长板凳。大家在长条板凳上坐定后，赵声连声给李竟成打招呼："竟成，这里办公条件简陋，没有茶水招待你，请谅解。"

"说什么话。我俩谁跟谁呀！"李竟成站起身，走到赵声面前，伸出手掌往赵声胸前一拍说，"伯先，你厉害呀！去了趟日本，回来办'阅书报社''鸿溪阅书茶馆'，把整个东乡都搅得像今年大港的夏天，到处热气腾腾的！不简单呀！现在又办了体育会。这不，给你推荐四个徒弟，他们是来入会的！"

四个跟随李竟成来的青年人唰地从长条凳上站起来，异口同声地说："赵老师好！"

"欢迎！欢迎！"赵声与青年人一一握手，边握手边问，"都是大路人？"

"大路人！"

"学武艺不怕吃苦？"

"不怕！"

"好！体育会同意加入。但入会需要填个表。"赵声说着从抽屉里拿出一沓表格，每人发了一张说，"请大家把入会表填写一下。"

李竟成朝赵声笑笑，打趣地说："我也入会，也给我一张表填填！"

"开什么玩笑！"赵声说着拉住李竟成的手说，"凭你的武艺，当教练绰绰有余。"

"哪里！哪里！"李竟成哈哈大笑说，"跟你的武艺比，那是小巫见大巫！"

"别谦虚，跟你商量件事。"赵声把李竟成拉到门口，低声说，"竟成，体育会创办宗旨是提高大港民众体质，改变国人积贫积弱的面貌。"说到这里，赵声声音更低了，"说句心里话，体育会聚集一帮有知识有魄力的热血青年，将来就是一支推翻帝制的后备军！"

李竟成没有说话，只是不停地点头表示惊讶和赞叹。

赵声紧紧地握住李竟成的手："跟你商量一件事。"

"什么事情？讲。"

"我想请你帮帮我。"

"没问题。"

"我想请你担任大港体育会的副会长。"

"副会长？胜任不了！"

"谦虚！"

"不是谦虚！是能力不够！"

"你天资聪明，武艺高强。"

"过奖了！"

"你直说吧？帮不帮我？"

"帮你！"

"帮我就担任大港体育会副会长兼武术总教练！"

"好！听你的！"

"填表！"赵声紧紧地握着李竟成的手使劲地摇了摇，从桌上拿起一张空白表格递到李竟成手里，"一起干！"

"一起干！"

黑沉沉的天空中划过一道耀眼的蛇形闪电。闪电像一条长长的鞭子从圌山之巅甩下来，甩向波涛汹涌的江面上。

"轰隆"一声，炸雷过后，黄豆粒大的雨点哗哗哗地落到地上，地上溅起了一层烟雾，瞬间地上就全湿了。不一会儿工夫，大街上一条条小溪流从四面八方流淌过来，又流向四面八方，最终从河岸坡流进了波浪翻涌的鸿溪河，流向滚滚东流的长江。

雨幕厚厚的。闪电不时从空中划出一条长长的闪光的带子，把黑沉沉的雨幕照亮了。雷声伴着闪电隆隆地传过来。体育会里，李竟成还有四个小青年在填表。赵声望着高高个子的老同学李竟成，心里暖洋洋的，嘴里几乎用听不见的声音在喃喃自语：同学！同志！好同志！

体育会开张了。

自从李竟成带着四个小青年入会后，每天都有五六个小青年来报名入会。

体育会门前热闹起来。

赵声有自己的算盘。登记入会的青年人，既开启民主革命的思想，又练出强壮有力的体魄，这是一支多么好的革命骨干队伍。将来，一旦时机成熟，从这里会拉出一支能战斗的生力军，汇入孙中山先生推翻帝制的滚滚洪流中。扩大影响，扩大体育会的影响，让东乡一带更多的热血青年加入体育总会中来。将来再把安港小学堂办起来，这支队伍就是安港小学堂的学生。学知识、学文化、学武艺，这就是一座隐蔽的士官学堂。当然，这一切只能放在赵声的心里。赵声明白，贵在行动，不是一句空话，关键是行动。把大港体育会会员发展壮大，就是行动。

光凭传单影响不大。要让大港民众、大港一带的热血青年看到实实在在的武艺。一个新的念头在赵声的脑海中浮现出来。

赵声是个急性子，想到的事说干就干。他请大港东街上的木匠做了一个长方形的广告牌，把大港体育会的入会须知用大字抄写出来，贴在广告牌上。赵声在大港西街的望江酒楼门前、洗钵桥畔、东岳庙前各摆放了一个广告牌。每天早中晚分别到这三处有广告牌的地方表演武术，吸引民众观看。待到观看武术表演的民众围拢多了，他就开始演讲，讲明清两朝兴亡历史，讲西方资产阶级革命故事，让民众知道中国之所以积弱积贫任人宰割，都是因为清廷的统治和腐败，一股反清革命情绪被激发出来。每当这时，赵声就会大声呼喊：练出强健体魄，推翻清廷统治；加入体育会，这里是练武强身的好地方。

加入大港体育会的会员越来越多。大家看到赵声精湛的武艺，听到赵声那鼓舞人心的演讲，心潮澎湃。入体育会，一时间成为大港一带青年人的时髦。

大港的解朝东、黄墟的冷遹也介绍了不少青年人参加人港体育会。队伍一天天地壮大。不到一个月，已经有一百多人加入大港体育会。

赵声与李竟成副会长商量，制订了教学计划，并根据会员年龄、文化程度编成了拳术、武术、器械三个班。赵声、李竟成还有体育会聘请的三名武术教练分别在各点教练拳术、武术，教练各种体育器械的使用方法。

大港一带练武成风。通过赵声的言传身教，带领大家一起练武，锻炼大家身体，增强大家体魄，磨炼大家不怕困难、行动一致、同舟共济的思想意识。

大港体育会火了。

到了年底，大港体育会已经有会员近五百人。赵声知道，体育会练武，增强体魄，传播革命思想还必须有学堂。赵声的心思全集中到创办安港小学堂这件事上了。

赵声聘请从日本留学归来的柳诒徵的堂兄柳平章为安港小学堂的老师，给大家上课。大港体育会的会员也分批在安港小学堂听课。通过授课，让大家学文化、学历史，传授革命思想，启发爱国热情。赵声、柳平章授课讲到动情之处，学生们为之动容，心潮难平。

唤起民众的效果达到了。

赵声与同乡好友柳诒徵不停地鸿雁传书，让大港"阅书报社""鸿溪阅报茶社""大港体育会""安港小学堂"这些新事物的萌芽茁壮成长、生机勃勃。

三十一、同乡同志

清朝末年，中国的交通十分落后。大港至镇江，镇江至南京、上海交通工具只有小火轮。更多的人是沿着弯弯曲曲的山道步行。遇河摆渡，有时没有渡船，只能等待顺路渡船，坐在河岸的巴根草上一等半日乃是常事。小火轮从镇江至南京也就是每天一班。赵声从大港去一趟镇江，紧赶慢赶也要一天工夫。自从与同乡柳诒徵同船赴日考察，两人在邮轮上六天六夜的倾心交谈，结下了真诚的友谊。

柳诒徵出生于镇江城，虽长自己一岁，但十七岁便考上秀才，为维持家庭生计，设馆授徒。两人既是同乡，更是志趣相近。因为柳诒徵后来到南京江楚编译局担任编辑，接触了不少西洋国家新鲜的知识和科技。他为人坦诚，竭力主张改革现实社会，以振兴中华。由于赵声与柳诒徵二人思想观点在如何振兴国家上十分接近，故交往密切，两人经常商讨革命问题。柳诒徵赴日考察教育数月后先回到南京。赵声在日留学半年后回到大港。由于交通不便，两人只能通过书信交流思想。记得赵声回国后将办"阅书报社""鸿溪阅报茶社"的想法写信告诉柳诒徵后，柳诒徵回信大加赞赏，并筹集大量进步书刊邮寄到大港"天香阁"。这给了赵声到家乡办"阅书报社"开启民智极大的鼓励和信心。回国前，赵声在日本时早就有了办"阅书报社"的想法，他什么东西也不购买，只是在留学生中征集进步书籍报刊，到东京各大书馆淘购大量的进步的、科技的书刊。回国时，赵声提篮里、包袱内，还有手提柳条藤箱中全是各类书刊。要不是赵声从小在东岳庙练过武艺，体魄强健，这些书根本运不到大港。到了大港后，又得到好友柳诒徵的大力支持，赵声的信心倍增。

这些日子，"阅书报社"开张了，"鸿溪阅报茶社"开张了，大港体育会开张了，这些新生事情在偏僻的穷乡大港像一块石头投进了平静的池塘里，激起了涟漪。大港人呼吸到了新鲜的空气，一派热气腾腾的景色。赵声这些日子一直处于亢奋中。他高兴，他激动，他想不到民众是这么如饥似渴地需要新的知识。

炎热的夏天过去，秋天来了。

大港的天气渐渐地转凉。

秋天的夜晚，大港的夜空没有月亮，但天上的星星数不清，亮晶晶的。赵声想到这几个月从日本回国后办的几件新鲜事，兴奋得不能入睡。他的目光盯着黑洞洞屋顶的天窗。透过天窗，暗暗的天空中无数的星星眨巴着眼睛，似乎每个星星都冲着赵声在微笑。屋外的天井里、墙脚边，一些不知名的秋虫吱吱地不知疲倦地叫着。到处静悄悄。黑沉沉的夜空中似乎有雁群飞过，留下一片低沉的雁鸣。

赵声在床上翻起了烧饼。睡在一旁的严吟凤早已进入梦乡，赵声翻身的声音惊醒了身边的严吟凤。

"怎么，还没有睡着？"严吟凤伸了伸胳膊往左边一侧身，又呼呼地进入了甜甜的梦乡。

赵声"嗯"了一声，他的思绪在脑海里旋转，他想到柳诒徵。没有柳诒徵这位同乡同志的倾力支持，这些新生事物不会这么快在大港这块土地上萌芽、成长，这些新事物不会这么火。

想到这里，赵声轻轻地一直身坐了起来。他望着床上妻子的模糊的睡姿，听着甜甜的鼾声，侧身下了床，披上长衫，悄悄地走出房间，来到书房。他要把这些新生事情的创办情况以及民众的热情写信告诉好友柳诒徵。

书房里的灯亮了。

赵声在书桌的椅子上坐下来，铺开纸，磨好墨。尽管忙碌了一天很累，但他想到柳诒徵的倾力相助，还是提起毛笔，把这里火热的形势，写信向柳诒徵报告，字里行间充满了喜悦。赵声的毛笔字特别有功底，他练过神笔功，毛笔在他的手中晃动有力，纸上留下了气势豪放、潇洒自如的字迹：

　　翼谋乡兄仁大人：

　　　　在宁未能晤谈，怅甚。兹启者，润东阅书馆事，前经兄等赞成，可算成立，今吾港诸同志感诸君之侠气，自相鼓舞，又成立一阅报茶社，而阅书事务，即以附之，以开普通知识而论，盖茶之功大矣。兄所捐《浙江潮》报章，即望从速寄镇江西坞街道生钱庄赵守谦，转寄鸿溪阅报茶社，不胜感激之至。于兄所捐译书局之书，不妨待弟陆续到宁领取也。兄等仁风侠骨，令吾乡闻风者皆有思奋之意，兄等之功固大哉！兄等之德，何可忘哉！

　　即颂

　　　　祝安！

弟赵声顿首上

212

赵声写完信，把毛笔往笔架上一挂，拿起写好的信笺，凑到灯光处又仔细地看了一遍，这才满意地放下信笺，长长地舒了一口气。要说的话全写在信上了，心中的一块石头终于放了下来。这些日子，一直忙着大港的新鲜事儿，事情办得这么顺，本想去金陵亲自向柳兄汇报并致谢，但大港这摊子事儿缠身，加之交通不便，去一趟没有三四天，回不了大港，只能书信汇报致谢了。信中对柳诒徵赠送的书报及译书局的书表示了感谢，对办起来的馆、社、会所起的作用作了报告。

赵声把信笺叠好。他拿出一只大信封，写上南京柳诒徵的地址，把信笺装进信封后，这才吹熄了灯。轻手轻脚回到房间，慢慢地进入了甜甜的梦乡。

天窗外的夜色渐渐地变蓝了，在闪闪烁烁的星星中，不知弯弯的月亮什么时间挤了进来，天窗被月光抹亮了，月光洒进了房间。

早晨的太阳已经爬上树梢，灿烂的阳光照耀着。村庄、田野，长满果实的柿树、橘子树沐浴在阳光中，散发出诱人的香气。秋天的早晨很凉爽，赵声起床后，匆匆忙忙地洗了把脸，就来到天香阁东边的文武庙。文武庙围墙西南角那棵百年银杏树上有一喜鹊窝。喜鹊早已飞出窝，在枝丫间蹦来跳去，留下一片天籁般的叫声。

银杏树下那片碎石广场，是赵声早晨练武的场地。赵声在银杏树下站立调息，随后，伸拳踢腿，几个回合打下来，已是满头大汗。他用手臂擦擦额头上的汗珠，定了定神，往洗钵桥畔走去。他缓步走上洗钵桥，站在桥顶处。鸿溪河水在江风吹拂下，涌起微微的波光。赵声向不远处的东街望去，醒目的黑字白底牌子"大港体育会"出现在眼前。这是从日本留学回国到大港后办起"阅书报社""鸿溪阅报茶社"后的第三件新鲜事物。第四件新鲜事物是创办安港小学堂，目前正在筹办中。虽然在经费、人员方面遇到一些困难，但这件事必须办下去。赵声心里明白，创办安港小学堂太重要了。有书刊读，有武术练，还需要有知识，有交流的地方。只有给家乡青年增知识、练体魄，把其中志趣相投的青年集中起来，组织起来，团结起来，才能形成一支未来革命可靠的骨干队伍。

站在洗钵桥上，赵声的目光从东街移向远处的拾钵山，拾钵山的北边就是滚滚的长江。长江的两岸是祖国广阔的大好河山，是肥沃的土地。但是肥沃土地上的民族却要受洋人的欺凌，过着水深火热的苦难日子。突然，赵声的眼前浮现出一座灯塔。灯塔的光芒虽然微弱，但它始终一闪一闪地发光，赵声已经感受到这光芒带来的温暖。多少仁人志士在为民众呐喊，多少革命勇士在为民众拼搏。孙中山就是祖国苍茫大地上的一座灯塔。他在世界各地奔跑募捐，他组织民众英勇起义。这次去日本唯一一件憾事，就是没有见到孙中山先生。但他相信，今后总有与孙中山先生相见的时刻。现在必须做一些实实在在的事，去唤醒民众、团结集中一批骨干力量，将来见到孙先生也能献给先生一份厚礼。阵阵江风吹来，赵声感到浑身惬意。他下意识地紧紧地握起了拳头，在心中下定了决心，一定要把民众从水深火热中拯救出来。当务之急，先把安港小学堂创办起来。

赵声知道，他从日本回大港后，一连创办了一系列的新鲜事物，在家乡开展的宣传、教育、体育活动，受到了广大家乡青年欢迎。但在创办过程中也遇到了不少困难。因为清朝末年，中国贫穷落后，大多数人仍在忍受、接受清廷的黑暗统治，思想比较守旧。一些知识分子只知埋头故纸堆，如赵森甫、丁秀甫等知名人士，也只知掌故、辞章，不接触外界新知识、新思想，更缺乏民主革命意思。赵声在家乡宣传和发动群众的活动也碰到了一些阻碍和困难。当前，创办安港小学堂就碰到教师、资金的难题。

赵声想到了好友同乡柳诒徵。自己在家乡创办的新鲜事物都得到了柳兄的大力帮助和支持。每当碰到困难，遇到难以解决的问题，他都与柳兄商量谋划。大港创办的新鲜事物能有今天的局面，都与柳兄的策划、支持分不开。现在遇到困难不能退缩；安港小学堂必须尽快创办。现在安港小学堂在柳兄支持下，总算稍有进展，开学日期也定了。想到这里，赵声快步走下洗钵桥，往家中走去。赵声想把安港小学堂的筹备情况向柳兄汇报得详尽一些，以便得到他更大的支持。

吃过早饭，赵声又来到书房。铺开信笺，把自己创办安港小学堂遇到的困难及心情都在信中毫无保留地向好友兼同志柳兄倾诉：

> 翼谋仁兄大人阁下：
>
> 　　昨日由集泰和上一函，刻又接读大礼，承询一切，和系注之深也。蒙学定于正月十六日开学，务请令兄于十六日前到港，若阁下能来一观，则尤所拜祷矣。弟回家运动艰阻异常，至今学生只有二十余名，其中仍有寒苦之人，只收半费者。其余亦有观望之徒，总须开学之后既有明效大验，则来者或可稍多。鱼肉捐款现有人已禀县主归学堂收，然倡此议者，系一恶董，欲求涓滴归公，但恐须九牛之力。弟意以为各事总须明年开学之后，徐徐改良办法，即以扩充款项。承代找过钱君，原属妙极，然眼前力不及也。明年开学拟在本地再寻一人帮同办理，现有二君，尚未决为谁何耳。此奉复即颂。
>
> 　　年安！
>
> 弟声顿首

柳诒徵在南京江楚编译局工作，接触各方人员多。他自从上次去日本与赵声同船畅谈，敬佩赵声的文武兼备，矢志革命的意志，他赞赏赵声敢想敢说敢为的精神。赵声回到家乡，大办新鲜事物。柳诒徵为赵声的革命精神所感动，全力支持。不但帮助赵声策划"阅书报社""鸿溪阅报茶社""大港体育会""安港小学堂"的创办事宜，而且积极提供进步书刊，丰富赵声的社、馆展书。为创办安港小学堂，柳诒徵从南京回到镇江休假期间，专门去县城找到负责审批办学的钱君，请其大开绿灯。柳诒徵打心里佩服赵声这位同乡老弟，对赵声所提及的事尽自己的力量全力协助，帮助策划，化解矛盾。

这次接到赵声的信后，知道安港小学堂的教员还没有落实，他心里比赵声还着急。当天晚上，他就邀请了一批朋友在夫子庙一家酒楼小聚，把寻找教员的事说与朋友听。他恳请朋友们四方打听，为安港小学堂推荐教员。

一天上午9时左右，柳诒徵正在办公室审阅书稿，传达室打来电话，说有一个青年想拜会他。柳诒徵当即让来人到自己办公室。

柳诒徵放下话筒，继续审阅稿件，脑海里不时浮现出赵声信中的那句"明年开学拟在本地再寻一人帮同办理"的话语。尽管柳诒徵托了朋友，也给镇江教育系统的朋友打电话拜托，但仍然没有消息。为这事柳诒徵也没了心思审稿。几声敲门声，把柳诒徵中惊醒，他赶紧站起身，走到门口，打开门。

一看站在门口的年轻人，柳诒徵眼前一亮，这不是柳平章嘛。他怎么来了？柳诒徵赶紧把柳平章让进屋里，拉了个椅子拍了拍，示意柳平章坐下来："兄长，你怎么来啦？"

"来看看老弟！"柳平章在椅子上坐下后说，"你这地方好难找，昨天上午就到南京了，今天才找到你。"

柳诒徵倒了一杯茶，递到柳平章手里说："兄长，你不写封信先告知我。要不然我去轮船码头接你。"

"不麻烦！不麻烦！"柳平章呷了一口茶，连连摇头。

"你不是去日本留学了吗，怎么回来啦？"柳诒徵关切地问。

"学业结束回来了。"柳平章把茶杯往桌子上一放，开门见山地说，"老弟在南京编译局，人脉多，路子广，今来南京想请老弟帮我谋一份差事。"

柳诒徵听说柳平章要谋一份差事，眼前一亮，这不是瞌睡送枕头嘛。赵声老弟的安港小学堂正在寻找教员。这位堂兄刚从日本留学回来，何不把他推荐到赵声的安港小学堂任教？想到这里，柳诒徵不紧不慢地拎起竹壳水瓶，给柳平章茶杯里续上水，试探地问："不知兄长对任教感不感兴趣？"

"当教员，好啊！"柳平章一脸的兴奋。他想不到柳诒徵这么快就能帮自己谋到差事，心里美滋滋的，还是亲戚好，亲戚真帮忙。柳平章的目光盯着老弟的脸，心中涌起一股暖流。

"平章兄，安港一小学堂正缺一名教员，我推荐你去任教。赵声是我老弟，我这就给他写一封推荐信。"

柳诒徵说着，走到办公桌前，匆匆写了一封推荐信，叠好装进信封，交到柳平章手里说："赵声老弟是个爽直的人，你直接去找他。"

柳诒徵送走堂兄后，松了一口气。下午，柳诒徵又给赵声写了一封信，说了自己对创办安港小学堂的想法，信中推荐堂兄柳平章去安港小学堂任教。他信中还表示一定会去参加安港小学堂的开学典礼，他要亲自去祝贺。

赵声接到柳诒徵的回信，激动万分，把柳诒徵的来信连读了两遍，嘴里喃喃自语：同乡同志，倾心倾力，真兄弟啊！

想到柳诒徵推荐的柳平章也是留日学生，赵声打心眼里满意，恨不得马上见面。于是，赵声十分高兴地提笔给柳平章致信，表达自己期盼柳兄早日到大港之急切之情：

砥如仁兄大人侠鉴：

　　城隅一别继稔已返海安，慰甚。弟于本月十五日返港，蒙学事略为通融，定于正月十六日开学，务求文旌于初十外即到敝舍，盘桓数日，并以布置一切。弟既教育之事非门内人，且俗冗纷繁，唇舌焦敝也，必借重大教育家早来经划，庶可粗备规模，热心亦必乐于早来也。专此拜求即颂。

　　年禧！

小弟赵声顿首

十二月廿灯下

光绪三十年正月十六日（1904年3月2日），安港小学堂开学了。柳诒徵的堂兄柳平章被聘为安港小学堂的教员。柳诒徵在安港小学堂开学典礼这一天，早早赶到学堂，柳诒徵的到来让安港小学堂名声大震，入学的学生越来越多。

赵声与柳平章都曾留学日本，思想进步，授课内容新鲜。他们上课学员们爱听，体育会的年轻会员们也常常赶到安港小学堂听赵声和柳平章讲课。学堂里学文化、讲历史，传授革命思想，启发爱国热情，东乡一带大批有志爱国青年会集到赵声周围。

大港的新事物蓬勃发展，赵声与柳诒徵这位同乡、同志结下了深厚革命友谊。

此时的赵声，在人生旅途中找到了正确的方向，他的心中已经树起了一座光芒四射的灯塔，成为一名坚定的民主革命者，他选择了革命的道路，并坚定地在家乡这块土地上勇敢地实践。赵声不再为救国无门而忧虑，而是积极地投身革命活动中。

赵声心中革命的种子开始萌芽，并渐渐长出枝叶。

他站在家乡洗钵山顶竹亭里，遥望远方，随时准备跨出大港，迈向革命的滚滚洪流中。

三十二、《保国歌》

赵声又一次走出大港。

这年初秋时节，阵阵江风裹着密密的秋雨滋润着大港的山川、田野。山峦之间的平整大田里高粱熟了，红彤彤的穗子像一杆杆红缨枪竖立在田野上。棉田一片白茫茫，稻花阵阵地飘着清香，沁人肺腑。

赵声把创办起来的"阅书报社""鸿溪阅报茶社""大港体育会"和安港小学堂一一安排妥当后，又一次告别父亲和妻子，告别弟妹，告别大港的父老乡亲，再次来到南京，他是应南京三江师范学堂聘请，来学堂任教的。

三江师范学堂是在举国上下求强思变的潮流中应运而生的。清廷迫于内外形势，下令各省改书院为学堂，也是当时的新生事物。赵声明白，革命要想成功，贵在实行。这些日子，在家乡的行动已让赵声感受到民众的力量。但大港毕竟是一个小地方，只有走出大港，走到更大的平台上去实行革命计划，才能扩大影响，才能聚集更多更广的仁人志士投身到革命洪流中去。三江师范学堂是个大平台，到那里当教师可以把江苏的民主革命运动发动起来，进而推向江西、安徽，利用三江的影响把革命潮流扩展到全国去。

赵声到三江师范学堂报到后，因是学校教员，分得一间单身宿舍。三江师范学堂正值创办之初，学堂临时设于总督府署，同时在北极阁前明代国子监旧址兴建校舍，能分到一间单身宿舍赵声很高兴。他高兴的不是生活的方便，而是有了独立的革命活动场所。在这间狭窄的房间里，赵声边教书边进行革命活动，他如鱼得水，革命热情特别高涨。家乡唤起民众的实践让赵声对推翻帝制、建立共和充满了信心。

宿舍是一排长长的平房。平房东西走向，坐北朝南。赵声的宿舍在西边最顶端的一间，宿舍门前是一片茂密的小竹林。秋风一吹，宿舍里谈话的声音就会消失在竹林沙沙声响中，这里是极为隐秘的活动场所。

赵声前几年在南京读过水师、陆师学堂，交了一批志同道合的学友。这些学友听说赵声来到三江师范学堂任教，纷纷到学堂看望他。赵声也利用假日去拜望那些昔日志趣相投的好友。在交谈中，赵声知道许多好友已经成了革命党人。他们见到赵声，个个都很兴奋，都把赵声当作领头人，赵声所住的三江学堂这间最西头的宿舍，成了革命党人的活动场所。

天一黑，赵声宿舍电灯就亮起来，灯光有时一直亮到深夜。到了晚上10点，学堂的大门就关闭了，不少来交流的学生、好友只能翻墙而出。宿舍内的灯光吸引了校内不少进步教职员工、学生。这些进步的教职员工、学生经常来到赵声的宿舍，与赵声倾心交谈，接受革命思想，社会上的革命人士也在此聚会，传递革命消息，商讨国家大事。进步师生在赵声启发下，愈来愈热衷于倾听革命的言论。南京城区革命志士将这里看作是他们交流思想、商讨问题的最佳场所。南京城内的革命党人非常活跃，纷纷到三江师范来串门。很快，三江师范学堂赵声的宿舍成了南京革命党人活动的重要场所，南京城内的革命党人以赵声为首，越聚越多。一股革命的暗流在南京城内涌动，更多的爱国志士们在赵声的鼓动下，陆续加入以赵声为首，由其组织、发起的民主革命运动中。

赵声知道，发动群众鼓动民众投身民主革命运动，必须要有强有力的宣传品。这些宣传品必须通俗易懂，必须既愤怒控诉清朝初期实施的野蛮种族屠杀，揭露其卖国媚外共同剥削、压迫、奴役中国人民的种种罪行，号召人民起来推翻清廷腐朽统治，又要对如何进行革命，实行推翻清廷、建立新的国家以及新政府的施政纲领提出基本方针，其革命对象清楚，依靠的革命力量明确，最终要达到的革命目标史要鼓舞人心。

这些宣传品要用百姓所熟悉的民歌形式写，这样才能通俗易懂。赵声认为好的宣传品应该是内容与形式的有机统一，赵声想起了家乡一带过年流行的"唱麒麟"那些民间小调。他眼睛一亮，这个形式好。对！就用通俗易懂的歌调形式来宣传革命，拯救危难中国。他激情澎湃地酝酿着，在稿纸上写下了歌调的名字——保国歌。

宿舍的灯光昏黄，但赵声的心里亮堂堂的。他提笔写下两句开场白：

> 莫打鼓来莫敲锣，
> 听我唱个保国歌。

既叫《保国歌》就要先唱国，四万万同胞共有的伟大祖国：

…………

　　堂堂始祖是皇帝，

　　四万万人皆苗裔。

　　嫡亲同胞好兄弟，

　　保此江山真壮丽。

　　唱完伟大祖国民族众多、地大物博、山河壮美，赵声眼前出现扬州史可法墓，出现《扬州十日记》，笔锋一转，便写清朝统治者自入关以来，对汉人进行残酷屠杀的罪行。他要让每个中国人都知道清朝统治者的暴戾，激起每个中国人对清朝统治者的愤恨：

　　…………

　　痛哭扬州十日记，

　　嘉定屠城尤骇异。

　　奸淫焚掠习为常，

　　说来石人也堕泪。

　　不平不平大不平，

　　贱种乳臭皆公卿。

　　食我之毛践我土，

　　忘恩负义太无情。

　　八旗驻防防家贼，

　　贪官个个良心黑。

　　追比乐输还劝捐，

　　忍气吞声说不得。

　　虽然中华民众遭受凌辱，处于水深火热之中，虽然遭受这样非人般欺压迫害，"忍气吞声说不得"，但一腔义愤的赵声还是压抑住心中不平，继续写下去，揭露清廷在全国实施的民族歧视政策；揭露清廷敌视汉人，将人民当牛做马，人民连草芥都不如的反动统治；揭露清廷大兴文字狱、严酷压制和迫害知识分子的罪恶；揭露国家处处饥馑而官府横征暴敛搜刮民脂民膏兴建园林的疯狂；揭露清廷割地赔款被洋人宰割的悲惨。字字是怒，句句是恨：

视臣土芥民马牛，
科民笼络如俘囚。
诗狱史祸相接踵，
名节扫地衣冠羞。
农工商贾饥欲死，
行省处处厘金抽。
中有当兵最懵懂，
乱山多是湘军冢。
急来招募扣口粮，
闲时只是杀游勇。
固本军饷年复年，
大半同胞买命钱。
民脂民膏吃不了，
圆明园又颐和园。
忽纵奸王攻使馆，
复媚洋人摊赔款。
招信股票最欺人，
杀戮忠良天不管。
苛政谣刑难尽书，
九幽十八狱何如。
到名差役更骚扰，
牵了耕牛又牵猪。
哀哉奴隶根性好，
华人鼓里方睡觉。
台湾割让又胶州，
火烧眉毛全不晓。
…………
欧美环伺恣分割，
外洋又复逐华工。
彼昏不知纵淫乐，
大做万寿穷需索。
权阉流毒成官邪，

哭天无路将谁托。

揭露、控诉了腐败、凶残的清廷的罪恶之后，赵声又给人们指出先进行革命后立宪希望之所在，喊出了起义兵、推翻野蛮政府、不做奴隶做国民的声音：

弃东三省家安归，
将见行酒穿青衣。
失地当诛虐可杀，
难道人心无是非。
我今奋兴发大愿，
先行革命后立宪。
众志成城起义兵，
要与普天雪仇怨。
不为奴隶为国民，
此是尚武真精神。
…………

接着，赵声又讲到怎样去实现的攻略。他思索着，他在南京水师、陆师以及去日本留学期间，一些仁人志士的救国理论，特别是心中的灯塔孙中山先生不屈不挠地艰难拯救中华、推翻帝制的坚定步伐和革命精神。他从中受到启迪，从八个方面提出自己的想法，即如何去"贵在行动"，如何去进行革命：

第一合群定主意，
大众齐心兼努力。
新湖南与新广东，
社会秘密通消息。

赵声在《保国歌》中呼唤人们要团结一致，各地革命力量应密切合作，齐心协力推翻清廷统治。

第二不要吃洋烟，
体操勤学勇当先。

忠信为主养公德，
破除私见相勾连。

这是告诉民众要禁鸦片烟，要锻炼好身体，破除私见，树立忠信，为公为民。

第三武备要时习，
权力收回期独立。
专精实业开学堂，
热心教育当普及。

赵声在这里告诉人们要练习武备，普及教育，兴办实业，收回民族主权。

第四不必闹教堂，
不扰租界烧洋房。
杀人放火皆禁止，
要爱百姓保一方。

赵声在这里警示人们不要盲目排外，要团结一切可以团结的力量，实现推翻帝制的大目标。

第五演说无观望，
说得人人都胆壮。
民智渐开民气昌，
保你千妥又万当。

赵声告诉人们，舆论先行很重要，要加强宣传，渐开民智，唤醒民众同心协力。

第六政府立中央，
议员公举开明堂。
外人干预齐力拒，
认清种族凭开良。

赵声在这里提出了推翻封建帝制后，要建立崭新的人民政权。要强化中央政府，民众选举议会，强调国家独立，力拒外抗势力干预内政。

　　…………

　　百家合成一条心，
　　千人合作一双手。
　　各有义胆与忠肝，
　　家家户户保平安。
　　修明宪法参英美，
　　共和大国长交欢。
　　布告天下飞一纸，
　　救民水火行其是。
　　我以竞争求和平，
　　荡秽除残莫怕死。
　　四方豪杰一起来，
　　虚怀延揽惟其才。
　　直言普告州和县，
　　地方自治无兵灾。

赵声对中国明天的建设提出自己的想法，对未来中国如何立宪、如何向英美学习共处等也提出自己的理想和展望，以鼓舞民众共同奋斗，并告诉人民群众对未来要充满信心：

　　古来天下无难事，
　　人若有心可立至。
　　你们牢牢记在心，
　　浩荡之气回天志。

写到这里，赵声兴奋异常。他的眼前仿佛见到了成千上万的民众手里拿着他写的《保国歌》宣传单，高声唱诵《保国歌》，嘹亮的歌声霎时间传遍了祖国的大江南北。《保国歌》如同一把熊熊燃烧的火炬，点燃祖国大地的堆堆干柴，祖国大地革命的烈火熊熊燃烧。赵声坚信自己写的这部《保国歌》唱出了民心民意，顺应了天地。大家只要团结奋斗，光复大业定能实现。想到这里，赵声革命信心倍增，脸上漾起了胜利的笑容，嘴里发出爽朗的笑声，喜不自禁地写下坚定信念的结尾：

> 仔细听我保国歌，
> 天和地和人又和。
> …………

三江学堂最西头那间狭窄的宿舍灯光彻夜未熄。赵声挑灯夜战，一气呵成，完成了这首通俗上口的《保国歌》。放下手中的毛笔，赵声双手使劲地搓了搓，长长地舒了一口气。

这一年，赵声二十二岁。

三十三、传发《保国歌》

赵声明白：一场轰轰烈烈、推翻帝制的革命运动没有革命的号角，是不能唤起千万民众同心协力的。《保国歌》虽是以民间小调形式写成的文艺宣传品，但它将成为革命的号角。《保国歌》将赵声心中这几年学习考察的思考，进步书刊的启迪以及对朝廷时局对革命对未来的分析、判断一起化作通俗诗句倾泻出来，既愤怒地控诉清廷开国初期实施的野蛮种族屠杀，揭露其卖国媚外剥削、压迫、奴役中国人民的种种罪行，号召人民起来推翻清廷腐朽统治，又对如何进行革命实现推翻清廷和建立新的国家以及新政府的施政纲领提出基本方针。其革命对象清楚，依靠的革命力量明确，最终要达到的革命目标鼓舞人心。

《保国歌》是一篇顺应历史发展潮流、反映人民愿望、代表革命党人奋斗目标的宣传诗，是向清廷发出的战斗檄文。《保国歌》战斗性、鼓动性、理想性十分强烈，《保国歌》一问世，立即引起社会各界进步人士的极大反响。

赵声志同道合的同学、好朋友们争相传诵《保国歌》。有的同学还将《保国歌》印成传单，广泛传播。南京的革命党人在私下集会时，往往以《保国歌》作为宣传品，争相朗读，争相传播，争相传唱。

《保国歌》的影响很大，渐渐地从南京往周边大城市传播、扩散。

一天中午，赵声吃完午饭往宿舍走。宿舍前面一条路，路南边是一排密密的水杉。水杉外面是大操场。赵声缓慢地走在宿舍门前的小路上，不时与同学、教员招招手。突然，从密密的竹林和杉树林外的操场上传来喊声："赵老师！"

"谁呀？怎么这么耳熟？"赵声停住步子，透过树丛的缝隙往操场上看。

"赵老师，你等一下，有你一封电报。"一位学生从操场东头走过来。

赵声听出来了，是他上历史课那个班的副班长小倪。他从两棵杉树的空当中走向操场。那位姓倪的同学已经走到赵声面前，把手中的电报往赵声手里一递说："赵老师，你的电报。"

"哪里来的电报？"赵声接过电报随口问道。

"好像是上海。吃过饭我在传达室溜达，看到你的电报，赶紧给你送来。"

226

小倪说完往操场单双杠那边走去。

"谢谢！谢谢小倪！"赵声带着电报朝小倪挥挥，然后迫不及待地扫了一眼，真是上海发来的。

赵声仔细一看，是原江南陆师学堂的章士钊发来的。电报上字不多，赵声一看就明白了。

《歌》写得好。后天中午 1 时，临江咖啡馆有人来取。章士钊

章士钊是自己在陆师学堂读书时的好同学，更是志趣相投的好朋友。当年在陆师学堂以章士钊为首的许多进步同学推荐赵声向学堂当局提出"改良功课""改良常规"的要求。赵声向学堂提出改良要求，学堂当局不但不理，反而压制，认为他们违反学堂规定，滋扰生事。后来学堂一名学生与监院发生争执。学堂竟然将这个学生开除了。这件事激起了以章士钊为首的几十名学生的愤怒。为抗议校方的蛮横无理，墨守成规，章士钊等 40 多名学生发起退学运动，集体退学，离开南京，到上海去读爱国学社了。

章士钊去了上海，赵声也肄业离开陆师学堂。两人已在陆师学堂结下了深厚的革命友谊，一直保持着通信联系。

章士钊生于光绪七年（1881 年），与赵声同年。湖南善化县（今长沙市）人，与黄兴同乡。章士钊考入南京陆师学堂是因为在一小时之内写成了"无敌国外患者国恒亡论"这篇文章，被总办俞明霞赏识，但两人都不满学堂陋习陈规，都有一个救国救民的理想，因此走得很近。虽然章士钊与赵声性格不同，但共同的理想把两人联系到了一起。章士钊离开南京陆师学堂来到上海爱国学社，后来受聘担任《苏报》主笔。章士钊思想激进，在报上连续登载章太炎的《驳康有为论革命书》《革命军序》等反清文章。清廷勾结上海租界当局逮捕了章太炎和《革命军》作者邹容，并查封了《苏报》，上海发生的震惊中外的"苏报案"让章士钊、邹容的名字传遍祖国的大江南北。

章士钊被释放后，从事反清的斗争更坚定了。当他得知陆师学堂的同学赵声写成《保国歌》后，赶紧发了一封电报至赵声任教的三江学堂求证《保国歌》的主要内容。随后于第二天派一名心腹赶往南京，向赵声求要《保国歌》。

接到章士钊的电报，赵声心情激动，想不到《保国歌》会有这么大的影响，竟然惊动了远在上海的反清志士章士钊同学。赵声赶紧准备了一份《保国歌》，第二天中午，按时来到三江学堂附近的临江咖啡馆，将《保国歌》夹入一本杂志

中，交给了章士钊从上海派来的使者。

第二天上午，章士钊收到赵声的《保国歌》后，在办公室内一口气读完。他热血沸腾，《保国歌》石破天惊、滚滚雷霆，章士钊为赵声的一腔救国图存的革命热情深深感染，也赞赏赵声用唱词这一文艺形式宣传革命思想。章士钊手握展开的《保国歌》手抄页，脱口赞道："文辞肫至，读者莫不感泣！"章士钊觉得这种革命宣传品便于群众接受，易于发动群众。但是，怎么才能让赵声的《保国歌》发挥作用，"激劝士卒"？只有印出来，广为散发。章士钊知道，《保国歌》是反对清廷、唤醒民众的宣传品，当局知道，一定会禁印、禁发，可能还会带来麻烦，甚至有杀头的危险。

但章士钊豁出去了。他决定通过秘密渠道印刷三十万份，然后再物色敢于担当的革命党人到全国广为散发，让《保国歌》传遍祖国的大江南北，成为唤醒中华民众的战斗号角！

章士钊是《苏报》主笔，印刷厂的工人们跟他比较熟。排字组的组长也是革命党人，叫江安。章士钊把江安唤到办公室，把排字印刷《保国歌》的任务交给了江安。江安是个特别机灵的人。他拿到《保国歌》后，叠了几叠转身往章士钊办公室外走去。章士钊突然想到什么似的，把江安喊回。他让江安拿出《保国歌》平摊在办公桌上，随即，章士钊从抽屉里取出照相机，对着《保国歌》按下了快门。江安明白，万一排字或印刷中被人发现，即使紧急销毁了，这里还有样稿。章士钊考虑周全，他这是让《保国歌》的印刷，做到万无一失。

江安回到印刷厂。6点钟，下班铃声响过之后，工人们陆陆续续地离开了车间。他没有急于离开车间，而是假装整理物件。待工人们全部离开后，他走到车间大门口，将两扇大门紧紧地关上，并且从大门里面插上了闩子。

江安来到排字台前。他从口袋里取出《保国歌》展开来，对着传单开始排字。还没有排到第六句，车间门外就传来敲门声。江安惊出一身冷汗，赶紧拿着《保国歌》传单，走到大门口，大声喊："谁呀？"

"我呀！我东西丢在车间里了，来取一下。"原来是车间今年上半年调进来的仇众民。江安知道这个仇众民来历不清，到了车间后，经常会东张西望，神出鬼没，让人捉摸不透。江安曾将仇众民的情况向章士钊汇报过。章士钊估计仇众民是当局派到印刷厂的密探，当然，谁也没有依据。章士钊提醒江安平时排印秘密稿子多留个心眼。想到章士钊先生的提醒，江安心里紧张起来。他估计下班后，仇众民没有看到自己出车间门，留了心眼，杀了个回马枪。说不定他会借机到处查看，要是让仇众民知道自己在排印《保国歌》，麻烦就大了。想到这里，江安急中生智，将《保国歌》传单压到铅板下。但转念一想，不保险，他又从铅板下抽出《保国歌》传单，三下五除二，撕了个粉碎，然后将碎片放进搪瓷缸里，并倒上热水，盖上了盖子。走到车间门口，哗的一声拉开门闩，推开门。

"我加一小时班，检查一下机器设备。明天有重要印刷任务！"江安不慌不忙地往自己办公桌台走去。

仇众民在车间里不紧不慢地巡视，在各个排字台前仔细地看了一遍，还翻起排字台上的铅板，没有发现任何可疑的传单，也没有发现任何人，这才叹了口气说："打火机丢了！找了一圈也没有找到。江组长，你加班，我回家了。"

"我检查完机器设备马上下班。你好走。"江安把仇众民送到车间大门口，松了一口气。他掀开自己喝水的搪瓷缸盖子，《保国歌》传单的碎纸片已经涨烂了。他端起茶缸来到阴沟槽，将纸浆水倒掉。他想到，幸好章士钊先生拍照将《保国歌》留了底，这才松了一口气。

江安收拾东西，悻悻地离开车间。他来到厂门口不远处的电话亭，向章士钊先生报告刚才车间发生的有惊无险的一幕。章士钊表扬了江安的机智灵活，并让江安第二天下午再到办公桌来取《保国歌》传单。

江安第二天从章士钊办公室取到《保国歌》传单后，并没有急于排版印刷，而是派了一位可靠的手下人在星期天约仇众民去宝山郊区钓鱼。江安用一个星期天，把《保国歌》排版，并印了三十万份，送到章士钊家里。

章士钊望着堆在自家储藏室里的《保国歌》传单。三十万份，三十捆，高高的一堆。《保国歌》传单印出来了，又不能公开。章士钊为传单的分发犯了愁。谁敢冒这个危险把传单发出去呢？一个印刷厂失业工人曹工丞听到分发《保国歌》传单的消息后，主动向江安索要了一份。当晚回去读了一遍又一遍，浑身热血沸腾。《保国歌》中的每句话都说到工人的心坎上。曹工丞读着《保国歌》，联想起自己失业，一家人过着苦难的生活。现在有人要唤起民众，推翻清廷，救我中华，自己作为一名失业工人，没多大的能力，但有的是力气，可以用自己的双腿走遍祖国的大江南北，把《保国歌》发出去，让保国的歌声唤起千千万万的民众同心干，彻底推翻清廷的腐朽统治。

第二天，曹工丞急匆匆地来到章士钊的办公室，说出了自己准备走遍祖国大地去分发《保国歌》传单的想法。

章士钊先生听了之后，喜出望外，这么危险的任务，一个失业工人竟然有这样的胆量和勇气，他打心眼里敬佩站在眼前的工人曹工丞。他望着精神抖擞的曹工丞，心中升起无限的敬佩之情：一个普通的失业工人，接下这一常人难以想象的任务，而且是以常人难以想象的方法，用自己的双脚走遍大江南北散发《保国歌》传单，这可是空前壮举！

章士钊用赞叹的目光盯着曹工丞那充满自信的脸，问道：

"你叫什么名字？"

"曹工丞！"

"哪里人？"

"湖北人。"

"现在干什么工作？"

"过去当过印刷厂工人，现在失业了！"

"你怎么知道要散发《保国歌》传单？"

"听印刷厂的老乡说的。"

"噢！"

"章先生！我已经看过《保国歌》了。这可是为我们劳苦大众说话的传单。"

"对呀！正因为要拯救民众，清廷当局才会追查。散发传单很危险！"

"我不怕。正因为危险，才需要到民间散发。要不然登一下报纸就行了！但我知道，为清廷说话的报纸怎敢登为民众说话的《保国歌》？"

"你说得对，只能在民间散发！"

"我有的是力气！边走边发，谁也找不到我！"

"你什么打算？"

"我准备背着《保国歌》传单，沿着长江两岸步行，溯江而上，沿途散发。发完之后，再乘火车回上海取，再沿着长江，到集镇、到码头、到军营去，悄悄地散发。"

"你知道分发三十万份传单，要走上千里路，这需要多大的毅力！"

"放心。我有的是力气！"

"好！"章士钊被曹工丞的胆量和毅力所感动。他想，让曹工丞一个人沿江步行散发，虽然需要一两年时间，虽然需要超常的毅力，但目标小，传单影响大，这是一个办法。他伸出双手紧紧地握住曹工丞的手说："沿途食宿实报实销，另再支付你工资！谢谢你，曹工丞。"

"一言为定！"曹工丞对章士钊先生的信任很感动。他正准备离开时，又转过身说，"这件事是为我们劳苦大众做的，再苦再累值得。工资就不要支了，食宿能报就行。"

章士钊望着曹工丞走出办公室的背影，胸中有一股强大的力量在缓缓地上升，这股力量来自民众。他的心脏剧烈地跳动，脱口而出一句话：工人！咱们工人有力量。江安、曹工丞两位工人的形象顶天立地出现在章士钊的眼前。

曹工丞出生在湖北神农架的大山中。七岁那年父亲上山采中草药，摔下千丈崖，尸首也没有找到。他跟随母亲在大山中生活，常常是吃了上顿没有下顿。特别是到了大雪封山的寒冬季节，他和母亲常常冻得浑身发抖，有时肚子吃不饱，饿得头昏眼花。这样的日子，熬到了曹工丞十岁那年，实在过不下去了。一天下午，来了一个收药材的外地人，看到孤儿寡母可怜，就将曹工丞母子俩带到山外，来到武汉。曹工丞十四岁那年，母亲在码头扛包，脚下一滑，掉进长江淹死了。曹工丞成了孤儿。他从武汉沿江而下，一边打零工，一边要饭，历经艰险来到上海。好心的印刷工人江安看到曹工丞要饭可怜，就介绍他到印刷厂当了清洁工。去年，因经济不景气，许多印刷厂关了门，曹工丞又失业了。

曹工丞是从武汉沿江边一路讨饭来到上海的，江边的码头、集镇、纤道他全熟悉。他自告奋勇地找到章士钊要求沿江去散发《保国歌》传单，主要是对江边熟悉，而让他下定决心去做这件吃苦冒险事的更主要的原因，是《保国歌》是替人民说话的歌，是要把像自己这样的失业工人从水深火热中拯救出来的歌。他要用自己的双脚，用自己的生命和热血把《保国歌》传单沿江岸发出去，让《保国歌》在大江南北唱响。

曹工丞来到裁缝店，做了两只大帆布口袋，中间用两根结实的带子连起来。他来到章士钊家，每个口袋里装了一万份《保国歌》传单，顺手往肩上一搭，在储藏室里走了一圈，轻松地说："章先生，我从上海出发，沿江散发，发完之后，再坐火车返回。估计一年两年，你这三十万份就会发光。"

"辛苦你了！"章先生望着曹工丞十分赞叹地说，"一副独行侠模样，谁也不会注意到。"

"放心！从武汉要饭到上海，现在沿江从上海溯江而上，只不过是变要饭为发传单，熟门熟路。"曹工丞说完，转身往门外走去。

章士钊望着曹工丞的背影，大着嗓门："谢谢曹老弟！注意安全！"

曹工丞既像一个独行侠，更像一个流浪者。他脚穿麻鞋，身背大帆布口袋，两只口袋搭在胸前背后，每只口袋里都装着一万份《保国歌》传单，沉甸甸的。他沿着江边一边走一边散发。江边山道弯弯，崎岖不平，江浪涌上路面，道路泥泞不堪。春秋好过，冬夏难熬。冬天到了，第一场大雪飘飘洒洒地漫天飞舞。曹工丞沿着江边积雪的小路，嚓嚓嚓地迈着坚定的步伐行走着。码头上，客栈里，店铺边，还有那些聚集在街头的流浪者，他都不失时机地散发。江边的风刺骨地

三十三、传发《保国歌》

冷，曹工丞不停地搓着冻得发红的手，一步一步地走向有人群的地方。夏日，烈日当空，行走在江边的纤道上，虽然带着凉气的江风一阵阵地吹过来，但身上的汗刚被吹干一层，一层又渗出来。夕阳西下，他会找一块江边滩地，把大帆布口袋往江边的小树林里一藏，然后跳进江中，洗个江水澡，浑身轻松地在集镇的地摊上吃上几碗面条米饭，找个大户人家的屋檐下，往地上一躺，大帆布口袋当枕头，很快就进入梦乡。第二天早上醒来，一天的疲惫消失了。有一天夜里，下了一阵大雨，曹工丞睡得沉竟然没有被雨声惊醒。日复一日，年复一年。一晃两年多过去了，曹工丞以超常的毅力与空前的热忱，从上海至武汉，沿着长江岸边来来回回步行几千里，硬是把三十万份《保国歌》送到工人、农民、士兵的手中。赵声写了《保国歌》，章士钊印了《保国歌》，曹工丞沿江历经艰险散发《保国歌》。当《保国歌》的歌声响彻大江南北时，赵声——章士钊——曹工丞，三个人物，随着壮丽激荡的歌声在民众中传扬开来。

三个人物，三个闪亮的形象。闪过的是三个环环相扣的革命链条，缺一不可。三个豪杰，前赴后继，义无反顾地完成了一项神圣而极其危险的事业。向腐朽的清政府射出的响箭呼啸着民众的激情、斗志、理想。神州大地上，响起了民众的疾呼。疾呼人民起来结束数千年的封建帝制，雷霆般的轰鸣将永远回荡在中国的史册上。

曹工丞沿江散发《保国歌》，出现了一幕幕感人的场景。他行走在江边的大路小道上，多少人向他索要《保国歌》，一时间，长江沿岸各省广大民众和一些清军士兵，几乎是"人手一歌"。有些地方上的小刊小报，还有一些边远省份的进步报刊都争相刊登《保国歌》。很快，《保国歌》便流传开来，"习其词若流"，《保国歌》深深打动了每一个唱诵的人。许多人被爱国热情激发，唱着《保国歌》悲愤地流下眼泪。三十万份《保国歌》在宣传革命发动群众中发挥了巨大作用！从曹工丞沿着几千里江岸步行散发《保国歌》传单起，直到八年后武昌起义爆发前五天的 1911 年 10 月 5 日，《民主报》上还刊登《保国歌》，可见《保国歌》宣传革命推翻帝制的作用发挥之久，影响巨大。广州起义、惠州起义、潮州黄冈起义、七女湖起义、安庆起义、防城起义、镇南关起义、黄花岗起义……人民革命斗争此起彼伏，风起云涌，《保国歌》像革命的号角，激励千千万万的民众揭竿而起，敲响了封建帝制的丧钟。《保国歌》的歌声在祖国大地上空回荡。

赵声写出唤起民众的《保国歌》的八年之后，武昌起义爆发。

封建帝制在嘹亮的《保国歌》声中土崩瓦解，共和的曙光闪烁在东方广阔的大地上。

三十四、北极阁演讲

赵声的《保国歌》，经章士钊印刷三十万份，曹工丞历时近三年沿江步行数千里散发，在中华大地上像轰隆一声惊雷，震撼了人民大众的心。在《保国歌》诞生传播的同时，《警世钟》《猛回头》《革命军》等一大批檄文相继出现，万里长空响彻着中国人民愤怒的呐喊。

《警世钟》《猛回头》都出自中国民主革命的先驱者、出色的宣传家、爱国的进步思想家湖南人陈天华笔下。在文言文风行的时代，陈天华大胆使用白话文，也以说唱文艺形式出现，这本身就是站在人民大众一边，方便人民大众传播。《革命军》也是中国近代思想史上第一篇系统地、旗帜鲜明地宣传资产阶级民主共和思想的战斗檄文。全书两万多字，邹容著。写作《革命军》时，邹容只有十八岁。《革命军》一开头就热烈地歌颂了革命事业的伟大："伟大绝伦之一目的，曰革命。巍巍哉！革命也。皇皇哉！革命也。"邹容指出，中国自秦始皇称皇帝，建立专制政体之后，这种视国家为一家一姓的私有财产的封建专制制度，就是中国兵连祸结、国病民穷以及一切罪恶的根源。因此，邹容得出结论说："革命！革命！得之则生，不得则死，毋退步，毋中立，毋徘徊。"

赵声读着《革命军》《警世钟》《猛回头》这些振聋发聩的反清檄文，满腔热血沸腾。赵声心里明白，康有为、梁启超保皇派的那一套救不了中国，欲御外侮，先清内患。清王朝是被压迫民族的监牢，是帝国主义的忠实走狗。要夺取中华民族的生存权利，就必须坚决地采取一切革命行动，彻底推翻清王朝这个"洋人朝廷"，建立一个崭新的资产阶级民主共和国。

继赵声的《保国歌》唱响全国后，《警世钟》《革命军》这些战斗檄文相继在人民大众中广泛传播，让赵声看到了舆论的强大力量。这些赞歌、檄文以高昂的革命激情，把长期蕴藏在人民群众心中的阶级仇、民族恨，无所顾忌地呼喊出来，旗帜鲜明地、大胆泼辣地劝动天下造反，犹如一声春雷，炸开了万马齐喑的中国大地，让大家看到了反清革命运动的政治前途，看到了建立资产阶级民主共和国的霞光。

革命不仅仅是呐喊，更需要行动。赵声年轻时，他就知道必须文武兼备。要实现拯救民众，推翻清廷的革命目标，必须挺身而出，必须冒着生命危险一步一步去行动。要让呐喊变成利剑刺向封建王朝的心脏。如果说赵声写《保国歌》是用文艺作品形式在大范围内宣传革命、呼唤人民起来推翻清廷腐朽统治，在同一年，赵声在南京北极阁举行的"拒俄"大会进行的激昂悲愤的演说，就是直接召唤广大人民行动起来，救国图存。这是一次挺身而出，冒着杀头危险的革命行动。

光绪二十九年（1903 年）春，俄国再次进兵东三省，并向腐朽无能的清政府提出了七项无理新要求。消息一经传出，在日本留学的爱国青年群情激愤，纷纷集合抗议俄国背信弃义，再次进兵东三省，强占我国广阔领土。留日爱国青年提出坚决拒绝俄国的七项无理要求。同时，在海外的各省同乡会纷纷开会研究对策，愤怒抗议俄国的野蛮侵略行径。有些同乡会不仅口头抗议声讨，而且成立拒俄义勇队，用革命行动来阻止俄国的侵略。海外留学生、同乡会爱国人士这些振奋人心的革命举措传到国内，在国内各界引起了强烈的震撼，祖国大江南北纷纷响应。在上海，中国四民公会召开代表大会，与会人员在大操场，排成队列，进行操练，上海教育会也组织了英勇队。在北京，京师大学堂的学生上书要求坚决拒俄。在短短几天时间里，全国"拒俄"行动风起云涌。上海、北京、东北、安徽、江西、广东、浙江、直隶、江苏、福建、湖南、湖北、河南等地的爱国志士都行动起来倡议尚武、抗俄保国。但是，人民大众的爱国行动遭到了清政府的残酷镇压。清政府镇压"拒俄"行动的丑恶行径使学生们及广大爱国人士认识到要御侮，首先要推翻清政府的腐朽统治，"拒俄"的方向转到拒俄御侮与革命反满并存。

轰轰烈烈的拒俄御侮与革命反满行动在中华大地像熊熊烈火燃烧起来。

爱国人士在南京也行动起来。赵声是大家公认的江苏民主革命运动的发起人、组织者。南京一大批爱国志士在赵声的鼓动下已经陆续加入江苏民主革命运动中。"拒俄"运动的烽火从国外传到国内后，赵声把"拒俄"运动作为一次反清救民的革命实践，亲自组织南京地区的"拒俄"革命行动。

12 月 12 日上午，三江师范学堂赵声的宿舍内，挤满了来自江南水师学堂、江南陆师学堂、三江师范学堂及其他社会组织的骨干。宿舍内门窗紧闭，朝南的不到一平方米的窗户玻璃蒙上了一层黄尘，模模糊糊的。早晨的太阳照在玻璃窗上，透进屋里的光斑斑驳驳，屋里没有开灯。有几个烟瘾很大的参会骨干还抽着烟，烟雾在昏黄暗淡的宿舍内袅袅缭绕。大家的心情都十分激动，坐定后，等待赵声发言。

赵声目光虎视，高大、威武的身姿站在大家面前，他没有坐下来，而是紧靠朦胧的玻璃窗站着。

大家激愤的目光全聚焦到赵声英姿勃勃的脸上。赵声首先指了指屋子里浑浊的空气中，大家模模糊糊的脸庞，叹了口气说：“环境太差了，玻璃不透明，空气不新鲜，我这小屋真有点像中华大地，只能让大家受委屈了！”说到这里，赵声手臂往上一举，又有力地往下一劈，震耳的话语在宿舍里回荡，“这样的局面一定会改变！”

赵声望了望窗外，简要地介绍了国外、国内“拒俄”运动风起云涌的形势，坚定有力地说：“同志们，我们都是革命的骨干，都是反清的仁人志士。全国各地都行动起来了，南京不能落后，我们也要行动起来。我提议，在南京举行一次‘拒俄’群众集会，坚决响应北京、上海等地的倡议，奋起反抗沙俄的侵略，反对清廷，拯救中华于危难。”

赵声目光炯炯地扫视了大家一眼说：“大家赞成吗？”

“赞成！”大家异口同声，声音响亮。

赵声用征询的口气对大家说：“这次集会不仅规模要大，而且要选一处有影响的地点，大家推荐一下。”

赵声话音刚落，宿舍里气氛活跃起来。大家你一言我一语：

“鸡鸣寺北极阁。”

“莫愁湖公园。”

“夫子庙。”

“狮子山脚下。”

…………

赵声听了说：“鸡鸣寺北极阁，那里离几所学堂不太远。北极阁地形开阔，又有演讲台，大家看怎么样？”

大家响应赵声的提议，并把“拒俄”集会的时间定在 12 月 22 日，人数一千人以上。骨干会上，大家一致推举赵声给集会群众演讲。在赵声引导下，大家还讨论了拒俄救国的具体策略。骨干们踊跃发言，气氛十分热烈。大家认为“激烈与平和皆不一”，但一致要求两江总督魏光焘同意编练民兵，更改不急之课程，注重武事，以期锻炼国民之体格。

12 月 22 日，南京“拒俄”群众集会如期在鸡鸣寺北极阁举行。上午 9 点半，三江师范学堂、江南水师学堂、江南陆师学堂近一千人，还有南京本地士绅几百人陆续来到北极阁广场集合。广场上插满了红旗，一阵阵江风吹过来，红旗猎猎飞舞，发出沙沙沙的响声。两树之间拉上了横幅，上面写着这次集会的口号：

"沙俄从东三省滚出中国！"

"坚决拒俄七项无理要求！"

"坚决尚武，抗俄保国！"

"拒俄御侮，革命反满！"

"拒俄义勇队万岁！"

…………

北极阁两边各悬挂一条横幅，上面大字写着："坚决尚武，抗俄保国。"

10点整，赵声健步登上北极阁群众拒俄集会讲台，面对台下黑压压、群情激昂、义愤填膺的群众，亮开嗓门，发表动情的演说。

赵声清清嗓子，他沉重地对同学们、对本地士绅说："大家知道吗？中华亡国的惨祸就要临头了！"

赵声的开场白一下子把台下听演说的同学们、士绅们吸引住了。

广场上刹那间静了下来。

天空厚厚的铅灰色云朵由北往南移动，太阳躲在云朵里，偶尔会从云层的缝隙中露出脸，洒下一缕缕阳光。北风劲吹，人们虽然感受到北风带来的冷气，但听着赵声的激昂演讲，心里顿时感到热乎乎的。

台上，赵声目光炯炯地盯着台下黑压压的学生和士绅群众，有力地挥动着手臂，大声激动、义愤地说："沙俄进攻东北，还不断内侵。这样下去，我中华大地岂不是要被各国列强瓜分殆尽？作为一个中国人，国家成了这种样子，难道我们还能无动于衷？！"

台下的人们激动地听着，风吹着鸡鸣寺山岗上的松林，发出一阵一阵的沙沙声。

赵声呐喊，国破家亡的惨景即将来临。他目光在广场上的人群中扫视着，大声问："沙俄为什么敢继续进军我东北三省？沙俄为什么敢向清政府提出无理的七条要求？中国为什么会陷入这样民族危亡的境地？"

台下人们没有回应。赵声用手指了指云层密布的天空，大声呼喊："中国没有一个朗朗的天空。根本就在于清王朝的腐朽无能！中国是一块大肥肉，正被一群豺狼围住撕扯着、吞咽着，这群豺狼不仅是沙俄，还有日本侵略者，还有英国、德国等一帮洋鬼子。中国被这群豺狼解剖瓜分了，'满洲政府'已是'洋人朝廷'

了。面对列强的侵略，我们该怎么办？"说到这里，赵声握紧拳头高高地举过头顶，以炽热的爱国热情，斩钉截铁地指出："我们必须万众一心，齐心杀敌！要去掉'东亚病夫'的污名，我们全体公民必须加强锻炼身体，因为抗敌必须有强壮的身体，高超的技能和勇于报国的精神。要想拒洋人，只有靠人民自己的力量，只有独立革命！"

赵声说到动情处，引用《革命军》作者、年轻的革命党人邹容的话说："革命者，天演之公例也。革命者，世界之公理也。革命者，争存争亡过渡时代之要义也。革命者，顺乎天，而应乎人者也。革命者，去腐败而存良善者也。革命者，由野蛮而进文明者也。革命者，除奴隶而为主人也。只有团结一心，坚持革命，推翻腐败的清朝政权，建立资产阶级民主共和国，洋人才不敢来吞食中国这块大肥肉，人民才能过上当家做主人的幸福生活！只有革命起来，沙俄才会从中国东北三省滚出去！"

台下群情振奋，口号声响成一片：

"沙俄滚出中国去！"

"坚决取缔沙俄的无理要求！"

"坚持革命！坚持尚武！"

…………

口号声如同不远处长江的波涛，一浪推过一浪，一声盖过一声。口号声像奋起撞击的警世洪钟，发出了震撼天地的巨响，把中国人民从昏睡中惊醒过来。

北极阁广场上空响彻震耳欲聋的呐喊声，呐喊声与滚滚轰鸣的松涛声交织在一起，传向整个南京城，传向祖国的苍茫大地。

口号声响彻之后，台下的人们屏住声息，目光聚集在赵声身上。

赵声详细地向大家介绍了日本留学生在日本成立拒俄义勇军的情况。说到日本留学生成立义勇军，赵声动情了，声泪俱下：日本留学生在义勇军成立大会上，留学生们真不愧为中华儿女，他们在演说中提出："誓以身殉，为火炮之引线，唤起民众铁血之气节。他们表示要与俄人拼命到兵尽矢穷。"

赵声的演讲迅速在人群中传播开来。到会民众皆涕泣不能抑，虽死而不惧。

赵声大声宣布："南京市义勇队成立！"

台下响起雷鸣般的掌声。几个学生抬来一张课桌，并将早已做好的一面绣有"南京市义勇队"的旗帜铺在桌上，上面放了两支签字笔。参加集会的年轻学生雄赳赳、气昂昂地排队来到桌前，挥笔签上自己的大名。会场上，千名学生慷慨悲愤，一副为国难，英勇赴敌不屈的气势。

南京市义勇队成立后，迅速派人致电北洋大臣，请求赴前杀敌，承担战斗责任，决心要手刃敌人。

台下群情激愤，台上，赵声挥挥手，示意大家安静下来。赵声用手指了指自己的皮肤，继续着震撼人心的演说："皮之不存，毛将焉附。国将不国，家又何在！同胞们，摆在我们面前的选择就是不做亡国奴！不做亡国奴的唯一出路，就是挺身而出，只有挺身而出才能救国图存！"

台下听众马上热烈呼应起来："挺身而出，救国图存！"

赵声朝欢呼的人群招了招手，激情慷慨地号召大家："我们南京的爱国学生们迅速组织起来，成立义勇军，和全国各地的义勇军一起北上，奔赴抗俄最前线！"

台下听众义愤填膺地大声齐喊："救国抗俄，愿上前线！救国抗俄，愿上前线！"

赵声的演说受到与会学生的热烈响应，闻讯赶来参加大会的学生、士绅还有工人群众不断地向北极阁广场聚集。会场很快就挤满了人，连附近的大树上、围墙上都爬满了人。不少人只好在广场外听，许多人引颈探望，都想一睹赵声的风采。原定集合者规模为一千人，现在北极阁广场附近人山人海，足有近万人。

赵声演讲结束，会场内外掌声雷动。许多听完演讲的群众惊叹：赵声演讲盖感之深，而胆子之猛决，有令人可惊可愕者！

从上海返回南京的章士钊先生也参加了集会，并登台演说。章士钊先生一腔义愤，感人的言辞，拒俄的决心与赵声一样，鼓动着南京青年义无反顾地走向拒俄反清的战场。

北极阁"拒俄"集会上赵声和章士钊的演讲迅速传遍南京城，全城轰动。

从江上吹来的北风一阵紧似一阵，与北极阁广场四周黑压压集会人群发出的怒吼声交织在一起，透过山峦上的松林，随着松涛声传向南京城，传向祖国的大江南北，长城内外。

赵声的名字也随着这愤怒的呐喊震撼着摇摇欲坠的清廷。人民举起了有力的拳头！厚厚的云层渐渐飘移着，太阳从云层中露出脸，洒下了暖暖的光芒。

三十五、重逢黄兴

　　北极阁"拒俄"集会产生的巨大影响，引起了两江总督魏光焘的注意。魏光焘下令手下进行调查。听说南京一名士绅参加了北极阁"拒俄"集会，魏光焘的手下将这名士绅带到总督府。这名士绅一见调查人员那副架势，早已吓得浑身发软，把集会的盛况一五一十地全抖了出来，并说这次"拒俄"集会完全是借"拒俄"事件煽动民众向清廷发难。同时，与赵声同在三江学堂任教的一名老师也向魏光焘告密，北极阁"拒俄"集会组织者是赵声，他在集会上发表了煽动性很强的演说。上海的革命党人章士钊也参加了集会，还上台演说。魏光焘一听，高度警觉起来。"拒俄"集会的性质是反清廷。这还了得。魏光焘对手下发了一通火之后，下令地方官吏逮捕赵声、章士钊。

　　魏光焘的手下有一名捕手也是革命党人，他把总督要逮捕赵声、章士钊的消息告诉了赵声、章士钊，提醒他俩赶快离开南京。但赵声认为，为"拒俄"而集会，没有什么错，不打算离开南京。这位捕手再三劝说，赵声的一些好友同志都急哭了，赵声这才接受大家的建议，与章士钊一起离开南京，来到上海。

　　来到上海不久，赵声接到了一封信。信是赵声在南京江南水师学堂的同学李树藩写来的。这位同学现在长沙修业学堂任教。赵声的《保国歌》他早已读过了，知道赵声正在为革命而奋斗。特别是听到赵声因在北极阁上的演说，受到了两江总督的追捕，离开南京到了上海，热心的李树藩给赵声写了这封信，邀请赵声去湖南长沙修业学堂任教。

　　赵声读了李树藩的信，十分高兴，从上海迅速赶到湖南长沙。

　　早春三月。

　　长沙春意已经很浓。路边的行道树一片翠绿，花圃里开满了各种艳丽的叫不出名字的鲜花。不远处有一片桃园，桃花盛开，蜜蜂在花丛中飞来飞去，撩得花香四溢。桃园边有一片不大的池塘，几只鸭子在平静的水面上悠悠地游动，不时发出一两声"嘎嘎"的叫声。

三五成群的学生在塘边的小道上散步。赵声问了教员李树藩的办公室位置，径直来到李树藩的办公室。

老同学相见，十分激动，俩人热情地拥抱在一起，不停地用手掌拍打对方的脊背，好久才分开。

"赵声，想念你呀！"李树藩拎起水瓶，给赵声倒了杯热水，张罗着让赵声坐下后说，"听说你的事了！干大事干得漂亮！给你写了封信。"李树藩把茶杯往赵声桌前一搁说："想不到你这么快就来了。"

"谢谢老同学关心！"赵声端起茶杯呷了一口，深有感触地说，"想不到拒俄集会竟然把政府吓成这样，让我丢了饭碗！谢谢老同学的推荐、邀请。"

"清政府心虚！"李树藩气愤地说，"对付不了洋人对付学生，算什么本事！"

李树藩告诉赵声："学堂准备聘你为历史、兵操教习。"

赵声点头应道："好！我试试！"

接手上课，历史、兵操是赵声的强项，赵声为担任这两科的教习兴奋不已。这是一个发动群众，培植力量的极好机会。讲历史，可以大大激发学生们的爱国热情；讲兵操，可以培养学生们的军事素养和体魄。这样下去，学生们文武兼备，将来革命需要，那就拉得出、打得响。基于此，赵声讲授历史课、兵操课特别卖力。

赵声讲历史，生动活泼，同学们爱听爱学，特别是讲到爱国英雄宗泽、岳飞的事迹，同学们总是被深深地吸引。这天，赵声声情并茂地向学生们介绍岳飞。岳飞是南宋军事家，民族英雄。建炎三年（1129年），金将兀术率金军再次南侵，杜充率军弃开封南逃，岳飞无奈随之南下。当年秋天，兀术占领南京，留守的杜充不战而降，金军渡过长江天险。很快攻下临安、越州、明州等地，高宗被迫流亡海上。岳飞率孤军坚持敌后作战。岳飞先在广德攻击金军后卫，六战六捷。又在金军攻常州时，率部驰援，四战四胜。次年，岳飞在牛头山设伏，大破金兀术，收复建康，金军被迫北撤。从此，岳飞威名传遍大江南北，声震河朔。七月，岳飞升任通州镇抚使兼知泰州，拥有人马万余，建立起一支纪律严明、作战骁勇的抗金劲旅"岳家军"。

说到这里，赵声停顿了一下，问同学们："大家读过岳飞的《满江红》吗？"

"没有。"同学们齐声回答。

"好！"赵声朝同学们扫视一眼，"请哪位同学给我去办公室把纸笔拿来。"

坐在前面的一位高个子男生举起手，得到赵声同意后，迅速跑出教室。

赵声说："一会儿，我把《满江红》这首诗写下来，让大家欣赏。"说话间，那位高个子男同学已经拿着纸笔回到教室。赵声接过纸在桌上迅速铺开。

大家都很好奇。赵声老师上课别具一格。他不板书，而是把板书的内容用毛笔书写下来。同学们见赵声老师举笔在纸上挥毫起来，纷纷起身，聚拢在赵声的身边，目光盯在纸上。只见纸上那漂亮的行楷似流水直下：

　　怒发冲冠，凭栏处，潇潇雨歇。抬望眼，仰天长啸，壮怀激烈。三十功名尘与土，八千里路云和月。莫等闲，白了少年头，空悲切！靖康耻，犹未雪；臣子恨，何时灭。驾长车，踏破贺兰山缺。壮志饥餐胡虏肉，笑谈渴饮匈奴血。待从头，收拾旧山河，朝天阙！

　　赵声挥毫，手臂扭动自如，好似练功一般。一旁的同学们悄无声息地看着赵声写字，脸上个个流露出惊奇。同学们看着赵声那行楷似瀑布飞流直下，暗暗敬佩，老师不仅历史知识丰富，书法也是一流呀。

　　赵声写完《满江红》，将长幅《满江红》悬挂在正面墙上，指着每个字，带领同学们诵读起来。读完一遍，再读第二遍，赵声的诗情、激情油然而生，字字句句，读得那么感人至深，吟到动情之处，赵声声泪潸然。学生们为岳飞这位民族英雄的词、赵声老师的吟与情所深深感染，全体起立，热烈鼓掌。雷鸣般的掌声一阵高过一阵，久久不息。

　　赵声抬手朝大家连连挥手，示意大家停下来。教室内的掌声刚平息下来。突然，窗外响起了掌声、喝彩声："好！好词！"

　　窗外突然响起的掌声、喝彩声让赵声大吃一惊，也把教室内的同学们吓了一跳。赵声几乎是与同学们一起转过头来朝外望去。窗外，一位年轻人正使劲鼓掌，带着满脸的笑容。赵声真的没有想到，竟然还有人旁听岳飞的《满江红》。当赵声惊讶的目光与窗外那人四目相对的一刹那，赵声愣了一下惊呼："呀！克强！黄兴！"赵声也不顾正在给同学们上课，忽地冲到教室门口，与黄兴热烈地相拥。

　　黄兴激动地拥抱着久别的老朋友，久久没有松开。俩人几乎是异口同声地问对方："你怎么到长沙了！"

　　同学们对窗外的年轻人很陌生，一下子弄不清眼前这一幕是怎么回事。但大家看得出来赵声老师与那位年轻人是熟人，是老友，肯定是久别重逢，要不然怎会这样激动，如此喜出望外。大家也为赵声老师高兴，情不自禁地鼓起掌来。掌声像暴风雨般响起来，惊得正在屋梁上衔泥做窝的燕子在教室里飞了两圈，穿过窗户，飞向了蓝蓝的阳光明媚的天空。

当晚，黄兴喊了李树藩在修业学院大门东侧的听雨酒楼做东请赵声。三人尽兴敞怀，喝得、聊得酣畅淋漓。

晚上，在黄兴的宿舍里，赵声和黄兴继续彻夜长谈。谈话是从听雨酒楼这个店名扯起来的。

赵声问："听雨酒楼，什么意思？"

"祖国大地，遍地灰尘，人民大众盼着一场春雨，荡涤尘封的大地。"说到这里，黄兴指指赵声面前的茶杯说："喝茶！喝茶！"说完，挺神秘地对赵声低声道，"这酒楼是我们一位同志开的。听雨，盼雨，你懂的。"

赵声连连点头称赞。从听雨酒楼的名字，赵声隐隐约约感到这里的革命运动也一定是风起云涌。黄兴在这里，这里一定会成为革命的中心。赵声与黄兴互相简略说了日本分别后的情况。

从黄兴的叙述中，赵声了解到黄兴在日本一直从事革命活动。当沙俄拖延撤军日期，迟迟不撤兵，特别是按协议撤兵的第二期也到了，沙俄仍然拒绝撤兵的消息传来，留学生们个个愤愤不平，认为这是列强们瓜分中国的开始。在日本的黄兴听到这个消息后，突感胸口一阵揪痛，一口鲜血喷涌而出，身边的同学大吃一惊，连忙把他送到医院。黄兴在病床上躺了十多天，才逐渐康复。躺在病床上的黄兴不停叹气："中国的前景不妙啊！已危险到了极点！只有革命，才有挽救危亡的希望。"随后，黄兴参加了留学生组织的拒俄义勇军和军国民教育会的活动。不久，受军国民教育会的派遣，以运动员的名义，返回长沙，从事反清革命活动。

黄兴从日本回国，先到了武昌。在武昌，反清革命活动进行得有声有色。回到武昌的第二天，黄兴就在西湖书院发表演讲，赢得了大多数听众的拥护。湖北官方震惊之下，下令驱逐黄兴出境。黄兴从容不迫地发完从日本带回的四千份传单后，离开武昌，来到湖南长沙。在长沙，黄兴在修业、明德等学校担任生理和体操教员，一边教书，一边宣传民主思想。黄兴在长沙还成立了华兴会。华兴会推举黄兴为会长，主要是从事反清革命活动，会员绝大多数为留日归国学生和修业、明德两学堂师生中的革命分子。陈天华、宋教仁、张继、刘揆一、章士钊等二十余人参加了华兴会成立大会。

黄兴说到华兴会，赵声由衷地赞叹："克强，祝贺你，大半年没见，想不到你在长沙已经有自己的组织了。"

"赵声老弟，要是你早到长沙，也一起参加，那多好啊！"黄兴感叹不已。

赵声与黄兴重逢。湖南革命党人的活动又添了新的力量。赵声利用讲台传授革命知识，讲时局，讲国家兴亡；利用操场讲兵操知识，训练学生的体魄，提高学生们的军事素质。

春天过去，夏天来了。

长沙的夏季，日渐燥热起来，赵声的内心也躁动不安起来。

赵声在长沙这些日子，见到水师学堂的同学李树藩，又遇到日本留学时的志士仁人黄兴。在修业学堂教书，氛围不错，遇到了不少志同道合者。大家在一起议时局，谈时事，非常活跃。国家兴亡，救国图存，成了大家议论的话题。但是，在赵声的成长过程中，又到了一个关键点。他少年时成绩优异，父亲让其习武，他学会了拳术；他看到人民处于水深火热中时，心里异常难过，但他猜不透根本原因所在；当他登上家乡拾钵山上的竹亭，看到长江上洋旗飘飘，他似乎明白了什么。清政府的腐败让人民处于水深火热之中，清政府的无能让洋人在中国横行霸道。随着几上南京和留学，见到了柳诒徵、黄兴、陈独秀等一批仁人志士，听说了孙中山的革命事件，赵声逐渐清醒，推翻腐败无能的清政府，赶走穷凶极恶的洋鬼子，那不是一件容易的事。必须要宣传，教育，让人民清醒过来；必须要有自己的组织和纲领，有自己的枪杆子，说到底，要实现自己革命"贵在实行"的主张。从日本回国后，自己在家乡创办了阅书报社、鸿溪阅报茶社、安港小学堂、体育会。到了南京，挑灯夜战写出了《保国歌》，这都是在为宣传呐喊。但是光呐喊，光教育人民推翻不了清廷政权。"拒俄"聚会只能唤醒民众，但不能推翻清廷统治，相反，让清廷当局赶得团团转。从南京到上海，又从上海到长沙。宣传革命，教育学生固然必不可少，但毕竟不是自己直接推翻清廷的斗争。赵声清楚，光靠自己的宣传，清廷政府是推不倒的，清廷是不会拱手相让，退出历史舞台的。

"贵在实行"是自己革命的主张。但自己却找不到"贵在实行"的方法、道路。修业学堂的花园小路上，池塘边，经常会出现赵声独自徘徊的身影；听雨酒楼的小厅里，赵声常常点上一两个湖南小菜，独自饮酒，不停地长吁短叹。教室里空荡荡的，只有赵声一人，手里捏着半支粉笔，在教室里踱来踱去。入夜了，无论窗外是月光高照，还是雨声哗哗，赵声总是在床上辗转反侧，夜不能寐。

长沙的夏天闷热，赵声的心里更加烦躁。赵声的情绪让李树藩觉察到了，李树藩猜不透原因。赵声是自己的水师同学，是自己邀请他来长沙任教的。来时兴高采烈，怎么入夏以来，情绪这么烦躁呢？一定有什么心事。是家里出现什么变故，还是南方的夏天不适应？李树藩的心里挂上了石头，开始为好友赵声担心。

一天下午，李树藩来到赵声住处，关心地问赵声："最近，身体不舒服？"

"没有啊！"赵声爽朗地笑了。

"想家了？"李树藩朝赵声面前走了两步，用手拍拍赵声的肩膀。

"又不是小孩儿。"赵声摆摆手，"家中无牵挂！"

"遇到什么烦心事？"李树藩仍不放心。

"没什么烦心事！"赵声仍然轻松地摆摆手。说完，顺手拉了把椅子，示意李树藩坐下来聊聊。

李树藩坐下来，直截了当地说："那你总是双眉紧锁？"

赵声没有正面回答，扯开了话题："李兄知否？保定新军扩练？"

"听说过。"李树藩似乎觉察到赵声心里的秘密，随口应道，"是袁世凯练的北洋新军？"说完，李树藩的眼睛紧紧地盯着赵声的眉头。李树藩早就听说袁世凯督练新军。袁世凯从直隶的河间、大名、正定等地挑选了六千精兵到保定训练。他将六千人编成十营，名曰"选练军"。光绪三十年（1904 年），清政府将北洋军政司改名为督练公所，由袁世凯自兼督办，下设兵备，参谋、教练三处。想到这里，李树藩明白了赵声的心思，他猜测着："伯先老弟，你想去保定入新军？"

"是的。"赵声坦诚地说，"我上过水师、陆师，去日本考询过军政，我想北上保定投新军。新军正在扩练，我们上过水师，说不定他们求之不得呢。树藩，我们一起去吧。"

李树藩思索了一会儿说："伯先，你的大志我理解。但我不能走，我走向学堂不好交代。"

"好！我先走，你留下。"赵声十分理解，他很尊重李树藩，"谢谢你的推荐，也代我向学堂表示我的歉意。"

"祝你鸿鹄大志早日实现！"李树藩站起身，紧紧地握着赵声的手。

送走李树藩，吃了晚饭，赵声来到黄兴的房内，把自己和李树藩的坦诚交流告诉了黄兴。黄兴是个明白人，在日本就知道赵声大志在胸，知道赵声的"贵在实行"；知道赵声崇拜中山先生的革命行动。黄兴边听边点头，赞同赵声的想法。

"赵声，我理解你，支持你！"黄兴对赵声的决定表示理解和支持。黄兴知道革命"贵在实行"的道理。要推翻清廷黑暗统治光靠嘴上空喊是不可能实现的，必须付诸行动。行动就必须有自己的队伍。赵声当过军校学生，在日本考询过军政，在日本黄兴陪同赵声一起去实弹射击，参加过实弹骑射演习，赵声每次都能取得好成绩。黄兴打心里觉得赵声有习武天赋，投军之路应为佳径。北上保定投军应该是"贵在实行"的一次重要抉择。

赵声见黄兴这么理解，这么支持，感动地握住黄兴的手说："克强兄，学堂虽能造就人才，但更需要有人到清朝新军中，去运动新军，参与革命，推翻清廷，挽救人民。"

黄兴不停地点头。

黄兴把长沙的革命活动告诉赵声，紧紧地握住赵声的手说出了"湖南首先发难，争取各省响应"的详细计划，并向赵声提出了要求："赵声老弟，你投军后，时机成熟，我们在南方，你在北方，相互策应！"

"好！一定策应！"两双手紧紧地握在一起，算是革命的约定。俩人还商定了今后秘密通信联络的方法。

夜深了。天上没有星星，没有月亮。

夏天的长沙夜空黑洞洞的，天气闷热。

赵声从黄兴宿舍走出来，走在暗淡的路灯映照下的校园小路上。身后传来黄兴那充满自信的大嗓门："后会有期！"

"后会有期！"赵声迈着坚定的步子往宿舍走去。沉重有力的脚步声惊动了路边树上夜宿的鸟儿。几只鸟儿在黑暗的夜色中盘旋了几圈后，又飞落到茂密的枝叶丛中，留下几声凄凉的鸣叫。

三十五、重逢黄兴

三十六、韬光破计

赵声离开长沙，投奔新军来到直隶的省城保定。

赵声投奔新军之时，正是袁世凯忙于扩编新军第二、第三镇时。此时的袁世凯正是当红之际。光绪二十七年（1901年），李鸿章去世后，袁世凯署理直隶总督，兼充北洋大臣，翌年改为实授，在内、外政策方面，完全继承李鸿章的衣钵，并将淮系集团全部吸收过来，政治、军事势力迅速膨胀。清政府筹办新政，成立督办政处，让袁世凯兼任政务大臣、练兵大臣。他在保定创设北洋军政司，后改为北洋督练三处，以刘永庆、段祺瑞、冯国璋分任总办，开始编练北洋常备军，即北洋军。同时，奏派赵秉钧创办天津及直隶各州县巡警，将京畿警权掌握在手。此后，又兼任督办商务大臣、电政大臣、铁路大臣。光绪二十九年（1903年）十一月，袁世凯奏请清政府设立练兵处，编练新军，请庆亲王为总理练兵大臣，自己为会办大臣，编成北洋军六镇，共六万余人。除第一镇是铁良率的旗丁外，其余皆是袁世凯的亲信，以袁世凯为首的北洋军阀集团基本形成，袁世凯此时大权在手，大有功高震主之势。

袁世凯在保定坐镇督练公所。督练公所是全省军务总汇之所。

到达保定的第二天上午，赵声吃过早饭匆匆来到督练公所的大门外。卫兵看到赵声雄赳赳地向大门台阶走过来，愣了一下，举手示意赵声停下步子。赵声三步并作两步已经上了台阶，来到卫兵面前。

卫兵持枪站立，大着嗓门："喂，你找谁？"

"找袁大人！"赵声一点不吃嫩，口气挺大。

想不到赵声这句话竟然把卫兵吓唬住了："找袁大人，你是谁？"卫兵的口气明显缓和多了。

"我是水师、陆师学生，留学过日本，来投奔新军。"赵声语气铿锵，落落大方。

赵声话音刚落，卫兵说："请等一下，我去通报袁大人。"

赵声点点头。目光在督练公所四周扫视着。

督练公所的红漆大门庄重威严，大门外是平台，大门两边一边一名穿着整齐的卫兵持枪站立。平台往下是十级大台阶，门口是一个大广场。广场两边各有一个花圃，花圃里除了各种野花野草，还有高大挺拔的银杏树。天很热，树上的知了不知疲倦地鸣叫。赵声站在卫兵身后几步远的地方，东张张，西望望，焦急地等待召见。

这时，从传达室里传出响亮的喊声："袁大人召见！"

卫兵一听，非常诧异地朝赵声招手，示意赵声进去。卫兵一边招手，一边自言自语：袁大人召见，来头不小噢！

督练公馆袁世凯的大办公室里，袁世凯正端起茶杯轻轻地啜茶，一边啜一边在思索：投奔新军。陆师、水师都上过，科班出身，最重要的是到日本留过学。看来这个赵声不一般。袁世凯想，自己的仕途正火红，有人主动投奔到自己的麾下，说明自己有魅力。袁世凯明白，有人来投靠，这是壮大自己力量的好机会。袁世凯很聪明，是个政治家、军事家，他明白人才的重要性。当传达室告知有个叫赵声的人来投奔新军，而且读过军校，留过洋，他挺高兴，传令放赵声进来，他要亲自召见。

赵声在勤务兵的引导下来到袁世凯办公室门口，袁世凯抬眼一瞧，顿时眼前一亮：赵声这小伙子果不其然，生得相貌不凡，龙行虎步，瞻视非常，魁梧多力，相貌不类苏产。袁世凯放下手中的茶杯，朝赵声招招手："进来。"

赵声不卑不亢，健步走进袁世凯的办公室，在离大办公桌一米的地方站立下来。赵声望望眼前这位五短身材、颈粗腿短的袁大人，正要喊袁大人，袁大人先开腔："你是赵声？"

"我是赵声。"赵声恭敬地表示，"袁大人，我乃军校学生，听说大人编练新军，需要招兵，特来投奔大人，愿为国效力！"

"好！好！好！"袁世凯对面前这位专门来投军的青年人显得十分热情，连说了三个好字。说完，狡黠的目光盯着赵声的脸庞扫来扫去。

赵声被袁世凯这火辣辣的目光一盯，心里有些不自在，一时想好的话不知从何说起。

袁世凯端起茶杯，呷了几口茶："我正派人到山东、河南、安徽等地招募新兵，你来了，你来了，好！好！好啊！"

赵声见袁大人没有架子，又从袁大人口里知道北洋军正在招募新兵，脸上露出了笑容，心里想，投奔新军看来可行，一块石头落了地。赵声知道，只有进了军营，才有机会动员新军，才能掌握枪杆子。

袁世凯站起身，手里仍然端着茶杯问："有什么特长？"

赵声自信地答道："上过军校，会书法，会拳术，还留过洋。"

袁世凯带着几分夸赞的口气说："文武双全，人才难得！人才难得呀！"

"不精！不精！"赵声见袁世凯夸赞自己，赶紧连连摆手，谦虚地说。

"我们正需要你这样的人才，上过江南水师，又上过江南陆师，又留学过日本。"说到这里，袁世凯把手里的茶杯轻轻放到桌子上，打量着赵声说，"文武兼备，人才难得啊！"

赵声见袁世凯这么赏识自己，于是来了个趁热打铁。他想尽快编队练兵，对袁世凯请求说："那请大人让我去马队，炮队，步队？"

袁世凯矮虽矮，一肚子的籽，脑子里的鬼点子多得很。他既要用人才，又要控制人。眼前这位年轻人虽然文武兼备，自己却一点不知道他的底细，怎么能一下就把他编入队伍中去呢。袁世凯对眼前这位才华出众的青年人既喜爱又得防一手。看见这位青年人迫不及待地要到队伍中去，他更不放心了。但他不便直接答复，只能装着没有听见似的，反问道："赵声，听说你会武术，能不能在这里表演三拳两脚？"

"不敢！不敢！"赵声连连摆手。在袁大人办公室表演武术，成何体统，赵声是明白事理的人。

袁世凯笑笑，也觉得不妥。他转了一个话题，还是不正面回答赵声要尽快编队练兵的事："听说你写得一手好字是吗？那就当场挥毫露一手，让本大人见识见识。"

见袁世凯要看自己写字，赵声估计这位袁大人在考自己，那就写给他看看。赵声顺从地说："岂敢！岂敢！请大人指教！"

袁世凯让手下在一旁桌上铺上纸，端上笔墨，自己离开座椅，踱着正八字步来到桌子旁，他要亲自看着赵声写字。当然，他心里早已有了打算，他不想让这位才华横溢的年轻人去队伍里，他心里有些不踏实。

赵声提起毛笔，在砚台上蘸上墨，不停地把毛笔尖在砚台上左右蘸蘸，然后练功似的伸了伸手臂，笔毫在纸上飞舞起来。他写起了他一直练就的行书。只见赵声在纸上点横撇竖捺，挥洒自如，一腔激情，在字里行间奔放。少顷，写就了一幅岳飞的《满江红》。

袁世凯在一旁看得连连颔首："果然不同凡响！果然不同凡响！这样吧，我这里正好需一名文牍，你就做做这个差事吧。"

赵声正想解释几句，表明自己想到队伍上去锻炼，袁世凯已以一种命令的语气说："赵声，就这么定了。至于薪俸嘛……"袁世凯停顿了一下，又挥了一下手，"五十金。怎么样？"

赵声刚来投奔新军，又是与袁世凯初次见面。既然袁世凯已经确定要自己当文牍，便不好再说什么，何况袁大人还给了如此高的薪俸，还能再说什么呢。赵声一个立正敬礼："是，谢谢大人！"

袁世凯见赵声答应，吩咐手下："快！带赵声安排住宿。唔，就在署中楼上吧。"

赵声在楼上安顿下来。

投奔新军，一切都很顺利。尤其得到袁大人的召见，这应该说是件不容易的事儿。虽然未能安排进步队、马队、炮队，让自己干文事，赵声感觉有些美中不足，为没有能进队伍中去练兵带兵有些不快，但又觉得袁世凯也许是看中自己的文才呢，是对自己的重用，而且给了很高的薪俸。赵声知道，心急吃不了热豆腐。到队伍上去的事得一步一步地来，走一步看一步。文牍就文牍吧，反正自己的文笔不错，文事干起来，也不会差的。再说，只有在新军待下去，才会有机会到马队、炮队去。

从此，赵声每天在楼上忙个不停，但他没有忘记投奔新军的真正目的。他在完成各项文事听差的同时，密切关注新军发展动向，寻找进入马队、炮队、步队的机会。另外，他根据在长沙与黄兴的约定，把进入新军以及新军发展动态写成密信，寄给远在长沙的黄兴。

日子一天天过去。

赵声常常会到督练公所传达室转上一圈，看看有没有长沙黄兴的回信。

夏天过去，秋天到了，一群大雁往南飞。赵声经常抬头仰望天空中飞翔的雁群，盼望南方长沙的黄兴早早地回信。可是，赵声一次一次到传达室转圈子，一次一次地失望。他心里很是奇怪，怎么总是不见黄兴的回信呢？赵声在空暇时间，来到楼上的露台，眺望南方的天空，心中在嘀咕："这是怎么了？"

赵声连续写了几封密信，均未收到回信。

赵声不知道，远在长沙的黄兴也正在焦急地等待他的信。

赵声去北上投奔新军近一个月过去了，还未收到赵声的信，黄兴心里很着急。不停地盘算，还掐起了指头，黄兴觉得，如果顺利的话，早该收到赵声的来信了，但至今杳无音信。黄兴心里很着急，他担心赵声投军不顺利，更担心赵声在去保定的路上遇到了什么不测，总之，收不到赵声报平安的来信，黄兴心里定不下来。

他天天盼赵声的来信，茫然不知何故。

赵声与长沙的黄兴莫名断了联系。

这些日子，赵声的工作做得很顺利，袁世凯有时还会当众夸他几句，但赵声心里始终定不下来。当初离开长沙时，与黄兴约定的秘密通信方法没有错。但写出去的信，一直如石沉大海。赵声时不时仰望天空南飞的雁群，心里直嘀咕，真是奇了怪了。写出去的信，怎么就没有回信呢？北方的大雁不远万里飞到南方过冬，来年还能飞回北方原地。这信发出去怎么就收不到呢？是不是黄兴那边采取了革命行动，是不是黄兴的革命行动暴露了目标遭到不测？赵声不敢想下去。赵声知道，革命贵在实行，但实行起来是要冒着杀头的危险的，要革命，就要敢于舍命。

赵声不死心，难道是送信的环节哪个地方出了问题？当晚，赵声又按照约定的秘密通信方式写了一封信，第二天一早就发了出去。

督练公所办公大楼警备森严，到处是站岗的士兵。赵声有时会来到大楼的平台上，眺望南方高远的天空。他的心里盼望着南方的来信，他的目光时不时扫视大楼周边。

一次，赵声偶尔发现前面楼下那位站岗的士兵有些异常。赵声不动声色，仔细观察起来。几次观察终于发现了一个小小的规律，这名站岗的士兵总时不时地向他的这幢后楼看。有时，看到赵声走上露台，这名士兵会非常警觉地把头扭向一边，装作若无其事的样子。赵声心里一咯噔，这名士兵好像在执行监视任务，说白了就是监视自己。赵声又观察了几次，这名士兵总是警觉地注视自己居住工作的这幢楼。还有一次，赵声看到一名士兵来到前面楼下换岗，前一名士兵向来接岗的士兵低声交代着什么，并不时用手指指赵声居住的这幢楼。

赵声恍然大悟，自己被监视了。但他怎么也想不明白，自己一个刚来投靠新军的青年人，为什么督练公所会派人来监视自己，有这个必要吗？赵声心里像一团乱麻，信发出去收不到，自己在这里工作还被监视，难道袁世凯知道了自己的底细。不太可能。自己是从南方过来的，到保定也才个把月，自己心里所思所想，新军的袁世凯怎么会知道。赵声的眼前出现了袁大人召见自己的情景。虽然袁世凯满脸笑容，说话又那么的谦和，但这个人眼睛滴溜溜地转，脑子里点子像石榴果里的籽，多着呢。赵声回忆初见袁大人时的情景，心里思忖：怪不得我问他何时分到炮队、步队去，他不正面回答，而是让我表演书法，不动声色地就把我分到署里当文牍，说穿了，还是不信任我，不让我去拿枪杆子。没有枪杆子，我在新军翻不了浪花儿。看来，自己一来新军，就被袁世凯的假象迷惑了。这位袁大人真是个小人。他口头表示信任，并以五十金高薪来笼络，实际上又暗中派人严密监视。现在看来，袁世凯把自己分到署里做文牍，这是圈了起来，管了起来。

一次，赵声从门房走过时，停下来问门房："师傅，有我的信吗？"

门房明显一愣，但马上镇静下来说："没有你的信。"

赵声听了，转身就走。但就在离开时，他瞥见门房慌慌张张地拾掇着堆在桌上的报纸信件，还拿起一只信封掖到一堆报纸中。赵声心中生疑，难道自己的来往信函被扣了下来？赵声惊出了一身汗，但转念一想，他与黄兴通的是密信，常人即使把信拆阅了，也发现不了什么问题。后来，赵声又一次路过门房时，赵声隐隐约约听到门房跟另一位来换班的门房说："你看，就是那个人。凡是那个人的来信一律扣下来，交给袁大人。"

"谁呀？"

"赵声。"

赵声不便停下来。他知道此时门房正用手指着自己的背影。

门房的谈话声越来越小，赵声心中的火气却越来越大。赵声知道，这是袁世凯在设计诬自己。他让门房扣压信函，让卫兵监视，好罗织罪名来惩治自己，然后再逼自己就范，死心塌地成为他的人。真狠毒！真是小人！怪不得没见一封长沙回信。原来如此，表面重用，暗中监控，好歹毒，好危险啊！

赵声识破袁世凯的圈套后，怒火中烧，但他很快冷静下来。他知道，现在是人在屋檐下，不得不低头，再说鸡蛋也碰不过石头呀！他想，自己的面前只有两条路，是继续留在督练公所，忍辱负重，韬光养晦，寻找机会，还是设法脱身？经过反复思索，权衡利弊，他觉得袁世凯歹毒，此处不可留，要设法脱身。

如何脱身？赵声反复思考，觉得必须韬光养晦，不能急躁，不能让任何人觉察出来，只能见机行事，寻找机会。赵声坚信，机会总是有的。为了今后长远的革命大计，必须寻找机会，逃离狼窝。

机会终于来了。

一天傍晚，袁世凯吩咐手下人给赵声部署任务，让他送一份公文去北京。来人交给赵声一只文件袋就走了。赵声拿着文件袋，在手里掂了掂，心里想：送文件去北京，而且是一个人前往，这可是天赐良机，何不就此离开？

赵声接到任务后，暗自欢喜。他明白，这可是逃离狼窝的天赐良机，这个机会一定要抓住。赵声心里虽然盘算着怎么离开，但脸上平静如常。赵声按照要求，不急不慌地准备行装。为了争取一些时间，他还向上司呈请去北京完成任务后，请几天假回家乡看望父亲。上司同意了赵声的请求。

出发那天，赵声不动声色，与同事和上司一一道别。

赵声顺利离开保定，来到了北京。办完公差，他再也没有回保定。

他在北京有一志同者，他要与其共同谋划，并借机脱身。

三十七、酒楼相会

赵声要会见的志同道合者就是吴樾。

赵声从保定坐火车到达北京后，第一个电话就打给了吴樾，双方约定第二天下午，在前门附近的京都小酒楼会面。

第二天上午，赵声匆匆办完公差，中午吃了一碗北京地道的炸酱面，就急急忙忙地往京都小酒楼赶去。

深秋的北京天气已经很凉了，下午，赵声喊了一辆人力车，朝前门而去。赵声坐在车上，听着嘎嘎作响的车轮声，目光在荒凉萧条的大街两边不停地扫视。大街两边的店铺一片连着一片，但顾客明显不多。偶有穿着光鲜的男女从这个店铺出来，又进了另一家店铺。街上行人大多穿着破烂，一茬一茬从赵声眼前走过去。赵声知道，这里虽然是大都市，但贫富差距大，穷人多，富人少，没有一丝繁华的景象。拉人力车的工人穿着一双破草鞋，尽管天气凉了，但还是不停地把肩上的毛巾抽下来，擦着脸上颈项上的汗珠。赵声尽管急着赶到前门京都小酒楼与吴樾会面，但看到人力车夫那副吃力的样子，很是同情，不忍催促。他索性静下心来，闭目养神，脑海里浮现出吴樾那张四四方方的脸庞。

吴樾是赵声的老朋友，俩人交往颇深。吴樾革命思想的萌生和发展，除进步书刊的引导启迪外，赵声对他也有特殊的影响。赵声北上保定投奔新军从事革命活动，经革命党人潘赞化的热心介绍，与吴樾会面。二人一见如故，志同道合。在保定时俩人就经常推心置腹地倾心相谈，一谈就是一夜。

赵声走进吴樾的生活后，使吴樾眼界开阔，革命志向更加坚定。赵声也为吴樾的英勇气概所感动，两人很快建立起亲密的友谊，并以兄弟相称。两人在一起谈论最多的是革命道路问题。他们都认为康梁的保皇立宪主张是一种错误，这种主张误国误民。只有通过革命的手段，推翻清王朝的统治，才可能救国家于危难之中。

人力车的铁皮轮子在碎石马路上滚动，发出"嘎嘎"的响声。赵声坐在车上迎着凉爽的风，倒也惬意。这次到北京公差摆脱了袁世凯的控制，马上又要见到离开保定到北京参加革命的吴樾，想到这里，赵声心里舒畅多了。见到吴樾，两人又可以进一步交流救国图存的看法。吴樾是一位革命者，而且是一位勇敢坚定不怕牺牲的革命党人。吴樾革命的轨迹浮现在赵声的脑海里。

吴樾，光绪四年（1878年）生，长赵声三岁，字梦霞，一作孟侠，安徽桐城县人，汉族。吴樾父亲尔康，生有五子，吴樾居四。吴樾家境贫寒，八岁丧母，为其二兄所抚养。后两位兄长病故，迫于家计，奔波于"凡尘间"。然自好古文，诸子百家之说均有涉猎。犹好古诗文，但极恶八股之术，不愿入仕。二十岁又东游江浙沪一带，目睹江南"开化之风"。后又由堂叔吴汝纶推荐于1902年入保定高等学堂就读。在保定，他在积极完成学习任务的同时，按照吴汝纶的教诲，尽全力创办了两江公学。还同一位同学共同主办了《直隶白话报》用以传播革命思想，扩大革命影响。他广阅革命书刊，如《革命军》《警钟日报》《自由血》《黄帝魂》《扬州十日记》《嘉定屠城记略》等。读了这些书刊，吴樾思想为之一变，由立宪转向光复。他后来在《暗杀时代》一文中，谈到自己思想转变过程时说：看到立宪派主办的《清议报》后，受到立宪派的影响，盼望为其辩护。后来，认识到救国图存，必须首先坚决推翻清政府，中国再也不能走改良主义的道路，因而深恨康梁之说误国害人。他决心以邹容、陈天华为榜样，必要时以身殉国来唤醒民众。他还广结志士，赵声知道的吴樾最好的朋友中除了自己，还有湘人陈天华、杨笃生，鲁人张榕，浙人蔡元培、章炳麟、秋瑾，皖人陈独秀等。

赵声回想起与吴樾的交往，想起吴樾的坦诚，有时俩人深谈至五更彻夜不寐。前门楼已经出现在眼前，想到就要与吴樾见面，就要共谋救国图存的策略，赵声心里有些激动。虽然这次打进新军不顺利，但毕竟逃离了袁世凯的控制，毕竟又可以自由地开展革命活动了。

前门到了。

从前门往北走上百十来步，赵声来到京都小酒楼气派的店堂门口。他驻足看了看金字招牌，走进店堂。在店小二的热情招呼下，他来到往二楼去的楼梯口。

赵声正要登上楼梯，听到楼上响起了一阵急促的脚步声。赵声抬头朝二楼望去，只见吴樾出现在赵声的视线中。吴樾方方的脸，戴一顶瓜皮帽子，穿一件深色的长褂，高高的身材，显得十分有风度。此刻，站在二楼楼梯口的吴樾已经看到赵声。吴樾赶紧往下走，一边走一边挥手。两人一个往下走，一个往上爬，在楼梯中间见了面。双方都停住了步子，伸出手，两只大手紧紧地握在一起。原来，吴樾与赵声约好在京都小酒楼见面，中午便早早地来到酒楼，定了二楼一个包厢。

听到楼下店堂的急促脚步声，估计是赵声来了，吴樾便赶紧从包厢里迎下楼来。

吴樾把赵声迎进包厢，大声吩咐店小二上茶。待赵声坐定后，吴樾朝赵声拱手说道："赵声老弟，一路辛苦了。"说着，端起店小二泡好的瓷碗，递到赵声面前，"请喝茶。"

赵声起身摆摆手："谈何辛苦，我办完公差后，恨不得一步赶到这里。让老兄你久等了！"

吴樾示意店小二把茶壶放下，把门关上。店小二离开包厢，关上门。这时，吴樾也给自己斟了一碗茶，端起来说："我也刚到不久，伯先弟，请喝茶。"

寒暄之后，俩人用他们才能听懂的暗语热烈交谈起来。

两人都很坦诚。两人在推翻清王朝的统治这一点上，观点是一致的，但在以何种革命手段推翻清廷统治上却有不同的看法。吴樾主张暗杀，就是以突击的方式杀掉清廷统治阶级的头面人物，如慈禧、铁良等，让清廷统治集团群龙无首，借以达到革命的目标。

暗杀是一种政治手段。暗杀作为对敌斗争的有效措施，成本小、收益大，杀一人，动全局，古今中外屡见不鲜。那个年代，华兴会创始人杨毓麟、黄兴所在的军国民教育会中，暗杀也是项措施。陈独秀、蔡元培都是暗杀团成员，孙中山在那个阶段也认同暗杀。许多革命志士总结出一条规律——暗杀为革命之先，可以广播火种。后来国内的局势已经发生变化。随着国内外革命党人实力的逐步增强，清廷内的政局也发生了微妙的变化。一派是以庆亲王、袁世凯为首的北洋派，一派是以张之洞、岑春煊为首的地方派系；中枢是以瞿鸿机为首的清流，还有以铁良为首的满洲少壮派。虽然派系不同，但以改良来对抗日益膨胀的革命势力已经成为他们的共识。康梁打出保清立宪招牌，各种势力合流，造成立宪呼声甚嚣尘上，革命党人处境相当困难。

吴樾对赵声表明了自己的忧愤。他认为立宪派是清廷鹰犬。吴樾端起茶碗呷了一口，愤怒地说："立宪派实际上比吴三桂、洪承畴都不如，他们保的是清廷，而不是百姓。"

赵声陷入沉思。须臾，端起茶碗呷了一口，对吴樾用征询的口气问："吴兄有何主张？"

"我有一个杀一儆百，以儆效尤的计划。"吴樾把椅子往赵声跟前挪了挪，声音低了八度，"赵声，我列了暗杀名单，主要是'奴汉族者'那拉氏，'亡汉族者'铁良。"说到这里，吴樾挺有信心地告诉赵声，他决定刺杀铁良。

赵声听了一愣，随口问："为什么先杀铁良？"赵声佩服吴樾的胆量，但不主张靠暗杀来实现革命目的。赵声知道，暗杀很难实现革命目标。只有发动武装起义才能推翻清廷统治。

吴樾理由十足："伯先弟，铁良是满洲少壮派的领袖，搜刮东南各省的财富，提取上海江海关几十万两银子，又电告日本方面只许满洲学生学警察，不许汉族学生学军事，还练编京师八旗兵来防备汉人，不杀不足以泄恨！"

赵声皱着眉头听吴樾说完后，恳切地劝告吴樾："杀掉一个铁良，还会再来一个刘良、李良。杀掉一个那拉氏，还会有另外的那拉氏。暗杀并不能解决革命的根本问题。"

吴樾虽然觉得赵声说得有道理，但并不完全认同，只是用疑惑的目光盯着赵声的脸庞。

赵声明白吴樾心里在想什么，于是举例说："吴樾老兄，光绪三十年（1904年）冬，万福华在上海谋刺前广西巡抚王之春被捕；次年科学补习所成员王汉在河南彰德谋刺清户部侍郎铁良殉节，这些消息，你听说过吗？"

"听说了。"吴樾慨然答道，"万福华、王汉的事迹非常感人，乃勉我尔。我要前仆后继，步二人后尘。"

赵声见吴樾坚持己见，直截了当地说道："清廷强大，个人弱小，以小击大，难以推翻。"

吴樾没有直接回答，反问赵声："舍一身拼与艰难缔造，孰为易孰为难？"

赵声哈哈大笑："自然是前者易，后者难。"

吴樾接住赵声的话茬："那好！我为易，留其难以待君。"

吴樾端起茶碗，朝赵声桌上的茶碗轻轻地碰了一下，坦言道："暗杀与革命，谁难谁易？"

赵声坚持自己的观点，不假思索道："革命难，暗杀易。"

吴樾站起身，在桌子周边转了一圈，对赵声说："革命总要从易到难。今后我从其易，你从其难。咱俩的目标是一致的。"

赵声听着吴樾的话，皱起了眉头，一时不太理解，对吴樾说："难与易不能分那么清爽。为什么我为其难？"

吴樾坚定地说："对呀！难事让你，我从其易。我搞暗杀，你搞武装。担子，当然是你赵声重啦！怎么，你不是怕挑重担子的人呀！"

赵声很是担心，又劝说道："吴樾兄，进行暗杀，会招致杀身之祸的。"

吴樾慨然道："暗杀也好，革命也罢；难也好，易也罢，我俩的目标是推翻清廷。推翻清廷的活动能怕杀身之祸吗？伯先弟，我已将此身许国救民，为革命事业即使赴汤蹈火，也万死不辞。今后，率领大军北上为我报仇雪恨的，必定是你！"

赵声看到面前的这位好友，这位志同道合者，反清决心如此坚定，为推翻清廷不惜以身殉节，义无反顾，慷慨赴死，他的革命精神让赵声感动得热泪盈眶。

赵声站起身，端起茶碗，以茶当酒，含着眼泪与吴樾碰碗说："多多保重！"

"革命定会成功！"吴樾与赵声碰碗后，俩人一饮而尽。

放下茶碗，两双手紧紧地握在一起。

两人在京都小酒楼店堂门口挥泪而别。

赵声离开京都小酒楼，回到客栈。他的心久久不能平静。他一直惦念着吴樾。想到吴樾将为行刺清朝大臣而流血献身，心中就像悬起了一块石头。当晚，他在客栈赋绝句四首寄赠吴樾：

> 淮南自古多英杰，
> 山水而今尚有灵。
> 相见尘襟一潇洒，
> 晚风吹雨大行青。

> 双擎白眼看天下，
> 偶遇知音一放歌。
> 杯酒发挥豪气露，
> 笑声如带哭声多。

> 一腔热血千行泪，
> 慷慨淋漓为我言。
> 大好头颅拼一掷，
> 长空追攫国民魂。

> 临歧握手莫咨嗟，
> 小别千年一刹那。
> 再见却知何处是，
> 茫茫血海怒翻花。

写完四首绝句，赵声反复吟诵，吴樾高大而光辉的形象在心中冉冉升起。赵声打心眼里敬佩这位兄长。第二天，吃过早饭，赵声在客栈附近的邮局，把这四首绝诗发了出去。

赵声把寄赠吴樾的这四首绝诗发出后，心里总算对敬仰的兄长、崇敬的同志有了一丝丝慰藉。随后，迅速打点行装，匆匆赶到北京车站，离开北京，坐上了去东北的火车。赵声终于摆脱了袁世凯的控制，松了一口气，心情舒畅多了。但他的心中一直挂念着吴樾。

吴樾收到赵声的赠诗，诵读多遍。赵声的诗句激励着他，坚定了吴樾为革命抛头颅、洒热血的大无畏精神和决心。

吴樾给赵声复信。

此时，赵声已从东北回到天津。

吴樾与赵声在北京京都小酒楼分别后，很快紧锣密鼓地开始准备暗杀行动。

赵声一直觉得暗杀不是上策，心中为吴樾担忧。

赵声辗转东北、天津各地，宣传发动群众，一直没有一个稳定的住所。等到收到吴樾的复信时，吴樾刺五大臣的英勇壮举已经传遍天下。

吴樾死得很英勇。徐世昌、绍英、端方、戴鸿慈、载泽五大臣出行的专列共五节。其中第三节是五大臣的花车。吴樾混入仆役之中进入车站上了第四节车，在试图由第四节列车进入中间花车五大臣包厢的时候，被卫兵拦住。因吴樾不是北方口音，引起了卫兵的怀疑，正在纠缠间，又上来几个兵卒。吴樾见状冲进花车，在火车开动之际引爆身上的炸药想要与五大臣同归于尽。五大臣亲属及仆从共毙数十人，烈士吴樾也当场殉节。赵声知道吴樾殉难的消息后，放声痛哭，心中暗暗鸣不平："老天啊！你怎么这样不公，那些豪猾怎么没有被炸死，而奋勇的人已以身殉难？吴樾啊，你未能将五大臣炸死，而自己已死，这个仇是一定要报的！这个仇我誓报的。"赵声为吴樾英勇牺牲敬佩不已，但也为吴樾的暗杀献身感到惋惜。他想起了在北京前门京都小酒楼与吴樾的争论。但赵声没法说服吴樾这位冒死反清的兄长，他只能把敬佩之情藏于心底，只能踏着吴樾的足迹把反清的斗争进行下去。

赵声悲痛之中，又一次拿出吴樾的复信，朋友之情跃然纸上。信上的话语在赵声的耳畔鸣响："每诵之，则心为之一酸，泪为之一出……各负其责，一日不达目的，即一日不得其难。"京都小酒楼分别时，吴樾的声音还回响在赵声耳旁："今后，率大军北上为我报仇雪恨的，必定是你！"这些话语给赵声以信心，给赵声以鼓舞，给赵声以力量！

赵声强忍悲痛在心中暗暗地、郑重地对吴樾说："吴樾兄，你的嘱托我一定牢记在心，我一定会率劲卒推翻清廷，实现你未竟的事业！"

赵声化悲痛为力量。

"从军！"赵声紧紧地握着拳头脱口而出，"在新军中去运动新军！"

谋实行之志益急。赵声苦苦思索着怎样兑现自己的誓言。

三十八、河间秋操运动新军

赵声苦苦思索，吴樾的话语和震耳的爆炸声交替着在自己的耳畔响彻。誓言！男子汉大丈夫，一言既出，驷马难追，一定要实现自己的誓言，为吴樾报仇，为中国人民的觉醒，为推翻清廷而奋斗。此时，一个机会来了。秋天，北洋新军在河间举行秋操。赵声感到这是一个从军的好机会，投身北洋，在秋操中去择机动员新军。

秋操是新军在秋季的军事操练，是晚清政府检阅新军陆军编练成果的一次大规模长时间的军事演习。光绪三十一年（1905 年）阴历六月，袁世凯督练的北洋新军六镇正式成军。为了检验练兵成果，考察这支部队的实际作战能力，这年秋季 10 月，清政府练兵处决定在直隶河间举行中国历史上第一次大规模的正式野战演习，历史称此为"河间秋操"。

河间，古称瀛州，隶属直隶，地处华北平原腹地，居京（北京）、津（天津）、石（石家庄）三角中心地带。河间，此古郡的名称由来已久，取名河间的原因是它在徒骇河、太史河、马颊河、覆釜河、胡苏河、简河、絜河、钩盘河、鬲津河九条河流的中间，素有"京南第一府"之称。

清廷当时对"河间秋操"非常重视，委派了袁世凯和铁良为阅操大臣，同时还邀请各国驻华武官、记者三十余人，各省代表二百多人前来观看。由于这次军事演习是中国军事在近代史上的首次亮相，引起了世界的极大关注。为了搞好这次演习，袁世凯从北洋六镇中抽调了两万多精兵强将，分成两军，由王英楷和段祺瑞各自统率进行对垒。演习在纵深三百余里的范围内展开，战线拉长到二十余里，当时的场面很是热闹。王英楷的军队由山东北上进攻，段祺瑞的军队由保定南下防御，最后两军在河间一带会合大操，并举行阅兵典礼。这次演习首次使用电报、电话进行联络，攻防激烈，且自始至终有条不紊。看完演习后的中外人士都感到新奇而震惊，连连称赞袁世凯治军有方。这次会操还引起了国外军事界的注意，他们重新评估了中国这支新军，并给予了很高的评价。光绪皇帝、慈禧太后对河间秋操十分关切，事后专门听取了袁世凯的汇报，看了会操现场的照片、办事章程、方略命令、战况评判、训词等。

赵声为能参加近代中国军事的首次演习而高兴。尤其是顺利地进入新军，担任了秋操新军某镇的一个队官，以队官的身份参加演习。赵声高兴的是自己终于带兵了，当然，他心里也有些紧张，万一给袁世凯认出来，那麻烦可大了。虽然有些担心，但赵声还是很有胆量的。他想到好友吴樾，胆量倍增；想到将来推翻帝制，浑身都是力量。当然，赵声知道，一个最高统帅见到演习中的最基层的军官，只有万分之一的可能。再说，就算见到，被袁世凯认出来，赵声也编好了说辞。理由就一条，自己喜欢在一线冲锋陷阵，过不惯机关养尊处优的生活，只好开了小差。但自己还是喜欢新军的，所以再次回归新军。现在如愿以偿参加河间秋操，而且还是某镇的一个队官，心里高兴极了。当初跟自己的老朋友老同志李树藩、黄兴依依惜别，北上投军，现在才算真正达到目的。当了基层的队官，终于可以带兵了，这才是当时北上投军的初衷。在河间秋操期间，自己可以利用直接带兵的机会，在参加秋操的新军中开展工作。吴樾牺牲后，赵声动员新军的紧迫感更切。"谋实行之志益急。"赵声要想把吴樾未竟的事业完成好，就必须要有兵权，必须利用河间秋操去动员新军。

赵声兴致勃勃地在新军中开展工作，但进展起来十分艰难。新军对于赵声来说一切都是陌生的。赵声为了参加河间秋操投奔新军，经人介绍进入新军的部队还是顺利的。因赵声是水师、陆师的学生，又留学过日本考察军政，新军把他作为人才，安排其担任了一个队官。这次参加会操的北洋新军其编制为镇，镇是北洋新军的一级建制，相当于师，编制顺序是镇、协、标、营、队、排、棚。赵声在新军中相当于一个连长，应该算是最基层的军官。这样的官职没有影响，加之刚来几个月，人员都不熟悉。对于赵声来说，所带的兵和下级军官都不太熟悉；上级军官也不熟悉。人头不熟悉，开展工作难度很大。要熟悉上下两头，需要一定的时间，而且不可能很快就熟悉起来。赵声冷静下来，如果不熟悉就开展工作，那不是太操之过急，太草率贸然了？

难度不仅仅是人员熟悉的问题。此次秋操，为北洋新军首次，时间紧，管理严，秋操期间，整个精力都投入攻防战斗中，投入执行命令、完成演习等每天必须完成的任务中，根本没有空余时间对士兵开展宣传工作。加之，赵声所在队的士兵大多数来自北方，思想守旧，对新思想很难接受。赵声单枪匹马一个人，又没有帮手，工作几乎开展不起来。当初，来参加河间秋操时想得太单纯了。到了部队上，才知道动员新军不是一件容易的事，不能一蹴而就，必须等待机会。赵声只能面对现实。虽然碰到这么多困难，但因为急切地想完成吴樾未竟的事业，赵声对动员新军还是充满信心。毕竟自己已经打入新军中来了，还当上了队官，这就为开展工作提供了平台。他心里有一个策略，就是见缝插针，见机行事。

一天傍晚，紧张的演习告一段落，部队集合开饭。赵声觉得，开饭之前是做宣传工作的好机会。于是，待士兵到达食堂后，准备利用开饭前的空隙开展宣传。谁承想，野战演习吃的是一种"方便米"，"方便米"不同于常见的米。这种"方便米"只需用开水泡二十分钟，即成米饭，而且马上可以食用。原来是阅兵处为使军人在野战条件下吃上方便可口的食品，专门研制的一种行军蒸米。这种"方便米"是用上等的大米淘净，以水浸泡五十分钟，干湿相宜后，再用蒸笼蒸熟后阴干的，是一种速食食品，士兵们谁也没见过这种速食"方便米"，看到这新玩意儿都十分好奇，注意力全集中到"方便米"上去了，谁还有心思听赵声宣传新思想？赵声利用开饭时间宣传的想法落空了。

有一天上午，赵声带领的队伍隐蔽在一片长满荆棘的山坡上，等待冲锋。赵声左右各有几名士兵埋伏在草丛中。在等待发起冲锋的间隙，赵声用手指轻轻地推推左右的两个士兵问："平常读书吗？"

"读些书。"两个士兵轻声回答。

"看过《苏报》《革命军》？"

两个士兵不知道队官此时提这个话题什么意思，埋头不吭声。

"知道章太炎、邹容吗？"

谁知士兵们目光紧紧地注视着前方，不知是不知道，还是不敢回答，反正佯装注视前方，就是不答话。

赵声明白了，这些士兵是不敢回答。赵声知道，利用河间秋操运动新军看来是失败了，他从心底里感到"无如南方军人，其时尚甚闭塞，运动无效"。

整个秋操历时五天，前四天南攻北御，最后一天举行大规模阅兵典礼，结束阅兵后，赵声随队回到驻地。

在宿舍里，赵声长吁短叹，因参加河间秋操之机，运动新军的想法没有成效而叹息。但赵声是个意志坚强的男子汉，他在动员无效的逆境中看到了希望。他打心里明白了一个道理：动员新军并不是一件易事，更不能一蹴而就。动员新军不会像开枪扣扳机那么简单，操之过急，必然欲速则不达。参加河间秋操使自己大开眼界，大长军事知识。赵声虽为未能动员新军而抱憾，但又为自己通过秋操获得的野战经验而兴奋。通过河间秋操，赵声对如何将学校知识转为军事实践有了新的认识。赵声当初进水师学堂，后又进陆师学堂，以为进了军校就能指挥打仗，能指挥打仗就有了起义的基础力量。参加河间秋操之后，赵声为自己这么简单的认识而感觉好笑。读过军校的学生要成为合格的军官还必须经过实践。只有经历过军事演习，只有参加过战斗，才能成为优秀的指挥官。而只有成为优秀的战斗指挥员，才有可能带兵推翻清廷统治，才有可能去完成吴樾未竟的事业，这次参加河间秋操还是有收获的。

赵声把这些感受，私下里自豪地对友人说："真是机会难得，我自学陆军以来多在课堂，很少有实践，就是在书本上打仗。在水师学堂，连个游泳的地方也没有。原有的游泳池因淹死两个学生被学堂填掉后，还盖上了关公庙，真是愚昧。这样的地方教出来的水兵不要说去打仗，连游泳都不会，真是可笑至极。这次，我参加河间秋操，感触颇深，确有所得，颇有益处。学校中学习的知识不经过实地练习，特别是打仗，不真刀实枪去演练，是不可尽悟，没有实际用处的。"

河间秋操让赵声对军事的认识在实践中得到更深的理解和提高。理论与实践的结合增加了赵声动员新军将来见机举事的信心和决心。

动员新军举事是赵声心中头等大事。北上投奔新军目的是打入新军，动员新军，虽然遭到袁世凯的暗算，但有惊无险。动员新军遇到了困难，但吃一堑长一智，赵声不气馁，继续寻找动员新军的时机。河间秋操给赵声带来了新机遇，他时时记着要为革命党人吴樾未竟的事业而奋斗。于是，他利用演习空隙、开饭时间进行革命宣传，但"方便米"对这些没有见过世面的北方兵更有吸引力。加之这些北方兵思想闭塞，胆小怕事，赵声失去了在河间秋操动员新军的机会。赵声为自己在河间秋操期间有了带兵的机会而高兴，也为失去在河间秋操期间动员新军的机会而惋惜。但赵声胸中的大志仍然那么坚定。他在苦苦地思索，他在寻找新的机会。他坚信这个机会一定会有。哪怕失败一百次，一千次，赵声都在心中坚定了信心，一定要成功动员，推翻清廷统治，拯救处于水深火热之中的人民大众，丢了生命也在所不辞。

赵声在心中权衡利弊。他分析了新军的状况。北洋新军大多来自东北三省，思想固塞，且又地处京畿之地，戒备相对严密，实践证明，动员新军有些难度。江南也创办南洋新军。南洋新军处于新创阶段，急需人才，兵员又是南方人居多。南方人脑子灵活，思想开放。自己又是南方人，交流起来语言、思想都容易贯通。投奔南洋新军，择机运动新军，恐怕成功的希望会大一些。赵声决定离开北洋新军，辞去队官，投奔南洋新军。

光绪三十一年（1905年），两江总督周馥奏请"裁并江南各路防营，筹办征兵，拟先练成一镇"。这就是南洋新军第九镇。徐绍桢为统制。

赵声辞去北洋新军的队官，回到南方。赵声文武双全，读过水师、陆师，留学过日本，是个难得的人才。经人介绍，赵声顺利地见到了两江总督周馥。

　　周馥虽官至两江总督，但挺爱才。当然，这些封建大官吏爱才是为了扩充自己的实力。朋友向他推荐赵声，说这个赵声虽然是二十多岁的小年轻，但文武双全，周馥当即决定见一见这位青年人。

　　一个阳光明媚的下午，赵声如约来到了周馥的总督府。

　　周馥端坐在高背红木椅之上，目光炯炯地盯着步伐有力从门外走进来的赵声。

　　周馥挥手示意引导赵声的手下出去，又抬手向赵声招了招，示意赵声到前面来。

　　赵声挺胸快步，走到周馥办公桌前面一米处，停了下来，"啪"的一个立正，行了一个标准的新式军礼，谦恭地说："拜见周大人。"

　　周馥笑了笑，心里很高兴。这军礼是近年来才在新军中推行的，眼前这位青年人真会赶时髦。周馥认真地打量着眼前的赵声。只见赵声身材魁梧、虎背熊腰、脸庞圆润、瞻视非常，一看就是出类拔萃的青年人。周馥装得有些漫不经心地随口问道：

　　"你叫赵声？"

　　"赵声，字伯先。"

　　"今年多大了？"

　　"二十五岁。"

　　"年轻人！"周馥端起瓷茶碗，拿起盖子在瓷碗口把茶叶往边上轻轻地拢了拢，呷了一口说，"哪里人？"

　　"江苏大港。"

　　"听说你上过水师学堂？"

　　"没有毕业。"

　　"听说你还上过陆师学堂？"

　　"上过。"

　　"毕业了吗？"

　　"肄业。"赵声实话实说。

　　周馥喜欢上眼前这位年轻人。不但喜欢这位年轻人长得英武帅气，而且喜欢这位年轻人实话实说。

　　"你曾入保定的北洋新军？"周馥总督继续问。

　　"参加过。后来因北方生活不适应，又离开了。"赵声看上去是实话实说，实际上是找了个理由把离开保定北洋新军的原因搪塞过去了。

"你参加了河间秋操？"

"参加过。是个队官。"

"说说河间秋操的简况。"

赵声知道，南洋新军刚创办，很需要北洋新军的运作情况，更需要河间秋操的演练实况。赵声一五一十地向周馥做了介绍，介绍中还不时加上自己的见解和体会。周馥听了连连点头，当即任命赵声为江宁督练公所参谋官，后又派赵声去北洋新军考察。赵声将北洋新军的编制、教练方法以及运作方式，一一向周馥大人做了汇报。赵声才干卓著，深谙练兵之道，大受周馥器重，不久即委派赵声担任南洋江阴新军教练。

赵声兴奋不已，当了教练，动员新军就有了平台。他迅速来到江阴，当起了江阴新军教练，不动声色地把革命思想融合到新军练兵之中，有意识地培养革命力量。

三十九、偶遇郭人漳

　　赵声被委派担任江阴新军教练后，兴致勃勃地来到江阴。江阴是长江下游的一座江防古城，是长江的狭隘处，为扬子江畔的"江海门户""锁航要塞"。南宋爱国将领韩世忠曾在此驻防御敌，扼守江阴，因此江阴自古便有"江阴要塞"之称。清康熙年间，江畔黄山上就设有江防炮台。到了光绪年间，江阴炮台已初具规模。

　　赵声到江阴的第一站是江阴要塞，然后便考察新军驻地。江苏新军是一支仿效西方军队体制和军事技术建立起来的新型军队。这支军队在装备和训练体制上全部洋枪洋操，一切行军应用器具都按西法购备。新军的编练，多以德国人为教官。在士兵的训练上，既重视"训兵"，又强调"练兵"。所谓"训兵"即精神教育，"兵不训"就"罔知忠义"，"凡兵丁入伍之初，必须择忠义要旨，编辑歌诀，由将弁分授讲解，时常考问。并由各将弁据己见，随时诲勉，务令人人通晓大义"。所谓"练兵"，就是"精其技艺"，把"应习教法"分门教授，由浅及深，以实用易学为主。

　　当了教官，给赵声提供了动员新军、培植力量的平台。赵声利用教官身份，主动接近新军官兵。他在交谈、休息之余，熟悉了不少新军官兵。赵声抓住"训兵"的机会，将《保国歌》，分段或择其段落给士兵讲解、演唱。江阴新军地处沪宁区域，各类时政要闻传播既快又广，接受新的思想也比较容易，很快《保国歌》就在江阴新军中悄悄地传开，许多士卒官佐都与赵声有了亲近感。赵声在"练兵"场上，教授"步法""战斗队形""上下刺刀""射击姿势"等都得心应手，有时还在训练空隙表演一两套拳脚，官兵对赵声最初是亲近继而敬佩。由于赵声训练方法新鲜，新军官兵练兵兴趣浓厚，思想素质和军事素质提高很快，江阴的新军官兵团结和谐，精神面貌为之一变。

　　赵声开展运动新军从来没有像现在这么顺利，就在赵声计划大展拳脚之时，一个偶然的机会，他结识了一个维新人士。

这个人是个道员，叫郭人漳。道员是个官职。郭人漳由江西新军统领之职卸任，未任新职，在江南一带游历。郭人漳经常标榜新学，此时赋闲，爱与一些革命志士交往。

一次，赵声在江阴城内靠江边的东来茶馆喝茶，无意中与郭人漳同坐一张八仙桌，由此相识。俩人一边喝茶一边谈论评说时政，发现有许多共同的话题，越谈越投机，越聊越投缘。

"赵声老弟，你对新军很感兴趣？"

"编练新军确有必要。"

"说得对呀，当前要一扫中日甲午战争中屡战屡败的局面。"

"人漳兄，依我所见，中国军队要改变面貌，必须参照外国军队的训练方法。"

"你是教官，最有发言权。我赞成你的观点，学习外国的先进经验，这样训练出来的军队才有战斗力。"

"人漳兄，八国联军入侵中国，中国陆军战斗力很差。"

"懦弱、混乱，让国人痛心疾首。"

"中国军队非整顿不可。现在的北洋、南洋新军，装备新式，运用国外的练兵方法和军制建军，这对重整国威至关重要。"

"说到点子上了。"郭人漳见赵声思维敏捷，注重创新，很是敬佩，尤其是对国内时政的评说有独到的见解。他和赵声虽是初次相识，但感到赵声是一位不可多得的领军人才。郭人漳是新军统领出身，现虽赋闲在家，但他知道自己总会有东山再起之时，真到那时，可有用人之机。网罗人才是郭人漳的 个策略。他看中了眼前的赵声。于是，郭人漳端起茶杯，以茶代酒敬了赵声一杯说："老弟见解独到，是个人才。"

"哪里！哪里！人漳兄过奖了。"赵声赶紧站起身，端起茶杯回敬郭人漳，两个茶杯碰在一起，发出清脆的响声。

郭人漳目光盯着赵声，出口说道："赵声弟，咱俩极为投缘，可否结为兄弟？"

赵声一听，感到很突然，他转念一想：郭人漳是新军统领出身，现在虽然赋闲，但将来总有出山的时候。革命工作多一人是一人，多一个朋友多一条路，多一个朋友多一分力量。此人尚可利用。于是，赵声稍稍迟疑了一下说："好！咱俩结为兄弟。"

于是，在东来茶馆的八仙桌上，俩人以茶代酒，结为兄弟。

赵声与郭人漳结为兄弟，还没正式举行结拜之礼，就传来消息，郭人漳调任广西任巡防统领。赵声听到这个消息，又惊又喜。惊的是这个郭人漳这么快就被重新起用，完全出乎意料。喜的是郭人漳到了巡防营任统领，革命工作又多了一名在清廷军队系统的军官，将来无论动员士官，还是择机起义都多了一支可靠的力量。巡防营虽不是新军，但与新编的陆军并列为清廷两个系统的军队。巡防营，也称巡防队，是清廷于光绪三十一年（1905年）设立的。它的前身为各省防、练等军种。这些防、练等军改为新军后，其余人员编为城防营，每省自第一营起，次第排队，一省分数路，路设统领、帮统，每路统辖数营，营官称管带。郭人漳当巡防营统领应该是统兵不少的军官，赵声决定去拜访人漳兄。

听到消息的第二天，吃过晚饭，赵声拿起一把手电筒，来到郭人漳的住所。俩人一阵寒暄之后，不等赵声开口，郭人漳端起一杯茶递到赵声手里说："赵声弟，我要离开江阴了。"

赵声接过茶杯，有点不舍地说道："刚拜兄弟，还未举行结拜之礼，与人漳兄就分开了！可惜可惜。"

"我也不忍离开老弟。但军令难违呀！"郭人漳说到这里，动情地说，"咱兄弟俩虽然结识不久，但志同道合，有共同话题，我也不舍，真不想离开老弟。"

"你是到广西吧？"赵声问道。

"对呀。"郭人漳顿了顿说，"赴广西。"

"赴广西任何职？"赵声问。

"巡防营统领。"郭人漳答。

赵声依依不舍地伸出手，紧紧地握住郭人漳的手："真舍不得你离开，人漳兄此去相距千山万水，不知何时才能相逢？"

"江苏、广西相隔千山万水。"郭人漳说到这里，试探地说，"我倒有个好办法，让咱俩常见面。"

"人漳兄有什么好办法？"赵声听了郭人漳的话，有些不解。

"赵声弟，怎么样，跟我一同去广西吧？"郭人漳目光盯着赵声那炯炯的眼神，试探地说。

"一同去广西？"赵声脱口而出。

"对！一同去广西。"郭人漳用手拍拍赵声的肩胛，诚恳地说，"一同去广西就可以天天见面了。你是学军事的，又是文武双全之才，正好到巡防营帮帮我。"

赵声没有立即回答，脑子里快速地思索起来。自己目前在江阴任新军教官，虽然通过教官的便利，可以教育新军，但自己毕竟不是直接带兵。如果去了广西，直接在郭人漳手下任一军官，直接带兵，这对发展、动员新军是个极好机会。郭人漳去广西是巡防队的统领，又是自己的结拜兄弟，这对动员新军会很方便。想到这里，赵声心中豁然开朗。自己所有的目标都是为动员新军，培植革命力量，将来拉起队伍推翻清廷统治。现在到郭人漳手下去干，不是有了更好的平台吗？至于远离家乡，到广西那么遥远的地方，赵声顾不了那么多啦。要革命就不能怕苦怕死，连死都不怕，还怕远吗？赵声决定跟随郭人漳到广西去。他有些谦恭地回答郭人漳："能天天和结拜兄弟在一起，我很高兴。我愿随兄而行。只是自己从没有去过广西，对广西了解很少，还请人漳兄多多关照。"

"赵声弟放心！有兄在，你怕什么？我吃肉，不会让你啃骨头喝汤。"郭人漳听到赵声愿意随自己去广西，喜出望外。郭人漳明白，赵声毕竟是江苏人，夫人、老父和弟弟妹妹还在丹徒大港，只身一人随自己去广西，下这个决心不容易。

"人漳兄，广西怎么样呀？"赵声见郭人漳喜形于色，心中也很高兴，他随口问道。

郭人漳见赵声对广西很感兴趣，连忙滔滔不绝地介绍起广西来："赵声弟，广西可是个好地方。广西在祖国的西南，简称'桂'。广西南靠北部湾，西南与越南毗邻，东邻粤、港，北连华中，背靠大西南。"郭人漳不愧是军人出身，首先介绍广西的地理位置。赵声听罢郭人漳的介绍，脑海里已出现了一幅广西地图！

郭人漳见赵声听得极有兴趣，继续介绍道："广西与广东、湖南、贵州、云南等省接壤。人口中，汉族占一半以上；少数民族中，壮族人口最多。广西景色独特，峰林平地拔起，气势超群，造型奇特。形态最典型、风景最秀丽的是桂林、阳朔一带的石灰岩峰林，'桂林山水甲天下'，桂林的美很难用语言描绘，曾被明代旅行家徐霞客誉为'碧莲玉笋世界'呢。"郭人漳赞美有加地介绍桂林山水，当起了广西的导游。其实郭人漳根本猜不透赵声的心思。

赵声表现出对郭人漳介绍的桂林山水心驰神往。其实，那是赵声做给郭人漳看的，让郭人漳明白，他之所以爽快答应去广西，一是看在郭人漳老兄的面子，跟着人漳兄去广西有靠山，不会吃亏；二是去广西可以游览美丽的桂林山水。而赵声真正的目的是可以直接带兵，可以借机动员新军，这是近几年来，赵声几经周折一直未能如愿的事。如今，有郭人漳的力邀，对赵声来说，是瞌睡来了送了一只枕头，赵声当然要抓住这个机会。赵声、郭人漳俩人各怀目的，一拍即合。

赵声辞去江阴新军教练官，陪同郭人漳踏上去广西的遥遥路途。一路上，虽然经历了不少风雨，但两人对去广西任职充满了信心。

车马奔波中，桂林山水渐渐出现在赵声的眼前。桂林山水确实美，古人用"桂林山水甲天下"来形容广西的大好河山，一点不夸张。

郭人漳、赵声乘坐的马车沿着漓江岸边的碎石路一路颠簸着缓缓地往南。路边的杂草和杂树随着漓江上吹来的风不停地晃动。赵声第一次到广西，他被漓江两岸美丽的山水迷住了。家乡大港长江的水波澜壮阔，他从没有见过漓江这样的水，也没见过漓江岸边的山。漓江的水真静啊，静得让你感觉不到它在流动；漓江的水真清啊，清得可以看见江底的沙石；漓江的水真绿啊，绿得像一块无瑕的翡翠。漓江岸边的山特别奇，一座座拔地而起，各不相连，像老人，像巨象，像骆驼，奇峰罗列，形态万千；漓江两岸的山真秀，像翠绿的屏障，像新生的竹笋，色彩明丽，倒映水中；漓江两岸的山真险，危峰兀立，怪石嶙峋，好像一不小心就会栽下来。赵声坐在马车上，欣赏着漓江两岸的秀丽山水，不停地夸赞：美！真美！

郭人漳一边示意车夫加快速度，一边用自豪的口吻对赵声说："'桂林山水甲天下'，不是吹的吧！"

"美！美极了！真有一种人在画中行的神仙感！"赵声赞叹不已，给郭人漳提议道，"郭兄，还是请车夫慢一些吧！我们好好欣赏欣赏。"

郭人漳示意车夫让马车慢下来。

马车在风景如画的漓江岸边缓缓向前。

欣赏沿途山水美丽的景色，两人心旷神怡，一点也不觉得疲惫，不知不觉中，到了广西巡防营驻地。

郭人漳担任巡防营统领一职，上任后，他把赵声安排到广西新军（巡防营）任管带（营长）。赵声很满意，当晚，在驻地酒家请郭人漳小酌。赵声倒了满满一杯酒，敬了郭人漳："感谢人漳兄的厚爱！放心，我一定把兵练好，带好！"

"谢什么，都是自家兄弟，不要说见外的话。"郭人漳干了杯中酒，亲自拎起酒瓶，给赵声斟酒，边斟边说，"广西是我的天地，今天说好，这顿酒算我的。"说完，放下酒瓶，端起酒杯回敬赵声。

赵声很高兴，端起酒杯说："我请客怎么能你做东，你我是兄弟，不说见外的话，所有感情都在酒杯里，我干了！"赵声说完，一仰脖子，杯底朝天。

这天晚上，两人都喝得满脸通红。最后，郭人漳端起酒杯提议："赵声弟，上次茶馆以茶代酒结拜兄弟，我看不算数。"

"怎么算数？"赵声以为郭人漳喝醉了。

"今天干一杯，就当是举行结拜仪式。怎么样？"郭人漳盯着赵声说。

"干！"酒杯碰在一起，发出"叮当"的响声。两人都相信缘分，成为兄弟是天意。要不，在江阴的茶馆怎么会坐同一张八仙桌？怎么会在互不相识的情况下，谈论那么多关于时局的共同观点，谈论那么多关于时局的共同话题？两人一见如故，谈话推心置腹，又以茶代酒结为兄弟，这是天意。郭人漳心里特别高兴的是，自己被重新任命，官复原职，还带来了赵声这样一位文武双全的好帮手。

走出酒馆，夜色已经很沉了。一轮明月高高地挂在天空，洒下一片银色的光亮。城外东南西北都是山峰连着山峰，在月色的映衬下，显露出弯弯曲曲的清晰的轮廓线。两人走到酒馆门外，两双手紧紧地握在一起。赵声抬眼望着天空中皎洁的明月对郭人漳说："咱俩兄弟一场，咱们的心一定要像天上的明月一样敞亮。"

郭人漳不知是喝高了，还是什么原因，只是紧紧地握着赵声的手，抬头望着沉沉夜色中的月亮不言语。他呆呆地盯着天空的明月，一直盯到一块厚厚的云朵悠悠地飘过来，遮住了月亮，才松开赵声的手。

赵声来到巡防营，对待士兵和蔼可亲、平易近人，提倡官兵平等，这让许多士兵还不太适应。私下，这些士兵纷纷夸赞自己的营官，说新来的赵声一点架子都没有。

一次，赵声走到巷子拐弯处，正巧听到两个士兵在谈论他，于是停住了步子。

"你知道吗？这新来的管带才多大呀？"

"二十五岁。"

"不简单！小小的年纪当了个大官。"

"大官归大官，但没有架子。"

"也不一定。他是从南方来的，这里不熟悉，不敢摆架子。"

"这话听谁说的？"

"有不少士兵背后说的。"

"这些士兵被当官的欺侮惯了，来了个好管带还不适应呢！"

"你知道吗？他是个文人。"

"文人跟摆架子有什么关系？"

"文人带兵凶不起来。"

"谁说的？"

"还是那几个士兵背后说的。"

"他们不知道。我听一个当官的表弟说，这赵声是郭人漳从江南带回来的。厉害着呢！文武双全。三个人打不过他一个。他不摆架子，是他心肠善，不是没本事。"

…………

赵声听到这里，既好笑也明白了不少道理。自己亲善士兵这个做法，做得好。你敬士兵一分，士兵爱你十分。今后不但要更加亲近士兵，而且要尽可能多地与基层官兵多接触，多了解他们的学习、生活、家庭，多关心他们，爱护他们，这样在新军中才能争得人心，才能把新军官兵的思想统一起来。

赵声到了巡防营后，不仅带兵有方，而且注重搜集广西的有关政治、经济、人文资料。广西是太平天国运动的发源地，虽然太平天国运动失败了，但太平军的反清斗争精神，在当地的群众中仍然有着深刻的影响。巡防营中，不少广西籍的士兵、军官十分崇敬洪秀全、石达开等一批杰出人物，对萧朝贵等杰出的壮族儿女也十分敬重。赵声认为太平天国的造反精神是值得提倡的，这是宣传鼓动士兵的重要精神支柱。

赵声想起了太平军在镇江抗击清廷的英雄事迹，许多英勇斗争的故事可歌可泣。这些英勇事迹是激发官兵反清的导火索，大讲太平军的辉煌历史可以鼓舞太平军家乡的士兵们反清的信心和决心。

赵声以太平天国故事为契机，抓住与士兵、军官接触的所有机会，大讲太平天国的故事，大肆宣扬太平军英勇顽强的斗争精神。特别是讲到太平天国在镇江府丹徒县的战斗情况，绘声绘色，太平军士兵和军官们的英勇事迹有血有肉，十分感人。这些广西籍的士兵和军官听到自己的同乡远在他乡的战斗，很是自豪。

训练空隙，不少士兵和军官会主动围拢到赵声身边。每当这时，赵声会给大家散发香烟，然后眉飞色舞地说起太平军在自己家乡镇江府战斗的故事。赵声说："你们的祖辈很了不起，能征善战。太平天国在我的家乡南郊建立军营后，曾挥师东进镇江丹徒，占领镇江丹徒达五年。镇江丹徒就是我的家乡。我的父亲经常在我们小字辈面前夸赞太平军。清军包围丹徒，后来重占丹徒。但英勇的太平军又反包围清军达七年之久。太平军还将镇江城原来的城墙向北向西扩展、延伸，建起沿江、沿运河的新城墙。太平军还在我们镇江的城东、城南的京岘山、观音山等山地与清军展开激烈的战斗。那里至今还有当年被太平军踏平焚烧的清军营盘的遗迹。我十八岁那年，在镇江约了几个好友，还专门游览了南山上的一些太平军作战的古战场，有些当年战斗的壕沟还存于山林沟渠中。你们将来有机会到镇江，我当你们的向导，游览当年太平军与清军作战的古战场遗址。"

士兵和军官听了拍起手来，恨不能马上去镇江古战场一游。见此情景，赵声不失时机地引导大家说："当兵为什么？就是为解救受苦受难的民众，谁欺侮老百姓，我们的枪口就对准谁。"围拢在赵声身边的官兵似乎听懂了这番话，情不自禁鼓起掌来。

赵声没有想到广西与镇江丹徒因太平军这么紧紧地联系在一起，这让赵声动员新军有了引入的话题。五十年前，太平军的英勇战斗也激发了广西太平军的后代，听赵声演讲的人既乐于听，又受到鼓舞。后来，赵声还给官兵们从军事战略的高度分析了这次农民运动失败的原因。他认为主要是洪秀全建都南京后，没有能够乘胜挥师北上，直捣幽燕，而是"乃安座谋议，袖手以待围师"，"遂致反客为主，反攻为守"，结果是"情势一变，声望全失"，归于失败。赵声独到的分析赢得不少广西官兵的认同，大家愈来愈信服赵声，觉得这个来自太平天国都城门户镇江的管带说到大家心里了，越来越认可赵声的宣传、鼓动。巡防营的许多有志之士，闻风而起。当赵声用各种形式暗示和激励他们仿效洪秀全等人举行反清起义时，得到众人的暗中支持。赵声看到自己这次广西之行取得如此意想不到的效果，甚为高兴。此时此刻，赵声想到了孙中山这座自己心中的灯塔，想到了孙中山先生的惠州起义。他感到虽然没有机会见到孙中山，但孙中山的革命起义模式将是自己的最佳仿效。时机一旦成熟，自己很可能会在广西与大家共谋举义大业。赵声兴奋地预见：一场轰轰烈烈的推翻清廷的起义将与孙中山先生的起义举动汇集成浩浩荡荡的革命洪流。

动员新军终于在广西取得颇为满意的成果，正当赵声踌躇满志之时，广西的大吏们注意上赵声了。听到风声的郭人漳赶紧提醒赵声。赵声意识到，在广西就地发动革命的计划一时无法实现，只好小心谨慎起来，宣传、动员新军的势头有所收敛。

赵声暂把锋芒收藏起来，全心投入训练新军的工作中，等待时机。就在赵声闷声做事之时，南京的同乡好友陶骏保寄来了一封信。赵声迫不及待地拆开陶骏保的来信，他又一次面临着抉择。

四十、返宁任管带

　　春节刚过，赵声训练新军的工作又轰轰烈烈地开始了。节前，郭人漳的善意提醒，好似给赵声兜头泼了一盆凉水。赵声清醒地意识到，动员新军的工作看似在广西开展得很顺利，但并不似想象中的那么容易。就地发动革命的计划一时无法实现，赵声的心情又沉重起来。但赵声并不泄气，他已经经历了无数次的挫折，每次都会柳暗花明，总会出现转机。北上投新军，差点中了袁世凯的圈套；参加河间秋操，虽然没有机会动员新军，但却经历了一次难得的军事实践，使自己明白了许多军事上的道理；后来返回江苏，当了教练官，碰到了郭人漳，两人拜了把兄弟；郭人漳被重新起用后，赵声又跟随郭人漳来到广西。在广西新军，太平军这条红线把江苏与广西紧密地连接起来。想不到广西新军这么开化，赵声所开展的运动、宣传十分顺利。就在赵声准备大刀阔斧地组织发动革命起义的时候，引起了广西大吏们的注意，赵声只好小心警惕，收起锋芒。在这心思沉沉的时候，收到了同乡同学陶骏保的信，赵声迫不及待地拆开信。

　　陶骏保信中希望赵声回南京与自己一起在新军中开展工作。赵声读着同乡同学的来信，喜出望外。此时，赵声正为自己在广西一时难以策动新军起事而烦闷，见到陶骏保的来信，老同学的形象在自己的脑海中显现出来。同乡老同学的情况赵声最了解，他与陶骏保可谓是志同道合者。

　　陶骏保，光绪四年（1878年）生，长自己三岁，字璞青，江苏镇江人，地道的同乡。陶骏保家从事丝绸业。陶聚茂绸号为镇江丝绸业首富。少年时，就从学其兄陶逊，读船山、梨洲书院，心怀大志，受强国强种思想的影响，抱有推翻清廷的志向。陶骏保十八岁入江南陆师学堂，毕业后从军于广东、福建，先后任徐绍桢常备军管带、军政局参谋兼武备学堂教员，与方声涛、方声洞诸志士相交甚笃，教育学生时"以大义励诸生，诸生咸觉动"，学生中就有在镇江举义的驻镇新军林述庆等。陶骏保"好学好名，多才多艺"。在福建时，陶骏保曾作词二首，从他所作的两首词中可见他文字悲楚，民族之惑溢于行间。

赵声对陶骏保的这两首词很欣赏，能背出来。此时，读着陶骏保的来信，《书怀》一词出现在自己的脑海里：

"如此江山，乃如此东分西裂。可怜我穷途奔走，伤心欲绝。岁月蹉跎人老大，梦魂天绕天南北。正胡笳满地不堪闻，西风急。杀不尽中原贼，夺不返秦廷璧。敢闭门种菜，闲斋运甓。荆棘铜驼千古恨，关山铁马英雄血。叹何年痛饮入黄龙，心头热。"

另一首《长江怀古》词，赵声也一字不差诵出声："长江天堑，古今何补，任胡骑飞渡。后庭玉树已阑珊，但茴香无数。南朝名士喁喁语，弱不禁风雨。中流击楫倩何人，父老空凄楚。"

这两首词充分展示了陶骏保的反清救国情怀。陶骏保跟赵声都是反清救国的实践者。两人走的几乎是相同的道路，都是千方百计打入清军，宣传、动员新军，伺机组织武装起义。陶骏保与赵声为校友，虽入学有先后，但都毕业于同一所学校——江南陆师学堂。毕业后两人一直保持联系。赵声知道陶骏保从福建回到江南，最早提出了征兵创议，任总办江南征兵局候选道，兼办镇江征兵事宜，任新军第九镇正参谋，并兼任南宪兵司令官及警察总局会办。后来，他又来镇江任参谋总长。此时正是陶骏保打入新军扩展势力之时，首先想到的是志同道合的老同学赵声。于是，陶骏保把希望赵声回南京，与自己在新军中一同开展工作的信寄到了广西巡防营赵声的手中。

读着陶骏保热情洋溢的邀请信，回忆起与陶骏保交往的点点滴滴，赵声感到这是一次难得的机遇，回南京去，进入新军。毕竟是在自己的家乡，毕竟有自己的同乡老同学互相关心，互相提携，动员新军的工作开展起来也许会更顺利，也许成功的把握会大一些。当然，离开广西对赵声来说也是一次艰难的抉择。虽然近来在广西新军中开展工作引起了广西当局的注意，遇到了一些困难，但这里毕竟有拜把兄弟郭人漳。是郭人漳把自己要来的，现在想离开把兄弟，开不了口。

越是想离开，赵声越是念着把兄郭人漳的好。在江阴，郭人漳被重新起用后，第一个想到的是自己。跟着郭人漳来到广西后，郭人漳也没有亏待自己，到了广西就给自己在巡防营安排了一个管带职位，让自己实现了带兵的愿望。现在动员广西新军遇到一些挫折，就离开郭人漳，离开广西新军，会不会让郭人漳说自己不仗义？让郭人漳瞧不起自己？但目前回南京才能尽快实现自己的革命抱负，想到这里，赵声鼓起勇气，开不了口也得开口。赵声决定拜会郭人漳。

傍晚时分。

赵声吃完晚饭，正要往郭人漳的宿舍去。在饭堂门外，碰到了郭人漳的贴身勤务兵。

　　勤务兵见到赵声，"啪"的一个立正："报告赵管带，统领让你去他住处一趟。"

　　赵声听了一愣，莫非郭人漳知道了自己打算离开广西？但转念一想，自己刚收到陶骏保的来信，谁也没有透露过，郭人漳不可能知道自己的心思。赵声镇静起来，还了个礼说："知道了。"

　　赵声怀着忐忑不安的心情往郭人漳的宿舍走去。

　　天完全黑下来了。西边、南边的山峰已经成了一道模模糊糊的轮廓。一弯细细的白玉似的月牙闪着微弱的光，擦着山峰缓缓地移动，路边草丛中一些不知名的小虫在鸣叫。路灯暗淡，赵声深一脚浅一脚地在营区的土石路上边走边思索。赵声是个仗义之人，他还真不知道见到老兄怎么开口。但他还是鼓足了勇气。他思忖：既然是兄弟，那就推心置腹，说心里话，也没有什么藏着掖着的必要。

　　前面不远处是郭人漳的官邸。门厅的灯亮着。门口，一名卫兵很威武地站在那里。

　　赵声快步走上前，跟卫兵打声招呼。卫兵熟悉赵声，往屋里指了指，示意赵声进去。

　　赵声径直来到郭人漳的书房门口，"啪"的一个立正，大声说道："报告统领，赵声小弟到。"

　　书房里传来哈哈哈的笑声："赵声老弟，正规啥，进来！"

　　"是！"赵声大步跨进书房。郭人漳从办公桌旁边的沙发上站起来，朝赵声招招手。

　　赵声来到郭人漳面前说："赵声奉召来到！"

　　郭人漳用异样的目光看着赵声："今天怎么这样正规？"郭人漳心里有些纳闷。

　　"请郭统领吩咐！"赵声仍然一本正经地说。

　　郭人漳招呼赵声在沙发上坐下来，从办公桌角拎起一盒云南的普洱茶，往赵声脚边一放说："云南新军的几位同乡来看我，送来几盒云南特产普洱茶，送你一盒品尝尝。"

　　赵声赶紧从沙发上站起来，拎起脚旁的茶叶放到办公桌上说："客气了！统领送其他人吧。"说着嘿嘿笑道，"你在江苏，我也没有什么特产送给你，受之有愧！受之有愧！"

　　"兄弟俩，客气啥呀！"郭人漳一边示意赵声坐下来，一边拎起普洱茶又放到了赵声的脚边。赵声坐下来，心想郭人漳是统领，他让我过来一趟，肯定有事交代，不可能是让我来拿茶叶吧！赵声目光盯着郭人漳，一声不吭，等待统领吩咐。

谁知郭人漳没有坐下来，有点下逐客令的味道："你还有事吧？"

赵声听了，一愣，看来郭人漳兄还真是让自己来拿普洱茶的。于是脱口回答："没有呀！"赵声让郭人漳这一问，问蒙住了。把刚才想好的跟郭人漳汇报离开广西去江苏的事给忘了。

"那好，我今天还有不少公文要批阅。改天再聊。"郭人漳说着把茶叶拎起来交到赵声手里。

赵声接过茶叶，连连致谢。走了两步，又踅回来！赵声清醒过来，觉得这离开广西的事儿迟早要说。于是鼓起勇气，对郭人漳说："人漳兄，小弟还真有事汇报。"

"说呀！"郭人漳笑笑，"我就知道你是直爽人，有事在心里放不住。说吧，兄弟嘛，什么事不好商量。"

赵声心里敞亮了，来了个直截了当："人漳兄，我想离开广西回江苏。"

"怎么啦？想家啦？"

"不是。"

"是我对你不够关心，让你委屈啦？"

"也不是。"

"怎么突然想离开？"

赵声推心置腹地说："我最近在广西被人盯上了，工作也不好开展，弄不好还会连累统领大人。前几日，我在南京当第九镇正参谋的同乡陶骏保来信让我去。我想去试试。"

听到这个消息，郭人漳一愣，虽然感到很突然，也很意外，但郭人漳是个官场上的老将，脑子转得快。他想到这些日子广西的大吏们已经盯上了赵声。赵声在巡防营迟早会惹出麻烦，真要是惹出麻烦，自己也脱不了干系。现在赵声主动要离开巡防营，岂不是瞌睡送了个枕头。郭人漳不动声色，笑笑说："好呀！"郭人漳一口答应说道："我不忍埋没人才，但咱们是兄弟，你若在南京有什么不如意之处，只管再来。"

赵声一听，喜出望外。想不到郭人漳会这么爽快地答应自己的要求。赵声猜不透郭人漳的心思，只往好处想，毕竟两人在江阴东来茶馆一见如故，而且拜过把兄弟。

赵声连声向郭人漳道谢，然后拎起茶叶盒往门外走去，郭人漳有些依依不舍地送至门外。

营区的路灯不太亮，路上黑乎乎的。远处的群山全罩在夜幕下，赵声迈着大步往自己宿舍走，想到不久又要回到故地，见到久别的老乡、同学，又可以回到家乡宣传《保国歌》，宣传革命精神，又可以动员新军，来时忐忑不安的心情一扫而光。虽然，动员新军遇到了一个又一个意想不到的挫折，但赵声的心中始终有一座光芒四射的灯塔，他的革命胜利的信念始终是那么坚定。走在营区的砂石路上，赵声想到郭人漳送的普洱茶，想到郭人漳那么爽快地答应自己离开他，离开广西，心情特别愉悦。尽管心中有一丝丝的担忧，但这担忧找不出任何理由。他不能怀疑郭人漳对自己的诚心，他不能不相信自己的把兄弟。

砂石路不远处是一片小山岗，山坡上长满了松树，夜色笼罩着黑乎乎的松林。夜风一吹，一阵一阵"哗哗啦啦"的松涛声悠悠地传过来，赵声感到了袭人的凉气。松林中不时传来一两声令人毛骨悚然的猫头鹰的叫声。赵声加快了步子，"笃笃笃"的脚步声在沉沉的夜色中传出好远好远……

光绪三十二年（1906 年）春天，赵声一路风尘仆仆，从广西回到江苏南京。

当天下午，赵声就拜会了陶骏保。同乡同学一见面，格外亲热，互诉别情。当晚，陶骏保做东，在一家酒馆约了不少同学、同乡为赵声接风。

回到家乡格外亲。赵声与大家寒暄敬酒之后直奔主题。赵声始终清楚自己的使命，当初从南京跟着郭人漳去广西，目的很明确，投到新军去，动员新军；现在又从广西来到南京，来到陶骏保身边，目的还是一样的，到新军中去，动员新军，最终是要推翻清廷统治。现在回到南京，他迫不及待地向老同学陶骏保说出了今后的安排。

第二天，陶骏保约赵声去见新军第九镇统制徐绍桢。陶骏保在写信给赵声之前，就向徐绍桢统制介绍了赵声的情况。赵声文武双全，虽然年轻但资历不凡，是一个带兵统军难得的人才。陶骏保知道，徐绍桢要壮大自己的力量，手下没有能干的人才怎么行呢。果然，徐绍桢听了陶骏保的介绍，对赵声连连称赞，并希望陶骏保尽快把赵声介绍到第九镇来任职。

吃过早饭，赵声迫切地想见到徐绍桢，他要知道徐绍桢对自己怎么安排。说穿了，赵声是想尽快到新军去任职，尽快把动员新军的工作热火朝天地开展起来。赵声早早地来到陶骏保的宿舍，两人并排，边走边笑，往徐绍桢统制的办公室走过去。

路上，陶骏保简要地向赵声介绍了徐绍桢统制的情况。赵声认真地听，边听边思索着，见到徐绍桢大人怎么说话。

徐绍桢，字固卿，广东番禺人，咸丰十一年（1861年）生于一个幕学世家，长赵声二十岁。徐绍桢十九岁时子承父业，游幕广西柳州府怀远县，光绪二十年（1894年）中举，次年再入广西桂林藩署为幕。光绪二十六年（1900年），广西布政使李兴锐升任江西巡抚，携徐绍桢前往南昌赴任，不久，经李兴锐推荐，徐绍桢由幕入仕，结束了二十年游幕生涯。义和团运动后，各省奉谕编练新军。李兴锐令毫无领兵经验的徐绍桢编练新军。编练新军，对徐绍桢来说是一件陌生的事情，尽管徐绍桢少年时喜欢舞棍弄棒，骑马射箭，但入幕后一直做文事，几乎从未接触过兵事。因此，对于李兴锐要他编练新军，徐绍桢感到很意外，再三推辞。但李兴锐似乎一心要培养个儒将，再三劝说徐绍桢编练新军，徐绍桢见难以推辞，这才接受此项任务。于是，徐绍桢开始了人生大转变，由文官转为武将。徐绍桢先后在江西总理营务处、总理讲武堂，统领江西常备中军；在粤统领广东常备中军，总理广东全省营务处；还任过福建武备学堂总办、苏淞镇总兵等军职；光绪三十一年（1905年）新军第九镇成立后，任统制（师长）。《清史稿》载，当时的新军第九镇有官兵近万名。

陶骏保领着赵声来到统制府。见到徐绍桢，赵声眼睛一亮，这位大人个头不高，但长得很壮实，五官端正，眼睛有神。徐绍桢穿着军装显得很威武，但威武中透出一丝儒雅。徐绍桢在陶骏保介绍完赵声后，紧紧拉着赵声的手连晃了几下，眼睛死死地盯着赵声。徐绍桢被赵声的虎背熊腰的英武之气吸引住了，心里暗暗思忖，这陶骏保介绍自己的老乡同学句句是大实话，赵声果然气度不凡，眉宇间透露着少有的成熟和轩昂。

徐绍桢松开了赵声的手，示意陶骏保、赵声在椅子上坐下来。不一会儿侍从端上茶来。徐绍桢亲切地指指茶碗："喝茶！喝茶！一路辛苦了。"

"不辛苦！"赵声端起茶碗呷了一口说。

徐绍桢关切地问："赵声，今年多大呀？"

赵声答道："二十六了。生于光绪七年。"

徐绍桢笑道："你年轻呀！小我二十岁。"说到这里，又朝赵声望了一眼，关切地说，"从广西到南京，这路途遥远，不容易。昨天到的南京？"

"昨天！"赵声并无半点鞍马劳顿之感，轻松地回答，"沿途风光秀丽，大好河山真美，一点不累。"

陶骏保插了一句："赵声接到我的信后，就立马启程从广西赶回来了。"

赵声高声地说："大人，从广西急着往南京赶，就想早点到徐统制手下效力。"

徐绍桢听了赵声的恭维话，心里很高兴。眼前的赵声不但英武，而且热爱新军，徐绍桢目光扫了扫陶骏保，又望望赵声说："你是江南水师、陆师的高才生，又去过日本，到过保定，还练过江阴新军，当过广西新军管带。到我新军第九镇，你看这样吧，就先在新军第九镇十七协三十三标二营任管带。"

"听从统制安置。"赵声霍地站起身，行了一个标准的军礼，谦恭地说。

徐绍桢点点头又说："眼下我们新军第九镇正在征兵，大家共同为九镇新军征兵扩员，壮大队伍。具体事宜，由陶骏保给你说说。"

陶骏保、赵声两人"啪"的一个立正，给徐绍桢敬了一个标准的军礼，转身离开了统制府。

陶骏保此时任江南征兵总局总办，正大力推行新兵征兵工作。回来的路上，陶骏保向赵声介绍了当前新军征兵工作刚开始，报名应征的人不多。陶骏保告诉赵声，现在"好铁不打钉，好男不当兵"的旧观念还在，征兵工作遇到了一些困难。陶骏保介绍到这里，用征询的口气问赵声："你对当前征兵有何想法？"

赵声听在心里。他想起从日本回来后在家乡办起的"阅书报社""鸿溪阅报茶社"还有"体育会""安港小学堂"，当时聚集了一批有志青年。赵声记得，"体育会"注册的会员就有五百多人，何不去家乡试试？如果家乡的热血青年到了新军，可是一支可靠的反清主力军呀！再说当年在家乡办"两社一会"，办"安港小学堂"，目的也是要培植一批主力军。现在新军招兵，还真用上了。能文能武的骨干一大批呢！想到这里，赵声掩不住心中的喜悦，兴奋地笑笑，对陶骏保说："我回家乡试试！"

"好！回家乡试试。"陶骏保知道赵声文武双全，在家乡很有号召力。他赞成赵声的想法，连连点头。

陶骏保把赵声愿意回家乡征兵的打算向徐绍桢报告后，徐绍桢虽无法确定赵声回乡征兵能否奏效，但觉得赵声有水平、有活力，不失为招兵的一条路子，便同意赵声回乡征兵。

赵声一身新军装，英姿勃勃地带着征集新兵的任务离开南京，往家乡大港赶去。

四十一、一门三军

　　赵声这次回家乡大港，轻装返乡。他在南京码头附近的店铺里买了两只桂花盐水鸭，他要把南京的名产带回去孝敬父亲，也让妻子、弟妹们尝尝。行李中还有一份比较珍贵的礼物，他也要送给父亲——云南的普洱茶，而且是广西巡防营郭人漳统领送的。父亲不抽烟，但喜欢喝茶，普洱茶在江苏一带不多见，父亲肯定会喜欢，何况还是大官郭人漳统领送的。

　　晚上天还未黑，赵声背着行李包袱，走上栈桥，上了瑞丰小轮船。瑞丰小轮船是南京镇江往返的客轮，夕发朝至。早晨，阳光灿烂的时候，赵声下了轮船，又换乘镇姚线小客轮。小客轮在江浪上一路颠簸，乘风破浪缓缓顺江水往镇江驶来。傍晚时分，赵声到达大港码头。出了码头，一路小跑往天香阁而来。

　　赵声一身新军服装格外威武醒目，走在大港的东街上，引来了关注的目光，身后留下了一串猜测羡慕的话儿：

　　"咦！这是谁家公子呀！"

　　"崭新的军装，多威武，多帅气呀！"

　　"这人咋这么眼熟呢？"

　　"一定是个官儿！咱们大港镇上也出大官儿了。"

　　"有点儿像镜芙先生家的公子。"

　　…………

　　赵声一路大步往家赶，心里想着很快就要见到父亲和家人了，心跳明显加快。赵声离开家乡、离开家人好一阵子了，心情十分激动。这时，迎面急匆匆走来一个人。赵声觉得此人有些面熟，再仔细一看，尽管天色已晚，但还是看清楚了。原来，迎面走过来的，是自己天香阁的同班同学，还曾一起在大港东岳庙练武的好老弟李竟成。此时已是傍晚，但还未到掌灯时候。两人迎面走着，相隔不到三十米，都认出对方来。两人喜出望外地跑步冲过去。赵声丢下包袱，上前一步抱住李竟成，李竟成也一把抱住赵声，两人几乎同时喊道：

"竟成！"

"赵声！"

赵声用手掌使劲地拍打李竟成的后背："竟成，这么晚了，你从哪里来？"

李竟成气喘吁吁地大声说道："下午4点钟光景，邮差才送来你的信。拆开信一看，知道你今天回大港，而且是带着征兵公干回大港。于是草草地扒了几口饭，赶紧往大港码头赶。在大港码头没有接到你，估计你已经回到天香阁。我又赶到你家一问，你还没有回来。我估摸，你一定是乘轮船到大港码头。这不，又往大港码头接你。想不到在这儿碰上了。"

赵声松开膀子，拎起放在地上的包袱说："竟成，我知道乡下的邮差不天天送信。我虽然写信给你，但我以为不知道哪一天你才能收到信，想不到，在东街碰上了。"赵声拉着李竟成的膀子说，"走，到我家吃晚饭去！"

李竟成从赵声肩上抢过包袱说："到你家去，顺便拜见镜芙老先生！"

赵声嗔怪地说："竟成呀，知道你来接我，我就不给你写信了。你这么急干啥，我这次回来，又不马上走，你一接信就赶过来，不能明天来呀！"

李竟成放缓了步子，气也喘匀了，憨厚地笑笑："我好想念你呀！我等不及了。"

两人走在青石板路上，在淡淡的夜色中，青石板上印着他俩移动的身影。赵声说："天还有亮光。要是再晚一会儿，天完全黑下来，咱俩相迎不相认，让你去码头再扑个空，真对不起老同学了！"

"没关系！"李竟成哈哈大笑起来。

"你从大路小桥头家中来，还是从横山学馆来？"赵声知道李竟成这几年在大港与大路之间的一个叫横山的村庄办学。无论是从大路还是从横山来大港，都要走一长段山路。赵声心里很是感激，关切地问。

"从横山来！"李竟成轻松地一笑说，"听说你回来，很高兴。乡下人，走这点山路算什么。知道你回来，心里高兴呀！"

"谢谢老同学！"赵声连连点头致谢。

李竟成接着说："不光见到老同学高兴，看了你的信，更高兴，简直是心潮澎湃。"说到这里，李竟成停住步子，语气很坚定，"赵声，信看了，没说的，听你的，跟你去新军从军。"

赵声开心地笑了："我就知道，竟成接到我的信，一定会二话不说跟我走的。不过，我想不到你这么快来接我。"赵声见李竟成如此干脆，坚定应召，十分欣慰，"到底咱们是从小一块儿长大的弟兄。"

说着说着，俩人来到赵声家大门口。门口的路灯已亮了，赵蓉曾带着一家人等候在门口。两尊门当石狮在路灯的映照下显得格外威武。门当两边的长条形花台里，月季苗壮成长，一朵朵花蕾含苞待放。

　　李竟成见到赵声父亲赵蓉曾，赶紧迎上去，大着嗓门喊："镜芙先生！你好！伯先回来了！"

　　"爸！爸！"赵声迎上前，连喊两声爸后，手伸上去，紧紧地握住父亲的手问，"家中都好吧？"

　　"都好！"赵蓉曾说着，朝赵声妻子严吟凤和赵声的弟妹一指，"这不都好嘛！大家可想你了！"

　　严吟凤顺手从李竟成手里接过包袱说："走，进屋说。"

　　大家走进大门，穿过天井，来到天香阁。虽然天还没有完全黑下来，但天香阁所有的灯都点亮了，灯火通明，显得特别亮堂。

　　赵声让妻子吟凤给李竟成倒茶，李竟成摆摆手说："接到你就放心了！你刚到家，先和家人团聚，我明天再来说从军的事！"说着转身就走。

　　"知我者竟成也！谢谢呀！"赵声十分感激地说。

　　李竟成掉过头说："伯先兄，说哪里话，我们都是镜芙先生一手教育、培养的，同窗同学，同泽同袍，能不心想一处，志同一趣？"说着，对送到门口的赵蓉曾说："镜芙先生，你说是吗？"

　　赵蓉曾为自己儿子与竟成的友谊所感动，连连慨叹："真是情同手足！情同手足！"

　　赵声想留李竟成住在自己家里，但竟成觉得不好，连声说道："不可！不可！我连夜赶回横山。"说着，加快步子走出大门口。赵声一直将竟成送到洗钵桥头，目送着李竟成沿着鸿溪河边的杨柳小道往东岳庙方向而去，直到他的身影消失在夜色中，赵声才匆匆回到天香阁。

　　赵蓉曾、严吟凤，还有两个弟弟、妹妹赵芬一齐迎上来。

　　赵声本来就身材高大，虎背熊腰，穿上崭新的新军军装，显得特别威武，气势不凡。

　　父亲赵蓉曾仔细地打量着赵声的军装，疑惑地问："你穿的是什么衣裳？"

　　赵声理了理军服，挺了挺胸膛，挺精神挺响亮地说："爸！新军的服装。"

　　"新军的服装？"赵蓉曾反复打量。他不了解新军，喃喃自语道。

　　严吟凤走上去，好奇地用手摸摸赵声平整的衣领。赵磬、赵馨也围上来，左看看，右瞧瞧，一脸羡慕。

"新军是清廷新组建的军队，威武着呢！"赵声有些自豪。他知道自己的父亲虽是教书先生，但挺关心国家的事，于是加了一句，"我到新军去，是为了宣传革命，动员新军，将来用朝廷的新军推翻朝廷。"

赵蓉曾听明白了，连说了三个字："好！好！好！"他拉了拉赵声的衣袖，关切地问，"你在新军干什么呀？"

"我在新军第九镇十七协三十三标二营，当管带了！"赵声自豪地笑笑说。

"管带？又管又带？又管又带多少人？"赵蓉曾问。

"一营人！"赵声回答。

"呵，责任不小，你可要管好带好啊！"赵蓉曾乐呵呵地关照着，又问，"那营上面是什么？"

"是标，标叫标统。"赵声答道。

"标统？就是统领一标的意思？"赵蓉曾兴致不减地向赵声打听、探讨着新军各级军官的官阶名称，"此次回乡可有公干？"

"有！"赵声答道，"这次我受新军委派，到家乡公干的。"

"是何公干？"

"为新军征兵。"

"回家乡征兵，我明白了，这是扩大你在新军的力量。"赵蓉曾一听就明白了儿子此次回乡征兵的意义。

赵声不答，只是笑笑。

赵蓉曾望着眼前挺拔的儿子，一股自豪感油然而生。儿子一心为国为民，始终为这个目标在努力。去日本考询军政，到新军当兵，特别前几年从日本回大港后，办起了"阅报书社""鸿溪阅报茶社""体育会""安港小学堂"，这都是在宣传教育青年，在培植为国为民奋斗的有生力量。儿子想得远呀！老父自叹不如。想到这里，赵蓉曾望望赵声的两个弟弟说："让大港、东乡的青年人去南京新军长长见识，学学本领！这样好呀！让赵磬、赵馨也跟你一起闯荡闯荡吧。"

"爸，我正想跟你说呢。"赵声听了爸爸的话，喜出望外。他没有想到父亲会这么迅速作出让两个儿子参军的决定，激动地说，"爸！谢谢你！"

"谢什么！"赵蓉曾把老二老三拉到赵声身边问，"你俩可愿意跟你大哥一起去南京当新军？"

"爸！我俩正想央告你，让我们跟大哥一起去当新军呢。"赵磬、赵馨齐声对父亲说。

这时，只见赵声的妹妹从后面挤过来，站在父亲面前，精神抖擞地仰起头说：

"爸，还有我呢。"说着，调皮地拉住赵蓉曾的手说，"你就护着哥哥，你帮我跟哥哥说说，我也要去！"

赵蓉曾见自己的小女儿也要去，说心里话，他是真的舍不得。自古男儿去当兵，哪有女子从军的。再说，自己就是再开明，也不能把子女全送去参军。赵蓉曾已决定老二、老三都去南京，跟着老大到新军去闯荡，现在说什么也不能再同意小女儿赵芬去。赵蓉曾拉着赵芬的手亲切地说："小芬，当兵你也想去？"

"我也想去！我也要去！"赵芬撒起了娇，小嘴嘟嘟囔囔地说个不停。

"那好，你也去。但得先问你大哥，可征女兵啊？"赵蓉曾见赵芬自告奋勇要当新军，不想扫她的兴，边说边笑，推了推赵芬，让她问哥哥。

"小妹，好，有志气，等新军招女兵了，我一定带你去。"赵声见赵芬如此气概，高兴地拍着赵芬的肩头说，"小妹，快快地长，快快地长！"

严吟凤在厨房里把饭弄好后，喊大家一起吃晚饭。见赵芬缠着赵声想去当兵，在一旁笑吟吟地说："小妹，快快地长，快快地长，长大后，征女兵，嫂嫂送你去！"

"大哥！看看，嫂嫂都说了，征女兵了，一定得让我去！"赵芬拉住哥哥的手非要让哥哥表态。

"好！一定！一定！"赵声连连点头。

"好！好！如果我年轻三十岁，我也随伯先去当新军，我们一家都去！"赵蓉曾乐呵呵地说着，突然想起来，晚饭还没有吃呢，"看，只顾当兵，晚饭也不吃了！吟凤来催大家了。快，赵芬，去给哥哥打盆水来，让你哥哥洗把脸，去去风尘。"

"先当个勤务兵吧！"赵芬的两个哥哥哈哈大笑。

赵芬倏地转身去打水。老大、老二拥着赵声往饭堂走去。

赵声突然想起来包袱里的南京桂花盐水鸭，转身对妻子严吟凤说："包袱里有盐水鸭，切一盘，让大家尝尝南京的特产。"

"知道了！"严吟凤又踅回身，来到天香阁。

一家人在欢声笑语中吃完晚饭。

夜晚。

赵声的寝室内，玻璃罩灯的灯花不停地吐着火舌，室内在柔和的灯光下显得十分温馨。赵声和严吟凤坐在床沿，好多话儿涌到嘴边，但不知从何说起。赵声想到李竟成、弟弟妹妹都想跟自己去南京参加新军，很是兴奋。他感到这一趟回乡没有白跑，对得起老同学陶骏保，更对得起统制徐绍桢。就在夫妻俩默默无语时，严吟凤从床沿上站起身，对赵声说："你这两个弟弟呀！跟你性子差不多，都想去外面闯荡！"

赵声对自己的两个弟弟自然十分理解，也掩饰不住几分自豪："都是赵氏后代，都是宋王子孙，当然都会争着去保卫国家的。"

"赵芬妹妹那么小也想去呢！"严吟凤稍顿后，接着说，"伯先，结过婚的，新军还征吗？"

"怎么？你也想当兵？"赵声听了，一脸的诧异。

"随夫当兵不行？"严吟凤反问道。

"新鲜事！新鲜事！"赵声哈哈大笑，边笑边从床沿上站起身，出其不意，亲热地在吟凤的脸颊上重重地吻了一下。

严吟凤害羞地一笑，嗔怪地说："跟你说正经事呢！"说着把赵声按坐在床沿间，"你不是一直说，保家卫国，人人有责吗？你不是说，位卑不能忘忧国吗？你不是说我们大港是抗金名将韩世忠战斗过的地方吗？"

"对啊！大港到现在还有许多地名与抗金名将韩世忠有关呢！韩桥、韩营、韩阙、营里，这些地方都是韩世忠的兵将战斗过的地方。"赵声自豪地说道。

严吟凤是个聪明的女子，夫妻俩的对话充满智慧：

"韩世忠在长江阻击金兵，打得金兵屁滚尿流！"

"韩世忠在金山一带长江江面上，打得勇猛！"

"是谁与韩世忠一起参加阻击金兵江上水师战斗、擂鼓助战？"

"梁红玉呗，谁不知道！"

"梁红玉是韩世忠什么人？"

"夫人。"

"夫人是男的，还是女的？"

"这还要问，女的呗！"

"那好，梁红玉能助夫作战，我难道不行？"

"行行！"赵声想不到妻子把自己套上了。他赶紧表态，"我不能违反军规，偕妻当兵。吟凤你等着，一有机会，我一定让你随我当兵。"

严吟凤伸出手掌，示意击掌为誓。赵声的手掌与吟凤的紧紧靠在一起，异口同声："好！一言为定！"

两双手紧紧地握在一起。都说，久别胜新婚，但赵声与严吟凤久别重逢，心思全花到当兵上去了。

灯熄了，两人沉浸在久别重逢的兴奋中。

286

月光洒进室内，到处朦朦胧胧一片。

赵声想不到父亲这么开明，想不到妻子这么支持自己，更想不到两个弟弟还有妹妹从军的愿望这么强烈。

第二天一早，赵磬、赵馨俨然已是赵声的兵，跟着赵声去了"阅书报社""鸿溪阅报茶社"。大港征兵点设在"阅书报社"和"鸿溪阅报茶社"。早晨8点多钟，大港东街、西街的店铺早已开张，街上人来人往，人声鼎沸。天香阁东边广场上的银杏树上，几只花喜鹊跳来蹦去，留下一片欢快的鸣叫。"阅书报社""鸿溪阅报茶社"刚打开门，"呼啦"一下子拥进来了好多当地青年。他们听到赵声回大港征兵的消息后，都早早地赶来打听消息。东乡一带的年轻人，谁不知道赵声的大名，谁不知道赵声文武双全，听说赵声回到大港的消息后，都想早点见到赵声。来到"阅书报社""鸿溪阅报茶社"后，他们如愿以偿，见到了赵声。赵声一身戎装出现在大家面前，十分威武。接着，赵声发表了动员青年参加新军报效祖国的演讲，这些青年人听得热血沸腾，个个跃跃欲试，纷纷举手表示要参加新军。

赵磬、赵馨早已带好纸笔，让大家登记报名，想不到愿意参军的青年人竟然排起了长队，完全出乎赵声预料。下午，赵声趁热打铁，又来到"安港小学堂""体育会"讲演，听的人没等赵声讲完，纷纷要求报名随赵声到新军去。赵磬、赵馨忙着登记，带来的新兵登记表很快就用完了。

一传十，十传百，大港附近十里八乡的青年人都知道，赵声回来招兵了。于是，越来越多的青年人络绎不绝地赶到大港。他们认准了一个理：赵蓉曾教出来的儿子不会错，跟着赵声去当兵不会错。

大路的青年在李竟成的动员下也纷纷赶来登记，跟赵声投军了！

赵声的两个弟弟跟哥哥投军，先当起了随从兵！

黄墟、辛丰的青年，如冷遹等赶来跟赵声当兵了！

宝堰、上党的青年，如阮德山等来报名登记！

丹徒县的青年来投赵声了！

丹阳县的青年来投赵声了！

镇江府辖的几个县的青年踊跃报名登记，投赵声而来！

赵声兴奋不已，感觉这般场面有点像当年项羽招募江东八千子弟的情景，真是江东子弟今犹在？众多才俊踊参军。

赵声回到大港招兵，整个镇江府都沸腾了。

四十二、练兵有方升标统

赵声回到家乡大港，一直处于高度兴奋状态。他没有想到家乡青年人参军的热情这么高涨。短短一个月时间，报名参加新军的青年近千人。这不是一个小数目。赵声心里盘算着，这一千人都是家乡的年轻人，虽然是报名参加新军，但都是冲着自己的名气来的。将来这近千名青年人到了新军，稍加训练，就会成为南京第九镇的中坚力量。终于有了一个大舞台，大舞台上有自己的"演员"了。想到这里，赵声为自己的革命事业发展顺利而暗暗自喜。他下决心要大干一场。

这次到家乡来征兵，虽然陶骏保很有信心，但统制徐绍桢只是抱着让自己试试看的心理同意。赵声决定先把第一批新兵带到南京，给统制徐绍桢一个惊喜。

造好花名册，与轮船码头商定了包船运兵的时间。

四月天，正是桃红柳绿的季节，到处飘着花儿的清香。

大港镇的东街西街拉起了大红的绸带，到处是欢送新兵入伍的标语，大街小巷里时不时会响起一阵阵鞭炮声。

上午九时。

早晨的太阳红彤彤的，江面上映上了红红的光亮。码头的堤岸边的杨柳在江风的吹动下悠悠晃动，鸟雀在翠绿的枝条形成的绿幕间跳来蹦去，留下叽叽喳喳的叫声。一茬一茬的人群沿着伸进江中的堤岸欢天喜地地走过来。码头附近的江面上停着一艘轮船，烟囱里冒着浓浓的黑色烟柱。轮机在轰鸣，江鸥在飞翔。江鸥的鸣叫声中不时传来一两声低沉的汽笛声。

赵声站在杨柳袅袅的堤岸边，有条不紊地指挥新兵走上跳板，跨上小木船。一艘一艘的小木船缓缓地驶向停在江面上的轮船。

堤岸上十分热闹，一派告别、送别，亲人勉励的动人场景。赵声看着一批批青年人登上木船，向江轮驶去，心中兴奋不已。他不停地跟送别的父老乡亲招手致意。大家知道自己的亲人是跟赵声去南京当兵，心中很踏实，脸上都露出了喜滋滋的笑容，个个都喜气洋洋。大家知道，这次赵蓉曾把自己的两个小儿子赵磬、赵馨都送去参军，看来送亲人跟赵声去新军没有错。

赵磐、赵馨随赵声从戎，家里人也赶到堤岸上送行。赵蓉曾、赵磐之妻殷汉晖、赵芬还有赵声的妻子严吟凤站在堤岸的开阔处，向正在指挥登船的赵声及众子弟们挥手告别。

江风阵阵，波涛声声。灿烂的阳光映红了春色一片的堤岸。赵蓉曾望着已经登上江中轮船的老二赵磐和老三赵馨，心中涌动着抑制不住的激动和兴奋。老二、老三跟老大一起去参军了，我们家天香阁内可是一门三新军。看着面前金灿灿的阳光下泛起金光的江面，赵蓉曾情不自禁地吟起自己即兴所作的诗《江干晚眺》：

> 何人高唱大江东，
> 铁板铜琶趁晚风。
> 暮霭初平潮又至，
> 圌峰仿佛画峰中。

披着朝阳，轮船鸣着沉闷的汽笛乘风破浪地往镇江、南京方向驶去。一群江鸥伴着轮机的轰鸣声在江轮的四周展翅飞翔，欢快的鸣叫声伴着江风传向远处的群山。

轮船到达南京下关码头，已是晚霞满天。赵声带着第一批应征当新军的士兵登上江岸，整理队伍后，行进在前往第九镇新军驻地的路上。一路上，赵声穿着笔挺的新军军服，气宇轩昂。赵声心中特别高兴。他出色地完成了同乡好友陶骏保和统制徐绍桢交给他的新军征兵任务。他打心眼里感到自豪。赵声对未来的动员新军充满了无限自信。

到了新军第九镇驻地，赵声随即赶到徐绍桢统制府复命。

赵声见到徐统制，"啪"的一个立正，敬了一个标准的军礼。不等徐绍桢说话，赵声递上此次回家乡征兵的新军花名册，说："这是第一批新军花名册，请统制过目。"

"辛苦了！"徐绍桢高兴地接过赵声递过来的花名册，一边翻看一边说，"啊！你这次回乡征兵出乎我的意料，第一批就征得这么多新兵，成绩颇丰嘛！"

赵声谦恭地应道："说明徐统制实行征兵之策，甚为正确。"

徐绍桢看着花名册，兴奋地笑了，语气中明显透出对赵声的夸赞："在南京新军第九镇所征的新兵中，镇江府投新军的青年最多了！难怪有人说，第九镇兵士中镇江人最多呢！赵声你辛苦了！"

"这是赵声应尽之责！"赵声笔直地站立在徐统制面前，爽朗地笑着答道。

徐绍桢掂掂手中的镇江府新兵第一批花名册，目光在赵声脸上扫了扫，不禁对眼前这位陶骏保介绍的新来的年轻人刮目相看。赵声这次回乡征兵取得如此卓著的成绩，看来当初小看赵声的能力和号召力了。一开始赵声提出回乡征兵时，自己还存在疑虑，现在看来是多虑了。赵声回乡征兵成功的经验很好。看来发动新军骨干回苏皖老家征兵是完全可行的。徐绍桢想到这些，对眼前赵声的才能很是欣赏。他决定对赵声这次征兵有功给予奖励。

徐绍桢当即握住赵声的手，宣布新的任命："赵声，鉴于你征兵有功，任命你为三十三标标统。"

赵声听了，先是一愣，随后"啪"的一个立正，向统制徐绍桢敬了一个标准的军礼，连声对徐绍桢说："谢谢统制器重！"

赵声离开统制府，心中的喜悦无法抑制。他高兴的是新兵的加入，使九镇兵士气象一振，上至标营、标统、管带，下至队排，官兵个个精神振奋，一派朝气蓬勃景象。自己也从管带升为标统，动员新军的平台更大了。下一步的关键是带好这支队伍。要带好这支队伍，自己的想法要变通地给徐统制汇报，要把自己的想法变成徐绍桢统制的想法，这样，自己在新军开展教育训练就顺理成章，理直气壮了。赵声计划着自己实现目标的策略，他心中有着自己的算盘。在一次徐绍桢统制召集的军官会议上，赵声提出训练新军的第一要义是养成士兵爱国思想。赵声认为精良的新式军队，除具备娴熟的军事技能外，还必须有爱国热情。官兵必须充满着革新、救国的精神，才能真正成为国家的栋梁。

赵声知道，这些观点如得到徐绍桢的肯定，接下来训练新军的工作就水到渠成了。当时，在军官大会上，赵声向徐绍桢敬了一个礼说："一定照徐统制的训示办！"赵声的话也是说给所有参会的军官听的。他担心自己的策略会被小人看破，更担心自己的主张会节外生枝。赵声已经走南闯北多年，到过不少新军队伍。他知道清廷对新军的思想控制十分严格。他这些策略其实来自清廷的《训练制略》。因为《训练制略》中强调了既"训兵"又"练兵"。赵声得到徐绍桢关于"训兵"强化的训示后，他可以在士兵中公开地进行军人精神教育，以养成士兵的革命思想。

为了大张旗鼓地开展"训兵"的精神教育，赵声砍出了三板斧，效果十分明显。第一板斧，在三十三标，赵声设立讲堂进行思想宣传。他成立官长与正副目（班长）讲堂，每天两次堂讲，还外设特别讲堂训练官兵，经常向士兵进行"精神讲话",借机灌输革命思想,在自己统领的三十三标内形成一个传播革命思想的氛围。第二板斧,赵声将自己在家乡办"阅书报社"的方法,带到了三十三标。他在三十三标营区内办起军中"阅书报社",让新军士兵有接触革命思想的机会,在常年的阅读、讨论中潜移默化,接受熏陶,增长知识,开阔眼界,接受新事物,接受革命思想,接受爱国救国的思想。第三板斧,营造军营爱国救国的文化氛围。赵声想到自己编写创作的《保国歌》曾经传遍了祖国的大江南北,鼓舞激发了无数仁人志士的爱国救国的激情。新军的官兵也需要通俗的文化歌曲,来凝聚人心,昂扬士气。赵声从《保国歌》中得到启发,充分发挥自己能文能武擅作诗词的特长,决定写一首新诗式的第九镇新军军歌。

夜深人静。

赵声坐在案前,苦思冥想。他知道写作新军军歌,既要充满激情,激发士兵官佐的革命热情,凝聚人心,又不能太露。太露了会引起徐绍桢统制的怀疑,尤其会引起两江总督以及清廷官吏的警觉。这里毕竟是第九镇新军,毕竟是朝廷的军队。赵声提笔在手,感到沉甸甸的,始终下不了笔。

窗外的夜色黑沉沉的。一阵一阵从不远处长江上吹来的夜风,把窗棂吹得咯咯咯响。透过窗玻璃,黑沉沉的夜空中隐隐约约可以看到远处钟山的轮廓线。一弯月牙像一条晶莹的小船在茫茫的夜色中悠悠地晃动,淡淡的月光与黑乎乎的夜色中和了,到处是朦朦胧胧的一片。窗外,除了阵阵的风声,不时还会传来一两声凄厉的猫头鹰的叫声,让人听了汗毛直竖。远处的江面上不时传来两声低沉的夜航轮船沉闷的笛声。

笛声低沉,在这寂静的深夜萦绕在赵声的耳畔。听到这沉重的笛声,赵声的眼前又浮现出家乡浩浩荡荡的江面上,一艘艘挂着各种洋人旗帜的轮船,行驶在自己国家的江面上肆无忌惮。许多打鱼的船往往因避让不及,而被撞碎撞沉。这些洋轮似乎什么也没有看到,若无其事地扬长而去。国土沦丧,国人在自己的土地上受洋人欺凌,这是什么样的政府?想到自己家乡的江面上洋船横行的场景,赵声的怒火在心中熊熊地燃烧起来。他紧紧地握着笔,刹那间有了灵感。这是一支朝廷驻扎在长江边的新军;这是一支朝廷驻扎在钟山下的新军;但这更是一支充满豪情、来自人民的子弟兵,尤其是不少来自自己家乡的子弟兵。一定要写出一首激发他们爱国热情,振奋他们革命士气,有第九镇驻地特色,又不让朝廷官吏生疑的充满激情的军歌。

子夜时分,远处寺庙的钟声悠悠扬扬地传过来。钟声撞击着赵声心中的梦想,灵感像火花一样在眼前迸发。赵声站起身,紧握着笔,笔锋在纸上飞舞起来:

散步散步江南道，

一幅画图位置英雄好。

钟山如龙城如虎，

长江匹练西北来环绕。

绿杨夹道杏满城，

锦绣江山锦绣何能较！

国家恩我恩无限，

生此带砺以慰我怀抱。

吾侪何以报国家？

愿将赤血染上青青草。

一气呵成。

赵声搁下手中的笔，目光在墨迹未干的宣纸上扫视，嘴中不停地轻轻地吟诵，吟诵到得意之处，手臂情不自禁地舞动起来。

窗外静悄悄的，依然是黑沉沉的一片。

第二天上午，赵声请了一位会歌谱的老乡，请他配上曲子。这位老乡接过赵声递上来的歌词，认真地读了一遍，连声赞叹好词。捧着赵声的歌词，这位老乡谦逊地说："这军歌歌词写得太激昂，太振奋人心，我这业余水平恐怕……"

"别谦虚！明晚送到我宿舍！"赵声打断这位老乡的话，果断地说，"请专业作曲家作曲没有时间。再说，我这写的词不也是业余的嘛！就你啦！"

第二天，吃过晚饭，赵声把两个在新军的弟弟约到自己的宿舍。赵磐、赵馨刚刚跨进赵声宿舍，还未坐定，就传来敲门声。

赵声示意两位弟弟坐到床沿，自己走到门口，打开门。一看是谱曲的老乡来了，很高兴，一边把老乡让进门，一边关门说："我就知道你谱曲快！这军歌要尽快地谱上曲子，要尽快地在三十三标的官兵中传唱起来，不但要在我们三十三标传唱，还要在九镇新军中传唱，要唱到全国新军中去。总之，通过歌声来鼓舞官兵的士气，激发官兵爱国救国的热情。"

赵声把谱曲的老乡引进宿舍，亲手给这位老乡倒了一杯茶说："今天，我把我在新军中的两个弟弟叫过来，我们弟兄三人当你的学生，听你教唱第九镇新军军歌。"

"好！我加了个班，急匆匆地谱的曲子，不一定合标统的意。"这位老乡很崇敬赵声，说话语气总是那么谦逊。

赵磬、赵馨一听大哥是让自己来学唱军歌，很开心，情不自禁地清起嗓子来，跃跃欲唱。

"我先唱一遍，请标统指正！"这位老乡说完，接着就亮开了喉咙：

"散步散步江南道，

一幅画图位置英雄好。"

"优美！"赵声轻声赞叹。

"钟山如龙城如虎，

长江匹练西北来环绕。"

"大山大江，气势磅礴！建议这里节奏感更强一些，这样更有气势。"赵声轻声地跟着哼道，边哼边建议。

"好！"这位老乡继续往下唱：

"绿杨夹道杏满城，

锦绣江山锦绣何能较！

国家恩我恩无限，

生此带砺以慰我怀抱。

吾侪何以报国家？

愿将赤血染上青青草。"

"谱的曲子很激昂，情景交融。建议后两句的曲谱音调再高昂一些。"赵声说完，朝两位弟弟招招手，示意他俩站起来，然后对老乡说："现在你当音乐老师，我们兄弟三个当你的学生，学唱九镇新军军歌！

这位老乡根据赵声的建议把曲谱稍作修改后，开始教唱。

"散步散步江南道，唱！"这位老乡唱完第一句，手一挥。

"散步散步江南道……"赵声兄弟三人放开嗓门齐声唱起来。嘹亮的歌声透过窗门缝隙传到空旷的操场上。

"一幅画图位置英雄好。唱！"这位老乡手又一挥。

赵声三兄弟齐声学唱。

简明晓畅、情景交融的军歌谱上旋律后，似插上了飞翔的翅膀，在赵声的宿舍里震荡起来，向空旷的窗门外飞翔：

"钟山如龙城如虎，

长江匹练西北来环绕。

绿杨夹道杏满城，

锦绣江山锦绣何能较！

国家恩我恩无限，

生此带砺以慰我怀抱。

…………"

歌声越唱越高昂。在操场上锻炼的士兵们听到这激昂的歌声，先是聆听，后被这优美的曲谱旋律和振奋人心的歌词所震撼，情不自禁地跟着哼起来。不少正在散步的士兵官佐，听到操场的官兵哼歌，也好奇地停下步子，情不自禁地跟着哼起来。大家越哼越有激情，循着歌声传来的方向，来到赵声的宿舍门口。

宿舍内歌声嘹亮，大家听明白了。标统赵声领着几个士兵正在练唱歌呢。

"吾侪何以报国家？

愿将赤血染上青青草。"

循着歌声而来的士兵官佐在赵声宿舍外面越聚越多，歌声高昂，很响亮：

"吾侪何以报国家？

愿将赤血染上青青草。"

赵声听到宿舍外也响起了歌声，而且这歌声越来越响亮。他示意谱曲的老乡停下来，走到门口，轻轻地把门打开一看，愣住了。门口足足围了几十个士兵官佐。他一看这架势，知道这首军歌吸引了大家，于是提议道："请大家一起来练唱九镇军歌！"

"好！"大家高声赞同。不少人拥进了赵声宿舍，还有不少人挤在门口窗边的小路上。

"大家静一静。"赵声朝大家挥挥手，"这首军歌歌词是我写的。曲子是这位老乡谱的。我们现在跟着这位老乡学唱，唱响出去！"说完，赵声朝老乡示意。

宿舍内外响起了高昂、有力、激情四溢的歌声：

"散步散步江南道，

一幅画图位置英雄好。

钟山如龙城如虎，

长江匹练西北来环绕。

…………"

军歌在九镇新军中传唱开来。

军歌，发挥着团结士兵鼓舞士兵的巨大力量。

九镇新军在嘹亮的军歌声中迈开"训军""练兵"的坚定步伐。

四十三、身先士卒

这些日子，赵声心情很舒畅。在广西新军运动处于低潮时，陶骏保的来信给了他一个新的平台。现在看来，九镇新军这个平台不仅大，而且很平稳。刚来到九镇新军不久，就回乡征兵。家乡青年人积极入伍的爱国热情出乎赵声的预料，征兵工作特别顺利。统制徐绍桢本来对初来乍到的赵声提出去家乡大港征兵的请求是有疑虑的。想不到这个文武双全的赵声真的是名不虚传，征兵工作取得了统制徐绍桢意想不到的效果。因赵声征兵有功，徐绍桢破格把他从管带提为标统，这给赵声提供了一个更大的平台。在新军的训练部署会上，赵声的建议又得到了统制徐绍桢的首肯，第九镇新军的官佐对赵声刮目相看。

赵声知道，说到要做到。训练一支思想觉悟高、军事能力强的新军不是为朝廷卖命，而是为朝廷培植一支强大的掘墓队伍。想到这里，赵声觉得"训兵"的三板斧必须见效。嘹亮的军歌已经在三十三标唱响，并已在其他的新军队伍中开始传唱。现在的首要任务，是要训练一支有真功夫、拉得出打得响的队伍。赵声心中盘算，这支队伍不少士兵官佐来自自己的家乡，是靠得住的力量。这支力量必须有过硬的军事技术，必须要文武兼备，以一当十，关键的时刻才能用得上。

赵声经常一个人在九镇的训练场上兜圈子。无论是阳光灿烂的中午，还是蒙蒙细雨的夜晚，赵声的身影总是出现在训练场上，一边散步，一边思考。清廷要求"练以精其技艺，增其材力"，把"应习教法"，分门教授，由浅及深，以实用易学为主。清廷还将《德国陆军操典入门》《西法类编》等书分发给新军各营，并"责成营官以时诵习，务期逐渐通晓"。其内容包括兵法、军器等。对清廷的这些训练方法，尤其国外的训练要领，赵声的态度是拿来为我所用，既要求军官熟知通晓这些基本规定，又严加训练，使其熟练地使用和掌握各种新式武器、技法、知识等。但赵声认为更要重视从严治军、严格军训。要在培养士兵官佐为革命艰苦奋斗的精神，提高战士们不畏艰险、吃苦耐劳的精神作风方面下功夫。赵声此刻的心中很清楚，再好的武器学会使用固然重要，但训练战士勇于吃苦、不避艰险、敢于打硬仗、冲锋在前、夺取胜利的素质更为重要。想到这里，赵声一边散步，一边情不自禁地哼起了新谱写的军歌：

> 绿杨夹道杏满城，
> 锦绣江山锦绣何能较！
> 国家恩我恩无限，
> 生此带砺以慰我怀抱。
> …………

赵声暗暗下定决心：军歌从三十三标唱响，严格操练也要从三十三标开始。

一系列的训练方式是清军《训练制略》上没有的。每天清晨，全体集合沿着军营外的江边大道跑步五公里。每次晨操，赵声总是走在最前面，跑完五公里回到军营，没有一个不大声喘气、汗流浃背的。三四天下来，不少官兵腰酸腿疼，想请假。但赵声给各管带、队、目下了死命令，跑不动也得跑，跑不动可以跑慢一点，但必须跑完五公里。赵声自己始终走在队列的最前列。一个星期过去了，两个星期过去了，不到一个月，三十三标竟然没有一个掉队的。因为他们心中有一个标杆，那就是他们的标统赵声。

操练列队，赵声增加了互相格斗的训练科目。一开始训练，不少士兵有怨言，说自己是来当兵扛枪的，不是来徒手格斗的。再说花这么大的苦功夫练拳术，不一定能练出功夫来。这些抱怨，赵声听在心里。

一天上午，三十三标的全体官兵在军训场上集合。赵声站在台前训话，他用手使劲地拍了拍胸脯说："有枪在手的时候多，还是无枪在手的时候多？"

"无枪在手的时候多！"

"无枪在手怎么办？难道你跟敌人说，你等我一下，我回去拿枪？"

轰的一声，操场上响起了一阵笑声。

赵声朝大家摆摆手说："静一静！我们任何时候都要有两手准备。要做到在赤手空拳时，也能打败敌人！"

操场上出现了嘈杂的议论声。赵声又拍拍胸脯说："没有过硬的功夫，岂不被敌人一拳打趴下？我们三十三标的官兵都要有强壮的体魄！虽不能以一当十，但至少也要以一当三！"

"向标统看齐！"操场上响起了雷鸣般的应答声。

"好！"赵声望着士气高昂的官兵，向前大跨了三步，又抬手朝自己的胸脯猛地拍了三下，大声说，"请大家自报，谁上来对着我的胸脯打三拳。放心，我不还手！"

操场上霎时间静了下来。对面站着的是我们三十三标的最高统帅，谁敢对他打三拳？万一把标统打伤或打死，上面怪罪下来，还活得了吗？大家你看看我，我看看你，谁也不说话。最后，大家的目光全部集中到赵声的胸前。

赵声朝队前队后扫了一眼，见大家心有疑虑，大声笑了笑说："放心！我是让你们看看人的耐力有多大。来！谁上来？"

这时，黑压压的队列中举起了一个粗壮的手臂。赵声一眼看过去，这位自告奋勇的士兵个子矮，夹在队伍中，看不清面孔。赵声朝举手的方向挥挥手，示意这名士兵到前面来。

大家全注视着这名士兵。这名士兵在众目睽睽之下快步走出队列，径直朝队列前面走过来。

赵声热情地迎上去。这名士兵个子不高，但粗短壮实，皮肤黑黝黝的，透出一股阳刚之气。赵声伸出手去，士兵先是立正敬礼，然后紧紧地握住标统赵声的手，怯生生地说："标统，我曾练过拳，你看……"

赵声握着这名士兵的手，使劲地晃晃，松开手说："你使劲对着我胸脯打三拳！"

"就打一拳！"这名士兵心里多少有些紧张，自己出拳打的可是标统大人。他心里担心，自己是练过拳脚的，这一拳打上去，谁知道赵标统功夫有多深呢，万一……这个士兵想了想，额头上竟然渗出了密密匝匝的细汗。

"三拳！"赵声一副满不在乎的样子，两腿叉开，双手舞了舞，使劲地运了运气。

三十三标全体官兵的目光聚集到赵声的身上。操场上静悄悄的，只听到操场边柳树上鸟儿叽叽喳喳的叫声。

赵声朝这名士兵示意，然后拍拍胸脯说："往这儿打！"

这名士兵站立在赵声面前，运了运气，伸出紧握拳头的右手，猛地收回来。操场上的官兵全都屏住呼吸，眼睛紧紧地盯着赵声和这名士兵。只见这名士兵收起拳头后，迅速往前"嗖"的一声，往赵声胸脯的右前方打了一记空拳。操场上的官兵失望地长舒一口气，大家清楚，从这名士兵方才出拳的速度看得出来，他也练过拳脚，要是这一拳真打到标统赵声的胸脯上，打出个三长两短，还不得吃不了兜着走。看来这名士兵心里胆怯，出拳时留了一手，只虚晃一枪，打了一记空拳。

这名士兵知道标统的良苦用心，他身体力行想告诉大家，练功的重要。但自己可不能打出麻烦来。一记空拳后，这名士兵立正敬礼，对赵声说："赵标统，我们明白武功的重要！放心，一定会苦练！"说着，掉头就往队伍里走去。

赵声大声吼道："立定！向后转！目标——赵声胸脯，三拳！"

这名士兵只好立定，向后转，来到赵声面前。他看着赵标统那刚毅的脸，有力起伏的厚实胸脯，心里有了底。这名士兵运足了气，啪的一拳，重重地打在赵声的胸脯上。赵声胸脯像有弹性似的收缩了一下，又弹挺出来，整个身子却像一堵砖墙似的一动不动。

操场上的官兵们吃惊得喊出了声。

赵声一动不动，命令这名士兵打第二拳、第三拳。三拳过后，赵声仍像一根木桩似的钉在那里，官兵们一片欢呼声。赵声笑笑，轻松一挥手："入列！"这名士兵敬佩地望了一眼赵声那刚毅的脸，自己的手震得发麻发疼，这三拳好像打在木桩上似的。他用崇敬的眼神望着赵声敬了一个军礼，转身返回队列。

重重的三拳，赢得了三十三标全体官兵发自内心的赞叹，也激发起大家刻苦练武的无限激情。没有苦中苦，哪来硬功夫。赵声胸脯上重重的三拳让三十三标官兵明白了这个道理。从此，无论在何种艰苦条件下开展训练，都没有一个士兵官佐喊苦叫累。

夏天的南京，一直有"长江沿线三大火炉之一"之称。炎炎七月，正值盛暑，烈日高照。整个南京城热气烘烘，地上发烫，桌凳发热，一丝风也没有，坐着一动不动也是一身汗。赵声认为，这样的暑天，是锤炼官兵意志、增强体魄的好时机，他下令，三十三标全标官兵苦练三伏。

烈日高照下的训练场上，一队队官兵扛着枪，挥汗如雨地完成一个个训练科目。操练队列，教授战术，互相格斗，在训练的队伍中，总会出现赵声的身影。格斗训练中，赵声不但亲自教授训练要领，而且把自己当成一名普通的士兵，给士兵当陪练。士兵们看到自己的标统这样吃苦，跟大家一起训练，一起流汗，再苦也不觉得苦，再累也不觉得累，官兵的军事素质不断提高。

赵声的军事训练不仅高强度、高难度，而且经常会出其不意。

盛夏的早晨。天刚发亮，天空布满了铅灰色的云彩，黑云越来越厚，越压越低。从不远处的江面吹来一阵紧似一阵的江风。赵声起床，走出门外。他朝不远处的天空一看，峰峦起伏的南山完全笼罩在黑沉沉的乌云之中。远处的天空中不时划过一两道蛇形闪电，不一会儿，闷热的空气中就传来一两声低沉的雷声。赵声知道，一场电闪雷鸣的暴风骤雨即将来临。赵声的脑海中忽然闪过一个念头：

这可是练兵的好机会。他当即命令勤务兵，传令部队紧急集合。

江风阵阵，雷声隆隆。

不到十分钟，三十三标全体官兵全副武装集中到训练场上。赵声站在队列前宣布命令，特训一天，科目是暴风雨中急行军，风雨中以营为单位完成各项训练科目，最后到孝陵卫一带野外演习。

赵声说完，手一挥："出发！"

一道闪电划过，随后是震耳欲聋的雷声，接着天空落下了雨点子。雨点子像黄豆粒似的砸到地上，越来越密。部队在暴风雨中走出营门，跑步出城，往东郊紫金山方向急速行军。

风声紧。

雨声急。

雷声大。

赵声仍然是走在队伍的前列。天空黑沉沉的，雨水像用面盆往地上倒似的。哗哗啦啦的雨声中不时响起一两声炸雷。就在这时，队伍中响起了嘹亮的军歌：

> 散步散步江南道，
> 一幅画图位置英雄好。
> 钟山如龙城如虎，
> 长江匹练西北来环绕。
> 绿杨夹道杏满城，
> 锦绣江山锦绣何能较！
> 国家恩我恩无限，
> 生此带砺以慰我怀抱。
> 吾侪何以报国家？
> 愿将赤血染上青青草。
> 散步散步江南道，
> ············

跑步出城到东郊野营拉练，风雨中演示训练科目，结束时，已是晌午时分。这时，风停雨住。大家经过风雨磨炼，肚子饿得咕咕叫。

野炊，吃饭。

下午按计划在孝陵卫一带完成了野外演习。

就在大家疲劳困乏，准备班师回营时，赵声在回驻地的途中安排拜谒明孝陵。赵声心中崇拜太祖朱元璋，在陆师、水师上学时，经常与同学结伴去游明故宫、明孝陵、孝陵卫，见其景象荒瑟，叹道："此我汉人英雄遗墓啊！今天如此荒凉，直觉得心头难受，泪涔涔下。"这刻，他决定利用拜谒明孝陵的机会，开展一次鼓舞士气保卫家园的教育。

赵声以标统的身份带领参加训练的官兵来到明孝陵前，沉痛地问大家："谁知道陵寝的主人是谁？"

士兵大都沉默。有少许回答，也大都不对，更说不出所以然来。

见此状况，赵声痛楚地对士兵们说："我们都是汉人。汉人都不应不知道此为何人之墓！"

沉静片刻，赵声大声演讲起来："这可是我汉人英雄遗墓啊。这个英雄就是朱元璋！现在，中华大地在腐败的清朝罪恶统治下，人民处在水深火热之中，我们怎么办？！"

部属们、士兵们心情沉重，目光一动不动地凝视着赵声刚毅的脸庞，一声不响地听着。

赵声的演讲很动人。他讲着讲着，由悲而愤，他为人民几百年中所受的苦难而痛心疾首，说到动情之处更是声泪俱下，令在场每个听他演讲的部属、士兵深受教育。赵声把一个青年演说家所具有的演说鼓动才能，发挥得淋漓尽致，让大家不能不感动，不能不动情，并在听他的演说中，不自觉地让心底的民族情感波涛澎湃起来。

不少官兵被感愤得失声痛哭。此时此刻，近一天的疲劳，已经到大家忍耐的极限，但听了赵声的演讲，官兵们却意气风发，队列整齐、纹丝不动。

赵声大声问道："新军士兵弟兄们，我们都是遭受蹂躏的亡国民，我们何以报前皇？"

军士们振臂齐声应道："唯标统令是从！"

东郊拉练，科目训练、野外演习，拜谒明孝陵，官兵们拖着疲劳的身躯，但怀着激愤的心情，唱着威武的九镇军歌，行进在返回驻地的路上。

军歌声声，响彻大地。

一天，九镇统制徐绍桢来到新军士兵训练场。徐统制登上紫金山麓，当他看到三十三标的练兵景象，为之一震。官兵的训练劲头十足，势如猛虎，统制徐绍桢激动地说："好啊！看起来，我九镇新军四个标中最训练有素，打起仗来能扎硬寨，打死仗者，唯赵声一人耳！"

赵声带的兵在三江地域名声大震，外界广泛评价九镇新军"精锐整肃，遂为江南冠"！

由于得到统制徐绍桢的夸赞，赵声的训练方法很快在九镇四个标中推广开来。赵声心里很高兴，高兴动员新军工作如此顺利。虽然严格训兵，但赵声十分关心士兵。他的薪俸大部分接济了士兵，谁家有困难，他就主动给谁家寄钱，周济军中弟兄。他与大家同甘共苦，一点不摆标统的谱。训练时身先士卒，与士兵们一起摸爬滚打，浑身汗水、泥巴。赵声的威信在广大官兵中不断增长。不到半年时间，由新征入伍组成的新军九镇三十三标及全镇各标中，一股新的风气在弥漫、普及，革命思想如阵阵新风在荡漾，深入人心。一个奇观出现在九镇新军，全镇士兵几乎都剪了辫子，对清朝统治做无声反抗。

赵声自从当上标统后，将大批跟随自己的革命青年安排到九镇新军的司令部、协、标、营、队中任职。柏文蔚被安排为三十三标前队队官，后升为管带；冷遹是赵声老乡，被安排为队官；李竟成这位赵声的同乡同学任宪兵队正目；林述庆任队官；熊成基、倪映典任炮排排长、队官。赵声还举荐林之夏、何遂、顾忠琛这些军校学员任新军各级军官。九镇新军中以赵声为中心，以中下级军官为主体的革命群体和一支跟随赵声的新军队伍，在悄悄地形成，并渐渐地壮大。这支队伍中官兵的政治、军事素质不断提高。赵声自信地认为：关键时刻一定能拉得出，打得响。

赵声看到九镇新军正向革命转化，推翻清廷帝制的信心越来越足。他的脑海中，时时出现孙中山先生的形象，赵声在心中盼望那座灯塔会出现在自己的眼前，到那时，中山先生的推翻帝制的起义队伍中会出现九镇新军这支队伍。每当想到这里，赵声常常情不自禁地哼起九镇军歌：

…………

吾侪何以报国家？

愿将赤血染上青青草。

四十四、玄武湖曙光

　　赵声等革命者在南京九镇新军中的革命活动异常活跃。赵声利用在九镇新军担任标统职务的便利，充分利用统制徐绍桢强军的迫切心理，采取灵活机动的策略，把训练新军革命思想与军事素质巧妙地结合起来，瞒天过海地动员新军，并成功地把自己的同乡、同学等一大批志同道合者安插到新军内部，担任各级要职。以赵声为中心的大批中下级军官对清王朝的腐败统治都极为不满，由此而自发产生了革命要求，并将新军中少数顽固地与革命为敌，愿意充当清王朝殉葬品的人员孤立起来。新军中的革命势力在悄悄地壮大。赵声看在眼里，喜在心里。

　　赵声的心胸是开阔的。他的目光不仅仅盯住九镇新军，他的目标是推翻清王朝的腐朽统治，拯救中华民众于水深火热之中。在南京动员新军中自己算是有主心骨，但放眼全中华，唯有自己心中的灯塔孙中山先生这个主心骨。在长沙，与黄兴重逢，俩人谈到推翻帝制需要有一座光芒万丈的灯塔，这座灯塔必须能照亮全国。如果说黄兴在长沙成立的华兴会是一座灯塔的话，那只能照亮华中地区；如果说自己也算是在新军中立起了一座灯塔的话，那只能照亮江淮大地。照亮全国的灯塔在哪里？在日本留学期间，在长沙与黄兴重逢的日子里，二人心中其实早已有了人选。他的名字叫孙中山，他就是点燃能照亮全国的那座灯塔的人。

　　孙中山的名字始终萦绕在赵声的耳畔。兴致勃勃地去日本考询军政，在去日本的海轮上，同乡柳诒徵已详细地介绍了孙中山先生的革命经历。孙中山已经多次尝试推翻清政府的武装起义，虽然都失败了，但已经为革命的成功积累了难得的经验和教训。中山先生那坚定的革命毅力，不怕牺牲的革命精神，就像那茫茫大海孤岛上的一座灯塔，放射出虽然微弱但是永不熄灭的光芒，始终引导着航船行进在波涛汹涌的正确航道上。赵声想见中山先生，想亲自聆听中山先生的教诲，但一年一年过去，始终没有机会，始终没能当面聆听先生指教。这已是赵声心中的一个梦，随着运动新军工作的顺利展开，随着九镇新军中官兵转向革命的速度越来越快，赵声更加迫切希望见到孙中山先生。

前些日子，赵声收到了黄兴寄来的一封密信。赵声读了信后，心中一直兴奋不已。黄兴已经将华兴会与孙中山的同盟会融为一体。孙中山先生在日本成立了同盟会，提出了"建立民国，平均地权"的革命政纲，还办起了同盟会机关刊物《民报》。同盟会就是中华大地上的一座灯塔，点亮灯塔的人就是孙中山。黄兴信中还告诉赵声，他在南京新军的革命活动已经引起了刚成立不久的中国同盟会的关注，中山先生非常重视九镇新军的革命活动。信中明确告诉赵声，不久将派人来南京与赵声接触，交流情况。

当年，赵声与黄兴在长沙重逢，后来赵声离开长沙北上投奔保定新军。离开长沙时，赵声与黄兴进行了一次长谈。黄兴对赵声北上投奔新军的决定表示理解和支持。黄兴当时将他在长沙进行革命活动的情况告诉赵声，计划"湖南首先发难，争取各省响应"。当时黄兴握着赵声的手说："伯先，待你投军后，一旦时机成熟，我们在南边，你在北边，正好与我们相互策应。"黄兴的话一直在自己的耳畔缭绕。赵声虽然在北投新军、河间秋操、广西运动新军中都遇到了挫折，但现在终于在南京九镇新军有了自己的大平台。赵声急切盼望着将中华大地上的反帝制力量汇合起来。现在黄兴来信了，赵声信心倍增，盼望着中国同盟会来人，盼望着与黄兴的密切联系。

一天下午，赵声正在操练场上指导士兵军训。一名军士急匆匆地朝赵声走过来，边走边扬手中的一页纸喊道："标统，你的电报！"说话间已经来到赵声面前。

赵声接过军士递过来的电报，扫了一眼，电报上的短短十个字吸引住赵声的眼球：

表兄来宁，春香茶楼，刻祥

看完电报，赵声满面笑容。这是黄兴从广东发来的电报。这封电报只有赵声能读懂。"刻祥"指的是克强，黄兴的字。表兄指中国同盟会的特派人员。最难理解的是春香茶楼。其实春香茶楼是南京玄武湖边的一座茶楼。赵声与黄兴长沙离别时约定，只要接到电报，会面具体时间就是接到电报这一周的周六上午九点半。电报上只有地址，外人是不知道具体时间的。读了这份电报，赵声心中的灯塔就要点亮了。他兴奋不已，算算日子，今天是星期二，还有四天，就可以见到中国同盟会的特派人员了，自己单枪匹马的奋斗历程就要画上句号了。

在去日本的海轮上，他的同乡柳诒徵就给他详细介绍了中国同盟会，介绍了中国同盟会的创始人孙中山先生，打那时起，赵声心中就亮起了一座灯塔。

中国同盟会简称同盟会，是由孙中山领导和组织的以海外中国人为主的一个全国性的革命政党，是中华大地上第一个领导中国人民推翻清廷统治的革命团体。这是中国第一个全国性的资产阶级革命政党。孙中山被推举为总理，黄兴等任庶务。中国同盟会除制定了《军政府宣言》《中国同盟会总章》和《革命方略》外，还决定在国内外建立支部和分会，联络华侨、会党和新军，成为全国性的革命组织。同盟会还将华兴会机关刊物改组成同盟会机关刊物《民报》。《民报》在发刊词中首次提出"三民主义"学说，并与梁启超、康有为等改良派激烈论战。

赵声等人有声有色的新军革命活动引起了刚成立不久的中国同盟会的注意。孙中山、黄兴都非常重视赵声深入九镇新军开展的革命工作，尤其是对赵声带领同乡同学同志打入新军，并担任各级官职的举动特别欣赏，都认为赵声在南京运作的九镇新军是一支不可多得的革命力量。黄兴对赵声在南京九镇的革命活动作了高度评价，他对孙中山汇报时说："以南京新军官佐赵声、倪映典……皆富革命思想，使潜蓄之势力，扩张稳固，当可大举。"为了扩展革命力量，孙中山与黄兴商定，决定从日本派员赴宁，联系赵声，在南京等地大力发展同盟会会员。为了保密，黄兴除写信给赵声外，还由在广东的同盟会支部以自己的名义发密电给赵声。

赵声盼望早日见到同盟会特派人员的心情很迫切。这几天，赵声掐着指头算日子。急切的等待中到了星期六，赵声起了个大早，借口跑步锻炼，离开了军营。大约8点半光景，赵声就赶到了玄武湖公园的大门口。

南京玄武湖公园大门口的左边，有几家打着洋伞的小铺子。赵声来到卖面条的摊子上，坐定之后，点了一碗鸭汤面，边吃边思索：同盟会的特派人员是谁呢？

按照秘密约定的联络方式，在春香茶楼大门口对暗号。赵声边吃面条，边回忆暗号的关键词。

时令已是深秋。玄武湖公园门口比较空旷，不远处有几棵高大的槐树，树叶被深秋的风吹得发黄。有一棵大槐树估计已有上百年，树干一人抱不过来，高高的树冠上栖息着不少鸟儿，不时传来一阵阵的鸟鸣声。深秋的风从玄武湖畔吹过来，赵声已经明显感觉到了凉意。赵声看看手表，刚过9点，时间还宽裕。赵声常和同乡同学逛玄武湖，知道春香茶楼就在玄武湖畔，离大门口不远。赵声慢慢地品尝着南京独特的鸭汤面，边吃边等。他扫视着四周，目光最终凝聚到玄武湖边的明城墙上。

赵声一边品尝着南京的鸭汤面，一边欣赏沿着玄武湖畔蜿蜒耸立的南京明城墙。这是朱元璋的杰作，赵声崇拜朱元璋，对朱元璋修建的继我国秦长城之后的又一历史奇观也很有研究。这是世界最长的城垣，高十四至二十一米，它的基宽十四米，顶宽七米，规模恢宏雄壮，屹立在钟灵毓秀的南京山水之间，是世界闻名的名胜古迹。南京明城墙有十三个城门，能攻能守，是古代保卫国家和城市的重要防御设施，每个城门都是那么的雄伟和壮观。赵声吃完鸭汤面，走进公园大门，沿着玄武湖畔的石板小路往春香茶楼走过去。

春香茶楼离大门口不远。赵声进了公园，没走多远，就看到了牌坊似的茶楼店招。"春香茶楼"四个金黄色的楷书在早晨阳光映照下熠熠生辉。玄武湖湖面宽阔，微风一吹，波光闪闪。靠湖岸的芦苇、菖蒲的叶子已经焦黄，湖水清澈见底。有些芦苇、菖蒲的叶子断垂在水中，螺蛳栖息在浸入湖水里的叶片上，仔细观察，还能看到螺蛳在叶片上缓缓地移动。水草青青，在清亮的湖水中悠悠地晃动，不时会游来一两条小鱼，啄食着嫩嫩的草头。赵声抬头望望不远处的明城墙，感觉一下子回到了六百多年前的南京。再低头望一望无垠的玄武湖，走在湖边的砖头小道上，不知不觉，赵声来到了春香茶楼的大门口。

赵声站住，看看手表，离9点半还差5分。他伫立在茶楼大门口左边的台阶上，朝不远的路上不停地张望。

这时，春香茶楼门前的路上走来一位年轻人。来人个头不太高，戴着一顶瓜皮帽，穿着长褂，手里拿着一本厚厚的书。到了茶楼的大门口，在右边的台阶上站住，也不时地东张西望。

赵声一愣，这一定是同盟会来宁接洽的特派人员，完全符合秘商的接头约定：来接头的人站在茶楼右边台阶上，手里拿一本厚书，迎接的人空手，站立在左边的台阶上。作出判断后，赵声根据约定，朝那人挥挥手，走过去问："你找人吗？"

"不找人！我等人！"那人有意翻开书。

赵声见来人翻开书，更加确定此人是同盟会派来的，于是继续按照约定对暗号。他轻松地笑笑说："等谁呀？"

"桃花！"那人声音不高，但语气坚决。

"我是桃花的妹妹梨花！"赵声脱口说道。

那人一听，满脸兴奋，伸出手紧紧地握住赵声的手说："你就是标统赵声？"

"我是赵声！"赵声握着来人的手连晃了三下，松开手，"你是……"

没等赵声说下去，那人拉着赵声的胳膊往春香茶楼楼梯走过去，边走边说：

"我是孙中山先生派来的。我叫吴旸谷。"

说着，两人并肩上了二楼，来到玄武厅雅间，坐定后，店小二进来泡上一壶茶，端上一盘瓜子、一盘点心后招呼："客人请慢用！"说完，轻轻地掩上门，往楼下走去，笃笃笃的脚步声由近至远。

赵声站起身，打开掩着的门，朝两边张望了几眼，又关上门，对吴旸谷说："一路辛苦了！"说着，指了指茶杯，"先喝茶。"

赵声坐下来，也端起茶杯，只是轻轻地呷了一口，目光盯着吴旸谷的脸，嘴里轻轻念叨：吴旸谷！吴旸谷！

赵声听说过眼前这特派员吴旸谷。虽然没有谋面，但他知道这位特派员也是一位天不怕、地不怕的反清勇士。他想起来了，听黄兴介绍过。吴旸谷是中国同盟会筹建人之一。光绪九年（1883年）生，少年读书时即邀集同窗组织自强会。光绪三十年（1904年）去上海，与蔡元培等创办青年学社，编《警钟日报》宣传推翻帝制，宣传民主共和，曾因与万福华等谋刺卖国官吏王之春被捕入狱。后来流亡日本，参加了孙中山领导的同盟会的筹备和成立大会。想到这里，赵声怀着崇敬的心情端起茶杯，以茶代酒："欢迎吴先生！相见恨晚！相见恨晚！"

"久仰大名！久仰大名！"吴旸谷端起茶杯呷了一口说，"你文武双全！中山先生、黄兴先生都敬佩你！特派我来学习！"

"不敢！不敢！"赵声站起身，谦恭地点点头。

窗外，秋色满湖。灿烂的阳光透过玻璃窗，把雅间映得特别明亮。赵声与吴旸谷敞开心扉，热情地交谈起来。吴旸谷首先向赵声介绍同盟会成立的情况及同盟会提出的革命政纲。

赵声对同盟会提出的革命政纲十分赞同。他竖起大拇指说："太好了！这十六个字，高度概括！建立民国，建立人民自己的国家，是中华民族梦寐以求的理想啊！"说到这里，赵声信心满满地又说，"这民主、民权、民生，比光讲民族大义又进了一大步，我们一定要好好地学习，遵照实行。"

吴旸谷一边听着赵声热情洋溢的赞叹，一边从随身的大口袋里掏出一本杂志递到赵声手里说："这是同盟会机关报《民报》。"

赵声伸出双手接过吴旸谷递过来的《民报》，迫不及待地翻看几页。

吴旸谷指着《民报》说："《民报》内容丰富，反映了同盟会的政纲、策略、行动、思想。现在发行量已达到数万份。"

赵声边翻边激动地说："一定认真地拜读。"

赵声端起茶壶，给吴旸谷续上水，朝门口张望了几眼，压低声音问吴旸谷：

"吴先生，我可以参加同盟会吗？"

"可以。孙中山先生这次让我回来，就是要我找到你，他要你一起参加同盟会。"吴旸谷郑重地对赵声说。

"克强他好吗？"赵声关心地问。

"好！克强十分关心你呢。"吴旸谷停了停，接着说，"总理孙中山和黄兴等都十分关心你在新军第九镇的革命活动，并寄予厚望。克强是这么评价你的：'使潜蓄之势力，扩张稳固，当可大举'。"

赵声谦逊地摆摆手，此时，他的心思全放在同盟会上。有孙中山的坚强领导，清朝政权一定会被推翻，赵声不但自己想加入同盟会，他还想到了那些志同道合的战友。他试探地问吴旸谷："除了我，还可以介绍其他人加入吗？"

"可以呀！欢迎啊！《中国同盟会总章》就规定会员有'实行本会宗旨，扩充势力，介绍同志之责任'呢。"吴旸谷紧握着赵声的手，高兴地说，"还有哪些同志，你可以介绍，抄个名单给我。"

"要不，你定个时间，我通知他们集中一下，与你见个面，你与大家说说日本的情况，说说同盟会。"赵声提议道。

"好！我们一起，把长江流域同盟会成立起来。"吴旸谷高兴地站起身，对赵声说，"时间定下来，我就告诉你。"

"好！我等消息！"赵声也站起身，与吴旸谷的手紧紧地握在一起。

赵声把吴旸谷送到春香茶楼门口，目送着，一直到看不见他的背影。

灿烂的阳光洒满了玄武湖，满湖金光闪闪。和煦的秋风带着桂花的清香一阵一阵地飘过来。赵声送走吴旸谷后，也离开春香茶楼，心情愉悦地出了玄武湖公园大门，消失在人车熙攘的大街上。

四十五、入盟宣誓

在玄武湖春香茶楼，与中国同盟会从日本来的特派人员吴旸谷会面后，赵声很激动，这些日子，他的心情一直处于兴奋状态。赵声运作九镇新军已经取得了重大进展，在这关键时刻，中山先生、克强先生新成立的中国同盟会十分关注赵声在南京九镇新军的革命活动，不但同意他加入同盟会，而且同意他的同学同乡同志都加入同盟会，并准备成立中国同盟会分支机构——长江流域同盟会。令赵声兴奋的是，自己终于靠上了推翻清廷的大航船，已经看到了心中灯塔的光芒。

这些日子，赵声很忙。宿舍里、酒楼内、操场上，他利用一切空余时间，与同乡、同学、同志们聚会，及时传达中国同盟会的指令，筹备成立长江流域同盟会。在军营外的沿江大道上，不时会看到赵声与同乡、同学边散步边热情交谈的身影。他不分昼夜，联络同乡同学，把中国同盟会派人来宁，以及中国同盟会对大家敞开入会大门的好消息与大家分享。他更焦急地等待着吴旸谷这位特派人员的通知。赵声急切地盼望着举行入盟仪式，急切盼望着中国同盟会的分支机构——长江流域同盟会成立的这个庄严时刻。

终于，赵声等到了吴旸谷的通知，明确了长江流域同盟会成立的时间和地点。赵声迅速秘密地通知大家，聚会地点是鸡鸣寺的"豁蒙楼"。

选择在南京鸡鸣寺内召开入盟宣誓仪式及长江流域同盟会成立大会，赵声感觉很有寓意。"雄鸡一唱天下白"这句名诗在赵声的脑海中缭绕。不管吴先生是有意还是无意，把密会地点选择在鸡鸣寺，这都是一个好兆头。腐败无能的清朝政府统治的中国，人民处于水深火热之中，祖国大地就像笼罩在一片黑茫茫的夜色中。现在，中国同盟会就像大海中的灯塔，照耀着茫茫夜色中轮船航行的方向。推翻清廷统治，中国大地就会露出喜人的曙光。中国同盟会的成立，长江流域同盟会的成立就如黎明前的雄鸡报晓，黎明的曙光就要照亮中国苍苍茫茫的大地。

赵声已经三进三出南京。在南京授馆、读书、从军，对南京的山山水水、名寺名庵比较熟悉。他知道，鸡鸣寺不仅名字好听，而且是个秀丽迷人的地方，是个文化底蕴厚实的地方。

集山、水、林、寺于一体的鸡鸣寺，环境十分幽雅，风光无限秀美。鸡鸣寺位于鸡笼山东麓山阜上，是南京最古老的梵刹之一。鸡笼山背湖临城，满山浓荫绿树，翠色浮空，山清水秀，风景绚丽。鸡鸣寺所在地在三国时代属吴国后苑。西晋永康元年（300年），始创道场。南朝梁普通八年（527年），梁武帝在鸡鸣埭兴建同泰寺，才使这里真正成为佛教圣地。整个同泰寺依皇家规制而建，规模宏大，金碧辉煌，盛极一时，无愧于"南朝四百八十寺"首刹之誉。明洪武二十年（1387年），在同泰寺故址兴建寺院，尽拆故宇旧屋，加以拓展扩建，题额为"鸡鸣寺"。后经宣德、成化年间的扩建和弘治年间为时六年的大修，寺院规模扩大到占地一百余亩，常住寺僧有百余人。寺院依山而建，别具风格，共建有殿堂楼阁、亭台房宇三十余座，远远望去，俨然一座华丽祇园。

清朝康熙年间，鸡鸣寺曾进行过两次大修，并改建了山门。康熙皇帝南巡时，曾登临寺院，为这座古刹题书了"古鸡鸣寺"大字匾额。乾隆十五年（1751年），地方官为了迎接皇帝和太后南巡，又重建了凭虚阁，作为驻跸行宫，乾隆也为这座古寺题写了匾额和楹联。清咸丰年间，鸡鸣寺毁于兵火。同年间重修，仅有房屋十余间，中间是小院，前面是正殿。同治六年（1867年），募资修建了观音楼，楼内供着普度众生、大慈大悲的观音菩萨。有趣的是鸡鸣寺的观音与众不同，为一尊倒坐观音菩萨像（面朝北而望），佛龛上的楹联道明原因："问菩萨为何倒坐，叹众生不肯回头。"因此鸡鸣寺又称观音阁、观音楼。光绪二十年（1894年），两江总督张之洞又将殿后经堂改建为"豁蒙楼"，并手书匾额。

今天的豁蒙楼内，气氛庄严，还有点新奇。通往豁蒙楼的两条小道树木成荫，道口各有一个青年人，看似若无其事地在翻看杂志，不时用眼睛的余光四处张望。

早晨9点，小道上的游客多起来。这些游客行色匆匆，进了豁蒙楼后，再也不见出来。原来，走进豁蒙楼的"游客"，都是赵声请来参加秘密会议的。小道口的两个年轻人是为这次长江流域同盟会成立的秘密会议望风的。

会场设在豁蒙楼的楼上大堂里，临时摆放了长条桌和椅子，窗帘拉得严严实实。会场上，吴旸谷坐在朝南的位置上，赵声在吴旸谷的左手坐下来，顺着赵声坐着的是柏文蔚、倪映典、林述庆、林之夏、冷遹、伍崇仁、李竟成、陶骏保等第九镇军官以及南京水师、陆师、师范等校革命同志数十人。大家一个个神情严肃，脸上却掩饰不住心中的喜悦，严肃的神情中透出一种自信，泛着希望的光泽。

鸡鸣寺的钟声敲响了，悠扬的钟声传到会议室，在大家的耳畔悠悠地鸣响。赵声看了看表，目光扫视了一下全场，见来参加会议的同志已全部到齐，便清了清嗓子，用胳膊碰了碰身旁的吴旸谷说："吴先生，开始吧！"

吴旸谷严肃地朝会场扫视了一眼，也用胳膊碰了碰赵声的胳膊肘，轻轻地朝赵声点了点头。

赵声从座位上站起来，指了指身边的吴旸谷，热情地向大家介绍说："这是中国同盟会总部特派到南京来的吴旸谷先生！大家欢迎！"

会议室响起了雷鸣般的掌声。

吴旸谷站起来，欠欠身，礼貌地朝大家微笑着点点头。

欢快的掌声经久不息，几只燕子随着掌声绕梁盘旋。赵声朝大家摆摆手，示意大家安静下来，然后端起茶杯喝了一口，继续介绍说："这位吴先生是柏文蔚的同乡。这次是奉中国同盟会总理孙文先生指令，由日本东渡回国，首先找到他安徽老乡柏文蔚。"说到这里，赵声用手指了指柏文蔚，"柏文蔚先生是我们的老同事了。"

柏文蔚听到赵声提到自己的名字，也站起来，微笑地朝大家点点头。

赵声朝柏文蔚点了点头继续介绍："吴先生和柏先生他们都是创立'岳王会'的志同道合者。'岳王会'效仿民族英雄岳飞'精忠报国'也。后来，吴旸谷先生又找到了我。他告诉我，中国同盟会在日本成立了。吴先生说，是中山先生、黄兴派他回来与我们联络的。孙总理他们知道我们九镇新军的情况，关心着我们呢。下面，我们以热烈的掌声欢迎吴同志给我们讲讲中国同盟会成立的情况和这次回国的任务。"

吴旸谷先生在大家的热烈掌声中站起身，一边鼓掌，一边朝大家点头示意。待掌声平息，他开始向大家介绍"同盟会"。他讲了中国同盟会在日本成立的经过；讲了同盟会提出"建立民国，平均地权"的革命政纲和民族、民权、民生这三民主义；他还讲了孙文在中国人民大众中越来越高的威信。中国同盟会成立后，中华大地有了一个领导中国人民推翻清廷统治的革命团体，全国革命形势发展迅猛。说到这里，吴旸谷兴奋地引用了孙文描绘的同盟会成立之后革命的发展情况。此时，会场上鸦雀无声，所有人的目光都盯着吴旸谷，一个个全神贯注。吴旸谷竟一口气把孙文的描绘一字不差地背了出来："及乙巳之秋集合全国英俊而成立革命同盟会于东京之日，吾始信革命大业可及身而成矣，于是乃敢定中华民国之名称，而公布于党员，使之各回本省鼓吹革命主义而传播中华革命之思想焉。不期年而加盟者已逾万人，支部则先后成立于各省，从此革命风潮一日千丈，其进步之速，有出人意表矣。"

与会的每个人，脸上都浮现出激奋的笑容。大家都被同盟会成立之后的迅猛发展所鼓舞，不少人听到精彩之处还下意识地握紧了拳头。

会场上传出了窃窃私语：

"不限条件吧？我们能不能加入？"

"我们拥护同盟会政纲！"

"建立民国，平均地权！"

"早知道，就早加入了！"

…………

待吴旸谷话语稍停顿，喝水时，有性急的已上前问："我们今天就能入会？"

"能！能！"吴旸谷先生郑重地对大家说，"你们不但可以加入同盟会，而且今天就可以加入。赵声先生已经向我表达过大家要加入同盟会的心愿。告诉大家，我这次回来的主要任务就是在国内大力发展同盟会会员，成立同盟会组织的……"说到这里，吴先生表情严肃，语气认真地说，"入会也要有牺牲准备。同盟会成立之后，全国各地革命力量迅速发展，已经引起朝廷的惊恐。我们每一个准备入会的同志都要有思想准备。"

吴旸谷先生的话音未落，会场上许多人已纷纷表态：

"推翻清廷，虽死犹荣！"

"拯救中华，虽死犹荣！"

"算我一个！"

"我志愿入会！"

"算我一个！"

"还有我！"

"我也算上！"

赵声见大家加入中国同盟会的心情如此迫切，而且一副不怕牺牲的勇敢态度，便对吴旸谷说："我看这样吧，今天我们各位在座的集体加入中国同盟会。后面还有人要加入的，再由大家去联系。你看，好不好？"

"行！今天来参加会议的同志全部加入。"吴旸谷兴奋地表态。

"那我们也要有个仪式啊！"赵声指了指吴旸谷说，"吴先生，你主持！"

吴旸谷想了想，觉得也好，便说："我来主持。我看就学中山、黄兴他们在日本的入会方式举行仪式。"

"日本是什么方式？"赵声和参会的同志纷纷急切询问。

吴旸谷向大家介绍了孙文、黄兴等人在日本举行的加入同盟会的仪式。吴旸谷眉头微微皱起，似乎在回忆。他朝大家摆摆手说："我记得是这样的。当时黄兴提议……"

赵声迫不及待地打断吴旸谷的话："提议什么？"

吴旸谷说："黄兴当时提议赞成入会者要立约。"

"立约？"与会者全都感到新奇，几乎是脱口而出。

吴旸谷解释说："立誓约就是盟书。孙中山当即赞成，并亲自起草了盟书。"

"盟书的内容是什么？"赵声问

吴旸谷挠了挠头说："我想想。"

赵声把目光落到吴旸谷的脸上，他迫切想知道盟书的内容。

吴旸谷想了想接着说："是这样一些内容。"他说着，掏出钢笔，从公文包里拿出纸，在纸上写着盟书格式。

不少人好奇地站起身，围过来。随着吴旸谷书写内容，大家轻声地念着。

吴旸谷写完，放下钢笔，赵声催问："后来呢？"

吴旸谷想了想说："后来很简单。与会者纷纷缮写签署盟书，再进入另一小房间内，由孙中山领导各人同举右手向天宣誓，然后教以各种暗号和秘密口号。"

"宣誓毕，"吴旸谷接着说，"孙中山向会员们祝贺道：'为君等庆贺，自今日起君等已非清朝人矣！'大家又推黄兴、陈天华、马君武、程家柽、汪兆铭、蒋尊簋等起草会章，待成立同盟会时提出讨论。"

"行！就这样。"赵声全明白了，站起来大声说，"我们也学他们那样。各人先缮写签署盟书，然后由吴同志领我们向天宣誓。我看，吴同志为主盟人，我赵声做介绍人，大家说好不好？"

"好！"大家异口同声。

接着，赵声第一个缮写签署盟书，然后来到隔壁房间，由吴旸谷领导同举右手向天宣誓。

柏文蔚、倪映典、林述庆、林之夏、冷遹、伍崇仁、李竟成、陶骏保等参会人员分四批宣誓，并由吴旸谷交代各种暗号和秘密口号。

南京城内，鸡鸣山上，豁家楼内，第一批长江流域同盟会会员入盟宣誓仪式庄严举行，气氛热烈。宣誓声激越高昂，声音虽然不大，但都那么雄浑、有力，如闷雷隆隆地在豁家楼潜行滚过。

与会者的脸上都显露出自信的笑容。吴旸谷也学着中山先生，祝贺大家。并当场宣布，长江流域同盟会今天成立，待会后向中国同盟会总部呈报批准。

豁家楼内又响起了一阵经久不息的掌声。

最后，吴旸谷示意大家坐下来，然后说："长江流域同盟会成立了，请大家推举个盟主。"

没等吴旸谷说完，与会者齐声叫出："赵声！赵声！"

会议室又一次响起了经久不息的掌声，掌声像滚滚春雷在长江流域的天空中震响。

从此，长江流域同盟会成立了！由赵声担任盟主的长江流域同盟会，在中国同盟会的直接领导下，积极动员新军，在长江流域暗中积蓄革命的武装力量。

长江流域的革命活动风起云涌。

四十六、冷静应对端方

　　大批志同道合的革命志士加入了中国同盟会，长江流域同盟会也宣告成立，赵声被大家一致推选为长江流域同盟会盟主。从此，赵声领导新军、培植武装力量的行动进入快车道。他就像一艘在茫茫大海中航行的轮船看到了灯塔。

　　鸡鸣寺豁家楼会议之后不久，赵声又组织召开了长江流域同盟会工作会议，吴旸谷应邀参加了会议。会上，吴旸谷告诉大家，中国同盟会已经批准了长江流域同盟会成立的报告，不久，同盟会总部就会将印信及委任状邮寄到南京。

　　听到这个好消息，大家深受鼓舞。

　　会上，经商量，决定在鼓楼之东某宅建立秘密革命机关，作为长江流域同盟会办公地点，将玄武湖的湖神庙作为会议地点。会上还决定派卢镜寰为联络员，与孙中山先生保持日常联系。在以孙中山为首的同盟会领导下，以赵声为核心的长江流域同盟会正常运转起来，革命组织得以加强，新军的革命化改造也取得了显著成绩。在此基础上，赵声以长江流域同盟会盟主身份与南京社会各界，尤其是各学堂的有志之士进行了广泛联络，大力发展同盟会会员，扩展同盟会组织。遵照中山先生的指示，赵声等人还在新军中设立俱乐部，作为联络苏、皖、赣各省起义的机关。长江流域同盟会成立后，活动开展得如火如荼，加入同盟会的人络绎不绝。不久，在召开的长江流域同盟会机关会议上，赵声作出决定，待时机成熟时，在长江下游首先发动起义，作为推翻清政权，推翻帝制，建立共和的革命根据地。大家一致同意这个决定。安徽创建新军，赵声又派吴旸谷回安徽参加新军三十一混成协，让吴旸谷打入安徽新军，做好安徽新军士兵官佐的宣传发动工作，以便与南京九镇新军相呼应。

　　在第九镇任职半年，特别是长江流域同盟会成立之后，赵声领导的长江流域革命势力推进神速，各地革命党人愿意受其指挥的竟达到两万人以上。就在赵声雄心勃勃地准备伺机发动武装起义，建立江南根据地的关键时刻，赵声的死对头满人端方又被朝廷派回南京，重任两江总督。

听到这个消息，赵声大吃一惊，但很快冷静下来。他知道自己现在受中国同盟会领导，是长江流域同盟会的盟主，肩上的担子越来越重，任何疏忽大意，任何草率决策都会给中国革命带来不可估量的损失。他想到了孙中山、想到了黄兴老兄，于是迅速写了一封密信，将端方来宁重任两江总督的消息报告给同盟会总部，并请求指示。

此时，赵声心中已有了应对端方的策略：以不变应万变。

端方，咸丰十一年（1861年）生，满洲正白旗人，号陶斋。满族姓托忒克氏，字午桥。光绪八年（1882年）中举人，捐员外郎，后迁候补郎中。一度支持戊戌变法，但在变法失败后又受到荣禄和李莲英的保护，未受株连。光绪二十四年（1898年）任直隶霸昌道。不久清廷在北京创办农工商局，将其召回主持局务。端方趁此机会上《劝善歌》，受到慈禧赏识，被赐三品顶戴。此后，端方出任陕西按察使、布政使，并代理陕西巡抚。光绪二十六年（1900年），八国联军占领北京，慈禧和光绪帝出逃陕西。端方因接驾有功，调任河南布政使，旋升任湖北巡抚。光绪二十八年（1902年），代理湖广总督。光绪三十年（1904年），代任两江总督。之后，他调任湖南巡抚。在此期间，端方鼓励学子出洋留学，被誉为开明人士。

光绪三十一年（1905年），端方被召回北京，升任闽浙总督，未及上任，便被派遣了更为重要的任务。9月24日，清政府受立宪运动影响，派端方等五大臣出使西方考察宪政，预备制定宪法。五大臣出发之日，革命党人吴樾以自杀式炸弹，在正阳门火车站行刺，致使启程之日推迟，徐世昌、绍英也被李盛铎和尚其亨顶替。12月7日，端方和戴鸿慈秘密出发，率领正式团员三十三人，从秦皇岛乘海圻号军舰赴上海，于12月19日下午转乘美国邮轮赴日本。戴、端一行历访日本、美国、英国、法国、德国、丹麦、瑞典、挪威、奥地利、俄国十国，于次年8月回国。回国之后，端方总结成果，上《请定国是以安大计折》，力主以日本明治维新为学习蓝本，尽快制定宪法。端方还献上自己所编的《欧美政治要义》，后世认为此乃中国立宪运动的重要著作。回国之后，光绪三十二年（1906年）8月，端方出任两江总督兼南洋通商大臣。这年，端方四十五岁，长赵声二十岁。

赵声听到端方来南京任两江总督的消息，心中感叹，这个端方跟自己真是冤家路窄，自己的好友吴樾一直想暗杀的，并为此献身的"五大臣"之一端方，竟来到南京，当上自己的顶头上司。想到志同道合的好友吴樾为暗杀端方而英勇献身，赵声对端方的恨就不打一处来。但此时的赵声已不是过去的赵声了，他已是九镇新军标统，是长江流域同盟会的盟主，是有大任在肩的领导者。虽然，满脸豪气的好友吴樾那坚定的话语时常回响在自己的耳畔，但他知道光靠暗杀图一时痛快是干不了大事的。杀了端方，还有歪方、斜方来当两江总督，推翻清廷才是最大的目标。赵声时时刻刻提醒自己冷静，他心里明白：冲动是魔鬼。在北京与吴樾相见时，他虽然赞赏吴樾的献身精神，但并不赞成暗杀。

夜色深沉，赵声躺在床上，想到吴樾为行刺端方等大臣而壮烈牺牲的情景，心情久久不能平静。吴樾与自己会面时曾谈到行刺五大臣之事，赵声虽然劝阻吴樾暗杀，但他佩服吴樾，赵声发誓一定完成吴樾未竟的事业。他想起吴樾的无畏牺牲精神，就想到著名革命党人、鉴湖女侠秋瑾怀着沉痛的心情，写的《吊吴烈士樾》的诗。端方即将来到南京任职，怎么办？替吴樾报仇，暗杀他，还是以不变应万变，顾全大局？赵声怀着极其复杂的心情，情不自禁地吟咏起来：

> 皖中志士名吴樾，
> 百炼钢肠如火热。
> 报仇直以酬祖宗，
> 杀贼计先除羽翼。
> 爆裂同拼歼贼臣，
> 男儿爱国已忘身。
> 可怜懵懵天竟瞽，
> 致使英雄志未伸。
> 电传噩耗风潮竦，
> 同志相顾皆色动。
> 打破从前奴隶关，
> 惊回大地繁华梦。
> 死殉同胞剩血痕，
> 我今痛苦为招魂。
> 前仆后继人应在，
> 如君不愧轩辕孙。

赵声咏诵着革命党人秋瑾的《吊吴烈士樾》这首诗，吴樾大义凛然的形象在赵声的心目中越来越高大，赵声下决心要完成吴樾未竟的事业。但不是简单的冲动，而是必须周密计划，确保成功。端方来了，这是报仇的好机会，但必须冷静，必须以静制动，寻找时机。只有找准时机，才能击中要害，才能确保推翻清廷帝制目标的完成。

弯弯的月儿挂在窗外不远处的山峰上，房间里满是淡淡的月光。到处静静的，赵声躺在床上，辗转难眠。想到吴樾，赵声就热血沸腾，想到即将到来的冤家端方，赵声就怒火中烧。但此时的赵声，经过这些年苦苦寻找革命之路的曲折和艰难，慢慢变得成熟了。他心中的目标越来越明确。激愤的心情在窗外透进来的淡淡的月色映照下，渐渐地平静下来。

窗外，墙角里边叫不出名字的秋虫吱吱地叫。

大地一片寂静。突然，"咚！咚！咚！"传来三声轻响。赵声仔细一听，是敲门的声音。他感到纳闷：夜深人静，谁来找我呀？一定有急事，一定是好友，否则，这么晚了……赵声赶紧坐起身，迅速穿好衣服，下了床，直往大门而去。

"咚！咚！咚！"又传来三声轻轻的敲门声。赵声估计来人急了，又敲起门来。赵声三步并作两步跨到门前，拉开插门，"吱呀"一声打开门，警觉地问道："谁呀？"

"孙铭。"来人一边答话，一边往门里走，边走边说，"赵声老弟，夜深人静，打搅了！"

赵声把孙铭让进屋内，迅速关上门，拉上插门。孙铭是熟人，也是志同道合者，现任新军第九镇十七协协统，是赵声的顶头上司。赵声恭敬地朝孙协统摆了一下手，吃惊地说："孙协统，怎敢劳驾你亲自来，你该让军士传个令，唤我去才对。"

孙铭拉过赵声来到室内，声音很低也挺神秘："赵标统，知道吗？端方来南京了？"

赵声低声回答道："我也是刚刚才听说。"说完，赵声给孙铭让座，张罗着倒茶。

孙协统连连摆手："天不早了，说个事就走。"说着，与赵声紧挨身站着，挺神秘地问赵声，"端方你知道其人否？"

赵声摇了摇头说："不甚知晓。孙协统，你了解端方这个人？"

孙铭压低声音对赵声说："此人凶残狡猾，是个杀人之枭。"

赵声认真地听着，目光在孙铭脸上扫了扫没有吱声。

孙铭沉着声继续说："此人来南京，对运动新军不利！恐怕很多事儿会被他搅黄。"

赵声点点头："我知道当前南京新军革命势头很猛，但此人一来，恐怕会遭遇挫折。"说到这里，赵声握紧了拳头，"兵来将挡！水来土掩！"

孙铭压低声音："就怕夜长梦多！"

"你想……"

赵声的话被孙铭打断："赵标统，先下手为强。俟端方接印时，即狙杀之，以起义。"

赵声听了孙铭的话一愣："你想在端方到任时，我们在现场将他击毙？"

孙铭迅速回答："就是这个意思！既除一封疆大吏，同时又可趁机起义！"

赵声用吃惊的目光望望孙铭说："起义？是的，我们同盟会是做过决定——在时机成熟时，在长江下游首先起义。"赵声思索着，目光透过窗玻璃，望着窗外远处月牙淡淡的光芒映衬下的起伏山峦，心中疑惑地说，"孙协统，这个时候起义能行吗？"

"行。正是时候。"孙铭充满信心地挥挥手。

赵声望着窗外朦胧的山峦，沉默了。他没有作声，他在思索。他的心里也恨不得一枪毙了这个十恶不赦的端方。他想到吴樾，想到吴樾未竟的事业，如何不想借机除了这个冤家。但赵声心里明白，起义的时机尚未成熟，杀了端方，清廷会迅速派来刘方、李方。自己是长江流域的盟主，必须从大局考虑，必须把事情做稳妥，必须注意行事策略。

孙铭见赵声不表态，只是沉默着，着了急，使劲地催促赵声："先发制人，贵在主动。赵声，你是长江流域同盟会的盟主，你快拿主意啊！"

赵声仍然沉默着，思索着，异常冷静。

赵声把孙铭送出大门，他注视着孙铭渐渐远去的背影，望着山峰上的月牙。月光淡淡的，山峦一片朦胧。回到房间，赵声躺在床上，思考着，矛盾着，分析着……他睡不着，在床上翻过来覆过去，心中纠结万分……

除掉端方，趁机起义。八个字说起来容易，但做起来不是那么简单的事。许多问题在赵声的脑海中翻腾着：

论私仇，为吴樾报仇，此时确是送上门的时机，应该趁端方来南京之际，先发制人，把端方除掉。可除掉端方，能否就此举行起义？就是举行起义，能否达到"创立民国，平均地权"的大目标？这是值得深思的呀！

这个时机，是不是起义最佳时机？此时举行起义，能不能成功？或者说起义成功的把握有多大？很难得到肯定的答案。一旦起义失败，长江流域，尤其是江淮、江浙一带的大好形势就将失去。何况还要看目前起义准备工作做得怎么样。的确，长江流域革命形势风起云涌；是的，长江流域同盟会，尤其是南京地区同盟会的队伍在不断壮大，九镇新军中已聚集了相当多的革命力量，但皖、赣方面还未准备好、联络好。南京这边一动手，皖、赣能否联动，这恐怕要冷静思考，绝不能贸然行事，因小失大。

必须从全局考虑。赵声思考问题全面、冷静。他知道站得高，才能看得远；看得远，才能看得全面。赵声想到了起义的地域联动，驻南京的其他清军。不光是新军九镇，还有巡防水师军舰，这方面也未能完全争取过来。如果单靠新军九镇发动起义，恐怕会孤掌难鸣。

武器弹药的问题是新军九镇决定起义的关键。一旦决定武装起义，武器弹药怎么保证？假如武器弹药不充足，仓促起义是难以维持的，更不能持久。

…………

赵声的脑海里翻腾着发动起义必须考虑的问题。此时的赵声，经过实践斗争磨炼和这几年走过的曲折、艰难的历程，成长起来了，变得成熟了。他曾在见吴樾时劝告吴樾，纵然冒着生命的危险，杀掉一两个贵族，还有其他人来替代，暗杀并不能解决革命的根本问题。再则，准备不足、猝然举事、贸然行动，是很难取得革命成功的，犯急性病凭一时兴起，只会举事快，失败也快，对反清推翻帝制、建立共和的远大目标不利。赵声不停地告诫自己，此时，需要冷静，需要积蓄力量，需要等待时机。

赵声在激烈的思索中进入梦乡。

第二天，赵声吃过早饭，赶紧去拜会孙铭。赵声担心孙铭按不住性子，像吴樾那样闹出暗杀端方的事情来。真那样，惊动朝廷，局势就不可收拾了，近一年来的努力又要付之东流了。赵声到处找孙铭，却没有见到。

终于，在训练场的东北角，一棵大槐树下，赵声看到孙铭正站在树下练静功。他估计孙铭也是一边练静功，一边在思考对付端方的事。赵声赶紧走过去，打了个招呼，随即压低嗓门，对孙铭说了杀端方和此时起义的困难和不利因素。

孙铭笔挺站着，微闭双目，边听边思索。

早晨的秋风吹到身上已经很凉了。孙铭似乎打了寒战，腿微微一抖，睁开眼睛对赵声道："继续说。"

赵声明白，孙铭此刻的心情一定十分复杂。他昨天连夜赶到自己宿舍，和盘托出自己的想法，但没有得到自己的响应。赵声知道，在孙铭的眼里，自己是个文武双全的军人，血气方刚，而且是长江流域同盟会的盟主，是决定武装起义的主要策划者。想不到昨天把自己的想法告诉自己后，竟然没有反响，这完全出乎孙铭的意料。赵声估计孙铭嘴上不说，心中却误会了。孙铭的心里，会不会以为自己胆怯？以为自己贪生怕死？孙铭心里一定很失望。想到这里，赵声接着往下说："孙协统，你的心情我理解，我的心情与你一样，恨不得立即杀了端方。但杀端方容易，举旗起义并不那么简单。"

孙铭甩甩手臂，长长地呼出一口气，挺认真地说："我从你宿舍回来后，想了一夜。我想，起义确实不是杀一个人，而是要杀一大批腐败官吏，是要推翻清廷统治，这必须从长计议。"说到这里，孙铭呼吸了一口新鲜空气，"这不，一早就到这里练静功，其实在思考……"

赵声听了孙铭的话，悬着的心放了下来。他和孙铭沿操场边的小路一边走一边说："发动起义，必须与皖、赣的同志联系好。非俟苏、皖、赣运动成功不可。否则，光在南京起义，孤立无响应必败，同时还要联络南京镇兵以外的军队，同时并起，方足以举大事。"

孙铭一边走一边点头："有道理！有道理！"

赵声接着说："要是仓促起义，苏、皖、赣三省不能联动响应，就形不成强大的合力，结果……"

"结果会怎样？"孙铭打断赵声的话。

赵声沉稳地说："起义失败的可能性大，成功的可能性小，举事若不成，反破坏了我们九镇新军未来的起义计划，过早地暴露我们同盟会的力量。仓促起义只能演一汉人与汉人相斗之恶剧耳。孙协统，你说呢？"

孙铭被赵声的分析完全说服，点点头说："赵声，你说得有道理。"

赵声说服了孙铭，又去说服同盟会中与孙铭有同样想法的人，特别是新军中的重要骨干陶骏保、李竟成、柏文蔚、倪映典等，赵声一一与他们交流心中的想法，分析当前的形势。大家都十分赞成赵声的分析，为赵声的深思熟虑所信服，夸赞赵声谋事看得全面，全局把握得准。大家都打心底里拥护赵声的决策，创造时机，积蓄力量，要行为必"急谋苏、皖、赣，约同发难"，以求一举成功。

同盟会骨干的思想高度统一起来，赵声放心了。

赵声在南京沉着地等待着端方的到来。

四十七、军警摩擦

秋阳高照，瓜果飘香。

训练场上，九镇新军三十三标的官兵正在操练，喊杀声直冲云霄。

赵声在训练场上巡察，不时走到队列中，纠正官兵不到位的细微动作。阵阵秋风吹过，带来丝丝寒气，赵声看到操场上新军热火朝天的训练场面，心中飘起一丝丝欣慰的祥云。赵声想到端方即将来宁，心里头这丝丝祥云又随着带着寒气的风儿往远方飘去。这些日子，赵声的心中一直不平静，不知道端方何日到任，更不知道今后的路究竟有多坎坷。就在这时，传令兵来到操场上，啪地向赵声敬了一个军礼说："端方总督传召九镇各官长，请你们上午10时赶到总督官署。"

赵声回礼说："知道！"

赵声骑马赶到两江总督官署，三十四标标统陶骏保、骑兵营管带李玉春迎面走来。见赵声下马，赶紧走上去，把赵声拉到一边问："你也是来见总督端方的吧？"

"刚接到通知。"赵声估计陶骏保、李玉春也是来见端方的，赶紧询问情况。他知道陶骏保已经从前正参谋升为三十四标标统了，跟自己一样，都是带兵的。端方这个人生性多疑，他拉了拉陶骏保的胳膊，赶紧打听传见情况。

陶骏保坦率地说："赵声，端方这人还挺和气，讲话时间不久，竟然把我收为他徒弟。"

"收你为徒？"赵声有些不相信自己的耳朵，重复了一下。

"对！收我为徒。"陶骏保不以为意地说。

站在一旁的骑兵营管带李玉春也说："你放心去吧！这人挺和气。他见我身材魁梧，拍拍我肩，要我好好带兵练兵。"

赵声提醒陶骏保和李玉春："端方诡计多端，别被假象迷惑！"说着，大步往总督府大门走去。

"放心！"身后传来陶骏保、李玉春响亮的应答。

赵声在总督马弁的引导下来到端方面前。赵声目光注视着端方，先行撇刀礼。端方故作色变，装得有些吃惊地说："尔敢怀叵测耶？"赵声并未被吓唬住，从容对曰："军人以服从为天职！今天我见大帅施撇刀礼，此乃东西各国习见之仪也。"

端方也注视着赵声，他见赵声气度不凡，眉宇间洋溢着军人的成熟和轩昂，不由得一愣，但很快镇定下来，摆出威严，连声说："哦！哦！我在国外见过，我在国外见过。好！好！"随即，端方问：

"你叫赵声？"

"赵声。字伯先。"

"今年多大？"

"二十六了！"

"听说文武双全？"

"不敢不敢！"

"听说练兵有方？"

"为朝廷效力！"

"好！好！"

"听从总督指挥！"

端方对赵声坚定的应答声留下了深刻的印象。

赵声从端方办公室出来，回忆方才端方的简短问话，总觉得端方话中有话。反正自己已经做好了应对的准备，以静制动，灵活应变。

端方是个生性多疑、诡计多端、心狠手辣之人。他一到南京，就传见九镇新军各官长，他注意到了赵声。虽然赵声及同盟会的其他会员都对端方恨之入骨，但在赵声劝说下并没有采取行动。端方来宁后，彼此相安无事。但端方并不是没有动作，而是千方百计到处打探情况。

有奸人向端方密报，说赵声有反骨，在北极阁的演说直指朝廷；还说赵声纵容火焚后湖神座，毁掉曾国藩塑像，并诬指赵声为乱者后台。端方听后，怨恨、忌惮，也十分吃惊。听了这些密报，想到赵声智勇双全，端方感觉后背直冒凉气，一阵阵紧张。私下发狠说，三十三标皆革命党人，应用炮轰之。

端方来宁不久，就盯上了三十三标，盯上了赵声。

赵声也早有思想准备，准备与端方较劲过招。

三牌楼附近发生的军警纷争，就让端方与赵声暗中交上了手。

三十三标新标房在三牌楼的建筑落成，新军士兵们忙着搬家迁入新营房，这引起南京城中组建不久的警察的注意，这些警察都是清军巡防营淘汰下来的老弱残兵。当时，组建的新军是清廷未来的主力军，因而营房、待遇都很好。这些淘汰下来当了警察的老兵看到自己的待遇与新军士兵相比，差了一大截。当警察的还住着旧营房，设施落后。他们新军倒挺神气，搬进了新盖的营房。这些巡防营淘汰下来的老弱病残警察心理上很不平衡，看新军总是不顺眼。现在，三十三标又要搬进新标房，这些警员心理更加失衡，看到新军士兵兴高采烈地搬家，处处设置麻烦，经常产生矛盾。最近，在搬运家具时，不知为了一点什么事，新军士兵与警察又当街争吵起来。新军士兵认为新军的事应该由宪兵来管，与警察无关，轮不到警察管。越吵越激烈，双方竟然动起手来。

警察认为三牌楼地界属他们管辖，新军三十三标士兵搬家必须遵守他们地界的交通规矩，并理直气壮地喝令新军士兵照他们指定线路搬运。新军士兵也不是吃素的，与警察推搡起来。一名警察手疾眼快，冲到新军士兵面前，粗暴地想扯掉新军士兵的佩徽，目的是"用作罪证"。新军士兵不让扯，一拉一闪，一推一搡，双方便扭打起来。"呜、呜、呜"，警笛长鸣，警察纷纷赶来，集合了数十名。而新军士兵也闻讯聚集到发生冲突的路口。双方剑拔弩张，相持不下。

警察与新军士兵发生冲突的消息很快传到端方那里。端方一听是三十三标的士兵，心里一个"咯噔"，赵声带的这些新军士兵胆子真大，竟敢与警察打起来。老谋深算的端方一皱眉头，心生一计，让赵声去弹压，看他怎么处理。于是，端方吩咐手下给徐绍桢发电："新军士兵太不像话，打起了警察，快去弹压！"

总督人人端方的指令，徐绍桢不敢懈怠。这么棘手的问题，派谁去现场处理呢？徐绍桢首先想到了赵声。他派赵声去是因为他知道赵声有这个能力，而三十三标又是赵声带的队伍，他在士兵中有威望。正当徐绍桢思考派谁去现场处理时，端方又派人来了。来人向徐绍桢统制传来了端方的直接命令："让赵声去处置！"

徐绍桢并不知道端方派赵声去的深意。他认为自己与端方大人想到一块儿去了，便手书一纸令，派传令兵快马送给赵声。

赵声也已听到警察与士兵发生纠纷的消息，接到命令，二话没说，大步出门，飞身上马，直往出事地点三牌楼赶去。

马蹄嗒嗒。赵声一边策马飞奔，一边思考：怎么派谁去弹压，还要端方指派？端方派专人传令徐绍桢，指名让自己去弹压，是何用意？赵声皱了皱眉头，心里忽然明白了什么，挥起马鞭，往马屁股上抽了一鞭子。快马飞奔起来，耳边的风飕飕地吹过，他心中很急，发生冲突的士兵是自己的属下，端方派自己去处置，用意恶毒，必须尽快赶到出事地点，将事态平息，绝不能让端方抓住把柄。

　　"嘚嘚嘚"的马蹄声在街上急促地响起来，路上的行人纷纷朝两边避去。很快就到了三牌楼附近，新军士兵听到马蹄声响，循声望去，只见一匹枣红马由远及近，赵声威武地坐在马上飞奔而来，大家忽地一下闪开。赵声收住奔马，飞身一跃，朝新军士兵与警察之间一横，大声喊道："新军弟兄们，我们是新式陆军，要严守纪律。现在整队，听我口令……"

　　看到赵声标统，现场的新军士兵立即安静下来。此刻，赵声在新军中的影响力显现出来。按照赵声的口令，新军士兵列队向后转，往前齐步走了一百米，停了下来。警察看到新军士兵主动退出，自感没趣也往后退去。双方脱离了接触，一场军警摩擦事件很快平息下来。

　　新军士兵虽然服从赵声的口令退了一百米，站成一队，但有一些士兵嘴里嘟哝着："不能就这么算了，这事得分个谁是谁非。"

　　"赵标统，我们是看你面子，你得为我们做主呀！"

　　赵声翻身上马，挥着手说："是非，肯定是要分的。孰是孰非，听候裁判。现在的任务是听从我的命令迅速归队。"

　　"立正！向左转！目标——标营！"赵声大着嗓门下了命令，骑马走在队伍的前面。

　　新军士兵紧随赵声马后，以急行军的速度，一路小跑往标营而去。

　　当晚，统制徐绍桢带着赵声去总督府复命。一场军警冲突，一触即发的事件让赵声平息了，这大大出乎端方的意料。他原来估摸着赵声去处理现场，肯定会沉不住气。赵声一冲动，肯定会带着现场的新军士兵狠狠地把警察教训一番，事件肯定闹大，甚至会一发而不可收拾。这样，端方可以名正言顺地派宪兵去弹压，并以聚众斗殴打伤警察之名逮捕赵声，让赵声吃个哑巴亏。但这个赵声并没有按自己的思路出牌，来了个反其道而行。端方望着眼前充满得意的徐绍桢统制和沉着的赵声，没了口实，肚子里的如意算盘落了空，心中说不出的懊恼。但端方毕竟见过大世面，有城府，他脸上带着微笑，当着徐绍桢的面夸赞赵声："处事及时！应该嘉奖！"

　　"属下应尽之力！"赵声从总督端方脸上那不自然的笑容中看出了他的尴尬。但赵声藏而不露，威严地朝总督敬了个礼，"请总督训示！"

　　貌似皆大欢喜，但事情并没有结束。

　　军警冲突事件过去不到十天，又有大批的新军士兵闹事了。他们一哄出了标营大门，上了街，在街上看到警察就打，从鼓楼到下关一带，将警士卡棚全部捣毁了。警察也不甘示弱，大打出手，军警互有伤亡，街上乱哄哄一片，秩序大乱。一场本已经平息的军警冲突事件，陡生更大风波。事情越闹越大，全城惶然。

见此状况，端方也仓皇失措了。他害怕事情闹大，传到京城对自己的宝座不利，便下令徐绍桢赶快制止，赶快处理。徐绍桢接到指令，立即想到赵声。他赶紧派传令兵通知赵声立即赶赴事件现场，稳定士兵情绪，带回上街的士兵。

赵声接到命令，感到事情发生得十分蹊跷。本已平息的军警冲突事件怎么会突然又闹起来了，而且闹得更加厉害？导火索是什么？他一了解才知道，新军的两名士兵，竟被总督府以闹事扰乱地方秩序罪逮捕并枪决了。新军士兵咽不下这口恶气，上街闹事报复。

赵声心里有数了。原来事出有因，这个端方真是诡计多端，上次让自己去处理军警闹事，没有中他的计，不肯善罢甘休，还在做文章整新军，矛头还是针对自己。事情紧急，一时也理不出头绪，平息风波要紧。赵声策马迅速赶到现场。这时，新军与警察已被双方派出的弹压队隔开，处于对峙状态。新军士兵仍然情绪激动，怒气冲天。

赵声翻身下马，走到新军士兵的面前，态度十分诚恳地说："我奉徐统制之命，前来带兄弟们回去，有事回去处理，向徐统制报告。"

新军士兵见到自己的领导，纷纷嚷起来：

"为什么要杀我们新军弟兄？"

"为什么袒护警士？"

"我们要为平白无故被杀的两个弟兄报仇！"

"报仇！"

"报仇！"

新军士兵愤怒的呼喊声一浪高过一浪。赵声面带悲痛地对新军士兵说："我赵声也为新军两个兄弟悲痛，我们一定会为亡者申冤！"

新军士兵愤愤不平："赵标统，你说孰是孰非，听候裁判。结果怎么还没裁判，就先杀了我们两个弟兄？！"

虽然已怀疑这个事件中有阴谋，但赵声继续给新军士兵做工作："弟兄们，我也是疑惑不解，怎么会是这等结果呢？"

"你一点不知道？"一个士兵有些惊讶地问。

"真的不知道！"赵声大声说，"我一定会把事情弄明白，给大家一个交代，请弟兄们放心。"

这时，一名新军士兵走到赵声身旁，低声地说："你知道吗？副标统说的是大帅要我们去督署领赏，结果却是去送命，白白送了两个兄弟的命啊！"

赵声一听，愣了一下，全明白了。这个副标统是端方手下红人，一定是与端方串通使了诡计。赵声以肯定的口气对新军士兵说："这里面肯定有人要了诡计。大家放心，我回去立即向徐绍桢统制报告，或者大家派代表和我一起去禀报。"

"标统，你要为我们做主啊！"

赵声告慰大家："此冤不申，我将无颜见诸位兄弟。"说到这里，赵声郑重承诺，"我定负责为亡者申冤！"

"我们指望你了！"士兵们大声地说。

赵声神情庄重，握着的拳头有力地往下一劈说："士兵人命关天，岂能等闲视之！走，我们整队回营。"

赵声的诚恳打动了新军士兵。他们又一次随赵声回到标营。

赵声意识到，事关性命，而且里面肯定还有阴谋。将士兵带回标营后，赵声直奔徐统制新军第九镇司令部。

来到徐统制办公处，赵声立即报告了情况。徐绍桢起身上前问："上街闹事的士兵全回标营了？"

"统制大人，全回标营了！"赵声明确地回答。

徐统制心中的一块石头落了下来，他舒了一口气说："伯先，此事辛苦你了！我知道非你出马不成！"

"应该的！唯统制马首是瞻！"赵声接着徐统制的话，神情严肃地说，"新军兄弟人是回标营了，但心结还在！"

"什么心结？"徐统制一听，又绷紧了神经，唯恐又节外生枝，倏地紧张地趋前问道。

"此事的起因是新军死了两个兄弟。"赵声详细地禀报，"新军士兵不服气，为什么两个兄弟到了督署，却平白无故地送了性命？他们是要为弟兄申冤。我在现场已经表了态：此冤不申，我将无颜见诸兄弟。"

"这事有些蹊跷。"徐绍桢不解地思忖着，"为什么不让我们新军处置，而是大帅直接下令？"

赵声把新军士兵说的情况向徐绍桢做了汇报。一个副标统说是大帅要奖励新军士兵，让大家跟他去领赏。结果到了督署不但没有被奖赏，反而以扰乱地方秩序罪抓了两个去领赏的兄弟，并立即处死。这出戏真奇怪，诳士兵去送命是谁的主意？这副标统想干什么？

徐绍桢听了，沉思着："怪事！真是怪事！难道是大帅指使副标统搞的骗局？"

"大帅要治谁的罪，只要发个话就行了。不像！不太像！"赵声摇了摇头，分析着说，"徐统制，我们假想，只是假想一下：会不会那个副标统是大帅的红人呢？他如果想向大帅邀功，又想讨好警察，以严惩士兵为名，加害于士兵，用士兵的鲜血去染红他的顶戴。"

"分析得有道理。肯定是这个副标统使坏，要不怎么会以领赏为名，骗士兵去大帅府送命呢！"徐统制点点头，赞同赵声的分析，生气地说，"我去当面问大帅，究竟怎么回事？"

"要告诉大帅，新军士兵要为亡者申冤报仇呢！"赵声支持徐统制的做法，认真地说，"这事处理不好，士兵会闹出更大的风波。传到朝廷去，对谁都不好！"赵声特意加了警告的口吻。

赵声等待徐绍桢去问大帅的结果，其实，答案早已在赵声心里。

没过两天，徐绍桢把赵声唤到司令部。他告诉赵声，当端方听说新军士兵要为亡者申冤报仇时，颇为紧张，推说自己一点儿也不知晓，全是那副标统一手策划的。先伪称大帅要见新军精神可嘉者给赏，又暗地里定名单要严惩，后又由副标统统率往督署扬言领赏，进门又变脸抓人杀人。端方说得有鼻子有眼，似乎全然被那副标统蒙骗了。说到气愤处，还反问他怎么处置。

"你怎么说？"赵声急切地问。

"副标统是军人，应送军事法庭。"徐绍桢脱口对端方说出自己的想法。

"你知大帅怎么说？"徐绍桢望着赵声说，"大帅说成立军事法庭审判这个副标统！"

赵声端详着徐绍桢，赞叹地说："统制大人，你为亡者申冤，我先代表新军士兵感谢你！"说完，拱手一揖。

"你当审判长！"

"我？"

"对！你好好审审那个要阴谋、使诡计的家伙！"徐统制愤愤地关照赵声。

谁知，那个副标统得知由赵声主审，他料定赵声定然执法如山，自己殆难幸免，尚未开庭，就畏罪自杀了。

轰动南京城的军警冲突案，遂告结束。端方与赵声暗中较劲，端方始终占不了上风。

但端方未放弃处置赵声的念头，他暗地里仍在寻找机会。

四十八、俞标受辱赵声受挫

　　端方经历了这次军警冲突之后，越发感到这个执掌三十三标军权的标统赵声智慧过人，有胆有识，尤其是赵声在三十三标乃至新军九镇都名声大震。与赵声在军警冲突处置上过了几招，招招失手，还不得不忍痛割爱，丢了自己的心腹副标统。这个赵声不是一般的对手，留着他迟早是一个隐患。端方经常琢磨，用什么法子来整治赵声。让端方最感到恐慌的是，赵声所统领的三十三标营房就在南京市中心的三牌楼。这里地属要冲，与鼓楼近在咫尺，离总督府也不远。一旦赵声起了歹心，为其所据，将是棘手的事。想到这里，端方紧张得直皱眉头。赵声成了端方的一块心结，怎么想办法也感到不太好解开这个结。万一变生不测怎么办？怎样才能去掉心头的隐患？端方思忖着。

　　赵声的心中也悬着一块石头，这块石头也没有因为军警冲突的平息而放下来。在冲突事件处置中，他深深地知道他的对手可不是一个草包。端方老谋深算，诡计多端，不停地给自己设陷阱，虽然都及时处置，及时化解，但与端方的较量每次都如履薄冰，十分被动。赵声回顾冲突事件中与端方的较量，虽然暂时占了上风，但徐绍桢统制的态度不容忽视，要不是他思想开明，对激进分子同情，自己与端方的较量，恐怕早已失手了。赵声知道自己的顶头上司徐绍桢的态度。徐绍桢虽然也是个旧官僚，过去当过候补道，当过苏淞镇总兵，还曾受到西太后的召见，但他不受旧思想束缚，比较开明公正，对军中的激进分子还是很同情的。当然，这个徐绍桢还有一个优点，特别爱才。赵声知道自己能成为徐绍桢统制眼前的红人，主要还是自己敢作敢当，文武双全。这也是徐绍桢统制信任自己的原因。他不像端方生性多疑，心狠手辣，处处防着人。徐绍桢处事温和，他对激进分子比较同情。赵声记得很清楚，有一次徐绍桢亲自来三十三标检查内务，发现三营某队副目（即副班长）龚士芳在其笔记本上写有痛斥清政府的文字，当即对陪同他一起检查的标营长官说："今天幸而是遇见我，如果被大帅发现了，将怎么办？"结果仅仅是私下里将龚士芳开除了事。

端方经历了军警冲突事件后，对赵声的防备和疑心越来越重。赵声知道端方对待革命党人必是欲除之而后快，这就仿佛头上始终悬着一把利剑。端方在苦思冥想对付赵声，赵声也绞尽脑汁思考着应对端方的计策。

双方都在各自谋划。端方突然灵机一动，想出了一个调虎离山计来对付赵声。他知道赵声骑术高明，而马标三营正缺带兵的人。马标驻地在下关石头营，属城外，夜间闭城，即与三十三标隔绝。赵声起反心，三十三标无从呼应，要杀赵声也易于动手。端方想把赵声调到马标三营任管带，这样，便可将赵声与三十三标官兵隔离开来，让赵声无法与自己嫡系的三十三标呼应。

端方苦思冥想，反复酝酿，但一直未能决定下来。俞大洪的到来，让端方下定了决心。俞大洪是从湖北调来南京候差的。俞大洪在湖北陆师第八镇任步兵营营长，此人虽然是草包，但很阴险。端方找他谈话，商量如何摆布赵声，他力推端方使用调虎离山计，自己也好乘机升为标统，来一个甘蔗两头甜，既讨好了端方，又升了一级。俞大洪的唆使，使端方终于下了决心，把赵声调离三十三标，到城外的马标三营任管带。

消息很快在三十三标疯传开来，顿时气氛紧张起来。赵声听到这个消息后，明白这是端方的调虎离山计。他镇定如故。赵声未等俞大洪来三十三标上任，立即卸去标统之职，显出一副无所谓的样子。

将赵声调离三十三标，到马标三营任管带的消息传出之后，老谋深算的端方立即派出密探到三十三标驻地打听。当他知道赵声卸去标统之职，一副无所谓的样子，心中的一块石头落了地。但端方仍心存疑惑，他揣测赵声也在玩阴谋，表面上无所谓，一副听从上司调动的态度，暗地里让手下的兵士反对，到时会不会有什么不测，谁也不能料到。端方心思又重了，他把俞大洪唤到总督署，把自己的担心跟俞大洪说了。

俞大洪见总督一副愁眉苦脸的样子，对端方说："大帅说得对，防人之心不可无啊！三十三标毕竟是赵声一手带出来的。"

端方趋前一步问："怎么防？"

"避开徐绍桢。"俞大洪向端方献计，"可采取瓜代文书不必通过徐绍桢。由我亲自携文书直接去三十三标标部。"

端方听了，皱了皱眉头，然后朝俞大洪点点头："照你说的办。"

过了两天，赵声接到总督署的通知，让他在标部等待俞大洪到任。

三十三标驻地地处鼓楼不远处的三牌楼，附近十分繁华。上午9时，赵声按通知在标部等候俞大洪到任。赵声心里反复提醒自己，小不忍则乱大谋。端方将自己从三十三标调任马标三营任管带，这不是简单的职务变动，更不是简单的职务升降，而是端方不相信自己，怀疑自己，把自己调离市区的调虎离山计。此时，赵声只能忍受，只能以静制动，只能见招拆招。端方的这一手是继军警冲突后，与赵声暗中较量的又一张牌。端方出的这张牌比较狠，但赵声心中有底。他重用的这个俞大洪是猪头阿三，大本事没有，显摆显摆还可以。赵声心里早想好了，得不动声色地给这新上任的标统一个下马威。

远处传来了嘚嘚嘚的急促马蹄声。赵声知道，俞大洪来了。

赵声从标部走出来，站在标部台阶上，面带微笑地望着骑马而来的新标统俞大洪。

俞大洪骑在马上，见赵声已经迎出门，而且面带微笑，一副热情欢迎的样子，一愣，赶紧勒住缰绳，翻身一跃下了马，朝赵声快步走过来。俞大洪没有想到赵声心胸这么开阔，还对自己以礼相待。要知道，赵声毕竟是自己的前任。俞大洪虽然觉得自己有端方在背后撑腰，但见了赵声，刚才的那副神气活现的样子还是收敛多了。他快步向前，带着几分谦卑向赵声打招呼："卑职奉老帅旨意……"

赵声站在台阶上，居高临下，手一挥打断俞大洪的话："赵声在此恭候多时。"

"不敢！不敢！"俞大洪走上台阶，来到赵声面前，双手一拱，"久仰！久仰！"

"卑职无能！三十三标就靠你了！拜托！"

赵声笑容可掬。

俞大洪初见赵声那魁梧的身材，心中还有几分胆怯，此刻见赵声这么抬举自己，有些飘飘然："承蒙大帅器重……"

赵声又是手一挥大声说："大帅英明，量才重用。"

俞大洪听出了赵声的弦外之音，赶紧假惺惺地解释："非卑职想来贵标，只是……"

赵声大气地笑道："我等都是唯大帅之命是从。"

"这说的是！这说的是！"俞大洪从公文包里掏出端方写的文书，躬身递到赵声手上。此时，俞大洪从与赵声短短的几句对话，已经领教了赵声绵里藏针的尖利。他收起了自己那得意的神态，当然，俞大洪知道自己是在赵声的领地，万一赵声使用什么阴招，自己单枪匹马还真没有法子。俞大洪的担心，随着赵声那满脸笑容更加重了。他把文书递到赵声手上，目光不时朝四处张望。

赵声接过文书一看，拱手贺道："欢迎俞标统！欢迎俞标统！"

俞大洪脸上也堆起了笑容，正想开口请赵声到屋里谈话。只见赵声仍然站在台阶上，双目望了望，然后转身吩咐门旁的传令兵："传令紧急集合！"

"紧急集合？"俞大洪本想拉赵声先到标部办理移交，然后再好好地解释一下。俞大洪打着自己的小算盘：毕竟是我俞大洪这个远道而来的人占了他的位置。一定要跟赵声说清楚，让自己来三十三标，这是大帅的意思。让他赵声就是心里有恨也不能恨到自己身上。谁知赵声不等自己说话，就传令紧急集合。这个赵声，难怪徐绍桢那么器重他，他不按常理出牌。本以为自己到三十三标报到上任，这位老标统肯定会为难自己。谁知他不仅不为难自己，反而热情地跑到门外，面带微笑地欢迎自己。看了文书本该到标部办理交接手续，可他不办交接手续，竟吩咐传令兵来了个紧急集合。俞大洪深感面前的赵声不是等闲之辈，不按常理出牌。此刻又来了个紧急集合。紧急集合干什么？俞大洪满腹狐疑。

"紧急集合！"

"紧急集合！"

"嚯嚯……！"

"紧急集合！"

"嚯嚯！嚯嚯嚯！……"

一时间，三十三标驻地内哨声急吹，士兵闻声一个一个执枪从宿舍里冲出来，迅速在校场上紧急集合。各级官长的号令声、报告声、应答声，短促、迅疾，此起彼伏，声声透着威严、肃穆，弥漫着肃杀、紧张。

俞大洪从来没有见过这阵势。他东张张，西望望，不禁大惊失色，心中一片恐慌："好家伙，这赵声带兵真厉害，一个个生龙活虎！这阵势，他会不会要将我拿下？！会不会知道是我出的主意，将我杀了？！"

俞大洪一紧张，浑身的血液直往头上涌，脸也涨成了猪肝色，额头上渗出密密匝匝的细汗。

赵声一边往台阶下走，一边招呼俞大洪："走！到大校场上去！"

"到大校场？"俞大洪只能怀着疑虑，带着恐惧跟在赵声后面，来到校场的土台上。

俞大洪往校场一看，一队队整齐的士兵，手执钢枪，威武站立。阳光照在一柄柄刺尖上，寒光闪闪。

俞大洪看着三十三标这威武雄壮之师，心中发抖。赵声手一挥，校场内顿时静了下来，静得连针掉到地上都能听见。

只见赵声跨前一步，指了指俞大洪说："这是大帅新任命的标统俞大洪。"赵声说话时把大帅二字讲得特别重。

俞大洪抬起手摆了摆，朝大家微微点点头。

"欢迎新标统！请俞标统讲话！"赵声大声说，边说边用手朝俞大洪一指，示意他讲话。赵声说完，往后缓缓地退了两步。

俞大洪听到"请俞标统讲话"六个字，才从惊慌中回过神来，连忙失态地摆了摆手："不说了！不说了！还是听赵标统的，听赵标统的……"

赵声见此，用手把俞大洪轻轻往前一推，说："今日新标统履新，哪有不与标内兵官训示之理？"说着，自己又往后退了一步，举起双手，"来！大家鼓掌！鼓掌欢迎！"说着，赵声带头鼓起掌来。三十三标的士官都是赵声的崇拜者，一切行动听从赵声指挥。赵声调走，大家心里都窝了一肚子气。现在新标统来了，按理要给他一个下马威。但赵声带头鼓掌，尽管心里不情愿，大家还是听从赵声指令，校场上响起了哗哗哗的掌声。

秋天的阳光很明亮，高远的天空蓝蓝的。校场边的一排排杨柳树，叶片已经黄了，一阵风吹过来，地上卷起一片片黄叶，树上的鸟儿在不停地鸣叫，营造出一种轻松的气氛。但俞大洪很不适应这种气氛，掌声越是热烈，俞大洪心里越是紧张。这热烈响亮的掌声，惊得树林中的鸟儿一群一群飞出来，飞向蓝蓝的天空，俞大洪分外窘迫，如芒在背，局促不安，只是一个劲儿地重复三个字："不说了！不说了……"

赵声见俞大洪一副紧张忙乱的失态样子，心里暗暗好笑，心想，就这么个尿样，还想到三十三标带兵。赵声心里发笑，嘴上却是催促着俞大洪："俞标统，不必误解！你别紧张！"

"不紧张！"俞大洪有些失态，抬手擦了擦额头上的汗渍。

赵声解释说："俞标统，三十三标欢迎新标统应该举行隆重仪式，特举行布达式耳！俞标统，你不也在新军八镇当过营长吗？"

会场官兵见俞标统赴任这副失态、紧张的样子，笑得前仰后合。但赵声手一挥，校场内队列整齐，唰地静了下来，只有天空中飞翔的鸟儿在鸣叫。

赵声大声训示说："新军士兵要服从命令，遵守纪律。"

"服从命令！"

"遵守纪律！"

校场内响起震耳的口号声。

赵声又朝大家一挥手："好！下面我们换个方式向新标统俞大洪表示欢迎！"

听到这句话，俞大洪几乎是用恐惧的眼光扫视了校场一周，心里直犯嘀咕：

这个赵声又玩什么新花样？

"大家唱个九镇新军歌好不好？"

"好！"队伍中的士官齐声吼道。

俞大洪朝轻松自如的赵声瞥了一眼，长长地松了一口气。

赵声大声喊道："预备——起！"

秋阳高照下的校场上空，顿时响起了嘹亮的歌声：

　　散步散步江南道，
　　一幅画图位置英雄好。
　　钟山如龙城如虎，
　　长江匹练西北来环绕。
　　绿杨夹道杏满城，
　　锦绣江山锦绣何能较！
　　国家恩我恩无限，
　　生此带砺以慰我怀抱。
　　吾侪何以报国家？
　　愿将赤血染上青青草。

嘹亮的歌声中，一直处于紧张状态中的俞大洪终于松了口气。

军警冲突，端方吃了哑巴亏，终于对赵声下手，他不征求徐统制意见，直接给赵声下令交卸职务。

赵声很坦然，挥手与官兵告别，大家列队欢送，一片泣声。赵声振臂高呼："弟兄们，我的新军九镇弟兄们，来，让我们一起高唱军歌分别吧！"

　　散步散步江南道，
　　一幅画图位置英雄好。
　　钟山如龙城如虎，
　　长江匹练西北来环绕。
　　绿杨夹道杏满城，
　　…………

当晚，俞大洪向端方汇报了与赵声交接事宜。并报告端方，当日上午，赵声已单骑离开三十三标驻地，去下关马标驻地报到。端方听了俞大洪的汇报，总算放下了心中的一块石头。他知道自己虽然是总督，但调整第九镇的官职总要给徐绍桢统制一个交代。于是编了一套话，与徐绍桢通了电话。徐绍桢只能揣着明白装糊涂，表示坚决按大帅指令办。

俞大洪一上任，就见识了赵声在三十三标官兵面前的威信。现在赵声走了，下面要看自己的两把刷子了。他知道三十三标这些官兵都是赵声亲自训练出来的，一个个武艺高超、精神焕发。自己一个外来人，虽有端方大帅撑腰，但这些官兵不一定买自己的账。俞大洪想好了，怎么说自己也是大帅任命的标统，是他们的长官。新官上升三把火，得先摆出一点威风来，吓住那些官兵，让他们乖乖地听自己的指挥。

俞大洪上任伊始，就施以高压手段，对待官兵野蛮跋扈，目的是让大家畏惧他，给三十三标官兵一个杀威棒、下马威。但三十三标官兵不吃他俞大洪这一套，适得其反，背后反而引来一阵阵骂声：

"这俞标一副杀相，面貌狰狞，活脱脱一只猪头阿三！"

"怕他个鸟！俞大洪标准草包一个！"

"不会讲别讲，别恶言恶语，难听死了！"

"不会讲，只会大喉咙小嗓子活抽！"

"讨厌！"

"岂止讨厌，可憎可恨！"

………………

标营里的官兵不但背后骂他，而且以其人之道还治其人之身，玩了个小小花样，让俞大洪这个新上任的标统吃了瘪。

一天早晨，全标官兵在校场集中列队，队伍严肃整齐，威武雄壮，齐刷刷一片。俞大洪训话，出言粗鲁，词语讽辱。全体官兵实在听不下去，窝了一肚子火，但只能忍着。谁知俞大洪越说越来劲，指桑骂槐，骂骂咧咧，队伍虽然静静的，但官兵心中的怒火暗中积聚、涌动……

突然，站在前排的一名高个子士兵大声喊道："标统！苍蝇！"说时迟，那时快，这名士兵冲过去，对着俞大洪脸庞，甩手一巴掌。

俞大洪正讲到兴头上，毫无防备，硬生生地被这名士兵打翻在地，连是谁也没有看清楚。马弁将他扶起来后，他捂住脸结结巴巴地说："什么？苍蝇？"

"是的，苍蝇！"队伍中一片回应声，"标统，刚才你脸上有只苍蝇。"

俞大洪威风扫地，摇摇晃晃地说："呵，呵呵！苍蝇！苍蝇！"但俞大洪心里清楚，此时不宜发作。他在心里暗暗发恨："你们把我打死，制台还要派人来管。"想到这里，吃了哑巴亏的俞大洪揉揉腰，一挥手说："好！散队！"

事后，赵声听到俞大洪吃瘪的事，连声夸赞三十三标弟兄们有胆量，更有智慧。

俞大洪回去后，越想越气，干脆称病请假休养去了。

赵声离开了南京九镇的营地，但人还在南京，而且与南京九镇官兵的联系一直没有断过。

秋天过去，冬天来了。从长江上吹来的北风带着阵阵寒气吹进城里，吹落了行道树上的片片梧桐树叶，梧桐树上那粗壮的枝丫上，鸟儿仍在欢快地蹦蹦跳跳。

四十九、重回九镇忙策应

　　赵声虽然离开了九镇新军，但他仍然处于南京革命的中心，仍然以长江流域同盟会盟主的身份在领导南京新军与其他的盟员进行革命活动。特别是南京第九镇新军三十三标官兵，仍常与赵声晤面、交谈、聚会。

　　赵声虽然被端方排挤，离开了三十三标的官兵们，但三十三标官兵们意气风发的斗志鼓舞着赵声，更加坚定了赵声革命的信心。他推翻清廷帝制的革命步伐迈得更快了。他不但坚持南京的革命工作，还关注全国各地情况。

　　赵声知道，机会是留给有准备的人的。他在南京广交朋友，寻找机会。这些日子，赵声经常与一个叫苏曼殊的作家、诗人、画家交往。俩人常常聚会，畅谈国事。每次聚会，赵声总是携黄酒、板鸭、牛肉等与苏曼殊痛饮。由于志同道合，二人还一起策马驰骋于紫金山下、长江岸边，舞剑咏唱，畅谈心声，共望远景。

　　一次两人约定到秦淮河游船上畅饮。

　　傍晚，两人如约来到一艘"荷花扇"号画舫，桨声灯影里的十里秦淮，流光溢彩，鼓乐喧天。

　　吃了几块鸭肉，喝了几口酒，赵声长长地叹了一口气："烟笼寒水月笼沙，夜泊秦淮近酒家……"

　　苏曼殊也摇头晃脑地叹了一口气，接着赵声的诗吟下去："商女不知亡国恨，隔江犹唱后庭花。"

　　赵声慨叹道："这里灯红酒绿，但中华民众都在水深火热之中，这样的日子总有一天会改变！"

　　"肯定会改变！"苏曼殊神秘地低声说，"赵声，你听说江西、湖南交界处暴动的事了吗？"

　　"没有呀！"赵声一愣，立即敏感地问，"你知道什么情况吗？"

　　苏曼殊摇摇头。

　　第二天，赵声赶紧写信向江西、湖南的好友打听情况。吃过午饭，他急急忙忙地来到街头，购买了当天的报纸。报纸上虽没有介绍详细情况，但消息被证实，江西、湖南交界处确实发生了萍浏醴武装起义。

苏曼殊说的消息是真的，赵声知道这个消息后很兴奋。赵声马上派出三名同盟会会员，分三路赶到萍、浏、醴三地了解具体情况。赵声心中在酝酿一个大胆的计划，大规模起义爆发了，周边省份的新军一定会被派去镇压。九镇新军一旦被派往萍、浏、醴，就秘密动员新军策应起义。

各方面打探的情况很快反馈给赵声。光绪三十二年（1906年）12月4日（农历十月十九日），江西萍乡、湖南浏阳、醴陵地区会党和矿工发动武装起义。这次起义是同盟会策动的。起义的主要力量是当地旧式会党，但同盟会会员在里面起了领导作用。会党主要是哥老会。哥老会中有些头目如萧克昌、李金奇，原来都是与黄兴、刘揆一的华兴会合作策划光绪三十年（1904年）长沙起义而被官方捕杀的马福益的部下，看来，这次起义是长沙起义的延续。

赵声想到长沙起义，就想到亲密战友黄兴、刘揆一和马福益。赵声虽然北上投军没有参加这次起义，但他知道这次起义是黄兴、刘揆一、马福益三人商定的。起义虽然流产，但造成了很大影响，唤醒民众的作用不可低估。刘揆一是湖南湘潭人，早年交结会党，与马福益是好友。光绪二十九年（1903年）自费赴日留学，年底回湘进行革命活动。次年二月与黄兴等发起成立华兴会，并被推为副会长。马福益是哥老会的首领，势力很大，后黄兴派刘揆一与马福益联络反清，马福益慨然应允，共谋长沙起义。

当时，他们计划省城以武备学堂学生及新旧各军为主，哥老会众为辅。城外组织浏阳、醴陵起义军，衡州义军，常德义军，岳州军队，宝庆军队分五路响应，并等候华兴会派遣指挥和监军，一起向长沙进攻。当时公推黄兴为主帅，刘揆一、马福益为正副总指挥。当时议定，9月25日浏阳普集市沿街开牛马交易大会时起义。不料消息走漏，10月24日，清兵顺藤摸瓜，搜查了华兴会机关。黄兴、刘揆一等人化装逃往上海，马福益逃往广西后被清军捕杀。华兴会的首次武装起义就此流产。哥老会另一首领龚春台则在浏醴一带发展洪江会。这一年，江西萍乡、湖南浏阳、醴陵地区遭遇水灾，官僚士绅囤积居奇，米价飞涨，饥民哀号，洪江会举手一招，百众紧随。

洪江会迅速发展并积极策划萍浏起义,这与同盟会的策动和领导是分不开的。光绪三十二年（1906年）暑期，留学日本的同盟会会员刘揆一和蔡绍南回到湖南。他俩通过长沙明德学堂的学生魏宗铨与醴陵、浏阳、萍乡一带的哥老会组织建立了联系。魏宗铨是萍乡的上栗人，与当地哥老会熟悉，刘揆一和蔡绍南便派魏宗铨回家乡开设"全胜纸笔店"，作为同盟会联络哥老会的机关。魏回乡后，组织了一百多名哥老会头目，用旧式会党开山堂的方式成立了洪江会，当过兵的龚春台被推为洪江会大哥。蔡绍南和魏宗铨留在上栗帮助龚春台主持会务，刘揆一则在长沙从事对外联络工作。同盟会与洪江会紧紧地联系在一起，一场萍浏醴武装起义迅速发动起来。洪江会用的是中华民国概念，提的是"灭满兴汉"的口号。赵声了解到这些情况，完全放心了。听到朝廷要派新军九镇三十三标进剿征发的消息后，感到这是一个趁机策应，一起举事的好机会。

赵声很有信心，自己虽然离开了三十三标，但那里的官兵都是自己带出来的，到时运作起来还是有机可乘的。赵声心中很兴奋。当年培植新军力量这个劲没有白费，只是自己被端方排挤出新军九镇了。要是在新军九镇有个官职，动员新军策应萍浏醴起义的事就顺理成章多了。但赵声没有想到，机会来得这么及时。自己竟然被端方和徐统制重新召回三十三标任野营中军官。这不是瞌睡送枕头嘛！他有些迷惑怎么会心想事成，事后才知道原因。

原来，洪江会发展壮大后，在同盟会策动下，决定在清吏封印的一二月份分三路发动武装起义。结果消息走漏，12月4日，李香阁率部仓促发动起义。洪江会头目廖叔保集合了三千多人，举起"大汉"白旗，到麻石镇宣布造反，麻石镇农民踊跃参加。在这种情形下，洪江会的领导者不能不向全体会众发出起义的号召。起义群众迅速在12月6日（农历十月二十一日）占领了萍乡上栗。随即，洪江会成立了起义军事领导机构，龚春台为中华国民军南军先锋队都督，蔡绍南和魏宗铨为左右卫统领。他们以都督名义发布檄文。檄文自称是奉中华民国政府令，檄文的内容与中国同盟会纲领一致。

令赵声感到意外的是，这次萍浏醴武装起义的纲领竟与同盟会纲领一致，这更坚定了他以赴赣湘进剿之机，乘机策应一起举事的信心。但现在自己已被排挤出三十三标，如何寻找策应起义的机会？

起义虽然提前，但起义的烽火迅速在湘赣边界几个县中点燃，形成了一支起义的队伍，达三万多人。他们均以头缠白布手提白旗为号，从地方国防局抢得几千条枪，此外还有大刀长矛，迅速占领了慈化和若干乡镇，一时间，起义的烽火成燎原之势，迅速蔓延开来，震动了两省省会，震动了长江中下游的各级官吏。

就在赵声苦思冥想筹划策应起义之时，传来了徐绍桢召见他的命令。赵声不知何事，疑惑中，快步赶往徐统制司令部。

原来萍浏醴起义爆发后，清政府十分惧怕，随即派湘、鄂、赣、苏四省清军数万人前往镇压。江苏总督端方决定由新军九镇派兵前往弹压。徐绍桢被端方召到总督府，两人就派兵、派指挥的事，有一段意味深长的对话：

"大帅召见我？"

"可知萍浏醴会党闹事？"

"刚知道。"

"朝廷有旨，要江苏派兵平乱，驰援湘赣！"

"已有安排？"

"怎么，你听说了？"

"听大帅派遣、指挥！"

"开始想派防营驰援，但想想还是调新军九镇去弹压。"

"他们会不会以为我争功？防营肯定有想法。"

"有我呢！不会！"

"好！服从调派！"

"这次驰援任务很重，我意要选勇敢善战的指挥！"

"是的。"

"大帅，赵声英勇善战，我有意召回赵声重任三十三标标统，赴江西进剿！"

"嗯……嗯……"端方眉头一皱，心里一个激灵，赵声文武双全，确实是不可多得之才，但不好驾驭。好不容易将他排挤出军营，现在徐绍桢又要召回，端方一时难以决策。但现在正是朝廷用人之际，既然徐统制提出来了，干脆来个顺水推舟，但赵声不能直接掌兵，于是端方缓了口气，想了个点子说："此议尚需斟酌，我看让赵声先任行营中军官，啊！"端方碍于徐统制力荐的面子，来了个折中的办法。

"是。"徐绍桢不便过分坚持自己的意见，向端方行了个军礼，赶回统制司令部，急切地召见赵声。徐绍桢心里明白端方的想法，他这是对赵声还有成见。但此刻正是用人之际，端方知道赵声是一名不可多得的将才，加之自己的力荐，只好同意赵声重回九镇，但不能直接掌兵。徐统制也有自己的小算盘，只要赵声回来了，就有用武之地，新军赴江西进剿就会有希望。

赵声见到徐绍桢统制，啪的一个立正，行了一个标准的军礼说："好久不见统制，可好？"

"好！好！好！"徐绍桢亲自端上勤务兵送来的茶杯，大声笑起来："你好吗？"

"无官一身轻呗！当然好！"赵声笑着轻松地回答。

"马上就不轻了！"徐绍桢挺亲热地招呼赵声坐下来说，"这不萍浏醴闹暴动，江苏驰援。总督刚下令三十三标前往，你要出山哟！"

"不！不！不！"赵声连连摆手说，"我已被贬职，何以带兵？"赵声心里其实是喜出望外，他怎么也没有想到，三十三标前往弹压，竟把他召回。他知道这肯定是徐统制力荐自己，端方把自己排挤出军营，不会再想到自己。但当前急需用人，又有徐统制力荐，端方碍于徐绍桢面子，也只好收回成命。赵声的猜测完全对。他试探地问："大人，是你力荐的？"

"对呀！"徐绍桢指指茶杯，"喝茶，让你先任行营中军官，要给我面子呀！"

"听从统制命令！"赵声不再谦让，站起身又敬了一个军礼，"我速回去准备！"

赵声喜出望外，出了统制司令部大门，大步往住处赶去，一路上，情不自禁地又哼起了九镇军歌：

散步散步江南道，
一幅画图位置英雄好。
钟山如龙城如虎，
长江匹练西北来环绕。
…………

傍晚时分。

赵声住处，远处隐隐的山峰在夕阳映照下透出神秘的色彩，晚霞把西边的天空烧红了，一朵朵像牛、像马、像羊的火烧云在江风的吹拂下缓缓地往远处峰峦起伏的南山方向移动。

赵声此刻心情大好，三十三标马上要赴萍浏醴进剿，自己又回到三十三标，而且是这次行营中的军官。这个职位很适合策动新军策应萍浏醴起义。赵声的脑子迅速地运转起来，他要尽快谋划这次策应萍浏醴起义的计划。回到住处，他的脑子里已经有了计划的轮廓。

时间紧迫，就一个晚上的准备时间。吃过晚饭，他唤了倪映典、熊成基等人来住处商议。他首先通报了萍浏醴起义的发展态势，清廷调集四省清兵围剿，江苏派第九镇军三十三标前往江西弹压。说到这里，他顿了顿："告诉大家一个好消息！"

熊成基听说有好消息，迫不及待地站起来拉住赵声的臂膀："快说，什么好消息？"

"我重回三十三标了！"赵声脱口而出，掩饰不住脸上的兴奋。赵声之所以这么兴奋，是因为，此时回到三十三标，正好施展拳脚策应起义。推翻清廷，举行起义是他一直的追求，现在回到三十三标，有了策应的平台，离实现自己的理想又近了一步，他怎么能不高兴，不兴奋呢？

"真的？"倪映典似乎不太相信自己的耳朵，追问了一句。

"还能有假！徐统制上午已找我谈话了。明天上午去三十三标标部报到，后天就随部队开拔！"赵声信心满满地说。

"好啊！"大家几乎同时轻轻地相互击起掌来。

"官复原职！任标统？"熊成基关注赵声的职务。熊成基知道，赵声离开三十三标是端方的阴谋。现在又回到三十三标，端方不可能让他官复原职。赵声能回来，肯定是徐统制赏识赵声能征善战向端方力荐的。

"任行营中军官。"赵声解释说，"任行营中军官也好！在军中行动比较自由，便于在军中联络，策应起义。"

大家听了一齐点点头。

赵声把这次萍浏醴起义进展，清军派兵弹压，特别是三十三标参加驰援进剿的局势进行了认真分析后说："这是一个好机会。我们可以乘机策应一起举事！大家看看，是不是一个良好机会？"

"这是一个良机！"

"策应萍浏醴起义，让这次行动成为同盟会推翻清廷的一个大动作！"

"刚才赵声都介绍了，这次起义本身就是同盟会策动的！理应全力支持！"

"对！乘机策应！"

"好！一起举事！"

…………

大家兴奋不已。终于有了推翻清廷帝制的大动作，个个心潮澎湃，摩拳擦掌。大家你一言我一语，纷纷出谋划策，共商细节。赵声见群情激愤，心中很高兴。他想借此机会，让长江中下游同盟会来一个推翻清廷的大动作，实现自己梦寐以求的宏图大计。

时间紧迫，大家用期盼的目光望向赵声："下一步怎么办？你说！听你的。"

赵声望望大家企盼的眼神，先不说话，端起面前的茶缸子，一仰脖子，咕咚咕咚一口气把半缸子水全倒进嘴里，抹了抹嘴唇说："我先说个意见。"

"好！"倪映典、熊成基还有赵声的弟弟赵磬、赵馨等人都急切地站起来，往赵声身边围了过去。

赵声压低声音："同志们，我建议当前第一件事是要派人去与起义会党首领联系，让他们到时做好阵前接应工作，来个里应外合，在萍、浏、醴进行一次更大规模的协同行动！"

"好！"熊成基、倪映典一口赞同，"我们立即派人去！"

赵声用手指了指站在身边的两个弟弟："你们回到三十三标，要迅速秘密地联络可靠骨干，做好到时策应的思想准备。"赵声说到这里又对倪映典、熊成基说："军官骨干的策应工作由你俩负责，一定要保守秘密，不能泄露半点消息！"

"知道！"熊成基、倪映典异口同声地回答。

赵声说到这里，又朝战友李竟成、冷遹、柏文蔚点点头："你们密切关注上下动态，与我保持联络。我在行军中把握全局。切记！大家切记，统一听我指挥！千万不能擅自行动。"

"知道！统一听从指挥！"大家齐声坚定地回答。

"我还要提醒大家！"说到这里赵声朝大家望了望说，"狡猾的端方虽然答应徐绍桢让我复职参战，但他不放心三十三标，更不放心我！大家行动切记谨慎，注意保密！"

"注意保密！请你放心！"大家想到此次策应起义计划如果实现，兴许能一举完成孙文及同盟会"破除专制，走向共和，建立民国"的大业，心中十分兴奋，回答的语气坚定果敢。

散会后，大家迅速离开赵声住处。赵声和衣躺在床上，脑海里像过电影似的，把策应起义计划的每一个细节又过了一遍，这才放心地脱衣睡觉。他强迫自己闭上眼睛，他要睡上个好觉，养好精神。明天就要前往三十三标标部报到，后天就要随部队往萍、浏、醴进发了。

秋天的夜空深邃而高远。虽然不是满月，但月光似水般洒向点点星火的城南。赵声透过屋子的天窗玻璃，看到天幕上满天的星星眨巴着眼睛。望着繁星闪烁的天幕，心里充满了兴奋和信心。

他安稳地进入了梦乡。

一切照计划行动。第三天一大早，三十三标的部队向萍、浏、醴进发。赵声在行营中行动比较自由。他借着行动自由的有利条件，不停地打探着前方的消息，并在三十三标秘密联络。他知道端方是个狡猾的狐狸，在三十三标行进的队伍中，一定会派出心腹时时刻刻地监视着自己。但赵声在军中与战友们联络很讲究技巧和策略，往往以眼神对视，心领神会地交流。赵声想到这是长江中下游同盟会的一次大举动，他深深地知道肩上的担子有多重。他时刻告诫自己，必须谨慎，必须把握全局，确保万无一失。

赵声想到，这次策应起义的计划如能实现，或许能完成孙文推翻清廷、建立中华民国的心愿。但他也深知，有成功的希望，就有失败的可能，他提醒自己既要充满信心，又要有失败的思想准备，甚至不惜杀身成仁。

部队在大踏步开进。

一场秋雨过后，道路十分泥泞，部队行进的速度慢下来。赵声立即给大家鼓劲，部队又加快了行军速度。端方的密探把赵声的这一举动迅速报告端方，让端方的疑心放下一半。其实，这是歪打正着。赵声催促部队加快行军速度，完全是为了尽快到达湘、赣前线，以便迅速策应起义部队。

部队在皖南山区泥泞的道路上加速行进。

五十、应召赴粤

部队穿过皖南山区丛林，到达江西萍乡附近。越是靠近湘赣边界，赵声越是兴奋，兴奋即将投入策应起事的战斗。赵声知道端方的鼻子很灵，他不时地在部队中催促加快行进速度。在与李竟成、冷遹、柏文蔚等默默对视时，暗中互相鼓舞，但不露声色。谁知快到萍乡地界时，上面传来停止行军的命令，新军九镇三十三标部队就地休息，原地待命。

接此命令，赵声焦急不安。是被端方发现了有接应计划？是什么临时变故？还是前方受阻，暂停进发，抑或整个进剿计划有变？此地离起义前线不远，离得越近，成功的希望就越大，怎么偏偏这个时刻停止前进？就在赵声焦急不安时，消息很快传来：萍浏醴起义已被清军镇压，起义失败了。起义头目蔡绍南、魏宗铨、李香阁、廖叔保、萧克昌都被捕杀害，被屠杀的起义群众达几千人。

赵声听到这个消息，浑身凉了半截。虽然心急如焚，但赵声表面不动声色，随部队原路返回南京。策应未能实现，赵声感到非常遗憾。在清政府对长江流域各省加强戒备的指令下达后，端方也积极行动起来，他下令对新军九镇进行整肃。

不久，清政府拿获、杀害同盟会会员的坏消息一个接一个传来。长沙刘道一因密语电报秘密被捕杀害；湖南有名的同盟会会员禹之谟被杀；浙江的同盟会会员阳卓林在南京遭捕被杀……噩耗一个接一个传来，战友一个接一个牺牲，赵声的心情越来越沉重。同盟会领导的起义失败了，但赵声相信，革命党人不怕失败，会勇敢地战斗下去。庆幸的是这次策应因萍浏醴起义失败而未实施，虽然端方戒心重重，但没有发现任何蛛丝马迹。尽管赵声策应起义的计划没能实施，没被端方逮住任何把柄，但赵声知道端方的为人，他容不得自己，只要待在新军九镇一天，就得时时刻刻防着端方，赵声有长剑悬颈的感觉。

三十六计走为上。赵声在等待时机。

就在赵声处于何去何从的十字路口时，孙中山派来的同盟会会员、广东省同盟会主盟人胡毅生来到南京。

赵声虽然与胡毅生从未谋面，但了解胡毅生。胡毅生是广东省同盟会主盟人，广东番禺人，与孙中山是老乡，胡汉民的弟弟，光绪九年（1883年）生，小赵声两岁。胡毅生光绪二十六年（1900年）考入广州广雅书院西学堂读书。次年考入两广大学堂学习。后因倡言反清革命，被学校开除。1903年2月，赴日本东京留学。同年4月，参加留日学生"军国民教育会"活动。同年8月，协助孙中山筹办东京青山军事训练班。1904年2月，入东京政治大学速成部学习。1905年8月，协助孙中山筹组同盟会，后任广东省同盟会主盟人。1906年起，胡毅生奉孙中山命到越南和中国南部开展反清活动。

胡毅生一到南京，就通知长江流域同盟会联络员卢镜寰，说明此次来宁，主要是奉孙中山命令见赵声。

卢镜寰来到赵声住所，一见面就笑容满面地对赵声说："赵先生，中山先生派人来了！"

"谁？"赵声喜出望外，赶紧把卢联络员让进屋里。

"胡毅生，中山先生同乡！"卢联络员拉个椅子坐下来说。

"噢！广东同盟会主盟人！"赵声兴奋地问，"何时见面？"

"胡盟主指名会见你，让你定时间，定地点。"卢联络员知道赵声近来因策应起义未成，心情不好，加之端方的猜疑，一直心事重重，心理压力很大。现在中山先生派专人来召见，革命一定会有转机。

赵声听到孙中山先生派人来召见，就像在茫茫大海中望见了灯塔，心里忽然敞亮起来。他赶紧与卢联络员商定见面的时间地点。

时间地点定下来了。地点为玄武湖的湖神庙，时间由胡毅生定，越早越好。

卢镜寰按照赵声指令，离开赵声住所，赶紧去找到胡毅生，很快确定第二天下午3点，在湖神庙会面。

次日，下午2点，赵声提前赶到玄武湖湖神庙。这里是长江流域同盟会秘密活动的会议地点。赵声让卢镜寰把会议室东边一间放上茶水，自己则在湖神庙外等候胡毅生。

湖神庙是明洪武年间为纪念一毛姓老人而建的神祠，俗称"毛老人庙"。原庙毁于清咸丰至同治时期的太平天国战火。同治十年，由时任两江总督的曾国藩下令重建，光绪四年再次扩建。建筑群位于玄武湖公园梁洲西部，有湖神殿、观音阁、大仙楼、赏荷厅和湖心亭等，宣统时被改作招收湖民子女入学的亚洲小学。这里相对安静，同盟会不少会议都在此秘密举行。

快到两点半时，卢镜寰也来到赵声等候的路口。2 点半刚到，胡毅生就在湖边小路上出现了。卢镜寰朝远处的来人指指，对赵声说："来人就是胡毅生。"

赵声和卢镜寰急急地迎上前，把胡毅生迎进湖神庙的一个小间里，卢镜寰一边给胡毅生倒茶，一边给俩人做介绍。

待卢联络员走出房间，赵声紧紧地握着胡毅生的手说："欢迎来宁! 路上辛苦了!"

"不辛苦! 能完成中山先生交代的任务，心里高兴。"胡毅生说到这里，松开手，"我这次来，就一件事，传达中山先生对你的召唤!"

"召唤?"赵声听了有些纳闷，但又不便马上刨根问底。赵声招呼胡毅生喝茶，两人一见如故，一边喝茶，一边热情地聊起来。

"孙先生好吗?"赵声关切地问。

"很好!"胡毅生向赵声说了中山先生的近况，这是赵声最迫切想知道的。中山先生一直忙碌于革命事业，1906 年由法国去日本，中途逗留新加坡，抵日后又重返新加坡。同年 6 月，孙中山在新加坡的晚晴园主持会议，宣布成立同盟会新加坡分会，新加坡因此成为革命党人在南洋的活动中心。

"不知中山先生知道不知道萍浏醴武装起义?"赵声关切地问胡毅生。

"知道!"胡毅生呷了一口茶，轻声说，"孙先生对萍浏醴武装起义的情况十分清楚，刘道一就是孙先生从同盟会总部派回来的。不仅知道刘道一，还知道你赵声被派去征讨，准备利用征讨的机会，发动三十三标官兵策应起义。只是遗憾，萍浏醴起义失败了，刘道一也被杀害了，你的策应计划只能取消。"

赵声听了很惊讶，脱口而出："孙中山先生真神，这些情况他竟然全知道。"

"孙中山先生让我带信给你，希望你不要气馁。'君志所向，一往无前，愈挫愈勇，再接再厉。'这十六个字是中山先生说的。"胡毅生说着，端起了水杯。

"是的! 有了第一次，就有第二次、第三次……"赵声很激动，想不到孙中山先生这么惦记着自己，他站起身，有些激动地挥拳说道。

"对! 应该有第四次、第五次……"胡毅生接着说，"中山先生派我来宁，就是召唤你去广东。中山先生已经决定到南方的粤、桂、滇一带开展革命活动，再次发动武装起义。"

"粤、桂、滇一带?"赵声重复一遍。看来中山先生又在酝酿新的动作了。

"中山先生知道你这次策应未成，担心清廷会注意上你，特意要我提醒你多加提防!"胡毅生俯下身说。

"谢谢先生关爱! 我已注意提防了!"赵声笑笑说，"行进中一直有端方的密探监视我，但没有抓到任何把柄。"

"孙先生让我通知你，尽快离开南京去广东。一来端方不得不防，还是走为上；二来到广东给中山先生当发动武装起义的得力干将！一举两得。"胡毅生认真地说。

赵声脑海里反复思量着胡毅生转达的中山先生的话："广东资力雄伟，人才众多，革命军兴，宜先取之，以为根据。""广东资力雄厚，人才众多，最宜作革命军兴之地。赵兄不如趁机到广东军中发展，日后可控军为起义之资。"赵声喃喃地重复着孙中山对他的召唤。他体味着、思索着孙中山的这些话语，他明白了。孙中山先生已经决定去粤、桂、滇，跟随中山先生赴粤，这可是求之不得呀！想到这里，赵声端起茶杯，以茶代酒，轻轻地往胡毅生的水杯上一碰说："好！谢谢你来南京传达孙先生的指示，不日，我就动身！"赵声对中山先生的召唤欣喜若狂，正合他的心意。此次策应起义未成，赵声正准备等待时机，来个三十六计走为上，现在中山先生召唤，正是最好时机。

"后会有期！"胡毅生站起身，握着赵声的手，深情地说，"中山先生很惦念你！广东再见！"

赵声连连点头。

胡毅生转身出了门，又踅回身，提醒赵声："伯先，南京这边要早做安排，防止夜长梦多！"

"放心！我会尽快安排好！"赵声坚定而认真地对胡毅生说，"请转告中山先生，我一定尽快去广东，让他多保重！"此时赵声心情非常好。他有一种心想事成的感觉，自己这次策应起义未成，头上有端方这把剑悬着，正准备等待时机离开新军九镇，想不到这个关键时刻，中山先生派胡毅生来召唤自己去广东。端方把自己视为眼中钉，一走了之，气死端方，而且，去了广东，还有了更大的武装起义的平台。

送走胡毅生，赵声喃喃自语：心想事成！心想事成！赵声心里明白，端方是不会阻挡自己请辞离开新军九镇的，但对徐绍桢该怎么说呢？对徐绍桢不是那么容易开口的，这些年，徐绍桢对自己有知遇之见。他对自己的栽培、照顾自己能感受得到。尤其是端方对自己处处刁难，徐绍桢统制却依然敢讲公道话。怎么跟徐绍桢开口？赵声在办公室不停地踱步，时而又坐在办公桌前，盯着天花板发呆。

"咚！咚！咚！"传来敲门声。

"请进！"赵声说完，目光还盯着天花板。

"吱呀"一声，门缓缓地推开来，一个人急匆匆地走过来。赵声抬眼一看，是江谦吾，一营左队队官，也是自己的同志。江谦吾神秘地碰了碰赵声的膀子，嘴几乎要碰到赵声的耳朵说："我听到一个消息。"

"什么消息？"赵声霍地站起身，警觉地问。

"听说你要离开九镇？"

"谁说的？"

"一个在司令部的老乡。"

"司令部老乡？"

"对呀！他听说端方要驱逐你。"

"有这事？"赵声一听，心里反而高兴起来。自己已经接到中山先生的召唤要去广东，正在为请辞的事犯愁呢。既然他端方要驱逐我，徐绍桢那里就顺理成章了。赵声心里乐开了花，真是柳暗花明又一村呀。正愁着要离开九镇新军找不到理由呢，想不到端方要驱逐我。赵声情不自禁脱口说道，心想事成呀！接着赶紧问江谦吾具体情况。

"刚听老乡说，我就赶来了。"江谦吾压低了声音，"端方早已盯上了你，这次你随三十三标去江西、湖南剿匪，他派人暗中监视你。密探把在行军缓慢时，你催促部队加快赶往剿匪前线这些情况报给端方，端方对你的疑虑才减少一些。但你返回南京后，端方又得到江西巡抚密报，说你到江西不是为了剿匪，反而有抚匪的嫌疑。端方接到这个密报，立即令徐绍桢撤销你的职务，并准备将你驱逐出南京新军九镇。"

赵声皱起眉头，全神贯注地听着。

江谦吾讲完后问："你一点不知道？"

"不知道！"赵声一边回答一边说，"中山先生正召我去广东呢！"

江谦吾离开后，赵声又在办公室里踱起了步子。听到江谦吾传来的消息，赵声明白端方对自己忌惮到了何等程度。得到密报，既不调查核实，也不与徐绍桢统制商量，就做出撤职驱逐的决定。这样正好，免得徐绍桢左右为难。想到这里，赵声决定即刻去向徐绍桢统制请辞，防止夜长梦多。

到了徐绍桢办公室，赵声敬了一个军礼，徐统制挥挥手，示意赵声坐下。

赵声仍然笔挺地站着，拱手道："统制，我来向你告辞！"

徐绍桢站起身，吃惊地问："辞什么？"

"我要离开新军九镇，向大家告别了！"赵声坦然地望着徐统制。

"你听到什么消息了？"徐绍桢奇怪地望着赵声，"大帅的指令你知道了？"

"什么指令？"赵声故作惊讶。

"不瞒你了。"徐绍桢走到赵声身边说，"端方接到密报要撤你职，我正在想办法怎么跟端方说说，希望他收回成命，别让你离开。"

"不让统制操心了！"赵声爽直地说，"我自己请辞，省得你为难。"

"看来留不住你了！何时离开？"徐绍桢语气中带着明显的歉意。

"就这几天。"赵声感激地说，"谢谢统制栽培、照顾！给统制添麻烦了，还望谅解。"

"这说哪里话！"徐绍桢摆摆手说，"你文武双全，新军将才难得，我舍不得你离开！"

"赵声不才！"赵声摆摆手。

"你离开新军，这里有啥事要关照的，告诉我。"徐绍桢爽快地说。

赵声诚挚地对徐绍桢说："新军九镇忧国忧民的人多着呢。像柏文蔚、冷遹、李竟成、林述庆、倪映典、熊成基他们都很信任你，也请徐统制多多关照。"

"一定！一定！"徐绍桢点点头，"正是这些人，我们新军九镇在新军中才受人敬重！"

赵声双脚立正，郑重地朝徐绍桢敬了一个军礼："告辞！请统制保重！"

徐绍桢送到门口，深情叮嘱："你也多多保重！"

赵声回到住处，打点行装，准备择日离开南京。

当晚，柏文蔚、陶骏保等同乡战友知道赵声要离开九镇新军，离开南京的消息后，在南京醉仙楼摆了一桌，为赵声饯行。

醉仙楼位于江滨大道，面朝长江，背靠狮子山。在临江的一间包厢里，大家围坐在一起。每个人的酒杯里都斟满了酒，大家默默地盯着赵声那严峻的脸庞，依依不舍之情深藏大家的心中。都是军人，都是爽直人，但真正到了要离别时，心里都酸酸的，真是相见时难别亦难。

包厢里静静的，只有江风吹着狮子山山坡上的松树发出呼呼的响声。

陶骏保端起酒杯，打破了包厢里的沉默说："赵声，大家舍不得你离开新军九镇，更舍不得你离开南京。但中山先生召唤你！我们支持！来，举杯！为你饯行！"

柏文蔚、冷遹、李竟成、熊成基、倪映典，还有赵声的二弟赵磬、三弟赵馨纷纷举起酒杯，一饮而尽。

赵声一口干完杯中酒，深情地说："我也舍不得离开大家！"

"带我们一起走吧！"大家话语中带着渴盼。

陶骏保附在赵声的耳朵轻声说："俞大洪这个猪头阿三在三十三标发威，一次就撤换了管带、队官、排长十六人。大家心里都憋了一口气呢！"

赵声听了，心里很难受。但这个时候还是要劝大家冷静为上，这样才能保存革命实力。他端起酒杯对大家诚恳地说："我走了，你们一定要忍耐，保存实力！我敬大家一杯！"说完一仰脖子干完杯中酒，"先干为敬！"

柏文蔚、冷遹、李竟成摆摆手，示意大家静一静。柏文蔚站起身提议："请赵声临别为我们说几句，好不好！"

"好！"大家几乎是异口同声。

"不离开部队！带好部队！"赵声意味深长地说。

大家点点头。

大家齐声说："没有枪杆子谈何革命！"

大家接着说："伯先，放心！我们记住了。"

酒足了，情未了。临别时，赵声逐一拍拍大家的肩头："新军九镇有今天，都靠大家！不可轻易放弃！"

"对！"大家赞同地应道。

赵声说完，把自己佩带的一把开了刃的军刀解下，郑重地递到冷遹手中："御秋，这把军刀交你了！"

冷遹接过军刀，紧紧握着说："军刀在，赵声在！"

"见军刀如见伯先！"大家齐口呼喊。

赵声深情地朝大家敬了一个军礼，激动地说："来！我们都是新军九镇的。一起来唱个新军九镇军歌告别。"

"好！"应答声响彻包厢。

赵声挥挥手，李竟成打起拍子，嘹亮的军歌声在包厢里响起来，传遍了整个醉仙楼。响亮激昂的歌声传向狮子山的密密丛林里，传向奔腾向东的浩浩长江上，歌声伴着江面上夜航轮船的汽笛声传向更加遥远的大江南北：

散步散步江南道，
一幅画图位置英雄好。
钟山如龙城如虎，
长江匹练西北来环绕。
绿杨夹道杏满城，
锦绣江山锦绣何能较！
国家恩我恩无限，
生此带砺以慰我怀抱。

吾侪何以报国家？

愿将赤血染上青青草。

在雄壮的新军九镇军歌声中告别，大家别有一番滋味在心头。赵声的军歌鼓舞着大家，陪伴着大家，紧紧地握住手中的枪杆子。

告别钟山。

告别扬子江边那熟悉的一草一木，赵声离开南京赴广东而去。

秋天的天空十分高远，一群大雁往南飞。赵声站在大轮船的甲板上，望着遥远南方深邃高远的天际，心中的兴奋油然而生。就要见到中山先生了，就要与中山先生并肩战斗了。赵声憧憬着即将来临的战斗岁月，任凭海风扑面，心中却是热乎乎的。

五十一、穗城遇盲妹

1907年初春时节，赵声来到广东。在中山先生的关心下，加之时任两广总督的周馥刚从两江总督任上调至广州，他在任两江总督时就听过赵声的名字，很欣赏赵声的才干，尤其深知，当过新军江阴教练的赵声治军有方，正是用人之际，便任命赵声为广东新军混成协二标二营管带。

赵声接到任命，很快来到广东新军混成协二标二营上任。又来到熟悉的军营，赵声如鱼儿游进水中，心中很兴奋。初夏的一天，周馥来到新军驻地察看。一眼望去，营地整洁，官兵队列整齐，军服笔挺，精神十足。赵声则气度不凡，英武爽直。周馥赞赏地对赵声说："新军英武！新军与旗营就是不一样，新军与绿营就是不一样，大清干臣！大清栋梁！"看了赵声的营地，检阅了赵声的官兵，周馥总督很满意。不久，即升赵声为新军混成协二标标统。

赵声是天生的革命家、军事家。每到一地，喜欢四处游历，游景点，游市面。当年在大港天香阁，还不到七岁，他就吵着嚷着跟着父亲赵蓉曾登临圌山，放眼长江，几乎游遍了大港的山山水水。家乡的圌山、横山、五峰山、青龙山以及焦山、北固山、金山、南京紫金山麓都留下了他的足迹。他不仅游山河，而且能说出许多与这些山水相关联的爱国故事。看到祖国的大好河山，心中就会升腾起一股保家卫国的信心和勇气。许多爱国英雄如岳飞、韩世忠、宗泽等形象深深地印在赵声脑海里，他矢志不渝地踏着英雄的足迹奋斗。

到了南国古城广州，只要一有空闲，赵声就会去各处转转。中山先生把自己召到广州，必须尽快了解广州，熟悉广东省域。

广东地处岭南，濒临南海，自古以来就是中国的"南大门"。这是一座有着两千多年悠久历史的文化名城，是一座四季花开的秀美花城，更是一座有着抗击外侮历史的英勇城市。赵声深入了解发现，这座城市与家乡镇江有着不少相似的可歌可泣的英勇故事。清道光十九年（1839年），林则徐到广州禁烟，次年爆发第一次鸦片战争，林则徐带领广州军民抗击英国侵略军，爆发广州三元里人民抗英斗争，但清政府却签订了丧权辱国的《南京条约》。第二次鸦片战争爆发，广州失陷于英法联军，次年腐败无能的清政府又签订了《天津条约》，逼迫中国开放镇江等十个通商口岸。广州与镇江有太多的抗击英军侵略的相似之处。广州军民英勇抗击英军，镇江也阻击英军；广州三元里人民抗击英军，镇江江岸码头工人火烧过英国驻镇江领事馆。虽经无数爱国人士浴血奋战，但大好河山仍落于洋人的奴役之下，这都是清廷腐败、清廷无能造成的恶果。

一天，赵声正悠闲地走在广州街头。忽然看到不远处一个洋人神气活现地坐着抬杆，还有一群人好奇地围着抬杆嬉笑着指手画脚，赵声心里难受极了。赵声抬头一看，发现竟然在不远处低矮的屋顶上还有人看稀奇。抬杆的民夫也狐假虎威，神气十足地朝围观人群挥着手，不时还传来"出去！""走开！"的吆喝和驱赶声。看到祖国的土地上，洋人横行，赵声满脸怒气，气得狠狠地咳嗽一声，往地上重重地吐了一口痰。

这时，一个气派的洋行门口，传来一阵动听的南国音韵。赵声循声望去，一个街头卖唱的盲妹踉跄着进了洋行的大门，但很快被两个侍从模样的人赶了出来。

赵声赶紧走上前，用手轻轻地扶着被洋行赶出来的卖唱盲妹，用刚学会的粤语关切地说："小妹妹，别绊着，慢点，慢点！"

卖唱妹虽然眼睛看不见，但声音听得出来，这是遇到好人了。她连连欠身道："谢谢！谢谢呀！"

赵声是个爱打抱不平的人。小时候在家乡集市上就斗过当地的地痞流氓，十四岁凭着一身功夫闯进官衙把无辜的邻居少年硬是抢了出来。这一刻，他看到盲妹受洋人驱赶，心中一股怒气直冲脑门。他牵着盲妹手中探路的竹竿说："小妹妹，我带你到旁边一家店里卖唱去。"

"谢谢！"盲妹在赵声引导下，进入隔壁一家绸布商铺。这个商铺的老板也是个洋人，看到盲妹朝店铺里走进来，正要驱赶，但见盲妹由一名青年军官引导，不敢要强，只得吩咐伙计把盲妹让进店铺。盲妹唱起歌来，不一会儿，街上行人听到歌声纷纷走进店铺，听盲妹歌声婉转，一旁，还有一名青年军官高声喝彩，大家兴致更高。盲妹店内卖唱，竟然吸引这么多人来到店堂，这真是意外的惊喜。人一多，或许就有人顺带扯布，洋人老板喜滋滋地望着看热闹的人群。

卖唱盲女的歌声很清亮。她唱的是粤曲，相当于江浙一带的曲艺。赵声知道，清道光初年，广东的八音班乐工就以粤曲清唱为业。同治初年，又有失明的女艺人演唱粤曲。卖唱盲妹唱的是广东粤曲中的一种，叫木鱼。木鱼是用广州方言演唱的说唱形式，也是粤剧、粤曲常用的曲牌。演唱时用一种刳空的硬质木头敲击作声，作为伴奏。这段木头叫"木鱼"。这种演唱形式称作"唱木鱼"，明代在珠三角一带流行，清代更加兴盛。赵声站在盲女旁边，静静地听着盲妹动听的歌声。歌声属自由吟唱体，行腔轻柔清雅，委婉细腻。虽然木鱼的演唱用的是广州话的俚语俗话，但听得出来，都是谈古道今。有传奇的，有言情的，有修佛的，有革命的。特别还有唱农民起义和爱国将领故事的，赵声听了更是振奋。赵声一边欣赏盲妹的歌声，一边酝酿，友人聚会时，可请盲妹唱曲艺。赵声想，通过请盲妹唱革命故事，让革命的斗志通过动听的歌声传开来，鼓舞人民，让水深火热中的人民迅速觉醒。

想到这里，赵声兴奋不已，他情不自禁啪啪啪地鼓起掌来。店内伙计、看热闹的人们也纷纷鼓起掌来。赵声掏钱打赏，看客们也纷纷掏出铜钱投进铁盒中。盲妹听到铜钱叮叮当当的清脆响声，一个劲儿地欠身作揖："谢谢！谢谢各位好人。"

赵声生性豪爽，他不仅喜欢游历名山大川，而且十分关注生活在底层的劳苦大众，爱与志趣相投者交往。自从那天在街头遇到卖唱盲妹后，他开始关注盲妹，并了解她卖唱时经常演唱的曲目。这个街头卖唱盲妹叫桂红，她的父亲也是行走广州街头的说唱老艺人，也唱"木鱼"，有"广州老木鱼"之称。盲妹父女在底层水深火热中煎熬，像她父亲这样的老艺人在广州街头还有好些个。他们演唱的都是穷苦大众生活的血泪和辛酸，在演唱中或多或少或明或暗地诉说着他们的不平与艰难，巧妙地或直接地或隐晦地发泄对清廷统治者的不满和愤怒。这些声情并茂的演唱容易引起底层群体的共鸣，在人民大众的心中种下反清的种子，并通过街头的不断演唱，使这些种子慢慢地发芽、壮大。小桂红父亲的演唱，听众很多，打赏的人也很多，一个地痞流氓就向桂红父亲收保护费。小桂红父亲不肯就范，辛苦挣的几个活命钱怎能被轻易敲诈，他不愿低头。这个地痞流氓就跑去官衙告发，状告小桂红父亲的演唱有谋反之心。清政府的昏官竟把小桂红父亲捕进大牢治罪，硬说他的演唱含沙射影，犯上辱君。小桂红的父亲被严刑折磨，含冤悲惨地死于狱中。临死，残酷无情的官吏也没有让小桂红见父亲一面。可怜的小桂红思父心切，悲恸欲绝，整日呼天抢地地哭泣，直至哭瞎了双眼。父亲死了，小桂红又成了一个盲女，生活无依无靠。好在平时跟着父亲街头卖唱，也学会了不少广东曲艺段子，特别是父亲经常演唱的曲目，她能唱个八九不离十。从此，可怜的小桂红流浪街头，孤身独闯江湖，开始了街头卖唱的生涯。不管寒冬腊月，还是春风荡漾，小桂红拄着小竹竿，走街串巷演唱，人人都知道广州街头有个小小年纪就卖唱的盲妹。

赵声记住了盲妹，他欣赏盲妹演唱的许多曲艺故事。

秋天到了，天气凉了，南国的秋凉中，仍然透着夏天暖烘烘的气息。

一个天气晴朗的星期天，赵声独自一人，登上了越秀山上的镇海楼。广州是历史文化厚实的地方，可游览的地方很多，像万寿宫、城隍庙都是游广州必去的地方。但赵声更向往镇海楼。镇海楼脚下有个荒废的山岗，又叫越王台。

赵声知道，越王台因南越王赵佗而闻名遐迩，他可是一个对祖国南部土地发展做出贡献的名人。

赵声健步登山，放眼远望，处处是如画景色，令人心旷神怡。越秀山地处广州市中心，自然景观和人文景观十分丰富，共有三个人工湖，七个山岗。主要名胜古迹有南明绍五君臣冢、南明王兴将军暨妻妾合葬墓、镇海楼、明代城墙遗址、四方炮台、石牌坊以及五羊石像等。赵声无心一一观赏，直奔镇海楼、越王台遗址而去。

一直以来，镇海楼就是广州登高眺远的胜地。赵声走到越秀山的山腰，不远处，雄伟的镇海楼已出现在眼前。镇海楼，坐落在越秀山的主峰井冈畔，始建于明洪武十三年（1380年），楼高五层。明洪武十三年，永嘉侯朱亮祖扩建广州时，把北城墙扩展到越秀山上，同时，在山上修筑了一座五层高楼以壮观瞻。作为北城的望楼，初称"五层楼"，后毁于火灾。重建时题名"镇海楼"，其含义为"雄镇海疆"。还有一说是朱亮祖建造此楼，"以压紫云黄气之异者也"。意谓恐怕广东有帝王之才崛起，特建此楼以禁压之。雄伟的楼宇、非凡的气宇，镇海楼，以"镇海层楼""越秀远眺"被列为"羊城八景"之一。

赵声从半山腰欣赏镇海楼。镇海楼建在主峰井冈畔，成为雄踞附近，鹤立鸡群的最高建筑。赵声仔细地端详壮丽的"五层楼"，红墙绿瓦，厚实壮美，雄伟壮观，气宇非凡。赵声一鼓作气，登上山顶，来到楼下。楼的正面，一副对联映入赵声眼前。这是清代两广总督彭玉麟所撰写的对联，书法遒劲：

万千劫危楼尚存，问谁摘斗摩霄，目空今古；
五百年故侯安在，使我倚栏看剑，泪洒英雄。

赵声高吟两遍，连连赞叹，此联配此楼双双气势非凡，难怪有人叹曰："瑰丽雄特，虽黄鹤、岳阳莫能过之。"接着，赵声拾级而上，登一层楼观一层景，层层景观不一样。登上顶楼，他长舒一口气，双手往栏杆上一撑，极目远眺，羊城景色尽收眼底。他思绪万千，追古思今，不由得感慨不已。他想到家乡镇江的北固楼，北固楼引起多少文人墨客的咏赞。名楼有名人，名人有名篇。他灵光一闪，盲妹演唱的《虎丘题壁》的歌声回响在耳畔。赵声思绪飞转，写作《虎丘题壁》的"岭南三大家"之一的陈恭尹，老年登上镇海楼，不是写过一首著名的诗篇吗？赵声思索着，他想起来了，题目应该叫《九日登镇海楼》。赵声从小记忆力好，四五岁就能背诵《千字文》《百家姓》《三字经》，这刻，他眺望着羊城高远的蓝天，一群大雁鸣叫着，呈人字形从蔚蓝色的天空飞过，想象着陈恭尹似乎也像自己这样登高望远，凭一腔热忱倚栏吟出唱颂岭南山川形胜的《九日登镇海楼》诗句：

清樽须醉曲栏前，
飞阁临秋一浩然。
五岭北来峰在地，
九州南尽水浮天。
将开菊蕊黄如酒，
欲到送风响似泉。
白首重阳惟有笑，
未堪怀古问山川。

吟诵着陈恭尹的这首赞美祖国山川的名诗，望着眼前祖国的一片大好河山，想想多少贫苦大众在清政府的腐朽统治下过着水深火热的生活，赵声心中燃起了满腔怒火。他想起自己创作的《保国歌》唤起了不少民众的觉醒，唤起了不少民众拿起了枪杆子去抗争；自己在新军九镇创作的军歌，鼓舞了多少官兵的斗志，激发了多少官兵的革命热情。盲妹的演唱提醒了赵声，唤醒民众太重要了。记得那次，盲妹小桂红演唱《虎丘题壁》，字句里，音韵中，都透着卖唱盲妹小桂红坚贞不屈的骨气。

祖国的大好河山岂能拱手让洋人糟蹋，人民大众岂能永远生活在水深火热之中！赵声怀着一腔热忱，迈开步子缓缓地走下楼，嘴里喃喃自语——盲妹！《虎丘题壁》！

赵声来到越王台的山冈，眼前仿佛浮现出开疆功臣南越王赵佗。昔日热闹的越王台早已只剩下残垣断壁，但赵佗的名字深深地印在人们脑海里。

赵佗，秦朝恒山郡真定县人（今中国河北省正定县）。少年负勇，精通武功韬略。秦始皇二十八年（公元前219年），赵佗被封为五十万大军的副帅。受秦始皇委派和任嚣一起率领五十万大军平岭南。公元前214年，岭南平定之后，由于龙川地理位置和军事价值都极其重要，赵佗被委任为首任龙川令。直至公元前208年，赵佗调任南海郡尉，他一共做了六年的龙川令。任南海郡尉期间，以及建立南越国，自称"南越王"后，他一直实行"和辑百越"的政策，促进了汉越民族的融合，并把中原地区的先进文化带到了南越之地，使南越得到了良好的发展。赵声感到历史烟云正在眼前飘忽，赵佗在秦汉的争斗中，以独特的方式面对历史潮水的翻腾起落……此时的赵声忽然感到秦平定六国战争的硝烟鼙鼓正隆隆播动，刘邦、项羽楚汉之争的厮杀声仿佛又在远处响起……赵声对这段历史生出了与常人不同的感慨，仰天吟咏出《登越王台》：

> 七雄兼并真无谓，
> 刘项纷争只自残。
> 坚向南天开版籍，
> 能将文化服夷蛮。
> 公真矍铄或千古，
> 我尚飘零姓氏惭。
> 今日登楼频北望，
> 中原妖雾正漫漫。

赵声仰天长吟，感慨万分。他由衷地赞叹赵佗对岭南发展的功绩。扶栏北望，又回到现实，好端端的华夏被腐朽的清廷统治得如此黑暗混沌，放眼北国，中华大好河山正被一阵阵妖雾所笼罩。怀着悲愤，赵声欲抬步走下越王台。突然，一阵熟悉的歌声悠悠地飘过来，赵声一愣，难道是盲妹卖唱来到了越秀山？循声望去，果然是盲妹小桂红。她正在越王台残基旁一棵粗大的银杏树下唱木鱼，身边还伴着一个人。

赵声急匆匆地走过去问："怎么唱到这里来了？"

"是赵大哥吗？你来越王台游览？"小桂红已经听出了赵声的声音，答道，"我来越王台唱南越王的。"

"唱南越王好！"赵声很高兴地鼓励说。

"赵大哥，我听你的，要唱些有革命意义的，鼓舞民族志气的故事。"小盲妹停住歌唱说，"我带徒了，最近，专门排练了几个曲本，有唱南越王的，有唱《虎丘题壁》的，还有大哥你写的《保国歌》……"

赵声打断盲妹的话，吃惊地问：《保国歌》？这么快就唱起来啦？"

"不信？唱给你听。"盲妹说着就敲起了木鱼。

赵声连忙让盲妹停住敲木鱼说："跟你商量个事。"

"你说！"盲妹把小木鱼槌悬在空中。

"下周六下午3时，我邀朋友在启明酒楼聚会，请你去唱，怎么样？"赵声想起了自己的计划，请盲妹把这几首曲艺本子给大家唱一下，让盲妹的歌声成为广州大街唤醒民众起来抗争的号角。

盲妹一听喜出望外，连声致谢："赵大哥，我一定按时去启明酒楼，一定把这几个本子唱好！请你指正！"

"好！一言为定。"赵声为卖唱女也能成为反清的宣传员而兴奋不已。

几天后，周六下午3时，广州启明酒楼。

赵声早早来到楼上雅间，几位好友也相继登楼。卖唱盲妹早已在雅间等候，徒弟也带来了。

赵声邀约的几位好友都是到广州后结交的，都是志趣相投者。他们一进雅间，就看到街头卖唱的盲妹，个个嬉笑着打趣地说："赵标统，小气呀！请街头盲妹唱，省钱呀？"

赵声招呼大家坐定后，朝盲妹指了指说："听完曲艺本子就知道了，为什么请盲妹来唱。我可不是省钱。"说完，赵声请好友们坐定，朝盲妹的徒弟点点头，示意开始。

木鱼声起，第一曲是《虎丘题壁》。

第二曲是唱南越王的故事。

第三曲是唱赵声创作的《保国歌》。

大家一边喝茶，一边轻轻地跟着盲妹的歌曲节奏打拍子，赵声轻声哼起来，大家也跟着哼：

> 虎迹苍茫霸业沉，
> 古时山色尚阴阴。
> 半楼月影千家笛，
> 万里天涯一夜砧。
> 南国干戈征士泪，
> 西风刀剪美人心。
> 市中亦有吹箎客，
> 乞食吴门秋又深。

赵声随着盲妹小桂红的歌唱，把《虎丘题壁》哼了一遍说："这首诗的作者是'岭南三大家'之一陈恭尹，诗中很好地用了伍子胥因父亲伍奢被楚平王所杀，逃到吴国的姑苏吹篪乞食的典故，题写在苏州虎丘墙壁上，表达了一个意思。"

"什么意思？什么愿望？"大家不解地齐声问。

赵声低低地说："反——清——复——明！"

刹那间，大家全明白了赵声请盲妹唱木鱼的用意，用唱这些典故来唤醒民众、鼓舞民众。

赵声掏出一块银圆，放到盲妹小桂红的手里，说："你只要坚持多唱这些激昂的歌曲，我每月都会给你一块银圆。"

好友们全明白了，纷纷掏出铜板和银圆轻轻地扔进盲妹徒弟捧着的铁盒里。

小桂红听到当当的响声，敲起了木鱼，唱起了《保国歌》，大家跟着唱起来，声音越来越动听，感情越来越奔放，动人的高昂的歌声在酒楼久久回荡。

> 莫打鼓来莫敲锣，
> 听我唱个保国歌。
> 中国汉人之中国，
> 民族由来最众多。
> 堂堂始祖是皇帝，
> 四万万人皆苗裔。
> 嫡亲同胞好兄弟，
> 保此江山真壮丽。
> …………
> 仔细听我保国歌，
> 天和地和人又和。
> 取彼民贼驱异类，
> 光复皇汉笑呵呵。

五十一、穗城遇盲妹

五十二、独马赴义营

赵声来到广州新军不久，游历广州山水，广交志同道合的朋友，特别是碰到街头盲妹小桂红，把民间街头卖唱变为宣传革命的一种形式，启迪民众的又一支主力军。他按照中山先生的指令，策动新军，伺机策应起义，坚决摧毁腐朽的清廷统治，建立中华民国，把人民从水深火热之中拯救出来。策应新军，从南到北，赵声经历了无数次的艰难险阻，遭到了一次又一次的挫折，但跟随中山先生推翻帝制、建立民国的信心始终像一盏明灯亮在他的心中。

赵声在等待。

他常在屋子里摩拳擦掌急促地迈着步子转圈子。中山先生虽然不在身边，但中山先生强大的意志始终鼓舞着自己，他相信起义的枪声终会响起，而且一定会很快响起。

赵声知道，此时的孙中山已经被清廷盯上了。中山先生是冒着随时随地掉脑袋的危险在组织开展同盟会工作，尽管一次又一次发动武装起义都遭到挫折和失败，但中山先生顽强的斗志和毅力从未被削弱。最近，中山先生又在西南边境领导武装起义。著名的钦州三那起义爆发了，这是孙中山领导的第十次武装起义。

清廷用金钱买通日本政府，逼孙中山离开日本。日本政府拿了清廷一万五千块银圆，逼迫孙中山离开日本。中山先生离开日本后，立即赶赴南洋，与胡汉民、汪精卫会合，在南洋重新建立了中国同盟会总部，并派出联络员赴全国各同盟会分支，开展宣传，组织发动起义。萍浏醴起义被清军镇压后，清政府加强了对长江流域的戒备。孙中山立即将工作重点转向粤、桂、赣边境一带。他深知赵声文武双全，且指挥能力高超，是武装起义难得的将帅。中山先生迅速派人赴南京将他召到广州，并通过关系，让赵声打入广州新军，以便随时组织新军策应起义。孙中山和黄兴为了直接指挥粤、桂、赣边境一带的起义，将指挥部移到越南河内，坐镇河内指挥起义。

赵声听到钦州三那起义爆发的消息，心中很兴奋。他掰起指头一算，这已是中山先生领导的第十次武装起义了。光绪三十三年（1907年），仅这一年中山

360

先生就发动武装起义五次。5月22日，孙中山派同盟会会员许雪秋、陈芸生等发动黄冈起义，经六日激战而败。6月2日，孙中山命邓子瑜起义于惠州七女湖，历十余日而败。7月6日，孙中山命徐锡麟起义于安庆，激战数日，起义军溃败，徐锡麟殉难。9月1日，王和顺受孙中山之令于钦州王光山发动起义。12月2日，黄明堂在镇南关起义，孙中山亲自指挥战斗。五次起义虽然都失败了，但一次比一次有影响，这些武装起义的枪声敲响了清廷灭亡的丧钟。一年中，爆发了五次起义，加之以前的广州起义、惠州起义等，孙中山共计策划发动了九次武装起义。虽然都遭到了清廷镇压，最终以失败告终，但人民在起义中渐渐觉醒了。

最近爆发的第十次钦州三那起义，让赵声更加敬佩中山先生顽强的意志，也更加明白孙中山为什么把自己从南京召到南方粤、桂来。这里确实是中山先生所说的"广东资力雄伟，人才众多，革命军兴，宜先取之，以为根据"。钦州三那起义的爆发，使赵声看到南部边境确是武装起义的大战场。赵声很兴奋，兴奋的是自己能在中山先生亲自指挥下作战，兴奋的是自己又有了用武之地。

策应起义，这是中山先生召他到广东的首要任务。赵声开始秘密研究钦州三那起义的关键节点，特别注重了解钦州一带的地形、天文、环境以及起义可能参与的主力军和生力军。

钦州，地处西南沿海，面临北部湾，北邻南宁，东与北海、玉林相连，西接防城。广东钦州三那，指的是钦州所属的那彭、那丽、那思。当时的三那地处亚热带，土地肥沃，盛产蔗糖。清朝政府对三那粮捐征收奇重，当地人民辛苦一年的所得，大部分都进了清政府的库房，人民生活苦不堪言，对清廷的怒火一点就着，愤怒的呐喊响彻三那的乡村和田野。起义的导火索是清吏以精捐办学为名征收糖捐，激起了钦州三那人民的强烈反对。三那人民迅速成立了"万人会"，歃血为盟，宣誓抗捐，并推举刘思裕为起义总指挥。

赵声打心眼里佩服钦州三那起义总指挥刘思裕。发动"万人会"抗粮抗捐，并宣布武装起义，这是需要勇气的。赵声了解到刘思裕的这种勇气来自中山先生的魅力，来自同盟会的及时指导组织，起义军声势逐步浩大，如星星之火迅速燎原。赵声通过联络员对刘思裕进行深入了解。刘思裕出生于同治七年（1868年），那彭镇凤凰村人，是当地的团绅，对清朝统治十分不满。光绪三十二年（1906年）冬天，三那农民开展抗粮抗捐斗争，刘思裕被推为首领。光绪三十三年（1907年）春天三四月间，他召集"牛头大会"，公开揭露钦州官吏借办学之名开征糖捐、鱼肉人民的罪行。刘思裕组织群众武装自己，亲自率领武装起义的农民兄弟攻打那彭，杀死税吏，农民起义队伍很快发展到两万多人，在广东造成了很大影响。

其时，孙中山先生在同盟会中部召集黄兴等骨干开会，研究刘思裕起义队伍的现状，决定联合抗捐群众，趁热打铁，大举起义。为了加强对刘思裕这支农民起义军的组织领导，中山派出同盟会会员邝敬川、梁少延、梁建葵潜入三那，给刘思裕讲革命起义的意义，讲起义的最终目的。刘思裕等起义头领眼界开阔了，纷纷表示接受同盟会的领导，不断扩大起义队伍。邝敬川等同盟会会员还对三那地区的群众进行宣传鼓动，使三那群众反抗清廷的情绪越来越激动，钦州三那起义惊动了两广总督，总督周馥决定派兵镇压三那起义。

赵声了解了钦州三那起义的来龙去脉，虽然还没有得到同盟会总部的指令，但他决定依靠自己在新军中的独特地位，迅速联系结拜把兄郭人漳策应起义。赵声在思忖：总督周馥会派哪些部队去镇压呢？

想不到事情竟然这么巧。

总督周馥对镇压这次钦州三那起义十分重视。本来决定派郭人漳的巡防营去钦州，但考虑到郭人漳的巡防营兵力不够，加之巡防营的战斗力也不强，便想到了文武双全的赵声。赵声在南京新军的名气周馥是清楚的，调到广东新军来任二标标统，不到几个月，就把二标的部队带得嗷嗷叫。上次去赵声的二标检查军务，赵声治军严谨，治军有方的印象至今还深刻地留在总督周馥的脑海里。当时的二标新军士兵，半月剃次头，床上的被子叠得像豆腐块似的，印象最深的是，当周馥手戴白手套，亲自到床板、桌底摸了一下，想不到白手套上竟然一尘不染，干干净净。周馥当时抬手看着雪白的手套，反复扫视，确实没有一丝灰痕。周馥惊讶地说："赵声带兵不一样！不一样呀！"这样的部队肯定能打仗。钦州三那起义是朝廷的一块心病，据说同盟会的人已经插手，孙中山还在越南河内设了指挥部，起义的烽火越燃越旺，这可马虎不得，否则，在自己的辖地闹得这么凶，传到朝廷去，自己头上的顶戴可能不保，必须尽快镇压下去。周馥想到了赵声，下决心调赵声一营并附加炮队去加强巡防营的兵力，由郭人漳统一节制。

郭人漳、赵声被召到总督署，接受了进军钦州三那的命令。这次周馥按照朝廷上谕，共调遣五路大军前往进剿，郭人漳、赵声为五路中的一路。两人接受了周馥的命令，迅速准备行动。

赵声没想到自己的部队能被派到钦州三那前线，更没想到，把兄弟郭人漳也被派往镇压，而且是自己的顶头上司。赵声心里很高兴，他想得很简单，郭人漳官运走背时，在南京的茶馆与自己偶然相识。他"好与革命党往来"，"颇以新学弋时誉"的姿态，让初次相见的赵声对他刮目相看。两人志趣相投，在茶馆结为拜把兄弟。这郭人漳应该是个仗义之人，在南京对自己像对兄弟似的关照。尤其是赵声调到广东新军后，郭人漳更是以南方老官自居，经常约自己去茶馆、酒楼畅谈，满嘴革命言辞。赵声还想到了在南京与郭人漳相处的一件往事，至今赵声还很感激他。那就是郭人漳重得朝廷任用，赴广西任职，他十分仗义地要赵声随同前往。赵声跟随郭人漳去了广西，郭人漳任命赵声为巡防营管带。后陶骏保邀赵声回家乡南京，郭人漳又爽快放人，并且还嘱咐赵声，如在南京混得不好，随时返回广西巡防营。想到这些，赵声下决心去找郭人漳，把策应起义的事跟郭人漳说说。赵声心里对郭人漳既感激又信任，一点也没有对郭留心眼。赵声是个爽快之人，虽然古语说得好，害人之心不可有，防人之心不可无，但赵声觉得，郭人漳是自己的把兄弟，不用设防。

郭人漳、赵声所带的第五路部队是海上行动，计划从广州坐船去北海，登陆后直击三那。郭人漳、赵声所率船队即刻出发，俩人都在指挥船上。吃过晚饭，赵声独自一人往郭人漳所住船舱走去。身居越南的孙中山知道朝廷拟派郭人漳、赵声率部进剿，也想令郭、赵里应外合，策应起义，一举成功。事后，赵声才知道中山先生曾亲书一封信，派专人送给他。可惜信还未到，赵声已开拔了。但赵声虽然未收到中山先生指令，仍决定暗中策划，他去找自己信任的把兄郭人漳，商量协同策应。

深秋时节，天空显得特别高远。夜色渐渐降临，海风不大，但海浪互相撞击，发出哗哗哗的响声，海上就是无风也三尺浪。一轮明月高高地挂在湛蓝的天空中，随着夜色渐渐变浓，月光变得更皎洁明亮，把撞击着的浪花照出一条条白色的光芒，甲板照亮了，船舷边的廊道也照亮了。赵声沿着廊道，来到郭人漳所住船舱门口。

门关着，圆圆的舷窗里透出明亮的电灯光。赵声抬手敲着住舱门，发出很响的咚咚咚声。

"谁呀？"门未开，传来了郭人漳熟悉的声音。

"是我！"赵声站立门口，推了一下门，门里面闩上了。

从船舱传来脚步声，接着是拉金属插闩发出的响声，门开了。郭人漳看见门外的赵声，一脸惊讶："你怎么来啦？"

"看看老兄！"赵声说着，大步走进船舱。明亮的电灯光下，办公桌上摆着一张灰黄的地图，"钦州地形图"五个字醒目地出现在赵声眼前。赵声敬佩地说："郭兄一吃过晚饭就研究作战方案？"

"对呀！"郭人漳又把门闩上，示意赵声坐下后问，"赵声弟有事请讲。"

赵声凭着跟郭人漳拜把兄弟的关系，直截了当地把自己到前线后，准备策应起义的意思讲了。谁知郭人漳听后低着头，沉默不语。

郭人漳的态度让赵声感到纳闷。郭人漳平时满口新词，革命话语不断，现在怎么不作声？赵声声音大了一些："郭兄意下如何？"

郭人漳深知，赵声倾向革命，胆量过人。此次欲勾结乱民，阵前起义，岂不把自己拖进去？这可是杀头的罪。他面带疑惑，望着赵声问："这三那抗捐抗粮，真的是正式革命军？"

"你有怀疑？"赵声反问。

"刘思裕是个土司，一群乱民。"郭人漳提醒赵声，"我们不能乱来，盲目行事会吃大亏的！"

赵声见郭人漳不愿响应，没有再说下去，起身告辞。郭人漳却拉住赵声胳膊肘说："上岸后，为行动方便，我想组织一支机动部队。"

"怎么组织？"赵声敏感地问。

郭人漳松开手，看似很随意地说："我正想跟你商量，你来得正好，新军勇猛，我想从你营中抽二队加炮队。"

赵声听了，心里"咯噔"一下。他明白，自己所统队伍归郭人漳节制，郭人漳此举，是想削弱自己的实力。

离开郭人漳的船舱，走到甲板上，一阵海风吹过来，赵声打了个寒战，脑子清醒多了。他陡然意识到，眼前的郭人漳已不是从前的郭人漳，他变了，变得冷酷狡猾了。组建机动部队，定是郭人漳听了自己策应起义的提议后，临时想出的主意。意图很明显，就是要削弱、牵制自己的力量。部队登陆后，郭人漳果然穷凶极恶，指挥部队对起义大军进行残酷镇压。这是郭人漳趁赵声还没有与起义军取得联系就发动的突然袭击。起义军伤亡惨重，遭到重创。赵声看到郭人漳屠杀起义群众，心急如焚，为了让起义军免遭更大损失，他无从选择，只能冒险。

赵声决定星夜单骑去会刘思裕。

黑沉沉夜幕中繁星点点，趁着淡淡的月色，赵声抄山路小道，扬鞭策马飞奔而去。山林里的夜晚静静的，虫儿发出吱吱吱的叫声，远处的密林里不时传来一两声狼嚎。赵声按照地图的标示，很快找到起义军指挥部所在地刘庄。他向卫兵说明情况后，被卫兵带到一片密密的小山林，刘思裕的指挥所就设在刘庄村后的小山林里。

三十九岁的刘思裕见到二十六岁的赵声，疑惑不解地打量着赵声问："你是何人？"

"我是来帮助你的人。"赵声平静地答。

"如何帮我助我？"刘思裕接着问，"你带来多少人马？"

"无兵无卒，就我一人。"赵声仍然很平静。顿了顿，赵声反问刘思裕："清廷五路大军围剿，你如何应付？"

远处传来一阵阵密集的枪声，夹杂着震耳的炮声轰隆隆地传来，在寂静的深夜，听起来令人紧张恐惧。

刘思裕挥了挥手，信心十足地说："我自有安排。"

"我献一策，不知刘总相信否？"赵声目光盯着刘思裕。

"请讲。"刘思裕一摆手。

"大军压境，应避其锋芒，请速带起义军转移。"赵声沉着地规劝道。

"转移？这里是生我养我的土地，岂能拱手相让！"刘思裕连连摆手，对赵声的建议极不赞同，语气显得很坚定。

赵声此时想到的是保存革命实力，他解释道："这叫保存实力，以图发展。"

"我们的起义队伍有二万之众，还怕他清军？"刘思裕充满信心地说，"我们要用真刀真枪保卫自己的家园三那！"

"精神可嘉，但你要认真分析敌情，采取安全对策啊！"赵声仍然耐心劝说。他希望刘思裕尽快醒悟过来，尽快转移，保存实力。赵声的心中比谁都明白，郭人漳的屠刀正在狂乱地挥舞。他心急如焚。策应起义是不可能了，郭人漳是个两面派。自己不能眼睁睁地看着起义的队伍被尽皆剿亡。

"深夜赶来，就这等事。你快走吧，别误了我们的大事！"刘思裕固执地挥挥手，仍不醒悟。

不远处，密集枪炮声一阵紧似一阵。赵声见劝说无用，只好匆匆辞别，他还得在拂晓前赶回营地，以免引起郭人漳的疑心。

赵声连夜又赶回营地。第二天，清军大举进攻。刘思裕率部队在那彭四和堂抗击郭人漳的林虎部。战斗中，刘思裕不幸被枪击中，壮烈牺牲，三那起义失败了。抗捐武装只得走进十万大山，起义军派出邝、梁为代表到河内向孙中山求援。

郭人漳因镇压有功，得到清政府奖励，升任钦防、边防督办。此次与郭人漳共赴三那进剿，策应未成，单骑闯义营，也不如愿，赵声的心中十分郁闷，但他也有一个大收获，那就是把把兄郭人漳长期伪装倾向革命的假面孔看清了。从此，赵声对郭人漳高度警觉起来。

赵声思忖、琢磨，暗暗提醒自己：对郭人漳得多留个心眼。

五十三、钦州起义受挫

赵声是个直爽的人，对人十分坦荡。这次他与郭人漳共同赴三那镇压起义军，自己竭力相助，甚至冒着巨大风险，独闯刘思裕的起义营，但策应终不能如愿。他恨把兄弟郭人漳口是心非，冷血残酷，镇压革命。赵声表面与郭人漳没撕破脸皮，但心中有数。以赵声的直性子，他还真有些想不通。当年在南京结识郭人漳时，郭人漳的那副激进的面孔，赵声至今还不能忘记。那时的郭人漳一副革命姿态，难道是因为"当其愤抑无聊之际，未尝不口谈革命以阿当世"的伪装？赵声待人真诚，眼里掺不了半点沙子，别人对自己的好，他也常常在心中念叨。客观地说，郭人漳对自己是有恩的，关键的时候还能想到自己。赵声想到郭人漳升任广西巡防营统领时，第一个想到带自己去广西。虽然他可能是看中自己的武艺才能，但去了广西后，待自己不薄，先是重用当了管带，后来即使知道自己的革命倾向，也是睁一只眼闭一只眼，并没有半点为难，甚至暗中提醒。自己策动新军的举动被广西官吏盯上后，郭人漳还提醒自己注意隐藏锋芒。特别是同乡老同学让自己再回南京新军时，郭人漳没有强留，不但送了一盒普洱茶，还撂下话说：混到有困难时，再来广西找他。想到这些，赵声还真有些纳闷。就这么一个拜把兄弟，怎么关键时刻说变就变呢？

赵声想到郭人漳就很惆怅，他在心里琢磨，郭人漳为什么不愿意配合起义军共举大事？为什么要突然组建一支机动部队，把自己的部队抽过去让他节制？为什么登陆后不与自己商量就对起义军大举进攻，疯狂屠杀？想想过去郭人漳的所作所为，再想想这次共赴三那行动中，郭人漳一系列的残酷举动，只有一个解释，此人是个伪革命派。赵声明白，现在，还不到与郭人漳撕破脸皮的时刻，但必须多留几个心眼，走一步瞧一步。

正是夏天。

赵声的驻地廉州，四周山峦起伏，廉州城里热浪滚滚。夏天的太阳悬挂在蓝汪汪的天空，毒辣辣的阳光把训练场四周的树叶都烤得发蔫了。知了不知疲倦地吱吱叫个不停。

部队班师回到驻地，为了不引起郭人漳的警觉，赵声对郭人漳的态度还是一如既往，好似什么事情也没有发生似的。赵声一门心思全放在部队的训练上，这样可以一举两得。一是让郭人漳看了，认为自己还是心系部队；二是把自己的部队训练好了，将来再有策应起义的机会，才能拉得出打得响。虽然天气热得人不动都出汗，赵声还是亲临训练场，督促部队夏练三伏。训练场上喊声四起，枪刺声和知了的鸣叫声交织在一起。

训练场不远处，出现了一个熟悉的身影。赵声抬手擦擦额头上的汗水，定睛一看，原来是老朋友胡毅生。赵声赶紧快步迎上去，伸出手握住胡毅生的手问："毅生老弟，烈日炎炎，不辞劳苦从何而来？"

胡毅生紧紧地握住赵声的手，朝赵声使了个眼色："赵声兄，去！到你宿舍喝杯茶！"

赵声明白胡毅生的意思。他松开胡毅生的手，径直带路，往自己的宿舍走去。一边走一边心里猜想，胡毅生来肯定会有新的部署。他轻声问："毅生老弟从总部来？"

"对！我从河内来，是中山先生派我来找你的。"胡毅生想起上次在南京见到赵声的情景，那次也是中山先生让他去找赵声。孙中山对赵声的器重可见一斑，于是把中山两个字说得特别响。

赵声听说胡毅生是中山先生派来的，一股暖流涌遍全身。他知道，中山先生肯定对南方的武装起义又有新的部署了。这些日子，赵声为钦州三那起义失败，尤其是精心策划的阵前策应未能如愿，心里正郁闷着呢。此时，孙中山派人来了，他进一步发动起义的欲望迅速膨胀起来，他领着胡毅生三步并作两步来到自己宿舍内。

赵声打了一盆凉水，亲手打了一个凉手巾递到胡毅生手里说："快擦擦汗。"说完，赶紧去泡茶。

赵声端着一杯茶往茶几上轻轻一放，指了指椅子："毅生老弟，快坐下喝点茶。"

"中山先生到河内了？"赵声在毅生旁边的椅子上坐下来问。

胡毅生呷了一口茶："中山先生离开日本就到河内了，克强也在河内。"胡毅生放下茶杯，"赵声兄，这些日子中山先生、克强先生整天忙着粤桂一带的农民起义，一个接一个地失败，又一个接一个地策划。"

"中山先生、克强先生辛苦了！"赵声信心百倍地说，"中国同盟会一定会大有作为！"

"你在一线策应更辛苦，更危险！中山先生让我首先向你们表示慰问！"胡毅生站起来欠了欠身。

赵声直截了当地问："此次中山先生派你来找我，一定有要事？"

"对！有要事！"胡毅生声音低了些，语气肯定。

"重新部署起义？"赵声问。

"对！钦州三那起义虽然失败了，但大批抗捐武装已经走进十万大山，三那人民的心中已经埋下了复仇的种子。钦州、廉州一带的人民处在水深火热之中，就像一堆干柴烈火，只要组织周密，策应新军成功，再举义就会取得胜利。"胡毅生信心满满地说。

赵声听了信心大振，连连点头。

胡毅生顺手从茶几上拿起一把芭蕉扇，站起身，轻轻地扇了起来："赵声兄，钦州起义土司刘思裕虽然牺牲了，但同盟会的骨干还在。他们派了邝敬川、梁少延到河内向孙中山先生做了汇报，请求支援。邝、梁都是同盟会会员，孙中山详细询问了三那起义的情况后，认为是个绝好机会，决定趁势再举。派我来向你传达，争取新军策应，共同举事。"

说到这里，胡毅生停住了手中轻轻摇动的扇子说："赵声兄，中山先生分析得很有道理。现在再举可谓是趁热打铁。一是有民变武装主动请战；二是有你与郭人漳部队受命驻扎钦廉，到时可以响应。孙中山先生据此已经作出了再举义事的决定。"

赵声听到郭人漳三个字，一愣。郭人漳他能积极响应吗？赵声的心里打了个问号。看来孙中山先生对郭人漳的两面派面孔还未知情，赵声想把这次郭人漳进剿刘思裕农民武装，耍两面派的嘴脸告诉胡毅生，让胡毅生转告孙中山先生，郭人漳对起义军策应的可能性值得研究。但转念一想，中山先生既然决定再举，一定有他决定再举的道理。郭人漳本身是棵墙头草，中山先生派人做工作，说不定起义形势向好的方向发展的时候，他郭人漳又会见机行事把头歪过来。但赵声一想到共同赴三那进剿时，郭人漳的疯狂镇压行动，心里就凉了半截。他想，还是先了解一下中山先生的部署，适当的时候再提醒同盟会总部注意郭人漳。赵声站起身对胡毅生说："再举义时机不可丧失，必须趁热打铁！中山先生有具体行动部署吗？"

"有。"胡毅生放下手中的芭蕉扇，对赵声掰起了手指，"中山先生关于武装起义计划是这样安排的。第一步委派王和顺为中华国民军南军都督，入三那收编抗捐武装，负责起义队伍的指挥；第二步起义部队占据防城至东兴沿海之地，为军队的根据地，在此可组织正式军队两千余人，然后集合钦州各乡团勇六七千人；第三步邀约郭人漳及你二人所带新军约六千余人。起义队伍可达两万人，声势甚大。"

"第四步呢？"赵声急切地问。

"第四步是起义军北上，以取南宁。在南宁建立军政府，与清廷抗衡。"胡毅生激动不已地说。

听到这四步计划，除了郭人漳，赵声心中没有底，整体行动计划还是鼓舞人心的。赵声对中山先生部署的再举义计划充满了信心："太好了！钦州三那刘思裕牺牲了，但起义人马还在，还可再举。"赵声说到这里顿了一下，他是想到郭人漳，心中担心。他婉转地提醒胡毅生："毅生老弟，这里的第三步动作的关键一环是起义军攻钦州时，驻钦州的郭人漳率部内应。只要郭人漳内应，钦州攻下来，我赵声便在合浦起兵。"

胡毅生听出了赵声的弦外之音："赵声兄说得对，关键是郭人漳的内应。这次中山先生考虑得很周到，派我来向你传达响应起义的同时，也已经派克强去做郭人漳的工作，要他配合起义军共举。克强与郭人漳是同乡，赵声兄放心！"

听了之后，赵声心中的担心稍许放松。但他觉得，警惕郭人漳这根弦必须绷得紧紧的。赵声提醒自己，自己所崇拜的中山先生是一个顾全大局的人，既然中山先生决定了，就必须坚决地执行，时刻防住郭人漳就是了。赵声紧紧地握住胡毅生的手说："请报告中山先生，我一定策应义举，按计划配合好！"

中山先生的指示，像一剂兴奋剂，让赵声十分高兴。三那起义，因刘思裕不听自己劝导，牺牲于炮火中，而积郁在赵声心中的懊恼和遗憾一扫而光。黄兴去做郭人漳的工作，黄兴与郭人漳是同乡，郭人漳或许会倒向革命的一方。赵声对郭人漳响应举义抱有一丝希望，送走胡毅生后，积极进行举兵策应的准备。

胡毅生刚走，赵声就收到传令兵送来的一份两广总督张人骏下达给赵声的电令。赵声盯着电报上的最后几个字，不停地喃喃自语："望慎重！"倏地，赵声想到，何不抓住大帅电令的三个字做文章，抓好部署，策应起义？望慎重，就是不能轻举妄动。电报中说匪多且凶悍，看来这新来的总督张人骏已经吓破了胆。不过倒也不能怪这总督张人骏。今年已经换了三位两广总督了，都是让起义军闹的，朝廷不满意。5月周馥离任，岑春煊上任三个月就离去，张人骏是今年第三任两广总督了。这个张人骏……想到"望慎重"三个字，赵声心里已经有了主意。

第二天下午2时，赵声让传令兵通知部队全体集合。

官兵们整齐列队后，赵声当面宣读总督张人骏电令。读完电令，赵声讲了当前的军事形势，要求大家切记"慎重"二字。赵声放开喉咙，高声说："大帅电令，要我们慎重，各部队要认真执行电令。兵家要诀是什么？"

"慎重！"操场上响起了雷霆般的吼声。

"对！现在我宣布：慎重从用人入手。执行大帅电令，调整如下人员。"

"执行命令！"官兵齐声表态，响声震天。

"为执行电令，人员调整。"赵声顿了顿宣布：

"陆师凯由队官调入标本部，巴泽宪由排长提升为一营前队官，邓序钧提为前队一排长，高洪胜升为炮队队官，朱在先由正目（相当班长）升炮队司务长，唐鹏年代杨金鳌任行营医生……"

赵声还当众任命革命党人、一营管带彭大松作为"后路司令"留守廉城，并宣布军令："所有留驻廉城各军官佐弁目兵夫一切人等，均归管带约束管理，倘有违犯命令不守军纪者，即先行撤差看管，再行电禀重罚。"

赵声考虑到策应时出击迎战方便，组织了一支机动突击队。

一切部署停当，赵声松了口气。他坐镇合浦，就等钦州起义军的消息。

赵声坐镇合浦等待策应的第四天，军营中来了一个叫张德兴的人，指名要找赵声。赵声热情接待了他。此人实为中山先生委为中华国民军南军都督的王和顺，是此次再次举义第一步的关键人物。赵声按指令，顺利地派人将其送入三那，与先期入三那的梁少延、梁建葵、刘思裕之侄刘渊明的部队会合，共有几百人枪，潜伏等待战机。

9月2日，王和顺率近三百人的队伍由三那墟往钦州王光山起义。两天之后，起义队伍攻击防城。驻守防城的清兵纷纷倒戈响应，起义军迅速占领防城，并将县令宋晸元就地正法。王和顺率起义军占领防城后，迅速以中华国民军南军都督的名义发布《告粤省同胞文》《告海外同胞书》及同盟会《革命方略》中的《招降满洲将士公告》。《告粤省同胞文》申明起义"以自由、平等、博爱为根本，扫专制不平之政治，建民立宪政体，行本土国有制度，使四万万人民无一不得其所"的宗旨。《告海外同胞书》则谴责了清政府"弃民不顾""视民如仇敌"的罪恶。是役，王和顺为党军都督，梁瑞阳为副，梁少延佐之。王和顺化名张德兴，布告安民，秋毫无犯，商民感念都督纪律严明，纷纷把家中最好的食物奉献出来犒劳起义军。

王和顺攻入防城后，街头巷尾锣鼓喧天，鞭炮声声，起义队伍的旌旗在街上显著建筑物上空迎风飘扬。经香港《中国日报》连续几天发布号外，防城起义的消息迅速传遍大江南北，传到全世界。

随后，王和顺继续进军，冒着初秋的大雨向钦州发动攻击。赵声听到这个消息，很是兴奋。他知道第三步计划的关键在郭人漳。只要克强做通郭人漳的工作，郭人漳能够按计划起兵策应，钦州攻下来不会超过三日。到那时，赵声率部驰援，实施孙中山的第四步计划，攻克南宁，建立中华民国政府与清廷分庭抗礼应该有把握。但赵声心中还是隐隐约约有些担心，郭人漳不配合怎么办？赵声的这个担忧不幸成为现实，郭人漳口是心非，两面三刀，背信弃义，可耻至极，整个起义计划就被郭人漳葬送了。

原来，那日黄兴潜入钦州，来到清军统领郭人漳住所。郭人漳表面热情地接待黄兴，佯装"赞成革命"，并答应黄兴，清军至时倒戈响应起义，共同举事，暗中却与钦廉道王瑚扼险拒守，不仅没有策应起义军，反而带着自己统领的部队尾追起义军，同时派出另一支部队迅速攻陷防城，致使起义军腹背受敌，危在旦夕。起义军受到重创，攻取钦州计划未能实现，只能撤退改攻灵山。在郭人漳营中的黄兴，发现郭人漳的阴谋诡计，知道自己处境危险，迅速化装逃出郭营取道回越南而去。

赵声闻知起义军钦州受挫，心中十分着急。他还想挽救危局，于是迅速组织精锐步兵二队和炮兵一排携一门炮为突击队星夜疾驰灵山接应。赵声为了防止突击队与起义军中途遭遇，自相残杀，命令自己的突击队改走山路。尽管赵声想尽一切办法，但赶到灵山时，进攻灵山的起义军已被清军击溃逃往大山中。

郭人漳关键时刻背信弃义，导致中国同盟会发动的历时半月的钦廉防城起义失败。赵声既难受又痛恨。难受的是两次策应起义都未能举兵成功，痛恨的是自己的拜把兄弟郭人漳两面三刀，可耻至极。

赵声愤愤地把拳头砸到桌子上："有机会一枪毙了他！"

五十四、赵声遭贬

中山先生领导的三那起义、钦廉防城起义波澜壮阔，惊动了清廷。起义虽然失败了，但在中华大地上犹如响起了一声声春雷，把处于水深火热之中的民众唤醒了。赵声为民众中蕴藏着的火山般的反清能量而兴奋，但又十分悲愤。他懊悔自己没有及时撕破拜把兄弟郭人漳的伪装，如果说第一次三那进剿时，已经看清郭人漳伪善的嘴脸，因对郭尚存一丝情谊，不便撕破脸面，情有可原，那么第二次胡毅生来传达中山先生关于钦廉防城起义部署时，自己本应该果断指明郭人漳不可靠、不可信。赵声为自己对郭人漳抱有幻想，因而犹豫未决悲愤满腔。

部队回到廉城后，赵声常常把自己关在房间里，不停地在那不足二十平方米的屋里兜圈子。他在反省自己与郭人漳相处的过程中，是怎样被郭人漳的伪善所蒙蔽的，他在总结今后与人相处时，怎样识别两面派的伪装，真正做到知人知面更要知心！赵声明白了一个道理，真诚地待人那是必须的，但多个心眼防小人很重要，革命的成功往往会败在一个小小的细节上。三那起义时，自己和郭人漳共同进剿。如果郭人漳不要手腕，如果郭人漳与自己共同策应，起义军就不会损失惨重，就不会以失败告终。钦廉防城起义，自己应该提醒中山先生不要对郭人漳抱有幻想，派黄兴这个老乡去做郭人漳的工作，郭人漳这个小人他怎么会念及老乡情谊呢？背信弃义对郭人漳来说是不会有什么羞耻感的。赵声知道，过去的事已经过去了，世界上是没有卖后悔药的，他在总结思考今后怎样才能策应起义成功。

赵声明白自己现在的身份很特殊，身在清廷新军，心系举义大业。两次起义策应未成，赵声心情异常沉痛，情不自禁赋诗二首，句句表达着他所志弗遂，与魔为伴，被清廷驱驰的心中郁闷。

赵声在房间喃喃咏诵：

> 决战由来堪战胆，
> 杀人未必便开怀。

宝刀持向灯前看，
无限凄凉感慨来。

临风吹角九天闻，
万里旌旗拂海云。
八百健儿多踊跃，
自惭不是岳家军。

郭人漳伪装进步，背信违约，导致新军策应起义未成，也导致两次起义失败。赵声疾恶如仇，打心眼里恨死了郭人漳。

郭人漳并没有因对革命背信违约而内疚，相反，欲置赵声于死地。郭人漳要奸使滑，背后更是捅了赵声一刀。他知道赵声两次想伙同自己阵前起义，这是杀头的罪，只要告他一状，赵声不仅新军待不下去，脑袋都会保不住。但郭人漳是个心机很重的人，告赵声动员自己阵前策应起义，没有确凿的证据。两人相商的事，谁也说不清，弄不好总督还会把自己当成同伙，一同处置。郭人漳打起了小算盘，这个状要去上面告。把赵声留在新军，每时每刻对自己都是一个威胁。赵声已经知道了自己的所作所为，他不会原谅自己的，赵声继续留在军营，就像一把尖刀始终悬在自己的脖颈上。想到这里，郭人漳惊出一身冷汗。特别是一次演习中，赵声寻机向自己打黑枪，虽未击中自己，且赵声以枪走火掩饰，但二人都心知肚明。况且赵声文武双全，才能出众，就是没有谋反心思也不能留在自己的身边。赶出军营，最好让上级把他赶出军营，这样，神不知鬼不觉，让他赵声吃个闷亏，有苦说不出。

到总督张人骏那里去告他赵声一状。郭人漳灵机一动，脸上露出了奸笑。他想出了一条妙计，说赵声在新军中，有传播革命思想的嫌疑，此人不宜在军中留任。但他文武双全，建议总督推荐他到军校当个教官。真是一举两得，既在张人骏面前告了赵声一状，让总督大人把他赶出新军，又让总督大人高看自己一眼，显示我郭人漳为人处世还是讲义气的，对这位共事多年的把兄弟赵声不薄。想到这里，郭人漳忍不住一拍自己的大腿，奸笑几声，脸上露出小人得志的狰狞。

郭人漳立即行动。不日下午，他骑马来到总督府。

两广总督府设立在广州市的越华路，离郭人漳的营地有一百多公里。郭人漳早晨从营地出发，一路骑马飞奔，近两个半小时后到达两广总督府的越华路。两广总督府很是气派，门前有一片空地，很开阔。总督府大门在清末显得特别时髦，庄重威严。大门一溜四座高大的石柱。中间的石柱足有四层楼房高，石柱由砖块砌成，立面贴上了少见的灰白色大理石。高大的两尊石柱一边还有一尊也是砖砌石贴的与铁制大门高矮差不多的石柱，上有石雕的宝塔尖顶装饰。门前的两只大石狮威武地蹲着，石狮旁一边站着一名全副武装的卫兵。郭人漳骑马来到总督府大门外的空地上，空地周边是散落的民宅，民宅间隙长着不少高大的梧桐树。郭人漳朝不远处的总督府大门望了一眼，下了马。他牵着马来到广场北边一棵高大的梧桐树下，拴好马，整整衣裤，健步往总督府大门走去。

深秋时节，南国从海上吹来的风仍然带着腥味十足的暖气。郭人漳想到马上要见到总督大人状告赵声，心里很得意。他深深地吸了一口腥味十足的空气，往地上吐了两口唾沫，大步朝石狮旁边的卫兵走去。

卫兵拦住郭人漳，听说郭人漳要见总督大人，卫兵赶紧去岗亭打电话通报。

郭人漳站立在石狮旁，心中在盘算着见到张人骏总督怎么说。深秋的风一阵一阵地吹来，空地上，从梧桐树上吹落的发枯发黄的梧桐叶翻滚着，发出轻微的沙沙声。郭人漳望着空地上被风吹得满地乱滚的枯叶，狠狠地用脚踢了一片枯叶，嘴中恶狠狠地蹦出几个字："滚吧！滚吧！滚出新军！"这几个字的深意只有郭人漳清楚。郭人漳心里很明白，这赵声人缘好，文武双全，训兵带兵有方，前两任总督大人都很喜欢他。周馥就很欣赏赵声的才华；周馥调离，新接任的岑春煊对他也是另眼相看，只是上任不到三个月又调走了。唯有现在来的这个张人骏大人对他赵声还不太熟悉，但这个新来的总督大人办事很慎重。想到这里，郭人漳又在心里把之前想好的说辞细密地过了一遍，寻思已无遗漏，方才定心。

阴历八月十二日调任两广总督的张人骏，是一位经验丰富、办事慎重的官员。清道光二十六年（1846年）出生，河北人。字千里，取"人中骏马，驰骋千里"之意，号安圃、健庵、湛存。张家为邑内巨族，在清朝末期到民国初期的百十年里，先后出了张人骏的祖父张印坦（字信斋，江苏丹阳县知县）、父亲张钧（字泽仁，江苏华亭县知县）、哥哥张寿曾（字容舫，举人，内阁中书舍人）、叔祖父张印塘（举人，安徽按察使）、堂叔张佩纶（进士，署都察院右副都御史）等许多达官、名人，其中以张人骏品级最高。张人骏幼年颖悟，受书香门第熏陶，读书刻苦，十九岁就考中了同治甲子科（1864年）举人，二十三岁考中戊辰科（1868年）进士二甲第三十四名，历同治、光绪、宣统三朝，深得每位皇帝的信重。曾先后担任翰林院编修、四川乡试副主考、吏科给事中、广西按察使；光绪二十六年（1900年）出任山东布政使，次年任山东巡抚；光绪三十一年（1905年）后，先后任山西巡抚、河南巡抚；这年八月调任来广州，任两广总督一职。

郭人漳对张人骏的经历十分了解，所以在钦廉防城起义进剿过程中，赵声虽然有谋反嫌疑，但郭人漳深知张人骏出身官宦之家，做官圆滑，不会轻易相信自己的状告，说不定还会牵连到自己。毕竟自己跟赵声是结拜兄弟，在进剿起义军的行动中又是同行，更要命的是与自己商量谋反的事，只有天知、地知、两人知道。郭人漳是小人，但也是个聪明人。他要借钦廉防城起义中赵声的谋反嫌疑，暗算赵声，但又注意策略，告状告得恰到好处，绝对不能让张人骏看出自己是小人，也绝不能让赵声发觉是自己暗算他，把他踢出了新军，要神不知鬼不觉地让赵声离开新军。郭人漳攥紧拳头咬咬牙，他要让赵声狠狠地挨上一闷棍，还不知道这一闷棍从哪儿打过来的。

深秋的风呼呼地刮着，空地上的梧桐叶哗啦啦翻滚。郭人漳沉浸在自己的谋划中，卫兵的喊声把他从沉思中惊醒。他匆匆朝卫兵还了一个标准的军礼，大步跨进大门右边的便门，往总督办公处的二层小楼走过去。

郭人漳跨进总督办公室，见张人骏正在埋头批阅文件，他啪的一个敬礼，自报身份：钦防、边防督办郭人漳求见总督大人！

张人骏把笔往笔架上轻轻地一搁，抬起头招呼道："请进！"

郭人漳跨进门，径直往张人骏面前走过去，边走边神秘地说："总督大人，我有重要情况反映。"

"重要情况？"张人骏朝郭人漳摆了摆手，示意他在办公桌前的客椅上坐下。

郭人漳没有坐下来，而是神秘兮兮地说："这次与赵声共同赴三那、钦州、廉城进剿起义军，有个重要情况，想来想去还是要跟总督大人反映，也是为了两广的安危。"

"有什么情况这么严重，影响到两广的安危？"张人骏一愣，但面不变色，语气沉稳地问。

"我要向你反映赵标统的情况。"郭人漳在椅子上坐下来，语气很沉重。

"赵标统与你这次进剿得力，很有功呀！钦廉防城两次动乱都被镇压了，他赵声怎么啦？"张人骏一听郭人漳反映赵声的问题，心里第一想法是这次郭人漳与赵声二人进剿有功，这郭人漳来反映赵声的问题，会不会是嫉功生仇？赵声文武双全，张人骏来到两广总督位上虽然时间不长，但赵声能打仗、能训兵的名气，张人骏脑子里还是有印象的。

郭人漳顺着张人骏总督的话语说："总督大人，你初来乍到，可能不了解赵声。"

"说说。"张人骏抬起头，望着郭人漳的眼睛，一副特别关注的样子。

郭人漳一副为朝廷安危着急的样子说："赵声文武双全，能训兵，能带兵，这一点我也佩服他。我与他也相处甚欢，但有一点我不得不如实向总督大人说。"

　　"说呀！"总督朝郭人漳轻轻地摆了一下手。

　　"赵声思想激进，不仅倾向革命，而且在军中传播革命思想，此人不宜留在军中。"

　　"传播革命思想，有什么谋反举动没有？"张人骏被了皱眉头，警觉起来。

　　"有革命思想的人能没有谋反举动？"郭人漳语气低了八度，顿了顿说，"这次与他共同进剿，他的很多举动有些反常。"

　　"说说。"一听谋反，张人骏特别警惕，他催促郭人漳说下去。

　　郭人漳清了清嗓子："总督大人，我是凭我了解的如实反映赵声的情况，供总督参考，还请保密。"说着，郭人漳掰起了指头，"这次与赵声共同进剿，我大吃一惊，赵声不仅倾向革命思想，宣播革命思想，而且有些谋反举动不可忽视。一是上次与赵声共同进剿三那行进途中，我考虑到赵声有革命倾向，担心他到了进剿前线，策应起义部队，我就想了一个点子。我抽调了他一个连加炮队组建了一个机动队，以此牵制、削弱赵声的力量。当时，赵声一脸的不高兴。因出发前，时任总督周馥已明确他的部队归我统一节制，他不便反对，但看得出来他心中有些紧张。二是进剿三那起义军行动中，有一天夜间，赵声走出指挥所，天拂晓才回营地。那天夜间也是进剿最激烈的时刻，据我派往赵声部队的联络官反映，赵声是骑马出去的，我怀疑他会不会跑出去与起义队伍联络了。"

　　"有证据吗？"张人骏急切地问。

　　"证据倒没有。"郭人漳口气缓了缓说，"第二天早上，起义军的领头刘思裕被炮击身亡，起义军也被打散了，我的怀疑也无法核实。"

　　"无法核实？我找机会旁敲侧击了解了解。"张人骏端起桌上的茶杯呷了一口，催问道，"还有什么反常举动？"

　　"有！"郭人漳说，"这次起义军钦州受挫，十分危急。当时在合浦的赵声竟然不请示，擅自组织了他的精锐步兵二队和炮兵一排携带一门炮，星夜疾驰灵山。说是起义军进攻灵山，他组织突击队去支援的，但也不排除他派突击队接应起义军。待赵声的突击队赶到灵山之时，起义军攻山部队已被驻守清军击溃，所以也无法证实赵声所说真假。"

　　郭人漳一口气说了三条，乍一听让张人骏吃惊不小，但仔细一分析，又拿不出证据。张人骏是个官场老手，对敢于到总督府来告状的人，只能鼓励，不能打击。不管来人反映的情况是真是假，或真假参半，但总会有点影子，有些蛛丝马迹。如果一点影子没有，就是诬告。诬告别人，除非两人之间有深仇大恨。据自己的了解和同僚反映，郭人漳与赵声私人感情不错。看来，郭人漳反映赵声的问题，虽然没有确凿的证据，但赵声思想倾向革命不会假。想到这里，张人骏站起身来对郭人漳说："你发现反常举动，及时向总督反映，做得对！但在外面要保密，还是要重证据。"

"对、对、对！"郭人漳连连点头，"我与赵声没有私恨，我反映情况，只是想让总督警惕，当然也是为了赵声好。"

"你觉得应该怎样处置赵声？"张人骏走到郭人漳跟前，抬手拍了拍郭人漳的肩膀，"说说你的想法。"

郭人漳见总督大人一脸诚恳地征求自己的意见，心情激动地说："为了两广安危，也为了赵声不要误入歧途，最好将其调离新军。手中没有兵权，他赵声思想再革命，也办不了大事，也不会一时冲动误入歧途而丢了脑袋。"

张人骏淡淡一笑，没有表态。

郭人漳谦卑地向张人骏说："总督大人，我只是反映情况，一切听大人的。赵声文武双全，特别是训兵有方，将其调出新军，重找用武之地，让他继续为朝廷出力！"

张人骏仍然没表态。

郭人漳给张人骏敬了一个军礼，向总督告辞，心情复杂地走出总督府，来到大门外，骑上坐骑，一甩鞭，往郊外营地飞驰而去。

郭人漳骑在马上，脑海里回想自己向总督人人反映情况时，总督人人那变幻莫测的表情以及那轻重不一的语气，他在琢磨张人骏。

郭人漳离开后，张人骏也在琢磨郭人漳反映的情况。赵声在军中是一个有影响的人物，赵声在军中有革命倾向，而且还传播宣传革命思想，这很危险；郭人漳与赵声关系不赖，这次进剿打了胜仗，进剿有功，郭人漳还受到朝廷奖励升了官，为什么班师回营后，却来反映赵声的情况呢？郭人漳反映的情况是真是假？但谋反不是小问题，宁可信其有。但赵声又是难得的人才呀！郭人漳会不会嫉贤？还是把赵声找来旁敲侧击问问。

赵声被总督张人骏传唤到总督府，张人骏十分热情地招呼赵声在沙发上坐下来，并挨着赵声坐下后说："这次进剿辛苦了！"

"不辛苦！"赵声心里明白，总督大人无事不会召见。但琢磨来琢磨去，除非郭人漳告黑状，总督找自己探虚实。赵声心里有数，他郭人漳说来说去，没有真凭实据。想到这里，赵声来了个转守为攻："总督大人，你召我肯定有事。"

“没什么大事。”张人骏笑笑，连连招呼赵声喝茶，“我只是想了解一下进剿详情。”

“郭人漳组建机动队，抽调你的部队你不高兴？”

“没有呀！我全力支持抽调人员到机动突击队归他指挥！”

“听说进剿三那激战的那天深夜，你离开指挥所，到拂晓才回来？”

“谁说的？那天夜里我闹肚子，去山冈上的小树林里拉屎，咋啦？有人监视我？”

“没有！没有！随便问问。”

“进剿钦廉防城战斗中，你不报告，擅自组建了一支突击队星夜赶往灵山？”

“是呀！这也有错？”

“为何而去？”

“灵山告急！我星夜派突击队驰往支援，这也有人告黑状？”

“随便说说！别多想。”

“我明白了！有人告黑状。打仗点子多一点，抢了别人的功，但我又没有受奖，别人还嫉妒我？这什么人呀！”

“别乱想。”

赵声愤愤地离开总督府。他心里很清楚，是郭人漳告了自己黑状。但这个小人很狡猾，他既要告状，又怕惹火烧身。令赵声安心的是，没让郭人漳拿到证据。

张人骏虽然没有找到赵声的破绽，但对赵声的怀疑并没有消除。他想到一个两全之策，调赵声去黄埔陆军小学堂任监督，一来把赵声调离新军，拿掉他的兵权；二来可以发挥他的军事才能，培育更多的新军军官。用其所长，谅他赵声有意见也说不出口。

光绪三十四年（1908 年）春，赵声离开广东新军，到黄埔陆军小学堂任监督。

五十五、桃李将军花

张人骏出身官宦世家，是玩弄权术的高手。在处理郭人漳告赵声黑状的问题上，可谓是得心应手。他既没有打击郭人漳对朝廷忠贞的积极性，又没有埋没赵声文武双全赫赫有名的才能，还有效地防范了赵声可能运动新军起义的危险。把赵声调离新军，不让其有兵权，任职陆小，发挥赵声的才干。总督张人骏一纸令下，赵声离开新军，来到陆小任监督。

黄埔陆军小学堂是光绪三十一年（1905年）成立的，在长洲岛上。长洲岛处于珠江下游，是南北河道分支河流处冲积而成的岛屿，与洪圣沙、大吉沙、白兔沙、鲨鱼沙排成雁行形，是外船进入广州的必经之地。长洲岛的陆地面积约8.5平方公里，历史悠久，宋朝时已有居民，商业一度繁荣。鸦片战争前后，这一带成为一个很重要的港口，鸦片战争时期的黄埔港就在长洲岛这一带，鸦片战争之后，这里始称黄埔。清朝的黄埔关就设在这里，当年曾经商贾云集，盛极一时。

黄埔陆军小学堂每期招生不超过一百名。赵声要到陆军小学堂来任监督的消息传开后，陆小招收的第一批学员尚未毕业，第二批学员正在就读。赵声是新军中的名人，在第二批就读的学员中，赵声的名字传得特别响亮。当时朝廷实行新政，前任两广总督岑春煊是当时在南方实行新政最有力的当权者。陆小招第一批学员时，社会上影响不大，有朝气、有才能的人关注不多。第二批学员招考时，岑春煊大力宣传"新政"，社会上风气也变了，不少有钱人家的子弟，特别是大批有才干、有志气的青年都纷纷报考陆小，报名的人数达五千余人。第二批学员也不像第一批学员般暮气沉沉，而是新潮、年轻、朝气蓬勃，特别崇尚英雄，赵声的传奇故事在第二期学员中被广泛传诵。

学员们知道新任监督赵声是从新军标统任上调来的。赵声一上任，就引起了大家的热烈关注。特别是二期正在就读的学员，纷纷找机会一睹赵声的风采。有些学员有意到赵声宿舍附近的小道上溜达，希望能在小道上撞见赵声监督，看看赵声。一次早操大会，赵声登台亮相，引来了学员们一阵热烈的掌声。赵声生得魁伟，长面竖眉，声音洪亮，眉宇间自有一股威严。学员们对赵声敬重有加，称赵声为"活关公"。最有趣的是有个叫林震的学员，因其相貌生得与赵声相仿，大家爱屋及乌，连林震也推崇起来。由此可见，在陆小学堂内，学员们特别是第二期的学员对赵声的尊敬和仰慕到了何等的地步。

学员们关注赵声，尊敬赵声，赵声心里十分高兴。这种高兴不是沾沾自喜，更不是骄傲自满，赵声高兴的是从新军到陆小，平台转换了，角色也转变了，但陆小有这么多尊敬自己的学员，这可是一个宣传革命思想的好地方，是一个开展革命工作的好平台。从新军到陆小，赵声失去了兵权，他恨自己看错了人，对郭人漳这个小人的嘴脸没有识透，遭到了郭人漳的暗算。但赵声不泄气，到了陆小后，想不到陆小的学员这么厚爱自己，他又充满了做好革命工作的信心。赵声坚信，是金子，总会发光；是种子，终会发芽；是战士，就要战斗。自己虽然离开了广东新军，策动新军的平台没有了，策动新军的工作只能暂时停止，但新的平台又铺就了，他要在陆小这块新平台上继续开展工作。

来到陆小学堂，虽然不能直接带兵，但学校是培养战士、军官的地方，照样是策动新军的大舞台。不同的是时间提前了，提前到这些人进入新军之前。他要利用自己任陆小监督的身份，开展革命军事人才的培养教育工作。他对自己从事的革命工作始终充满了信心，尽管他经历了一个又一个的困难，受到了一个又一个的挫折，但赵声策动新军、策应起义推翻清廷的信念从来没有动摇过。一分耕耘，一分收获，他又满怀信心地抱着宏大的革命目标，在陆小这块培育新军人才的土地上耕耘起来。

赵声知道，课堂上教师的教授引导是关键。只要聘请到一批思想激进、倾向革命的进步教师，通过这批革命教师的指引，巧妙地宣传反清、宣传革命，黄埔陆军小学堂就会变成宣传革命的课堂，一批批志向高远、倾向革命的学员就会走进新军，就会成为新军中的革命力量。赵声一到陆小，第一件事就是广泛物色倾向革命的人士来陆小任教。

赵声开动脑筋，在自己志同道合的朋友圈中物色教员。凭着赵声的威望和人格魅力，朱执信、姚雨平、胡毅生、姜证禅等人陆续来到黄埔陆军小学堂任教。一时间，黄埔陆军小学堂革命力量集聚，一群革命党人在赵声带领下走上陆小讲台，他们朝气蓬勃，讲课侃侃而谈，借题发挥，非常巧妙地宣传清廷的腐败，洋人的霸道，鼓动大家起来反清，宣传革命思想。不少进步学员受课堂上革命思想的熏陶，纷纷暗中拜见赵声，主动要求加入同盟会。赵声想不到革命形势在陆小发展得这么好，聘请革命党人来陆小任教取得了显著成效，革命教员们的名字在陆小学员中的名气慢慢大起来。赵声看在眼里，喜在心里，他心里明白，这些聘来的教员可不是一般的教员，他们一个个都是各地同盟会的骨干。

胡毅生，广东番禺人，胡汉民堂弟。孙中山邀赵声来广东新军发展，就是胡毅生专程去南京，代表孙中山向赵声传达召唤的。胡毅生也是个才子，课当然讲得好。

姜若，字证禅，江苏丹阳人，也算赵声的嫡系同乡。赵声邀姜到黄埔陆军小学堂任国文教员。

姚雨平，激进的革命人士，原名士云，字宇龙，号立人，法名妙云。广东省平远县超竹乡丰光村人。清光绪八年（1882年）2月生于一个小康家庭，先祖几辈均以耕读为业。姚雨平七岁入私塾读书。光绪二十六年（1900年），应童子试，中秀才。光绪三十年（1904年），在乡间私塾执教，对清政府痛恨不已，胸怀报国之志，经常义愤填膺地说："国将不国，痛哉我泱泱华夏，覆巢之下，焉有完卵！"光绪三十一年（1905年）春，姚雨平赴汕头攻读新学，以第一名的成绩考进岭东同文学堂，西方民主政治知识日趋成熟，逐渐意识到要推翻清帝统治，必须建立国民武装。当年秋季，他投笔从戎，考入广州黄埔两广陆军中学。在校期间，他积极开展革命宣传，进行秘密策反工作，后被学堂以"学术无进步"为由革退。光绪三十三年（1907年）春，孙中山领导的同盟会派人到广州发展组织，姚雨平化名姚汉强，由谢良牧、张谷山等介绍加入同盟会，从此积极参加同盟会的各项活动，曾和张醁村等人潜入虎门讲武堂联络学生多人参加，还承担了策动新军和巡防营的任务。5月在香港参与策划黄冈起义，失败后由香港返回家乡，和谢逸桥、温靖侯等集资筹办"松口体育会"设战术专修班，这是梅县最早兴办的军事学校。学员大多是同盟会会员和倾向革命人士，共一百八十多人。虽然体育会被清廷发现关闭，仅仅办了一期，但为辛亥革命培养了一大批骨干。

朱执信，名大符，汉族，广东人，光绪十一年（1885年）10月12日生于广东番禺。少年时，勤奋攻读，博览精思，对数学和其他自然科学颇有兴趣。光绪二十八年（1902年），入教会学堂，组织群智社。购阅《民约论》等新学书刊。光绪三十年（1904年）夏，考入京师大学堂预科班，并以学业之优考取公费留日，在东京主攻经济学，结识了孙中山、廖仲恺等革命党人。光绪三十一年（1905年）8月，中国同盟会在日本东京成立，加入同盟会，被选为评议部议员兼书记，从此走上革命道路，成为孙中山先生的亲密战友和得力助手，是同盟会早期活动家之一，先后担任过《民报》《建设》等刊物的编辑，积极从事资产阶级革命的理论宣传工作。光绪三十一年（1905年）11月，在《民报》第一号刊载《论满洲虽欲立宪而不能》一文。光绪三十二年（1906 年），奉孙中山的命令回国。朱执信先后在广东高等学堂、法政学堂、方言学堂任教员。同年，朱执信还在《民政》上连续介绍马克思、恩格斯的事迹，翻译《德意志社会革命家列传》《共产党宣言》和《资本论》部分内容。朱执信是中国最早介绍马克思、恩格斯和马克思主义的政治家之一。

在赵声任监督的陆军小学堂，云集了朱执信、胡毅生、姚雨平等一大批文化素养高、革命信念强的教员。来到陆军小学堂读书的学员是幸运的，他们既能学到文化知识，又能接受革命教育，不少学员进步很快。陆军小学堂在赵声的运作下，成了培养未来将军的摇篮，不少学员毕业后奔赴各省新军，成为在新军中潜藏的一股不可忽视的革命力量。

赵声在陆军小学堂任监督，虽然是被郭人漳告黑状，由张人骏要手段贬来的，但坏事变好事，他把策动新军的工作提前了。在陆军小学堂，无论是日常的授课、训练还是课下的思想交流，赵声都把革命思想贯穿其中，巧妙地让学员在潜移默化中接受革命思想的熏陶，一批未来的革命将军在陆小成长。

陈铭枢、张云逸、邓演达、蒋光鼐等一大批在黄埔陆军小学堂受过赵声培育并经其介绍加入同盟会的学员，毕业后被输送到新军中，很快成为革命的骨干力量。这些骨干力量都为中国革命的胜利做出了不可估量的贡献，在离开陆小后谱写了一曲曲英勇的历史篇章。赵声虽然英年早逝，没有看到他在陆小播下的革命种子长成怎样的参天大树，但这些将军之花都留下了闪光的革命轨迹。

五十六、共研义策

赵声到陆军小学堂任监督，刚接到命令时，心里凉了半截，恨死了小人郭人漳。想到当年郭人漳与自己相处的日子，自己竟然对他的阴险毫无觉察，在心里还时常把他当成贵人。想不到这个郭人漳，伪面具戴得这么好，知人知面不知心。

赵声离开新军到陆小任监督，最初以为就是当个教员，天大的闲职。想不到陆小这个平台很广阔；想不到陆小也是人才济济；想不到自己的文武全才受到这么多陆小学员的崇拜；更想不到自己这个同盟会长江流域盟主到了陆小，有了新的用武之地。是种子，总会发芽；是战士，总要战斗。赵声的宏伟目标，就是推翻清廷，建立民国。推翻清廷，没有枪杆子不行。这个枪杆子在哪里？在新军。赵声心里很明白，这些年，上水师学堂、陆师学堂，投保定新军，去广西、南京，包括现在在陆小当监督，都是在为策动新军做准备，都是为将来策应起义做准备。虽然一个个挫折让赵声尝到了奋斗的艰辛，但坚持不懈，总会柳暗花明。这次离开广州新军，贬职来陆小，看似山穷水尽了，但陆小这个大舞台让自己策动新军更为超前了。

培养、教育、宣传、入盟这些工作在学员中巧妙地展开，赵声的身边聚拢了越来越多的志同道合者。

赵声的住处人来人往。他平易近人，学员们也爱跟他讨论人生，一个个志同道合者加入了中国同盟会。赵声虽然身在陆小，但他放眼全国。他知道陆小培养的是新军的未来骨干力量，但当前的大目标不能放松。在陆小宣传培养革命人士工作顺利展开的同时，他把更多精力放到了推翻清廷、建立民国的大目标上。他加强与新军中同盟会骨干的联系，加强与中山先生的一个个起义计划对接。他知道，夺取胜利靠的是策动新军，这些日子，赵声脑子里始终在盘算着一个问题：为什么清廷官吏一发现自己有革命的蛛丝马迹，采取的行动往往是惊人的一致——调离新军？很简单，枪杆子说话才算数。这个道理必须让所有同盟会会员都认识到。枪杆子在哪里？除了农民起义武装，真正有战斗力的还是新军，积极策动新军才是革命的重中之重。

赵声在黄埔陆军小学堂的住所在大校场的南头，走出宿舍门，就是海边。几棵高大的椰子树生长在岸边，椰子树被海风吹得东倒西歪，门口西边有一棵粗大的榕树，树干足有大木桶粗，树冠像一把撑开的巨伞。炎热的夏天，太阳再毒辣，坐在榕树下的小竹凳子上，海上吹来的风，总会让你心旷神怡。每天清晨，太阳升起来的时候，赵声就会站在榕树下，眼睛盯着太阳升起的地方，策动新军、策应起义的思绪总是在他的脑海里盘旋。

傍黑，三三两两的学员就会到赵声的住处来聊天。

赵声的住处很热闹。

一天傍晚，太阳下山不久，满天的晚霞把西边的天空都映红了。吃过晚饭，回到宿舍，赵声倒了一杯茶，往案头右上角一放，铺开纸，兴致勃勃地挥毫在纸上写下了他三游海岩时吟的诗：

> **戊申春日三游海岩记游**
>
> 遥望岩岩一片石，
> 下有洞门深不测。
> 入门一笑坦而平，
> 四壁突兀琳琅生。
> 恍如广厦居沈沈，
> 拾阶跬步天空明。
> 此间闻有蛟龙出，
> 飞入云霄寻不得。

赵声放下笔，一边喃喃咏诵，一边端详着。突然，响起了一阵敲门声。赵声放下诗稿，开门一看，是一位熟悉的学员。没等赵声开口，学员告诉赵声，校门口有人打听赵声。赵声连忙问："是谁？"

学员顿了一下说："不知道，好像是外地来的。"

赵声谢过学员，径直往学堂门口走去。边走边猜测：家里来人？不太可能。但从外地专程赶来看望自己，能是谁呢？

估计是新军中的袍泽，是谁呢？赵声有些激动。还未到学堂门口，他就看到一个熟悉的身影。

那熟悉的身影远远看见自己，就冲了过来，边跑边喊："伯先！伯先！"门卫紧跟其后纠正说："是赵监督！赵监督！"

虽然夜幕降临，但满天的晚霞把大地映得红彤彤的。赵声循声一看，是倪映典。赵声大声说："快让他进来！快让他进来！"说着，朝倪映典迎上去，紧紧地握着倪映典的手："映典，你怎么来啦？"

倪映典握住赵声的双手使劲摇着说："伯先，我是来找你的，我是来找你的。"赵声朝门卫看了一眼说："放行吧！这是我南京九镇的军中袍泽。"赵声说着，拉着倪映典的手就往宿舍走，边走边说："好久不见，真想念你们呀！"

"大家也想你呢！"倪映典随着赵声进了屋，长长地吸了一口气，"军中不能没有你！"

赵声摆摆手："别这样说，应该是，军中不能没有大家，军中不能没有革命党人！"说着，赵声给倪映典让座。随后，到门前的井里打了一盆凉水端进来，让倪映典洗脸擦汗。

赵声离开南京九镇新军来粤后，一直与倪映典、冷遹等部属保持联系，通过这些部属了解江苏安徽一带新军的情况。但这次倪映典突然来找赵声，赵声感到很突然。倪映典随赵声去镇压萍浏醴起义，密谋寻机响应起义未成，于光绪三十三年（1907年）初返南京后，应同学之邀前往安徽新军炮队任教练。两江总督端方、第九镇新军统制徐绍桢知道后，以其私自离职，追回禁闭一个月，事后又改授马队队官。同年，经皖抚冯煦请调，倪映典始得去皖任第三十一混成协炮兵营管带。他与该营队官熊成基、步队管带冷遹、薛哲等联络，共谋于次午春发动起义，不料事泄，当局下令捕人。倪映典只得将后事托付给熊成基等，自己秘密逃往合肥、芜湖，冷遹却被骗到南京关了起来。赵声明白了，倪映典一定正被端方通缉，端方这个人心狠手辣，看来，冷遹也是凶多吉少。赵声倒了一杯茶，递到倪映典手中，悲愤地说："安徽起义失败了，你逃出来，冷遹被关，徐锡麟死得很惨。"

倪映典猛喝一口茶，懊恼地叹了一口气："很可惜！泄露了秘密，没有干成。"

"映典，别叹气，有你施展拳脚的地方！"赵声抬起脸，双眼望着倪映典说，"死了一个徐锡麟，还有倪锡麟、赵锡麟、冷锡麟出来推翻清廷！失败不可怕，可怕的是没有信心！可怕的是不总结教训。"赵声给倪映典茶杯续了水，接着说，"我去安排给你接个风，榕树下吹海风，喝烧酒，好好总结，好好分析，相信总有一天策应起义会成功！烈士的血不会白流！"

倪映典重重地点点头。

赵声走出门外，找了一个学员，给了块银圆，请这位学员帮忙买些熟菜，打两瓶酒。安排妥当后，赵声回到住处，见映典正拿着自己刚写的诗喃喃咏诵，连忙谦逊地说："瞎写的！"

"好诗！好诗！"倪映典用右手指头弹弹诗稿，连连称赞。

赵声关上门，挂念冷遹关在南京，至今不知生死，担心地问映典："冷遹不知现在情况如何？"

倪映典放下手中的诗稿说："还没有联系上，但听说出来了。"

赵声想到端方那虎狼嘴脸，为冷遹捏了一把汗："落到端方手上，出来也要脱层皮！"赵声关切地问，"怎么出来的呀？"

"我也是听说。"倪映典喝了一口茶，把茶叶叶片从嘴里吐出去接着说，"据监狱内线说，冷遹被骗到南京后，第二天就被投入江宁县监狱。在狱中，冷遹多次遭到严刑拷打，昏死三次。但冷遹坚强刚毅，视死如归，不供一词。端方束手无策，一面在报上诡称'冷遹正法'，以欺骗革命志士和百姓，一面将冷遹强行关押。到了夏季，狱中蚊虫多，御秋（冷遹字御秋）身戴手铐脚镣，浑身上下均被蚊虫叮咬，又因严刑拷打，遍身是伤，无一处好皮肤。御秋深知清廷对革命党人恨之入骨，不会轻易放过他，所以对当局不抱任何幻想。后经御秋的义兄积极奔走营救，设法找到同情革命党的端方幕僚、曾任藩司右参议的罗绍田相助。经罗绍田多方奔赴营救，御秋终于获释。"

赵声仔细地听着，对这位大港同乡视死如归的革命精神，由衷地敬佩。听说冷遹获释，赵声脸上绷紧的神经松弛下来，长长地舒了一口气。

"听说冷遹一出来，便到广东来投奔你了。"倪映典接着说。

"好！来了就好！"赵声想起中山先生的话，重复道，"孙文先生说，革命首在广东，重在新军！"

倪映典听了，连连点头。

接着，赵声又期待地说："不知冷遹何时能到达广东？"

话音刚落，传来一阵敲门声。赵声估计是帮忙买熟菜的学员回来了，赶紧去开门，门一开，却大吃一惊，出现在自己面前的竟然是冷御秋！说曹操，曹操到。赵声怎么也没想到，自己的战友倪映典来了还不到半小时，酒还未喝上，又一个得力干将冷遹来了。赵声喜出望外，和冷遹紧紧地拥抱在一起，双方的手掌在对方的后背上使劲地拍打，发出啪啪啪的响声。赵声松开臂膀，把冷遹让进屋，指着一旁站着的倪映典激动地说："你看这是谁？"

"映典？你怎么在这里？"冷遹一阵惊喜，三个老同学、老战友紧紧地抱在一起，昏黄的灯光下，三张激动的脸庞上都流淌着滚烫的泪水。

买菜的学员回来后，在大榕树下安了张小桌子，酒菜也已摆好。赵声激动地朝门外一指："今天，哥儿仨一醉方休！"说着，把倪映典、冷遹拉到大榕树下。三个人坐定，赵声斟满三杯酒，端起酒杯，碰了碰倪映典："映典，我提议，我们俩先敬冷御秋老弟，为他压惊！"

冷御秋赶紧端起酒杯，站起身，三只酒杯碰到一起，发出清脆的"叮当"声。冷御秋一饮而尽，把酒杯往桌子上一搁，轻轻笑笑："一场虚惊！一场虚惊！"

赵声继续给倪映典、冷御秋斟酒。斟完酒，赵声目光凝视着冷遹说："孙中山领导下的同盟会一次次点燃起义的烽火，我们这些同盟会的新军骨干一次次策动新军，策应起义，尽管大家都英勇顽强，不怕献身，但起义还是失败了，而且一次又一次地失败，大大小小的起义近二十次了，这里面的教训和原因值得深思。"

倪映典和冷遹几乎同时端起酒杯说："伯先说得对，失败的原因值得我们参加起义、策应起义的革命党人深思。"

"值得深思！"倪映典碰了一下赵声的酒杯说。

海上吹来的风带着腥味一阵阵飘过来，夜色很浓，天上的月亮圆盘似的，皎洁的月光洒向大地。赵声望着月光下两位老战友，激动地说："推翻清廷的起义，在孙中山先生的领导和发动下，就像草原上的烽火，到处在燃烧。唐代诗人白居易有一首著名的诗。"赵声放下酒杯，望着夜幕上玉盘似的月亮和闪烁的繁星，朗声诵出：

> 离离原上草，
> 一岁一枯荣。
> 野火烧不尽，
> 春风吹又生。

"我们发动策应的起义就像草原上的草，是永远烧不尽的。相信孙中山先生领导的推翻清廷的起义很快又会春风吹又生！"赵声说着，端起酒杯，轻碰倪映典、冷遹的杯子，"来！为推翻清廷的起义最终成功干杯！"

酒杯相撞的叮当声虽然不高，但在这寂静的夜晚，在这月光映照的榕树下，却像一阵春雷在三人的耳畔响彻起来。

干完杯中酒，赵声朝二人摆摆手，示意坐下来："我们三人难得一聚，今天就探讨两个问题：起义失败的原因是什么？起义成功的关键是什么？"

倪映典夹了一口菜，嚼了嚼，咽下肚后，说："我去香港时，云南河口起义已经失败了，没有找到黄兴他们，我又回来了。"

赵声急切地问："你说说，到底什么原因？"

冷遹也急切地催问："说说原因？"

倪映典把他了解的情况讲给赵声和冷遹听：

云南河口起义和之前的钦廉上思起义是孙中山领导的第七、第八次起义。云南河口起义失败的原因主要是起义军内部有矛盾，步调不一，加上大部分起义人员是会党、游勇，战斗力不强，导致起义失败。钦廉上思起义，是黄兴根据孙中山的指示，偕安南华侨中的同盟会员二百余人，组成"中华国民军南军"，在钦州发动的起义。后进入小峰时遇到清军郭人漳部六百余人的阻击。当时黄兴采取以退为进的战术，分三路猛攻，清军大败。黄兴率领的起义军占据马笃山，击败清军三营，击毙管带尤炳堂，并乘胜向桂边进发。清军统领郭人漳率部三千余人穷追不舍，黄兴率革命军转战于钦廉两州和广西上思一带，后因长期转战，孤军深入，没有根据地为依托，弹尽粮绝而失败。

赵声气愤地说："又是那个两面派郭人漳。"赵声端起来的酒杯往小桌子上猛地一撂，"萍浏醴起义，我们新军策应就吃了他郭人漳的亏！"

冷遹也狠狠地用拳头击了一下桌子说："萍浏醴起义，郭人漳口头答应，实际不动，甚至暗中使坏，郭人漳是个口蜜腹剑的东西！"

倪映典接着冷遹的话说："郭人漳的真面目现在全暴露了，这给了我们很大的教训。策应起义，依靠的新军骨干一定要可靠，靠不住就会坏大事。萍浏醴起义我们就吃了郭人漳两面派的亏！云南河口起义，花钱收买的清军内应也不可靠。"

赵声又给二人斟满酒，他没有端酒杯，而是感慨万千地说："这些年我们在新军中宣传策应起义，但起义仍一次次失败，虽然我们不怕死，虽然我们有信心，但恐怕不能光靠热情，还得总结总结，接受教训。我们几位都曾亲临一线，策应起义，或直接策动新军起义，我们好好分析分析，为什么会失败？有什么教训？"

"行！"冷遹与倪映典异口同声赞同。

"我先说。"赵声望着月光下战友朦胧的脸庞说，"内应不可靠必坏大事，像郭人漳之流说变就变，说反水就反水，翻手为云覆手为雨，有内应还不如没有内应！"

"几次失败都是内应不应！"倪映典很赞同赵声的说法。

冷遹端起酒杯说："萍浏醴起义吃了郭人漳的亏，钦廉上思起义黄兴又吃了郭人漳的亏。本来应成为起义军一部分，结果拼命攻击起义军，背后戳刀！"说到这里，冷遹气愤地一仰脖子，一口喝光杯中酒。

赵声给冷遹斟满酒。冷遹深有体会地说："起义保密十分重要。萍浏醴起义计划泄密；安徽起义内部同志告密；岳玲决定在安徽太湖会操时起义，机密又泄露，搞得起义很被动。"

"保密太重要了！太湖会操起义我是公推的全军起义总指挥。由于机密泄露，端方先下手为强，撤了顾忠琛协统和倪映典骑兵营管带的职务，还让我差点丢了命。"冷遹端起酒杯，三人的酒杯"哐当"一碰，一饮而尽，"教训！血的教训！"

倪映典放下酒杯说："内应要可靠，保密太重要。但光靠会党也不行。会党不可靠，也没有战斗力。起义成功的关键是策动新军，只要计划周密，新军最有战斗力！"说到这里，赵声几乎是和冷遹同时举起了酒杯，"哐当"一声，酒杯干了个底朝天，"新军！新军是今后起义的主力军！"

赵声放下酒杯："看来我们三人想到一块儿去了。不光我们三人想到一块儿，中山先生也是这个意思。"赵声又端起酒杯站了起来，围着小方桌转起圈子，"昨天有人给我传来中山先生的指示，先生的意思很明确，今后武装起义的重点，转为以策动新军举行武装起义为主。我们都在新军待过，新军有我们的人。"

三人一致赞成。

赵声严肃地说："今后都要打入新军。最近有机会，广东新军要扩建，需要军事人才，特别像倪映典，你是学炮兵的，这方面人才少，我介绍你去广东新军炮队！"

"好！留在广东，与你在一起，听你调遣！"倪映典高兴地站起身，朝赵声敬了个军礼。

冷遹也站了起来，声音有些激动："我来广东就是投奔赵声你的。路上正好碰到王孝缜，他也是同盟会会员。他受广西巡抚张鸣岐委托，延揽新军人才。我和王孝缜一见如故，他邀我去广西。赵声兄，广西去不去？"

赵声喜出望外，"御秋，我正要找人介绍你去广西。"赵声坐下后说，"我也听说广西新军扩建，御秋去正派上用场！"

三人端起酒杯，再次碰杯。赵声信心满满地说："御秋在广西，我和映典在广东，大家一起干！"

三人干完杯中酒，右手握成拳头，高高地举起来，赵声铿锵有力地吐出了几个字："一定要回新军！"

亮汪汪的月光下，三人的拳头握得更紧，举得更高，赵声从战友倪映典、冷遹握紧的拳头中感受到巨大的力量。脑海里响起了铿锵有力的话语：依靠新军力量，发动武装起义，推翻清廷统治。赵声又看到了发动新军起义的希望，他在心中默默地吟诵着白居易的诗：

离离原上草，
一岁一枯荣。
野火烧不尽，
春风吹又生。

五十七、老父唱双簧

起义成功的关键在新军，孙文的指示已经成为赵声、倪映典、冷御秋的共识。倪映典去了广东新军炮队，冷御秋去了广西新军。不久，根据朝廷指令，广东新军扩建，张人骏又把赵声调回广东新军，任第一标标统。

赵声回到广东新军如鱼得水。广东新军扩建步兵三协，炮兵二营，辎重兵、工程兵各一营以及巡防军七营，赵声趁机多方安插自己同志到各部队担任职务，从而构成以同盟会会员为核心的一支革命基本力量。同盟会在广州新军中的活动逐步展开。倪映典按照赵声布置，利用给新兵授课机会，对部属宣传革命思想，讲述岳飞抗金、清兵入关、扬州十日等事件，倪映典常常讲得声泪俱下，同营为之感动。

一天，倪映典来到了广州观音山南侧的广东督练公所，向赵声汇报在新军中开展工作的情况。此时，因南京端方告密到朝廷，赵声已被解除第一标标统职务，来到督练公所任职。新上任的两广总督袁树勋本来对赵声特别赏识，想提拔赵声为广东新军第一协协统。在这节骨眼上，因端方告密，清廷陆军给袁树勋总督来电："赵声才堪大用，顾志弗可测，毋养虎肘腋，致自贻患。"原来，端方不仅提防、迫害冷遹、倪映典，尽管赵声离开南京到了广东，他也仍不肯放过。端方给朝廷的告密电是："赵声才大，而志不测，不可用。"加之郭人漳也跑到新来的总督袁树勋面前攻击赵声，还利用水师提督李准攻击赵声。袁树勋收到朝廷电报，加之郭人漳告密，不敢重用赵声，免除了他第一标标统的职务，把他调到了广东新军督练公所任提调。

虽然再次被迫离开新军，但赵声策动新军起义的工作一刻也没有放松。倪映典到了督练公所，向赵声汇报在新军中开展宣传工作的效果。

赵声听了很欣慰："映典，你比在南京时成熟了，那时的你是'吞灭胡虏之念，时流露于辞色间'，现在讲策略有办法了，有本事了！"

倪映典笑笑说："还不是跟你学的。"倪映典说完，掩饰不住内心的激动说，

"赵声兄，开展工作才几个月，我们炮队已有一半官兵加入了同盟会。"

赵声紧紧地握住倪映典的手说："熊成基发动新军起义虽然失败了，但我们在新军中发动起义的决心不变！同盟会会员队伍在新军中要越来越壮大，你开了好头！"

倪映典高兴地说："会员越多，在新军中的力量越大，起义胜利的把握才更大。"俩人兴奋地聊了一会儿，倪映典起身告辞。刚走几步，又踅回来，关心地说："这次你又被迫离开新军，肯定是郭人漳在搞鬼，可得提防着点。"

赵声点点头，目送倪映典离开督练公所。心里想，危险时时刻刻就在身边，既然选择了要走推翻清廷的革命道路，不管在什么位置上，策应新军起义的工作都不能停。他回到办公室，坐下来，心中涌起激情，生出无数感慨和遐想，挥笔写出《己酉初度寄友》，抒发胸中情怀与志向：

> 百年已过四分一，
> 事业茫茫未可知。
> 差幸头颅犹我戴，
> 聊持肝胆与君期。
> 欲存天职宁辞苦，
> 梦想人权亦太痴。
> 再以十年事天下，
> 得归当卧大江湄。

赵声想起，这些年为革命东奔西走，遇到了无数的困难和曲折。但他坚信，自己立下的推翻清廷的志向总会实现，革命胜利的前景终究会展现在面前。他知道，这需要一年两年，甚至八年十年的奋斗。现在，他更坚定了自己的信念，他虽不在新军当标统了，但在广州策应新军起义的工作一刻也不能停止。

在广州燕塘附近白云山能仁寺出家为僧的陆龙杰，是他陆小的学员。他在能仁寺的住地成了赵声召开秘密会议的场所。

一天傍晚，新军革命党骨干秘密会议在此召开。召开会议之前，赵声已被广东当局解除了提调一职，处境十分危险。但赵声将个人生死置之度外，仍然泰然自若，如期召开秘密会议，大家都为赵声捏了一把汗。

傍晚时分，赵声来到能仁寺。

能仁寺，地势三面环山，幽谷深藏，绿树成荫。满天的晚霞映红了山间的黄墙红瓦，静静的山谷不时响起鸟儿归巢的鸣叫声。能仁寺始建于道光四年，咸丰三年重修，光绪十三年又大加扩建。进入能仁寺，石壁上矗立着一个宽一米、高二米的"虎"字，乃抗法英雄刘永福将军于1886年在台湾抗击倭寇时，弹尽粮绝，败退广州，重阳节，到白云山登高览胜，在这块飞石上写就。一个"虎"字虎虎生气，不屈不挠。

赵声径直来到陆龙杰住地。

此次秘密会议是商讨新军举义大计。革命党骨干各自汇报了自己在新军中开展工作的情况，推选出干事员多人。会上，赵声对新军起义各项准备工作进行了部署，宣布了"革命方略之军律政及其赏恤各章"。会议结束时，倪映典关切地询问赵声被解除提调之职一事，大家对赵声既钦佩又担心，建议赵声不妨先暂避风头，麻痹一下当局，不让朝廷发现起义准备情况，暗地里，起义照样按照布置准备。来个明修栈道，暗度陈仓。

"谢谢大家关心。"赵声站起身，朝大家摆摆手说，"此议甚好！暂避风头，有利大局，有利起义准备。看来我已经被他们盯上了。暂避一下，也不会因我而牵扯其他人。我目标太大，容易引起当局注意。我想明日就暂时离开广州，避敌耳目。这里的各项准备工作就由映典具体负责，大家有什么事找他商量，或者请能仁寺内这位法师转告，他是陆军小学第一期学员。"

大家听到赵声决定暂避风头，松了口气。倪映典站起来说："大家按照赵声的部署去做。明天起我们就对外造势，说赵声一气之下，愤怒离开广州了。"

夜色很浓，山野静悄悄的。散会后，倪映典和赵声并肩走出门。倪映典拉住赵声的手说："我们希望你早点回来领导起义。"

赵声点点头，两双手紧紧地握在一起。

第二天，赵声离开广州。几天之后，悄悄地回到了家乡大港。

傍晚。弯弯的月牙已经挂在西边山岗的树梢上，天幕上布满了星星。

赵声家的灶房内，赵声妻子严吟凤正边烧晚饭，边帮公公熬中药。昏黄的灯光下，她往灶膛里添了一把柴，站起身去看看药罐里的水干了没有。刚转身出了灶房门，忽然看到大门口走进一个人。那熟悉的身影，让严吟凤一眼就认出是赵声。她惊呼道："伯先！"

与此同时，赵声也看到了严吟凤。他跨开大步，轻声叫道："吟凤！"

赵蓉曾、赵芬听到声音也迎出来。

没等赵声开口，赵蓉曾惊讶地问："你不是在广州吗？怎么回大港来了？"

赵声愣了一下，笑着答道："广州那边给削职了。我到南京办事，顺便回家看看你老人家。"

"我一个老朽有什么好看的，公干要紧啊！"赵蓉曾摆摆手，"怎么给削职了？做错事了？"

"没有。"赵声怕爸爸担心，故作轻松地说，"端方告密，说我是革命党。"

"他们知道你是革命党了？"赵蓉曾担心地问。赵声不置可否，赶忙岔开话题。赵声想起了自己还未谋面的小女儿，急切地对身边的严吟凤问道："秀儿呢？我去广州那年，你给我信中说生了个女儿。走，看看去。"

"她去外婆家了。"严吟凤轻声说。说完转身去端熬好的中药，边走边说："爸爸身体不好，怕她烦……"

赵声拉上赵芬妹妹说："走，陪我去秀儿外婆家看女儿。"

严吟凤知道瞒不住，失声道："别去！"

"怎么啦？"赵声望着妻子有些失态的样子，心里"咯噔"一下。

"秀儿她……"严吟凤刚说出三个字，一捂嘴，眼眶红了，泪水直淌，一时语塞。

赵声转身拉住赵芬的胳膊问："小芬，怎么啦？"

赵芬眼圈红了，低着头，一言不发。

赵声心里沉闷起来。这时，赵蓉曾把赵声拉进里屋，指着椅子让赵声坐下来，赵蓉曾的眼角流下了混浊的眼泪。他咳嗽了两声，声音悲沉："秀儿出生不久生了场奇怪的病，夭折了。我这当爷爷的有责任。吟儿为了照顾我，耽误了秀儿的病。是我对不起秀儿……"

严吟凤喃喃自语："是我不好！是我不好！"

赵声悲痛不已，他仰面叹道："吟凤，都是我不好，长年在外，既不能孝顺爸，又不能照顾你，更没有带过一天秀儿。是我对不起你们啊！"

赵声回家，一家人本应该欢欢喜喜，秀儿的早夭却让一家人沉浸在悲痛之中。

赵声端起药碗，递到爸爸手里："爸爸，你喝药。"

赵蓉曾长叹一声，一口气喝光碗中的汤药，抹抹嘴说："赵声，过去的就让它过去吧。你们都年轻。吟凤，准备吃晚饭。小芬打水给你大哥洗把脸。"

一家人在沉闷的气氛中吃晚饭。突然，大门外响起了"嘭嘭嘭"的急促的敲门声。赵芬放下筷子，赶紧朝大门口走过去，赵蓉曾愣了一下，一家人都放下了筷子。

赵芬打开门，门外一个伙计模样的小伙子嗖地闪了进来，急促而又紧张地对开门的赵芬说："快关上门，带我去见你家老爷！"

赵芬赶紧关上大门，领着来人，穿过天井来到饭桌前。赵蓉曾站起身，望着眼前陌生的小伙子问："你是……"

没等赵蓉曾说完，来人从兜里掏出一封信递到赵蓉曾手里说："我们家老爷派我来给赵老爷送信。两江总督端方听说赵声从广州回来了，已经密令明天派人来抓捕赵声。"

赵蓉曾接过来信，仔细一看，大吃一惊。信上十二个字："端方密令，抓捕赵声，速跑。崇朴。"赵蓉曾急忙将信递到赵声手里，赵声镇静自若地扫了一眼问："你家老爷是谁？"

"两江总督府任教的崇朴。"来人回答。

赵声明白了，消息确实。崇朴是东乡的蒙古族友人，此人与端方很熟。

没等赵声再问，来人提醒赵声："我家老爷听到这个秘密消息，即刻派我星夜从南京赶来送信。我家老爷让赵声今晚就离开大港，绝不能等到明天。"说完，小伙子掉头要走，赵声拉住小伙子说："吃了晚饭再走。"来人摆摆手说："我家老爷说，请赵声先生严加提防端方。这家伙是清廷鹰犬，对革命党人下手狠辣。我还得连夜往回赶，不吃饭了。"

赵蓉曾、赵声一家感恩地说："谢谢你家老爷。"

送走来送信的小伙子，赵声与父亲商量说："我在家会连累家人，端方对革命党人盯住不放。我人在广州，任什么职他都不放过。我不在广州，他也盯住不放。送信人说得对，我要连夜离开大港。"

赵蓉曾赞同赵声的话说："此人阴险毒辣，他盯上你了，要高度警惕！"

赵声深沉地对父亲说："声儿明白，端方这个人心狠手辣。徐锡麟在安徽举事未成，是端方急电安徽布政使将徐剖心致祭，又是他电令浙江捕杀秋瑾的，此人太狠毒！太残忍！"

一家人听了，更为赵声担心焦急。

严吟凤招呼赵声赶快吃完饭，连夜离开大港。赵声三扒两咽地吃完饭，丢下筷子说："父亲、芬妹保重。吟凤，辛苦你了！"说完，往门外走去。

赵芬追上去，拽住赵声的手："大哥！我也跟你走！"

赵声停下步子说："小芬，你还小！"

赵芬挺起胸膛："不，我十七了！不小了！"

"爸爸还要你照顾呢！"赵声指着咳嗽不已的父亲说。

"不！有吟凤呢！你就带赵芬一起去走走吧！兄妹路上有个照应。"赵蓉曾话语中充满了坚定的豪情。

"爸爸！"赵声、赵芬同声叫道。赵声望着父亲苍老的脸庞，心中充满了感激。父亲把三个儿子都送出去革命，现在送上女儿，那可是兄弟妹妹全上阵了。

严吟凤迅速地收拾了一只包袱，递到赵芬手上说："跟大哥去吧！家里有我！"

赵声担心地对赵蓉曾说："明天，清军上门，你们要多加小心。"

赵蓉曾把赵声、赵芬送到洗钵桥畔，镇静自若地说："不要紧，我有办法！"

赵声深情地望着刚刚见面，马上又要分别的妻子说："家中辛苦你了。"

说完，拉着赵芬的手，头也不回地消失在西街的尽头，很快融入沉沉的夜色中。

第二天上午，太阳刚一冒出头来，就被满天厚厚的铅灰色云层覆盖了，西北风从江面上刮过来，一阵阵寒气透进天香阁。赵蓉曾吃过早饭，特别让媳妇冲调了些糨糊，拿着夜里写好的告示，来到大门口。他放下糨糊盆，在大门口的西墙上刷上糨糊，将醒目的白纸黑字告示贴了上去。他仔细地用手抹了抹刚贴上墙的告示，江面上吹来的北风把告示掀起了一个小角。赵蓉曾又拿起糨糊刷子，细心地把被风吹起的纸角贴好。赵蓉曾明白，这告示必须贴牢，千万不能被风吹走了。他用手缓缓地抹了抹，然后轻声地哼了起来：

告　示

孽子赵声，目无尊长，不守族规，忤逆犯上。

老朽蓉曾，教子无方，有悖祖训，罪责难当。

今立此据，告示乡党，将子赵声，逐出中堂。

赵祠不肖子孙　赵蓉曾即日

贴完告示，赵蓉曾心中暗暗松口气。这是赵蓉曾唱的一曲双簧，或者说演的一场苦肉计。他知道今天清军会直扑天香阁抓捕赵声，到时候，清军一看到这张告示就会明白，赵声不在大港，赵家已经把赵声这个不肖之子逐出了祠堂。清军抓捕扑个空，问他要人，他已告示乡党，和赵声没了干系。

赵蓉曾回家关上大门，来到天香阁，泡了一壶上等的圌山草青，有滋有味呷着。他在等，等清兵上门扑个空。

端方下令派清兵赶往镇江大港抓捕赵声。一大早，清兵乘早班火车赶到镇江丹徒，到了县衙，带领巡警营兵乘船赶到大港。下了码头，一帮人马直扑天香阁，到了赵宅，将赵宅周围团团围住。领头的长官带着三四个清兵来到赵宅大门口，正要敲门，一名清兵眼尖，指着墙上的告示对长官说："长官，你看！"

长官抬起的手放下来，好奇地走到告示前，读了起来……

"娘的！逃了！"长官一口气读完，悻悻地骂起来。他朝手下挥了挥手说："揭下来，叠好回去好交差！"

"要不要进屋搜？"手下的士兵请示道。

"搜个屁！早逃走了！"长官朝手下一扬手说，"到镇公所住下来，我就不信他赵声会插翅飞出大港。"

清兵没有进屋搜查，径直去了镇公所。清兵们中午在镇公所喝了一顿好酒，下午就在大港镇上闹腾起来。清兵在镇衙兵弁的带领下，先后去赵声母亲的娘家、妻子严吟凤的娘家，然后又去了赵蓉曾的学生家中搜查，均无所获。后来，清兵又扩大搜查范围，把大港镇四乡村庄搜了个遍。清兵们以抓捕赵声为由，到处搜查、骚扰东乡的村民，甚至还向乡民敲诈勒索。但折腾来折腾去，连赵声的影子也没有见到。清兵把赵声在大港可能躲藏的地方都想到了，都去搜查了。但东乡的亲友们、乡亲们谁不知道赵声的为人，他们仿佛有约定似的，只要清兵问到赵声，往往都是缄默不语。清军在大港、镇江一带前后闹腾了两个多月，毫无收获，毫无办法。后来，南京传来消息，因直隶总督杨世骧突然去世，朝廷下旨将端方调任直隶总督，缉捕赵声的闹剧停下来，大港才得以安宁。

赵声当夜得到崇朴派仆人送来的信后，连夜离开大港去了镇江。他在好友柳诒徵的帮助下，化装成一个满脸大胡子上了年纪的老头，带着赵芬离开镇江，经丹阳，去上海，从上海转道抵达杭州。到杭州后，赵声寻访到镇江出生的马相伯、柳亚子等许多革命党人，与他们交流当时全国革命形势发展的新情况，赵声把战场又搬到了杭州。

马相伯、柳亚子等革命党人与赵声在杭州结下了深厚的革命友谊。

五十七、老父唱双簧

397

五十八、香港谋划

　　杭州的深秋，天气并不冷。在杭州避难的赵声，一天也没有停止推翻清廷的革命工作。他逃离家乡大港后，没有一丝惊恐之感。他利用自己长江流域同盟会盟主身份，以饱满的热情进行同盟会的联络工作。

　　深秋的杭州西湖边，茶社成了赵声会客、交友、谈工作的地方。这些地方谁也不认识赵声，加上赵声从镇江逃离时，化了装，一脸的大胡子，又带着自己的小妹赵芬，谁也不会起疑心。赵声常常约了马相伯、柳亚子在茶楼喝茶。赵声往往会选一间临湖的雅间，可以将西湖美景尽收眼底。白色的芦苇荡在深秋的西湖上，看到的是白茫茫的一片，江南的"雪"来得比北方还早？那不是雪花，那就是芦苇荡。深秋时令，西湖岸边芦苇田已经泛白，微风轻拂，芦枝摇曳，仿佛马上就要化作漫天飞絮。在茂密的芦苇丛中，时而能看到嬉戏捕食的白鹭，夕阳微照时，素净的芦苇荡远远望去如同一片白雪。秋风一起，苇絮就会在阳光照映下，在波光粼粼的湖面上飞舞。在西湖边的山岗上，生长着一片一片的红杉树，红色的枫叶把山岗映红了，把西湖水映红了，把西湖的亭台楼阁全染上了红色。西湖灵隐寺，西山美人峰、石人岭和枫树岭一带的枫叶，红得如同天边的朝霞。西湖边，还生长着一片片的无患子树，树形高大，叶子细长。深秋时节，叶子变成金黄色。还有那一大片明黄色的古银杏，在环西湖的山岗上、山坳里，到处可见。此时，银杏褪绿换黄，有种古朴的美，成片金黄映衬着日光，覆盖着湖边青石板铺就的小路。路边不远处的村头长着的几株银杏显得单薄、淡漠，傍晚的霞光穿过半透明的叶片，与湖边村落里的雾霭和炊烟辉映出温暖怀旧的色泽。

　　赵声在西湖边的茶楼会客，赵芬则成了他的护卫。赵芬装着在茶楼周边欣赏西湖美景，目光却警惕地四处搜寻周遭的蛛丝马迹。

　　马相伯来了。

　　柳亚子来了。

　　无数革命党人来到了茶楼。赵声到了哪里，哪里就成了革命的指挥部。

马相伯，道光二十年（1840年）生于丹徒，其父母均信奉天主教，故褓襁时即受天主教洗礼，成为天主教徒。清咸丰八年（1858年），全家从镇江转至沪定居。22岁入徐家汇天主教小修院接受了两年的神修训练。后入大修院学哲学和神学。清同治九年（1870年），获神学博士，加入耶稣会，授司铎神职。同治十三年（1874年），调任徐汇公学校长兼教务，讲授经史子集，并兼耶稣会编撰，继续研究哲学、数理及天文，译著《数理大全》等书百卷。清光绪二年（1876年），因自筹白银两千两救济灾民，反遭教会幽禁"省过"，愤而脱离耶稣会还俗。先后去过日本、朝鲜、美国、法国、意大利等国。光绪二十五年（1899年），辞官回沪，住佘山。光绪二十九年（1903年），租用徐家汇老天文台余屋，创办震旦大学院，自任院长。于右任因讽刺时政，遭清廷缉拿，潜逃至吴淞。马相伯知道后，亲自驾舟将于右任接到校中进行掩护，并免费入学。

柳亚子，光绪十三年（1887年）生，江苏吴江人。光绪三十一年（1905年），加入国学保存会。后至上海加入光复会、同盟会。赵声逃离大港到达沪杭一带时，柳亚子正忙于创办南社。

马相伯去东京演说，柳亚子创办南社，还有不少同盟会会员在新军中的活动都成了赵声沪杭会谈的话题。

一天，在杭州西湖边的茶楼与同盟会会员见面时，友人给赵声捎来一份电报，电报是同盟会南方支部发给杭州同盟会成员转交赵声的。赵声一见电报，喜出望外。这些日子，赵声虽然人在杭州，但心系广州，时时刻刻惦记着广州倪映典那边策应起义的工作进展。赵声兴奋地打开电报，电义很简单：让赵声立即赶赴香港，商讨、主持起义大事。赵声为即将结束几个月的逃离生活而兴奋。

赵声告知马相伯、柳亚子以及杭州的一些同盟会好友，他即将离开杭州去香港。

过了几天，赵声带上赵芬乘火车赶往上海，登上上海开往香港的邮轮。

天气晴朗，海上没有大风，但无风三尺浪，邮轮在海浪的颠簸下缓缓地向南驶去。赵声抑制不住心中的兴奋，当晚在邮轮上的餐厅点了几个大菜，还要了一瓶葡萄酒。赵芬见哥哥这几天脸上始终显露着掩饰不住的笑容，晚餐又破例点了大菜和酒，忍不住问赵声："哥，今天怎么啦？点这么多好菜，还点酒！"

"慰劳你呀！"赵声给赵芬斟了半杯葡萄酒，端起酒杯说，"这几个月，逃离大港，在沪杭一带奔波，让小妹吃苦了。来，哥敬你一杯！"

赵芬端起酒杯说："哥高兴的事恐怕在广州吧？"赵芬猜到了哥哥的心思。几个月的逃离生活，哥哥从不会惊慌失措，心思还是放在会见革命同人，还是放在起义的事儿上。这次接到同盟会南方支部催他去香港的电报，肯定是广州新军起义有了眉目。这是赵声哥哥奋斗的目标，只有广州新军起义的事才是哥哥的兴奋点。

赵声的心思让妹妹猜着了。赵声登上开往香港的邮轮后，一直处于亢奋状态。他在甲板上不停地踱步，任凭海风吹拂着发热的脸庞，他不断地猜想着倪映典他们在广州准备起义的工作情况，心中按捺不住激动。组织已经对他发出召唤了，说明广州起义的准备工作，已进入可进一步实施的阶段了。

从香港下船，赵声带着小妹直奔同盟会南方支部驻地。他安顿好小妹赵芬后，赶紧去拜会同盟会南方支部负责人胡汉民。胡汉民的堂弟胡毅生也是同盟会的会员，而且是赵声的好朋友。胡汉民是广东番禺人，光绪五年（1879年）生，光绪二十七年（1901年）中举人，光绪二十八年（1902年）、光绪三十年（1904年）两度赴日本留学，入弘文学院师范科、法政大学速成法政科。光绪三十三年（1907年）9月加入中国同盟会被推为评议部评议员，后又由孙中山指定任本部秘书，从此成为孙中山主要助手之一。后来，胡汉民被派往香港任同盟会南方支部负责人。

很快就要见到胡汉民了，胡汉民是中国同盟会的骨干，还是赵声心中的灯塔孙中山先生的挚友。胡汉民与孙中山在多年志同道合的艰苦奋斗中肝胆相照、相濡以沫。胡汉民得到了孙中山先生的极大信任和重用。这次策划广州新军起义，胡汉民代表孙中山统一指挥，上传下达。赵声对胡汉民很是敬佩，胡汉民才华横溢，学贯中西，博古通今，又能诗善赋。为唤醒民众，推翻帝制，他紧紧跟随孙中山，以其如椽巨笔敲山震虎，把昏庸无能的清政府吓出一身冷汗。胡汉民主编的同盟会机关报《民报》高举反清旗帜，以其摧枯拉朽的磅礴之势，直击封建王朝，《民报》之本社简章大张旗鼓宣告其办报主张为六条：一、倾覆现今之恶劣政府；二、建设共和政体；三、土地国有；四、维持世界之真正和平；五、主张中国、日本两国之国民联合；六、要求世界列强赞成我国革新之事业。

赵声来到胡汉民办公室门口，还未进门，胡汉民就望见了赵声，霍地从椅子上站起来，几步跨到门口，紧紧地握住赵声的双手，激动地说："大家都盼着你回来指挥战斗！"

赵声打量着长相英俊机灵的胡汉民，使劲地晃动着胡汉民的手，高兴地说："见到胡兄真高兴。"

胡汉民松开手，拍拍赵声的肩膀说："伯先弟辛苦了！"说着，招呼赵声坐下来。

"不辛苦！那个可恶的端方追到我家乡大港去了。"赵声在椅子上坐下，乐观地说，"当晚知道消息，连夜逃离，辗转来到杭州，享受了几个月的西湖美景。"

"还这么轻松！"胡汉民倒了一杯茶递到赵声手里说，"逃离的日子不好受！"

"在杭州，我拜访了马相伯、柳亚子，还有许多同盟会会员，把那里的反清烽火也点起来了。这还得多谢端方！不是他派人追到大港，我也不会去杭州。"赵声幽默地说。

胡汉民笑了笑："是金子到哪里都会发光！是种子到哪里都会发芽！"胡汉民随口问道，"收到电报就动身的？"

"杭州同盟会的同志转给我的。这不，紧赶几天来了！"赵声喝了一口茶，"你们在广州筹备新军起义事项更辛苦！"

"咱们说正事！同盟会南方支部最近准备召开会议，讨论广州新军起义的各项准备工作。你到了香港，今晚就召开这个会议，行吗？"

"好！今晚就召开！"赵声兴奋地点点头。

"大家就盼着你呢！"胡汉民说，"会议地点就在我们南方支部的会议室。晚上7时开会，你还有什么意见？"

"没有。晚上见。"赵声站起身，与胡汉民紧紧握了握手，转身往门外走去。

晚上7时整，同盟会南方支部会议室灯光通明，会议室设在驻地最东头。会议室不到五十平方米，会议桌由两张乒乓球桌子拼在一起，上面铺了一块兰花布罩。赵声、胡汉民、黄兴、倪映典、谭人凤等在香港的同盟会骨干陆续来到会议室。赵声见到人家特别高兴，他与战友们—— 握手寒暄。

胡汉民是此次会议负责人，他待大家寒暄坐定后，清了清嗓子说："今天伯先来了，克强也来了，我们一起商议一下广州起义的具体事宜。"胡汉民说着，侧身对倪映典说，"映典，你先将赵声离开广州后进行的各项准备工作说一下。"倪映典点点头，拿出笔记本，翻开来，认真地说："好！我向赵声、克强及各位汇报一下广州起义的准备情况。"

会场上静静的，天花板上两只白炽灯都是六十瓦，灯光很亮。亮光透过窗玻璃，照到窗外院子里两棵挺拔的青松上，密密的松针在灯光映照下泛起晶晶的亮光。大家的目光都盯着讲话的倪映典。赵声离开广州几个月了，他知道，广州起义的各项准备工作，在倪映典的领导下进展很快，要不，南方支部不会发电急着将自己从杭州召回来。只是，准备工作究竟做到了什么程度，赵声也不了解详情，他静静地听着倪映典的介绍。

赵声离开广州后，倪映典等一批在新军的同盟会会员按照能仁寺秘密会议的部署，各项准备工作有序展开。尤其是在新军中发展同盟会会员的工作进展顺利，二百张会票由各干事员领去后，新军士兵踊跃参加，新军中的同盟会会员发展很快，二百张会票基本用完。特别是赵声当过标统的一标、二标和倪映典炮兵营，官兵纷纷加入同盟会，巡防营也发展了不少同盟会会员。官兵们对清朝政府的腐败无能深恶痛绝，起义推翻清廷、建立民国的士气高涨。10月，倪映典专门去香港向同盟会南方支部负责人胡汉民做了详细汇报。胡汉民听了汇报后十分兴奋，他想不到新军官兵的革命思想这么激昂。看来，赵声、倪映典、冷遹等一批同盟会骨干，在新军中的长期宣传已经起到了作用。新军官兵如同一堆干柴，随时都会燃烧起来，清廷的大厦会在熊熊燃烧的烈火中灰飞烟灭。胡汉民随即向在海外筹款的孙中山报告了广州起义的准备情况。

胡汉民在倪映典介绍完情况后，有些激动地说："革命形势发展很快，完全出乎意料！"

赵声听得心里热乎乎的，他想不到新军官兵的革命热情这么高，脱口说道："形势的发展比预料的快！大家辛苦了！"

谭人凤等与会同盟会骨干都兴奋地点点头。

胡汉民站起身说："中山先生对广州起义十分重视，我听了倪映典关于广州起义准备情况汇报后，当即向海外的孙中山先生作了报告，中山先生明确指示……"

大家听到孙中山先生的名字，都肃然起敬，会议室静得一根针掉到地上都能听得见。胡汉民严肃地说："孙中山先生要求我们在年底发动起义，地点是广州，主要力量是新军。中山先生的指示内容不多，但十分明确，起义的时间、地点、人员都很清楚。根据中山先生的要求，我们中国同盟会南方支部迅速给伯先、克强、人凤发电报，请大家来香港谋划起义，大家也很快来到了香港。现在起义的时机已经成熟，可以进入实际性部署阶段。按照中山先生的要求，这次会议除了决定起义的时间、地点、人员外，还要推举领导这次起义的总指挥和副总指挥。"

会议室内，气氛热烈起来。黄兴带头发言："赵声在新军中做了大量工作，和新军官兵也很熟，赵声任起义总指挥最合适。"

胡汉民接着提议："我同意赵声任总指挥，赵声离开广州期间，组织落实起义的准备工作都是倪映典负责的。倪映典任副总指挥，大家看行不行。"

"行！"大家几乎是异口同声。

会议在胡汉民的主持下，开得很顺利。会上推举领导此次广州新军起义的总指挥为赵声，副总指挥为倪映典。接着，根据广州新军的实际情况，制订出具体起义的计划。

　　具体起义计划一致明确三点。起义时间：利用新的一年春节假日（2月10日），即庚戌年过年之机，乘清军不备发动起义。起义队伍：广州新军。起义方法：以驻城外新军为主力，由城外向广州城发动进攻，驻城区巡防营响应配合，实行内外夹攻；同时发动惠州等地会党民军起兵策应，一举攻下广州城。

　　赵声站起身，以广州起义军总指挥的身份，对下一步起义工作做了安排。他谦虚地说："我先说一下具体安排，不妥之处请汉民、克强、映典及同志们补充。"

　　"好！"大家齐声赞道。

　　赵声挺有信心地说："起义军占领广州后，组成革命军统一广东，然后率军分两路北伐，一路为东征军，由我带领由江西取南京；一路为西征军，由映典带领出湖南攻武昌汉口。到时候，广州、南京、武昌成掎角之势再进军北京。"

　　"这个计划好！"胡汉民脱口称赞。

　　"好！"黄兴也轻轻一拍桌子赞同。

　　谭人凤接着说："北伐军仍然以赵声为总司令，倪映典为副总司令。"

　　"当然！当然！"胡汉民、黄兴齐声同意。

　　赵声接着说："既然大家没有意见，起义计划就这么定了。请汉民、克强向中山先生报告。"赵声端起茶杯，喝了口水又说，"起义指挥要靠前，起义指挥部要设在广州。我想明天就回广州，那边我熟，新军中弟兄们也熟，我和映典各设一指挥处。我在华宁里遇兴隆客栈，映典在寄园巷五号设立机关来专门联络。我负责联络上级军官，映典负责联络下级官兵。"

　　倪映典高兴地说："新军弟兄们都盼望着你早点回广州呢！"

　　胡汉民提醒赵声说："伯先，现在当局都注意着你，起义指挥部设立要保密，你自己一定要注意安全。"

　　黄兴特别提示道："用人要多长几个心眼，我赞成汉民同志注意保密的提醒。郭人漳那样的小人要多加提防！"

　　赵声气愤地说："提到郭人漳这个卑鄙小人我就来气，小心小人！黄兴说得对。"赵声说完，捋捋留着的胡子说，"各位看看，我还像标统吗？放心！我会注意的，我还带着我妹妹打掩护呢！"

　　大家都知道，赵声兄弟三人全在队伍上，现在连唯一的一个小妹妹也参加了起义队伍，个个对赵声钦佩不已。大家纷纷伸出大拇指，对着赵声发出由衷赞叹："伯先！你兄弟妹妹全上阵！了不起！了不起啊！"

五十九、送父别妻

　　赵声全身心地投入推翻清廷、建立共和的武装斗争中，但他并没有忘记家乡。虽然人在外地奔波，家乡江边的芦苇滩，巍巍的圌山，繁闹东西街的景象不时出现在赵声脑海里。虽然父亲支持自己的事业，已经把所有的子女都交到自己的手里。都说一人革命，全家光荣，我们赵家可是全家革命，父亲一人光荣。父亲把三个儿子和一个女儿都送到了起义队伍中，父亲是伟大的，父亲为了大众的幸福作出了无私的牺牲。赵声想念父亲，父亲年纪渐渐大了，可爱可敬的妻子严吟凤在家服侍父亲，替自己尽孝。想到妻子严吟凤，赵声心中充满了愧疚。吟凤二十岁来到赵家，她是因为要侍奉得病的婆婆而提前过门的，大港的风俗称之为视汤药，也叫"端茶"。说白了，就是订了婚的吟凤提前到我们赵家来吃苦。吟凤出身书礼之家，"端茶"到了我家后，很快就承担起一个媳妇的责任。她性格温存，勤劳朴实，尽心尽力地服侍染病的婆母。陪婆母去医生家就诊，或把医生请到家来为婆母看病，来来去去，都是她一人操劳。熬汤送药，也全靠吟凤一人操持。赵声想到，婚后不到半年，自己就离开了勤劳贤惠的妻子，从此走南闯北，很少见面。见了面，两人单独相处的时间也不长。尤其母亲去世后，所有的家务事儿都落到了妻子吟凤身上。尤其这几年父亲年事已高，老年性哮喘病还很严重，吟凤又承担起了服侍公公的责任。想到这里，赵声的心里就特别难过，他感到对不起心爱的妻子。他在心里暗暗发誓，要好好弥补吟凤。但自己为了国家的大业东奔西走，还时时提着脑袋过日子，妻子的情分何以为报？

　　几个月前，赵声离开广州避风头，本想回家乡大港住些日子，好好地尽孝，照顾好敬爱的父亲，也好好地尽力，弥补自己欠吟凤的永远也还不清的情感债。但是，天有不测风云。回到天香阁还不到两个小时，就接到端方第二天要派人到大港缉捕自己的消息。别无选择，只能星夜离开天香阁，离开大港，离开镇江去沪杭躲避。赵声永远也忘不了离家时灶台上那呼呼呼冒着药味的熬药罐里冒出的蒸气；永远也忘不了吟凤那深情眼光中的渴望。是啊！久别胜新婚，可我和吟凤分别一年多了，好不容易见了面，却两小时不到，连顿完整的晚饭也没有吃好，就匆匆地分别了。自己心里那煎熬的滋味，相信吟凤也一样。人心都是肉长的，盼望聚合，盼望重逢。可因事态突变，见面就要离别，夫妻间的心灵该受到多大的创伤啊！分别时，赵声从吟凤那温热的手指和坚毅的目光中，看到了吟凤对自己的理解和深情。她知道自己的丈夫在干大事，她和父亲一样，支持自己干大事。赵声看到了吟凤那充满泪花的眼眶，但她强忍着，硬是没让泪水流出来……

从上海到杭州，又从杭州来到香港，起义准备工作紧锣密鼓地展开了。繁忙的指挥工作令赵声几乎喘不过气来，但赵声也是有血有肉之躯，闲下来哪怕只有几分钟，他的脑海中都会浮现出父亲那坚毅的脸庞和吟凤充满深情的目光。

越是忙于起义，他越是想念父亲，想念自己的爱妻吟凤。赵声理解此时在家乡的父亲和妻子的心情，毕竟兄妹四人都在起义的队伍里，还能常常见面。可他俩远在家乡，心中的思念和担忧不是常人能够忍受的。赵声心中暗暗地下决心，待广州起义取得胜利后，第一件事，就是把远在家乡大港的父亲和妻子吟凤接到广州来团聚。

大战在即，为了人民大众的幸福和团聚，自己只能舍小家为大家了。想到这点，赵声的干劲更大了。

初冬的广州，天气并不冷。太阳挂在高高的天空中，暖暖的阳光洒在大地上，树木不像北方，叶子早已落尽成了枯木。南国山岗上的树林，马路上的行道树仍然枝繁叶茂。榕树挂下无数的根须，树冠上密密的叶子在阳光照耀下闪着晶莹的光泽。大街上的人们仍然穿着春秋的服装，到处一派南国的风光。

华宁里遇兴隆客栈在广州一条偏僻大街的尽头。遇兴隆客栈门脸不大，门前有几棵榕树，榕树四周是一片不大的空地，空地里长满了各种花草。五颜六色的花儿正在盛开，散发出沁人肺腑的清香味。几只蝴蝶在花丛中飞舞，花丛中还传出蜜蜂的嗡嗡声。

华宁里遇兴隆客栈一片宁静，谁也不知道这里正在酝酿着一场大的革命运动，一场足以震撼广州，惊动全国的事变。广州新军起义的指挥部就设在客栈里，赵声吃住在这里，赵声在客栈里，夜以继日地指挥着大家策划广州起义的每一个具体行动。

赵声每天都很忙碌。早晨，刚刚吃完早饭，他就到接待室准备听取广州新军中一管带汇报起义的准备情况。接待室的隔壁是一间客房，赵芬住在客房里，门敞开着，赵芬在房里可以观察客栈内的动静。特别是赵声接待同志时，赵芬更是提高警惕，两只灵动的眼睛，骨碌碌四处观察客栈内外的动静。

赵声刚在椅子上坐下来，着便装的新军管带就走了进来。赵声认识这位管带，赶紧站起身招呼他坐下来。隔壁的赵芬眼疾手快，进来给客人倒了一杯茶，点点头，便掩门出去了。赵声望着妹妹的背影，为小妹的机灵而高兴。他朝茶几上的茶碗指指，示意管带喝水，问道：

　　"路上方便？"

　　"穿便衣，方便！"

　　"客栈好找？"

　　"门前两棵大榕树！好找。"

　　"你们那里官兵士气如何？"

　　"大家嗷嗷叫，恨不得现在就打响第一枪！"这位管带说着，从口袋里掏出一叠花名册，递到赵声的手里说，"这是我手上的起义骨干花名册。"

　　赵声接过花名册，紧紧地握着管带的手说："弟兄们辛苦了！"

　　"总指挥辛苦！"管带边说边喝了一口茶，深情地说，"新军中的同盟会会员听说你已经回到广州，正在秘密指挥武装起义，大家都很兴奋，暗中传递着消息。"

　　"有大家支持！革命一定会成功！"赵声把花名册放到桌上，握紧了拳头。

　　管带见到赵声特别高兴，临走时，紧紧地握住赵声的手，使劲晃动着说："总指挥指向哪里，我们就打向哪里！"说着，向赵声敬了一个军礼，走出接待室。赵芬把管带送到大榕树下。

　　遇兴隆客栈成了赵声主持广州新军起义的秘密机关。赵声在这里接待了一批一批来自新军的同盟会骨干，通过这些骨干，赵声了解了新军中官兵的思想，了解了同盟会骨干秘密发动官兵开展工作的情况。对同盟会骨干开展鼓励鼓动工作的策略、措施给予指导，对发现的问题，及时帮助纠正。赵声人在遇兴隆客栈，却对广州新军中的官兵思想了如指掌，对发动新军起义的步骤和进展也了如指掌，可算得，赵声不出门，全知新军事。通过同志们的汇报，赵声知道新军官兵士气高昂，对于即将举行的推翻清廷、建立民国的起义，十分盼望。赵声听到这些消息，很是振奋。他心里明白，新军官兵大多数来自农村，他们父母家人正在受到腐败无能的清朝政府的奴役，生活在水深火热之中，他们盼望革命、盼望起义的愿望发自心中。赵声拿起刚才管带送来的起义骨干花名册，一页一页地翻看着，这么多的官兵参加起义，只要起义的枪声打响，广州城，乃至全国，会燃起熊熊的反清大火，清廷摇摇欲坠的破厦在熊熊大火中将会轰然倒塌。赵声看完花名册，正要端起茶杯，又响起了敲门声。

赵声放下茶杯，走到门口打开门，只见赵芬又领着一名着便装的新军军官走了进来。赵芬给来人倒上茶水，对赵声说："你们谈，我去外面盯着。"说着，赵芬往门口走过去。刚走到门口，突然见一个人带着父亲和大嫂迎面走过来。赵芬一见，愣了一下，惊呼道："爸爸！大嫂！"

赵芬做梦也不会想到在这里见到爸爸和大嫂。她迅即转过身朝接待室里的赵声高着嗓门喊道："大哥，你看谁来了。"

赵芬喊完，快速朝爸爸和大嫂迎上去，再次惊喜地喊道："爸爸！大嫂！"

"爸爸！吟凤！"赵声听到赵芬小妹喜出望外的喊声，赶紧迎到门口，一见父亲赵蓉曾、妻子严吟凤站在门口，也大吃一惊问道，"你们怎么到这里来了？"

"怎么，你不知道？不是你让人接我们来的？"赵蓉曾望着儿子惊讶的表情，反问道。

"没有啊！"赵声不明就里，转身问赵芬，"妹，你知道吗？"

赵芬从严吟凤手里接过蓝瓷花布包袱，往肩上一撂，连连摇头。

赵声拉着爸爸的手，把赵蓉曾领进屋里，嘴里喃喃自语："谁派人去接的？"

正在这时，倪映典匆匆走进接待室，一见赵蓉曾和严吟凤，就忙着打招呼张罗："来了，大伯、大嫂，一路上辛苦了，还挺快的嘛！我还以为你们要明天才能到广州呢，快坐，快坐呀！"

赵芬欢喜地端起面盆到外面打水，赵声招呼爸爸和妻子坐下后，赶紧张罗着泡茶。从倪映典进门问候自己父亲和妻子那几句热情的话，赵声已经恍然，但他没有问。他招呼倪映典坐下后，也倒了一杯茶递到映典手里。赵声深情地望着因赶路而一脸疲倦的爸爸和妻子，说："一路辛苦了！一会儿赵芬打来水先洗把脸，喝点茶，休息一会儿，我和映典到隔壁房间商量点事。"赵声说着，拉着倪映典的手往外走。正巧赵芬端着打满水的脸盆进来，赵声下命令似的对赵芬说："你先招呼爸爸、嫂嫂休息一下，我和倪总指挥谈个事儿，一会儿就来。"

赵蓉曾和严吟凤都理解地笑笑："公家的事要紧，去吧！去吧！"

赵声心里已猜了个八九不离十，他将倪映典拽到隔壁赵芬房内问："映典，是你用我的名义将他们接来的？"

倪映典认真地对赵声解释："伯先，是这样的。汉民和我们几个商量，起义在紧张地准备着，很快又要到年底了，广州起义一旦爆发，你是总指挥，肯定会引起清廷的注意。清廷肯定会不择手段地对你进行迫害，甚至会对家属进行迫害。为了你家人的安全，同盟会南方支部决定派人去丹徒把你父亲和夫人接来。"

赵声着急地插话："怎么不告诉我一声？"

倪映典认真地说："谁不知道你的脾气，一门心思全扑到起义准备工作上。赵蓉曾老先生把全部子女都送到了革命前线，我们不能亏了他呀！"说到这里，倪映典笑了笑，"怕你知道了，会不同意派人去接父亲和夫人。"

听了倪映典的解释，一股热流涌上赵声心头，他感动地说："谢谢！谢谢大家对我赵声一家的关心和保护，采取了这样特别的保护措施。"赵声说着，伸出手紧紧地握住倪映典的手说，"谢谢你，谢谢汉民，谢谢大家！"

"应该的，应该的，你是总指挥，你想着革命，我们不能忘了你的小家呀！"倪映典松开手，深情地望着赵声这些日子废寝忘食地忙于起义策划而疲倦不堪的面容。

赵声朝倪映典摆摆手说："你们这样关心我，我感激。但你想过没有，你我都是这次广州起义的组织者，你们派专人去千里之外接我的家人，你们这样关心我的亲人，我心中不安呀！哪一个即将参与起义的官兵家中没有父母双亲，妻子儿女？哪一个又不是离家别子决然抛小家保大家？哪一个革命同志不是舍生忘死，甘愿流血牺牲？我赵声身为总指挥，却先安顿好家属，叫我何以面对那些将与我们出生入死的弟兄！叫我怎样去动员大家一心投入即将爆发的起义？"

倪映典为赵声的高风亮节感动，他辩解："你与别人不一样。"

"有什么不一样？"赵声不解地问道，"如果说我赵声与大家有什么不一样的话，我是总指挥，我更应该冲锋在前，身先士卒！"

"清廷会盯上你！广州当局会盯上你！"倪映典一着急，声音有些高。尽管此时倪映典十分理解赵声的心情，赵声的为人倪映典心里最清楚，他是一个为了革命，为了大家，连自己的生死都不顾的人。他不可能首先考虑自己的安危，更不能考虑到自己的小家，如果赵声是这样的人，他就不会全身心地扑在革命事业上了。现在，映典最担心赵声会把刚接来的父亲和妻子又送回家乡去。

倪映典不由得高声和赵声解释，希望赵声能理解中国同盟会南方支部，理解大家的一片苦心，二人的声音都高了起来。隔壁接待室里的赵蓉曾和严吟凤听到赵声和倪映典的争执声，悄悄走出接待室，来到赵芬的房门口。静静听了一会儿，赵蓉曾和严吟凤刹那间全明白了，原来，派人去接赵蓉曾和严吟凤，这不是赵声的意思。

赵蓉曾带着严吟凤一脚跨进房内说："赵声说得对。"赵蓉曾说着，走到倪映典面前说，"映典总指挥，你们说的话，我们全听到了。真的要谢谢同盟会南方支部，谢谢汉民，谢谢你，还有赵声的战友们！你们对赵声，对我一家的关心，我们永远记在心里。我知道来龙去脉了，我们此时到广州不是时候。吟凤，我们回去，广州起义在即，赵声和映典都是组织者，别让大家为我们分神。"

"赵声，爸爸说得对，我陪爸爸立即就回去。"严吟凤深情的目光望着赵声，语气特别坚定。

赵蓉曾侧身对站在一旁的小女赵芬吩咐："芬儿，你帮我们打听一下去上海轮船的班次，买最早的票。"

赵芬点点头。

倪映典一听，着急地说："不，伯先，你得让我向同盟会南方支部，向汉民报告一下呀。"说着，倪映典朝赵芬示意，"别急！至少得等几天呀！"

赵声望着父亲和妻子，心里充满了感慨。多好的父亲呀，始终是那么顾全大局；多好的妻子呀，始终是那么善解人意，理解丈夫。想到这里，赵声对父亲和妻子微微地一笑："对不住了，爸爸，对不住了，吟凤，谢谢你们的理解和支持。"

"赵声，让他们在广州玩些日子再回去不迟！"倪映典望着远道而来的赵蓉曾和严吟凤，就这么匆匆地来，又匆匆地走，心里很不是滋味。

"起义是大事！起义胜利了再来游广州！"赵蓉曾轻松地回答。

"映典，放心，责任不在你！我来向同盟会南方支部，向汉民报告。"说着，赵声真诚地朝倪映典深深鞠了一躬，"谢谢映典！谢谢大家！"

倪映典默默无语。赵声对赵芬吩咐道："小妹，你去联络一下，买最早的去上海的轮船票！"

"是！"赵芬完全听大哥的，她现在已经是一位起义军的战士了。虽然，赵芬的心里多么希望爸爸和大嫂能留下来。但赵芬小小年纪，却已懂事理，她知道大哥说的做的都在理儿。舍小家为大家这是大哥一贯做人做事的风格，她支持大哥。赵芬朝大哥微微一笑说："放心，我马上联系。"

当同盟会南方支部的同志们知道赵声的父亲、妻子被接到广州后，都很高兴。特别是胡汉民，当即给倪映典打电话说："映典，你安排一下，派个人把赵声的父亲和妻子接到香港来住上几天，好好看看香港的风光。"

倪映典在电话中闷闷不乐："汉民，广州都玩不成了！赵声说什么也不让父亲和妻子留在广州，他坚持要让父亲和妻子尽快回家乡隐蔽起来。"

"这可不行！"胡汉民在电话中着急地说。

"赵声的脾气你了解！"倪映典把与赵声的交谈和赵蓉曾先生及严吟凤的态度在电话中一一向胡汉民做了汇报。

虽然一开始知道赵声让刚来到广州的父亲和妻子返回家乡，胡汉民坚决不同意，但听了倪映典说了赵声的想法和坚持，胡汉民终为赵声这种为革命先公后私，先他人后自己的精神所打动，同意了让赵声父亲、妻子回家乡丹徒隐蔽起来。

最早一班开往上海的客轮是第二天下午两点。赵芬购买了两张开往上海的船票，赵芬把船票交到赵声手里时，赵声长长地叹了一口气，对赵芬说："你明天上午陪爸爸、你嫂子去广州城里逛逛，帮他们购些衣物，下午我们去码头送行。"

"是！"赵芬点头。她本来希望大哥明天上午陪爸爸、嫂子一起去广州街上逛逛。爸爸、嫂子毕竟是第一次来大城市，论理儿，做儿子的也应该陪陪父亲，更应该陪陪自己的妻子。但赵芬理解大哥。他是总指挥，广州起义的时间越来越近了，千头万绪的准备工作，赵声忙得团团转。赵芬心里知道，大哥多忙一点，把细节考虑周全些，起义成功的把握会大一点。爸爸理解，亲爱的嫂嫂肯定会更加理解。

第二天中午，倪映典在遇兴隆客栈餐厅里摆了一桌，宴请赵蓉曾、严吟凤。细心的倪映典还专门把赵声的两个弟弟赵磬、赵馨请过来，让赵声全家聚聚。

一家人在广州团聚，赵声的心里特别高兴，他也很感激自己的好战友、好同志倪映典想得周全。吃过午饭，倪映典执意要同去码头给赵蓉曾、严吟凤送行。赵声拗不过战友倪映典的一片好意，他让两个弟弟先回营房。赵声在倪映典的陪同下，和小妹赵芬一起送父亲和妻子来到码头。

深冬时节，太阳隐藏在厚厚的云层里。海上的风一阵一阵吹过来，码头路边行道树的枯叶被海风吹得在地面上打旋。天空灰暗，远处的海上雾蒙蒙一片。码头上人声鼎沸，轮机轰鸣。海浪不时冲撞着岸边的礁石，发出有节奏的哗啦声。

汽笛长鸣，去上海的旅客开始登船。

赵声、赵芬、倪映典在码头上送别赵蓉曾、严吟凤。

赵声深情地对赵蓉曾、严吟凤说："爸爸！吟凤！你们马上就要走了。"说着，赵声揉了揉发红的眼眶，郑重地说，"孩儿重任在身，时刻准备为国为民捐躯。父亲从小就是这么教诲我的。如遇不测，恕儿不孝。望爸爸多保重。吟凤，辛苦你为我照顾父亲，谢谢你代我尽孝。"

赵蓉曾握住赵声、赵芬的手，坚定自信地说："孩子，自你兄妹四人为着民族、为着国家大业，先后出走在外，我，作为父亲，有哪一次阻拦过你们！为父现在身体尚可，又有吟凤在身边服侍、照顾，家中之事就不用牵挂、多虑。我真的希望亲眼看到起义胜利的那一天呢！"

严吟凤脉脉含情地望着赵声叮嘱说："赵声，我们走了，你多加保重！家中的事儿有我，你放心吧！"

听了父亲赵蓉曾和妻子吟凤的一番话，赵声感动不已。他躬身对父亲说："父亲对声儿从小的教育，声儿铭记在心，父亲对我们兄妹四人参加革命如此支持，我们绝不辜负父亲的期望；绝不辜负家乡父老乡亲的期望；绝不辜负天下父老的期望。"

赵声侧身拉住严吟凤的手，一往情深地说："吟凤，家中的一切拜托你了。我要是为革命牺牲了，你千万不要伤心！家里无论遭受什么灾祸，你都要挺直腰杆做事，堂堂正正做人，维护革命人家尊严！"

严吟凤不停地点头，海风吹得额前的刘海儿飘起来，又落下去，她的眼睛始终盯着赵声的眼睛，目光中，透射出坚毅的光芒。

赵声、赵芬、赵蓉曾、严吟凤眼里都噙着泪花，四双手紧紧地拉在一起，依依惜别。站在一旁的倪映典看到这个场景，也是热泪盈眶。

汽笛沉闷地拉响，赵蓉曾、严吟凤一步一回头地走上长长的栈桥，走向通往轮船的舷梯。

轮机轰鸣不已，轮船高大的烟囱喷吐着黑乎乎的烟柱。一群海鸥在轮船的舷边和上空飞过来飞过去，随着汽笛的鸣叫又飞向远处苍苍茫茫一望无垠的大海。

赵声、赵芬、倪映典与赵蓉曾、严吟凤挥手作别。

云层更厚了。

海风更大了。

天空低沉、昏暗，雾霭苍茫。

六十、干柴烈火

虽是下午，但天空阴沉沉的。客轮在低沉的汽笛声中缓缓地离开广州的码头，驶向茫茫无际的大海。

赵声和倪映典肩并肩离开码头，赵芬还沉浸在离别的痛苦思绪里，紧跟在赵声、倪映典的身后，低着头走出码头大门。

倪映典走出码头，心中很是难过。他感到有些对不住赵蓉曾、严吟凤。千里迢迢地把赵蓉曾、严吟凤接到广州，本该让赵声父子夫妻团圆，结果拗不过赵声的倔劲，又让赵蓉曾、严吟凤登上了返回家乡的客轮。倪映典回头望着渐渐远去的客轮，心中有些懊悔，怪自己没有跟赵声顶一顶。赵声父子、夫妻这一别，不知何时再相见？

送走父亲、妻子，赵声松了一口气，这下可以全身心地扑在起义指挥工作上了。

赵声、倪映典各怀着心思，一路默默无语。突然，对面走过来一个人，神色紧张地喊了一声："赵声！"

赵声、倪映典、赵芬几乎同时停住步子。来人是指挥部的通信员，手里拿着一张纸。通信员径直走到赵声、倪映典跟前，把那张电报纸递到赵声手里说："香港请你俩过去，有要事相商。"

赵声接过电报，迅速扫了一眼，又把电报递到倪映典手中，悄声说："这么急？出什么事了？"

赵声边问，边招手喊人力车。

赵声、倪映典、赵芬三人各坐上一辆人力车往起义秘密机关遇兴隆客栈赶去。

当晚，赵声、倪映典赶到香港同盟会南方支部驻地。

胡汉民在南方支部召集紧急会议。赵声、倪映典、黄兴、谭人凤等参加会议，胡汉民主持会议。他向大家通报了一件意想不到的事。

胡汉民语气紧张地说："伯先、映典，紧急通知你们二人来香港，是因为新军一标清吏发现同盟会会票了。"

"啊？！怎么会出现这个低级错误？"黄兴插话道。

"谁的营？哪个队？"赵声、映典齐声着急地问。

"巴泽宪那个排。"胡汉民接着说，"要命的是这个巴泽宪一点不老练，一见会票被清吏发现，巴泽宪竟然逃匿了。"

"这不是此地无银三百两嘛！不是他，也是他。"黄兴急得在桌子上敲打起来。

谭人凤朝赵声、倪映典望了望说："据我们的内线报告，此事已经引起了广州当局的注意和警惕，说不定会清查。"

黄兴着急地站起身补充道："听说，广州的水师动起来了，水师提督李准已经暗中派人将新军的枪机、子弹收缴起来，并从外地调兵入广州城。"

"看来不能麻痹大意。"谭人凤提醒。

胡汉民朝赵声、倪映典摆了摆手说："情况就是这样。请你们两位来，就是商量一下对策。"

赵声一听，眉头皱了皱。他一改往日持重的风格，急切地向胡汉民建议："令出难收，我们不能动！"

"起义期已定，不可轻易改动。"黄兴支持赵声的建议。

胡汉民望望大家，目光落到倪映典脸上，一副迟疑不决的样子。

倪映典轻声地咳了几声，镇静地想了想说："我建议，可否将起义的日期往后推迟一些，最好推迟到正月十五元宵节。"

"说说你的理由！"赵声、黄兴、胡汉民几乎同时迫不及待地催着倪映典。

"我的理由有两条。"倪映典掰起了指头，"推迟到正月十五，一是可以观察动静，以静制动，从容准备；二是听说广东习俗，岁末之际客轮停航。除夕之夜香港至广州的客轮停航，如果在春节行动，香港的起义人员不能及时赶到。"

"映典讲得有道理。"胡汉民接着倪映典的话说，"以静制动，注意观察，从容准备，我同意推迟到正月十五元宵节。"

赵声认真地想了想，点头同意。

大家也都觉得倪映典说得有道理。

胡汉民见大家没有异议，提醒赵声、倪映典说："你们回广州后，要密切关注当局的反应，同时要将起义机关多分几处。另外，还要保管好起义的枪支弹药，防止遭受敌人的破坏。伯先，映典，你俩是总指挥，你们看呢？"

"汉民提醒得对。"赵声点点头，"高度保密，更加谨慎！"

倪映典也点头，表示回去之后要更加警惕，确保起义万无一失。

会议结束后，赵声、倪映典一早乘客轮从香港返回广州。

起义工作仍在紧张地准备着。

赵声回到广州遇兴隆客栈后，立即召集指挥部紧急会议，对起义机关的安全制订了三条措施。首先，将起义机关的地点新增设了七处，新增加了雅荷塘、清水濠等秘密机关，加上原有的两处，一共有九处，主要用于贮藏枪支、弹药、旗帜、文件等重要物件，同时保管起义所需的各项用品；其次，各处增派了妇女儿童住进去，以防止引起外人关注；最后，增派便衣警卫，确保秘密起义机关的安全。

布置完毕，赵声松了一口气。他把日历放在案头，每天起床第一件事，就是拿起粗红色的蜡笔，将昨天的日子打上钩，然后翻过去。日历一页一页翻过去，起义的日子渐渐逼近了。

腊月二十一，腊月二十二，腊月二十三，腊月二十四，腊月二十五……年关近了，离起义的日子也越来越近。赵声的心里既兴奋又紧张，正义的枪声就要打响了，多少年在外奔波，多少次艰难险阻，多少回柳暗花明……赵声的心怦怦地跳动着。

年关越来越近，离起义的日子——正月十五元宵节也越来越近。

腊月二十八日一早，赵声和倪映典接到南方支部紧急通知，赶往香港同盟会南方支部驻地开会，再次研究落实起义的各项工作。这是广州起义的最后部署，胡汉民主持会议。

胡汉民招呼大家坐定后，兴奋地说："根据了解及各方面情况汇报，起义准备工作总体还是顺利的。虽然发生了一些意外，引起了广州当局的关注，但当局对即将发动的广州新军起义大的部署并没察觉。为确保起义成功，今天的会议，还请大家再讨论一下起义的日期，以便最终确定。"

赵声插话说："许多已经发生的起义，失败的一个重要原因就是起义的日期不是提前，就是推迟。日期不确定，导致原先周密的起义计划不能有效衔接，形不成合力，最终导致起义失败，我赞成汉民同志提议，再一次确认起义日期，千万不能随意变动，提前推后都是大忌。"赵声说到这里，深有体会地喘了一口气。

胡汉民接过赵声的话："上次决议，起义延期到正月十五元宵节，现在准备如何？"

"准备工作有序进行。起义机关增到九处，妇女儿童派驻到起义机关住处，以遮人耳目，起义物品大都已经运送到位。我们是按照正月十五日打响起义第一枪准备的。"赵声语气自信，声音洪亮。

倪映典站起身说："这些日子我一直在新军，目前新军官兵就像一堆干柴，人人处于兴奋之中，恨不得现在就反了，恨不得现在就去攻打总督府。延期太久，我就担心什么时候一粒意外的火星会把这堆干柴点燃，到那时势必不可收拾。"倪映典不无担心地说，"这些日子，清廷当局似乎发现了一些蛛丝马迹，那些清廷的鹰犬盛气凌人，对新军官兵像防贼似的。尤其是广州城里巡防营的警察蛮横不讲理，而新军士兵又不吃这一套，擦枪走火的事儿随时会发生。"

大家静静地听着倪映典的话，对起义的日期拿捏不定。

目前广州的形势确实面临一种前所未有的复杂局面。清廷当局发觉新军的激进官兵可能会起义，但又没有抓到确凿的证据，所以只是内紧外松，虽然防范甚严，但也不敢闹出大动静，以防新军激进官兵找到把柄。现在已经接近岁末，原定的春节期间起义已经改为正月十五元宵节。今天已是腊月二十八日，满打满算离起义的日子不到二十天。这些日子，起义军的骨干在新军中已经如同干柴烈火，随时可能燃烧起来。起义指挥部为起义的时机反复研判，参会人员都在静静地思考着。

听完倪映典的话，黄兴略有所思地插了一句："起义日期仍在春节？"黄兴从倪映典的话中，感觉到新军士兵都盼着早日起义推翻腐朽的清廷统治，官兵们士气高涨，蠢蠢欲动。现在离推迟的起义日期还有近二十天，万一这期间从哪儿溅出一点火星，这干柴点着了，就不好收拾了。黄兴的担忧不无道理。听了黄兴的话，倪映典愣了一下，还没有来得及细问黄兴，谭人凤说出了他的意见："我赞成赵声的意见，起义日期不能轻易变动。既然上次确定延期到正月十五元宵节，现在就不要轻易变。"说到这里，他站了起来，话音明显高了些，"刚才黄兴提议是否还定春节？我觉得不妥。现在离春节不过一两天时间，来不及通知。再说上次已经说到我们广东这边的风俗，岁末之际，停船不行，香港这边的队伍不能及时开进广州。"

胡汉民的目光在大家的脸上缓缓移动，他思索着，认真地听着大家的意见。他觉得，刚才赵声说的话很有道理，许多起义失败的原因，都是起义时间随意提前或推迟，造成起义力量一时形不成合力，这个教训要接受。胡汉民的目光定格在赵声那坚毅的脸额上。

"前议已定，不改为好！"赵声的目光与胡汉民的目光一碰，他明白汉民的心思，他是想听听自己的意见。自己是这次广州起义的总指挥，肩上的担子重呀。他仍然保持他往日的持重风格："新军弟兄春节放假，放松放松，也让李准他们麻痹麻痹！"

胡汉民赞同地说："行！仍按照原议准备。"说着，朝大家轻轻地摆了摆手，"大家同意吗？"

"同意！"大家异口同声。

"好！正月十五元宵节，日期不变，抓紧准备。"胡汉民坚定了信心。

会议正要结束时，走廊上传来笃笃笃急促的脚步声，大家的目光倏地朝门口走廊望过去。

来人是胡毅生，满脸焦急紧张。他急步跨进会议室的门，径直往胡汉民和赵声、映典身边走来。大家的目光都聚焦到胡毅生脸上，个个心里都打起了一个问号：又发生什么意外了？

胡毅生走到赵声、映典身旁，气喘吁吁地说："映典、赵声，知道吗？广州新军出事了。"

"出了什么事？"赵声、映典几乎是齐声问。

大家的目光全盯着胡毅生那张焦急的脸庞。

胡汉民顺手拉了一张椅子拍了拍："毅生，别急！坐下说。"

倪映典顺手拎起水瓶，倒了一杯水递给胡毅生。

胡毅生坐下来，喝了一口水，语气急切地说道："前两天傍晚，新军二标二营一名叫吴英元的士兵与印刷店老板因名片价格问题争执，被警察不问青红皂白抓到警察局去了。新军士兵听到这个消息，觉得广州城里的警察蛮横惯了，欺人太甚。二标新军士兵咽不下这口气，第二天冲到警察局要人，引发了军警冲突，新军士兵一怒之下围攻、捣毁了警察局。"

没有等胡毅生把话说完，倪映典着急地说："我说是吧，新军兄弟们情绪高涨，如同干柴遇烈火——一点就着。"

胡毅生接着说："广州当局已经宣布新军春节不放假，怕新军哗变。新军兄弟听到这个命令，更加愤怒！"

胡汉民果断地说："情况紧急，防止突变。伯先、映典，你们二人迅速安排，尽快回到广州，控制新军。"

"我今天就乘晚班轮船回广州。"倪映典着急地站起身，果断地决定，"伯先，我先回广州，你明早回来，广州城里见！"

赵声点点头，他在急切地思索着，又是一个意外事件，他要好好琢磨处置办法。起义时间已经定在正月十五元宵节，千万不能节外生枝。

"好！映典连夜赶回，赵声明早乘早班轮船回广州。广州城里会合，具体组织实施起义准备事宜。"黄兴、胡汉民都同意倪映典的意见。

黄兴、胡汉民提醒倪映典说："映典，控制新军，这是关键！"

"千万不能急，千万不能扩大事态！"赵声也严肃地提醒倪映典。

倪映典正要转身离开，赵声有些不放心，拉住倪映典的胳膊，望着大家分析道："现在新军兄弟处在火头上，看似箭在弦上，清廷广州当局也采取了不放假的措施，这无形中给我们的起义增加了困难和麻烦。越是这样的紧急时期，我们越要冷静沉着，先将新军官兵的情绪稳定住，不能莽撞，千万不能性急！"

"对！就照赵声说的办！"众人异口同声。

赵声说完，握住倪映典的手说："明天广州城里见！"

"保重！明天广州城里见！"映典紧紧地握住赵声的手，自信地大声说。随即，倪映典转身走出会议室，往广州轮船码头急急地赶去。

第二天一早，赵声乘早班客轮赶回广州城。他在一处秘密联络点等着与倪映典会合。可是，左等右等，就是不见映典的影子。赵声焦急地搓着手掌，没过一会儿，赵芬匆匆地赶回来向赵声报告："大哥！我找了几处联络点，也没有找到倪映典。听联络点的人讲，他昨晚回到广州，今天一早就去了燕塘广州新军驻地。"

"怎么不等我们赶到，将情况摸一下再去。"赵声急切地说。

"我不知道情况。"赵芬也一脸焦急不安。

"肯定是倪映典想早点去安定燕塘的新军弟兄们。"旁边一个人插话说。

"那我们也去燕塘。"一位联络员提议道。

这时，从门外又急匆匆地走进来一个联络员，他急切而凝重地向赵声报告："总指挥，怪了！清军关闭城门了，不准任何人出入，看样子广州城被封锁了！"

赵声一听，很快意识到广州城里一定发生了什么紧急的事件，要不就要过年了，不可能关闭城门。但是，广州城里究竟发生了什么紧急事情？赵声现在没法知道。赵声想到了新军，想到了倪映典，他知道现在应该尽快与倪映典联系上，看驻在城外东边、北边新军动向怎样。想到这里，赵声急促地问："谁能迅速与映典联系上？"

"我去燕塘找他！"赵芬不顾危险，主动请战。

"出不去了，城门都关上了！"一位联络员急切地说。

"那我们去发动城内巡防营动手！"另一个联络员建议。

不待联络员说完，赵声打断他，冷静地说："不行！起义计划是城外新军不动，城内巡防营不动，城内是配合的力量。何况，何时动还没定，怎么能轻举妄动。"正说话间，急促的脚步声响起来。赵声抬头一看，一名巡防营的同盟会会员疾步走进室内。他一进屋，马上拉住赵声的胳膊，走到一边悄悄地说："清廷已令巡防营开始在城内抓捕革命党人了，赶快换衣服、化装，我掩护你出城。"

"发生了什么事？"赵声沉着地问。

"我不太清楚，听说城外新军哗变了！"来人不容分说，帮赵声换好衣服。赵声在这位同志的掩护下，出了广州城，经澳门，到达香港。

在澳门停留期间，赵声才得到倪映典牺牲的消息。

原来，倪映典年三十晚上离开广州，大年初三赶到燕塘。当时新军一标炮一营驻地管带齐汝汉正集中士兵训话。战士们越听越火，倪映典见此情景，立即举枪将齐汝汉击倒，随即号召新军士兵起义。炮工辎四营响应，推倪映典为总司令。倪映典率队到一标，击毙队官，士兵响应。他自率千余人准备经沙进攻东门，打清军一个措手不及，一举攻入广州城。谁知清军早有防备，水师提督李准已坐镇东门，派统领吴宗禹率两千余人分路进攻。下午，两军相遇，吴宗禹部在牛王庙一带布防。倪映典身穿蓝袍，手持红旗，来往驰骋，指挥新军进入阵地。

清军管带童常标、李景濂，派马弁来到倪映典阵地前，送上一封伪装调停的信。倪映典没有丝毫怀疑，以为这是一次争取巡防营的机会，于是来到阵前与童常标等会面。童常标佯装赞同调停，推说回去请示统领。童常标一回到自己的阵地就下令向倪映典开枪，倪映典受伤坠马，被清兵抢去，砍头而死。倪映典死后，起义军虽奋起猛攻，终因伤亡惨重，弹药不接而退却。当晚起义军被清军镇压，这就是著名的宣统二年（1910年）广州新军起义。

赵声听到起义失败、倪映典牺牲的消息十分愤恨，痛惜。他当即决定，从澳门赴顺德发动民军再举，立志成仁取义，但终因尚未准备完毕而取消。赵声怀着十分悲痛的心情绕道澳门回到香港。

六十一、东渡晤中山

　　香港的冬天虽然不冷，但经常阴雨连绵，空气中的湿度比较大，北方冷空气吹过来时，人们会感到冷兮兮的。但西北风一过境，高远的天空会变得湛蓝湛蓝的，天气很快就会回暖。

　　赵声从澳门绕道来到香港。

　　赵声在香港的公寓紧靠海边。这些日子，赵声常常一个人在临海的窗边踱步。他的心中一直想着这次起义的失败，一直想着朝夕相处的战友倪映典说走就走了。他望着海上波浪一浪压着一浪往前翻滚，望着一望无垠的海面上低沉的乌云。一群群海鸥在波浪中，在移动的乌云中飞翔。他的脑海里怎么也抹不去倪映典的影子，映典杀身成仁的精神让赵声震撼不已。为了起义，为了推翻清廷，倪映典毫不犹豫地打响了第一枪。虽然倪映典这一枪开得不是时候，虽然倪映典的性子急了一些，但是倪映典心中那种渴望革命快点成功，舍生取义的精神一定会记在历史的功绩簿上。海风在吹，波浪轰鸣，赵声望着黑云低垂的海面，思索着。失败了！不气馁！失败了！还要重新策划新军起义，这个目标永远不会放弃。赵声面对浪涛翻滚的大海低声发誓：舍生取义，推翻清廷！

　　正月十五元宵节，香港的街头巷尾鞭炮齐鸣，浓烈的火药味弥漫在大街小巷。街上的小朋友们提着各类动物造型的纸灯，奔来跑去，一派欢乐的气氛。

　　当晚，香港南方同盟会驻地的会议室里，烟雾缭绕，气氛显得异常沉闷。

　　同盟会南方支部选择这个特别的日子召开广州新军起义失败总结分析会，黄兴来了，胡汉民来了，谭人凤来了，赵声最后一个来到会议室。他与大家一一打过招呼，随后，拿出笔记本，钢笔在笔记本上挥舞起来。起义又失败了，赵声有太多的话要说。

　　胡汉民主持会议。他扫视了一下不大的会议室，清了清嗓子，低沉的话语和窗外不停的鞭炮声交织在一起："同志们，今天是个什么日子，我想大家心里都清楚。今天是正月十五元宵节，是原定的广州新军起义的日子。但是，这次在孙中山先生直接领导下，在赵声、倪映典指挥下，精心准备了近一年的广州新军起义又失败了。失败不可怕，跌倒了还可以爬起来。但是跌倒了，总要总结一下跌倒的原因。今晚，我们大家好好地总结、分析一下这次广州新军起义失败的原因。"

赵声首先发言，他沉痛地说："这次广州新军起义失败，我是总指挥！我负主要责任。"说完，赵声站起身，朝大家深深地鞠了一个躬。

"不！"胡汉民朝赵声摆摆手，示意赵声坐下。他打断赵声的话说，"广州新军起义失败，责任在映典。首先是因为倪映典同志没有按照约定在广州城里与赵声碰头汇报，映典求胜心太急了。他擅自猝然起事，以致准备起义的各支新军没法全部行动，没有及时投入有组织、有领导的起义；当然清廷当局有所防备也是这次起义失败的原因。"

"汉民，映典已经牺牲了，我们不能再怪映典了。"刚坐下去的赵声又霍地站起来，难过地说，"当时，新军已经干柴烈火，官兵蠢蠢欲动，清吏又那么蛮横无理，形势一触即发，映典当时也是迫不得已呀。想想新军协统张哲培到二标讲话，并将枪支、弹药运进城里。正是年三十了，该欢天喜地过大年了。但协统宣布全协初二不放假，初三阅操，打乱了起义计划。当时，驻北校场的二、三标已被巡防营监视，驻燕塘的一标也因不放年假大哗，又因传有兵来攻，纷纷夺械出防。当晚，奉命安抚士兵的军官黄士龙回城时又被旗兵打伤。官兵们群情更加激愤，跃跃欲试。映典见到当时的情况，也难以冷静下来，于是打响第一枪。倪映典当机立断起义的决定也可以理解。"

胡汉民听着赵声的分析，对赵声打心眼里佩服。但胡汉民还是打断赵声的话："伯先，映典是个好同志，他的牺牲我们都很悲痛。你的这番话也有道理。但倪映典当时心太急了，贸然提前起义，这是武装起义的大忌。我们不追究谁的责任，只是分析总结，以利下次发动武装起义时注意。"

赵声点点头，但还是喃喃地重复："我是总指挥，责任主要在我！"

"赵声你不要太自责，你尽力了！"黄兴拉了拉赵声的膀子，示意赵声坐下。待赵声重新坐下来后，黄兴说："我们要总结失败的教训，也要看到此次起义的积极一面和有利之处。积极一面是我们的同盟会，不再依靠会党民军的力量了，我们正式利用新军了，说明我们策动新军的做法是对的。我们要像伯先那样，去把清廷的部队运作成我们的革命武装力量，这样坚持下去是大有希望、大有作为的。"

谭人凤深情地说："我们的新军弟兄是了不起的。听总督府的一位同盟会会员告诉我，两广总督袁树勋私下里说，新军不可靠哇，人人言革命。他要文书写给朝廷奏折中加了一句话，'综此次各兵所供投身会党，冀图乘间起事，并夺械戕官，倡言革命，几无异词'。我们从袁总督添加的这句话中，可以看到，连袁树勋都看到新军人人言革命的事实，相信，今后新军一定会成为推翻清廷的中坚力量。"

"这次起义虽然失败了，但新军还在！"大家坚定了继续策动新军，再度发动起义的决心。会场上，大家的脸上都露出坚毅和坚定的红光，没有一点儿泄气的样子。

赵声接着大家的话说："新军兄弟是坚强的，信念是坚定的。如革命党人黄洪昆被捕后，大义凛然，神色不变，亲笔书写同盟会纲领四言句。黄洪昆多了不起，革命目的多明确呀！对！连袁树勋都知道我同盟会纲领，这不是面对面对清廷的宣传和斗争吗？"

黄兴接着赵声的话说："新军运动所至，以各省军界最多，利其器械多而操练熟。这是袁树勋写给朝廷报告中说的，袁树勋向朝廷报告：新军与逆党勾结，皖省酿变于前，今粤又煽乱于后，且主动者多由该军各级官长。一经获案，亦畅言不讳。其病根误听自由独立之学说。"

赵声手一拍说："从袁树勋给朝廷奏折中可以看到，我们同盟会的自由独立学说已广为传播，深入人心。这不，袁树勋这位两广总督大人都看到了这一点。这次广州起义虽然失败了，但我们的灵魂还在！失败了，我们不灰心，重整旗鼓再干！"

胡汉民听着大家的分析总结，虽然大家都为这次精心准备的起义失败而感到惋惜和痛心，但大家从中看到了积极的一面，看到了新军中的中坚力量，看到了革命的灵魂之所在。说到底，大家看到了人心所向。胡汉民被大家不屈不挠的革命精神和坚定毅力所感染，他朝黄兴、赵声、谭人凤点点头："是的！遇到挫折不能泄气！"

胡汉民坐在赵声旁边，说话间，目光不经意间朝赵声面前瞅了一眼，见赵声桌前有一封没有写完的信。原来，赵声一早来到会议室就在给父亲写信。他奋笔疾书，刚刚写了一半，开会的同志们就陆续来到会议室。胡汉民见到赵声面前摊放的家书，随手往自己面前拽了一下说："写回家的？我看看。"胡汉民目光落到信笺上，"大事去，良友死，无面目见人矣，请恕不终养之罪。"赵声这是与父亲言明，已准备东山再起！

胡汉民将信放回赵声面前，紧紧地拉住赵声的手说："东山再起！一定成功！"

赵声也紧紧地拉着胡汉民的手，坚定地点点头。

会议从起义失败的原因分析，到群情激昂决定不泄气，重整旗鼓再干，整整开了七个小时。窗外，东边的天空已经泛起鱼肚白。淡淡的霞光从地平线上透出来。胡汉民最后总结说："东山再起！这是我们的决心！这个决心不会变。但当前大家还是要避一避风头。我向大家通报几个情况，敌人的屠刀始终高举着，请大家高度警惕！熊成基同志，在东北被捕殉难了！清政府正在清查乱党，已经在遣散新军一标和其他不可靠部队。据可靠消息，新军先后被遣送回籍的正副目兵1258人，杂兵104人，送警察讲司所26人，自行回乡1227人。"

赵声一心想着重整旗鼓，东山再起。听胡汉民说到这里，赵声插话道："坏事可以变成好事。我们把这些被遣散弟兄收拢召集起来。现在还有二标、三标基本未动，准备响应起义的巡防营更未触及，这些力量都可以为我们所用！"

"赵声说得对！"胡汉民提醒道，"当前，还是要避其锋芒。伯先，你知道吗？广州城里到处张贴告示，悬赏五万元重金捉拿你赵声。现在清廷已经知悉你赵声是这次策动广州起义的主谋和总指挥，是'逆党头目'，听说把暗探都派到香港来了。大家都要引起重视，尤其是赵声，要暂时避一避！"胡汉民说到这里，顿了顿说，"中山先生指示我们保存实力。下一步，我们请黄兴给孙中山先生写报告，请求具体指示；另外，同盟会南方支部统一安排大家暂避风头。"

散会时，窗外，东边的天空已经布满了朝霞，远处的海上传来一声声沉闷的汽笛声。

根据同盟会南方支部统一安排，胡汉民、黄兴、赵声、谭人凤等起义领导者撤到了香港北边的沙港村。

沙港村北边是一片不高的山岗，山岗的东边是峰峦起伏的群山，西南边是一片白沙滩，远处是一望无垠的大海。海浪有节奏地从远处的海上涌过来，撞到岸边的沙石上，发出一阵阵的哗哗声。

沙港村是香港靠广州的一个海边小山村，村上不足十户人家。山岗至海滩有一片山地，胡汉民在沙港村购买了几十亩山坡地。黄兴、赵声、谭人凤还有同盟会南方支部工作的同志都来到沙港村，大家一边种地一边策划下一步的行动。白天，山地上经常会看到胡汉民、赵声、谭人凤还有黄兴戴着草帽，每人手里拿着一把锄头在翻地，不认识的人，会把他们当作山村里的农夫。海风吹过来，满头的汗水吹干了，身上的衬衣会留下一片片白花花的盐渍。山地里不时会传出爽朗的笑声，赵声是有功夫的人，他性格又乐观、开朗。他常常把锄头举得高高的，嘴里说着腐败清廷，一锄头狠狠砸下去，翻起一大块土疙瘩，幽默地笑道：我翻了你！大家一边锄地，一边随着赵声幽默的话语哈哈大笑起来。

休息的时候，大家围坐在一起，赵声开始讲故事。他讲的往往都是卧薪尝胆、韬光养晦的故事，这些故事激励着大家的革命斗志。暂居乡间的革命党人们，坚定信念，团结一心，在艰难困苦中磨炼自己，准备迎接新的考验。

有时候，赵声会一个人走到海边的沙滩上，任凭海风吹拂着自己的脸庞；任凭海浪冲刷着自己的双脚。盯着一眼望不到边的海面，望着云层翻滚的天空中飞翔着的海燕，他想起了俄国著名作家高尔基散文《海燕之歌》中的著名诗文：

> 在苍茫的大海上，狂风卷集着乌云。在乌云和大海之间，海燕像黑色的闪电，在高傲地飞翔。
>
> 一会儿翅膀碰着波浪，一会儿箭一般地直冲向乌云，它叫喊着——就在这鸟儿勇敢的叫喊声里，乌云听出了欢乐。
>
> 在这叫喊声里——充满着对暴风雨的渴望！在这叫喊声里，乌云听出了愤怒的力量、热情的火焰和胜利的信心。
>
> 海鸥在暴风雨来临之前呻吟着——呻吟着，它们在大海上飞窜，想把自己对暴风雨的恐惧，掩藏到大海深处。
>
> 海鸭也在呻吟着，——它们这些海鸭啊，享受不了生活的战斗的欢乐；轰隆隆的雷声就把它们吓坏了。
>
> 蠢笨的企鹅，胆怯地把肥胖的身体躲藏到悬崖底下……只有那高傲的海燕，勇敢地，自由自在地，在泛起白沫的大海上飞翔！
>
> …………
>
> 这是勇敢的海燕，在怒吼的大海上，在闪电中间高傲地飞翔；这是胜利的预言家在叫喊：
>
> ——让暴风雨来得更猛烈些吧！

夜幕降临，劳作一天的赵声总会拿出高尔基的散文诗集，站在高处大声地朗读，他心中的那只海燕早已飞向一望无垠的海空。赵声一刻也没有停止过下一次起义计划的制订。黄兴、胡汉民、谭人凤常常围坐在他房间昏黄的油灯下，一起策划下一步的行动，一起迎接着就要来临的暴风雨。

黄兴根据胡汉民的要求，执笔向孙中山写了一份《与孙中山先生书》。黄兴在信中将大家的策划和打算写得清清楚楚，黄兴在报告中写道："弟与赵声意：

认为广东可再从省城下手，仍由新军做主力。只要广州一举成功，各地必应。如新军一营驻廉州者为伯先旧部，今正闻广州之事，已跃跃欲试。"黄兴还在信中把赵声及大家一起分析的情况向中山先生做了汇报，"……至三江陆军，其将校半多同志，今岁闻伯先兄在粤举事，皆有握透爪之势，若事前与之联络，择其缜密者为之枢纽，势不难与两粤并。湖北之陆军虽腐败，然开通者亦不少，去岁有孙武者（湖北人）竭力运动，闻成绩亦好。湘中之新军，虽不及万人，然有数同志为管带队官等，又督队公所及参谋多同志，人较他处亦不弱；云南同志亦多得力，其经营有俟他处彼亦为之之势。"甚至"北洋之新军，同志在其间者亦不少"。黄兴在报告中还提出了"先刺杀李准一人使其部下将校自相混乱"的"斩首行动"计划。对起义领导人，黄兴力荐赵声。他在信中这么说："赵伯先于军事甚踊跃担任，特别军界多属望于他。此次款项若成，可委广东发难之军事于伯先，命弟为之参谋。"黄兴在信中建议，"若能召集一次全党性会议，统一思想，全力以赴，分担责任，各尽其才，事无不成矣。"

沙港村成了赵声、黄兴、胡汉民等策划下一次起义的秘密据点。

一天早晨。

黄兴、赵声沿着沙港村的海滩散步。海边上风很大，云很厚，波涛阵阵，一群海燕在云层中穿过来，掠过去。赵声指着闪电般飞翔的海燕说："我们要像海燕一样，去迎接暴风雨的到来。"

黄兴手一挥："让暴风雨来得更猛烈些吧！"

两人想到了一块儿，会心地笑了。

突然，从路口走过来一个人，边走边喊："赵声！赵声！黄兴！"

"什么事？"赵声和黄兴几乎是同时大声问。

"你们的信！"来人说着，三步并作两步来到赵声和黄兴面前，把信递到赵声手里，扭头往村里走去。

赵声接过信一看，信是香港市区派人送过来的。再看看落款，是孙中山从美洲寄来的。赵声边拆信边对黄兴说："你写给中山先生的信，有回信了。"

"这么快。"黄兴有些惊讶地说。

赵声拆开信，两人背着海风一起认真地阅读起来。两人看着看着，都掩饰不住内心的激动，脱口而出："太好了，太好了！"原来孙中山在信中提出的在广东重新发动武装起义的意见，正与他俩的想法不谋而合。两人激动不已，快步回到村里，向胡汉民、谭人凤讲述了中山先生来信的内容。上午，赵声和黄兴没有下地干活，而是躲在赵声的房间，制订再次在广东起义的计划。赵声和黄兴仔细分析了当前广东形势、全国形势，认为离上次广东新军起义失败快半年了，再次发动新军起义的时机已经成熟。赵声和黄兴在与胡汉民、谭人凤反复商讨后，初步明确了再次发动广州起义的地点、人员组成及领导起义的人选，特别研究分析了新军中可以参加起义的部队，初步形成了一个方案。

赵声、黄兴当天还接到孙中山从美洲发来的密电，说6月15日，他将从美洲赶到日本，希望黄兴、赵声等到日本面商大计。

经与胡汉民商量，赵声、黄兴、谭人凤和林文第二天下午离开了沙港村，第三天下午乘香港至日本的邮轮离开香港，去会晤孙中山。

赵声一直没有见过孙中山，中山先生是自己反清建国的偶像，是漫漫人生中的灯塔。在邮轮上，赵声想到很快就要见到孙中山了，心情很激动，精神一直处于亢奋状态。

邮轮经过九天的航行，在长长的低沉的汽笛声中缓缓地靠上了东京港。赵声、黄兴、谭人凤一行随着人流走下舷梯，穿过栈桥，大步来到东京港码头出口处。很快就要见到孙中山先生了，大家心里都有许多话要说，尤其是想到再次发动新军起义的事，大家的心情都特别激动。

出了码头，大家来不及欣赏异国风景，一人叫了一辆人力车，直往孙中山寓所而去。

孙中山先生居住在东京小石川区原町三十一番地宫崎寅藏寓所，这是孙中山先生在东京的隐居之地。

赵声一行一溜人力车一字排开停在宫崎寅藏寓所的门前。下车后，赵声、黄兴领先顺着楼梯而上，来到中山先生的门前，大家随后跟上来。一阵咚咚咚的敲门声后，门开了，孙中山先生出现在门口。他先看到走在前面的黄兴，高兴地握住黄兴的手说："同志们都来了？路上辛苦了。"中山先生说着，手往门里大客厅一指，示意大家进屋。赵声和大家一起鱼贯而入，中山先生寓所的一位工作人员随后关上门张罗着倒茶。

黄兴指着赵声忙向孙中山介绍："总理，这位就是赵声，赵伯先！是正月广州新军起义总指挥！"

黄兴又对赵声介绍："这位就是中国同盟会总理孙文先生！"

赵声从进门那刻起，目光就聚集在中山先生身上，久已仰慕的人就在面前，他的心情一直很兴奋。听到黄兴的介绍，赵声习惯性地向孙中山敬军礼："孙总理，赵声赵伯先奉召来见！"

孙中山先生目光凝视着赵声，伸手握住赵声的手，接着深情地与赵声拥抱，轻声夸赞："总指挥好英俊！好威武！好将才！"

赵声激动不已，这些年心中想的见到先生的千言万语，此刻却化成一句话："总理，我一直盼着见到你，当面听你的教诲呢。"

中山先生笑笑说："大家快坐下，一路辛苦了！"

大家坐下，孙中山朝坐在另一边的赵声招招手，示意他坐到自己身边来。赵声激动地站起来，挨着中山先生左手沙发上坐下来。他想到上次和同乡柳诒徵来日本时，本该见到中山先生，可是不巧，中山先生去南洋筹款了。现在心中仰慕已久的中山先生就在眼前，他仔细凝视着先生。中山先生黄里透白的脸，长长的浓眉下一双大眼睛特别有神，隶体"一"字的胡须，头上直竖着寸把长的头发，左手捏一只黄色烟嘴，装烟的一头明显看得出来已经熏黑了。虽然国字型的脸上散发着勇猛的俊气，但明显疲惫憔悴。赵声心里清楚，为了推翻清廷，建立共和，中山先生在海外到处奔波。在华侨中筹款更不是一件容易的事，这需要多大的耐心和毅力呀！他虽身在国外，但国内的一次次武装起义都是在他的领导和发动下举行，这需要付出多大的精力。看着中山先生坚毅的面庞，赵声心里无比崇敬。他霍地从沙发上站起身来，对孙中山诚恳地说："孙总理，正月广州起义失败，倪映典同志壮烈牺牲。我作为总指挥有责任，我有愧于党人，有愧于总理，请总理批评。"

黄兴、谭人凤插话道："我们都有责任，请总理批评！"

"批评从何谈起。"孙中山连连摇头说，"胜败乃兵家常事。这几年来，我组织发动起义八九次了，开头时都势头猛烈，后都因各种原因不幸失败了。但我这人不怕失败，屡败屡战，绝不气馁！"

说到这里，孙中山情绪有些激动，声音提高，信心十足地接着说："依我看，正月广州新军起义虽然失败，但这次起义有力地证明了新军这一原来作为清廷王朝挽救衰亡命运的灵丹，在我们的运动下，特别是赵声这么多年来坚持不懈的努力下，是可以被改造为革命力量的。"

黄兴插话说："广州新军一标被遣散，但二标、三标还在。"

"我们正在收拢被遣送回原籍的几千名官兵，这是一支可靠的力量。"赵声信心倍增，在孙中山身边说。

"广州起义失败了，但二标、三标的新军还在。被遣散的再聚拢起来，战斗力会更强。"孙中山接过赵声的话头又说，"新军中革命力量保存下来了，可以欣慰地告诉大家，广州新军起义虽然失败了，但意义非凡，影响很大，特别是在海外的影响更大。海外同志听到广州新军起义，群情更加激愤，热情更加高涨，更多的人都勇于捐款，资助我们再举。这就是我们当前所面临的革命形势，在这样的形势面前，我一点儿也没有丧失信心。我看大家也是摩拳擦掌，决心重整旗鼓再次发动新的广州起义。"

信心比什么都重要。孙中山的一席话，说得赵声、黄兴一行人劲头足足的，跃跃欲试。

孙中山继续给大家鼓劲："失败是成功之母。把大家从国内请到日本来，就一个目的，商量一下广州新军再次起义的事。请大家畅所欲言，总结经验教训，提出自己的建议和措施。"说完，孙中山朝大家摆摆手，示意大家发言。

大家畅所欲言，孙中山旁边的宋教仁拿出笔记本，认真地听着大家的意见，不时在笔记本上记下一些要点。在大家的建议和采取措施的基础上，经过充分讨论，孙中山对再举义举，讲了自己的计划。孙中山说："大家总结教训都很诚恳，提出的建议很有针对性，提出必须采取的措施都很有力。我的想法是，发动下一轮起义地点还是在广州为好。广州是珠江的一个喇叭口，直通大海。这里靠近香港，便于将从海外购买的枪支运进来，我建议下次起义仍在广州。只要广州新军打响起义的枪声，必有谷中一鸣、众山皆应之象出现。广州新军一动，全国都会动起来。"

宋教仁赞同孙中山的建议说："我们这么多的同盟会骨干聚拢在总理身边不容易。我提议，大家安下心来，利用在日本的这段时间，与孙总理一起将革命方略、怎样设立秘密机关和统一各省革命行动诸事研究制定出来，拿出一个切实可行的起义计划。"

孙中山接着宋教仁的话说："计划确定后，明确责任分工，分头准备。等到11月，我们再开一次党人骨干会议，把再举广州起义大事一一定下来。怎么样？"

"赞成！"黄兴脱口而出。

"完全赞成！"赵声举起双手表态。听了孙中山的一席话，赵声备受鼓舞，信心大增。

"举双手赞成！"大家异口同声地欢呼起来。

大家的目光聚集在中山先生的脸上。赵声大声说："我们就盼着再次举义，坚决按总理的指示办！"说到这，赵声迟疑了一下，说，"总理，我有个建议，不知可否说出来。"

"说呀！"孙中山哈哈大笑，"我不是请你们畅所欲言嘛。"

"总理。"赵声期盼地说，"为了再次举义，我们已经将清廷遣散的人又陆续地收拢起来。但这么多人，生活很困难，急需救济。总部能否拨款回国救济这些人员? 这些人员的生活有着落了, 才能图集合, 设机关, 以谋再举。"赵声刚说完, 黄兴也说明: "这些人员的革命热情高, 反清廷决心大, 是一支特别可靠的力量, 我们不能亏待他们。"

"不能亏待!"宋教仁表示赞同。

"对, 起义的关键是人的力量!"孙中山接过赵声的话茬说, "国内同志生活乃当前重要之事, 赵声的这个建议很好, 这月底, 我们都到各地抓紧筹款。伯先也一起去南洋。"

赵声连连点头。

天色暗下来, 赵声、黄兴一行是一下轮船就径直赶到了孙中山的寓所, 工作人员向孙中山汇报了他们在日本的住所安排。大家告辞前, 孙中山说: "再说两件事: 我提议香港同盟会会长由赵声担任。下次会议地点在南洋马来半岛的槟榔屿召开, 时间放在 11 月。"

"同意!"大家一致赞成。

孙中山把赵声、黄兴一行送到楼下, 握手道别: "槟榔屿见!"

工作人员已经叫来了五辆人力车, 在昏暗的路灯下沿着路牙一溜停着。大家上车后, 随着工作人员的第一辆车, 人力车一辆跟着一辆, 往下榻的饭店快速地拉过去。虽是初夏时节, 海上吹来的风仍然带着凉气, 海风吹在身上虽然有些凉, 但大家想到孙总理再次发动广州新军起义的决策, 心头热乎乎的。

六十二、槟榔屿定策

　　赵声、黄兴一行兴致勃勃地登上日本东京开往香港的邮轮，经过海上近九天九夜的颠簸，顺利回到香港。

　　回到香港，赵声稍稍休整两天，又从香港赶往南洋筹款。经过半个多月的努力，带着筹到的款项又返回香港。

　　一路奔波的疲劳，被再次在广州发动新军起义的兴奋冲散得无影无踪。赵声到达香港后，立即投入再次组织广州新军起义的准备工作中。11 月就要在马来西亚的槟榔屿召开最后决策会议，赵声算算时间，满打满算也不超过三个月。赵声暗暗地下决心，既然自己已经承担广州起义的重任，就一定要把这副担子挑好，一定不能打无准备之仗。今年 6 月第一次在日本东京会晤孙中山先生的情景依然历历在目。赵声从这位同盟会总理身上看到信心、力量，从他的话语中受到振奋、鼓舞。赵声与中山先生相见恨晚，见后更加崇敬，还有一种说不出滋味的亲切感。特别是孙中山先生亲切招呼自己坐到他的身边，那一刻，赵声全身像通了电似的，一股热流涌遍全身。赵声觉得，孙中山先生仿佛是自己早已深交的老师、老友。那天晚上，回到下榻之地，赵声还兴奋地对黄兴等人直抒胸臆：“今见孙公，我无忧矣。”回香港后，赵声马不停蹄赴南洋筹款，得到海外华侨对革命的大力支持。从海外华侨的热情中，赵声更对孙中山提出领导再举起义的决策充满信心。

　　信心比什么都重要。信心就是动力，对赵声来说，信心是再次举义的发动机。筹款回港后，赵声全力投入紧张的准备工作中，再过个把月，就要参加孙中山召开的再次举义决策会。赵声想好了，到会上要汇报起义的准备工作，让中山先生和参加会议的同志们都信心满满的。

　　起义骨干有信心，起义的同志们都要有信心，这个信心来自宣传，他想到工作咨议局的邹鲁。赵声到达香港的第一件事是密约邹鲁来香港洽谈一份报纸，这个任务由邹鲁来完成最合适。邹鲁在广东咨议局谋做一份差事，不仅文笔好，而且是同盟会的骨干会员。通过邹鲁以广东咨议局的名义办一份报纸，宣传发动社会各界群众，支持革命，让人民群众也对再次举义充满信心。

夜色降临了，街上的路灯昏黄昏黄的。灯光下，一位年轻人正急匆匆地往赵声在香港的住地赶来，来人就是奉赵声密约来会晤的邹鲁。

赵声在香港的住所，卧室兼办公室不足二十平方米，这里的灯光常常通宵达旦。刚吃过晚饭，赵声就回到住所，和一名派去做广州巡察教练所巡警思想工作的同志密谈。谈了十多分钟后，把这位同志送到门口，叮嘱道："放心大胆地做工作，那里有我们的同志在。你去做所长夏寿华和两百多名巡警的思想工作，这个任务很光荣。争取的人越多越好，这样我们的再次举义可以多一分力量。"

这位同志信心满满地点点头。

赵声转身正要回屋，突然想起一件事，他让这位同志留步，从口袋里掏出五块银圆递到他手里说："拜托你办一件事。"

"办什么事？"这位同志一脸疑惑，心想，这个赵声，让我去办事，怎么还给钱。

"这银圆不是给你的。"赵声声音低了些，低声地问道，"你见过街头卖唱的盲妹小桂红吗？"

"知道，我听她唱过。她唱的都是鼓舞人心的小曲儿，群众很喜欢，常常有'一妇吟唱，满座皆叹'的情景。"这位同志猛然想起，"你不是资助过她吗？"

"对！这钱就是给她的，让她多敲些革命的木鱼。"

"好！"这位同志把银圆放进口袋里说，"放心，我一定把你给的银圆交到小桂红手里！"说完，朝赵声摆摆手，头也不回地消失在昏黄的灯光中。

赵声扭头进屋，一脚刚跨进门槛，背后就传来邹鲁熟悉的喊声："伯先，我来啦！"

"来，快进屋！"赵声拉着邹鲁的手，迎进屋子。他关上门，指着床边对邹鲁说，"条件差些，快坐！"说完，目光打量着匆忙从广州赶来的邹鲁。

邹鲁，清光绪十一年（1885年）生，小赵伯先四岁，幼名澄生，以"天资鲁钝"，自改名为鲁，别号海滨，广东大埔县茶阳镇长治仁厚村人。十九岁赴潮州韩山书院读书。光绪三十一年（1905年）加入兴中会尤烈主持的中和堂，同年得朋友资助，东游日本，并加入中国同盟会。回广州后考入政法学堂，结识了朱执信老师及陈炯明老师等，秘密参加了革命活动。光绪三十四年（1908年）10月，光绪皇帝、慈禧太后先后死去，反清浪潮不断高涨。邹鲁与朱执信等以为时机成熟，策划广州新军起义。因事泄露，起义未成，邹鲁暂避香港，不久又回政法学堂就读。毕业后，受聘于粤商自治会执教。1910年2月，赴汕头发动新军配合广州起义。因广州新军突遭清将李准部袭击，邹鲁返广州奔走营救，被清巡抚列为缉捕对象。因得到丘逢甲副议长庇护，邹鲁才幸免于难。后受聘到广东咨议局当差。

"一路辛苦了！"赵声紧挨着邹鲁身边坐下来，热情地对邹鲁说，"请你来，想请你在广州办一份报纸，宣传发动社会各界群众，支持革命。"

"办报？"邹鲁诧异地抬起头望望赵声。

赵声点点头："对！办报！这件事除了你，再找不到其他合适人选。"

"只要组织上认为我合适，我一定尽力！"邹鲁语气坚定地表态。

"前些日子在南洋，我已与克强商量过了，非你莫属。你在广东咨议局当差，在那里办报，咨议局可以当作掩护，不会引起当局怀疑。"赵声边说边请邹鲁喝茶。

邹鲁顾不上喝茶，他心里很高兴，组织上马上又要再次在广州举义，办一份报纸，发动各界群众理解革命、支持革命很重要。组织上把这么重要的任务交给自己，说明组织上对自己的信任。邹鲁暗暗下定决心，一定要利用广东咨议局的差事作掩护，把报纸办好。想到这里，他用征询的口吻对赵声说："报纸取什么名字？"

"《可报》这个名字可否？"赵声稍一思索，脱口说道，"这份报纸的内容都是可以报道的，就叫《可报》，这样不会引起当局生疑。"

"好！好名字！就叫《可报》。"邹鲁信心百倍地说，"利用咨议局作掩护，就在局内出版，然后再分送到新军及防营中。取《可报》这个名字不引人注意。"

"当然内容也要隐喻为主，总之要机智发文，巧妙宣传。"赵声站起身，握住邹鲁的手说，"办《可报》是广州再次起义准备工作的一部分，意义特别重大！"

"放心！一定努力办好，为再次起义出力！"邹鲁坚定地说。

"海滨弟，太好了！为革命大造舆论，鼓动人心！这也是射向敌人的枪子和炮弹！"赵声高兴地对邹鲁说着，俩人兴奋地讨论至夜深。

送走邹鲁，赵声一刻不停，赶到会议室。派往江苏、安徽、浙江等地去召集旧部、先锋的同志在等待赵声，他们当晚就要去码头乘夜班轮船出发。赵声仔细地给大家交代了召集旧部、选拔先锋的注意事项，尤其强调了保密性，他坚定地对大家说："你们去告诉弟兄们，我赵伯先已下定决心，随孙总理一起与腐败朝廷做最后一搏，望大家来粤共襄盛举！"

听了赵声的一番话，大家信心百倍地出发了。送走同志们，回到房间已经是子夜时分了。赵声没有上床休息，坐在办公桌前，在暗淡的灯光下奋笔疾书。他在给自己的亲友写信，动员他们赠献捐助，支持广州新军再次起义。晨曦、落日，在更替；灯光、阳光，在交接。一天又一天，为了做好起义前的各项准备，这几个月，赵声夜以继日地忙碌着，操劳着。今夜，又是一个不眠夜，月照西墙的黎明前夕，赵声还在伏案工作。这时，一位负责保卫工作的革命党人轻轻地推开赵声掩着的门，走到他身边，心疼地说："伯先，好好休息一下，又是一个通宵了。"

赵声抬起头，朝他笑了笑，低声说："你负责保卫工作，更辛苦，你先去休息，我一会儿就好！"

这位同志见赵声还没有搁笔的意思，又关心地劝道："你这样天天熬夜怎么行呢？你看看自己，一天天消瘦下去，脸上气色也不好，可要注意自己身体啊，别累坏了！"

"这次起义要吸取过去失败的教训，准备要充分，要做的事实在太多了！"赵声吐露出内心的焦虑。

这位革命党人着急地劝道："事终有济，急则伤身。事虽多，大家一起做，别太急了。"

"不急不行！转眼又过去大半年了，再不抓紧时间，会耽误大事的。"赵声神情坚毅，慷慨说道，"既已挑重担，一定要把这副担子挑好！"赵声说完，朝他笑笑，"谢谢！你早点睡吧！"

赵声的话语深深地打动了这位革命党人的心，他凝视着伏案疾书的赵声，在心中无声地表达自己的敬意："伯先，保重！"

赵声目送同志离开，把刚刚写完的致孙中山的信拿起来，轻声地念道：

中山先生鉴：

　　近日去南洋，一切皆顺。回到香港后，忙于准备，勿念。先生到欧，以仍以速进为是。克强天时之说，原属不成问题。然天道远，人道迩，即今事言之，实有不可终日之势。凡为伟人者，须不令天下缺望。若迟迟不发，亦何赖乎伟人。古语云，敏于事；又曰，需，德之贼也。成败之关头，不在巧拙，而在迟速。弟以身许国，断不能偷无味之生。此别不知能否再见，故书此。

　　即颂！

　　　行安

弟声顿首

初二

赵声在致孙中山先生的信中，表达了自己对再次举义的时间以及对大举的想法。

天亮了。

窗户的玻璃被朝霞映红。

日子过得很快，转眼到了 11 月，赵声踏上去槟榔屿的路途。按照计划，孙中山将在马来西亚的槟榔屿召开广州再举义决策会。黄兴、胡汉民等同盟会主要领导成员先后赶到槟榔屿。槟城代表吴世荣等四人、芙蓉城代表邓泽如，还有南洋各地的同盟会骨干数十人云集槟榔屿。

槟榔屿会议十分重要，这是孙中山经历九次起义失败后的一次经验教训总结会，也是对即将发动的第十次武装起义的一次再发动，再布置，再决策，是同盟会反清革命活动中的一次重要会议。

槟榔屿是马来西亚北部一个阳光明媚的小岛，因盛产槟榔而得名"槟榔屿"，在马来半岛西北侧，北隔玻璃市州与泰国南部相邻，西隔马六甲海峡与印尼苏门答腊岛相对。它扼守马六甲海峡北口，与马来半岛隔一条三公里宽的海峡相望，地理位置十分重要。光绪三十二年（1906 年），孙中山来到新马宣传革命，先后五次在槟城落脚，槟城成为孙中山在海外革命的一个大本营。与此同时，孙中山大举兴办学报，创立《光华日报》，与康有为的保皇舆论进行针锋相对的斗争。由于孙中山的关系，槟城在后来成为中国革命的主流阵地。槟榔屿会议的地点设在柑仔园 404 号，这里是孙中山的寓所。

会议秘密召开，寓所大门口有一名擦皮鞋的便衣，这是同盟会总部安排的会议独特的报到方式。参加会议的人员只说要擦皮鞋，并给上几枚铜板，就可以进入寓所大门参加会议。

赵声、胡汉民、黄兴等同盟会骨干，陆陆续续地走进柑仔园 404 号中山先生的寓所。

会议室就是中山先生寓所大客厅，客厅里坐满了人。客厅朝东、朝南的玻璃窗户被厚厚的窗帘遮得严严实实，有几个人抽香烟，烟气袅袅上升盘旋。赵声见了，提议抽烟的人把烟灭了，孙中山朝赵声摆摆手，幽默地笑笑："让会抽烟的抽吧！今天是决策广州再举义的关键日子，室内有些火药味好！"

赵声轻声地咳了两声，走到孙中山身边，在沙发上坐了下来。

上午 9 时半，参加会议的人员全部到齐。中山先生示意一名工作人员出去后，自己站了起来。他首先谈了当前国内的形势。针对多次起义先后失败，革命党人中有悲观情绪的现状，中山先生认真地分析道："现因新军的失败，一般清吏自以为吾党必不敢轻易再次发动武装起义，可以高枕无忧，他们必然疏于防御。新军正月起义虽然失败，但是在军界影响巨大，在社会上乃至于海外华侨中都引起了强烈的反响。"孙中山接着谈到当前再次起义遇到的困难以及清廷的现状，对能否再次起义说了自己的想法："吾党同志，果能生鼓其勇气，乘此良机，重谋大举，则克复广州易于反掌。"孙中山说着伸手朝黄兴、赵声、胡汉民指了指说，"日本会晤之后，克强、伯先他们又做了大量的起义准备工作，再次举义条件是成熟的。赵声，你说说起义准备情况。"

赵声站起来，轻声地笑笑说："现在我们会议室里烟味很浓，广州城里火药味更浓，同志们都摩拳擦掌，随时可以打响第一枪。日本会晤后，我绕道南洋回到香港，起义准备工作一直紧锣密鼓进行。舆论上，由邹鲁借广东咨议局掩护出版了《可报》，送到新军和巡防营内，士兵们争相传阅，这对鼓舞士气，增加再次举义的信心起到了很大作用。另外，派出人员分别去苏、浙、皖收拢旧部，选拔先锋；另外吴玉章等人，用海外筹来的款去日本、越南、泰国购买武器弹药，这些武器弹药正陆续运到广州，存放在秘密地点。总之，这次准备工作做得很充分。刚才中山先生的分析很有道理。"

孙中山先生接着赵声的话说："这次再举，绝不同历次起义失败的状态。以前数次起义，准备不充分，又都仓促起事，所以导致失败。"孙中山将这次再举的优势，一一枚举，"今既有先事之计划，当然较有把握，可操胜算。这是第一条。另外，我党的历此举义与海外各埠同志竭力宣传，早已使革命精神深入人心，这是第二条。只要大家下定决心，努力干下去，不会没有成功的希望。"孙中山号召革命党人鼓足勇气，乘此良机，重谋大举。

听了孙中山先生的讲话，大家群情高昂，一致赞成仍在广州举义，并决心倾中国同盟会全部力量，集中全部人力、物力、财力，在广州与清廷进行"破釜沉舟"的决战。

接着，大家纷纷献计献策，吸取历次起义失败的教训，研究制订了广州再次起义的计划。计划共分四个部分：一、组织先锋队（敢死队、突击队）。此次大举，仍以新军为主，但要组织一支由五百名优秀革命党人组成的先锋队作为骨干，担当打响第一枪重任，然后引导新军和民军起义。二、确定北伐路线。起义军占领广州后，仍按上次计划，即由赵声率一部入江西取南京，黄兴率一部出湖南克武昌，两路北伐大军饮马长江后，进而挥师北上，直取北京，推翻清廷。三、筹足经费。吸取前几次起义都因经费不足、武器弹药不济而贻误战斗的教训，此次大举，拟筹款二十万元，会上，分发捐册于各埠分部，筹措经费。四、大举分工。

孙中山负责海外筹款，购置枪械事宜。赵声、黄兴具体领导、组织此次广州大举的各项军事行动。

会议结束时，客厅内响起了低沉而有力的声音：

"集中全力，进行决战！"

"誓不反顾，与虏一搏！"

会后，大家按照分工迅速离开槟榔屿。孙中山去美国向华侨募捐经费；黄兴去南洋筹款；胡汉民去香港建立机构；赵声经新加坡抵达香港。

到达香港后，赵声立即投入这次大举的各项准备工作中。

六十三、会先锋坐港筹划

槟榔屿会议结束，赵声去新加坡筹款后，第一个抵达香港。

广州小东营 5 号。

小东营 5 号是一座颇具岭南民居特色的大建筑，四进三开间，为一座清廷官员府邸，官员及家眷先后去世后，门庭冷落了。这里，被赵声选为革命党人在广州城里的一处秘密机关，赵声常常在这里开会办公。这里也成了许多从苏、皖、浙等地选来的先锋战士到达广州城的联络点。赵声规定，凡是各地选拔来的先锋成员，到达广州后，他都要亲自接见，并进行必要的询问，然后再分散到各地居住待命。光这一项任务，对于赵声来说就增添了巨大的工作量。但赵声清楚，发动新军起义，先锋是突击队，必须一个顶俩，甚至一个顶仨。赵声觉得，自己亲自考察一下，才放心。赵声在回顾萍浏醴等起义失败原因时，一个狡诈的小人郭人漳的影子常常会浮现在他的眼前。骨干人员可靠太重要了，先锋队员是突击队员，是敢死队员，关键时刻要冲得上去，打得出手。千万不能像郭人漳那样是个两面派，紧要关头不但不行动，甚至在背后使阴谋诡计，捅革命的刀子。

回顾历次起义失败的原因，有一点让赵声感到教训特别深刻，这就是起义准备工作一定要绝对保密。许多起义都是未到规定的起义时间，因泄密而仓促起义，因各方力量不能按计划整合到位，导致起义失败。倪映典这位好友的死，就是惨痛的教训。广州正月起义就是因新军一标被清吏发现了同盟会会员票，而引发泄密事件，导致起义未按规定时间，倪映典打响第一枪。这一枪打得那么仓促，起义力量无法及时到位，敌人又早有准备，最终导致正月广州起义的失败，导致自己的亲密战友倪映典的壮烈牺牲。这个教训时时刻刻使赵声警醒，现在，再次发动广州起义已经准备半年，槟榔屿会议也确定了具体的计划，起义在即，保密可是重中之重。

为了使广州再举出奇制胜，赵声把起义准备工作的保密作为头等大事。他起早贪黑，废寝忘食地工作，每一件事都要亲自过问，每一处保密机关都要亲自查看。为了迷惑敌人，确保广州城内起义秘密机关的安全，赵声采取了分散设立，伪装挂牌，伪装运送物资。这些措施使起义人员、物资的汇集让清廷一无所知。赵声从南洋槟榔屿回到香港后，亲自选设了二牌楼、小东营5号等人员、物资秘密处所三十余处。

赵声在这些秘密机关的伪装上下足了功夫，在物资运送汇集上用足了脑筋。他常常告诫手下人，千万不要害怕麻烦，这是关系到广州再次举义的重要一环。保密这一环出了差错，全盘皆输。广州的同盟会骨干都明白了保密的重要性，想出了各种各样的办法。在赵声的领导下，广州起义再举工作神不知鬼不觉地在进行着。广州城里的秘密机关门口都挂着"公馆""学员寄宿舍"或"利华工业研究所"的牌子。附近百姓只看见这些地方经常办喜事，鞭炮声响彻大街小巷。有些秘密处所常聚会宴请，宾客盈门，人进人出，或轿子抬进来抬出去，敲锣打鼓，唢呐声声。清廷广州当局做梦也想不到这些地方竟然是广州再举的秘密机关。他们怎么也想不到革命党人用此方法遮人耳目，在运送枪支弹药，或开会商讨、联络起义的重要事项。物资运送在赵声指导下，想尽了点子。军火是最敏感的物资，要想把军火从香港运送到广州城，稍有闪失就会被查出来。一位香港的同盟会会员是理发师，他向赵声建议，香港理发店剃下来的乱发积存多了要运送到广州做肥料，这些毛发装在船上往往不会引人注意，军火可以伪装后混在毛发篓里运送到广州。赵声听了很赞成这位理发师的想法，于是，军火运到香港后，革命党人就会将炸弹做成茶壶，秤砣等日用物品，藏到香港理发店存积的毛发篓内偷偷运送到广州的秘密处所。一些同盟会的女同志把运送的子弹藏在发髻中或布匹里或下衣内，十分巧妙、隐蔽。有些同盟会骨干还动员修枪弹的工匠将枪弹偷偷带出，再重金收买，然后伪装运送到广州城内的秘密处所藏起来。

赵声小东营5号临时办公室的灯通宵亮着。许多秘密机关的负责人，还有新军中同盟会发展的官长都要来汇报起义准备的进展情况。这些官长白天频繁来小东营5号容易暴露，赵声就把会见安排在晚上，甚至深夜。这些日子，起义的各项准备工作进展顺利，赵声沉浸在即将到来的广州再举的兴奋中。但想起以前多次起义的失败，他在兴奋中慢慢地冷静下来。

白炽电灯把室内映得亮晃晃的。有时，会见的同志离开后，已是深夜。当室内只剩下赵声一个人，他本该上床休息了。但赵声一点睡意也没有，他取出一张报纸，中间掏一个洞，把电灯泡从报纸的洞中挂下来，报纸像一把伞似的遮住亮晃晃四射的光线，四周光线暗下来。这时，赵声端坐在办公桌前，右手托住腮帮，他在静静地思索各项起义准备工作，一件一件的事儿在他的脑海里过电影。赵声明白，起义的事半点疏忽也不能有。赵声一想到肩上的担子，更是半点睡意也没有了。

有兴奋，有担忧，有时还会突然冒出新计划、新点子、新措施，他常常这样手托腮帮，直到远处海边渔村传来一声声雄鸡报晓声。

夜风吹着窗外的梧桐树叶发出飒飒的响声，海上不时传来一两声夜航轮船发出的低沉汽笛声。

此刻，一拨来汇报新军起义准备工作的骨干离开了。从方才骨干们的汇报中，赵声了解到，近期新军的起义运动并没有因为正月发生的庚戌起义而受到影响。相反，由于前期策动新军打下的基础，这一次一经引导发动，新军中要求参加同盟会的人越来越多。最多时，一天之中接洽入会者达百余人。新军营地附近的山冈、林中，不时会看到三三两两的新军士兵在散步聊天。其实，这是新军同盟会骨干在与新入会者谈话，布置工作。在山冈附近的平地上，有时会看到一排士兵在排长带领下进行操练。操练休息时，你会看到这些士兵围坐在一起，听排长演讲革命道理，听到激动之处，士兵们群情激奋，纷纷站起来表示要投身反清斗争。路边的茶楼中，看似十多人在喝茶谈笑，其实，这是新军中一个营里的党代表在秘密碰头。就连熙熙攘攘的广州城隍庙中，也有一批批革命党人在秘密接洽……听了他们的汇报，赵声对广州再举的信心大增。

新军起义在紧张地准备，大好的形势，让赵声很兴奋，但在兴奋中，很快又冷静下来。他在思索起义准备工作的注意点。这一刻，他就想到了两点必须引起注意，一是入盟的手续和原则；二是公共热闹场所的秘密活动要尽量减少。越是起义准备工作顺利的时候，越是要小心谨慎。远处传来一阵阵鸡鸣声，赵声仍然一点睡意也没有。他索性摊开信笺，就当前起义准备工作草拟了注意事项，对在新军中发展同盟会会员入会提出明确、具体要求。他写道：其一，发展同盟会会员入会手续要严密、保密，要对发展对象进行充分考察后方可入会；其二，新入会员要在盟章上签名或按手指印，以坚其心；其三，同盟会会员的活动尽量少在热闹的公共场所进行，以防泄密；其四，同盟会会员资料必须统一保管，以防丢失泄密。写完，赵声把稿子交给工作人员，叮嘱此注意事项要及时通知到各负责人。此时，他方离开办公处，到自己的卧室眯一会儿。

上午，9点一过，他又赶到二牌楼秘密机关。他要在此接待从各地革命党人中选拔而出的先锋队员。先锋是广州起义的关键力量，这些从各地选来的革命党人，信念坚定，武艺高强。先锋是由统筹部各位领导在自己熟悉、关系密切的旧部和革命党人中选拔。赵声在南京新军第九镇工作过，那里有许多他的亲密战友和兄弟，九镇炮标二营的同盟会负责人他亲定徐同泰负责。

徐同泰早早地站在门口等赵声，赵声从小东营 5 号坐着人力车来到二牌楼。快到二牌楼大门口时，他听到自己的肚子咕咕直叫，昨晚干了一通宵，早晨稍微眯了一会儿后，就往二牌楼赶来会见先锋队员，早饭没有吃。下了人力车，付了车资，他往二牌楼大门口左边一个烧饼炉走过去。烧饼的香气伴着早晨微微的海风透进赵声的鼻孔里，他深深地吸了一口气，满心满肺的惬意。他三步并作两步，来到烧饼炉前。拿起烧饼炉上刚刚铲上来的烧饼，咬了一口，从口袋里掏出银圆递过去说：“好香呀！”

卖烧饼的师傅接过钱，吃惊地望着，心里挺纳闷，看过来买烧饼的有着急的，但没有见过像眼前这位年轻人这么急的。拿起烧饼，价也不问一声就大咬了一口。师傅估计这位买烧饼的年轻人一定是好几天没有吃东西了，肯定饿坏了，同情地说：“你慢些吃，别烫着！”说着，又弯腰铲出一个喷香的烧饼往炉面上一丢问，“你要几个？”

“来三个吧！”赵声被烫得连连吹着手中的烧饼。

“好！我给你包好！”卖烧饼的师傅又从炉中铲出一个，拿出一张报纸，把另外两个烧饼包好，递到赵声手里说，“拿好！别烫着。”

“谢谢！”赵声接过师傅递过来的烧饼，连说谢谢，又狼吞虎咽地咬了一口，转身往大门口跑过去。

站在大门口张望的徐同泰看到了赵声咬烧饼那急吼吼的样子，心疼地喊道：“伯先，你怎么到现在才吃早饭？”

“一早往这儿赶，时间一急，把早餐忘了！”赵声又咬了一大口说，“同泰，不是门口这烧饼炉的香气太浓，我还真把早餐忘了！”

“伯先，我陪你去门口南边的小饭店吃一碗鸡汤下的云南过桥米线。”徐同泰看到赵声一脸疲惫，干巴巴地咽着烧饼，心疼地说。

“不！时间来不及！”说着，赵声把嘴里的饼嚼着咽进肚子，打了个饱嗝问，“九镇的先锋都到了？”

“到了！”徐同泰帮赵声顺顺后背，并肩走进大门，边走边兴奋地说，“九镇是你伯先的老部队，报名参加者特别踊跃，我精心挑选了四十余人。”

“四十余人？这么多？”赵声很惊讶地说，“走，去见见他们！”

徐同泰关心地提议：“伯先，先到我屋里喝杯水，把烧饼吃完！”

“好！到你屋去喝口水。”赵声知道自己老部队的同志来了，很兴奋。本想直接去会议室，但嘴里的烧饼太干巴了。于是来到徐同泰的临时住处，急急忙忙地连喝两碗白开水，嘴一抹："走！会会他们！"

"走吧！他们都在会议室等着你呢！"徐同泰走在赵声前头，边走边说，"你知道吗？你两个弟弟赵磬、赵馨都来了。他俩知道你上午要来会见先锋队员，兴奋得一夜没有睡好。伯先，你猜，还有谁来了？"

"还有谁？"赵声皱皱眉头。

"还有李竟成、阮德山、华金元等，他们都来了！"

"他们都来了！好呀！"赵声听说亲爱的老乡战友们都来了，心里特别高兴。他问徐同泰："你挑选了这么多新军九镇的弟兄？"

"不多，就四十多人。"徐同泰激动地告诉赵声，"我一到南京，他们听说是你让我来挑选的，争先恐后报名参加。我只选了四十多个！"

说话间，徐同泰陪着赵声来到大会议室。等待赵声会见的九镇新军先锋兄弟见到赵声，激动万分，会议室顿时一片欢呼声！

"大哥！"

"伯先！你好呀！"

"老同学，我们想念你呀！"

…………

赵声朝大家挥挥手，示意大家静一静，然后朝大家弯了一下腰说："我感谢你们的信任。我代表广州起义统筹部欢迎你们！"

说着，赵声带头鼓起掌来，哗哗啦啦的掌声像下起了暴风雨，会议室内一片欢腾。上午的阳光很明亮。阳光透过宽大的玻璃窗把会议室照得亮晃晃的。每个人的脸上都兴奋得泛着红晕，在阳光的映照下，个个精神焕发。赵声望着眼前这些曾经朝夕相处的战友、弟兄们，想到不久即将打响的广州再举的枪声，心中为眼前弟兄们的一片热情所感动。

李竟成边鼓掌边往赵声跟前靠了靠说："伯先，你来广东，大家都想念你呀！同泰来招先锋，大家听说是到你这里来，个个二话不说，报名投奔你。"

阮德山激动地在一旁插话："就像当年你回丹徒，回大港，招我们参军一样。"

赵磬、赵馨兴奋地挤到哥哥身旁。赵磬拉了拉大哥的胳膊说："我们还怕选不上。"

赵馨撒娇地说："选不上，我们自己来！"

赵声亲切地拍拍赵磬的肩胛，拉拉赵馨的胳膊问两个弟弟："父亲知道你们两个来吗？"

"知道。临走前，我和赵磬还专门回了趟大港。嫂嫂听说到你这里来当先锋，也想来呢！"

"你嫂嫂好吧？"想起严吟凤，赵声心里就一阵难过。结婚后，独自在外走南闯北，与吟凤聚少离多，顾不上个人的小家。欠父亲的太多了！欠吟凤的太多了！爸妈一直都是吟凤照顾着，妈妈离世后，家务活儿全落到吟凤一个人身上。这笔情债，欠得太多了，看来一辈子也还不清。

"嫂嫂很好！她托我们向大哥问好呢！"赵磬兴高采烈地说。

"好！好就放心了！"赵声满意地笑笑，朝大家摆摆手，"兄弟们一路辛苦了！"

"不辛苦！"大家异口同声地说。

"同志们高兴着呢！"徐同泰兴奋地告诉赵声，"弟兄们都祝愿广州再举义成功！临走时，九镇新军中的同盟会会员秘密集会南京下关码头，为先锋们送行。"

赵馨敬了一个标准的军礼，做宣誓动作对赵声大哥说："同泰大哥还代表我们四十几人宣誓呢！"

"宣誓？"赵声侧过头问徐同泰，"怎么宣誓的？"

会议室里的先锋队员们顿时啪地立正，右手举到前额，高声喊道："此行不论成败，誓以身殉！"

望着眼前九镇新军四十余名斗志高昂的先锋队员，赵声动情地与大家一一拥抱，激动地说："好！太好了！"

赵声想到这些日子从全国各地，还有从海外赶来的先锋队员就心潮澎湃。他这些日子废寝忘食地接待先锋队员，虽然很辛苦，但值得。广州再举有了这些先锋做基石，肯定会成功。他回忆着这些日子接待的先锋队员，个个精神抖擞。日本留洋的林文带着一帮人来了，南洋的先锋队员来了，国内湘、赣、闽、川、鄂、云、贵、桂等十余个省的先锋队员也来了。特别是自己的老同学、老战友李竟成等，还有自己的两个亲弟弟赵磬、赵馨也来了。先锋队伍现在已有八百多人了。

这些日子，虽然辛苦劳累，但会见先锋队员让赵声始终处于兴奋中。好消息接二连三，此时，黄兴、胡汉民从南洋筹款也回到广州。

大举的负责人聚首广州。

六十四、再任总指挥

初冬，赵声广州住地。

广州让人一点也感觉不到冬天的凉气。行道树枯黄了的树叶在秋天被风吹落后，又长出了翠绿的叶芽，许多树木一年四季都是翠绿色的一片。海边的风吹过来，感觉到的只是一股淡淡的腥味。羊城四季如春，赵声坐在办公桌前，仍然只穿着一件长袖衬衫，似乎一点也没有觉察到冬天的来临。这个时节，在家乡大港的拾钵山上的竹亭里一站，要是不穿上毛衣棉裤，江风吹过来，非冻得直打寒战不可。此时，赵声翻看着厚厚一叠先锋队员花名册，心里沉浸在广州再举的兴奋中。

冬天的阳光透过窗玻璃，照到办公桌上，给人一种暖洋洋的惬意感。不知是兴奋还是阳光的温暖，赵声的脸红扑扑的，额头上渗出了细细密密的汗珠。

赵声凝视着先锋队员花名册，一个个或熟悉或不熟悉的名字在眼前飘动，就像一队队紧握钢枪威武地行进在面前的勇猛战士。

黄兴、胡汉民当晚回到广州后，约好第二天上午到赵声住地会面，交流南洋筹款和广州再举的准备工作。

赵声的住地在广州的东南靠海边偏僻的胡同里。黄兴和胡汉民一人叫了一辆人力车，穿过大街，沿着珠江口边的岸道来到巷口。巷口的左边是一个小广场，广场上有一棵高大的榕树。两人在榕树下下了车，付了车资后走进巷口，来到赵声租住的三合院大门口。黄兴心急，急促地敲起门来。

听到急促的敲门声，赵声一愣。但急促的敲门声每隔十秒钟响一次，赵声放心了，是自己人来了。赵声的这个住处很隐蔽，一般人找不到这个地方，巷口有棵大榕树。自己人来，往往都是在大榕树下下车，然后步行到这里。敲门声也有约定，敲门声无论轻与重，约定每隔十秒敲一次。赵声听出了是自己人敲门，大步朝门口走过去，心里猜测：是哪位同志来了呢？

赵声轻轻地拉开门闩，推开门一看，是黄兴、胡汉民，喜出望外："克强，汉民，你们从南洋筹款回来啦！"

"昨晚刚到。"黄兴、胡汉民大步跨进门，赵声关上大门说："昨晚刚回港，咋不歇两天！"说着，赵声拉住两人的手，三双手紧紧地握在一起。

突然，黄兴松开手，目光紧紧地盯着赵声的脸："伯先老弟，你瘦了！这些日子忙起义的事辛苦了！"

"瘦了！瘦了！"胡汉民一边往屋里走，一边心疼地说。

"我没事，你们在南洋筹款才辛苦！"赵声说着，引着黄兴、胡汉民走进自己的房间，招呼两位战友在椅子上坐下后，倒了两杯茶，递到黄兴、胡汉民手里问，"南洋筹款顺利吧？"

"顺利！顺利！"黄兴高兴地笑着说。

胡汉民也掩饰不住心中的喜悦："南洋华侨听说广州再举，一个个都很兴奋，纷纷解囊相助。"

"筹款的数额比预计的多一倍。"黄兴呷了一口茶，兴奋地笑笑。

"许多款子都在海外订了军火，不久将会运到香港。"胡汉民说着，站了起来，在屋里踱了几步问，"伯先，这边准备情况怎么样？"

"听说广州再举，大家的士气高着呢。全国各地都有人来参加先锋队，不少海外的留学生也赶了回来。"说到这里，赵声顿了顿，"你们说我瘦了，这不假。这些日子，接见从各地来的先锋队员，我要亲自考察才放心。"

"真是辛苦你了！"黄兴、胡汉民几乎是异口同声。

"克强、汉民，"赵声说着拿起办公桌上的先锋队员花名册，有意在手上掂了几下，递到汉民手里，"你们猜，先锋队员来了多少？"

"两百？"黄兴猜了个数字。

胡汉民急切地翻阅花名册，脱口说："三百？"

"八百多人！"赵声掩饰不住心中的喜悦，大着嗓门说，"八百多人！这可全是广州再举的中坚力量！"

胡汉民翻了翻厚厚的花名册，随手将花名册递到黄兴手中说："有八百多骨干！起义有望！"

黄兴接过名册，认真地翻看着，心疼地说："赵声，你辛苦了！"

胡汉民坐到椅子上，端起茶杯，啜了一口说："现在海内海外，群情高涨；南洋筹款十分顺利！先锋队员越来越多，广州新军运动有力，革命的再举时机已经到来。我建议广州再举进入决战倒计时，近日召开会议，成立广州大举机构。"

"同意！"赵声、黄兴高兴地举起了右手。

香港，跑马地 35 号，同盟会在香港、广州成立的三十多处秘密地点的一处。

这次广州再举，在孙中山直接组织指挥下，赵声在起义的准备工作中，接受历次起义失败的教训。前些日子，赵声亲笔起草起义注意事项。广州再举的准备工作在赵声的领导下，进行了认真细致的准备。筹款购械和组织联络都有专人负责，都有一套严格的保密措施，赵声下定决心要把这次再举工作组织好。

领导广州大举的机构在跑马地 35 号成立，首次会议在这里举行。

会上，赵声、黄兴、胡汉民等人交流了各自工作的进度及成效，都为广州再举准备工作进展顺利而高兴，一致决定成立广州再举领导机构。

经过反复商议，领导机构定名为"广州起义"统筹部。

会上，选举黄兴任广州起义统筹部部长，赵声任统筹部副部长。

统筹部下设调度课、交通课、秘书课、编制课、调查课、储备课、出纳课、总务课共八课。这些课分别明确工作责任。考虑到运送枪支弹药物资尤其是人员调派的重要性，决定赵声同志兼任交通课长。

赵声特别提醒黄兴，保密工作是重中之重，任何的粗心大意都会导致起义前功尽弃。黄兴很赞成赵声的提议，特别强调："起义工作一定要慎之又慎。要注意起义工作严格保密，切勿走漏风声。各不相知，恐一泄露，累及其他处。为防止一课被敌人破坏而牵连其他课，影响大局，决定各课之间不发生横向联系。"

赵声对加强各省和各省革命党人的联络，以及发动起义时，各省如何响应广州起义说了自己的想法："长江流域各省都有同盟会和其他革命组织，武昌、汉口新军中有同盟会，现在改为振武学社，还有与我们联系的共进会、文学社，还有我们的一些旧部，我们要把他们都联络起来。"

赵声说到这里，胡汉民非常赞赏地点点头，插话说："到时起义成功，挥师北上时，就会得到他们支持，南呼北应，共同战斗！"

与会同志一致赞同。

散会后，大家立即投入紧张的起义准备工作中。

赵声回到住地。

他在思索着，派谁北上一趟？派谭胡子或者……派去的人要有能力、有资历才能胜任。这项工作对于广州起义太重要了。刚才大家都一致赞成。派人去苏、鄂、湘、浙、赣等地，联系革命党人，发动新军，成立机关，组织力量，届时广州起义成功后，一呼百应，大举可成。

那时，将是一个什么样的气势和局面。派谁去呢？

赵声在脑海里把同盟会的骨干一个一个排过来，排过去。

定谁北上一趟，赵声在思索。

想来想去，还是谭胡子最合适。

谭胡子，真名谭人凤，字石屏，名有时，号符善，晚年自号雪髯，人称谭胡子。清咸丰十年农历八月初六（1860年9月20日）生于湖南新化县。谭人凤16岁考取秀才，后累试未中，30岁时，在村内义学任塾师。谭人凤在地方颇有威信，县中每有争议，务请排难解纷。谭人凤在教学的同时，开始联络会党，召集江湖朋友在家乡开山立堂，自做山主。光绪二十一年（1895年）他仿照"泰西教法"创办福田小学堂，接触新学，眼界渐开，对时局日益关心。光绪二十六年（1900年），义和团运动前后，他与会党秘密联络，进行反清活动。光绪三十年（1904年）得知黄兴、宋教仁联络哥老会首领马福益在长江发难，便在会党中加紧活动，先后奔走湘西和广西，伺机响应。后闻宝庆会党起事，由桂返湘相助。宝庆事败，为避免官府追捕，于光绪三十二年（1906年）春离开县境，赴长沙，任新化驻省中学监督。同年冬，逃亡日本东京。经黄兴介绍，加入同盟会。12月，萍浏醴起义爆发，他与周震麟等受同盟会委派，回国密谋响应。事败，于光绪三十三年（1907年）初复返东京，入法政学校学习。11月，同盟会发起镇南关（今友谊关）起义，他得知起义军占领镇南关，回国将儿子一鸿的官费折抵百金，前往参战。宣统二年（1910年）与宋教仁等酝酿并于次年成立同盟会中国总部，设机关于上海，他负责党务兼军事联络工作。谭人凤奔走于长沙、武昌、九江间，准备在长江流域发动起义，为黄兴的联络人。黄兴、赵声在香港设立广州起义机关统筹部，准备广州起义，谭应召来到香港。

赵声回顾谭人凤的革命经历，深感谭人凤信念坚定，智勇双全，资历也深，派他北上做各省革命党人联络工作，比较合适。赵声选定谭人凤后，亲自来到谭的住地，谭人凤一口应允，并表示不日动身。

春节一过，广州的春天来到了。天气暖洋洋的，郊外的山冈上和路边的花圃里开满了各种叫不出名字的花儿，海风吹拂下的广州城里飘溢着野花的清香。

广州起义统筹部里一片繁忙的景象。这些日子，黄兴与赵声两人做了分工，轮流听取各课近期起义准备工作的进展情况，然后决定广州起义的日期。

傍晚。

赵声和黄兴相约，来到城郊靠海边的一条小道上散步。他俩交流了近期各课起义准备情况，心中都十分高兴。各课的起义准备工作进展都很顺利，起义氛围也越来越浓。

黄兴告诉赵声说："伯先弟，你知道吗？袁树勋总督调走了，两江总督又换人了。"

"换谁？"赵声兴奋地问，似乎从中看到了机会。

"现在两广总督是张鸣岐。"黄兴说。

"张鸣岐？又换人好！"赵声停住步子对黄兴说，"趁张鸣岐立足未稳，广州举义要迅速打响！"

"看来要迅速召开统筹部会议，尽快确定广州起义的日期，研究制订广州起义的战斗方案。"黄兴也停住步子说。

"你定时间。"赵声望着远处波涛翻滚的茫茫大海表示，"越快越好，趁张鸣岐立足未稳，打他个措手不及。"

"好。"黄兴点点头。

天色渐渐地暗下来。西边的天空中，云朵染上了红红的霞光。路边的桃花已经盛开了，花香四溢，树丛中的虫儿已经醒来，吱吱吱地叫个不停。

俩人缓缓地往回走。赵声突然想到张鸣岐，他对这个刚刚上任的两广总督一点也不了解。他不知黄兴是否了解这个张鸣岐，问道："克强兄，知己知彼，方能百战百胜，不知你是否了解这个新总督？"

"了解一些，张鸣岐不是个等闲之辈。他原本是一个幕僚，不断得势，又靠贿赂得署理两广总督。他生于光绪元年（1875年），光绪二十年（1894年）考取举人，次年会试落选，留南洋读书。光绪二十四年（1898年），被推荐入岑春煊家就馆，受到岑春煊器重。张这个人能言多谋，善于揣摩逢迎，张随岑充幕僚。光绪二十九年（1903年）4月，岑春煊署理两广总督，张任总文案，兼管两广学务处。借助岑春煊之力，张一鸣得势，平步青云。宣统二年（1910年），张看准机会给奕劻送了大量钱财。同年9月，清廷派张署理两广总督。今年1月，也就是前几日才到广州上任。"

"噢！看来清廷官吏没有好东西。"赵声想到端方总督，气愤地骂道。

"你又想到那个狠毒的端方？"黄兴从赵声的语气中听出了弦外之音。

"多行不义必自毙！都不会有好下场！"赵声狠狠地朝地上吐了一口唾沫。

"端方早被朝廷解职了！"黄兴说。

"知道。"赵声说，"听说马屁拍到马腿上了。他从国外带回来电影放映机，谁知给权贵放映时，竟然爆炸伤人了。朝廷大怒，免了他的职。"

"活该！"黄兴高兴地说。

路灯亮了。昏黄的灯光映照下，路上留下一对缓缓向前移动的影子，两人坚毅的脚步声打破了沉寂的夜色。

宣统三年（1911年）农历三月（大）初十（4月8日），广州起义统筹部在跑马地35号召开重要会议。统筹部部长黄兴主持会议，赵声、胡汉民还有各课课长参加会议。

黄兴首先讲话，他说："广州起义再举的时机已经成熟。由各地会聚而来的先锋队员已经陆续抵达广州；新军官兵和人民群众士气高昂，反清怒火熊熊燃烧。尤其近期两广总督又换人了，必须趁其立足未稳发难，打他个措手不及。"说到这里，黄兴朝赵声望了望说，"近期我和赵声分头听取了各课课长汇报，各课的起义准备工作十分顺利。我俩决定召集这次会议。会议三项议题，一是讨论决定广州大举的日期；二是明确起义战斗方案；三是选定广州起义总指挥和副总指挥。"

"大家对议程有什么意见？"黄兴朝大家摆了摆手。

"没有。"几乎是异口同声。

大家关于广州起义日期议论纷纷。

"放假期间选一个时间，那时，清廷防备松懈。"

"放假时，清廷会将新军的机枪和子弹收缴上去，统一保管。新军起义动不了枪炮。"

"节日人心涣散一些，难以集中。"

"放假不适合举义，那往后推一些。"

"推到什么时候？"

"太迟了也不合适。现在各项起义准备工作已经就绪。"

"农历三四月间可否？"

早有早的理由，晚有晚的原因，同志们纷纷讨论。黄兴与赵声附耳小声商议了一下。黄兴提议说："根据大家的讨论，我折中一下，广州起义日期放在三月十五（4月13日），大家看妥否？"

"先锋队已到位，枪弹也已到达指定地点。新总督张鸣岐刚到任不久，三月十五我看合适！"赵声第一个表态同意。

大家总体意见是宜早不宜迟，最后，同意起义日期定在三月十五。

黄兴站起身，挥了挥手："日期既定，战斗方案也请大家讨论一下。我先说个意见，然后请赵声同志详细布置。第一步，由已到港的八百多名先锋队员在广州城兵分十路，攻击广州各重要督署、行台各行政军事机关，抢占军械局，夺取军械弹药，先锋队之外，加设放火人员，预备临时放火，扰乱清军军心；第二步，领导城外新军和会党民军联合总攻，一举克复广州。此方案即依靠先锋队在城内开花，城外新军的响应，里应外合，一举成功，请赵声同志说说具体战斗方案。"

黄兴坐下后，推推赵声的胳膊。赵声站起身来说："里应外合是这次举义的战略原则，我完全同意黄兴的意见。我和黄兴两人在十路先锋队伍中，各领一路为主攻。黄兴率闽省和南洋同志百人先锋负责进攻总督署。总督署是清廷广州当局的首脑机关，攻下总督署，广州城里的清廷各部门就会群龙无首，就会乱成一团，这是一块'骨头'。另一块'骨头'是攻打广州水师提督李准的行台。这个任务由我率苏、皖150名先锋执行。李准的清军有一定的战斗力，李准为人凶悍狡猾，前几次起义都是他镇压的，去年正月广州起义，倪映典就是被他杀害的。其余八路的攻击目标及时间，会后将详细发给大家。"

大家对发难战斗方案一致赞成。黄兴接着赵声的话说："根据中山先生指令，为确保起义顺利进行，成立广州起义总指挥部。我认为赵声有多年新军统军经历，在新军中享有相当威望。我提议赵声为起义总指挥，副总指挥由我担任。"

赵声连连朝黄兴摆手，正要提议黄兴任总指挥，自己当副手，话还未说出口，会议室里已经响起一片掌声。

黄兴握住赵声的手说："你当总指挥，众望所归！"

赵声不便推辞，紧紧地握着黄兴的手摇晃着："谢谢信任！同心协力！祝举义成功！"

"祝举义成功！"会议室里响起了一片欢呼声。

六十五、孚琦遇刺

黄兴与赵声是亲密无间的战友。广州起义成立统筹部，黄兴任部长，赵声是副部长。这次成立广州起义总指挥部，黄兴向中山先生致信推荐赵声任总指挥，并在会上亲自提出来。这个老兄黄兴！赵声对黄兴的真诚有一种说不出的感动。赵声没法推辞，只能把这副千斤、万斤的重担挑起来。赵声要用行动来感激老兄黄兴的真诚和信任。

散会后，赵声回到住地。

担任广州起义总指挥，赵声肩上的担子更重了。现在起义时间已定，发难方案已定。起义时间越来越近，复杂纷繁的起义准备工作越来越多，赵声的脑海里思绪万千。

赵声房间，办公桌上的台灯泛起白花花的亮光。他端坐在办公桌前，静静地把玩着自己刚刻的一枚印章。他要让自己脑子冷静下来，慢慢地思考起义前的各项准备工作。他一边把玩着印章，一边告诫自己：大举计划要细，要缜密；准备工作要实，要到位！

赵声欣赏着自己亲手刻的印章，这是赵声为广州大举而精心篆刻的一枚象牙质地的印章。印面长 22 毫米，宽 9 毫米，印高 30 毫米，顶端雕刻有一只小坐狮。雕刻是一项极其细心的活儿，赵声喜欢上雕刻技艺是这几年的事。过去，写书法挥笔潇洒自如，大气磅礴。为了把字写好，他跟大港东岳庙的和尚学武功时，练了一套神笔功书法。赵声觉得自己的字虽然算不上一流，但跟师傅学了神笔功后，挥洒自如、刚劲有力这是没的说。近几年，策动新军常常会碰到一些挫折，有时心里会很烦躁。一次偶然的机会，他看到一位书法好友在书斋里雕刻印章。写书法离不开印章，赵声看朋友雕刻引发了兴致，向朋友借了一套雕刻工具，又到古玩店里买了一些廉价的印章料石，静下心来学雕刻。雕刻需要的是细心、耐心。赵声在雕刻中磨炼自己的耐心、细心，在雕刻的过程中，平心静气地思索历次策动新军，发动起义的教训和经验。一来二去，想不到他竟然喜欢上了雕刻，而且还刻出了水平。雕刻让赵声能在繁忙的起义准备工作中静下心来思考问题，这是赵声练习雕刻技艺意想不到的收获。

其实赵声自己知道，在雕刻中思考问题，特别是思考起义中的经验教训、起义的战略战术，才是他爱好雕刻的原因。每当有重大任务时，他总是在夜晚一个人坐在办公桌前仔细地把玩印章料石，选定与任务有关的主题后，便会精心雕刻起来。有时一枚印章要刻两三个小时。慢工出细活。其实赵声是个耿直的人，是个急性子。但在雕刻时，不得不静下心来，在静静的刀石碰撞中慢慢地思考问题。担任广州起义总指挥后，肩上像压上了一块磨盘石。怎么才能把这次起义完成好？他吃过晚饭，就坐到了办公桌前，拿出雕刻工具，找了一块特别名贵的象牙质地章料。静下心来，一边雕刻，一边静静地思考着广州大举的各项准备工作。

印章刻好后，他在灯光下仔细地把玩，心里仍然想着广州起义的准备工作。

晚上。

四处静悄悄的。只有远处的海浪撞击崖边礁石发出的响声隐隐地传过来。他拿着印章，站起身来，把印章往灯光处凑了凑。这时，传来一阵急促的敲门声。

门没有插闩子，随着"吱呀"一声门被推开了。开门声中传来熟悉急促的喊声："伯先！伯先！"

听到这熟悉的声音，赵声随手放下印章，掉过头一看是李竟成。赵声连忙站起来激动地打招呼："竟成，何时回来的？快进屋。"赵声想起来，这几天赵馨、赵馨等南京九镇新军中选出的四十余名先锋到香港后，派李竟成进广州城与广州新军第二标二营管带、同盟会会员马锦春联系。李竟成作为赵声的代表与马锦春联络，不仅加强了香港与广州的沟通，还通过马锦春做好了广州再举的准备工作。

马锦春，字贡芳，镇江人，长伯先七岁。父亲曾参加过太平天国运动，曾任镇江府中学堂教习。二十多岁弃文从武，入南京武备学堂、炮兵学堂肄业，结识熊成基、倪映典等革命志士，后到日本学习并参加同盟会。回国后，任广东新军第二标二营管带，一直在赵声领导下从事革命活动。上次广州起义失败后，马锦春没有暴露，根据赵声指示，他隐蔽下来，保存实力，现在一直掌握着广州新军二标二营，是赵声在广州新军中再举的主要力量。李竟成作为联络员就住在马锦春家里，来往于广州香港之间。不少军火的运送得到了马锦春的掩护和帮助，特别是马锦春还利用宪兵中的一个关系，得知广州清吏委派一位曾经做过赵声部下的队官陈某到香港暗杀赵声，马锦春通过李竟成密报赵声，始免于祸。

李竟成每次从广州来到香港，都会带回来重要消息。赵声高兴地把李竟成迎到办公桌旁，拉了一张椅子，招呼竟成坐下后说："竟成，一路辛苦了！"

李竟成坐下后，一眼看到办公桌上的印章。他心里有些好奇。赵声什么时候喜欢刻印章啦。赵声拳脚功夫深，书法写得好，但没见过他刻印章。他顺手拿起桌上的印章，仔细地看看问："这是什么？"

赵声给李竟成倒了一杯水，放在桌上说："哦，这是我刚刻的一枚印章。"

李竟成把玩着，有些惊讶："印章？伯先，大家都知道你书法好，想不到你还会篆刻呢！"

"看出是什么字吗？"赵声用手指指印章。

李竟成反复看看摇摇头："不认识。"李竟成放下印章，似乎恍然大悟，"你的名字？"

赵声拿起印章，指指印面说："先声夺人！篆书。"

李竟成端起茶杯，喝了一口水说："我说呗，这印面是四个字。先声夺人，什么意思？"

赵声招呼李竟成坐下来，一边把印章在手指间转动着，一边讲解此印章的意蕴："声者，我赵声毓声也。先声者，伯先，百花之先也……我生在百花先，自然打仗举义也要用强大的声势来压倒敌人，当然，还有一层意思，就是说事情要抢先一步，要抢在前面。"

李竟成恍然，不停地点头，心里对赵声更加肃然起敬：赵声什么时候都想着革命。他把刻印也与革命联系到一块儿。想到这里，李竟成喃喃自语地重复着赵声的话："用强大的声势来压倒敌人，挫败敌人士气……做事要抢先一步，要抢在前面。"李竟成赞叹着，又拿起桌上的印章细看上面那四个篆字，似乎此刻才理解赵声刻的那弯弯曲曲字中的含义：先声夺人！先声夺人！

李竟成放下印章，向赵声汇报广州起义新军的动态。刚说了一半，突然想起孚琦遇刺的事。他放低声音说："孚琦遇刺了！"

赵声吃惊地问："几号遇刺的？"

"三月初十。听说是一个叫温生才的人行刺的。"李竟成说。

"你告诉黄兴了？"赵声十分警觉地说，"清吏遇刺往往会引起当局高度关注。广州起义临近，孚琦遇刺，得赶快商量对策。"

"告诉黄兴了，他让我来向你汇报。"李竟成说。

赵声收起桌子上的雕刻工具，拉住李竟成的胳膊，急切地说："竟成，走，一起到统筹部去。你把孚琦遇刺的情况给我和黄兴说说，然后，我们一起商量一下对策。"

"好！"李竟成跟着赵声走出了门，直往香港起义统筹部赶过去。

夜已很深，路边的路灯昏黄昏黄的。赵声和李竟成几乎是一路小跑，"笃笃笃"的脚步声在静静的夜空中显得特别沉重。

到了设在香港的广州起义统筹部，他俩径直往黄兴办公室走过去。

黄兴办公室的玻璃窗透出灯光，把窗外一簇簇冬青树的叶片映出绿莹莹的光泽。黄兴听到急促的脚步声，早已迎到门口。

三人在沙发上坐下来，赵声语气严肃地说："竟成，你把孚琦遇刺情况说说。"

黄兴倒上水，把茶杯递给赵声和竟成后说："大举之前，清吏遇刺不是好事，要高度重视，格外警惕。"

"以前有这方面的教训。清吏遇刺会引起当局的高度警惕，当局往往会采取一些防备措施，这对起义的出其不意很有影响。"赵声接着黄兴的话说，"先听听孚琦遇刺情况，再分析研究对策。"

黄兴朝李竟成摆摆手："你先说说。"

李竟成把在广州听到的情况一五一十地告诉黄兴、赵声。

三月初十（4月8日）黄昏，一乘呢子大轿，在几十个清兵簇拥下，大声吆喝着，从城外一路八面威风地往城里走来，路上的行人见这个阵势纷纷往路边退让。当大轿行至省咨议局附近的麒麟阁商店门口时，突然，从茶馆里冲出一个人。此人身材高大，身穿一件蓝布大衫，走起路像一匹脱缰的野马。此人三步并作两步就冲到大轿的队伍里，只见他拨开护卫的清兵，直冲到行进中的大轿前，左手掀起轿帘，右手从腰间拔出手枪，照着轿内的人啪地就是一枪。枪声一响，护卫的清兵吓蒙了，还没有反应过来。这名刺客又举起手枪朝轿内的人连开两枪。刺客一人一枪，几十名清兵护卫竟然吓得手足无措，刺客如入无人之境。接着，刺客边跑边举起手枪朝天一气打光子弹，扔掉手枪，从容地向城东方向逃去。此时，清兵护卫方反应过来，赶紧掀开轿帘一看，轿子内平时不可一世的广州将军孚琦早已歪倒在椅子上，满身是血。护卫官伸手一摸鼻孔，没有呼吸，孚琦已当场毙命。

赵声听到这里，急切地问："刺客何人？逃掉没有？"

李竟成遗憾地说："清兵护卫反应过来，一路追过去。刺客被抓住了。"

"刺客是华侨革命党人温生才。"李竟成介绍起温生才，崇敬之情溢于言表。

温生才，生于同治九年（1870年），字练生，广东梅县人，出生于贫苦家庭，幼失怙。十四岁时被骗到南洋荷属殖民地种植烟草，三年后被转卖到霹雳埠

（今属马来西亚）锡矿做矿工。后曾回国投身行伍当兵。光绪二十九年（1903年）前后再次到霹雳埠锡矿做工。光绪三十三年（1907年）加入同盟会。宣统元年（1909年）秋与同业诸人在咖啡山开设广义益学堂，讨论革命方略。宣统二年（1910年）广州新军起义前曾拟刺杀广州将军增祺，因无炸药而作罢。宣统三年（1911年）2月下旬由香港再次到广州，在广州铁路当工人，寻机刺杀。温生才本来是要刺杀李准的。但温生才不认识李准，这才刺杀了孚琦。

黄兴、赵声听到这里几乎同声赞叹："温生才不愧是同盟会会员，英雄豪杰啊！"

"确实是一位英雄豪杰！"李竟成说到温生才被俘英勇牺牲的情节十分感慨。

温生才被俘后，毫无惧意，大义凛然，他被关到两广总督府的特别监狱。两广总督张鸣岐听到孚琦将军遇刺身亡的消息后，十分震惊。张鸣岐总督联想到去年正月的新军起义，十分紧张，下令对温严刑拷打，追问同党。

据总督府一名内线传出消息，在特别监狱中，温生才受尽了常人无法忍受的酷刑。狱卒为了给温生才一个下马威，一进监狱就把他直接带进刑讯室，让温生才坐老虎凳。把他按坐在一条板凳上，身体绑在一根柱子上，两条腿平行绑在长条板凳上，脚下垫到第四块砖头，狱警才问温生才，同党是谁，为什么要刺杀将军孚琦。

温生才虽然疼得满头大汗，但他连眉头也不皱一下，只是放声大笑，爽朗而凄厉的笑声充盈着整个刑讯室，连添加老虎凳砖头的狱卒都被温生才的笑声惊愕住了。狱卒以为温生才疼疯了，再次厉声拷问。却见温生才笑声消失后，从嘴里哼出几个字："添砖头。"

狱卒先前以为温生才哈哈大笑，肯定是疯了。现在见他镇定下来，竟然喊继续添砖头，个个脸上都露出诧异惊愕的神情。温生才的回答简直不可思议。一般人坐老虎凳垫加一两块砖头，咬咬牙还能挺过去。温生才已经垫到了四块砖头，添第四块时，已经听到他腿骨"咯咯"的响声，再垫上第五块砖头，恐怕腿骨非断不可。一个狱卒拿起第五块砖头，三个狱卒累得满头大汗也没有垫上去。领头的狱卒望了望温生才那一脸的不屈服，心里想，看来得用大刑。他下令手下人停止加砖，尖着嗓门："把铁锅里的炭火烧旺些，给他身上烙上印记。"狱卒们一听，知道要给温生才上火刑。于是，把温生才从柱子上解开，从老虎凳上移下来，重新绑到一根十字架上，并戴上脚镣。一个粗壮的狱卒从火炭盆里取出烙铁，烙铁呈三角形，像毒蛇的头。这个狱卒握住烙铁的木柄，把烙铁火红红的三角铁头在温生才的面前晃晃问："说不说？"

"不知道！"温生才怒目圆睁。

这时，另一名狱卒冲到温生才的跟前，伸出手，哗的一声，把温生才的上衣撕开，露出胸膛。拿烙铁的狱卒二话不说，把烙铁头往温生才的胸脯上一压，嗞的一声，冒出一股腾腾的热气。温生才浑身一抖，硬是咬着牙，没有叫唤。顿时，温生才的胸脯上留下一块焦黑的三角形印痕，一股浓烈的腥味弥漫在整个刑讯室里。几名行刑的狱卒都被焦腥的气味熏得想吐，温生才浑身大汗淋漓，但仍然咬紧牙关，一声不哼。

两广总督张鸣岐亲自来到审讯室，严令手下对温生才施加酷刑。据打入总督府的同盟会内线说，温生才是好样的，他对清廷两广总督张鸣岐嬉笑怒骂，对清廷腐败揭露得入木三分，连参与审讯的清吏都哭笑不得。据说，审讯记录上留下了温生才和张鸣岐的唇枪舌剑。

"你叫温生才？"

"废话！明知故问！"

"你是同盟会会员？革命党人？"

"是啊！怎么样？"

"嘴挺硬的。你的同党是谁？"

"不知道！"

"你还有什么阴谋？"

"不知道！"

"你为什么要暗杀？"

"这不是暗杀，这是明杀！"

"为什么要明杀？"

"清朝无道，政治腐败，民不聊生，都是此辈官吏造成的。只恨我没有车船费，要不然我去京师，杀更大的官，杀更多的官，可以成大事！"

"一将军死，一将军来，于事何济？"

"杀一个孚琦，固然无济于事，但借此以为天下倡，而且可以杀一儆百。"

张鸣岐与温生才在刑讯室的对话，把张鸣岐气个半死，下令继续严刑拷打，即日枪决。离开刑讯室时，张鸣岐恶狠狠地说："不可救药！不可救药！"

温生才被押赴刑场时，清兵前后拥着。虽然温生才被酷刑折磨得遍体鳞伤，但他全程神色自若，毫无惧色。行至惠爱街一带时，围观的群众越来越多。温生才视死如归，对着人群大声喊道："今日我代同胞报仇，各同胞务须发奋做人方好！"既而又仰天大笑说，"许多事归我一人担当，快死快生，再来击贼！"温生才被清廷押到郊外的一片山林旁砍下头颅，从容就义，实现了他对孙中山先生立下的"情愿为革命牺牲"的誓言，终年四十二岁。

温生才的英勇事迹深深地打动了黄兴、赵声的心，他俩心中油然升起对温生才的无限敬意，更激起了发动广州起义的决心和意志。

六十六、先锋绝命书

赵声沉浸在温生才被害的悲恸中，左手握成拳头状，狠狠地往桌上一砸说："这个仇非报不可！"义愤填膺地对黄兴说，"广州起义就是为温生才，为所有烈士，为全国亿万万民众报仇。"

黄兴紧皱着眉头点点头，若有所思地说："孚琦被害，震惊当局，我看当局不会善罢甘休，一定会采取报复措施。竟成你说说，当局有什么反应？"

"对，听竟成说说，我们根据当局的举动，把起义准备工作再过一遍，确保举义成功。"赵声赞成黄兴的话，补充说，"我们要在先锋中宣扬温生才的英勇事迹，鼓舞士气，激发斗志！"

黄兴赞叹道："温生才是英雄豪杰啊！清廷杀了温生才之后，广州城内情况怎样？"

李竟成说："孚琦被刺，温生才被害后，广州城加强了戒备，全城戒严，并开始到处搜捕革命党人，清廷广州当局认为这是革命党人即将起事的信号。"

赵声关切地问："广州当局知道要起事？"

李竟成回答道："从打入总督府内部同盟会会员传出来的消息看，他们还不知道起义的具体情况及日期，但判断革命党人随时随地会起事。"

黄兴插话道："我们在南洋筹款，进行公开演说、宣传，知道的人多，能不传回国内吗？再说，去年正月广州起义失败后，广州当局不得不接受教训，现在温生才刺孚琦，当局紧张不足为怪！"

赵声点点头："是的，我们革命党人的目标从来也没有隐瞒过，就是要推翻清廷，建立民国。另外，我们近来向广州运送武器弹药，尽管作了伪装，但还是被查获过。张鸣岐、李准他们不是等闲之辈，不可能不引起他们的警惕！"说到这里，赵声攥紧了拳头，狠狠地朝地上吐了一口唾沫说，"不怕，关键是应对！"

黄兴点着头说："新军那边情况如何，有啥情况，我们起义的策略和时间都要有针对性的调整。"

"竟成你说说广州新军情况，当局有啥动作？"赵声催着李竟成。

"还真有新情况。自广州正月起义失败后，两广总督就作出规定，将新军中的所有子弹全部收缴，甚至连枪上的撞针、刺刀也收了去。现在新军手中的枪成了既无子弹又无刺刀的棍子。"李竟成慨喟道，"张鸣岐、李准这一手挺绝的，让你想动也动不出名堂来。"

黄兴、赵声几乎同时皱起了眉头："看来这张鸣岐新官上任还真要烧上三把火呢！"

李竟成带着几分沉重的语气说："外面传张鸣岐要把新军二标解散，时间在四月或五月份。"

"四五月解散新军二标？"黄兴听到这个消息，心中一怔。

赵声也感到对手的狠毒："二标可是起义的主力啊。"

黄兴想了一想说："伯先，根据目前出现的种种新情况，我们也必须对起义计划进行适当调整。十五日之前先锋进广州，条件不成熟，很容易暴露。"

赵声心里明白，新军二标可是这次广州起义的主力军，是起义队伍中的冲锋队。当局把二标解散了，这不是釜底抽薪嘛！这可是重中之重的事，"你的意思？"赵声急切地问。

黄兴皱了皱眉头，语气顿了顿说："麻痹张鸣岐、李准他们，我们把起义时间适当推迟。"

"让开这几天，但又要抢在二标解散前。"赵声对黄兴、李竟成说，"这些日子加紧准备，特别是要在先锋中宣传温生才的英勇事迹，把斗志鼓得足足的。"

"建议明天上午开会研究一下，集中大家的智慧。"黄兴目光落到赵声脸上，建议说。

"好！"赵声点头同意，掉脸对李竟成说，"你尽快回广州，掌握情况，随时密报！"

"好！"李竟成迅速离开办公室，准备赶上最早一班回广州的客轮。

夜很深了。赵声没有回住所，在会议室里迷糊了几个小时，随即参加统筹部会议。会上，黄兴通报了温生才刺杀孚琦后广州当局的动态，加上美洲的筹款和由日本购买的军械也未运到，建议广州起义日期适当延迟，但又不能迟于新军二标被解散前，大家一致同意广州大举日期改为农历三月二十八日（4月26日）举行。

赵声作为广州起义总指挥，他一边关注广州当局动态，一边深入先锋驻地，宣传温生才的英勇事迹，把先锋的士气鼓得足足的。统筹部关于广州起义改期的会议后，赵声骑马来到先锋在香港的各个驻地。

　　每到一地，他都要在先锋队伍中做战斗动员和军事辅导。他从统筹部驻地赶到丁家巷一处先锋的驻地。先锋队员见赵声到来，纷纷到赵声面前请战。赵声朝大家挥挥手说："大家静一静。"

　　先锋们簇拥着赵声，安静下来。赵声怀着沉痛的心情向大家介绍温生才刺杀孚琦后被俘，受尽酷刑，英勇不屈，壮烈牺牲。赵声的话音刚落，先锋们几乎同时竖起捏成拳头的右手，高呼口号："为温生才报仇！杀到广州去！"

　　赵声看到群情激昂的先锋们，想到不久将要举行的起义，心潮激荡。他朝大家摆了摆手说："大家想知道总督张鸣岐审讯温生才的对话吗？"

　　"想知道！"先锋们异口同声，迫不及待的目光聚光灯似的落到赵声脸上。

　　"两广总督张鸣岐亲自审讯已屡受酷刑的温生才：'你为什么要暗杀孚琦将军？'"

　　"温生才回答：'这不是暗杀，这是明杀！'"

　　"张鸣岐又问：'为什么要明杀？'"

　　"温生才慷慨激昂地回答：'清朝无道，政治腐败，民不聊生，都是此辈官吏造成的。只恨我没有车船费，要不然我去京师，杀更大的官，杀更多的官，可以成大事！'"

　　…………

　　"温生才说出了我们大家的心里话！"赵声看到先锋们斗志昂扬，高声号召说，"先锋们，温生才的鲜血不会白流。你们都是各地革命党人选送来的革命精英，全党同志寄托光复在此一举！全国四万万同胞在看着我们！我们要为这次革命义举的胜利决一死战！"

　　随后，赵声辅导大家打枪、投弹要领。先锋们在赵声的指导下，投入到紧张的军事训练中。

　　赵声骑马离开丁家巷先锋驻地后，又马不停蹄地来到跑马地 35 号附近的一所荒废的学校。这里是从南京新军九镇军中挑选的先锋驻地。赵声来到大门口，悄悄地下了马。他把马拴在门前一棵大榕树的枝干上，一个人执马鞭虎虎生威地迈开步子跨进大门。

　　太阳已经下山，西边的天空厚厚的云朵染上了晚霞，红彤彤的一片。

　　赵声一脚刚跨进大门，就听到操场上传来一片喊杀声，一组一组的战士们正在练习拼刺刀。在不远处的墙壁上挂着一个竹篾箩筐，十多米外，一队战士正在往箩筐里投掷石块。

赵声一看心里立马明白了，这是先锋们在练习投弹。赵声三步并作两步来到先锋面前，大家一见赵声来了，啪的一个立正，拿着石块的手举到额头，敬了一个标准的"持石礼"。赵声笑了，大家也笑了。

　　"同志们辛苦了！"赵声朝大家挥挥手，然后伸手从一位战士手中接过石块，仔细地端详了一番问，"这是手榴弹？"说着，哈哈大笑起来，"谁想的点子？"

　　"赵磬！"大家几乎是抢着说，他们都知道赵磬是赵声的弟弟，在新军九镇当过兵。

　　赵声掂了掂手中的石块说："赵磬呢？"赵声扫了扫宽大的操场，"是他想出的点子？"

　　"对！"一位先锋向前跨出一步说，"赵磬刚在这里，可能去操场另一边教刺杀去了。他想到这个点子，让我们练投弹。他说，打仗的时候，投弹投得准，投得远，才能多消灭敌人。"

　　"赵磬当过兵，他说得对！"赵声掂掂手中的石块说，"跟手榴弹重量差不多。"说完，赵声右手一扬，忽地将手中的石块掷了出去。石块不偏不倚掉进笭筐里。

　　大家见赵声轻松地把石块掷进笭筐里，先是一愣，继而拼命鼓起掌来，掌声把操场另一边练刺杀的先锋吸引过来。

　　大家围住赵声，听他讲授刺杀要领和投弹技巧。在先锋队伍中，有一名队员引起了赵声的注意。这名队员的脸上被蓝墨水笔画得斑斑点点的。赵声感到有些奇怪，用手指着这名队员问："你脸上斑斑点点，怎么啦？"

　　这个队员有些不好意思，"嘿嘿嘿"笑着，低头不答话。

　　一个队员往赵声身边挤了挤，说："他是个工人，正在学打枪投弹。我们练习投弹比赛，记谁投进去石块多。谁要是未投进去，就在这个人脸上用墨水做个记号，谁记号画得多就罚谁。"这个队员说着还用手朝自己脸上指指，"我自己脸上也有不少蓝墨水点点！我们正在加紧练！"

　　先锋队伍里发出一阵嘻嘻哈哈的哄笑。

　　赵声朝队员们的脸上好奇地扫视了一圈，他被大家的乐观精神深深感染，嗔怪地说："你们真是会寻乐，都什么日子了。"

　　"正是大举在即，我们才想出这个点子，把本领练强！"大家七嘴八舌。

　　"你们做得对！练兵就是比武！只有比赛才能出高低。在比赛中长武艺！"赵声高兴地朝大家扬了扬手，"你们继续练！"说着，往先锋宿舍方向走过去。赵声心中久久不能平静，温生才走了，千万个温生才正在成长。赵声为队员们这种即将投入生死搏斗中的乐观精神所感动。赵声深信，眼前这些生龙活虎的先锋战士，一定会像温生才那样疾恶如仇，一定会在枪林弹雨中冲锋向前，谁也不会把死当作一回事。如此昂扬、如此乐观、如此奉献的精神面貌让赵声极为欣慰，不由得心中赞叹："多么勇敢、无畏的先锋！"

赵声来到先锋领队办公室。领队向赵声汇报了近期先锋们的训练情况，赵声笑笑夸赞道："训练方法多，战斗精神高！"说完，正要随领队去食堂吃晚饭，赵磬、赵馨听说哥哥来了，赶了过来。赵声紧紧握住两位弟弟的手问："适应吗？"

"适应！"赵磬、赵馨大声回答道。

"怕不怕？"赵声笑笑问。

"不怕！无所畏惧！视死如归！"赵磬、赵馨啪的一个立正，给哥哥敬了一个军礼。

领队也笑了，他朝赵磬、赵馨招招手说："陪你哥哥吃晚饭。"

两位弟弟欢天喜地跟着赵声来到饭堂。吃完晚饭，赵声在领队陪同下到宿舍看望先锋队员。看完九镇新军先锋，夜色已经很浓。他骑马赶往另一先锋驻地。一连看了四个先锋驻地，已是子夜时分，他又来到福建先锋驻地，在领队陪同下看望先锋队员。

月上中天，大地一片银色。此时，夜深人静，但先锋队员宿舍里还亮着灯。赵声悄悄地走进一个房间，只见一名青年先锋队员正在伏案疾书。他蹑着脚轻轻地走到这名队员的身后，瞥了一眼，见这名队员正在给父亲、妻子写信。这名队员并未觉察到站在身后的赵声，仍然埋头书写。赵声站在这名队员的身后，屏住呼吸悄悄地看着信笺上的字，并招手示意陪同的领队不要出声。

这名队员写给父亲、妻子的信，深深地打动、吸引了赵声。赵声的目光随着这名队员那移动的笔尖在缓缓地移动：

　　意映卿卿如晤，吾今以此书与汝永别矣！吾作此书时，尚是世中一人；汝看此书时，吾已成为阴间一鬼。吾作此书，泪珠和笔墨齐下，不能竟书而欲搁笔，又恐汝不察吾衷，谓吾忍舍汝而死，谓吾不知汝之不欲吾死也，故遂忍悲为汝而言之……

赵声认识这名先锋队员，赵声把右手中指贴到嘴边，示意领队不要打搅这名正在写绝命书的先锋队员。此人叫林觉民，小赵声六岁，汉族，福建闽侯人，字意洞，号抖号，又号天外生。十四岁时，考入全闽大学堂，开始接受民主革命思想，推崇自由平等学说。性诙谐，涉口成趣，一座倾倒。光绪三十一年（1905年）回乡与陈意映结婚。次年自费去日本留学，专攻日语。翌年补为官费生，入庆应大学文科，攻读哲学，兼学英文、德文。此间积极从事革命活动，并加入同盟会。宣统三年（1911年）春，林觉民得知黄兴、赵声等在香港建立起义统筹部，遂赴香港，后回福建召集革命志士一起赶来香港，准备参加这次广州起义。

赵声不想打扰、破坏这名青年此时此刻所沉浸的那种特定的精神世界。他悄悄退出来，跟先锋队领队道别，骑马朝自己的驻地飞奔而去。

淡淡的月光泻满了大街，路边的行道树在海风吹拂下发出"沙沙沙"的声响。快到驻地时，远处郊外的山村里鸡鸣声隐隐约约地传过来。赵声知道，新的一天又要来到了。他得赶快回驻地眯一会儿。他拴好马，回到宿舍，没有洗漱，和衣躺在床上。他的脑海里出现了林觉民的诀别信，口中喃喃自语：为国牺牲！百死不辞！

赵声在喃喃自语声中进入梦乡。

六十七、争当前指

　　一觉醒来，灿烂的阳光已经把房间照得通亮。赵声一骨碌从床上爬起身，赶紧洗漱后，去门口吃了一碗过桥米线，返回房间。他抬腕看看表，已经近9点了。他着急地拎起包，到天井里的榕树下解开拴马的缰绳，牵着马急急忙忙地往门外走。上午计划要去三个先锋驻地看看。广州再举的时间越来越近了，他怎么也放不下心来。他暗暗埋怨自己一觉睡到太阳东升。其实他不过睡了三个小时左右，天快亮时才上的床。赵声牵着马来到大门口，他准备第一站先去附近一个先锋驻地。这几天，他在心里盘算着一件事，就是与克强谁先去广州城里担任前指。赵声想得很干脆，自己是前线总指挥，自己在广州新军那里待过不少时间，新军的情况熟悉，当然自己去广州城里先行掌握情况比较合适。但前几天的统筹部会后，他与黄兴商量这事时，黄兴执意要先去，当先遣队的指挥员，赵声与黄兴争了半天没有结果。现在先遣队指挥员和部分先锋很快就要到位，谁先去广州？到了做决定的时候了。想到这里，赵声准备上午看完三个先锋驻地，立即赶到统筹部跟黄兴"摊牌"。他心里早想好理由，他一定要说服黄兴留在香港动员训练先锋，自己去广州担任前指，把发动广州起义准备工作的担子挑起来。

　　赵声打心眼里佩服黄兴，两人都清楚，在广州再举爆发前，先行潜入广州城里，熟悉情况、布置任务，是一件十分危险的工作，是要冒着随时被捕，随时被杀头的危险的。现在的广州城，虽然表面平静，但广州当局已经预感到革命党人随时随地都有可能发动起义。特别是温生才刺杀孚琦之后，广州当局如临大敌。另外，去年广州起义的硝烟还未散尽，清吏至今心有余悸。现在广州当局把新军内部控制得十分紧，两广总督张鸣岐和李准发出了一条条禁令，采取了一条条措施，时刻准备与革命党人领导的武装力量决一死战。去广州，就意味着随时准备去拼杀、去牺牲。这些日子，赵声脑海里不断浮现出熊成基、倪映典、温生才等革命党人英勇威武、视死如归的光辉形象。他们为了反清大业，为了全国广大受苦受难的民众，不惜抛头颅，洒热血，献出了年轻的生命。我赵声一定要踏着他

462

们的血迹，到一线去冲锋陷阵。去广州先遣队指挥，我得与黄兴兄争一争。

赵声出了大门，把马的缰绳拉了拉，翻身上马，两腿一夹，右手扬起鞭子，正要催马往小东营5号去。突然，不远处有人策马而来，伴着嗒嗒的马蹄声传来一声熟悉的喊声。赵声听到喊声，两腿一松，高高举起的马鞭也放了下来，扭头一看，原来是黄兴来了。俗话说，说曹操，曹操到。赵声这是想曹操，曹操到。两人在马上相视一笑。黄兴大声说："伯先弟，到哪儿去？"

"到先锋驻地去！"赵声说着下了马，朝黄兴迎过去。

黄兴也翻身下马，牵着马往大门口的榕树走去，说："伯先弟，有个急事商量一下？"

"好！"俩人把马牵到榕树下拴了缰绳，肩并肩地走进大门。

赵声说道："克强兄，我也正要找你呢！到我房间说。"

二人进了赵声的房间，赵声正准备倒茶。黄兴摆摆手说："别张罗了！一会儿还有事。先把去广州的先遣队出发时间商定一下。"

"坐下说！"赵声拖了一把椅子，往黄兴面前一推说，"离广州再举的时间没有几天了。再举时间是农历三月二十八日，也就是阳历4月26日举行。今天是阳历4月23日，离举义时间还有三天，先遣队该出发了！"

"今天下午就化装去广州。我随先遣队出发，香港的先锋就靠你指挥了！"黄兴心里很激动，但语气却很轻松。他知道，前些日子，因为谁去广州前线先遣队当指挥，赵声与他争得面红耳赤，最终也没有结果。此刻的话语里，他已把自己当作先遣队指挥了。

赵声诧异地望着黄兴说："你留在香港指挥先锋，我去广州带领先遣队潜伏下来。我去广州当先遣队指挥比较合适，广州我熟悉。"

"这不行。你是广州起义总指挥！你不能离开香港总指挥部。我带领先遣队去广州先摸摸情况，有什么事好及时与你们联系。过两天起义打响，你再到广州总指挥，把你的军事才能发挥出来！"黄兴有些着急地说。

"你不要跟我争！"

"你也不要跟我争！"

"你们争什么呀？"黄兴、赵声正在为谁去广州城里指挥先遣队的事争执不下，胡汉民风风火火一脚跨进门。见赵声、黄兴正争论不停，疑惑地问道。

赵声、黄兴听到胡汉民的声音，几乎是异口同声地说："你来得正好，请你评评理。"

"评什么理？"胡汉民来到赵声、黄兴面前，不解地问，"广州再举在即，两位总指挥争什么？"

"我来说。"赵声说着，示意胡汉民坐下来。

"我来说。"黄兴抢过赵声的话头。

胡汉民见二人争着要说理，心里有些好笑。这两个人都是一个脾气，爽直！不让人！什么事儿总喜欢冲在前面。他朝赵声望望，又朝黄兴看看说："黄兴是大哥，黄兴兄说好吗？"

赵声点点头："听汉民的！反正摆摆理儿，看谁先去广州城里指挥先遣队合适！"

胡汉民一听哈哈大笑。他心里明白，眼前的这两位广州起义的大将，都是偏脾气，都是不怕死的人，现在争着去前线呢。对！让他俩摆摆理。胡汉民朝黄兴扬了扬手说："克强，你先说。"

"好。赵声是总指挥，我是副总指挥。"黄兴挺认真地瞥了赵声一眼说，"哪有总指挥不守在大本营的。我是副总指挥，我去广州带先遣队合适。"

赵声接过黄兴的话茬说："克强，你别跟我争了。我去带先遣队合适。我在广州新军待过，对那里的官兵熟悉；我在广州城里几年，广州城里的大街小巷都熟悉。带先遣队先去广州城，我最合适。"

胡汉民注视着赵声说话的眼神，似乎听出了一些味道，但他没有表态，又把目光转到黄兴脸上。黄兴急了："赵声，你是总指挥，不能过早靠前。"

"你是广州起义统筹部长，部长也不能过早靠前！"赵声一点儿也不示弱。他心里想到牺牲了的熊成基、倪映典等先烈，想到冒死刺杀孚琦的英勇无畏的战士温生才，恨不得现在就带领先锋们冲进张鸣岐的总督府去。他此时抬出了黄兴统筹部长的牌子，来了个针锋相对。

胡汉民心里，对眼前这两员广州起义大将的勇猛无畏的精神敬佩不已。他想，既然两位争着要去广州城里当先遣队指挥，自己何不来个"鹬蚌相争，渔翁得利"呢！其实，此时的胡汉民心里也是痒痒的，他何尝不想去冲锋陷阵呢！广州再举没有几天了，是考验同盟会会员、考验革命党人的时候了。想到这里，他嘿嘿地一笑："伯先、克强你俩先别争！我提个建议好不好？"

"好！你说！"赵声、黄兴一起说。

胡汉民拉住赵声的手："你是总指挥对吧？"

赵声点点头。

胡汉民松开赵声的手，又拉起黄兴的手："你是统筹部的部长，对吧？"

黄兴也点点头。

"你们留在香港，我带先遣队先去广州城里潜伏指挥最合适。"胡汉民认真地说着，"你俩留在香港都是为了更好地指挥！这对起义胜利有利！"

赵声和黄兴立马醒悟过来，瞬间一致对外地说："汉民，你不地道，让你评理的，你怎么插上一杠子呢！"

三个人几乎同时大笑了起来。笑声中，充满了同志之间温暖的、真诚的爱。

笑声还未停下来，黄兴和赵声又抢着说："汉民，去广州城指挥先遣队只能在我俩人中去一个，轮不到你呀！"

"那你们把理由说充分！我知道，你俩都是不怕牺牲的人，但谁去对广州再举有利就谁去。"

"我去有利。"赵声抢着说，"克强，广州城里我熟悉，你不要跟我争！"

黄兴说："伯先，你就别争了，我再三思索，还是我去合适，你去不合适。"

"为什么？"赵声、胡汉民几乎是异口同声。

黄兴知道，这个时候谁去广州城，汉民的一票很重要。黄兴望望胡汉民，想得到胡汉民的支持："汉民，你听听我的理由，我认为赵声先去广州城潜伏指挥不合适。"

"你说。"胡汉民朝黄兴一摆手。

这时，赵声也从憧憬去硝烟弥漫的战场上冲锋陷阵中冷静下来。自己是起义总指挥，不能光图一时冲动，拼杀一个痛快，关键是要对整个广州再举的胜利有利。想到这里，赵声的目光停在黄兴的脸上，他认真地望着黄兴问："我怎么不合适？"

黄兴语气和缓，一字一句挺认真："伯先，你是整个起义的总指挥，你要掌握全局，在香港坐镇指挥，不宜过早地在广州出现。虽然你对广州熟悉，可是广州很多清廷官吏都认识你，你过早地出现在广州就等于暴露目标，对起义、对你自己都不利！"

"是的，克强说得有道理。"胡汉民点头赞成。

黄兴见胡汉民赞成自己的说法，又见赵声皱着眉头陷入沉思中，来了个趁热打铁："伯先，我先去广州，把先遣队安顿下来，然后在广州各地摸摸情况，及时与你联系。也就是三天时间，广州再举的枪声就打响了。至时你带领先锋大部队赶到广州，坐镇指挥，把你卓越的军事才能都发挥出来！"

"就这样吧！我看黄兴去广州，赵声你坐镇香港，这样比较合适。"胡汉民朝赵声望望，劝慰道，"你是总指挥，不能过早地暴露。再说，香港这里还有几百先锋要你指挥、安排进广州城，好在没几天你也要进广州了。"说到这里，胡汉民对黄兴说，"你今天就带几十名先锋潜进广州城，我们听你的密报，随时进广州！"

　　赵声觉得克强说得有道理。总指挥这个担子千斤重呀！自己既然担任了总指挥，就要把这副千斤重担挑起来。自己过早暴露，对广州再举不利。再说，这些先锋是来自全国各地的新军，许多先锋官兵自己都很熟悉，有些跟自己是多年的至交。自己的两个弟弟和一个妹妹也在先锋中，这些先锋个个英勇无畏，是这次广州起义的中坚力量，是绝对可靠的决定性的力量。这支队伍必须指挥好，广州再举的关键时刻才拉得出，打得响。想到这里，赵声没有再争，和缓地说："汉民，克强，听你们的。下午，我和汉民到码头送你。"说完，紧紧地握着黄兴的手、转头向胡汉民说，"汉民放心！我俩一个广州，一个香港，密报相连！坚决打好广州起义再举这一仗。"

　　送走黄兴，汉民、赵声骑马往先锋驻地赶去。

　　下午3时。

　　香港码头。

　　码头上一派繁忙景象，旅客们正忙着检票登船。栈桥上，背着大包小包的男男女女的旅客急切地往客轮舷梯方向走过去，海风携着凉气一阵一阵地吹过来。

　　赵声和胡汉民来到码头的一隅。他俩紧紧地握住黄兴的手，眼睛却都盯着栈桥。栈桥上，化装成各行各业的先锋正在陆续地登上开往广州的轮船。黄兴指着栈桥方向对赵声和汉民说："先锋听说去广州打前锋，个个神情激奋，斗志高昂。一接到通知说今天下午3点的船，就都要求尽快化装准备，大家立即行动起来。你们看看，像不像地道的工人农民？"

　　"像！像极了！"赵声啧啧嘴，用手往栈桥方向一指，"你看那几个泥瓦工，身上的衣服脏兮兮的，肩上还扛着铁铲呢。那边两个手里还拿着瓦刀，那瓦刀明显是从泥浆里拿出来的，阳光照在满是泥渍的瓦刀上不反光，隐蔽得真像！"

　　"那几个农民模样的人，太像了。身上的棕叶蓑衣，还有那头上的竹篾遮阳帽子，不知从哪儿弄来的，上面还有点点破洞呢！"胡汉民也感叹地朝栈桥上指指点点。

　　黄兴说："化装乘轮船到达广州，这一步很关键，不能让广州当局看出来。他们现在对香港至广州的轮船查得紧呢！"

　　"他们的狗鼻子灵得很！克强老兄一定要小心呀！"赵声松开黄兴的手说，"到了广州一定要小心谨慎。"胡汉民也松开手，看看表说："时间差不多了，准备登船吧！"

　　黄兴点点头，深情地望着赵声和汉民，语气低沉而坚定："放心，你们俩放心！"

赵声再次紧握住黄兴的手提醒说："克强兄，加强联系，等你消息，我随后就到！"

胡汉民也与黄兴握别："注意掌握广州城里的情况，带好跟你去的兄弟们！"

赵声又压低声音，附着黄兴的耳边说："注意，发电报时使用联络暗语。"

"知道！"黄兴深情地望了赵声和胡汉民一眼，头高高地扬起，步伐坚定地朝栈桥上走去。

"呜！呜！呜！"靠在栈桥的客轮鸣响了汽笛，这是在催促旅客上船。客轮的轮机轰鸣声和不远处海浪的撞击声交织在一起，随着客轮高大烟囱里冒出的浓浓的黑烟飘向远处广阔无垠的海面。

乘客们徐徐地离开栈桥，上了客轮。在一声长长的汽笛声中，客轮缓缓地离开码头，朝一望无垠的大海深处驶去。赵声、胡汉民站在码头上，向靠在船舷旁的黄兴和先锋们默默地挥手告别。

海风大了，波浪一波一波地涌向码头岸边的礁石，发出阵阵轰鸣声。一群群的海鸥在波涛翻涌的海面上飞翔，发出一阵阵欢快的鸣叫。

赵声望着渐渐消失在大海深处的客轮，心里激动万分。他知道，盼望已久的大战巨幕拉开了。

六十八、赵声黄兴心连心

回到住地，赵声立即给各驻地先锋下达了化装待命的命令。

吃过晚饭，赵声一直端坐在办公桌前。白炽台灯的光亮晃晃的，窗外夜色渐浓，广州的春天天气已经热起来。窗外墙角边的不知名的虫儿吱吱吱地鸣叫，这让赵声的思绪变得纷繁起来。赵声心里清楚，当黄兴带着部分先锋离开码头的栈桥时，规模最大、准备最充分的广州再举的战斗就正式启动了。自己是前线总指挥，黄兴作为前线副总指挥已经登上了战斗的航船。自己坐镇香港，现在最大的任务就是把先锋士气鼓足，把准备工作做细，随时准备登船赴广州，参加三月二十八日的战斗。今天是三月二十三日，按照起义原定计划，二十六日、二十七日两天必须组织先锋分批化装进入广州城，投入二十八日的发难战斗。万事俱备，就等黄兴到达广州城后的密报。

赵声端坐着，时间一秒一秒地过去，一分一分地过去，赵声一点睡意没有，他在盘算着广州起义准备工作的每一个细节。墙壁上的挂钟敲了十下，夜已经很深了，赵声仍没有睡意，他索性站起身，缓缓地朝门外走去。

没有月亮。

没有星星。

天空黑得像倒扣着的锅底，树丛完全消失在黑暗中，路边有虫儿在叫，野花散发出沁人心脾的清香，令赵声感受到一丝丝愉悦。大地全笼罩在夜色中，赵声沿着院子里的小路深一脚浅一脚地往前走，满脑子都是先锋们那斗志昂扬的面孔。

夜色中，赵声那坚定的脚步声打破了夜幕中死一般的沉寂。

赵声在黑暗中踱步，嘴里喃喃地数着数字：二十三，二十四，二十五，二十六……

他在盘算着即将举行广州再举还剩下的时间。

第二天上午，吃过早饭，赵声就骑马赶到起义统筹部，这里是广州起义的指挥中心。

赵声的指挥部设在统筹部的一间大会议室。

赵声刚进会议室，门口就传来响亮的报告声。

自从黄兴昨天离港去羊城后，赵声悬着的一颗心提得更高了，他在为黄兴担心。黄兴此去，是在敌人的眼皮子底下活动，一举一动稍有不慎都会引起广州官吏的警惕，都会给起义带来不可估量的损失。他在心中默默地为黄兴祝祷，同时，也急切地盼望着黄兴从广州发来的密报。

听到报告声，他急切地喊道："进来！"

来人匆匆地跨进会议室的门，三步并作两步走到赵声面前，把一份电报递到赵声手里说："总指挥！羊城来电。"说完，转身往外走去。

这是黄兴从广州发来的电报。赵声接过电报，扫了一眼。电报上就八个字：省城疫发，儿女勿回。赵声一看，心里一惊，按照他与黄兴约好的联络暗语。这句话是告诉在香港的赵声和胡汉民等人，广州城内发生不利情况，要香港这边的人不要急着赶往广州。这是出师不利呀！先锋们正斗志昂扬地准备出发赴羊城参加战斗，却接到黄兴这封电报。赵声决定暂时封锁消息，仍然按照原出发时间做好随时去广州的准备。

赵声拿着电报，对"省城疫发，儿女勿回"八个字反复看了几遍。他在苦苦地思索，"疫发"指的是什么情况呢？是清军在广州城戒严了，还是发生了其他突发情况？"疫情"究竟严重到什么程度？为什么要我们"勿回"？赵声盯着电报上这八个字苦苦猜想背后的事情。他做了种种的设想：广州到底发生了什么情况？这些情况是否严重到足以改变原来商定的行程，即二十六日、二十七日这两天组织先锋们伪装分批进入广州城，迅速投入原定的二十八日的发难战斗。"儿女勿回"，那二十八日发难战斗还正常进行吗？现在的几百名先锋正在摩拳擦掌地准备离港赴羊城参加起义，先锋们可都已经做好准备，蓄势待发了呀……

赵声在指挥部来回踱步，急促的脚步声在指挥部回响。心内焦急万分的赵声忽然想起了胡汉民，对，听听汉民同志的分析。他拿着电报，走出指挥部，直奔胡汉民的办公室。

胡汉民的办公室里挺热闹。原来，不少先锋领队跑到胡汉民这里来打听消息，先锋队员们都在摩拳擦掌随时准备去广州参战。赵声进来后，把电报递到胡汉民手里，心情沉重地说："黄兴发来的电报，就八个字，一时还弄不清广州城内究竟出了什么不利情况。电报要我们这边暂时不要进广州城，我也弄不清黄兴为什么要改变原定计划。"

胡汉民看了电报，也皱起眉头。几个先锋领队见赵声和胡汉民看了电报都眉头紧锁，识趣地悄悄退了出去。

赵声见胡汉民也不能做出明确判断，建议说："汉民，我看抓紧开个紧急会议商量下一步行动！"

"好！召开紧急会议！"胡汉民把电报递到赵声手里，立即让办公室通知有关人员参加紧急会议。

统筹部领导迅速集中开会。

胡汉民主持会议。他首先宣读了黄兴从广州发来的电报，然后把电报递到赵声手中说："电报虽然只有八个字，核心是要不要按照原计划发难。这里我再重申一下，上次重新确定的起义时间是三月二十八日，今天是二十五日。离发难时间，还有三天。大家说说看法。"

会议室里议论纷纷：

"省城疫发，关键是'疫发'。'疫发'指的是发生了不利于起义的事，什么事呢？"

"敌人戒备更严密了，新军行动不便？"

"出现了其他意外？"

"武器弹药运送出了问题？"

"黄兴带去的'先锋'先遣队被敌人发现了？"

"秘密地点有几十处。有藏武器弹药的，有藏人的，是不是哪一处秘密地点暴露了？"

"儿女勿回。看来是让先锋队员暂停去广州。"

"没有特别情况，黄兴是不会让终止先锋运送工作的。先锋不去广州，起义只能推迟。"

"两军对垒，勇者胜，我们不能退缩。计划不能再推迟了！"

"清廷虽然判断革命党人要起事，但他们不知道我们何时起义，打他们个措手不及！起义计划建议不变。先锋还是按计划出发！"

…………

就在大家说个不停时，胡汉民朝赵声瞅了一眼，说："赵声是这次起义的总指挥，下面由赵声来做决策。"

会议室里静下来。赵声朝大家望了望，摆了摆手说："黄兴的电报就是八个字：省城疫发，儿女勿回。黄兴的这个'哑语'究竟是什么意思？刚才大家发表的意见从不同角度看，都有道理，但现在的问题是举义的日期就在眼前，怎么办？

我根据同志们刚才的讨论，讲点自己的看法，大家再商议商议。"

大家的目光全盯到赵声脸上。赵声与黄兴友谊太深了，他太了解黄兴了。这次去广州一线带先遣队，他硬是争着去，黄兴就是这样一个人，总是把危险留给自己。他发这个电报，无非是发生了一些不利情况，让计划暂缓，怕先锋去了有危险。赵声在心里猜想，"疫情"恐怕没有严重到推迟起义的地步。赵声把手中的电报纸往桌上一放，说："克强电报中讲的'省城疫发'，大家都分析了各种可能发生的事情，我同意大家的分析。我估计，既然'疫发'，肯定出现了不利因素，一定是广州城内敌人戒备更严了，风声更紧了，或者是其他意外，或者是我们的武器弹药运送出了问题，导致敌人更猖狂，更戒备。可是，最关键的一点，至今清廷没有掌握我们举义的具体日期。等到三月二十八日，八百多名先锋在广州城打响第一枪，城外新军一响应，防营一配合，各地军民一起动手，无论敌人防备多么严，我们也有信心将其彻底覆灭。"

大家听得很入神，会议室里鸦雀无声。赵声扫视了一下会场，接着说："同志们，现在广州当局判定我们要起事，尤其是去年的广州起义给当局震动不小，他们害怕！他们如惊弓之鸟，这不奇怪。现在广州的态势是，双方都剑拔弩张，准备拼杀。特别是从全国各地来的先锋，有些甚至是不远万里从国外赶来的，他们就是一个目的，尽快推翻腐败无能的清政府，建立人民大众的国民政府。先锋士气高涨，这个时候推迟起义，岂不等于往沸腾的锅里泼了一瓢冷水。在这种情况下，就要先声夺人，不能迟疑，不能拖延。"

胡汉民带头鼓掌，会议室里响起了经久不息的掌声。赵声脸色严峻，但严峻中充满了必胜的勇气和信念。他朝大家摆摆手，待掌声停后继续说："两军相逢勇者胜。两军对垒，就看谁勇敢了！打仗最忌退缩、犹豫。在此种情况下，不能推迟我们的先锋出发时间。我们必须尽快按照原计划进行，让八百多名先锋队员尽快全部进入广州城内各战斗岗位，确保三月二十八日的起义顺利进行。"

又是一阵热烈的掌声，经赵声与胡汉民反复、慎重地研究和与会人员的赞同，决定广州起义仍然按照原计划执行。

会后，香港起义统筹部派专员紧急赶往广州，将指挥部决议告知黄兴。并望他在广州坚定沉着，了解敌情，分析敌情，大胆谨慎，采取相应对策。三月二十五日起，赵声负责启动送先锋队员坐船进广州。

一切都在顺利进行。广州、香港已经连成一线，第一批先锋登船后，第二批先锋也已做好了出发准备。赵声虽然没有按照黄兴电报中的"儿女勿回"的要求去办，但他相信，黄兴会理解他的。他俩的心情是相通的，都在为广州再举的成功而操劳，形势千变万化，关键在决策。赵声和黄兴之间，没有埋怨，只有信任。

到了三月二十七日晨，离广州起义还有一天。一大早，赵声、胡汉民和留港的几位主要领导在统筹部再次开会。赵声与胡汉民等正在商量今天带领最后一批先锋队员们进广州城的具体事项。到了广州举义的关键时刻了，起义的枪声明天就要打响了，大家紧张地分析、研究广州起义最后的准备工作，每一个细节赵声都认真地听取大家的建议后慎重作出决策。

这时，会议室外传来嘈杂声。有几个人匆匆地往会议室这边走，边走边嚷嚷着要找伯先。赵声隐隐约约听到门外有人喊"伯先"的声音，赶紧转身走出会议室。只见不远处走廊上几个年轻人一边喊着"伯先在哪里？"一边往这边疾步走来。

赵声一看，这几个年轻人好面熟呀！他想起来了，他们不是前几天乘轮船进广州城的先锋队员吗？赵声朝那几个人赶紧招招手："我在这儿。"说完，心里感到很是纳闷。这些进广州城的先锋怎么又回来了，难道……没有等赵声想下去，几个年轻人已来到赵声面前。赵声赶紧把几位先锋队员让进会议室，问："怎么了？你们怎么又回来了？"

胡汉民也迎上来，拉着一位先锋队员的手，奇怪地问："谁让你们回香港的？"

"黄部长！"那几个人显然是赶路走得急，脸上渗出密密匝匝的汗珠，喘着粗气回答道。

赵声示意几位先锋队员坐下来。他望着神情慌张的先锋队员，简直有些不敢相信自己的耳朵，疑惑地重复道："黄兴？副总指挥黄克强？"

"对！是副总指挥黄克强。"几位先锋队员几乎是抢着回答，"黄部长派我们速回香港汇报情况。"

"别急！慢慢说。"胡汉民招呼几位先锋队员喝水。

听说是黄兴派回来汇报情况的，赵声心里稍微安定下来。他朝几位先锋队员摆摆手，示意他们一个一个慢慢说。这两天正为黄兴的八字电报着急呢，先锋一批一批派出去，最后一批拟订今天派出去，起义的日期还剩下一天。这边也派出联络员去了广州，黄兴也及时派回了先锋联络员，果然两个人心连心，想到一块儿了。现在好了，信息对称了。赵声几乎屏住呼吸听。

"是这样的——"一个稍微年长的先锋队员向赵声、胡汉民等人汇报了去广州后的情况。他们到达广州后，迅速到达指定的地点。见到黄部长，黄部长有些惊诧地说："不是让你们不要来广州的吗？"他们赶紧告诉黄兴部长说，香港统筹部接到电报"省城疫发，儿女勿回"后，反复研究，胡汉民、赵声等统筹部的领导开会，由于不知道"疫情"有多严重，大家分析了当前的态势，决定起义日期不变，先锋仍按原计划派往广州潜伏下来集结。

黄兴听了他们的解释后说明了发电报的原因。原来黄兴副总指挥带着先锋先遣队到达广州后，听说从日本运来的最后一批武器要到二十八日，就是起义当天才能运到，没有武器怎么起义？便决定起义推迟一天，到农历三月二十九日举行。同时，黄兴还发现广州城里的敌人戒备甚紧，担心先锋们全部进入广州不安全，于是给总指挥赵声发了八个字的电报。总的想法是让先锋队员们先撤退到城外疏散，或暂回香港，到二十八日或二十九日当天再进广州城，到时给敌人来个出其不意，一举即胜。

另一位年轻的先锋队员插话说："赵总指挥，黄部长派我们赶回香港，让我们一定告诉赵总指挥，千万不要送先锋们进广州城。他说，他还会再发电报给你的。"

听到黄兴派回的先锋队员的汇报，赵声心里有了底。看来黄兴讲的"疫情"并没有那么严重，仅是日本的那一批武器没有运到，但大部分武器弹药早已运到广州城里，敌人戒备甚紧，这也是之前就预料到的。赵声松了一口气，但对黄兴要将起义日期推迟到二十九日，赵声皱起眉头思索起来。推迟一天？这可不是随意的事。过去多次起义失败都是起义的日期因泄密匆匆提前打响，结果起义力量不能整合到一起，造成起义的攻击力分散，最终被当局各个击破而导致失败。现在黄兴带信要推迟一天，推迟或提前这都是起义的大忌。想到这里，赵声着急地再次核实："黄部长让你们告诉我们起义日期推迟一天？"

"对！二十九日举义！"几位先锋队员大声说。

赵声皱起了眉头问："先锋隐蔽，那些已经调集到珠江南岸策应起义的民军呢？"

一位先锋回答道："听说黄兴已经派人通知暂行撤离，以免过早暴露被敌人发现受损失。"

赵声、胡汉民点点头。

那位年长一些的先锋接着说："刚才说的是二十六日我们刚到广州城的情况。今天，广州城又调进巡防军三营，加强戒备。听说是两广总督张鸣岐下令从顺德紧急调来的。陈炯明、胡毅生听到这个消息后，觉得情况严重，也向黄兴副总指挥提出改期或延迟的建议。"

"延期一天？"胡汉民着急地询问，"克强确定是这个意思？"

"黄部长也一时难以决定。他让我们立即赶回香港向赵声总指挥汇报，初定推迟一天，按推迟一天做准备。"又一先锋补充道："黄兴部长担心先锋进城多了容易暴露，仍然要我们这些后续到达广州的先锋迅速分散隐蔽，防止敌人发现后搜捕。"

"都撤回了？"赵声急切地问这位先锋。他感到，由于信息传递不畅，联络不及时，黄兴和自己在起义的指挥上有偏差，但这不能埋怨谁。指挥广州再举毕竟是一项重要的战斗举措，内容极秘密，不能用电话，电报也是密语，这样的确容易造成理解不到位。赵声需要很快镇定下来，根据事态发展，果断、迅速作出决策。

这位先锋说："没有。大家对暂时撤离想不通，有人就不撤离，要与黄兴部长一起共战斗共存亡。有的先锋还闹意见，甚至很不满。"

"谁？"赵声知道先锋们的战斗激情很高，着急地问道。

"喻培伦、林文还有几个先锋队员。他们找到黄副总指挥说，现在形势紧急，有进无退，万无缓期之理，不同意延期。这几个同志对黄副总指挥说得真是披肝沥胆啊！他们说，海外华侨花这么多钱，全国各地以及南洋、日本那么多同志不远万里赶来，怎么能在举义之前延期，延期只怕延到停止，不能举义岂不成了一场大骗局，何以向捐款捐物的爱国人士交代。革命总是要冒险的，何况我们这次做了如此充分的准备呢！即使失败，也可用我们的牺牲来唤醒民众的啊！"

"喻培伦，就是试验制作炸弹负伤的那位？"赵声接着问。

先锋回答："对！就是他！喻培伦最坚定，他说就是大家都走了，剩下他一个也要丢完炸弹再撤。生死成败，在所不计，义无反顾，决心不移！"

赵声听了深受感动："多么勇敢无畏！真是个一往无前的猛士！"赵声心里为有这样的先锋队员而自豪。

胡汉民招呼大家喝水说："累了，大家喝点水。既然回来了，抓紧时间休息，随时做好再出发的准备。"

赵声碰了碰胡汉民的胳膊说："汉民，我看克强既已决定推迟到二十九日，我们就做二十九日的准备。有新情况再发电报与克强联系。另外，再派联络员立即去广州向黄兴通报，同意延期一天起义。"赵声根据从广州回到香港的先锋们汇报的情况，面对实际情况进行调整，原定今天派往广州的先锋队员暂缓进广州，随时待命。

又是一个不眠之夜。天麻麻亮，赵声起床后，草草洗漱便赶往统筹部。从驻地到统筹部不到十里路，赵声快马加鞭，嗒嗒的马蹄声伴着树梢上鸟儿的鸣叫声打破了清晨的宁静。凉凉的海风吹到脸上，轻轻地拂去了赵声额头上、脸腮上的汗珠。

　　不一会儿，赵声来到统筹部的会议室。

六十九、羊城枪炮声

赵声跨进统筹部会议室大门，一眼就看到胡汉民，还有不少同志都已来到这里。今天是农历三月二十八日，这是原定广州起义的日子。现在起义日期延至二十九日，看来胡汉民和统筹部的同志也都是彻夜未眠，早早地来到会议室等待广州的消息。

赵声是个急性子，他知道此时在广州城里的黄兴一定更加紧张。那里的情况千变万化，赵声为黄兴捏了一把汗，也为即将打响的起义第一枪抓紧运筹准备。推迟一天，他从心里理解远在广州城里的黄兴副总指挥。现在，必须耐着性子再等一天。香港的先锋们都已做好准备，随时准备出发奔赴广州城。要按赵声的性子，他昨天就去广州与黄兴会合了，他想为黄兴分分肩上的担子。但黄兴说得对，自己是总指挥，不能过早暴露。再说现在香港待命的几百名先锋要他统领，要他指挥。要知道这些先锋里面有许多都是赵声同生死共患难的弟兄，其中还有自己的两个弟弟，一个妹妹。

虽是冬天，亮晃晃的太阳射进会议室，会议室里暖洋洋的。大家都在等克强从广州发来的电报。虽然起义日期一再延期，但此时此刻离延期至二十九日还剩下一天。先锋们都摩拳擦掌，等待克强从广州发来的出发号令。

这时，一位统筹部的同志提着一只菜篮子进到会议室，轻轻地往桌上一放，一股浓烈的香气在会议室里弥漫开来。这一刻，赵声、胡汉民等才猛然想起来，已近中午了，早饭还没有吃呢。菜篮子里烧饼的香气把大家吸引住了。赵声带头拿起一个圆圆的香气扑鼻的烧饼，张开嘴咬了一大口，边嚼边招呼大家："刚出炉的烧饼，好香呀！"

大家纷纷从篮子里拿起烧饼，狼吞虎咽地嚼起来。会议室里刚才沉闷紧张的气氛消失了。人是铁饭是钢，赵声边嚼烧饼边问负责后勤保障的同志："给先锋队员的烧饼准备好了没有？"

负责后勤保障的同志大声说："两千个烧饼刚才已经拿回来了！现在吃的是

给大家今天准备的六十个烧饼。"

"好！好！"赵声满意地点了点头。

大家都在焦急地等电报。

太阳已经西斜，阳光淡淡的，会议室里渐渐地暗下来。远处海上的轮船的汽笛声不时传过来，大家听起来有些揪心。

天完全黑下来。

会议室里的电灯亮了。

赵声、胡汉民在会议室里来回地踱着步子，赵声不时朝墙壁上的挂钟瞄上几眼。快7点了，仍然一点消息没有。

赵声心里急得发慌。

8点了。

9点了。

赵声知道，香港开往广州的夜班船每小时一班。夜晚10点是最后一班轮船。超过10点，只能乘第二天早上7点的早班船了。赵声为了送先锋去广州，专门详细掌握了香港开往广州轮船的班次。在香港的广州人有白天忙生意，晚上乘船往返的习惯，香港开往广州的轮船晚上的班次多一些。有时旅客多了，还会增加班次。要是赶不上今天的晚班船，明天上午这么多先锋一时半会儿走不了。这样一来，岂不耽误了举义的大事。

赵声在焦急地踱步，脚步声越来越急促，胡汉民也在踱着步，大家都不说话。

会议室里出奇地静。

快到9点半时，谭人凤手里拿着一份电报边喊边进了会议室。

赵声、胡汉民几乎朝谭人凤冲过去，会议室里的气氛一下子活跃起来。

"伯先！汉民！克强的电报。"谭人凤不知是激动还是一种终于等到了的兴奋，急促地对赵声和胡汉民说着，把电报递到赵声手中。从早上到现在，谭人凤已经跑了电报局四趟。终于等到了，他能不激动吗！这封电报，关系到先锋能不能按时登船到达广州，能不能与黄兴会合，参加二十九日广州起义的大事。

"克强的消息终于来了！怎么讲？"赵声迫不及待地从谭人凤手里接过电报。

赵声目光在电报纸上迅速地扫了一眼。电报上九个字"母病稍痊，须购通草来"让赵声兴奋起来。他读懂了黄兴电报的暗语。看来，黄兴那边还是顺利的，他让香港的先锋队员赶快登船进广州。

先锋领队们听到登船进广州城的消息，欢呼着蹦跳起来。

"怎么，又这样急了。"赵声也对即将率领先锋队员们奔向广州十分高兴，这么长时间蓄积的力量就要像溃堤的洪水一样暴发了，但赵声在心中提醒自己要冷静。

他跟胡汉民商量了几句，立即高声下达命令："各位先锋领队，马上通知全体先锋队员，登船出发！"

下达完集中出发的命令，赵声突然想起香港开往广州城的轮船夜航班最后一班是10点，现在已经是9点半了。赵声、胡汉民、谭人凤几乎是不约而同地抬头看墙上的壁钟。

谭人凤焦急地说："快10点了！夜班船快开了。"

胡汉民把目光从壁钟上移到赵声脸上，急得两手直搓："伯先，怎么办啊！明天大举，先锋今天走不了呀！"

"唉！"赵声长叹一口气。他知道香港开往广州的最后一班夜船是晚上10点离开码头，心中充满遗憾。仅仅迟了半小时，黄兴的电报要是早发半小时，那该多好！此刻，我们的先锋队员们已经全部坐在船舱里了。

赵声是总指挥，他提醒自己这个时候不能乱，必须镇静。赵声迅速将思路调整过来，他知道黄兴在广州前线很不容易。广州城里的情况瞬息万变，何时发电报来香港，黄兴只能根据当时情况来决定。现在只有迅速调整，尽快安排先锋进广州城配合黄兴。赵声朝大家挥挥手："现在只能明天早班船进广州。"

谭人凤着急地提醒说："早班船只有一艘，晚班船一个班好几艘一起开。"

"我们必须一起上早班船赶往广州，总不能一部分人上早班客轮，另一部分人坐晚班船吧？"赵声想着二十九日，也就是明天的举义。今天的晚班船没能赶上，明天的早班船一定得赶上，而且必须全部上早班船，这样才能支援黄兴，汇聚力量，确保举义成功。

胡汉民手一摆着急地说："伯先，全部乘早班船也坐不下呀！7点一班，9点一班，上午的班次少。"胡汉民焦急地望望谭人凤，又瞅瞅赵声说，"伯先，目前留在香港未走的先锋队员，还有昨天又回港的，加起来共计五百余人呢，全上早班船，分两班船也坐不下。再说，这么多人全部坐早上的两班船，太引人注目了，到了广州也不方便上岸。而且这几天码头上查得特别严，如果全被堵在船上，那就麻烦更大，损失更大了！"

"我们暗藏有武器，到广州码头如果被发现，就开火冲上岸去！"赵声想采取集中全部力量挤上早班船到广州，如被发现遇阻就采取进攻的方法。

谭人凤一听连连摆手："伯先，这不行，绝对不行。那你就不能进城与黄兴按计划分路进攻了。再说，你这样在码头开火就会过早地暴露自己，甚至暴露整

478

个起义计划。"谭人凤劝阻赵声说。

"我看这样，早班船有两班，先锋队员先走一部分，赶去与黄兴会合，其余大部分先锋队员乘晚班船。晚班船班次多，先锋队员分散到各船不显眼。"胡汉民想了想提议说。

赵声思索片刻，点头说："那好！我与乘早班船的先锋队员一起出发，你们带乘晚班船的先锋队员赶过来。"

谭人凤急了，拉住赵声的手说："伯先，你的这张脸广州认识的人太多，你一出现会马上引起张鸣岐爪牙们警惕的。再说你是总指挥，暴露过早会误事，你得乘晚班船走。"

"我的意思也是这样。伯先，人凤说得对！要考虑整个大举顺利进行啊！"胡汉民讲得言辞恳切，语气严肃。

赵声沉默了好一会儿，认真想了想。他觉得汉民、人凤说得有道理。自己这张脸，广州当局的官吏们太熟悉了，自己的命无所谓，但自己是这次广州举义的总指挥，保证起义开局顺利是关键。赵声朝胡汉民、谭人凤点头说："你们二人说得有道理，我服从大家的意见！只是这样，我就不能尽早投入二十九日广州大举的战斗中了，只能争取后续支援！"

"伯先、汉民，要赶快发报给克强，让他等我们到达，三十日大举。"谭人凤朝赵声、汉民面前跨了一步，语气坚定地请缨，"我随早班船带先锋们去广州找克强，通知他稍缓一下，等待大批先锋到达。"

"胡子，那就辛苦你了！"赵声拉住谭人凤的手，胡汉民也伸出双手，紧紧压在谭人凤和赵声的手上，三双手不停地晃动，一起说："祝成功！"

一波三折。赵声又度过一个不眠之夜。起义的日期一推再推，赵声心里虽有些担忧和不安，但想到黄兴从广州发来的电报总算允许先锋奔赴广州，这说明目前广州的形势总的还是有利于起义的。关键是先锋队员未能赶上香港至广州的晚班客轮，又耽误了时间。现在只能双管齐下，发去电报通知黄兴起义日期延至三十日；另外，谭人凤乘早班轮船赶去广州，当面通知黄兴起义稍缓。

时间已经到了三月二十九日（4月27日），这是原定广州起义大举的日子。现在因班船耽搁，先锋队员不能按时到达，又要延期至三十日。赵声着急地搓着手掌，直叹息：一波三折！一波三折！

夜色降临。

香港的码头上停靠着几艘开往广州的客轮。码头一片灯火，海面上的波浪翻涌着，在灯光映照下，泛起熠熠的光亮。海风一阵一阵地吹过来，带来一丝丝怡人的凉气。外海上大轮船的汽笛声一声一声地传过来。乘客们沿着长长的栈桥，陆陆续续地往客轮的舷梯走过去。赵声夹在熙熙攘攘的乘客中间，虽然一阵阵凉气袭来，但他的额头上仍然渗出了汗珠。他一边往前走，一边东张张，西望望。他知道，这些熙熙攘攘的人群中不少都是参加广州大举的先锋队员。这些先锋队员化装成工人、农民、商人模样，他们按照赵声预先编排好的小组，分别登上了各艘夜班去广州的轮船，几艘船上的头等舱里也几乎全是革命党人。出发前，赵声又向大家做了布置，并做了战前动员。大家都感觉使命在肩，都有一种参加大举的兴奋、激动和紧张。因为怕暴露目标，大家都默默地坐在自己的座位上，沉默不语。偶有人跟紧靠自己的同志低声交谈几句。

船上，许多人在抽烟，船舱里烟雾缭绕，弥漫着一股呛人的烟味。

汽笛声声。

轮船一艘跟着一艘鸣着汽笛起航了，船舱轮机的轰鸣声伴着哗哗哗的浪涛声在茫茫夜色中向广州方向驶去。

赵声、胡汉民、宋教仁都坐在同一艘船的头等舱里。三个人都默默地坐着，目光盯着窗外茫茫的夜色。此时此刻，每个人都在沉思着。赵声坐在靠舷窗边，他的脑海里，思绪像大海的波浪一样翻滚着：黄兴收到延期到三十日的电报没有？谭人凤乘的早班船，不知是否已到达广州找到黄兴？黄兴是否就起义日期已做重新安排？能不能等到我们一起进广州城？城里的敌人是否又调进了什么部队？除还在途中的我们，已先进广州的那几路人马是否已全部在指定地点集中？十路进攻路线是否已派人做过现场勘察？还有，起义所用的标识是否已经准备齐全？是否发放到位？不知道还有什么意想不到的事情会发生……

谁也没有睡意。夜航轮船蒸汽机的轰鸣声在夜晚显得更为刺耳，让人听了特别烦躁不安。头等舱内，革命党人低声交谈，大家都保持着随时随地进行战斗的状态。

从舷窗往外望过去，远处海上的地平线泛起了鱼肚白。赵声知道，那里是东方，是不久后太阳升起的地方。赵声紧紧地盯着东方的地平线，他在企盼着一轮火红的太阳从东方升起来。

东方地平线上渐渐地泛起了红光，太阳还没有冒出地平线，轮船已经放缓了航速，驶入黄埔附近的珠江江面上。这里赵声再熟悉不过了，他曾在黄埔陆军小学堂任监督，黄埔陆军小学堂在长洲岛上。他在长洲岛上生活了好长一段日子，这里的树木和岛屿他太熟悉了。长洲岛位于珠江下游，是南北河道分支河流冲积而成的岛屿，与洪圣沙、大吉沙、白兔沙、鳌鱼沙排成雁行形，是外船进入广州的必经之处。从海上驶往广州的轮船到了黄埔地段就离码头不远了。赵声望着舷窗外黎明前的夜色，他知道，再过一会儿，广州城的城楼就可在黎明中渐渐由黑黢黢一片显现出朦胧的巍峨了。

黎明前的夜静悄悄的，只听见轮船破浪前行发出的啪啪的声响。

这时，赵声警觉起来，他屏住呼吸，隐约听见广州城方向传来一阵稀稀落落的枪声。他不敢相信自己的耳朵，快步走出船舱，来到船舷边屏住呼吸仔细地听。凭经验，他听出来了，的确是枪声，不时传来的枪声中还夹着一两声炮响。

赵声急了，迅速走进船舱，拉住宋教仁、胡汉民的手来到船舷旁。他轻声地提醒宋教仁、胡汉民屏息听听，两人都听出来了，是广州城方向传来的枪炮声。三人几乎同时惊讶地说："会不会……"

六十九、羊城枪炮声

七十、战友相逢无语

赵声、胡汉民、宋教仁大吃一惊，站在舷窗旁，目光全都注视着广州城方向，三个人的心里都打起了一个大大的问号。

天渐渐地亮了，海面上起风了，海浪一浪一浪涌过来，一群一群的海鸥在波浪上自由自在地飞翔。三人都看到轮船边驶过好几艘兵舰，兵舰往广州城方向快速地驶过去。

枪炮声不时从广州城方向传过来，有时枪声还很密集。赵声紧张起来，他对胡汉民、宋教仁说："广州城中肯定有情况。"

胡汉民、宋教仁也意识到这一点，只是没有说出口。现在赵声一点破，两人朝赵声点点头。

赵声低头沉思，他是总指挥，他知道自己肩上的担子。这次广州起义一旦失误，大半年的心血，海外华侨的期盼、劳苦大众的期盼、中山先生的期盼就要落空，战友们的英勇牺牲、过去的血就白白地流了。轮船鸣响了快要到码头的三声长笛，广州城快到了，枪炮声听得清晰起来。赵声心里清楚，目前广州城内先锋队员人数不多，如黄兴已带领先期到达广州的先锋队员急促起事，那麻烦就大了。少部分先锋队员力量肯定不够，我们必须迅速上岸赶去支援。想到这里，赵声对胡汉民、宋教仁语气果断地说："通知各路先锋队员做好战斗准备，船一靠岸，立即制造混乱，快速登岸。各先锋队员上岸后，迅速按照原定行动方案进行攻击。动作要快！要迅速！"

胡汉民、宋教仁点点头，迅速分头行动起来。赵声的命令传达到各船各路先锋队。各路先锋队接到命令后，迅速进入戒备状态。先锋队员们心情激动，即将投入战斗，个个摩拳擦掌，恨不能从船上一步跨上岸去。

天已经亮了，东方天空厚厚的云层把刚刚从海平面上冒出来的太阳遮得无影无踪。海风劲吹，海鸥飞翔。

过了一会儿，广州城里传过来的枪炮声变得时断时续，隐隐约约。此时，赵声的心里像挂上了一块磨盘，广州城里肯定发生了情况，但究竟是什么情况呢？他不清楚。他在为自己的亲密战友、副总指挥黄兴担心，万一……他没有想下去，心里已做了最坏的打算。

轮船在长长低闷的笛声中缓缓地向码头靠近。赵声站在甲板上，目光四处警惕地张望。今天是农历三月三十日，通知黄兴缓一日举行广州起义。但赵声心里没有底，他不知道黄兴有没有接到电报，不知道黄兴有没有按照总部决定缓迟一天举义。广州城内形势紧张，情况瞬息万变，起义究竟有没有必要提前打响，这也是黄兴难以控制的。听远处传来的时断时续的枪炮声，恐怕昨天黄兴已经被迫打响了这次广州起义的第一枪。

赵声的目光注视到码头上，他知道猜测无济于事，只能快速上岸了解情况。

广州城外的轮船码头十分繁忙，早上到达的轮船先后靠岸。混杂在船上的先锋队员和旅客们你挤我拥，推推搡搡，吵吵闹闹，在一片难以制止的拥挤、混乱、喊叫声中，陆续从长长的栈桥走上岸。赵声朝码头方向仔细扫视，没有看到任何异常情况，稍微松了一口气。等最后一艘轮船靠岸，目视着船上最后一批先锋队员争先恐后地上岸后，这才走下轮船，沿着栈桥，几乎是一路小跑往岸上走过去。

他边跑边长长地舒了一口气，全体队员顺利登岸，战斗力量齐集了。他在船上最担心敌人会在码头设伏，阻止先锋队员登岸。如果把这五百多名先锋队员堵在船上，那后果就不堪设想了。

赵声朝大家挥挥手，示意大家迅速按组集结，同时命令手下几名侦察员前往广州城门附近去打探，以最快的速度了解目前广州城里的情况。

几名侦察员全是身强力壮的小伙子，接到赵声命令后，立即飞奔而去。

这时，宋教仁、胡汉民来到赵声面前，三人简单商量一下，迅速到各先锋队去了。

赵声随着一部分先锋队员来到江岸马路边一片小竹林。路边的推车小吃摊子很多，卖米线的，卖烧饼油条的，还有卖茶叶蛋的，伴着一阵阵吆喝声飘来一阵阵香味。赵声装作买东西的样子，在小吃摊前晃悠，他听到了摊主和食客们紧张的议论：

"听到枪声了吗？"

"听到了。稀稀拉拉地响了一夜。"

"出大事了！"

"出什么大事？"

"昨晚广州城里闹翻天了！"

"革命党在城里起事了！"

"死了不少人。"

"死了多少人？"

"黑灯瞎火，谁去看呀！"

"听说，两广总督署衙都被烧了。当时，那火光烧红了半个天空。"

"两广总督张鸣岐吓得裤子尿湿了一大片。"

"烧死了？"

"没有。"

"被革命党人抓住了？"

"也没有。翻墙头跑了！"

"打了一夜啊！"

"现在好像平息了。"

"现在广州城里全是官兵，到处搜捕抓人呢！"

"那怎么办？我们能进城吗？"

"进城？广州城四个城门紧闭，不许进，更不许出！"

…………

赵声愣在那里，果然出事了。黄兴肯定是昨天提前动手了。这时打探情况的侦察员陆续回来了，把赵声往竹林里拉了拉，嘴里喘着粗气说："城里出事了，但战斗已经结束，城门紧闭不能进，到处是清军把守、巡查。警察拿着照片抓人，我们进不了城。"

"克强已经起事了？"赵声听了侦察员的报告，心里悬起了一块石头。他最担心克强的安全，脱口问道："警察手里的照片是不是克强？"

"看不清。"侦察员还在喘着粗气。

赵声最害怕、最不愿意出现的事还是发生了。他知道，仅靠广州城里现有的力量是单薄的。黄兴匆匆举义，肯定有原因。现在已经容不得赵声多想，眼前最紧要的事是如何保证刚刚已经登岸的数百人不被发现。这五百多名先锋可是起义的中坚力量，这股力量必须保存下来，只要有了这股力量，将来就会东山再起，就会再次打响推翻清廷的战斗。

赵声赶紧朝胡汉民招了招手，胡汉民走到赵声跟前。赵声心情沉重地把听到的老百姓议论和侦察员汇报的情况告诉胡汉民，提议道："汉民，现在进不了城，我们带来的这批先锋必须迅速散开隐蔽待命。"

"对！这是中坚力量，是革命的种子！千万不能暴露。"胡汉民连连点头。

赵声让传令人员迅速下达了分散待命的命令，然后心事重重地对汉民说："克强他们……"

"克强他们凶多吉少，这次仓促起义肯定又失败了！"胡汉民说着，一脸的沉重。

"我要弄清城里究竟发生了什么情况。"赵声沉思了一下，语气沉缓地对汉民说，"必须打探清楚，克强现在究竟怎么样了。你在这里，我去河南民军机关那里去问问情况。"

这时，站在胡汉民身边的一个人插话："赵总指挥，听说民军已被黄兴命令撤离了！你不用去了！"

赵声闻言，脸色沉重地对胡汉民说："唉！事情怎么会是这样呢？汉民，你带先锋队员赶紧分散撤回香港。"

胡汉民点点头："唉！只能这样了！保存实力，再等时机。"

赵声朝天空仰望着，心情沉痛，不愿接受这残酷的现实，他朝前走了两步，不住叹气发问："我们失败了？我们就这样失败了？"

这时，不远处传来喊声。赵声循声一看，是有人在喊庄六如。庄六如是先期来到广州城的先锋队员。赵声很熟悉庄六如，他一定知道黄兴的消息。赵声放开嗓门喊道："庄六如！庄六如在哪里？"

话音刚落，庄六如已经来到赵声面前。庄六如急促地喘着气："赵总指挥！我在这里！"

"庄六如！"赵声摆摆手，示意他不急，然后把庄六如拽进竹林深处问，"见到克强没有？见到克强了？"

"克强已经从城里出来了。"庄六如急切地答。

"现在在哪儿？"赵声有些迫不及待。

"克强已经撤到了河南民军机关。"庄六如平复了一下气息说。

得到黄兴安全到达河南民军机关据点的消息，赵声松了一口气。他侧身朝胡汉民说："汉民，就这样定了，你们赶快分散回香港，千万别让先锋队再遭受损失了！"赵声坚定地对胡汉民说道，"我去找克强！"

胡汉民转身朝码头走过去，刚走两步，又停住步子，扭头朝赵声摆摆手："多保重！多保重呀！"

胡汉民此刻的心情是复杂的，他想和赵声争着去河南民军机关与克强会合。但此时的广州，城里城外一片恐怖，革命党人时刻都处在危险之中。在这个危险时刻，赵声不顾个人安危，只想尽快与黄兴会合，掌握起义的动态，把损失减轻到最小的程度，赵声这是把自己的生死置之度外呀。这个时候如果让赵声带先锋队员回香港，赵声肯定不答应。赵声就是这么一个人，危险总是留给自己。当初与黄兴争着赴广州指挥先遣队，要不是几个人劝他以大局为重，硬要求他这个总指挥留在香港，恐怕黄兴也争不过他。

胡汉民一步三回头，忧心忡忡地往码头走过去，迅速投入指挥先锋队员分散撤回香港的无声无息的战斗中。

随后，赵声带着几个得力先锋队员，沿着珠江边上的小路，大步往河南民军机关秘密据点急奔而去。

七十一、赵声自责

　　庄六如伴在赵声左右，领着赵声飞快地往河南民军机关据点方向奔去。河南民军机关是之前民军机关指挥部，昨日，黄兴仓促打响了再举的枪声，终因寡不敌众，急令民军机关撤离了。庄六如边走边向赵声汇报："河南民军机关在珠江的南岸，这里山峦起伏，村庄里前后都是竹林，路边的树木也长得十分繁茂，这里很适合隐蔽。当时，黄兴来民军机关查看时，就留了一个心眼，在一片竹林中寻了一处民宅，租了下来，作为急需之用。昨日再举失败后，黄兴化装连夜逃出广州城，这里成了黄兴在城外的避难暂歇地。"

　　"安全吗？"赵声急切地说，"这里毕竟是民军机关所在地，当局会摸过来的。"

　　"没事！那处民宅没有几个人知道。而且，民宅在竹林深处，离民军机关尚有一段距离，大路上也看不到，赵总指挥，你放心！"庄六如十分自信地说。

　　赵声听到庄六如的回答，心放了下来，步子加快了。

　　广州的天气暖和，路边、山峦树木一片初春的景色。虽然山坡上大部分的树叶都渐渐地黄了，随着山风吹拂，树叶打着旋飘到路面上，但飘落了树叶的树干上又冒出了新芽，有些树上还长着茂密嫩绿的树叶。山冈上不时会出现一两棵红枫，枫叶火红火红的，像一团火。天空中黑云白云杂在一起，悠悠地飘浮着。路边不时会出现一个不大不小的池塘，池塘里的荷叶早已枯萎了，塘边有一两户人家，住宅被茂密的竹林环绕着，只见到炊烟袅袅。赵声无心观赏路边的景色，他急切想见到黄兴。庄六如在身旁紧跟着赵声往那处民宅奔去。

　　行进中，赵声迫切地向庄六如了解黄兴提前举义所发生的一切，庄六如把自己知道的情况告诉了赵声。赵声大致弄清楚了二十九日发生在广州城里的革命党人举行起义的大致经过：

　　黄兴从香港到达广州后，迅速安置好先锋先遣部队队员，建立了临时指挥机关，黄兴把指挥部设在靠近总督署衙不远的地方——小东营 5 号。到达广州的第二天，黄兴就迅速了解各方起义准备情况。当得知日本运来的枪支弹药要到二十八日才能到达的消息后，他临时决定起义延缓一日，即定在三月二十九日发难起事。同时给香港赵声发去八字电报"省城疫发，儿女勿回"。二十七日，又得悉刚调进广州城的巡防三营加强了广州防务。当时，在指挥部开会的胡毅生、陈炯明等比较惊慌，要求黄兴再延期举义。黄兴十分犹豫，他知道这次广州再次举义是全党同志全力以赴的结果。准备大半年了，日本、南洋及全国各地先锋队员抛妻别子，辞父离母、弃学去业，不远千里而来，都是为了一个目标：参加这次广州武装起义，推翻清廷统治。目前形势虽然危急，但是绝对不能畏缩不前，导致前功尽弃。黄兴考虑到起义用的军火大部分已经运进城里，也无法再运出去，如果现在再把起义时间往后拖延，各方联络沟通十分困难，万一暴露，就完全有可能连人带军火全部陷入敌人魔掌，到那时我们革命党人如何面对天下？如何面对从各地赶来参加武装起义的先锋同志们？三月二十八日，姚雨平和陈炯明向黄兴报告了一个好消息，说顺德调来的巡防营军官中大部分都是自己同志，现停靠在天字码头待命，等待时机起事。就在这时，黄兴还接到一个报告，说巡警教练所二百余名学员决心参加起义，枪弹也很充足，这些消息给了黄兴更大的信心，黄兴认为有这么多人里应外合，举义一定会成功，于是决定举义日期不变，仍在农历三月二十九日起事。随即，黄兴命令发电催促香港先锋队员尽快赶到广州。这就是赵声收到的黄兴从广州发往香港的第二封电报：母病稍痊，须购通草来。

听完庄六如的话，赵声明白了黄兴两封电报的来龙去脉。他心里暗暗地敬佩黄兴，黄兴在广州，形势千变万化，做出决策不容易，不容易啊！此刻，赵声恨不得一步跨到黄兴面前，他不停地催问庄六如："六如，还有多远？"

"不远了。"庄六如理解赵声此时的心情，他顺手朝不远处的一片郁郁葱葱的竹林一指，"最多一里地。"

赵声一行加快了步子，由庄六如带路，很快来到黄兴逃出城后暂时避难的那处民宅。庄六如走到门口，刚敲了三下门，就迫不及待地大声喊："克强，克强！"

"谁呀？"门里传来警惕的应答声。

"六如！克强，你看谁来了？"庄六如又挥起拳头在门上咚咚咚地擂了三下。

赵声一边打量着四周，一边等着开门。

门"吱呀"一声开了。门开处，兀然站立着的是手上缠着绷带的黄兴，黄兴身边，站着和他一起逃出广州城的朱执信。

此时此刻此地，黄兴、赵声两位生死战友重逢，四目相对，一时竟然默默无语。

四周全是密密匝匝的竹林，风吹着竹枝竹叶发出低沉的呜呜声。天空的云层变得越来越厚，越来越低。竹林上空偶尔飞过一两只鸟雀发出吱吱吱的叫声。

太阳早已躲到了云层里，大地昏沉沉的一片。

赵声、黄兴久久对视着。良久，两人同时喊出：

"克强！"

"伯先！"

接着，赵声跨前一步，扑到黄兴身上，两人紧紧地相拥在一起，低沉的哭泣声随着西北风传到竹林里，传到山峦外，传到珠江两岸，传向祖国大地山山水水遥远的地方。二人心中的痛楚无法用语言来表达，二人都怀抱一腔为劳苦大众奋斗的大志，不惜舍小家，不怕抛头颅、洒热血，一生始终不懈地奋斗着，二人都有一股推翻清朝统治坚忍的意志。失败了，不怕，继续战斗，在孙中山先生的直接领导下，一次一次举行武装起义，一次一次失败，但始终坚持着。这次广州举义又失败了，心中的痛苦是常人难以想象的。

默默无语。

相拥相抱。

抱头而泣。

此情此景，让人无不动容。

站在一旁的庄六如、朱执信轻声地劝慰道："黄总指挥，赵总指挥，外面冷，进屋慢慢说吧！"

俩人克制住无声的哽咽。

突然，赵声松开手，一只手紧紧地捂着胸口。他感到胸中积郁难受，刚往前跨了一小步，又停了下来，额头上渗出一层密密匝匝的汗珠。

黄兴一见慌了，连忙伸出手扶住赵声的腰，关切地问："伯先，你怎么啦？"

赵声又往前跨了一步，正要说话，张了张嘴，没有说出一个字，随口喷出一口鲜血，身体微微地倾斜，瞬间昏厥过去。

黄兴、庄六如、朱执信眼疾手快，迅速扶住昏过去的赵声，急切地喊道："伯先！伯先！你怎么啦？"

随后，三人手忙脚乱地把赵声扶进房间的床上。赵声平躺在床上，脸色蜡黄蜡黄的，一点血色也没有。大家都知道，这大半年来，赵声为这次起义做准备操碎了心。多少个不眠之夜，多少艰难困苦他都克服了，他和同志们都企盼着这一天。当这一天来临时，迎接他的竟然是这样一个不愿看到的局面。又失败了，赵声的心也是肉长的，他承受的已经不是常人所能承受的打击了。

在黄兴的招呼下，大家赶紧打来热水给赵声擦脸，进行简易急救。黄兴端起一张杌子，坐在床边，右手不停地轻轻地掐着赵声的人中穴位。不一会儿，赵声喘了一口气，眉头往上一皱，眼皮微微地睁开来。他感觉自己浑身没力，吃惊地问黄兴："我刚才怎么啦？"

见赵声醒了过来，大家松了一口气。黄兴按住赵声的手，轻声地说："你太累了，老弟！"

黄兴站起身，朝庄六如招招手"六如，你去打一碗稀粥过来。伯先坐了一夜船，又火急火燎地从码头往这儿赶，急火攻心吐血了，需要休息，需要吃点东西。"

庄六如一听，赶紧走出房间，朝厨房疾步而去。

赵声一听，赶紧摇摇手说："别麻烦，在轮船上吃了饼子了。"说完，赵声试着用手撑着床坐起来。

赵声挣扎着从床上坐起来，对黄兴自责道："克强兄，我来迟了！我有责任！"

"别说了！我有责任。"黄兴边叹气边自责不已。

突然，赵声从腰间拔出枪，举了起来，把枪口对着自己的脑门，欲擎枪自裁。

大家被赵声的举动惊呆了，但瞬间反应过来。黄兴眼疾手快，一把抢过赵声手中的枪说："伯先，你这是干什么？"

"我没有及时赶到呀！上岸后才知道战斗已经结束了。我好悔呀！我有责任！我是总指挥呀！"赵声不停地用手砸床铺，自责感让他不能自拔。

黄兴也自责不已："起义延期，又无法及时沟通。都怪我，没有等到你来再举义。"黄兴懊悔不及，"仓促改期，起义大忌，我有责任呀！"

朱执信在一旁劝赵声和黄兴："前线形势千变万化，克强你也别自责，灵活处置是必要的。伯先虽然已经接到电报，但早上香港至广州航班少，先锋队员又不能全部乘早班船，只能分散大部分人员坐晚班船。客观原因，伯先你也没有错呀。"说话间，庄六如端了一碗热气腾腾的稀粥走进房间。朱执信接过粥碗对赵声说："你一夜奔波，先喝些热粥！身子要紧呀！"

黄兴抢过朱执信的粥碗，舀了一勺子粥喂到赵声嘴里说："伯先弟，留得青山在，不怕没柴烧！反清斗争还没有结束呢！继续战斗！继续举义！"

"继续举义！"赵声咽下黄兴喂进嘴里的粥，忽地爬起来，下了床，跺了跺脚，从黄兴手里接过粥碗，呼呼啦啦一口气喝完，把空碗递给庄六如，精神振奋起来说，"克强、执信，对不起呀！刚才冲动了。克强，你先把昨天举义情况说说。"

黄兴拉过一张椅子，示意赵声坐下，然后又吩咐朱执信给赵声倒了一杯热水，自己往杌子上一坐，心情沉重地介绍起战斗的经过。

黄兴介绍说："伯先，三月二十九日，香港先锋到了一部分，你率领的大部队未到的情况我清楚。但因为广州形势紧急，当局戒备很严，本来我很犹豫，是等你率先锋赶到起义，还是迅即起义？正在这时，偏偏传来不少好消息：顺德调来的巡防营在天字码头欲乘机起事；巡警教所的二百多名学生也决心举义，且枪弹充足。我承认，当时被这些好消息冲昏了头脑，一冲动，心想有这么多力量，可以里应外合，于是就决定在三月二十九日打响举义的第一枪。"说到这里，黄兴顿了顿继续说道，"三月二十九日，我调整了布置，将原定十路进军计划改为四路。我率一路攻打总督衙门；姚雨平率一路攻小北门，占飞来庙，迎接新军和防营入城；陈炯明率一队攻巡警教练所；胡毅生率一队守南大门。但这个布置并没有得到全面执行，胡毅生、陈炯明等认为清军已有防范，提议改期。姚雨平赞成我的意见，但要求指挥部发给枪支五百支以上。"

"原定兵分十路，由于大部队未到，你只好兵分四路。"赵声一边插话，一边叹气，语气中充满了遗憾，"十路攻击，最后只有黄兴你一路攻击了，这真难为你了！"

"克强意志坚定，把生死置之度外，率一路军勇敢地攻打总督署衙。"朱执信插话，语气中充满了对黄兴的敬佩之情。

"伯先，克强早做好献身准备。"朱执信继续对赵声说，"二十九日清晨，克强给他的南洋朋友寄出了一封绝笔信。信中有这样一句话：'今日当驰赴阵地，誓身先士卒，努力杀贼，书此以当绝笔。'"

接着，朱执信接过黄兴的话题，介绍起黄兴率队攻打两广总督署的战斗情况。他说：三月二十九日下午二时，黄兴等一百三十多名革命党人陆续赶到小东营5号起义指挥部集中。小东营5号离两广总督署不足一里，大家一个个都是抱着为革命赴难万死不辞的决心。虽当时也有人提出延期，在喻培伦、林文等人激励下，大家决定无论如何也要按期发难。下午4点，从香港乘早班船的谭人凤也率队赶到，谭人凤及时传达了赵声你的意思。但此时此地此情此景已经容不得黄兴再延期一天，只能在当时发难。当时，先锋们已经整装待发，起义已成箭在弦上，不得不发之势。若再一次改变时间，形势将变得更加复杂、被动，而且此时城内清吏开始大肆搜捕，起义随时面临流产危险。当时，黄副总指挥已经急红了眼，不想就起义听到更多杂音，而且确实也无法再延期。发难日期就像一列奔驰的列车，紧急刹车肯定会翻车。谭人凤自己后来也一起参加了攻打两广总督署衙的战斗。

"战场瞬息万变！理解！理解！"赵声听了连连点头。

"攻打两广总督署衙的战斗打得很惨烈。"朱执信接着说，"下午5时30分，黄兴带领先锋队员一百三十余人，臂缠白巾，手执枪械炸弹，吹响海螺，直扑督署。督署卫兵进行抵抗，革命军枪弹齐发，击毙卫队管带，冲入督署。两广总督张鸣岐丢下老小逃往水师提督衙门，黄兴率队在督衙内逐屋寻找张鸣岐，但不见其踪影。黄兴气愤不已，放火焚烧督署衙门，然后冲杀出来。刚出督署衙门的大门不远，迎面碰上水师提督李准的清兵大队。林文当时率一小队冲在最前面，他听说李准清兵大队内部有我们的同志，便上前高呼：'我等皆是汉人，当同心协力，共除异族，恢复汉疆。不用开枪！不用开枪！'谁知林文话音未落，清兵大队向他连射几枪。林文摇摇晃晃还在挥手，东歪西歪几下，轰的一声倒在地上，当场牺牲。冲在前面的刘元栋、林尹民等五人也相继中弹。黄兴被流弹打断右手中食二指第一节。他不顾流血和剧烈的疼痛，继续指挥先锋队员向清兵大队射击。随后，黄兴迅速将部队分为三路：川闽及南洋党人攻打督练公所；徐维扬率花县党人四十余人攻小北门；黄兴亲率方声洞和我攻击南大门，准备接应防营。"

"三路人员都很勇敢，先锋队员一个个都是敢死队员。"朱执信继续说，"攻击督练公所的川闽和南洋党人遇到大批防勇遂迅速绕道进攻龙王庙，喻培伦是炸弹制造专家，他最知道炸弹的威力。但喻培伦英勇无畏，奋勇当先，拼命向敌方阵地投掷炸弹。战斗进行到半夜时分，终因寡不敌众，喻培伦全身多处受伤，率众退至高阳里源盛米店。他们用米袋作掩护，向敌人射击。敌人采用放火战术，将源盛米店点燃后，喻培伦等才被迫突围。突围战斗中，喻培伦被俘，后被敌人当场枪杀身亡。"

朱执信难过得停住了话语。沉默片刻，黄兴告诉赵声："战斗打得很激烈，先锋队员们奋勇拼杀，舍生忘死。徐维扬率部攻打小北门，遇到清军的顽强阻击，经过一夜的激烈交火，虽然打死打伤敌人多名，但最后总督张鸣岐下令放火烧街，徐维扬在率部突围中被敌逮捕，至今生死未卜。"

庄六如接着黄兴的话头说："第三路由黄兴副总指挥率领的先锋们行至双门底后，与温带熊所率计划进攻水师行台的巡防营相遇。温带熊部为了入城方便，没有缠带白布，方声洞见无记号，便开枪射击，温带熊应声倒下，温带熊部下立即开枪还击。自相残杀的混乱局面，损失惨重，战至最后，只剩下黄兴和我们几人。我们护着黄兴避入一家小店，后改装出城来到此民宅暂歇地，黄兴命令我即刻星夜赶往码头接应你们。"

赵声听了战斗过程的介绍，对黄兴、朱执信、庄六如竖起了拳头说："血债血偿！"说完，赵声站起身，黄兴急问："伯先，你要什么？"

赵声伸出手，轻轻地搁到黄兴肩上抚了抚："克强，你好好养伤，我要去顺德发动民军联合新军再举。"赵声愤愤地说着，把拳头捏得咯咯响。

"不行！绝对不行！"黄兴制止赵声立即再举的想法，"六如，你让伯先休息一下，然后你负责送伯先从澳门回香港。"

赵声平息了激愤，觉得黄兴说得有道理，要想再举，急不得躁不得，必须精心准备，统筹安排，当务之急是保存实力。他与黄兴紧急磋商，对广州再举失败的善后事宜作了布置后，拉着黄兴的手说："我们香港见。"

赵声在庄六如陪同下，消失在门外竹林弯弯曲曲的小路上。

七十二、烈士血染黄花岗

离开黄兴河南民军机关的秘密暂歇地，赵声在庄六如的陪同下，沿着山岗河塘间的小路，搭船经澳门回到香港同盟会的驻地。

由于再举的失败，赵声回到香港后，痛大志不遂，精英尽丧，悲愤郁悒。时常以酒浇愁，但怎么也浇不灭自己对献身的志同道合的精英们的无限思念。确实，起义失败，一大批同盟会革命党人的牺牲对赵声的精神打击太大了。赵声回到香港后的一段日子里，内心无比悲痛，一直郁闷难耐，有时甚至失态。经过半个多月的调整，赵声的心绪慢慢地静下来。他常常在房间里攥紧两只拳头，快速地踱着步子，嘴里不时发出喃喃自语："血债血偿！烈士的血不能白流！"

赵声从悲痛中缓过神来后，与同盟会在香港的领导商量，决定建一块烈士纪念地，让这次广州起义的英烈们永世流芳，让烈士的英魂震醒国人，反清建国的枪声必须再次打响。这些日子，赵声一睡到床上，眼前就会出现英烈的形象：林觉民、喻培伦、林文、方声洞、李德山……自己的同乡烈士阮德山、徐国泰、宋玉林、石德宽、华逐电、封冠卿……

赵声在听取了关于起义的各方汇报后，十分震惊和感慨。这次广州再举，同盟会集全国革命之精华，苦心经营了半年多时间。在孙中山直接领导下，赵声和黄兴、胡汉民、谭人凤等人精心准备，战斗异常惨烈。虽然起义再举失败了，但烈士们的英名必须留下来。据统计，战斗中牺牲、被俘及次日被捕被杀者包括喻培伦、林文等八十六人，其中海外华侨赶来参加起义的先锋队员二十九人。同盟会决定由内善堂出面，组织对烈士遗骸的殓收，最终找到烈士遗骸七十二具。在赵声的组织下，同盟会会员潘达徽以自己的房屋作抵押，在广州东郊的红花岗购得一墓地，悄悄地安葬。后因一句名诗"咨议局前新鬼录，黄花岗上党人碑"，将红花岗改为黄花岗。这里后来成了有名的"黄花岗七十二烈士"纪念地，赵声领导的这次震惊中外的广州起义，后被称为"黄花岗之役"。

烈士的遗骸得到安葬，赵声痛苦万分的心灵得到稍稍安慰。但心中时时刻刻想念着这些牺牲的战友。"黄花岗七十二烈士"是缔造民国的七十二烈士，也是最有血性、最有理想、最具浪漫色彩的仁人志士。他们是中国追求平等自由的筋骨脊梁。他们用生命和鲜血献身革命的伟大精神，像一声巨大的春雷震动了全国，也震动了世界，从而促进了全国革命高潮的更快到来。他们用自己的身躯敲响了腐朽没落的清朝政府灭亡的丧钟。"黄花岗七十二烈士"中有青年知识分子，有工人、军人、农民，还有民团的管带和教士，还有从海外赶来的华侨先锋。他们代表了中国社会各阶层的意愿，不惜抛头颅、洒热血来唤醒民众推翻清朝的黑暗统治，推翻帝制，建立人人平等的共和国。他们的身上都有一种无畏的英雄气概：矢志救国，憧憬未来，投身大举，在所不惜，奋不顾身，冲锋在前，视死如归，大义凛然，为国捐躯。

英雄的形象天天在赵声的脑海里浮现。

林觉民，在香港写下绝命书后进入广州，随黄兴勇猛地攻入总督衙门，纵火焚烧总督署。冲出督署后，转攻督练所，途中与清巡防营大队人马相遇，展开激烈争战，受伤力尽被俘。清两广总督张鸣岐、水师提督李准亲自在提督衙门内审讯。他毫无惧色，在大堂上侃侃而谈，纵论世界大势和各国时事，宣传革命道理，谈到时局险恶的地方，捶胸顿足，愤激之情，不可遏抑。最后奉劝清吏洗心革面，献身为国，革除暴政，建立共和。被关押几天后，滴水粒米未进，泰然自若地迈进刑场，从容就义，年仅二十四岁。

喻培伦，炸弹制造专家。字云纪。清光绪十二年正月二十八日（1886年2月3日）出生于四川内江县文英街一个糖商家庭。清光绪三十一年（1905年）初，在成亲后不久，即携弟东渡日本留学。在日本东京，先后入警监学校学习，后又到经纬学校读书。两年后毕业于大阪高等工业预备学校，旋入大阪化学研究所，专攻化学。清光绪三十四年（1908年），其弟离开日本回国前往云南，参加河口起义。他闻信赶到东京为弟弟送行。同年夏天，在东京由吴玉璋介绍加入中国同盟会，走上了革命救国的道路。这时，同盟会总部交给他制造炸药、炸弹的任务。他在千叶医科学校药科学习时，在一次试验中，不慎引起爆炸。右手被炸断三指。自此，他总结经验，决心研制新的安全炸药。不久，家中破产，接济中断。为了不停止试验，他典当衣物，抵押官费券，终于成功制造出一种威力强大而又安全的新型烈性炸药，并研究成功化学发火、电发火、钟表定时发火引爆的各种类型的炸弹。其方法被称为"喻氏法"，他被同志们尊为"炸弹大王"。1910年底，被委任为广州起义的实行员，专为起义制造炸药、炸弹。他先在香港环摆花街，后在广州甘家巷设立秘密机关，日夜操劳，到起义前夕赶制了三百多枚各型炸弹。

有人提出撤销起义时，他坚决反对，同林文到黄兴处力争。为了给革命保存学有专长的人才，黄兴等人决定不让他参加广州起义，留在后方香港。但他坚决不同意这个决定，说："倘须人人留为后用，谁与谋今日之事？"大家看他这般坚决，只好答应了他的要求。1911年农历辛亥年三月二十九日（4月27日）午后5时半，广州起义爆发了。他胸前挂着满满一筐炸弹，率先带领四川籍的同盟会会员攻打总督衙门。他炸开围墙后，从后厅一直打到前厅。接着，又率队转攻督练公署。队伍刚到莲塘街口，与增援清兵遭遇，鏖战三个多小时，死伤战友多人。他在敌人面前，拒不吐露组织机密。为避免党人及家属受到牵连，自称为湖北王光明，并慷慨激昂地陈述革命宗旨："我头可杀，学术是杀不了的。革命党尤其杀不了！"临刑前，他不断高呼："头可断，学说不可绝！""党人可杀，学理不可灭！"时年仅二十五岁。

方声洞，光绪十二年（1886年）生，字子明。汉族，福建闽侯人。出生于一个富商家庭。性刚直，尚气节，重然诺，逢人痛论国事，力主须倾覆清朝政府。从青年时代起，就怀有挽救民族危亡，献身爱国事业的坚定信念。光绪二十八年（1902年）随兄、妹东渡日本留学，入东京成城学校学习陆军。次年参加拒俄义勇队。三年后，随兄声涛、妹君瑛、嫂曾醒、郑萌参加同盟会，积极从事革命活动。不久，因母丧返福建，光绪三十二年（1906年），再渡日本考入千叶医学校。志在研究化学，制造炸弹。光绪三十四年（1908年），回国与王颖结婚。婚后夫妻同到日本学医，并介绍妻子参加同盟会。曾任中国留学生总代理，同乡会议事部长，同盟会福建支部部长等职，经常回国联络党人，秘密运送军火。1911年3月中旬，从日本秘密运军火入广州后，不顾劝阻，毅然参加广州起义。4月24日，方声洞经香港抵达广州。起义前夕，他写下了两封绝命书，在给父亲的信中说："夫男儿在世，当建功立业以强祖国，使同胞幸福，虽奋斗而死，亦大乐也。因为祖国而死，亦义所应尔也……"在给妻子的信里又说："为四万万同胞求幸福，以尽国民之责任……刻吾为大义而死，死得其所，亦可以无憾矣。"27日起义爆发，方声洞奋勇当先，在黄兴的带领下冲进总督府。不见总督张鸣岐，便转督练公所。在双门底孤身被围，容无惧色，犹挥弹突击，杀哨弁兵勇二十余人。方声洞背面、身中弹，血流遍地而气不衰，弹尽力竭而死。时年二十五岁。

林文，光绪十三年（1887年）生，福建闽侯人。号时爽，字广尘，素有大志，为人豪迈任侠，不早娶妻。光绪三十一年（1905年）留学日本，始入成城学校，学习军事，继改入日本大学法科。同年8月，参加同盟会，任福建分会会长。林文深受孙中山先生器重。他与黄兴、张继、胡汉民、赵伯先等交往最密切。林文曾任《民报》的经理，有著作署名"天讨"。林文多次参加同盟会发动和领导的武装起义，往来于南洋和香港之间。宣统三年（1911 年）应黄兴、赵伯先之约由日本回国参加广州起义。4 月 27 日的起义中，随黄兴攻打总督署卫队，冲锋陷阵，锐不可当，攻进署内未寻找到张鸣岐，迅速反至东辕门，路上遭遇李准部队，勇敢向前对李准部队劝降说："我辈皆汉人，当勠力同心。"林文勇敢招降，不料话未说完，林文、林尹民等均中弹牺牲，黄兴手指也被打断。林文牺牲时年仅二十四岁。林文、林尹民、林觉民同年生，同年为创建民国而捐躯，并称黄花岗"三林"英烈。

李德山，同治七年（1868 年）生，光绪二十年（1894 年）在广东少林寺习武出师，1898 年从事反清活动。1904 年参加柳州起义。1907 年加入同盟会，并担任联络员。宣统元年（1909 年）6 月，联络会党、游勇集中柳城太平发动起义，准备进攻柳州，后被清军重兵围攻，激战四昼夜，败走苗山，旋遭通缉，逃往广州。宣统三年（1911 年）春，得知黄兴、赵伯先等人密谋在广州起义，他在广西组织数十名革命志士赴广州参战。4 月 27 日，广州武装起义爆发，他率领小分队英勇作战，与黄兴率领的起义勇士一举击溃清朝两广总督署衙门警卫队，打死卫队指挥官管带全振邦，攻占总督署衙门。后因清军重兵救援，寡不敌众，黄兴率队突围。他率分队由总督衙门冲出，转入高阳里源盛米店，用米包垒掩体，与清军血战一昼夜，打死打伤许多清军，击退清军数次进攻。激战中，韦统铃等三人不幸中弹牺牲。清军久攻不下，纵火焚烧米店，韦荣初等革命志士二十八人壮烈牺牲。他奋勇突围时，重伤被捕，惨遭清军杀害。时年四十三岁。

…………

这些日子，赵声一想起这些曾经朝夕相处的革命同志，心中就像一把刀子在割，无比悲痛，但赵声决心化悲痛为力量，他知道，黄花岗起义虽然失败了，但起义有力地打击了清朝统治，动摇了清廷帝制的基石。起义中的这些奋不顾身、视死如归的革命党人用自己年轻的生命和热血扩大了民主革命的影响，在全国人民的心中点燃了自由、平等、幸福的明灯。赵声想到牺牲了的革命党人，常常会紧握起自己的拳头。他不甘心这次起义的失败，他要振奋精神，积蓄力量，再次举义。他嘴里时常喃喃自语："雪耻唯君等！雪耻唯君等！"

赵声房间的灯光常常彻夜亮着，踱步声也彻夜不息。

七十三、英年早逝

黄花岗起义失败了，赵声失去了那么多英勇的战友。半年多的殚精竭虑，为广州再举的精心准备，革命党人的巨大努力付之东流，赵声作为起义总指挥，他的精神压力不是常人所能承受得了的。在广州告别黄兴后，在庄六如的护送下，赵声经澳门回到香港。回香港后，赵声随即召集香港同盟会领导，布置烈士善后事宜。之后，赵声在巨大的精神压力下，在对战友的深深思念中病倒了。

农历四月初八。

早晨，南国的香港已经进入炎热的夏天。太阳刚刚从海平线上冒出个头，洒出了万道霞光。晌午时分，从西北方向飘来大块大块厚厚的云朵。云朵越积越多，一会儿工夫，就遮蔽了万道霞光，天空暗淡下来。满天的云层离海面越来越低，海鸥在海面和云层中穿过来飞过去。

赵声躺在床上。

他夜里几乎难以入眠，一会儿迷糊着睡着了，一会儿又醒了，脑海里全是战友们的面孔。这些熟悉的面孔走马灯似的在脑海里转动着，他的心在思念战友的痛苦中煎熬。他常常在夜深人静的夜色中张开眼睛，目光死死地盯着天花板，嘴里不停地念叨："吾负死难诸友矣！雪耻唯君等！"每当念叨这句话时，赵声的拳头就会捏得咯咯地响，他心中的烦躁就会扫除干净，他的思绪就会沿着复仇再举的轨迹向前奔驰。他想到战友的牺牲，想到黄花岗死难的革命同志，复仇的怒火就会越烧越旺。他回顾自己近十年的革命历程，信心就会油然升起。自己经历过一次又一次的失败，走过了一次一次的艰难凹凸不平的道路。但每当遇到挫折和困难，总是天无绝人之路，总会跨过这道道的坎，迎来希望的曙光。赵声还想到了孙中山先生，中山先生多次海外奔波筹款，在国内反复组织武装起义，虽然一次又一次失败，但中山先生不屈不挠，矢志反清，树立了一个光辉的榜样。他真正是海上的灯塔，让志士们在反清的大道上永远看到希望的曙光。

躺在床上的赵声想到孙中山先生，信心倍增。他要爬起来，再次组织战斗，雪耻唯君等！这些日子，巨大的精神压力让赵声渐渐体力不支，加之天气渐热，南方的酷暑让赵声有些不太适应。前两天着了凉，加之天天失眠，他在床上已经躺了两天了。尽管庄六如、李竟成等战友从医院开来了几服中药，但赵声喝了一点儿也不见好转。赵声挣扎着从床上坐了起来，背靠着硬木床背，顺手拿起床边上的衬衣穿上。刚坐了不到半小时，突然感到腹痛起来。他用手轻轻地揉着肚皮，但越揉越难受。就在这时，李竟成端着药碗走了进来。他见赵声不停地用手揉肚皮，额头上渗出了一层密密匝匝的汗珠，心里一惊，赶紧放下手中刚熬好的中药碗，急切地来到床边关切地问："伯先，怎么啦？肚子疼？"

"没事！肚子有些疼。"赵声说着停住揉肚子的手，身体往上撑了撑说，"恐怕要大便，这些日子大便不正常，要大便时总会肚子疼，拉出去就好了。"

李竟成松了一口气说："怎么样？先把中药喝了。"说着，李竟成端起汤碗，举到赵声的嘴边。

赵声点点头，深情地望着战友李竟成，一口气喝完了汤药说："竟成，你扶我上厕所。"

木头马桶就在床左边，一块花布帘子挡着。李竟成轻手轻脚地把赵声扶下床，又搀扶着赵声坐到马桶上，放下帘子，李竟成站在帘外。五分钟过去了，十分钟过去了，李竟成听到赵声急促喘气的声音。估计赵声大便不畅，便耐心地站着等待。

这时，庄六如也走了进来。他朝床上瞄了一眼，很是奇怪。目光在房间一扫，见李竟成站在那里，着急地问："伯先呢？"

"在马桶上。"

"好些了吗？"

"没有。"

"咋啦？"

"肚子疼痛。此刻在马桶上大便。"

"大便前往往肚子痛。"

"但已经过去十几分钟，还没有出来。"

"我来看看。"庄六如走到花布帘子前，掀起花布帘子一看，大吃一惊。赵声满头大汗地坐在马桶上，双手撑着头，一脸痛苦不堪的样子。李竟成也跟进来，一看赵声这副疼得难忍的样子，赶紧对庄六如说："去，赶快准备马车，送赵声去医院。"

庄六如着急地点点头，扭头往门外小跑。

李竟成看到赵声疼成这个样子，心里十分难受。他伸出手扶住赵声的膀子说："伯先，我们去医院。"

赵声痛得无法言语，只是用手捧着肚子，在李竟成的搀扶下躺回床上。

庄六如很快赶来了马车，又叫来了几个力气大的汉子，大伙一起把赵声扶上马车。李竟成抱了一床被子，盖到赵声的身上。看得出来，赵声被腹痛折腾得特别难受，只是他不愿哼出来，始终咬着牙硬挺着，脸憋得红通通的。

赵声住地离香港雅利民医院不到五里路，马车在碎石路上有些颠簸。李竟成见赵声被颠得更加难受，招呼车夫放慢速度，让马车平稳些。半个多小时后，马车到达雅利民医院大门口，已是上午 11 点多。天空的云层很厚，从海边吹来的风带着淡淡的腥味和燥热。这让腹痛不已的赵声更加烦躁和难受。

雅利民医院是香港一所医疗条件很好的医院。庄六如下了马车，奔进医院喊来医生，并扛来了一副担架。李竟成扶着担架，边走边向医生简要介绍了赵声的发病经过，赵声很快被送进了急诊室。

李竟成、庄六如坐在急诊室门外的白色长条椅上，焦急不安地等待着。

急诊室的玻璃门上一边一个红色的大十字。门楣上方的墙上挂着一只西式壁钟，每隔一小时会敲响一下。壁钟那清脆的声音敲响第二下时，玻璃门"吱"的一声打开了，两位穿白大褂的护士推着吊着水的赵声的移动病床出了门。李竟成、庄六如赶紧迎上去。只见赵声仍然皱着眉头，眼睛微微地睁开着，感激的目光盯着李竟成和庄六如。李竟成和庄六如一边站一个，帮着护士缓缓地推着病床，边推边问护士："什么病啊！腹痛这么厉害？"

"盲肠炎！"一位护士说。

"初步诊断。"另一位护士补充说。

进了病房，安顿好后，一位护士对李竟成说："请来一位病人家属。"

李竟成朝庄六如示意，让庄六如留下来照顾赵声，自己跟着护士来到医生办公室。医生问李竟成：

"你是病人家属？"

"是的。"

"病人得的是盲肠炎，这是初步诊断。急诊室里已经配了西药，先消炎。本想直接送手术室开刀，但病人的身体太虚弱了。"

"太虚弱了？不能手术？"

"对！暂时不能手术，我们担心……"

"担心什么？"

"担心麻醉之后醒不过来。"

"醒不过来？有这么严重？"

"噢！对了，病人是干什么职业的？"

"农民。"

"咋不像呢？"

"怎么不像，他就是郊区的农民，干苦力活的。"

"病人好像这几个月太劳累了，尤其是精神压力特别大。有一点我们医生不理解，病人如果是普通农民，哪来这么大的毅力，腹疼难熬，但几乎是一声不吭。"

"病人从小脾气倔强。"

"对了，病人似乎心事重重，看得出来最近不顺心。"

"说对了，田地上刚长出来的菜苗让虫子吃了。"李竟成不知道怎么回答，只能瞎编。李竟成心里清楚，真话不能讲。这个时候的赵声承受的是精神和病魔的双重压力。既然医生初步诊断是盲肠炎，虽然李竟成不懂医术，但他知道盲肠炎是要开刀的。他催促医生说："身体允许了请尽快安排手术。"

医生点点头说："现在挂消炎药和营养水，放心，身体恢复后立即手术。"

"谢谢医生！"李竟成走出医生办公室，来到病房。他跟庄六如作了简单交代后，赶紧赶回同盟会香港的驻地。李竟成把赵声的病情向黄兴、章太炎、胡汉民做了汇报，大家都为赵声捏了一把汗。大家心里清楚，这些日子，赵声太累了！他是广州再举的总指挥，为起义的准备日夜谋划，殚精竭虑，起义失败后又悲愤填膺，辗转难眠……

黄兴和几个同盟会领导碰头后决定：赵声身体稍有好转，请雅利民的医生立即手术割除盲肠，同时安排可靠人员在病房日夜值班。

农历四月十七日。

医院决定给赵声进行盲肠割除手术，手术时间定在下午2时。黄兴、胡汉民、李竟成都赶到雅利民医院赵声的病房。赵声的体力恢复了不少，见黄兴等人来到病房，连连朝大家摆摆手说："大家都回去吧！广州起义这次又失败了！但相信起义总会成功。你们不要在我这里，你们要向中山先生汇报，研究再次举义的计划。"

大家示意他不要说话，保存体力。黄兴伸出手，紧紧地握住赵声的手，一言不发，两个人的目光对视好久好久。病房门开了，来接赵声去手术室的移动病床被推了进来。赵声在大家的帮助下，挪到移动病床上。护士推着病床朝手术室走去。黄兴、胡汉民、李竟成、庄六如等紧紧地跟在病床后面，直到移动病床推进了手术室。

手术室的门缓缓地关上了。

大家静静地守在手术室门外，谁也不说话。窗户打开着，外面的热空气一阵一阵地吹进走廊里，窗外树上的鸟儿叽叽喳喳的叫声让大家听起来心里特别烦。

谁也不说话。

突然，手术室的门打开一道缝，一位穿着白大褂的医生探出脑袋问："谁是病人家属管事的？"

"我。"黄兴赶紧迎上去。

"病人不让用麻药怎么办？"

"不让用麻药？"黄兴很着急，对医生说，"不用麻药怎么能忍受？"

"你去说说。"医生对黄兴说。

黄兴想了想。赵声是个犟脾气，他不让用麻药，恐怕说了也不管用。于是黄兴想了个折中办法对医生说："你对他说，让他听医生的话，还是注射麻药，这样少吃些苦。如果不听的话，也只能听病人的了。"

医生无可奈何地摇了摇头，轻轻地关上了门。

两个小时过去了。手术室的门开了，出来一位医生朝黄兴一行扫了一眼，敬佩地说："见过倔强的人，没见过像这位病人这么犟的。"

"怎么啦？"黄兴急切地走上前问。

"没有打麻药进行手术，我们医院这是第一例。这位病人坚决不肯用麻药，手术过程中以超人的毅力，忍受痛楚，神态自若。"

"手术怎么样？"黄兴一行几乎是异口同声地问。

"手术倒是顺利。只是手术中发现血黑色，肠子上有些腐烂点。"医生很担忧地说，"病人要好好护理静养，但不知能否挺过去。"

大家的心一下子全悬了起来。

赵声动完手术被推进病房。

第二天，黄兴、胡汉民、李竟成又来到雅利民医院赵声的病房。手术后，赵声经常口吐血沫，还时不时昏迷。

农历四月十九日，赵声的病情更加恶化了。他常常昏迷，昏迷中还呼喊着"黄帝、岳武穆"的名字。偶尔清醒时，他把黄兴等人招呼到床边，勉励大家为共和国的成立继续奋斗，口中还反复吟诵"出师未捷身先死，长使英雄泪满襟"这两句诗。赵声大声悲惨地呼唤："我负众多死难诸友啊！报仇雪耻靠你们了！"说完声泪俱下，挣扎伸出手来，紧紧地拉住黄兴的手，再也说不出话来。

黄兴眼泪长流。

大家的脸上都被泪水浸湿了，有几个同志悲痛难抑，捂住脸跑出病房，来到医院的小花园里，尽情地放声哭起来。

农历四月二十日（1911年5月18日）下午1时，将自己的壮丽青春献给反清斗争的我国辛亥名将赵声与世长辞，年仅三十岁。

赵声不幸辞世的消息，由章太炎传报国殇，全国人民乃至海外侨胞为之震惊，悲恸不已。当天晚上，黄兴、胡汉民代表同盟会作了告南洋同志书，并以电报向远在海外的中山先生报告了赵声不幸去世的消息。电文如下：

"哀哉，痛哉！以伯先平日之豪雄，不获杀国仇而死，乃死于无常之剧病！彼苍不仁，已歼我良士，又夺我大将，我同胞闻之，亦将悲慨不置，况于目击伤心者乎。"

赵声去世后，同盟会南方支部将赵声遗体暂时安葬在香港茄菲公园附近山巅。墓前立碑，上面刻着七个字：天香阁主人之墓。

赵声去世的消息传开后，震动了海内外。许多革命志士为在推翻清廷统治的伟大斗争中失去了这样一位杰出的革命家、一位领导武装斗争的青年将领而悲痛万分。赵声生前培育的革命党人，惊闻噩耗，痛不欲生。江南新军第九镇士卒在南京听到这个消息，纷纷朝南遥祭，痛苦不堪。不少士卒晚间在操场上的树林中放声悲哭不已。跟随过赵声的革命党人以及赵声的弟弟妹妹，纷纷表示牢记赵声"雪耻唯君等"的遗志，继承他英勇顽强的革命斗志，把推翻清王朝的伟大斗争进行到底。赵声的去世，也激起了更多的人民群众对清廷的仇恨，义无反顾地投入英勇不屈的反清斗争中。

赵声辞世，山河同悲。

赵声生前战友纷纷敬献挽联、诗作表达对赵声的深切怀念、哀悼。

柳亚子写多首悼诗，其中一首曰：

> 寻常巷陌奈君何，忍唱尊前青兕歌！
> 海岛田横心自壮，天门陶侃翼空摩。
> 千秋北府兵无敌，一水南徐夜有波。
> 何日黄龙奠杯酒，髑髅饮器发横拖。

陈独秀以上年春作怀念赵伯先、吴樾的"存殁六绝句"（之一）公开发表祀之：

伯先京口夸醇酒，孟侠龙眼有老亲。
仗剑远游五岭外，碎身直蹈虎狼秦。

每日守灵的赵声同乡同学李竟成的挽联情真意切：

幼同学，长同盟，同泽同袍，患难更同经粤海；
仁可成，义可取，可歌可泣，精诚直可格星天。

被争取参加镇江光复并与李竟成一起进攻浦口的徐宝山送的挽联上书曰：

四海几人，可当宝山一哭；
万方多难，为期伯先再生。

不少挽联回忆、追叙赵伯先不平凡一生及其满门忠义：

八岁能文，旧同学称小才子；
千秋定论，新世界是大英雄。

立报社，建学堂，公益力行，俾乡里开通风气；
起革命，兴义举，伟名卓著，为天下创造英雄。

过孝陵痛哭，誓扫胡尘，数千里鞍掌驰驱，努力取中原，曾见云旗扬岭海；
具光国声威，忽摧大树，七二士英灵呵护，遗骸归故里，合留铜像置天香。

章炳麟的挽联则先颂英雄再说时弊：

是这样豪雄，创起共和，推翻专制，所恨义旗大举，不在生前，致未能铁血齐飞，亲觇改革；
争什么势位，真元难复，外侮频来，倘知覆辙堪忧，速筹善后，应

504

各以冰心相矢，藉慰英灵。

赵声的两个弟弟赵磬、赵馨的挽联一诉兄弟情谊和迎灵归乡：

> 数年来岭桥追随，冀胡氛扫荡，民国奠定，那堪几日腥风将雁行吹断；
> 万里外灵辆浮寄，恐痛隐严亲，哀衔寡嫂，特藉大江流水运马革归来。

高山仰止，山河悲泣。

黄花岗上的黄花在秋风中香气四溢，飘向长江，飘向黄河，飘向大海，飘向祖国的四面八方。

尾　声

赵声壮烈牺牲了。

赵声的战友们化悲痛为力量，遵照赵声的遗嘱"雪耻唯君等"，勇敢地投入推翻清朝的激烈战斗中。

他们继承赵声的遗志，踏着赵声战斗的足迹，在民主革命先驱孙中山的领导下，义无反顾地走上推翻清政府的战场：黄兴、胡汉民、朱执信、谭人凤、吴玉章、姚雨平、胡毅生、邹鲁，还有赵声的弟弟赵磬、赵馨、妹妹赵芬、夫人严吟凤以及九镇新军中的战友李竟成、林述庆、冷遹、马锦春、柏文蔚、陶骏保、徐绍桢……他们在辛亥革命中立下了不朽功勋！正因赵声这一大批战友的奋力战斗，1911 年 10 月 10 日（辛亥年），黄花岗起义半年后，武昌响起了新军起义的枪声——武昌起义爆发。

新军，赵声一直运动的新军，在辛亥革命中，最终成了推翻清廷统治的主力军。赵声为之奋斗十年的努力终于有了结果，赵声在九泉之下瞑目了。

辛亥革命胜利了！统治中国两千多年的封建帝制结束了。

1912 年元旦中华民国成立，中国历史开始新纪元。

民国元年元旦，孙中山由上海赴南京就任临时大总统，沿途受到热烈欢迎。下午，火车花车专列抵镇江火车站，在车站举行了简短欢迎仪式。当孙中山踏上这片江南土地，看见镇江军政府的要人和各界人士——这些赵声的战友和家乡父老时，也许会想，这里就是赵声的故乡，若赵声还健在说不定会和自己一同前往他生活、战斗过的南京……

中华民国临时政府成立后，为表彰赵声的革命功业，追赠赵声为上将军。追赠令谓："赵先烈声，当逊清末叶，倡导革命，追随总理，首先发难，赍志以殁。民国肇建，虽经褒恤，策赠犹虚，宜晋崇阶，彰显遗烈，着追赠陆军上将，以昭党国崇德报功之意。"

赵声牺牲的战友也受到表彰：喻培伦被追赠大将军，倪映典被追赠上将……

民国成立后，扩展黄花岗起义七十二烈士墓，1918 年由华侨捐资建立纪功、墓亭，并立碑石。孙中山书"浩气长存"四字镌于墓坊。1922 年核实得七十二人全部姓名后，于次年在碑旁立石记名。

镇江人民没有忘记赵声领导的黄花岗起义！镇江人民没有忘记赵声为推翻帝制而做出的不朽奉献！

孙中山就任民国临时大总统后，赵馨遵镇江人民的意愿，按孙中山总统的命令，将赵声灵榇由香港运抵镇江，暂厝镇江火车站北面琴园，从 5 月 20 日至 24 日，镇江政、军、警、商、学各界举行追悼大会。25 日 9 时，赵声灵柩出殡，盛况空前。起行时，"有马队百余名前导，次由军乐队附送，中有花亭安设烈士肖像。宪兵部、各炮台兵士五六千人，列队整齐，军乐悠扬，执绋者不下万人，襟上均簪黄白花以志纪念"。灵柩由京畿岭经南马路至大街，迤逦入西城过堰头街、中街，转至五条街，直出南城门，至竹林寺安葬。沿途群众纷纷致哀。

竹林寺赵声墓地，正门石牌上书"巨手劈成新世界，雄心恢复旧山河"。墓碑上书："大烈士丹徒赵伯先之墓"。20 世纪 30 年代，镇江人民又在陵墓前赠建纪念亭，亭中竖有赵伯先戎装骑马像的巨型碑石。

后来，镇江人民为了纪念赵声大将军的不朽功绩，在市区云台山建起了伯先公园，并铸赵伯先铜像以示永久纪念。

镇江新区于 2006 年 6 月投入巨资，对大港东街赵声故居主体及周边环境进行了修缮与整治，2007 年 3 月 28 日故居修缮工程竣工并对外开放。近十年来，各界群众近二十万人次参观赵声故居。赵声在辛亥革命中的伟大功绩和不朽精神，注定会被所有中国人铭记心中。

赵声故居西侧新拓的广场上，矗立着一座 5 米高、6 吨重的白色大理石雕像。赵声身着戎装，腰佩长剑，手执望远镜，昂首挺胸，双目炯炯有神，站在一个黑色的大理石基座上。基座上面镌刻着由时任全国人大常委会副委员长、民革中央主席何鲁丽题写的"上将军赵声"字样。雕像四周绿荫环绕，与整个故居浑然一体，呈现出一派生机勃勃的景象。游人参观完伯先故居后，都不忘来到西侧广场上，与上将军、天香阁主人赵声留影。

人们在心中留下对上将军赵声永久的怀念。

赵声将军永垂不朽！

尾声

507

后 记

　　长篇传记小说《赵声将军》由江苏省镇江市文联立项，并予资助，确定为纪念辛亥革命110周年，纪念黄花岗起义110周年，纪念赵声诞生140周年，纪念赵声逝世110周年重点文艺作品。

　　2017年6月，镇江市文学艺术界联合会包建国主席召集作家座谈会。会上，希望镇江籍作家多写一些镇江历史名人的传记长篇小说，并列出一长串镇江历史名人的名单，其中有出生于镇江新区大港镇的辛亥革命先驱赵声。我在镇江新区党工委工作了十七个年头，对革命先驱赵声（伯先）短暂而光辉的一生比较了解。文联主席包建国同志希望我来写，创作一部反映赵声将军从出生到去世光辉一生的长篇传记小说。

　　赵声出生于镇江新区的大港镇。我在镇江新区工作了十七个年头，应该说对赵声出生地域比较了解。赵声将军是黄花岗起义总指挥，是孙中山先生的左右手，是辛亥革命的先驱。我担心自己不能胜任。但文联会上确定《赵声将军》长篇传记小说为镇江市文联重点扶持项目，确定我为长篇传记小说《赵声将军》的作者，我只能欣然从命。

　　我既然接受了创作长篇传记小说《赵声将军》的创作任务，就立即投入赵声将军的资料收集工作中。近百年来，各类报纸、杂志，还有镇江市、丹徒区政协部门编印了不少纪念辛亥革命、纪念赵声将军的文史资料，但这些文史资料都是简单的事件介绍。事迹虽然生动，但内容比较粗放。只有2011年5月由上海文艺出版社出版的《赵伯先》传记文学一书，内容系统、翔实，许多细节描写生动具体。鉴于《赵声将军》长篇传记小说是书写赵声光辉的一生，本人决定在大量的史料中以《赵伯先》一书所载史实为基础，大事不虚，小事不拘，对赵声光辉的一生所经历的惊心动魄的事件进行合理描写，适度想象；用小说独特的笔触，来塑造赵声将军的光辉形象。这里应该说明的是，书中赵声将军所有经历，从时间、地点到内容都是真实的，是有史料可查的。但由于《赵声将军》是一部长篇传记小说，所以在创作中，也对一些赵声经历的事件进行了合理的想象和描写，以丰富赵声的光辉形象。

在创作长篇传记小说《赵声将军》一书的过程中，我深受教育，为赵声将军的革命意志和英勇顽强不怕牺牲的革命精神所感动。写作这部长篇传记小说《赵声将军》一气呵成。我连续创作两年时间，没有停顿地一直写下去。我创作不用电脑。创作期间，由于长期使用钢笔，得了腱鞘炎，但在先烈赵声将军革命精神的鼓舞下，一直坚持写下去，连续写作，完成了50多万字的初稿。

创作长篇传记小说《赵声将军》参阅大量的资料和书籍，主要有《丹徒文史资料》《辛亥革命先烈赵伯先》《圌山史话》《大港风情》《辛亥革命与镇江》《镇江山水》《赵声图文》，及传记文学《赵伯先》等。特别要说明的是，长篇传记小说《赵声将军》以《赵伯先》一书系统记述的赵声生平和事迹为准进行创作。在此，向这些资料、书籍撰写的单位和作者表示衷心的感谢！

长篇传记小说《赵声将军》创作过程中，得到了中央统战部、民革中央、中国作协、中国出版集团、江苏省作协以及江苏省镇江市委宣传部、镇江市文联、镇江市作协、镇江新区党工委、镇江新区党工委宣传统战部、镇江新区赵氏研究会等单位和领导的大力支持、关心和指导。镇江新区大港历史文化研究会副会长、《大港赵氏》宗谱主编赵金柏老师提供了赵声大量的历史图文资料，提供了大港地区广泛传颂的赵声故事。志琦老师对《赵声将军》第五稿在文字上进行了校正。中国出版集团前总裁谭跃对《赵声将军》一书的出版给予了大力支持。现代出版社社长吴良柱、责任编辑张霆老师对《赵声将军》一书进行了认真审订、精心编辑。在此，一并表示衷心感谢！

值长篇传记小说《赵声将军》出版之际，让我们从赵声将军参加辛亥革命那段历史风云中，更好地缅怀革命先烈的不凡业绩，追忆辛亥革命百年峥嵘岁月，从中受到教育和激励，不忘初心，将辛亥革命倡导的民主精神和科学精神化为建设富强民主文明和谐美丽的社会主义现代化强国的生动实践，早日实现强国梦！

后
记